D1728520

Gaby Wohlrab

VIER RABEN

Erschienen bei Vier Raben

2. Auflage 2014
© 2013 Verlag Vier Raben, Fürth
Originaltextcopyright © by Gabriele H. Wohlrab
Kontakt: verlagvierraben@aol.com

Umschlaggestaltung: Gaby Wohlrab
Umschlagillustration: Gaby Wohlrab
Druck und Bindung: ScandinavianBook
Printed in Denmark

ISBN 978-3-9816201-0-8
E-Book EPUB ISBN 978-3-9816201-2-2
E-Book Kindle ISBN 978-3-9816201-1-5
eldorin.blogspot.com

Der fremde Junge

Fast reglos stand die schmale Gestalt am Fenster und versuchte, gegen den wolkenverhangenen Nachthimmel etwas zu erkennen. Der Hunger hatte sie nicht einschlafen lassen, denn das Abendessen war wieder einmal sehr dürftig gewesen. Sie verzog das Gesicht, als sie an das gesalzene Suppenwasser dachte, in dem wie versehentlich ein wenig Grünzeug gedümpelt hatte. Durch die Ritzen der undichten hohen Fenster kroch gnadenlos die Kälte in den Schlafsaal der Mädchen, und sie fror jämmerlich in ihrem dünnen Nachthemd. Maya hauchte gegen die schmutzigen Scheiben und polierte sie mit ihren Fingern, um besser sehen zu können. Windböen peitschten den Regen unermüdlich dagegen, und dieser hinterließ ein feines Geflecht aus Wasserstraßen, das die Sicht noch mehr einschränkte. Ein unheimlicher Laut hatte sie ans Fenster gelockt. Er war irgendwo aus der Dunkelheit da draußen gekommen. Wie eine Eisnadel war er in ihr Bewusstsein gedrungen und hatte ihr einen Schauder über den Rücken gejagt. Es hatte sich angehört wie ein Angstschrei, allerdings nicht wirklich menschlich. Welches Wesen machte solche Geräusche?

Als ein Blitz den düsteren Himmel zerschnitt, zuckte Maya erschrocken zusammen, denn sie erkannte für wenige Augenblicke ganz nah unter den sturmzerzausten Bäumen deutlich die Umrisse eines riesigen tintenschwarzen Pferdes, auf dem ein Reiter in einem langen dunklen Mantel saß. Einen Moment lang zweifelte sie an ihren Sinnen, so gespenstisch wirkte die Szene und erinnerte sie eher an einen Gruselfilm als an die Wirklichkeit. Instinktiv trat sie einen Schritt zurück, obwohl sie wusste, dass sie aus dieser Entfernung im Schatten des Zimmers nicht gesehen werden konnte. Oder etwa doch?

7

Ein gewaltiges Donnergrollen aus den sich bedrohlich auftürmenden nachtgrauen Wolkenmassen ließ das Tier den Kopf zurückwerfen und ein durchdringendes, schrilles Wiehern ausstoßen. Trotz des beständig niederprasselnden Regens verursachten die eisenbeschlagenen Hufe nun ein deutlich klackendes Geräusch. Maya hielt den Atem an: Der Mann hatte den gepflasterten Vorhof des alten Hauses erreicht. Sie drückte sich in die Fensternische und hoffte, dass er nicht zu ihr aufsah. Er war jetzt so nah, dass sie ihn im Licht der Hausbeleuchtung näher betrachten konnte. In den Falten des vor Nässe glänzenden Mantels lief der Regen in dichten Rinnsalen hinab. Der Fremde hatte etwas – möglicherweise einen Sack – vornüber geworfen, und ließ das Ding vorsichtig zu Boden gleiten. Dann sprang er mit einer geschmeidigen Bewegung vom Pferd und beugte sich über das große Bündel. Maya keuchte überrascht auf, denn das, was sie für einen Sack gehalten hatte, bewegte sich – ein Junge war es, der sich, in zerschlissene Lumpen gehüllt, auf den Boden kauerte. Er hatte die Arme um den Körper geschlungen und zitterte vor Kälte. Offensichtlich war er verletzt, denn Maya bemerkte nun ein bandagiertes Bein. Er schien ihr etwa in ihrem Alter zu sein, vielleicht auch ein bisschen älter; das war bei diesem trüben Licht unmöglich festzustellen. Einen Augenblick lang fühlte sie sich an ihre eigene Ankunft hier in diesem Waisenhaus erinnert, und sie empfand tiefes Mitleid mit ihm.

Ihr war berichtet worden, dass sie vor über fünfzehn Jahren als wenige Wochen altes Findelkind im dichten Schneetreiben ins Waisenhaus gebracht worden war. Ihr genaues Geburtsdatum hatte sie allerdings nie erfahren. Die Alten im Dorf erinnerten sich nicht, jemals einen kälteren und schneereicheren Winter erlebt zu haben. Sie wusste nichts über sich, nicht einmal, ob sie ihre großen braunen Augen und ihr lockiges dunkles Haar, das sie ziemlich lang trug, von ihrem Vater oder ihrer Mutter geerbt hatte. Man hatte ihr nur erzählt, dass sie ein hübsches, niedliches Baby gewesen sei. Nun, niedlich war sie nicht mehr, hoffte sie. Die damalige

Köchin hatte ihr zugetragen, dass man sie eingewickelt in ein silbrig glänzendes Tuch von erstaunlich feiner Machart gefunden hatte. Irgendjemand hatte sie in einer der frostklirrenden Raureifnächte auf den Stufen zur Haustür abgelegt, den Klingelzug betätigt und dann das Weite gesucht.

Maya richtete ihre Aufmerksamkeit nun erneut auf den finsteren Mann. Er hatte etwas Verschlagenes an sich, und es lag etwas Unheimliches in der Art, wie er sich bewegte. Vorsichtig blickte er sich immer wieder um, als hätte er Verfolger zu fürchten. Vielleicht war auch die hässliche Narbe der Grund, dass er so unheilbringend wirkte. Sie lief quer über sein Gesicht und zog ein Augenlid so nach unten, dass er dieses Auge nur halb öffnen konnte. Er packte den Jungen, zog ihn hoch und warf ihn, als wöge er fast nichts, über seine Schulter. Rasch trat er mit seiner Last unter das breite, schützende Vordach des Hauses, wo er sich Mayas Blicken entzog, denn von ihrem Fenster im ersten Stock aus war dieser schräg unter ihr gelegene Teil nicht einsehbar. Sie vermutete, dass der Ankömmling nach der Herrin des Hauses, Frau Säuerlich, klingelte. Die Leiterin des Kinderheims war eine große, recht grob aussehende Person mit einem Schwabbelkinn (es waren eigentlich drei Stück, hatte Maya gezählt), und spitzer Nase, die sie liebend gern in fremde Angelegenheiten steckte. Ihren stahlgrauen Augen entging nichts, und sie verzieh nichts.

Maya wartete bibbernd eine Weile und fragte sich, wie lange sie wohl in der Kälte ausharren musste, bis abermals etwas geschah, doch schon nach kurzer Zeit erschien der Mann ohne den Jungen, schwang sich auf sein Pferd und galoppierte davon.

Sie vermutete, dass der Neue in den Schlafsaal der Jungen am anderen Ende des Ganges gebracht werden würde, und sie kroch rasch in ihr Bett zurück. Falls sie am Fenster ertappt worden wäre, hätte das ziemlichen Ärger gegeben. Überhaupt schätzte die Heimleiterin nichts mehr als einen straff durchorganisierten Tagesablauf, wie sie es nannte, ohne Belästigung durch ihre Schützlinge und ohne unliebsame Überraschungen. Zu den unliebsamen

9

Überraschungen zählten ohne Zweifel auch geheimnisvolle Reiter, die geheimnisvolle Jungen ablieferten. Maya war gespannt auf den kommenden Tag und wickelte sich in ihre viel zu kurze Decke ein, in der Hoffnung, trotz der Kälte und der bereits einsetzenden Morgendämmerung noch ein wenig Schlaf abzubekommen.

Sie wurde geweckt durch den üblichen Weckruf. Frau Säuerlich steckte ihre spitze Nase durch die Türöffnung und brüllte »LOS, AUUUFSTEHEN!!«, dass der Putz von den Wänden fiel. Um sie herum tauchten mehrere Haarschöpfe aus den Kissen auf. Maya zog sich ihres vor das Gesicht und verharrte so eine Minute, bis ihr der nächtliche Besuch blitzartig wieder einfiel. In hohem Bogen schleuderte sie ihr Kissen von sich und sprang schwungvoll aus dem Bett, um sich sofort auf die Suche nach ihrer besten Freundin zu begeben, der sie die Neuigkeit gleich mitteilen wollte. Aber Fiona war schon im angrenzenden Waschraum verschwunden, wo sie wie immer den recht aussichtslosen Versuch unternahm, ihr widerspenstiges, bis zur Taille reichendes rotes Haar zu langen Zöpfen zu bändigen. Ab einer gewissen Haarlänge waren Zöpfe Pflicht; Maya war gerade noch davongekommen.

Das Badezimmer bestand aus einer Reihe Waschbecken mit darüber hängenden Spiegelschränkchen und zwei abgeteilten Toiletten. Die moosgrünen Fliesen waren teilweise ausgetauscht und durch beige marmorierte ersetzt worden. Irgendjemand hatte versucht, die Wände mit kitschig bunten Aufklebeblümchen etwas freundlicher zu gestalten.

Es herrschte ein ziemliches Gedränge, da für fünfzehn Mädchen lediglich dreizehn Waschbecken vorhanden waren. Rasch suchte sie ihre Sachen zusammen und quetschte sich neben Fiona, um sich mit ihr ein Becken zu teilen. Zu ihrer linken Seite warf ihr Beatrice einen genervten Blick zu und betastete dann wieder betrübt einen dicken Pickel, der auf ihrer Stirn blühte.

»Heute Nacht ist ein Neuer gekommen«, flüsterte Maya ihrer Freundin zu.

»Hmpf?«, nuschelte Fiona mit der Zahnbürste und viel Schaum im Mund, »habi garned midgegrichd.«

Energisch klatschte sich Maya den nassen Waschlappen ins Gesicht. »Kein Wunder, da hast du ja geschlafen, und er wurde von einem unheimlichen Reiter auf einem riesengroßen schwarzen Pferd gebracht.« Fiona riss erstaunt die grüngrauen Augen auf. »Maxddu Widze? Ein Reidä? Werreideddenn bei unsch noch?«

Die Frage war berechtigt. Zwar gab es kräftige Bauernpferde in der Umgebung, die zur Arbeit auf den steilen Bergwiesen und in den Wäldern herangezogen wurden – schließlich lag das Heim sehr ländlich am Fuß eines Gebirgsausläufers. Doch ein Reiter war etwas Außergewöhnliches.

Maya zuckte die Schultern. »Ich würd' auch lieber reiten als Auto fahren. Wobei jemand schon echt schräg drauf sein muss, bei so einem Unwetter mit dem Pferd unterwegs zu sein.«

Sie runzelte in Erinnerung an die beiden Fremden die Stirn. »Etwas war seltsam an ihnen. Sie sahen aus wie aus den Geschichten rausgesprungen, die unsere alte Köchin früher immer erzählt hat.«

»Waff?« Fiona spuckte die Zahnpasta ins Becken. »Die alte Genevra Silberstein? Die ein bisschen übergeschnappt war?«

»Sie war nicht übergeschnappt. Sie hat einfach ... hinter die Dinge gesehen.«

»Sie war eine gute Geschichtenerzählerin.« Fiona schraubte energisch die Zahnpastatube zu. »Man hat fast wirklich an Zauberei und echte Elfen und solche Sachen geglaubt, wenn man ihr zugehört hat.«

Maya seufzte. »Ich habe ihr geglaubt. Na ja ... mal sehen, ob er beim Frühstück dabei ist.«

Aber ihre Hoffnungen wurden enttäuscht. Kurze Zeit später hatten sich alle jungen Bewohner des Heims im Esszimmer eingefunden, einem langgezogenen tristen Raum im Erdgeschoss mit einem riesigen alten Holztisch in der Mitte und einer dunkelbraunen, düster wirkenden Holztäfelung an Decke und Wänden. So richtig wohl fühlten sich hier eigentlich nur die Spinnen, von denen soeben ein besonders prächtiges Exemplar über die ausgebleichten, mottenzerfressenen Vorhänge krabbelte.

Obwohl das Zimmer mit fünfzehn Mädchen und dreizehn Jungen recht voll war, ging es verhältnismäßig leise zu. Die Heimleiterin legte Wert auf Disziplin.

Außer Frau Säuerlich, die ihr Essen separat einnahm, sorgte eine weitere Angestellte für Ordnung. Frau Olm-Grottendunk war deutlich kleiner als die Leiterin, aber ebenso füllig, was zur Folge hatte, dass sie noch ein Kinn mehr besaß. Sie hatte die Vorliebe, sich in bunte Bonbonfarben zu kleiden, ein Umstand, der ihr den Spitznamen Pralinenschachtel eingebracht hatte. Die Kinder und Jugendlichen waren der Meinung, dass sie die Bezeichnung Köchin nicht verdiente, doch war Kochen neben der übrigen Hausarbeit bedauerlicherweise eine ihrer Aufgaben. Gab es Suppe, so hatte sie, wie Maya fand, irgendein Kraut in heißem Wasser ertränkt. Gab es etwas anderes, sah es aus wie Matsch in verschiedenen Schattierungen und schmeckte auch so.

Es war ein offenes Geheimnis, dass die beiden Frauen ihre eigenen Lebensmittelvorräte besaßen. Nachdem die Pralinenschachtel die gemeinsamen Mahlzeiten mit ihren Zöglingen überwacht hatte, setzte sie sich regelmäßig zur Säuerlich ins hübsch eingerichtete Nebenzimmer, wo sie gewiss etwas anderes als den üblichen Fraß zu sich nahmen. Einer der Jüngeren war einmal versehentlich in diesen streng verbotenen Raum geraten und hatte hinterher etwas von Kirschtorte, Schlagsahne und Apfelstrudel mit Vanilleeis gestammelt.

Maya setzte sich beim Essen wie üblich zu ihren besten Freunden Fiona und Max an den Tisch. Max war seit sieben Jahren im Waisenhaus, sprach aber nie über den Grund. Maya war er gleich sympathisch gewesen mit seinem freundlichen Gesicht und den meist ungekämmten blonden Haaren. Sie hatte sich um ihn gekümmert, und dass er zwei Jahre jünger war als sie, hatte keinen von ihnen gestört. Da bei Tisch Gespräche verboten waren, raunte ihm Maya mit einem Seitenblick auf die Olm-Grottendunk zu:»Nach dem Unterricht treffen wir uns unter der alten Eiche.«

Max nickte und widmete sich hingebungsvoll seinem Haferbrei. Egal, wie sehr die anderen auch an dem Essen herumwürgten, das sie vorgesetzt bekamen, Max schien es immer zu schmecken. Maya riskierte einen Rüffel vonseiten der Köchin, die am Kopfende des Tisches thronte und heute in Quietschrosa leuchtete.

»Was weißt du von dem Jungen, der heute Nacht gekommen ist? Ist er bei euch im Schlafsaal? Oder haben sie ihn woanders hingebracht?«

Max brachte wieder nur ein Nicken zustande, wohl, weil er den Mund voll Brei hatte. Maya stöhnte.

»Warum beantworten Jungs Entweder-oder-Fragen so gerne mit einem Nicken? Ich meine, *ja*, ist er bei euch im Schlafsaal, oder *nein*, ist er nicht?«

Max, der beträchtlich hungrig war, hatte bereits für Nachschub gesorgt und schluckte verzweifelt. In diesem Moment klopfte Frau Olm-Grottendunk mahnend mit den Fingerknöcheln auf den Tisch und warf Maya einen strengen Blick zu. Maya wollte keine Stunde Extrahausarbeit riskieren und öffnete von da an den Mund nur noch zum Essen oder Trinken.

Nach dem Frühstück blieb nicht viel Zeit, in die verschiedenen Klassenzimmer zu gelangen, wo Lehrer unterrichteten, die außerhalb des Kinderheimes in einem der umliegenden Dörfer wohnten und meist nicht mit Hausaufgaben sparten.

Wer hier lehrte, dem lag nichts am Großstadtleben; das Aufregendste im Umkreis war der Kaninchenzuchtverein im nahen Dorf Hoppenreuth. In dieser Gegend gab es nicht einmal Mobilfunkempfang; der Internetzugang war für die Schüler sowieso gesperrt. Dafür lag das Heim malerisch inmitten sanfter Hügel mit einem herrlichen Blick auf die Berge. Im Sommer leuchtete der gelbe Raps auf den Feldern und die Wiesen waren bunt getupft mit zarten Glockenblumen, Akeleien und Frauenschuh-Orchideen.

Jetzt, im Monat April, lag die Landschaft noch wintermüde da. Der dunkle Nadelwald, der hinter dem verwilderten Garten begann, hob sich kaum vom trostlosen Grau des Himmels ab. Der parkähnliche Garten wurde von verschlungenen Wegen durchzogen und wäre sehr nach Mayas Geschmack gewesen mit seinen schönen alten Eichen und den Blumenrabatten vor und hinter dem Haus. Aber leider wurde kein Gärtner zur Pflege angestellt, weswegen der Garten trist und verwahrlost wirkte. In den Beeten wucherte zwischen ein paar abgestorbenen Stauden hartnäckig das Unkraut. Efeu hatte die letzten Margeriten erstickt und manche Kastanie erobert. Er kroch über die Wege und schlang seine Ranken um alles, was er erreichen konnte. Die Bäume streckten traurig ihre verdorrten Zweige gegen den Himmel, und der Wind trieb die vom Herbst übrig gebliebenen Blätter über den struppigen Rasen. Immerhin konnte man sich im Geäst der knorrigen Eichen verkriechen und ungestört träumen.

Niemand wäre auf die Idee gekommen, dass hinter einer solch normalen Umgebung etwas ganz und gar Unnormales verborgen sein könnte.

Heute konnte es Maya noch weniger abwarten als sonst, dass endlich der Unterricht zu Ende ging. In Latein war sie allerdings glatt weggedöst, was kein Wunder war, denn Herr Brandmüller, ein blasser, leicht zerknittert aussehender älterer Lehrer, hob sich mit seiner Vorliebe für braune Anzüge kaum von der übrigen Klassenzimmereinrichtung ab. So konnte man ihn, wenn man sich die Finger in die Ohren steckte, mühelos ausblenden.

Gegen Ende der letzten Unterrichtsstunde war Maya wieder hellwach und zappelte auf ihrem Stuhl herum, weil sie so schnell wie möglich Max wegen des fremden Jungen befragen wollte. Der Reiter hatte so unwirklich ausgesehen, als hätte er sich aus einer fremden Welt hierher verirrt – der Sache wollte sie unbedingt auf den Grund gehen. Max ging in die Klasse der Zwölf- bis Vierzehnjährigen und saß im Zimmer nebenan seine Zeit ab. Weil es zu wenige gleichaltrige Heimkinder gab, musste man mehrere Schülerjahrgänge zu einer Klasse zusammenfügen. Maya war heilfroh darüber, denn sonst hätte sie nur mit der fünf Monate älteren Fiona eine Klasse besucht und sie wären im Unterricht ständig drangenommen worden. Sie selbst gehörte zur Gruppe der fünfzehn- bis siebzehnjährigen Schüler.

Als die sechste Stunde endlich vorbei war, stopfte Maya rasch ihre Sachen in die Büchertasche und trieb ihre Freundin zur Eile an.

»Los, Fiona, mach schnell, wir treffen uns gleich mit Max unter der Eiche, ich hab's beim Frühstück mit ihm ausgemacht.«

»Hat er was gewusst?«

»Ich hatte keine Gelegenheit, ihn was Genaues zu fragen.«

Die Mädchen schlüpften in ihre Jacken und banden sich einen Schal um, denn draußen wehte ein eisiger Nordwind. Allerdings hatte es aufgehört zu regnen.

»Wo bleibt bloß Max?« Maya schwang sich auf den untersten Ast der Eiche. »Er ist doch sonst immer als Erster aus seinem Klassenzimmer draußen.«

»Da!« Fiona deutete nach links.

»Sorry«, keuchte Max, »mir ist mein Füller ausgelaufen, und ich hatte deswegen Stress mit Andi.« Andi war Max' Banknachbar. »Warum ist Andi sauer, wenn dein Füller ausläuft?«, wunderte sich Fiona.

»Na, weil er über *ihm* ausgelaufen ist.«

Maya überlegte kurz. »Hast du ihm nicht erst vorgestern den Globus auf den Fuß fallen lassen? Der Arme … erstaunlich, dass er noch neben dir zu sitzen wagt.« Ein bisschen verlegen kam sie auf den Grund ihres Treffens zu sprechen. »Was ist nun mit dem Jungen, den ich heute Nacht gesehen habe? Und hat er was über diesen gruseligen Mann erzählt?«

»Ach, der kam heute früh in unseren Schlafsaal, also, nicht der Mann, sondern der Junge. Die Säuerlich und die Pralinenschachtel haben 'ne alte Matratze für ihn hinten in die Ecke geschleppt, dabei haben sie mein Bett gerammt. Ich wäre vor Schreck fast rausgefallen, ich hab gedacht, es gibt ein Erdbeben.« Max lachte spitzbübisch und rollte mit den Augen. »Und die Pralinenschachtel hatte ein Nachthemd an, da waren lauter bunte Teddybären drauf. Das hat mir dann den Rest gegeben. Es hat gedauert, bis ich mich von dem Schock erholt hatte. Ich war wohl gerade noch mal eingepennt, da hat er einen ziemlichen Lärm veranstaltet, und ich war wieder hellwach.«

»Was für einen Lärm?« Maya sah ihn verwundert an.

»Ooch, er hat im Schlaf ganz schön rumgeschrien, lauter seltsames Zeug. Das war nicht nur ein Albtraum, das war echt, dieser Reiter kam auch darin vor, aber ich hab nicht so richtig geblickt, was er wollte, und er hat sich hin- und hergeworfen und um sich getreten und so.«

»Er muss sich wohl im Traum an irgendetwas Scheußliches erinnert haben«, mutmaßte Fiona. »Sind die anderen denn nicht aufgewacht?«

»Glaub nicht, aber mein Bett steht ja auch am nächsten dran. Wenn allerdings nicht meine doofen Ohrenschmerzen gewesen wären, hätte meinetwegen die Säuerlich neben mir explodieren können, und ich wäre davon nicht wachgeworden«, erläuterte Max.

»Was meinst du mit ›seltsames Zeug‹? Was hat er denn gesagt?«, hakte Maya nach.

»Total schräg halt. Ich hab das meiste eh nicht verstanden, es hat sich manchmal gar nicht mehr nach 'ner normalen Sprache angehört. Sorry, aber wenn's wieder vorkommt, sag ich ihm, er soll deutlicher brüllen.«

Maya grinste. »Also, falls die Säuerlich mal explodieren sollte, das würde sie mir richtig sympathisch machen.«

»Vielleicht hast du ja demnächst Gelegenheit, sie explodieren zu sehen.« Max fischte eine dicke schwarze Spinne aus seiner Hosentasche und hielt sie den Mädchen unter die Nase. Fiona zuckte erschrocken zurück. »Tataa! Darf ich vorstellen? Das ist Augusta. Die erste von vielen. Es werden noch jede Menge Nacktschnecken und ein paar Kröten dazukommen. Ich hab vor, sie alle im Schlafzimmer der zwei Hexen freizulassen.«

»Max! Wenn sie dich erwischen, kochen sie dich zusammen mit den Viechern in einem Kupferkessel!«, rief Fiona entsetzt. »Wie willst du da überhaupt reinkommen? Deren Zimmertüren sind doch immer abgesperrt!«

Max grinste breit. »Na, über ein offenes Fenster.« Er deutete mit dem Kinn in die Richtung des Hauses, von dem Maya einmal behauptet hatte, es sähe der Säuerlich ausgesprochen ähnlich, so scheußlich und plump, wie es war. Zweifellos war es ein wenig ansprechender Bau, der auch zu seinen Glanzzeiten nie viel Charme besessen hatte. Mittlerweile durchzogen Risse die langweilige graue Fassade, und die abblätternden Fensterrahmen hätten dringend einen fröhlichen Anstrich benötigt.

»Ich finde einfach«, fuhr Max unbeeindruckt fort, »dass die beiden uns schon soviel versaut haben – da ist es Zeit, sich ein bisschen zu revanchieren.«

Maya nickte grimmig. Mit Frau Säuerlich hatten sie eine Frau mit der Liebenswürdigkeit eines Säbelzahntigers am Hals. Bevor diese eingestellt wurde, hatten die Heimkinder viel mehr Spaß gehabt. Es hatte Ausflüge in die nächste Stadt gegeben, wobei Max in Rosenau eigentlich immer negativ aufgefallen war, weil er es entweder schaffte, im Kino in die falsche Vorführung zu geraten, im Erlebnisbad fast zu ertrinken oder in der Eisdiele die Bedienung mit dem vollbeladenen Tablett zu Fall zu bringen. Beim Kajakfahren auf der Wilderach brachte er regelmäßig sein Kajak zum Kentern, Maya war die Einzige gewesen, die sich noch mit ihm in einen Doppelsitzer gewagt hatte.

»Ich hab so gerne Theater gespielt«, seufzte Max sehnsüchtig, was Fiona mit einem Kichern quittierte. »Du hattest beim Weihnachtsstück ja auch immer eine herausragende Rolle.«

Max warf ihr einen bösen Blick zu und versenkte Augusta wieder in seiner Tasche. »Als Stern von Bethlehem ist man eine Hauptfigur! Ohne die läuft gar nichts.«

Max' Hang zu Unfällen war legendär. So hatte er für die Weihnachtsaufführungen grundsätzlich die Rolle des Sterns von Bethlehem zugeteilt bekommen, denn da schwebte er fest angebunden über dem Stall und konnte weder etwas umwerfen noch etwas in Brand setzen.

Maya hingegen hatte dabei je nach Alter erst in der Krippe gelegen und war später als Schäfchen, dann als Engel oder Maria aufgetreten. Fiona hatte sich standhaft geweigert, eine Sprechrolle zu spielen, weswegen sie meistens ein bisschen verschreckt als stummer Hirte im Scheinwerferlicht stand. Sie litt immer ein wenig unter ihrer Schüchternheit, aber Maya tröstete sie, weil sie fand, dass genau das hervorragend zur Figur der Hirten passte. Schließlich hatten diese, als ihnen am Feld erst ein Engel und dann haufenweise himmlische Heerscharen erschienen, auch den Schock ihres Lebens gekriegt.

Sämtliche Schauspieler hatten sich schon Monate vor der Premiere mit Feuereifer daran gemacht, Pappkulissen zu bauen und sich auf der Suche nach Stoffen und Flitterkram durch eine riesige Kleiderkiste gewühlt, aus denen dann unter Fionas Anleitung Bühnenklamotten geschneidert wurden.

Früher waren zum Sommerfest bunte Lampions in die Kastanien gehängt worden, und am Abend hatten sie ein Theaterstück aufgeführt, bei dem auch die Leute aus der Umgebung sehr zahlreich im Publikum gesessen hatten. Nicht einmal das zeitraubende Auswendiglernen für eine Hauptrolle aus dem Sommernachtstraum hatte Maya etwas ausgemacht.

Das war alles vorbei. Die Kleiderkiste war auf dem Dachboden neben den Langlaufskiern gelandet, wo sie zusammen vor sich hin verstaubten, denn das Einzige, das Frau Säuerlich als gemeinsame Unternehmung für die Mädchen und Jungen vorsah, waren Putzdienste und haufenweise Strafarbeiten. Maya hatte die Säuerlich im Verdacht, die freundliche Frau Hopf aus dem Dorf, die regelmäßig zum Putzen vorbeigekommen war, absichtlich hinausgeekelt zu haben. Nun verteilte sie diese Aufgabe an die Jugendlichen und steckte das dafür vorgesehene Geld in die eigene Tasche. Verärgert dachte Maya daran, dass das Waisenhaus über eine private Stiftung so großzügig finanziert wurde, dass eigentlich genügend Geld für ein Dutzend Frau Hopfs hätte vorhanden sein müssen.

»Ich helfe dir beim Schneckensammeln«, versprach Maya, die das Theaterspielen mindestens ebenso vermisste wie Max. »Aber wir müssen noch ein bisschen warten. Um diese Jahreszeit findest du keine Nacktschnecken. Denen ist das Wetter zu kalt und ungemütlich.«

Wohl aus diesem Grund waren nicht viele Heimbewohner auf die Idee gekommen, sich in den riesigen verwilderten Garten zu wagen, denn der Boden abseits der Wege war vom nächtlichen Unwetter aufgeweicht, und die Eiche stand ein Stück ab vom Weg inmitten einer ungemähten Wiese. Eine Gruppe der älteren Jungs stolzierte breitbeinig einen der unkrautüberwucherten Steinwege entlang, auf denen das Wasser immer noch in großen Pfützen stand. Maya tippte darauf, dass sie irgendeinen coolen Filmhelden nachzuahmen versuchten; allerdings erinnerte sie der Gang der fünf eher an ein schwankendes Schiff in Seenot. Sie hoffte, dass sie nicht in ihre Richtung kämen, denn zwei davon waren von der Sorte, um die man besser einen Bogen machte, um sich keinen Ärger einzuhandeln. Nun war es nicht so einfach, sich aus dem Weg zu gehen, wenn man so eng zusammenlebte wie in diesem Waisenhaus. Max hatte ihnen insgeheim die Spitznamen Qualle und Wanze verpasst, und die

Mädchen fanden, dass das der Sache ziemlich nahe kam. Allerdings gaben sie Acht, dass sie sich den anderen gegenüber nicht verplapperten. Max war das einmal passiert, denn er quasselte zumeist hemmungslos drauflos. Das hatte ihm von Qualle ein blaues Auge eingebracht, das drei Wochen lang von lilablau bis gelb so ziemlich alle Farben durchmachte. Qualle hieß eigentlich Benjamin, war ein fieser überheblicher Giftpilz und besonders um die Mitte herum merklich schwabbelig gebaut. Maya wunderte sich immer wieder, dass manche Namen so gar nicht zu ihren Besitzern passen wollten, aber vermutlich hatten Benjamins Eltern damals keine Ahnung haben können, dass ihr Sohn nun nicht der Kleinste und Schwächste werden würde. Insgesamt hatte er eine gewisse Ähnlichkeit mit einem Geröllbrocken. Aus seinem breiten Schädel sprossen hellbraune Borsten, und unter seiner wulstigen Stirn glitzerten kleine Schweinsäuglein. Wanze hieß in Wirklichkeit Lukas, war strohblond, zwei Köpfe größer als Benjamin, dafür halb so breit, und hatte den Verstand eines Gänseblümchens. Das glich er locker durch ein beträchtliches Maß an Gemeinheit aus. Zusammen piesackten sie die Jüngeren, wo immer sie konnten und waren Spezialisten im Sich-nicht-erwischen-lassen. Diesmal hatten sie den Rest ihrer Bande dabei, der aus Jörn, Lennard und Elia bestand. Die wären für sich betrachtet ganz erträglich gewesen, aber sobald sie im Rudel auftraten, konnten sie recht ungemütlich werden. Mit Gemeinheit schien es sich zu verhalten wie mit einem Schnupfen: Sie war ansteckend.

Maya hüpfte vom Ast herunter und klopfte sich den Hosenboden ab, als Max sie plötzlich mit dem Ellenbogen anstieß.

»Guck mal, da hinten, das ist er doch!«

Die Mädchen reckten die Hälse. Tatsächlich, das schien der Neue zu sein. Ein schwarzhaariger Junge schlenderte den Gartenpfad entlang. Wenn man genau hinsah, erkannte man, dass er mit dem rechten Bein nicht richtig auftrat. Er hatte wohl keine Lust, auf irgendwelche Leute zu treffen, denn er vermied es, die gleiche Richtung einzuschlagen wie Qualle und Wanze nebst deren Anhang. So musste er an der Eiche vorbei, sofern er nicht mitten durch den größten Schlamm waten wollte.

Leider hatten die Gangmitglieder ihn ebenfalls entdeckt, und die ließen sich die günstige Gelegenheit nicht entgehen. Sie machten kehrt und legten an Tempo zu. Der Junge beachtete sie nicht und ging, die Hände in den Hosentaschen, gelassen weiter. Als er näher kam, stellte Maya fest, dass er wirklich gut aussah mit seinem schmalen Gesicht und den schönen braunen Augen. Genau genommen sogar sehr gut. Sie war überrascht, dass er etwa einen Kopf größer war als sie, andererseits war es nicht verwunderlich, dass sie sich bezüglich seiner Körpergröße verschätzt hatte. Im Vergleich zu dem bulligen, schwarz gekleideten Mann und dem riesigen Pferd hatte er kleiner gewirkt, als er eigentlich war. Sie schätzte sein Alter auf sechzehn Jahre. Bestimmt war er fast so groß wie Rick; der war der größte hier und mit siebzehn Jahren außerdem der älteste.

»He, Alter! Coole Klamotten!« Qualle hatte den Jungen eingeholt und packte ihn höhnisch grinsend am Ärmel seines Sweatshirts. Die Kleidung, die er trug, stammte ganz eindeutig aus dem Fundus des Heimes und wurde der Reihe nach weitervererbt, bis die Sachen schließlich so zerschlissen waren, dass man sie in den Müll werfen musste. Die Hose war zu kurz und der Pulli wohl eher für Qualles Körperumfang gedacht.

»Tragen so was die anderen Affen von dem Baum, wo du herkommst?« Er zwinkerte seinen Freunden zu, und die johlten begeistert. Maya spürte, wie ihr die Zornesröte ins Gesicht schoss und sah, dass auch Fiona und Max grimmig dreinblickten. Sie hatte einen ausgeprägten Gerechtigkeitssinn und verabscheute es, wenn jemand unfair behandelt wurde. Qualle dagegen konnte sich nichts Schöneres vorstellen, als andere klein zu machen, denn damit blies er sein Innerstes zur Größe seines äußeren Umfangs auf. Das hier war so richtig typisch für Qualle. Er ließ keine Gelegenheit aus, um sich aufzuspielen, dabei verstand vermutlich ein Regenwurm mehr von Grammatik als er. Der fremde Junge kniff die Augen zusammen, sprach aber kein Wort.

»Ach, kannst nix reden? Uga! Uga! Aber das verstehst du, hä?« Qualle trommelte sich wie ein Gorilla auf die Brust.

Maya wusste aus schmerzhafter Erfahrung, dass es unklug war, Qualle zu reizen, aber sie konnte sich einfach nicht beherrschen. »HÖR AUF, DU AFFE! Lern du doch erst mal in vernünftigen Sätzen zu reden!«

Genau so eine Reaktion hatte Qualle sich erhofft. Er drehte sich langsam zu ihr um. Fiona trat aufgeregt von einem Bein auf das andere, Max hatte die Fäuste geballt, bereit, sich ins Getümmel zu stürzen, wenn es sein musste.

»Na, Schätzchen, was willst du von mir?« Gehässig lachend plusterte sich Qualle zu seiner ganzen Breite auf und schubste sie heftig.

Mit der blitzschnellen Bewegung eines angreifenden Degenfechters schoss die Hand des Jungen vor, aber er streckte Qualle keinen Degen, sondern einen schlanken Holzstab entgegen. Der glotzte erst verblüfft darauf, dann brüllte er vor Lachen. »Uaha! Was ist denn das? Willst du Stöckchenwerfen spielen? Braves Hundchen! Gib dem lieben Onkel das feine Stöckchen!«

Seine Bande hielt es kaum noch auf den Beinen. Sie japsten und hielten sich die Seiten. Maya holte aus, um Qualle eine Ohrfeige zu verpassen, als sie plötzlich zur Seite geschoben wurde.

»Was soll das?« Rick baute sich vor Qualle und dessen Freunden auf. »Ist das eure Art ›Guten Tag‹ zu sagen? Verzieht euch, bevor ich euch beschleunige!«

Obwohl Rick noch nicht lange hier im Waisenhaus lebte, hatten die fünf mit ihm bereits ihre Erfahrungen gesammelt. Er sah zwar nicht übermäßig kräftig aus, konnte aber ganz schön austeilen und hatte ein paar spürbar effektvolle Griffe drauf. Jetzt stand das Verhältnis 5:5, auch wenn mindestens einer der Gegenseite nur zur Hälfte zählte, und einer ziemlich durchgeknallt schien.

Qualle zog den Kopf ein und trollte sich mit seinen murrenden Kumpanen.

»Alles klar soweit?« Rick schaute von einem zum anderen. Maya nickte.

»Danke, das war genial.«

Rick betrachtete interessiert den dunkelhaarigen Jungen. Der hielt immer noch den Stock in der Hand, steckte ihn dann aber weg. Als er die fragenden Blicke sah, drehte er sich abrupt um und ging.

Fiona blieb der Mund offen stehen. »Was ist denn mit dem los?«

Maya überlegte nicht lange. Sie ließ die anderen ratlos stehen und lief hinter ihm her.

»Warte doch mal!« Sie musste sich beeilen, ihn einzuholen, er war vom Weg auf die durchweichte Wiese abgebogen und beschleunigte seine Schritte.

»Ich hab dich heute Nacht ankommen sehen!«

Der Junge blieb stehen. Maya verwünschte den rutschigen Untergrund und tapste vorsichtig an seine Seite. »Äh, würde es dir was ausmachen, da hinüber zu gehen?« Sie deutete auf ein trockenes Wegstück vor einer eingestürzten Trockenmauer, die früher einmal den Küchengarten eingefasst hatte.

»In Ordnung.«

Erleichtert stellte Maya fest, dass er sprechen konnte, auch wenn es widerstrebend klang. Sie stapften durch den matschigen Boden zu der Stelle und setzten sich auf die Mauerreste. Die ersten Minuten schwiegen sie sich an.

»Äh …«, begann Maya entmutigt.

»Ja?«

»Du … also, du, … ich meine, ich …«

Der Junge atmete tief durch. »Du hast mich also ankommen sehen, nicht wahr? Das ist nicht viel weniger als das, was ich auch von mir weiß.«

Maya starrte ihn verblüfft an.

Der Junge lächelte, aber seine dunklen Augen blickten traurig.
»Ich heiße Larin. Zumindest das habe ich nicht vergessen.«

»Oh. Ich bin Maya«, erwiderte sie etwas lahm. »Du weißt nicht mehr, wo du herkommst?«

»Nein. Ich weiß, dass ich einen Unfall gehabt haben muss, denn ich hatte Schmerzen im Bein und einen Verband. Ich war wohl ohnmächtig. Als ich mitten im Gebirge aufgewacht bin, konnte ich mich an absolut nichts erinnern. Da war dieser unheimliche Mann, der mich hierher gebracht hat. Er hat kein Wort gesagt. Ich versuchte, ihn zum Reden zu bringen, aber ich hab's irgendwann aufgegeben, es war sinnlos.«

»Tut mir echt leid.« Maya guckte betreten zu Boden. Das klang alles richtig übel. »Was … ist das vorhin für ein Stock gewesen?«

Sie spürte, wie sich der Junge erneut verschloss. »Das kann ich dir nicht sagen.«

»Fassen wir zusammen. Er heißt also Larin«, wiederholte Fiona nachdenklich Mayas Schilderung. »Er hat ziemliche Probleme mit seinem Gedächtnis – vermutlich durch einen Schock oder so was – aber im Traum sieht er anscheinend alles wieder vor sich.« Sie beugte sich nah zu Maya herüber und wisperte ihr ins Ohr: »… und er hat wunderschöne braune Augen.«

»Psst«, murmelte Maya errötend mit einem Seitenblick auf Max, doch der war abgelenkt durch die Jagd auf eine besonders haarige Spinne, für die ihm bereits eine nützliche Verwendung vorschwebte. Die drei hatten sich nach dem Abendessen in eine geräumige Abstellkammer im Dachgeschoss zurückgezogen. Das war einer der wenigen Orte, wo man ungestört Geheimnisse austauschen oder einfach nur seine Ruhe haben konnte. Eines Tages hatten sie entdeckt, dass zu diesem Raum kein Schlüssel vorhanden war, sodass sie Zugang hatten, wann immer sich niemand im Flur oder Treppenhaus herumtrieb, der sie hätte hinaufschleichen sehen können. Es roch ein bisschen muffig, und der Staub überzog fingerdick die Fensterbretter, aber es standen sogar ein paar ausrangierte Sitzgelegenheiten zur Verfügung, wie ein dreibeiniger, mottenzerfressener Ohrensessel, ein Hocker, aus dem das holzwollene Innenleben quoll oder ein Melkschemel, für dessen Existenz sich beim besten Willen keine geeignete Erklärung finden ließ.

Max hatte die Spinne erfolgreich in einem Einmachglas verstaut und war nun damit beschäftigt, mit dem Finger noch mehr Holzwolle aus dem Hocker zu pulen. Auf seinem Gesicht lag ein träumerischer Ausdruck. »Ist irgendwie cool, der kann von sonst woher kommen.«

»Tja«, meinte Maya, »aber genau dieses ›sonst woher‹ wüsste er gerne.« Sie seufzte. »Er sah so furchtbar unglücklich aus.«

Fiona biss sich nachdenklich auf ihre Unterlippe »Ich hab keine Ahnung, wie wir ihm helfen können. Wie will man jemanden dazu bringen, sich zu erinnern?«

Eine Weile brüteten sie über diesem Problem.

»Dazu gibt es doch Seelenklempner«, überlegte Max und schüttelte sein Einmachglas, um der Spinne etwas Bewegung zu verschaffen, »das ist eigentlich ganz cool, vielleicht sollte ich das später mal werden. Psychopath.«

Fiona prustete los. »Du meinst, Psychologe.«

»Meinetwegen auch das.«

»Das würdest du nicht aushalten«, eröffnete ihm Fiona. »Da müsstest du nämlich deine Patienten reden lassen und ihnen aufmerksam zuhören, ohne sie zu unterbrechen.«

Max grunzte beleidigt. »Jetzt hast du meinem Selbstbewusstsein einen empfindlichen Stoß versetzt. Ich werde Jahre brauchen, um mich davon zu erholen.«

»Red keinen Unsinn. Dein Selbstbewusstsein kann man nicht erschüttern«, lachte Fiona.

»Und du hast so gar nichts Vernünftiges von dem verstanden, was er im Schlaf geredet hat?«, bohrte Maya nochmals nach.

»Na ja, gequatscht hat er eine Menge, aber, wie gesagt, es ergab keinen Sinn. Ich erinnere mich an etwas von einem Wasserfall, und dann wurde es ziemlich wirr. Ein paar total komisch klingende Namen waren dabei, aber die hab ich mir echt nicht merken können … ach ja, und was mit Elfen.«

Die Mädchen kicherten.

»Das ist neu«, stellte Fiona trocken fest. »Schade, dass die Silberstein nicht mehr lebt. Sie hätten sich blendend verstanden.«

»Ihr könnt das nächste Mal ja zuhören, falls er wieder im Schlaf redet«, schlug Max vor. »Vielleicht kapiert ihr ja mehr als ich.«

»Na, danke, wie stellst du dir das denn vor? Die Säuerlich kontrolliert doch jeden Abend die Schlafräume. Sie ist ja so scharf drauf, dass keiner in einen fremden Schlafsaal geht. Puh, sie würde ausflippen, wenn sie jemanden dabei erwischt!« Fiona schauderte bei dem Gedanken, von ihr ertappt zu werden.

»Also ich«, meinte Maya langsam, »finde die Idee gar nicht so schlecht.«

»Tatsächlich?« Fiona runzelte die Stirn. »Aber wäre das nicht irgendwie … fies? Angenommen, dich belauscht jemand beim Träumen – wie kämst du dir vor?«

»Hm …« Maya stützte ihr Gesicht in beide Hände und starrte vor sich hin. »Ich weiß nicht … blöd ist es schon … Wenn es ihm aber doch weiterhilft? Ich meine, jeder von den Jungs im Schlafsaal kann es ja hören. Und wenn einer von uns zuhört, und es ihm erzählt, dann fällt ihm vielleicht alles wieder ein!«

»Du hast eindeutig so ein Helferdings.« Max verdrehte die Augen. »Syndrom«, berichtigte Fiona, »und das hat dir schon oft Ärger eingebracht. Denk nur mal an dieses Rattenungeheuer.«

Maya hatte während eines Ausflugs eine erschöpfte Bisamratte gerettet, die über ein Kanalrohr in einen künstlichen Fischteich mit so glatten Wänden gefallen war, dass sie das Herausklettern nicht mehr geschafft hatte. Als es Maya gelungen war, die Ratte mit Hilfe eines Astes herauszufischen, hätte das dumme Tier beinahe Andi gebissen. Es hatte einen gigantischen Aufruhr gegeben, und Maya hatte eine Woche lang täglich die Toiletten schrubben müssen.

»Ja, und da war noch die Sache mit der Krötenfamilie, die ...«

»Ach, Max, hör auf«, unterbrach ihn Maya. »Das hier ist doch was völlig anderes.«

Maya lag im Bett und lauschte auf die gewohnten Geräusche. Da die Vorhänge nicht ganz zugezogen waren, tauchte der Mond den Raum in sanftes Licht, und sie konnte die Umrisse ihrer Zimmergenossinnen klar erkennen. Die meisten Mädchen schliefen bereits, und man hörte ringsum regelmäßiges Atmen, ab und zu unterbrochen von ein paar Schnarchtönen. Frau Säuerlich hatte ihren Rundgang schon beendet und war inzwischen wohl selbst zu Bett gegangen. Maya war viel zu hibbelig, um wirklich müde zu sein. Sie grübelte über ihren Plan nach und dachte an Larin. Er war heute nicht zum gemeinsamen Essen erschienen. Eine Schülerin hatte erzählt, Frau Olm-Grottendunk hätte ihr verraten, dass Frau Säuerlich mit ihm zu einem Arzt in die Stadt gefahren wäre. Maya hatte ihn seit ihrer Unterhaltung im Garten nicht mehr gesehen. Dafür hatte sie den Anblick von Qualle und Co. ertragen müssen, die im Gemeinschaftsraum immer wieder nachspielten, wie sie einem Hund irgendwelche Befehle erteilten. Maya fand, dass Wanze als Hund geradezu intelligent gewirkt hatte.

›Hoffentlich wacht Max auf, wenn Larin im Schlaf spricht, ... *falls* er wieder im Schlaf spricht‹, dachte sie und drehte sich auf die andere Seite. Max war auf die Idee gekommen, sein Mathebuch unter sich zu legen, um es möglichst unbequem zu haben. Maya bezweifelte stark, dass Max sich durch solche Maßnahmen vom Tiefschlaf würde abhalten können. Allerdings hatte er überzeugend versichert, dass es schon aus lauter Abscheu gegen sein am meisten gehasstes Fach funktionieren würde. Er schien hochzufrieden zu sein, endlich eine passende Verwendung für dieses nutzlose Buch gefunden zu haben. Schließlich fiel sie selbst in einen unruhigen Schlaf. Sie träumte von einem Hund, der über eine Wiese sprang und Stöckchen holte. Als sie auf ihn zuging, knurrte er, und sein Kopf verwandelte sich in das Gesicht von Qualle. Sie hob die Hand, um ihn abzuwehren, da fühlte sie, wie etwas sie festhielt. Sie wollte um sich schlagen, als eine Stimme zischte,»Mensch, wach doch endlich auf!«

Max rüttelte sie am Arm, und Maya öffnete die Augen und setzte sich mit einem Ruck im Bett auf. »Hat …«

Max legte den Finger an die Lippen und gab ihr mit der Hand ein Zeichen, mitzukommen.

Maya glitt aus dem Bett, und sie schlichen auf Zehenspitzen zur Tür hinaus auf den Flur. Max drehte sich zu ihr um und wisperte:»Pass auf, der Boden hat da vorhin ziemlich laut geknarrt.« Er deutete auf die besagte Stelle des vom Mondlicht schwach beschienen alten Dielenbodens im Flur. Sie versuchten, mit einem großen Schritt möglichst lautlos darüber zu kommen.

KRACK. Das Geräusch – in der nächtlichen Stille um ein Vielfaches lauter als sonst – ließ sie nervös zusammenfahren. Unwillkürlich warf Maya einen Blick hinter sich in Richtung der Tür, die über einen kleinen Flur zu den Räumen der beiden Hausdrachen führte. Die Säuerlich war dafür bekannt, dass sie Flöhe husten hören konnte. Äußerst langsam bewegten sie sich über die antiken Holzdielen am Studierzimmer vorbei, das die beiden Schlafsäle voneinander trennte und betraten vorsichtig den Jungenschlafsaal. Hinten in der Ecke, neben dem Bett von Max, lag eine zerschlissene Matratze auf dem Boden. Dort wälzte sich der Junge unruhig hin und her und stöhnte und murmelte im Traum. Sie tappten näher. Maya beugte sich über ihn und lauschte angestrengt eine Weile. Mit ratloser Miene drehte sie sich in Max' Richtung, zuckte mit den Schultern und flüsterte ihm schließlich ins Ohr:»Das ergibt wirklich keinen Sinn, ich …«

Weiter kam sie nicht. Die Tür, die sie einen Spalt breit offen gelassen hatten, wurde aufgestoßen, und das grelle Licht einer Lampe fiel herein.

Geistesgegenwärtig hechtete Max in sein leeres Bett daneben und zog mit einem Handgriff die Decke über sich. Nur Maya hatte nichts, wo sie sich verstecken konnte. Starr vor Schreck blinzelte sie ins Licht.

Frau Säuerlich kam mit erhobener Lampe näher. Ein paar Jungen drehten sich im Schlaf auf die andere Seite, wachten aber nicht auf oder stellten sich ganz einfach schlafend. Aus Max' Richtung kam ein erschrockenes Keuchen.

›Sie sieht aus wie eine Katze, die sich auf eine fette Maus freut‹, dachte Maya. ›Gleich leckt sie sich die Lippen.‹ Seltsamerweise fühlte sie indes weniger Angst als Wut in sich aufsteigen.

»Wen haben wir denn da?«, schnurrte die Leiterin. »Du weißt, welche Strafe dein Verhalten nach sich zieht?«

Natürlich wusste das Maya. Oft genug war ihnen mit 30 Stockhieben gedroht worden, sollten sie im falschen Schlafsaal erwischt werden. Sie hatten Witze gerissen, warum wohl die Säuerlich gerade auf die Einhaltung dieser Regel einen derart übertrieben großen Wert legte; allerdings hatte sich bis heute jeder daran gehalten, obwohl viele annahmen, dass diese absurde Drohung lediglich zur Abschreckung dienen sollte. Die üblichen Bestrafungsmethoden für teilweise lächerliche Übertretungen waren auch so schon gemein genug. Keiner wollte stundenlang in der fensterlosen Abstellkammer eingesperrt werden oder von morgens bis abends trockenes Brot vorgesetzt bekommen. Maya konnte sich recht gut an Beatrice erinnern, die während des Unterrichts weinend mit einem Schild um den Hals auf einem Stuhl stehen musste, auf dem stand: ›Ich darf nicht schwätzen‹. Bei Qualle hätte das weniger funktioniert, aber den konnte man mit Essensentzug drankriegen. Falls jemand es wagte, gegen eine ›Erziehungsmaßnahme‹ aufzumucken, ließ Frau Säuerlich es an den Kleinen aus oder verhängte Gruppenstrafen. So hatte man nur die Möglichkeit, sich zu fügen oder sich den Zorn derer zuzuziehen, die stellvertretend Strafarbeiten aufgebrummt bekamen.

Maya reckte trotzig das Kinn vor. Egal, was nun kam, sie würde jedenfalls keine Schwäche zeigen.

»Klar weiß ich das.« Erleichtert stellte Maya fest, dass ihre Stimme nicht zitterte. Das gönnte sie dieser bösartigen Frau nicht. Ein heimtückisches Leuchten glomm in deren Augen auf. Sie packte Maya am Arm, schob sie aus dem Schlafsaal und zerrte sie die Treppe hinunter.

Sie gingen durch den holzgetäfelten Flur in das Büro der Leiterin. Hier hinein wurde man im Allgemeinen nur geholt, wenn man etwas angestellt hatte. Es roch unangenehm muffig. Der Tür gegenüber stand ein riesiger Schreibtisch aus dunklem Holz. Über ihm befand sich ein Porträt des Gründers dieses Heimes. Seine Augen schienen Maya finster anzustarren. Daneben an der Wand hing der Rohrstock.

»Wer war noch dabei?«

Maya durchlief es heiß. Hatte diese Frau doch mehr mitgekriegt oder war es bloß eine Vermutung?

»Niemand«, log Maya. »Ich wollte nur den fremden Jungen sehen.«

Ihre Erleichterung darüber, dass Frau Säuerlich nicht weiter nachforschte, hielt nicht lange an. Mit einem ungläubigen Ausdruck im Gesicht verfolgte Maya gebannt jede Bewegung dieser grässlichen Person, als sie tatsächlich auf den Stock zuging und ihn beinahe andächtig von seinem Platz nahm. Das konnte nicht wahr sein!

»Soso. Du wolltest also den Jungen sehen ... Streck deine Hand aus«, zischte die Heimleiterin und prüfte genüsslich die Biegsamkeit des Rohrstocks.

Maya versteifte sich. Sie spürte, wie eine Welle des Hasses in ihr emporstieg. ›Nein, ganz bestimmt nicht!‹, dachte sie fassungslos, ›dazu kann sie mich nicht zwingen.‹ Einen Moment lang erwog Maya, einfach zur Tür hinauszuspazieren – sollte dieses kranke Miststück doch versuchen, sie aufzuhalten!

»Du hast die Wahl ...«, Frau Säuerlich kam so dicht an sie

heran, dass Maya kleine Spucketröpfchen ins Gesicht bekam, »entweder du tust, was ich dir sage, oder *andere zahlen für dich*.« Maya wurde übel. Entsetzt stellte sie sich Fiona vor und den kleinen Max. Niemals, niemals würde sie zulassen, dass ihre Freunde für sie büßen mussten! Maya tat, wie ihr befohlen worden war. Sie streckte die Hand aus. Ihre Züge wurden ausdruckslos und sie fixierte einen Punkt an der Wand. »Nicht schreien, ich darf nicht schreien«, versuchte sie sich zu konzentrieren, als der Rohrstock auf ihre Handfläche niedersauste. Es brannte wie Feuer. Nach 25 Hieben spürte Maya, wie die angeschwollene Haut aufplatzte und Blut heraussickerte. Es mussten mehr als 30 Schläge gewesen sein, als Frau Säuerlich endlich innehielt. »Mal sehen, ob dich das kleinkriegt, wenn du dich so gern nachts bei den Jungen rumtreibst.« Die schmalen Lippen der Frau verzerrten sich zu einem gemeinen Grinsen, und die Augen funkelten kalt und böse.

Mit einer Bewegung des Kopfes deutete sie Maya an, sich wieder in ihr Bett zu verziehen. Maya gehorchte schweigend. Während sie die Stufen hochrannte, fühlte sie, wie ihr die Tränen über die Wangen liefen, die sie die ganze Zeit so mühsam zurückgehalten hatte. Sie stürzte ins Badezimmer und ließ kaltes Wasser über ihre Hand laufen. Dann warf sie sich aufs Bett und zog sich schluchzend und am ganzen Körper zitternd die Decke über den Kopf. ›Nein, ich lasse mich nicht kleinkriegen‹, schwor sie sich. ›Niemals!‹

In dieser Nacht nahm ein Gedanke in ihr endgültig Gestalt an. In den letzten Monaten hatte er sie wie ein hartnäckiger Schwarm Krähen umschwirrt. Zu Anfang hatte sie ihn verscheucht und gehofft, dass die Heimleitung aufs Neue wechseln würde und damit das Problem gelöst wäre. Außerdem war er gewagt und hatte ihr Angst gemacht. Doch dann hatte er sich in ihren Kopf eingenistet und nun stand er auf einmal klar vor ihr: Sie musste endlich fort von hier.

31

Der nächste Morgen begann mit strahlendem Sonnenschein. Obwohl die Sonne noch nicht die Kraft hatte, ernsthaft Wärme zu bringen, sah die Welt draußen gleich viel freundlicher aus.

Nicht so die Welt im Haus. Maya erwachte früher als die anderen, weil ihre Hand schmerzte. Sie ging ins Badezimmer. Von nebenan drang Frau Säuerlichs Weckruf an ihr Ohr. Beim Klang dieser Stimme fühlte Maya Übelkeit in sich aufsteigen. Sie spürte, wie die Wut in ihr hochkroch und ihr die Brust zusammenschnürte. ›Dieses widerliche Biest … Ich halte das hier nicht länger aus, es geht einfach nicht mehr‹, dachte sie. Bis jetzt hatte sie mit Fiona und Max immer eher scherzhaft über eine gemeinsame Flucht gesprochen, aber inzwischen fand sie die Situation unerträglich.

Vorsichtig kühlte sie ihre Hand mit Wasser. Die blutigen Striemen fingen bereits an zu verkrusten, sahen aber nach wie vor schlimm aus; die Schwellung und die Blutergüsse würden eine Zeitlang sichtbar bleiben.

»Was ist das denn?« Maya hörte Fionas entsetzte Stimme hinter sich. »Uuh.« Fiona sog die Luft ein und starrte auf Mayas Hand. »Sie hat dich erwischt!«

Maya nickte.

»Die ist vollkommen irre, dich so zu schlagen! Ich hätte nicht gedacht, dass sie jemanden wirklich blutig schlägt. Dieses grässliche Biest! Dafür sollte man sie anzeigen!«

»Bei wem denn?« Maya zuckte mit den Schultern. »Und wer glaubt mir? Du erinnerst dich? Als wir uns vor zwei Jahren über die Säuerlich beschwert haben? Letztendlich hat sie dann diesem Typen von der Behörde eine Fantasiegeschichte aufgetischt. Und als es drauf ankam, unsere Aussage zu bestätigen, haben hier alle feige gekniffen. Vielleicht war es auch ganz gut so. Stell dir vor, die hätten das Heim ganz geschlossen, veraltet, wie es ist. Wer sagt uns, dass wir gemeinsam woanders untergekommen wären?«

Fiona schluckte. »Stimmt, du hast recht. Aber so schlimm wie bei dir hat sie's noch bei keinem gemacht.«

»Ich bin eben ihr spezieller Liebling.« Maya grinste schief.

Beim Frühstück saßen alle schon am Tisch, als Larin zur Tür hereinkam. Einige Mädchen fingen an zu kichern. Larin tat so, als würde er nicht bemerken, dass ihn alle anstarrten und setzte sich möglichst abseits ganz ans andere Ende der langen Tafel. Maya stellte zufrieden fest, dass er nicht mehr hinkte. Qualle konnte es nicht lassen, mit der Zunge zu schnalzen und so zu tun, als würde er einen Hund heranlocken wollen, und seine Kumpel kringelten sich lautlos. Maya war zum ersten Mal dankbar, dass Frau Olm-Grottendunk mit am Tisch saß, so blieben die Gemeinheiten wenigstens pantomimisch.

Heute war Samstag und deshalb unterrichtsfrei. Wer keinen Abspül- oder Putzdienst hatte, drängte nach draußen, denn das gute Wetter war verlockend. Fiona und Max gehörten zu den weniger Glücklichen. Missmutig schnappten sie sich ein mit schmutzigem Geschirr vollgestelltes Tablett und verschwanden in der Küche. Larin hatte sich vorhin als einer der Ersten in den Garten verzogen. Maya überlegte gerade, ob sie ihm folgen sollte. Sie hatte irgendwie doch ein schlechtes Gewissen wegen der vorigen Nacht und das Gefühl, sich in etwas Privates hineingedrängt zu haben. Nur zu gerne hätte sie mit ihm darüber gesprochen.

»Maya?« Maya fuhr herum. Larin stand hinter ihr und grinste sie an.

»Ups, ich ha-hab dich hinter mir gar nicht sehen gehört«, stotterte Maya. *Was rede ich bloß für einen Schwachsinn?*, schoss es ihr durch den Kopf. Sie verfärbte sich passend zu den Küchenfliesen kräftig rosarot.

Larins Lächeln wurde breiter. »Läufst du mit mir zum Waldrand?«

Der Waldrand begrenzte den Garten nach Süden hin. Sie schlenderten schweigend in diese Richtung los, und Maya kramte in ihren Gehirnwindungen nach einer Erklärung für ihr Verhalten in der Nacht. Sie hatte ihn heimlich beobachtet – was hatte sie sich bloß dabei gedacht? Die Sache gar nicht zu erwähnen, schien ihr feige und unehrlich zu sein, und das entsprach so gar nicht ihrer Art.

»Was ist eigentlich heute Nacht passiert?« Larin nahm ihr die Arbeit ab. »Ich bin nur so halbwach geworden, das lag vermutlich an dem Schmerzmittel, das sie mir gegeben haben. Irgendwo kam ein Licht her, und ich glaube, ich hab dich mit dieser Frau rausgehen sehen.«

Maya seufzte. »Ich hatte die blöde Idee, dass ich dir, na ja, beim *Träumen zuhöre*, weil du dich doch nicht erinnern kannst, und Max hat gesagt, dass du da was geredet hast, was interessant ist, ich meine, für dich interessant ist, weil es dir beim Erinnern hilft, und es tut mir leid, wenn es blöd war, weil ... es geht mich nichts an, ich weiß, aber ich wollte dir so gerne helfen, aber verstanden hab ich eh nur ... also, ich meine, genau genommen klang es ziemlich schwachsinnig, oh nein, ich habe nicht gemeint, dass du ... ach ja, wie geht's deinem Bein, ich ...«

Von Larin kam ein merkwürdiges Geräusch. Maya äugte vorsichtig zu ihm hinüber. Er lachte.

Ihr Herz schlug einen kurzen Salto. »Du bist also nicht sauer deswegen?«

»Nein. Natürlich nicht. Hast du Ärger deshalb bekommen?«

»Äh ...« Maya dachte an ihre Hand. »Nicht der Rede wert.«

Sie liefen eine Zeitlang wortlos nebeneinander her.

»Was meinst du, hilft es mir nun beim Erinnern?«

»Ach so, es war ... nun, nicht sehr *deutlich*. Auch nicht wirklich ... na ja ... *logisch.*«

»Du meinst, ich hab einfach nur Quatsch geträumt?« Larin zog die Augenbrauen hoch und grinste.

Maya musste ebenfalls lachen. »Sagen wir, es war *ungewöhnlich*. Du hast von einem Wasserfall geträumt, und, äh, von Elfen.«

»Ja, und?«

Verunsichert sah Maya ihn an und holte tief Luft. Die Worte sprudelten aus ihr heraus. »Irgendwer hat dich verfolgt und te dich ermorden, wahrscheinlich war es ein Albtraum, ich träume auch immer so ein Zeug, und dann hat dich ein Kerl gerettet mit seinem, äh, Zauberstab, und ihr seid den Wasserfall runter oder so und habt außerdem noch ein Pferd mitgenommen, und jetzt sag nicht, dass das kein ziemlicher Blödsinn ist.«

»Finde ich nicht.«

»Das findest du nicht?«, fragte Maya vorsichtig.

»Ach so. Bei euch … ihr habt ja nicht …« Er klappte den Mund zu und schwieg.

Maya fielen tausend Fragen ein, aber sie wusste nicht recht, welche sie zuerst stellen sollte. Vielleicht war es überhaupt besser, gar nichts zu sagen, bevor sie wieder nur peinlich unsinnige Sätze formulierte, die ihn verwirrten.

»Wie ist es hier so für dich? Ich meine, bist du schon lange in diesem Haus?« Erneut war es Larin, der zuerst das Wort ergriff.

»Ooch, ich bin hier, seit ich denken kann. Ich wurde als Baby gefunden und an der Tür abgegeben.« Maya zerpflückte die vertrockneten Samenkapseln einer Wildblume. »Es war nicht immer so schrecklich. Als ich klein war, gab es im Heim keine großen Kinder. Ich denke, sie achten darauf, dass wir vom Alter her einigermaßen zusammenpassen. Ursprünglich gibt es einen zusätzlichen Erzieher, den Herrn Sauerbier, aber der ist seit über einem halben Jahr krank. Es hieß immer, dass er bald wiederkommt, aber aufgetaucht ist er nicht mehr. Vielleicht hat er es mit den zwei Frauen nicht ausgehalten, sie haben sich immer gestritten. Früher hat er Ausflüge mit uns gemacht, aber die Säuerlich war dagegen. Ich glaube, sie hat ihn ziemlich fertiggemacht. Sie ist seit drei Jahren bei uns, und die Olm-Grottendunk kam kurz nach ihr. Sie haben sich bereits vorher gekannt, wahrscheinlich hat die Köchin deshalb die Stelle hier gekriegt. Die frühere Köchin war toll, eigentlich wie eine Mutter … zumindest stell ich mir eine Mutter so vor.« Mayas Stimme wurde leise. »Sie hat mit uns gespielt und uns Geschichten erzählt … an die Geschichten erinnere ich mich am liebsten.« (›Jetzt erzähl ihm bloß nicht von den

35

Kindermärchen‹, dachte Maya). Ihre Gedanken schweiften zurück in ihre früheste Kindheit. Sie meinte sogar den lieblichen Duft von Maiglöckchen in der Nase zu haben, der Genevra Silberstein immer wie eine feine Wolke umweht hatte. Verstohlen blinzelte sie eine Träne fort. »Hm.« Larin fand offensichtlich eine vorbeibrummende Hummel so faszinierend, dass er ihr seine gesamte Aufmerksamkeit widmen musste.

›Er sieht so traurig aus‹, überlegte Maya, ›kein Wunder, wie würde ich mich fühlen, wenn ich ein schwarzes Loch in meinem Kopf hätte, wo eigentlich das Gedächtnis sitzen sollte.‹ Sie betrachtete ihn nachdenklich von der Seite. »Du kannst dich gerne mit zu uns an den Tisch setzen.«

»Danke.«

Beim Mittagessen hatte Larin sich wirklich zu ihnen an den Tisch gesetzt.

Maya war froh, dass Fiona ihn auch sympathisch fand, denn die Meinung ihrer besten Freundin bedeutete ihr außerordentlich viel.

Das Essen war heute tatsächlich in seinen einzelnen Bestandteilen erkennbar, diesmal hatte es nicht einmal Frau Olm-Grottendunk geschafft, Pellkartoffeln in braune oder grüne Pampe zu verwandeln. Auf jeden Fall hatte sie sich heute selbst übertroffen, denn sie hatte sich in ein pink-orange gestreiftes Kleid gezwängt, dessen Farben mit dem Seidenschal im bunten Blumenmuster um die Wette schrien. Max zwinkerte ungläubig, als er die Ohrringe mit dem schaukelnden Papagei entdeckte. Er versuchte, sein Gelächter durch einen vorgetäuschten Hustenanfall zu tarnen. Frau Olm-Grottendunk fixierte ihn misstrauisch. »'Tschuldigung«, keuchte Max und bemühte sich um einen möglichst unschuldigen Gesichtsausdruck, was ihn aber grundsätzlich noch verdächtiger machte. »Hab mich vor Schreck verschluckt, ich glaub, mir ist da so ein bunter Käfer ins Auge geflogen.«

Frau Olm-Grottendunk klopfte mahnend auf den Tisch, um das aufkeimende Gekicher zu unterbinden und warf Max einen bitterbösen Blick zu. Dieser widmete sich nun ganz seinem Teller und versuchte, seine Pellkartoffel samt Kräuterquark in einem Stück in den Mund zu befördern.

»Du hast Quark von einem Ohr bis zum anderen«, zischte Maya. »Und in den Haaren auch.«

Später hatte Maya Küchendienst, eine normalerweise schnell zu bewältigende Aufgabe. Als sie gerade einen Stapel sauberer Teller im Schrank verstaute, kam Frau Säuerlich herein. Maya hatte sie seit der Bestrafung mit dem Rohrstock nur flüchtig gesehen, worüber sie dankbar war. Sofort spürte sie Abscheu in sich aufsteigen, und ihr Herz krampfte sich zusammen.

»Na, sind wir schön am Arbeiten?«, säuselte Frau Säuerlich mit einem Lächeln, das ihrem Namen Ehre machte.

Maya starrte sie böse an.

»Wenn ich mir's recht überlege, könntest du heute Beatrice und Anni etwas unterstützen. Sie sind für die Gartenarbeit eingeteilt. Die Blumenrabatten müssen gepflegt werden.« Ein giftiger Blick aus kalten, berechnenden Augen traf Maya. Der schmale Mund war zu einem gehässigen Lächeln verzogen, als sie ein paar Schritte näher an Maya herantrat. Sie kam so nahe, dass Maya die Haare in ihren Nasenlöchern sehen konnte.

›Sie hätte ein Schimpanse werden sollen‹, dachte Maya und biss sich auf die Lippen.

»Immer noch so gut gelaunt?« Frau Säuerlich bleckte die Zähne. »Dann darfst du heute Abend den Tischdienst übernehmen.« Sie drehte sich um und rauschte aus dem Zimmer.

»Tief durchatmen.« Maya sprach laut zu sich selbst. »Entspann dich.« Finster betrachtete sie das Glas in ihrer Hand und stellte sich vor, es wäre Frau Säuerlich. Dann knallte sie es an die Wand.

Während sich die meisten Heimbewohner bei dem schönen Wetter im Freien amüsierten oder den Nachmittag im Haus mit Nichtstun verstreichen ließen, kroch Maya durch das, was Frau

Säuerlich als Blumenbeete bezeichnet hatte, und jätete Unkraut. Gemeinerweise war dies das einzige Gewächs, das den Winter jedes Mal mühelos überstand. So stellte Maya bereits nach ein paar Minuten fest, dass das Unkraut die überwiegende Mehrheit besaß. Das war nicht weiter verwunderlich, denn der Garten war einfach zu riesig, als dass die Heimkinder einen professionellen Gärtner hätten ersetzen können, wenngleich Frau Säuerlich das zu glauben schien. Anni und Beatrice, zwei blonde sechzehnjährige Zicken, arbeiteten gelangweilt neben ihr. Beatrice hatte sich die einzige Harke geschnappt, um sich nicht bücken zu müssen, Anni hatte mehr die beratende Funktion übernommen (»Nein, Maya, das da drüben ist kein Unkraut … ich würde eher dort harken, Bea …«). Nach zwei Stunden war Mayas Geduld erschöpft. Das größte Beet vor dem Gebäude war unkrautfrei. Sie hatte sich Beatrices Gejammer über einen abgebrochenen Fingernagel anhören müssen und hatte Annis Vortrag über die Vorzüge hautreinigender Gurkenmasken lauschen dürfen. ›Ich wäre froh, Gurken als Salat zu kriegen, da schmiere ich sie mir doch nicht ins Gesicht‹, dachte Maya.

»… ja, und er ist so süüß!«, drang Annis hohe Stimme aus dem Nachbarbeet an ihr Ohr. Es hörte sich an, als würde sie von einem jungen Hundewelpen sprechen, aber Maya war klar, dass kein Hund gemeint sein konnte. Sie kannte Annis Abneigung gegen alles, was Flöhe haben oder einen ansabbern konnte. Tatsächlich flötete Beatrice »… und er hat dauernd zu dir rübergesehen!«

Maya schnaubte verächtlich. Wenn Larin zu Anni rübergesehen hatte, dann nur, weil sie die ganze Zeit so auffällig geblinzelt hatte, als hätte sie Bindehautentzündung.

Die beiden quietschten und kicherten dermaßen, dass Maya kurz davor war, den Sack mit Unkraut über ihren Köpfen auszuleeren.

»Hallo.«

Maya fuhr herum, was in der Hocke recht unklug war, denn sie hätte fast das Gleichgewicht verloren. Fiona stand vor ihr und grinste. »Ich konnte nicht eher kommen, weil die Säuerlich Max und mir ebenfalls den Nachmittag versüßt hat – allerdings nur mit leichter Arbeit, wir durften abstauben. Ich bin mir nicht sicher, ob das so das ideale Betätigungsfeld für Max ist, er hat dabei eine Vase und einen Briefbeschwerer zerdeppert.«

Maya spürte ihre schlechte Laune verfliegen. »Ich bin hier gleich fertig, wartest du auf mich?«

»Ich helfe dir«, entschied Fiona, krempelte entschlossen die Ärmel hoch, und machte sich über den Rest des Unkrauts her.

Beim Abendessen wurde Maya bewusst, dass Anni Ernst machte. Blondie hatte erst versucht, sich neben Larin zu setzen, doch Maya registrierte zufrieden, dass Max einfach schneller war. Annis jetzige Position war auch nicht so schlecht, denn nun saß sie ihm schräg gegenüber und bemühte sich, einen möglichst dekorativen Eindruck zu machen.

»Wo hat sie bloß die falschen Wimpern her?«, zischte Fiona Maya zu. »Vom letzten Fasching?«

Anni saß mit schief gelegtem Kopf da und spielte mit ihren Haaren. Dabei ließ sie ihr Opfer nicht aus den Augen und bemühte sich, seine Aufmerksamkeit auf sich zu ziehen. »Du wirst bald einen steifen Hals bekommen, wenn du die Aufführung noch länger durchhältst«, flüsterte Maya Anni zu, deren bisher so weit aufgerissene hellblaue Augen ganz schmal vor Ärger wurden.

»Ist dir nicht wohl, Kind, du isst ja nichts?«, ließ sich vom Kopfende des Tisches Frau Olm-Grottendunk vernehmen, die Anni in ihr Herz geschlossen hatte.

Maya unterdrückte mühsam ein Lachen.

Später im Aufenthaltsraum steckte Anni eine erneute Niederlage ein. Sie hatte vorgehabt, Larin in ein Gespräch zu verwickeln, aber Max kam ihr in die Quere. Der gab gänzlich unbefangen irgendeinen langatmigen Witz zum Besten, den er selbst gar nicht richtig verstanden hatte. Larin stimmte in das fröhliche Gelächter der anderen ein, denn es war einfach komisch, wie sich Max abmühte und sich dabei selber immer mehr durcheinander brachte.

Der Aufenthaltsraum lag neben dem Esszimmer im Erdgeschoss und stand ihnen in ihrer freien Zeit zur Verfügung. Es gab dort zwei altersschwache geblümte Sofas und mehrere nicht zusammenpassende, aber ganz bequeme Sessel, die um kleine Tischchen gruppiert waren. Die Tapeten waren verfärbt und schäbig, mit verblichenen Abbildungen von helllila Wisteriaranken. An den Wänden befanden sich Bücherregale, deren Inhalt Fiona fast auswendig kannte, und ein Schrank, vollgestopft mit Gesellschaftsspielen. Auch hier hing ein Porträt des Heimgründers an der Wand, diesmal hatte er einen ebenso bissig aussehenden Terrier auf dem Schoß sitzen. Er blickte noch missmutiger auf sie herab als auf dem Bild im Büro. (»Kein Wunder, dass er so guckt«, hatte Maya einmal gesagt, »er hängt hier rum und darf nie mitspielen.«)

Maya fühlte, dass Larin eigentlich lieber für sich geblieben wäre, aber am Abend war es verboten, das Haus zu verlassen. Obwohl er sich an der Unterhaltung beteiligte, wirkte er manchmal zerstreut und rutschte unruhig auf seinem Sessel hin und her.

Annis plötzliches Interesse war auch den anderen älteren Jungen nicht verborgen geblieben. Bislang hatte sie sich erfolglos an Rick herangemacht, und das war für Qualle gerade noch tolerabel gewesen. Qualle linste zu Rick hinüber, der mit Thomas in ein Kartenspiel vertieft war. Bei Rick hatte er schon einmal den Kürzeren gezogen, und deshalb hielt er einen gewissen Sicherheitsabstand für angebracht. Nicht, dass Qualle sich mit Anni gut verstanden hätte – sie sah ihn immer an wie etwas, das man sich unter die Schuhsohlen getreten hat.

Qualles Hundewitze fand nun nicht einmal mehr seine Bande lustig und Wanzes unechtes, beifälliges Gelächter war reichlich unbefriedigend. Er war auf der Suche nach einer neuen Aufgabe, irgendetwas, womit er sein Image aufpolieren konnte. Dieser schwarzhaarige Scheißkerl, den sie seiner Meinung nach wohl aus irgendeiner Mülltonne gezogen hatten, kam ihm da gerade recht. Hockte da in seinem Sessel und machte auf cool, und die Weiber rissen sich um ihn. Nun hatte sich obendrein Bea dazugesetzt. Qualle runzelte die wulstige Stirn und konzentrierte sich auf die Ausarbeitung eines Plans.

Maya stupste Fiona an »Schau mal zu Qualle rüber, er sieht aus wie eine Bulldogge mit Bauchkrämpfen.«

Fiona prustete los. Als sie sich etwas erholt hatte, antwortete sie leise: »Ich glaube, er brütet was aus.«

»Wer brütet was aus?«, wollte Max wissen, der soeben mit seinem Witz fertig geworden war.

»Schscht. Unser Qualle«, raunte ihm Fiona zu.

Die Zeit sickerte dahin, und der Gemeinschaftsraum leerte sich nach und nach. Die Jüngeren verzogen sich zuerst ins Bett. Zu Annis und Beatrices Enttäuschung erhoben sich Larin und Max zusammen, und Maya schloss sich ihnen mit Fiona an. Maya fühlte Annis wütende Blicke in ihrem Rücken, als sie gemeinsam das Zimmer verließen, um sich oben im Flur voneinander zu verabschieden.

Im Schlafsaal hüpfte Fiona aufgeregt zu Maya ins Bett, um die Ereignisse des Tages zu besprechen, solange die Säuerlich nicht ihren Kontrollgang gemacht hatte, um für absolute Bettruhe zu sorgen.

»Los, jetzt erzähl doch mal, was hat Larin heute Morgen so geredet?«

»Hm«, machte Maya, »ich habe ihm erzählt, dass wir seinen Traum ... ähem ... gehört haben, und er fand das mit der Zauberei und den Elfen ganz und gar nicht blödsinnig.«

»Er fand es nicht blödsinnig?«

»Er machte den Eindruck, als fände er es eher ... hilfreich«, sagte Maya.

»Er fand es *hilfreich*? Ich bitte dich, Maya!«

41

»Pst, schrei doch nicht so.«

»Entschuldigung.« Fiona grübelte. »Möglicherweise hat er eine schlimme Kopfverletzung davongetragen, der Ärmste«, sagte sie schließlich mitleidig.

»Quatsch.« Mayas Stimme klang ungewöhnlich schneidend. »Er ist vollkommen klar im Kopf.« Sie schwieg.

»Maya«, tastete sich Fiona vorsichtig vor, »wir haben Frau Silberstein von diesen Dingen erzählen hören, und du bist mit ihren Geschichten aufgewachsen, aber du wirst doch nicht ernsthaft glauben, dass es so etwas gibt?«

Der Montag war der scheußlichste Tag der Woche, denn da begann wieder der Unterricht.

Maya fragte sich, wie sich Larin fühlen mochte. Sie teilte sich mit Fiona eine Bank am Fenster direkt vor dem Lehrerpult, rechts von ihnen saßen Rick und Thomas und daneben an der Wandseite Anni und Beatrice. Hinter denen kamen Qualle mit Wanze und links im Anschluss der Rest aus Qualles Gefolge, nämlich Elia, Lennard und Jörn. Der Platz hinter Maya neben Jörn war frei. Maya saß ganz gerne direkt vor dem Lehrerpult, da ihre Erfahrung war, dass die meisten Lehrer die Schüler vorne übersahen. Sie setzten sich meist gar nicht ans Pult, sondern tigerten im Zimmer umher und richteten ihre Aufmerksamkeit auf die hintere Reihe, wo sie die schlimmsten Unruhestifter vermuteten.

Alle hatten schon unter Scharren und Stuhlgerutsche Platz genommen und taten zumindest so, als würden sie dem Unterricht lauschen, als die Tür aufging und Larin hereinkam.

»Ah, unser Neuer«, sagte Herr Brandmüller ein wenig zerstreut und hob die Nase aus seinem Lateinbuch. Er hatte sich heute für einen hellbraunen Anzug mit einer kaffeebraunen Krawatte entschieden, für seine Verhältnisse eine ungewohnt fröhliche Kombination.

»Setz dich doch neben, äh, hm ... Björn.« Larin ging durch den Gang zu dem ihn angewiesenen Platz und setzte sich neben Jörn.

»Dein Name war noch mal …?« Herr Brandmüller zog die Augenbrauen nach oben, was ihn noch zerknitterter als sonst wirken ließ.

»Larin«, sagte Larin.

»Ach ja, und weiter …?«, bemerkte Herr Brandmüller in seiner freundlichen, leicht abwesend wirkenden Art.

»Das hat er vergessen!«, grölte von schräg hinten eine Stimme. Die Hälfte der Klasse kicherte. Larin wurde blass. Maya saß erstarrt da und wünschte sich nichts sehnlicher, als Qualle irgendwie zum Schweigen bringen zu können.

»Nun …« Herr Brandmüller räusperte sich. »Schön. Hattest du denn auch schon Latein?«

»Ich glaube nicht«, antwortete Larin leise.

Erneutes Lachen erklang. Maya schloss die Augen.

»Wie bitte?«, fragte Herr Brandmüller in das Gelächter hinein und hielt sich eine Hand ans Ohr. »Ruhe da hinten! Würdest du das freundlicherweise wiederholen?«

»Nein, ich hatte kein Latein«, sagte Larin.

»Welche Sprachen hast du denn gelernt?«

»Das war … das kann ich Ihnen nicht so genau sagen.«

Diesmal brach Qualle in brüllendes Gelächter aus, und die hintere Reihe tat es ihm nach.

Herr Brandmüller war sich nicht im Klaren, ob dieser neue Junge nun aufsässig, gestört oder ganz einfach behindert war. Er entschloss sich, bei der Heimleitung genauere Informationen einzuholen, kritzelte etwas in sein Notizbuch und setzte seinen Unterricht fort.

Maya drehte sich zu Larin um und warf ihm einen aufmunternden Blick zu. Sie litt so mit ihm mit, dass ihr selber schon ganz schlecht war. Wie mochte er sich da erst fühlen? Und wie mochten die nächsten Stunden ablaufen? Die restliche Klasse hatte sich beruhigt und ließ sich von der monotonen Stimme des Lehrers einlullen, der inzwischen etwas von einem der Punischen Kriege erzählte. Die meisten waren bald in einen Dämmerschlaf gesunken.

Maya hatte sich ziemliche Sorgen gemacht, aber die nächsten Stunden verliefen für Larin besser als gedacht. Mit Mathematik war er vertraut, zu ihrer aller Überraschung war er sogar erstaunlich gut darin. In Deutsch fiel er insofern auf, dass ihm die grammatikalischen Bezeichnungen völlig fremd waren; allerdings glich er das durch ein gutes Sprachgefühl aus. Zeichnen konnte er nahezu brillant.

»Darf ich mal anschauen, was du da gemalt hast?«, bat Maya Larin ein wenig schüchtern, als sie am Ende des Vormittags die Schulsachen ins Studierzimmer brachten. Um sie herum wuselten die anderen Schüler, die ihre Schulbücher möglichst schnell an ihren Platz feuern wollten, bevor einige von ihnen ihre Pflichten beim Tischdienst wahrnehmen mussten.

Sie war sich nicht sicher, ob er so begeistert von ihrer Bitte war, denn er holte zögernd und wortlos seine Zeichnung hervor. Die Aufgabenstellung war gewesen, ein bedeutendes Bauwerk ohne Vorlage nur aus der Erinnerung heraus zu Papier zu bringen. (Eine Formulierung, die an sich schon für Heiterkeitsausbrüche gesorgt hatte, und Qualle hatte überdies ganz scheinheilig gefragt, was man denn machen solle, wenn man keine Erinnerung habe.) Erstaunlicherweise hatte Larin eine glänzende Leistung vollbracht, indem er einen märchenhaften Palast mit vielen Erkern und hohen Türmchen gezeichnet hatte. Das Gebäude schien vollkommen mit dem Wald verwoben, in dessen grünem Schutz es stand. Die Bäume gingen in das Mauerwerk über und wuchsen wieder aus ihm heraus, so dass man nicht genau erkennen konnte, was nun Stein und was Pflanze war. Es sah aus, als wäre die Natur selbst der Architekt dieses wundersamen Gebildes gewesen.

Sehr vorsichtig nahm Maya das Blatt entgegen.

»Es ist unglaublich. Wie konntest du das denn nur so malen?« Maya war völlig baff.

»Du meinst, nachdem ich mich nicht mehr daran erinnern kann?« Larin klang ein bisschen trotzig und gereizt.

»N-nein, das wollte ich nicht sagen!« Maya sah ihn entsetzt an. Larin starrte vor sich hin.

»Scheiße gelaufen heute, was?«, ertönte eine Stimme hinter ihnen. Max pfefferte schwungvoll seine Schulsachen in sein Fach und gesellte sich zu ihnen. »Fiona hat's mir eben erzählt. Sie ist gerade nach unten gegangen.«

Larin schwieg, und Maya sah noch unglücklicher aus. Ein paar von den kleineren Kindern aus Max' Klasse waren hinzugekommen. Sie reckten die Hälse, um einen Blick auf das Bild zu werfen, das wohl irgendwie im Mittelpunkt des Geschehens stand und das Maya noch immer in der Hand hielt.

»He, cool, Alter!«, schrie Andi, ein sommersprossiger Junge mit auffallenden Segelohren und drängelte sich nach vorne, um es besser sehen zu können.

»Hau ab«, empfahl ihm Max freundlich und scheuchte ihn und die anderen hinaus.

»He, Max, kommst du auch?« Andi, der sich durch nichts erschüttern ließ, steckte den Kopf abermals zur Tür hinein.

Max überlegte einen Moment und schaute von Maya zu Larin und wieder zu Maya. »Ich komme!«, rief er.

Maya hielt Larin das Bild mit leicht zittrigen Händen hin. Ihr Hirn fühlte sich leer an.

Larin nahm das Bild, drehte sich, ohne einen Ton zu sagen um, und verließ das Zimmer.

Zum Mittagessen erschien er nicht. Auch im Studierzimmer, wo sie ihre Hausaufgaben erledigten, war keine Spur von ihm.

Maya konnte sich heute überhaupt nicht konzentrieren. Sie quälte sich durch die Mathematikhausaufgabe über direkte und indirekte Proportionalität und kritzelte lustlos eine Textzusammenfassung in ihr Deutschheft. Seufzend beschloss sie, die Lateinübersetzung von Fiona abzuschreiben, die damit schon fast fertig war. Das würde sich morgen rächen, denn die Hausaufgabe musste an der Tafel flüssig übersetzt werden können. Im Gegenzug schnappte sich Fiona kurz darauf Mayas Mathehausaufgabenheft. Beide waren fast zeitgleich fertig. Maya war so zappelig, dass sie unbedingt in den Garten wollte. Sie hatte das Gefühl, keine Minute länger stillsitzen zu können. Fiona dagegen wollte in Ruhe in einem Buch schmökern.

Maya griff sich ihre Jacke und rannte durch den hinteren Ausgang nach draußen. Sie lief den Kiesweg entlang, der zur alten Eiche führte. Dann fiel ihr ein, dass sie womöglich Max dort treffen würde. Sie hatte keine Lust auf Gesellschaft. Also bog sie Richtung Wald ab, der eine natürliche Grundstücksgrenze darstellte.

Was war nur los? Warum ging ihr die Sache mit Larin so nahe? Sie kannte ihn kaum und fühlte dennoch eine eigenartige Verbundenheit. Mit Fiona war es ihr ebenso ergangen, aber die war ein Mädchen, und die konnte man als solches grundsätzlich besser verstehen. Mit Fiona konnte man über Probleme *reden*. Maya schnaubte. Warum gab Larin ihr immer das Gefühl, wie ein Idiot dazustehen? Sie war doch sonst nicht auf den Mund gefallen. Sobald sie mit ihm redete, klang sie entweder so, als hätte sie einen Sprachfehler, oder, noch schlimmer, ihr Gehirn machte gerade Urlaub. Ausgerechnet dann, wenn sie es am nötigsten gebraucht hätte. Beunruhigenderweise kriegte sie ihn nicht aus ihrem Kopf heraus; etwas Ähnliches war ihr bisher nie passiert.

Maya blieb am Waldrand stehen und atmete tief ein. Die Luft war frisch, und es roch schon ahnungsvoll nach Frühling. Manche Bäume zeigten bereits zaghaft die ersten grünen Spitzen. Trotzdem konnte der Wind noch sehr grimmig wehen, und die Sonne machte sich rar.

Maya kam absichtlich ein paar Minuten zu spät zum Essen, da sie Fionas Fragen nach ihrem Befinden ausweichen wollte. Sie ging ganz richtig davon aus, dass Frau Säuerlich ihr verspätetes Erscheinen nicht bemerken würde, da sie um diese Zeit bereits im Nebenraum speiste. Frau Olm-Grottendunk warf Maya einen strafenden Blick zu, der besagte ›Gerade noch rechtzeitig, sonst wärst du hungrig ins Bett‹. Das hätte Maya notfalls in Kauf genommen. Dankbar setzte sie sich auf den Platz, den Fiona für sie freigehalten hatte und stocherte lustlos in ihrem Essen herum. Sie tat so, als würde sie sich nur für das graugrüne Etwas auf ihrem Teller interessieren und vermied es, in Larins Richtung zu sehen. Hinterher verschwand sie rasch im Schlafsaal und war froh, sich in ihr Bett verkrümeln zu können.

Maya hatte einige Zeit im Bett gelegen und zur Decke gestarrt, als die Tür aufging. Sie schloss die Augen, drehte sich auf die Seite und stellte sich schlafend. Sie hörte das Näherkommen von tapsenden Füßen. Dann setzte sich jemand auf ihr Bett.

»Versuch's erst gar nicht«, sagte Fiona. »Ich glaub's dir ja doch nicht.«

»Hmgrh.«

Fiona strich ihr liebevoll über das braune Haar. »Blöder Tag, was?«

Mit einem Seufzer drehte sich Maya zu ihr um. »Mehr als blöd … Es war grausig. Heute im Unterricht … und dann dieses Bild.«

»Ich weiß. Larin ist gar nicht bei uns unten im Aufenthaltsraum. Das ist auch gut so, denn Qualle hat total aufgedreht, es war nicht auszuhalten.«

Maya stöhnte frustriert. »Es muss etwas passieren. So geht das nicht weiter.«

Der Plan

Vor dem kommenden Tag hatte es Maya besonders gegraut, denn in der zweiten Stunde hatten sie Geschichte, was nicht weiter tragisch gewesen wäre, doch dieses Fach wurde von Frau Säuerlich persönlich unterrichtet. Biologie in der Stunde zuvor war ohne nennenswerten Zwischenfall dahingeplätschert. Sie behandelten gerade Bäume, was die meisten richtig erholsam fanden, da Frau Kohlflieg sie zuvor mit dem Thema Insekten genervt hatte. Alle Mädchen waren dankbar, dass Max nicht in ihrer Klasse saß, denn der hätte sich auf alle Fälle berufen gefühlt, alle möglichen widerlichen Sorten von Krabbeltieren anzuschleppen. Maya bedauerte, dass die Säugetiere im Unterricht recht kurz gekommen waren, sie liebte Tiere und hätte schrecklich gerne zumindest einen klitzekleinen Hamster besessen, aber leider war es ihnen nicht gestattet. An ein Pferd, ihren absoluten Traum, wäre sowieso nicht zu denken gewesen.

Frau Kohlflieg war eine auffallend kleine mollige Person mit karottenrot gefärbten Haaren, die immer wirr und etwas struppig vom Kopf abstanden. (»Wie eine explodierte Dauerwelle«, fand Fiona.) Die Schüler stritten sich darum, ob Frau Kohlflieg mit ihrer großen schwarzen Brille eher einem Insekt, oder wegen ihrer roten Haare und dem breiten Unterkiefer doch eher einem Orang-Utan ähnelte. Sie hatte Larin zu Unterrichtsbeginn lediglich zur Kenntnis genommen, ihm aber keine Fragen gestellt. Vermutlich waren die Lehrer heute besser informiert.

Frau Kohlflieg beendete den Unterricht mit der Anweisung, sich bis zum nächsten Mal die spezifischen Merkmale der verschiedenen heimischen Laubbäume genau einzuprägen. Umständ-

48

lich räumte sie ihre Unterlagen in ihre Tasche und verließ das Zimmer.

Maya packte gerade ihr Biologiebuch unter die Bank und kramte das Geschichtsbuch heraus, als Frau Säuerlich die Tür aufriss und schwungvoll den Raum betrat. »Guten Morgen!«

»Guten Morgen, Frau Säuerlich«, schallte es ihr entgegen. Jeder hatte sich aufrecht hingesetzt, Frau Säuerlich duldete kein Herumlümmeln in ihrem Unterricht. Lediglich Larin sah geistesabwesend zum Fenster hinaus. Er hatte sein Biologiebuch aufgeschlagen liegen lassen und sich im Stuhl zurückgelehnt.

Frau Säuerlich räusperte sich übertrieben laut, was Alarmstufe Gelb bedeutete. Larin nahm sie gar nicht wahr.

»Larin!« Sie trommelte mit der flachen Hand mahnend auf den Tisch. Langsam wandte er den Kopf und sah sie an. Er schien von weit her zurückzukommen.

»Willkommen in meinem Unterricht«, sagte Frau Säuerlich bissig.

»Hallo«, sagte Larin mit gleichgültiger Stimme. Die Klasse hielt den Atem an.

»Nun, dann sehen wir mal, was du bis jetzt gelernt hast. Ist dir die Französische Revolution ein Begriff?«

»Nein.«

»Aha, möglicherweise seid ihr dann beim Mittelalter stehen geblieben?«

»Keine Ahnung«, sagte Larin. Es klang immer noch höchst desinteressiert.

Frau Säuerlich stieg die Zornesröte ins Gesicht.

»Ich erwarte von meinen Schülern eine gewisse Anteilnahme an meinem Unterricht«, sagte sie scharf und bewegte sich durch den Mittelgang auf seinen Platz zu.

»Hol dein Buch heraus, dann werden wir nachsehen, welches der Themen …«, sie schnaubte verächtlich durch die Nase, »dir *bekannt* vorkommt.«

Wie nicht anders zu erwarten, kam aus Qualles Richtung ein

erfreutes Grunzen. Normalerweise erlaubte Frau Säuerlich keine wie auch immer gearteten Zwischenrufe oder unaufgeforderte Bemerkungen in ihrem Unterricht, diesmal jedoch drückte sie ein Auge zu.

Larin tauchte unter seine Bank ab und kramte längere Zeit in seiner Tasche herum. Frau Säuerlichs Gesichtsfarbe sah mittlerweile sehr ungesund aus.

Schließlich zog er etwas hervor, das geringe Ähnlichkeit mit einem Buch aufwies. Das Ding war völlig zerfleddert, und es troff vor Tinte. Es hinterließ auf dem Tisch eine blaue Spur. Larin hielt es mit zwei Fingern kurze Zeit über seinem Pult in der Luft und legte es dann auf die Tischfläche. Die Tinte sickerte fortwährend heraus und bildete langsam eine Lache. Maya stöhnte innerlich auf.

Frau Säuerlich sah einen Moment lang aus, als würde sie platzen. Leider überlegte sie es sich anders.

»Was ist das?«, zischte sie.

»Das Geschichtsbuch«, erklärte Larin.

»Wie ist das passiert?«, fragte Frau Säuerlich scharf.

»Keine Ahnung«, antwortete Larin erneut. Dabei zuckte er gleichmütig mit den Schultern und sah ihr in die Augen.

»Ich weiß, *dass du keine Ahnung hast*.« Sie betonte boshaft jedes Wort. Im Hintergrund hörte man Qualle prusten.

Frau Säuerlichs Augen verengten sich zu Schlitzen. »Du scheinst den Sinn dieser Erziehungseinrichtung nicht ganz erfasst zu haben. Offensichtlich fehlt dir der notwendige Ernst. Du wirst meinen Unterricht in Zukunft nicht mehr mit infantilen Streichen behindern. Außerdem entfernst du umgehend diese Schweinerei. Hinten im Schrank findest du einen Lappen. Wir sehen uns nach der sechsten Stunde in meinem Büro.«

»Das ist unfair«, warf Maya leise ein.

»Was hast du gesagt?« Frau Säuerlichs Stimme klang gefährlich.

»Das ist unfair«, wiederholte Maya laut und deutlich.

»Das gilt auch für dich. Du scheinst in letzter Zeit Vergnügen daran zu finden, dich über Vorschriften hinwegzusetzen. Du bist aufsässig und vorlaut. Ich bin sicher, dass wir dieser bedauerlichen Entwicklung entgegenwirken können – zu deinem Besten. Ich erwarte dich ebenfalls nach der sechsten Stunde in meinem Büro.«

»Ich …«, setzte Maya an.

»GENUG!«, schnitt ihr Frau Säuerlich das Wort ab.

»Aber er …«

Frau Säuerlich hieb mit der Faust auf den Tisch. »KEINE DISKUSSION! – Wir schlagen unser Buch auf der Seite 27 auf. Larin, sobald du den Tisch gesäubert hast, wirst du das Buch deines Banknachbarn mitbenutzen.«

Maya durchlebte die weitere Stunde wie in Trance. Sie hatte Frau Säuerlich sagen wollen, dass Larin mit Sicherheit nicht selbst das Buch beschädigt hatte. Es war zum Schreien ungerecht.

Sie starrte in ihr Buch, ohne zu sehen, was da stand.

Dieser Qualle, diese fiese Socke! Er hatte am Sonntagabend so ein Gesicht gemacht … mit Sicherheit steckte er dahinter.

Eine Doppelstunde Latein sowie je eine Stunde Chemie und Erdkunde trennten Maya und Larin von dem Treffen im Büro der Heimleiterin. Zäh schleppte sich der Unterricht dahin. Irgendwann ging er dann doch zu Ende, und Maya packte ihre Schulsachen zusammen. Sie wartete zusammen mit Fiona auf Larin. Der Inhalt seiner Schultasche hatte ebenfalls Farbe abgekriegt.

»Zeig mal!« Fiona untersuchte die Tasche. »Das kriegen wir wieder hin. Die übrigen Bücher und Hefte hat's gar nicht so schlimm erwischt. Das meiste lief raus, als du das Buch auf den Tisch gelegt hast.«

»Ist egal«, sagte Larin.

»Das war dieser Mistkerl«, zischte Maya leise.

»Kann sein.« Wieder zuckte Larin mit den Schultern. Es schien ihn wirklich nicht zu kümmern.

»Wir müssen gehen.« Maya sah ihn an. »Wir kommen sonst zu spät zur Säuerlich.«

»Hm.«

Gemeinsam steckten sie die Schulsachen in Larins Tasche zurück.

»Moment ...« Fiona wischte gerade das letzte Buch sauber. »Das muss noch rein ... Was immer die Säuerlich sagt, Maya, bleib gelassen. Lass dich bloß nicht provozieren. Die wartet darauf, dir eins auszuwischen.«

»Schon gut, ich bin ganz ruhig.« Maya wirkte in der Tat recht gefasst. »Aber ... danke, Fiona.«

Sie räumten ihre Schultaschen ins Studierzimmer. Qualle hatte sich so hingesetzt, dass sie an ihm vorbeimussten. Maya vermied es, ihn anzuschauen. Sie wusste, dass er sein hämisches Grinsen aufgesetzt hatte, als er ihnen »Viel Spaß« zuzischte.

Betont lässig schlenderte sie zu ihrem Fach und legte ihre Tasche hinein. Larin sah sowieso so aus, als ob ihn das alles nichts anginge.

Sie ging mit ihm zusammen zur Tür hinaus und die Treppe hinunter.

›Zu zweit ist es nicht so schlimm‹, kam es ihr plötzlich in den Sinn. Er schien es ähnlich zu sehen, denn er lächelte sie an. Vielleicht war ihm die Säuerlich tatsächlich egal, überlegte Maya. Zumindest war es das erste Lächeln von ihm seit Langem, und Maya erwiderte es froh.

Larin drückte den schweren Messingtürknauf herunter, und sie traten ein. In Mayas Nase stieg wieder der unangenehme Geruch abgestandener Luft, vermischt mit Möbelpolitur.

Frau Säuerlich thronte hinter ihrem ausladenden Schreibtisch. Sie sah nicht auf, sondern schrieb mit kleinen steilen Buchstaben etwas auf ein Blatt Papier. Das Kratzen des goldenen Füllers über die Seite war das einzige Geräusch in dem Raum. Ein paar Minuten standen Maya und Larin einfach nur da, ohne beachtet zu werden.

›Das macht sie absichtlich‹, begriff Maya, und die Wut kochte in ihr hoch. ›Sie lässt sich Zeit, weil sie uns nervös machen will.‹ Eigenartigerweise empfand Maya keine Angst. Vielleicht war sie zu wütend dafür. Sie spürte Verachtung für diese herzlose Frau. Was würde sie sich ausgedacht haben, um sie zu bestrafen? Wie viel Vergnügen mochte es ihr wohl bereiten?

Frau Säuerlich blickte auf. Ihre Augen waren wie eiskalter Stahl.

»Setzt euch«, wies sie Maya und Larin an. Sie nahmen auf der anderen Seite des Schreibtisches auf zwei unbequemen Stühlen Platz.

Frau Säuerlich rückte ihr Blatt auf dem Tisch gerade und legte den Füller exakt parallel dazu ab. »In einer Einrichtung wie dieser gibt es Regeln«, begann sie ihren Vortrag. »Sie sind unerlässlich für einen reibungslosen Ablauf innerhalb der Gemeinschaft und immens wichtig, um euch als Heranwachsende auf den richtigen Weg zu führen.«

›Regeln‹, fuhr Maya durch den Kopf, ›die *sie* aufstellt, wie es ihr gerade passt. Sie will doch nur, dass wir Regeln brechen, damit sie ihren Spaß hat, wenn sie uns bestraft.‹

Maya hörte lediglich mit halbem Ohr zu.

»... *Habt ihr das verstanden?*«

Maya zuckte zusammen und nickte automatisch. Larin blickte ausdruckslos geradeaus. Er wirkte ein wenig gelangweilt. Glücklicherweise kam Frau Säuerlich dieser Gedanke nicht.

»Deshalb schlage ich vor«, die Heimleiterin ließ sich jedes Wort genüsslich auf der Zunge zergehen, »dass du, Maya, in deiner freien Zeit darüber nachdenkst, wie notwendig die Einhaltung von Regeln ist. Ich erwarte bis nächste Woche einen zehnseitigen Aufsatz darüber. Selbstverständlich DIN A4-Format und keine zu große Schrift. Um dir körperlichen Ausgleich zu verschaffen, wirst du die Parkwege vom alten Laub des Vorjahres befreien. Ich werde das persönlich kontrollieren.« Sie zeigte ihr falsches Lächeln.

»Du, Larin, hast nach wie vor etwas Schonfrist. Du bist noch nicht lange bei uns, und ich werde berücksichtigen, dass Dr. Laaber empfohlen hat, dir eine gewisse Zeit zur Eingewöhnung zuzugestehen. Aus diesem Grund kommst du mit einer geringen Strafe davon. Du wirst die Fenster im ersten Stock reinigen – selbstverständlich nicht im Schlafsaal der Mädchen. Dort haben Jungen nichts verloren. Maya wird das für dich übernehmen. – Gibt es noch irgendwelche Unklarheiten?«

Maya schüttelte den Kopf.

»Ich erwarte eine deutliche Antwort«, ließ Frau Säuerlich in scharfem Ton verlauten. »Habt ihr alles verstanden?«

»Ja«, sagten Maya und Larin im Chor.

»Wie war es?«, wollte Fiona bei der ersten sich bietenden Gelegenheit von den beiden wissen. Maya und Larin hatten das Mittagessen verpasst und trafen Fiona im Studierzimmer an.

»Gehen wir hier raus«, murmelte Maya, denn sie hatte den Eindruck, dass sich etliche Paar Ohren zu ihnen hin ausrichteten. Max heftete sich an ihre Fersen, als sie die Treppe hinunterliefen. Sie beschlossen in den Garten zu gehen, weil man dort einfach am ungestörtesten war – die Dachkammer ausgenommen, aber dazu war am Flur zu viel Betrieb gewesen.

Maya gab eine kurze Beschreibung ab. Fiona war gehörig entrüstet. »Wie kann sie euch so viel Arbeit aufhalsen? Obendrein so ein sinnloses Zeugs? Niemals musste irgendjemand die übriggebliebenen vergammelten Blätter aufkehren, die verrotten doch von selbst! Das ist doch neben den Hausaufgaben und den anderen Diensten, die wir haben, gar nicht zu schaffen!«

»Zehn Seiten Aufsatz!«, schrie Max empört. Er hatte Mühe mit allem, was die Länge einer halben Seite überschritt. »Noch dazu nicht zu groß geschrieben!« Max' Stimme überschlug sich fast.

Maya und Fiona grinsten unwillkürlich. Sie konnten sich noch gut erinnern, dass Max einmal eine Seite einer Strafarbeit in Deutsch mit so großen Buchstaben beschrieben hatte, dass er mit fünf Sätzen fertig gewesen war. Das hatte sich wohl unter den

Lehrern herumgesprochen, die seitdem sicherheitshalber immer diesen Zusatz anfügten.

Sie waren bei der alten Eiche angekommen und kletterten ein Stück nach oben.

»Wir helfen euch selbstverständlich«, versicherte Fiona und sah zu Max hinüber, der bestätigend grunzte und nebenbei einen schwarzen Käfer auf seiner Hand spazieren krabbeln ließ.

»Ihr müsst mir nicht helfen.« Larin hatte sich auf einem dicken Ast ausgestreckt, als würde er bequem im Bett liegen. Mit einer lässigen Bewegung strich er eine schwarze Haarsträhne aus der Stirn. »Ich habe erst gedacht, ich sage dieser Frau gleich, dass sie ihre Fenster selber putzen kann. Dann habe ich nachgedacht. Wenn ich sie noch wütender gemacht hätte, hätte sie es vielleicht an Maya ausgelassen – sie muss sowieso schon die Fenster im Mädchenschlafsaal für mich putzen. Das wollte ich auf gar keinen Fall. Aber ich bin eh nicht mehr lange hier.«

»Au!«, rief Max, der sich so schnell zu Larin umgedreht hatte, dass er mit dem Kopf an einen Ast gestoßen war.

»Du willst fort?« Maya sah ihn erschrocken an. »Aber du weißt doch gar nicht, wo du herkommst? Oder ist dir inzwischen irgendetwas dazu eingefallen?«

Larin zögerte. »Manchmal sehe ich etwas wie hinter einem Schleier verborgen. Und einmal kam wie ein Lichtblitz ein Stückchen Erinnerung zurück.«

»Das Bild«, meinte Maya.

»Ja. Aber ich weiß trotzdem nicht, wo ich das gesehen habe. Ich weiß nur, dass es real ist.«

»Wie kann es so ein Gebäude in Wirklichkeit geben?« Man merkte Fiona an, dass sie es nicht so recht glaubte. »Deine Zeichnung sah aus wie die Illustration in einem Märchenbuch, wo in aller Welt soll es denn Behausungen geben, die mit dem Wald verwachsen sind?«

»Mal doch noch mal etwas«, schlug Max vor, »vielleicht fällt dir dann wieder was ein.«

»So einfach ist das nicht. Außerdem … ich hab es schon versucht. Es hat nicht funktioniert.«

»Sag mal, … was hat eigentlich dieser Doktor gesagt?« Maya hoffte, dass Larin ihr die Frage nicht verübeln würde.

»Der meinte, dass ich im Wesentlichen gesund bin, und dass mit ein wenig Glück das Gedächtnis bald wiederkommt.«

»Das hört sich doch fantastisch an!«, freute sich Fiona.

»Du glaubst das nicht …«, sagte später Maya zu Larin, als sie gemeinsam im nun menschenleeren Studierzimmer die Fenster putzten. (Fiona hatte darauf bestanden, den Mädchenschlafsaal zu übernehmen, und Max hatte den Jungenschlafsaal in Angriff genommen.) »… Du glaubst nicht, dass dein Gedächtnis einfach so zurückkommt.«

»Nein. Das kommt nicht einfach so zurück. Ich weiß nicht, warum ich weiß, was ich weiß.« Larin musste selber über die Formulierung lachen. Maya stimmte mit ein. Sie war erleichtert, dass er nicht mehr so trübsinnig herumhing.

»Ich habe nachgedacht.« Maya bearbeitete konzentriert die Fensterscheibe mit dem Lappen und überlegte, wie sie die Frage am besten formulieren könnte.

»Sag's einfach.« Larin lächelte sie aufmunternd an.

»Es ist seltsam, dass du so viel über Mathematik und Chemie und Biologie und so weißt, aber …«

»Du meinst, dass ich keine Ahnung von Geschichte und Fremdsprachen habe?«

»Ja, genau. Es ist so, als kämest du von irgendwo anders her.«

»Aber ich spreche Fremdsprachen.«

»Warum hast du das denn den Lehrern nicht gesagt?«

Larin grinste. »Weil sie mich für völlig übergeschnappt gehalten hätten. Oder wie findest du ›Shidájim lechadís nohor an lin isnaját athalín an rién‹?«

»Das klingt total schön.« Maya hatte den Lappen hingelegt und sah Larin an. »Was heißt das?«

Larin wurde rot. »Das sag ich dir vielleicht ein anderes Mal.«

»Ähm …« Maya durchsuchte krampfhaft ihr Hirn nach einem sinnvollen Satz. »Willst du mir sagen, welche Sprache das ist?«

»Ich fürchte, du würdest es mir nicht glauben.«

»Ich würde es dir glauben.«

Eine Pause entstand. Maya hatte schon gar nicht mehr mit einer Antwort gerechnet, als Larin schließlich doch etwas sagte.

»Das ist die Sprache der Elfen«, erklärte er.

»Donnerwetter«, staunte Fiona. Sie und Maya lagen bereits im Bett, als sie sich endlich in Ruhe, wenn auch nur kurz, unterhalten konnten.

»Die Sprache der Elfen. Das hat er wirklich gesagt?«

»Ja, und die Sprache hat sich wunderschön angehört. Sie klang wie eine Melodie und so weich wie Samt. Man ist froh und traurig zugleich geworden. Schade, dass du nicht dabei warst.«

»Dann hätte er es vielleicht nicht gesagt.«

WUSCH. Fiona flog ein Kissen an den Kopf.

»Mpf … hör auf!« Fiona warf es lachend an den Absender zurück.

Maya war ganz froh, dass es im Zimmer dunkel war, denn ihr Gesicht hatte sich wie bei einem Chamäleon der Farbe ihrer Bettdecke angepasst, und die war dunkelrot.

»Fiona?«

»Hm?«

»Hältst du es für sehr übergeschnappt, wenn ich ihm glaube?«

»Ich weiß nicht. Ich weiß momentan überhaupt nicht, was ich denken soll.«

Der nächste Tag brachte dunkle Wolken mit.

›Na, toll‹, dachte Maya verärgert, als sie nach dem Aufstehen aus dem Fenster sah. ›Jetzt sind wir mit dem elenden Fensterputzen fast fertig, und ich könnte am Nachmittag mit dem Kehren der Wege anfangen, aber bis dahin wird es wohl regnen.‹

Sie sollte recht behalten. Gegen Mittag kam ein starker Wind auf, und der Regen prasselte gegen die Scheiben des Speisesaals, wo sie sich zum Essen eingefunden hatten.

»Heute ist mein Glückstag«, murmelte Maya, als sie versuchte, die bräunlichen Klumpen auf ihrem Teller zu identifizieren. ›Du lieber Himmel‹, dachte sie, ›waren das einmal Kartoffeln?‹

Der Regen wollte nicht aufhören. Mit Fiona zusammen putzte sie die restlichen Fenster im Schlafsaal der Mädchen zu Ende, was ein bisschen abenteuerlich war – man musste sie dabei öffnen, und es regnete zum Fenster herein.

Es war später Nachmittag, als sie mit ihrer Arbeit zu Ende waren. Fiona überredete Maya, die Gartenarbeit auf den nächsten Tag zu verlegen. Maya musste ihr recht geben, denn bei Regen und Wind Blätter zu kehren war schlichtweg unmöglich.

Larin war trotz des miesen Wetters besserer Stimmung. Er spürte, dass Maya ihm glaubte und fühlte sich nun weniger allein. Glücklicherweise war der Unterricht am Morgen ohne außergewöhnliche Vorkommnisse verlaufen, sofern man davon absah, dass aus Qualles Federmäppchen eine beträchtliche Anzahl großer, schwarz glänzender Käfer gekrabbelt war. Sie stammten allesamt von Max, der sie im Garten mühsam gesammelt und für diesen besonderen Augenblick aufbewahrt hatte. Anni und Beatrice waren kreischend auf den Stühlen gestanden, und Herr Brandmüller hatte Qualle sehr getadelt, da er angenommen hatte, dass der sie absichtlich losgelassen hatte.

»Hoffentlich bedauerst du das nicht«, sagte Fiona hinterher ungewöhnlich streng zu Max. »Qualle verfüttert deine Einzelteile an die Käfer, falls er erfährt, dass du das warst.«

»Das Einzige, was ich bedauere«, meinte Max, »ist, nicht dabei gewesen zu sein.«

Am Abend herrschte wegen der ›Kampfkäferattacke‹, wie Max es nannte, im Aufenthaltsraum dicke Luft. Maya war froh, dass es nicht zu einer Auseinandersetzung zwischen Larin und Qualle kam, aber sie war sicher, dass es nicht mehr allzu lange dauern würde, bis irgendetwas passierte.

Mit diesem unangenehmen Gedanken erwachte sie am nächsten Tag. Der nächste unangenehme Gedanke drängte sich ebenfalls in ihr Bewusstsein: Sie musste noch die Blätter von den Wegen kehren, was im Prinzip bedeutete, dass sie sämtliches abgefallene Laub zusammenrechen und in Säcke füllen musste, denn der Wind würde das verbliebene sofort von neuem auf die Wege wehen. Das Wetter war typisch für den Monat April: Mal konnte es stürmen, dann wieder schien die Sonne. Heute gab es zur Abwechslung Sonnenschein, ideal für Arbeiten im Freien. Maya stöhnte, denn ihr fiel der zehnseitige Aufsatz ein, der bis Montag fertig sein musste.

Das gute Wetter hielt bis zum Freitag, was ein Glück war, denn der gestrige Nachmittag hatte nicht ausgereicht, zu viert die riesigen Mengen Laub einzusammeln und auf den Komposthaufen zu werfen. Larin hatte ganz selbstverständlich mitgeschuftet. Er schien gerne mit ihnen zusammenzusein und taute in ihrer Gegenwart richtig auf. Allerdings gab es Momente, wo er sich völlig in sich zurückzuziehen schien und tieftraurig wirkte.

Nachdem sie den Kampf gegen das Laub gewonnen hatten, trafen sich Maya, Fiona und Max mit Larin in der Dachkammer. Sie hatten diesen Ort gewählt, weil sie mit Larin Dinge besprechen wollten, bei denen sie wirklich absolut ungestört sein wollten. Es war heute nicht schwierig gewesen, sich Zugang zu verschaffen, da sowieso jeder im Freien rumhing. Das Haus wirkte wie ausgestorben. Lediglich auf Frau Säuerlich und die Pralinenschachtel musste geachtet werden, aber das konnte man gut in den Griff kriegen.

»Ich habe also etwas von einem Wasserfall geträumt«, wiederholte Larin Mayas Schilderung. »Seltsam, ich kann mich nicht mal an meine *Träume* richtig erinnern.« Er ging nachdenklich im Zimmer auf und ab. Im Sonnenlicht, das durch die schmalen Dachgauben hereinströmte, tanzte der Staub. Max lümmelte auf der Rückenlehne des riesigen Ohrensessels herum und brachte wild gestikulierend eine abenteuerliche Erklärung nach der anderen für Larins Erlebnis vor. Auf der weichen Sitzfläche des Ohrensessels hatte es sich Fiona bequem gemacht. Sie versuchte, Max am Herumzappeln zu hindern, denn ab und zu verlor er den Halt, kullerte versehentlich die Lehne herunter und landete ihr wie ein Sack Kartoffeln im Genick.

Maya saß im Schneidersitz am Boden und grübelte vor sich hin. »Wenn wir herausfinden wollen, was das alles zu bedeuten hat, ist es wohl am vernünftigsten, im Gebirge die Stelle zu suchen, wo deine Erinnerung abreißt. Vielleicht kann man dort irgendeinen Hinweis entdecken. Wenn du Glück hast, kommt das Gedächtnis ja komplett zurück.«

»Ja, genau das habe ich mir auch überlegt«, erwiderte Larin.

Max rutschte Fiona in den Nacken, und sie pikste ihn mit dem Finger in die Seite, um ihn wieder nach oben zu scheuchen. »Und wie stellt ihr euch das vor? Wir können nicht einfach mal so für ein bis zwei Tage oder länger verschwinden, wer weiß, wie lange wir suchen müssten.«

»Ich … hab nicht unbedingt von *uns allen* geredet«, bekannte Maya leise. »Mir ist klar, dass man nicht einfach so zum Suchen losziehen kann und dann wieder auftaucht, als sei nichts gewesen. Wir würden hier bis ans Ende unserer Tage Laub kehren und Fenster putzen. Ich fürchte, sobald wir gegangen sind, gibt es kein Zurück. Aber ich will es auch gar nicht. Ich kann diese Frau nicht mehr sehen. – Ich verschwinde von hier. Endgültig.«

Fiona setzte sich kerzengerade im Sessel auf. Max plumpste ihr schwungvoll in den Rücken.

»Nein, Maya! Das ist jetzt nicht dein Ernst!« Fiona riss entsetzt die Augen auf.

»Ich denke doch«, entgegnete Maya mit belegter Stimme.

»Seit die widerliche Säuerlich hier ist, ist es sowieso nicht mehr zum Aushalten. Ich würde mir so arg wünschen, dass ihr auch mitkommt. Wir haben schon oft über eine Flucht nachgedacht und jede Menge Pläne geschmiedet!«

»Ja, aber doch nicht ernsthaft! Und die Säuerlich bleibt sicherlich nicht ewig da! Maya, das geht doch nicht! Du darfst uns nicht verlassen!« Fiona war fassungslos. »Schau, im Dorf haben sie erzählt, dass die Cousine von Frau Meisner aus dem Lebensmittelladen sich um die Stellung als neue Leiterin bemüht hat, und die soll ganz nett sein.«

»Bis dahin«, versicherte Maya düster, »hab ich die Säuerlich erwürgt.«

Eine Zeitlang versanken sie in dumpfes Brüten. Maya musste nicht aufsehen, um zu wissen, dass Larin sie nachdenklich musterte. Max war auf die Rückenlehne zurückgerobbt und starrte ungewöhnlich regungslos auf eine kleine gelbe Spinne, die begonnen hatte, einen Faden vom zerbrochenen Glasschirm der altersschwachen Stehlampe bis zu Fionas Ohr zu ziehen. Angestrengt legte er die Stirn in Falten. Man sah ihm an, dass in seinem Kopf die Gedanken Karussell fuhren.

Maya räusperte sich, um den Frosch im Hals loszuwerden. »Das, was ich vorhin gesagt habe, meine ich wirklich so. Ich halte es echt nicht länger aus, und Larin bleibt sowieso nichts anderes übrig, als zu gehen. Von daher ist jetzt einfach der richtige Zeitpunkt. Ich helfe ihm beim Suchen, und dann sehen wir weiter.«

»Bitte nicht!«, flehte Fiona. »Überleg dir das doch noch mal!« Sie seufzte tief auf. »Ich kann ja verstehen, dass dir die Säuerlich zum Hals raushängt, besonders, nachdem sie das mit deiner Hand gemacht hat. Es ist ja immer noch nicht richtig verheilt, aber Maya, du kannst doch deshalb nicht gleich weglaufen …«

Larin kam zu Maya herüber und hockte sich vor sie auf den Boden. Instinktiv zog sie ihren Pulloverärmel über ihre verletzte

linke Hand. Er streckte seine Hand nach ihrer aus. »Zeig her.«
Behutsam nahm er ihre Hand und schob vorsichtig den Ärmel
zurück. Dann sah er sie mit einem merkwürdigen Gesichtsausdruck an. Maya zog ihre Hand weg. »Ach, es ist wirklich nicht so
schlimm.«

»Das finde ich nicht«, sagte Larin und seine dunklen Augen
funkelten. »Wir sollten beraten, wie und wann wir von hier fort-
kommen, wenn es wirklich das ist, was du willst.«

»Ha!«, brüllte Max, dass alle zusammenfuhren. »Ich bin auf
jeden Fall dabei!«

»O nein! Ich will nicht ohne euch hierbleiben. Das ertrage ich
nicht«, flüsterte Fiona gequält und schluckte.

Alle schwiegen betreten. Eine Träne rollte Fionas Wange hinab
und fiel in ihren Schoß.

Maya nagte auf ihrer Unterlippe herum. Der Kummer ihrer
Freundin ging ihr sehr nahe. Es tat ihr weh, ihr das antun zu müssen, und sie fühlte sich ganz elend dabei. Sie hatte das Gefühl,
innerlich zu zerreißen. Zum einen wollte sie sie nicht drängen
mitzukommen, andererseits aber konnte sie sich nicht vorstellen,
ohne Fiona zu gehen. Sie waren immer wie zwei Schwestern gewesen. Betroffen starrte sie mit glasigen Augen vor sich hin. Larin beobachtete verlegen eine dicke Fliege, die laut summend
unermüdlich gegen die Scheibe dotzte, und Max fand plötzlich
das Innenleben eines herumliegenden Polsterkissens ungemein
spannend.

»Aber … wie soll das funktionieren?«, fragte Fiona schließlich
zaghaft in das Schweigen hinein. »Das Geld, das ich von meinen
Eltern geerbt habe, liegt auf der Bank und wird verwaltet. Das
bekomme ich erst mit 18. Das dauert noch über zwei Jahre, wovon sollen wir denn bitte bis dahin leben?«

»Soll das heißen, du kommst mit?«, flüsterte Maya und wischte sich eine Träne aus dem Augenwinkel. Fiona holte tief Luft.
Sie brachte ein verkrampftes Lächeln zustande. »Was bleibt mir
denn anderes übrig?« Niedergeschlagen ließ sie den Kopf hängen.

Maya sprang auf und fiel ihr um den Hals. »Du wirst sehen, es ist das Richtige!« Erleichtert quetschte sie sich neben ihre Freundin auf den ächzenden Ohrensessel. Die Spinne floh empört auf die Stehlampe zurück.

»Mann, wir haben das nun wirklich oft genug bequatscht.« Max klang eine Spur eingeschnappt. »Habt ihr vergessen, dass ich ebenfalls Geld besitze? Und dass mein Papa jemanden kannte, von dem wir falsche Papiere kriegen können? Oder habt ihr gedacht, ich erzähle Schrott?« Er wandte sich Larin zu: »Fionas Eltern haben ein altes Ferienhaus am Fichtelsteiner See, da könnten wir uns einnisten, es ist unbewohnt. Es ist sogar 'ne größere Stadt in der Nähe, wo man weiter zur Schule gehen kann.« Er rümpfte die Nase, als hätte er den Geruch von faulen Eiern eingeatmet. »Die Mädels finden das ja wahnsinnig wichtig.«

Larin erhob sich. »Seid ihr alle völlig sicher, dass ihr mit mir abhauen wollt? Für mich ist die Sache klar: Ich muss zum Ausgangspunkt zurück.« Er blieb im Lichtkegel des Fensters stehen. »Ich muss dahin zurück, wo ich meine Erinnerung verloren habe.«

»Hm.« Fionas Blick wanderte zu Larin. Ihre Augenbrauen zogen sich zusammen. »Es gibt einen Haken … nein, nicht wegen mir«, beeilte sie sich zu sagen, als sie Mayas neben sich scharf die Luft einziehen hörte. »Ich stelle es mir sehr schwierig vor, den Weg in die Berge wiederzuerkennen, es war Nacht und schüttete wie aus Kübeln.«

»Es gibt durchaus Anhaltspunkte«, beruhigte Larin. »Ich weiß die Richtung, aus der mich der Reiter gebracht hat. Wir müssen den südlichen Pfad in die Berge einschlagen. Zu Pferd kommt man im steileren Gelände nur langsam voran. Demnach dürfte es zu Fuß in einer halben Tagestour zu schaffen sein. Dann müssten wir auf den Wasserfall stoßen.«

»Wasserfall? Aber es gibt nirgends einen«, meldete sich Max. »Wir würden doch davon wissen, wir wohnen schließlich schon länger hier.«

Gedankenverloren strich Fiona sich eine Strähne ihres roten Haares aus dem Gesicht. »Dass wir ihn nicht kennen, heißt nicht unbedingt, dass keiner da ist.«

»Als ich zu mir kam, lag ich quer über einem Pferderücken und habe trotz des Regens ein starkes Rauschen gehört. Ich konnte das Geräusch damals nicht zuordnen, aber das muss der Wasserfall gewesen sein, von dem ich später geträumt habe. Mir war ziemlich schummrig, ich hatte nicht gerade das beste Zeitgefühl. Trotzdem bin ich sicher, dass es nicht lange gedauert hat, bis wir an einem gewaltigen Felsbrocken vorbeiritten. Der ist mit Sicherheit bereits von Weitem gut zu sehen. Wenn wir den gefunden haben, finden wir auch den Wasserfall. Er fiel mir auf, weil er seltsam geformt war – wie ein Gesicht mit einer riesigen Nase.«

Maya schmunzelte. »Einen Felsbrocken zu finden, der aussieht wie unsere entzückende Säuerlich, das dürfte nicht allzu schwierig sein.« Sie atmete tief durch. »Ich bin so froh, dass du mitkommst, Fiona.«

»Na ja, du bist meine einzige Freundin hier!«

»Danke«, warf Max spitz ein.

»Aber … nein, so war das doch nicht gemeint! Du bist ja schließlich kein *Mädchen*.«

»Yeah«, verkündete Max zufrieden, »da bin ich noch mal davongekommen. Hab echt Schwein gehabt, dass ich keines bin.«

Fiona boxte ihn so energisch in die Seite, dass er rückwärts vom Sessel fiel.

»He!« Max rappelte sich auf und klopfte mit gespielter Entrüstung die Staubflusen ab. Er drapierte sich betont würdevoll auf dem Melkschemel. »Da haben wir's. Mädchen zetteln ständig Schlägereien an.«

»Entschuldigung!« Fiona war über sich selbst erschrocken. »Ich bin ganz durcheinander.«

Maya lachte und nahm ihre Freundin in den Arm. »Das gibt sich. Du musst wirklich keine Angst haben. Überall ist es besser als hier. Und wir sind zusammen.«

»Da hast du recht.« Ausgesprochen überzeugt klang Fiona nach wie vor nicht.

»Also«, ließ sich Max vernehmen, »erst begleiten wir Larin zu dem Felsen, der wie die Säuerlich aussieht, damit er sein Gedächtnis wiederfindet«, er kicherte, »ich hab gehört, so was kann durch einen Schock ausgelöst werden, da ist dieser Säuerlichfelsen genau richtig – und dann tauchen wir unter. Die paar Jährchen, bis wir an deine Kohle rankommen, Fiona, überstehen wir locker.«

Diese Bemerkung entlockte sogar Fiona ein Lächeln.

»Ihr habt gedacht, ich übertreibe, stimmt's? Tsts.« Max schüttelte vorwurfsvoll den Kopf, dann grinste er breit. »Die Knete kommt von meiner Großtante. Die überweist mir regelmäßig was. Ich hab's gespart. Was soll ich mir hier schon kaufen? – Wahrscheinlich wollte sie mit dem vielen Geld ihr schlechtes Gewissen beruhigen«, stellte er sachlich fest.

»Du hast eine Großtante?«, fragte Maya verblüfft. »Die hast du nie erwähnt.«

Max hüstelte. »Sie wollte mich nicht. Ich war ihr wohl zu anstrengend. Na ja, sie ist uralt und ich erinnere mich, dass sie einen fetten Mops hatte, dem zog sie immer Kleidchen an. Ist vielleicht ganz gut, dass ich da nicht wohnen muss. Dein mopsfreies Ferienhaus ist mir lieber, Fiona.«

»Zu meinem mopsfreien Ferienhaus werden wir allerdings ein paar Tage brauchen. Zumal wir in die entgegengesetzte Richtung loslaufen, wenn wir vorher mit Larin diesen Wasserfall suchen. Wir müssen alles genau durchdenken, sonst werden wir bereits unterwegs geschnappt.«

Maya zog die Stirn in Falten. »Nun, so übel ist es gar nicht, erst nach Süden ins Gebirge zu gehen. Eben weil es unsinnig ist, vermutet uns da keiner. Die nehmen bestimmt an, dass wir so schnell wie möglich die nächste Großstadt erreichen wollen.«

»Die Nächte in den Bergen sind kalt«, gab Fiona zu bedenken.

»Wenn wir Larins Rätsel gelöst haben, müssen wir irgendwo

übernachten können. Erinnert ihr euch an die Hütten auf unseren Wanderungen?«

»Klar, bei einer musste ich ständig kotzen«, strahlte Max.

»Du hattest dich überfressen«, sagte Fiona missbilligend.

Larin ging zum Fenster, öffnete es und ließ die hartnäckige Fliege hinaus, die es noch immer nicht aufgegeben hatte, sich geräuschvoll gegen die schmutzige Scheibe zu stürzen. Erleichtert brummte sie im Zickzackflug davon.

Max grinste. »Die hat's schon geschafft. Wobei ich nicht mit ihr tauschen möchte, die hat jetzt bestimmt tierisch Kopfschmerzen.«

Larin sah der Fliege hinterher. »So leicht wird es für uns nicht werden. Was wir vorhaben, ist nicht ganz ungefährlich.«

»Im schlimmsten Fall erwischen sie uns«, sagte Maya. »Vielleicht würde dann die Öffentlichkeit auf die Zustände im Waisenhaus aufmerksam werden, und die Säuerlich wird rausgeworfen.«

»Aber falls nicht, kriegt ihr den Ärger eures Lebens.« Larin warf einen Blick in Richtung Mayas Hand. »Diese Heimleiterin ist eine bösartige Frau.«

Max zuckte mit den Schultern. »Ja, sie ist nicht so der Kuscheltyp«, erklärte er leichthin und sorgte damit für beträchtliche Erheiterung.

»Nun, du würdest den gleichen Ärger kriegen«, warf Fiona an Larin gewandt ein. »Du gehörst ja auch irgendwie hierher.«

»Ich habe noch nie hierher gehört.« Er sah auf einmal sehr finster drein. »Versteht das bitte nicht falsch – ich bin froh, dass ich euch getroffen habe, aber es ist hier so … so völlig anders …«

»Klar ist es anders.« Max verdrehte die Augen. »Die zwei Gruseltanten Säuerlich und Olm-Grottendunk sind ja so was von anders …« Er verzog das Gesicht zu einer hässlichen Fratze und schüttelte sich in gespieltem Entsetzen. Die anderen lachten.

»Was genau meinst du damit – was ist hier so anders?«, fragte Maya. »Anders, weil du vermutlich noch nie in einem Waisenhaus warst, oder anders … na ja …«

Während sie nach Worten suchte, trat er auf sie zu. Er zog etwas aus seiner Hosentasche und hielt es hoch, als wäre es ein äußerst kostbarer Schatz. Die Mädchen und Max starrten darauf. Es war der Stab, den er plötzlich in der Hand gehalten hatte, als es mit der Gang Ärger gab.

»Was ist das?«, wollte Max wissen.

»Daran«, sagte Larin, »erinnere ich mich. Es ist ein Zauberstab.«

Fiona starrte ihn schockiert an, und Max gab ein rätselhaftes »Wadaswassis« von sich. Maya fing sich als Erste.

»Wie kannst du das wissen?«

Larin lächelte. »Ich weiß es einfach«, sagte er schlicht. »Vielleicht habe ich ihn nicht wie die anderen Dinge vergessen, weil ich ihn bei mir trage. Er scheint wie eine Verbindung irgendwohin zu sein. Aber er funktioniert nicht mehr. Ich kann damit nicht mehr zaubern.«

Max war vollkommen aus dem Häuschen. »Mit dem Ding kann man wirklich zaubern? Cool! Kann ich das auch? Zeig mal, vielleicht klappt's ja bei mir?« Er streckte seine Hand aus, aber Larin bremste seine Begeisterung.

»Ich fürchte, das klappt nicht.«

Maya deutete auf den Zauberstab. »Da sind ja Zeichen eingeritzt! In einer ganz feinen Schrift!«

Larin hielt ihn ihr hin. »Möchtest du ihn nehmen?«

»Ja.« Fast ehrfürchtig nahm ihn Maya in die Hand. »Er ist wunderschön.« Sie drehte ihn hin und her. »Ich kann die Schrift nicht lesen.«

»Ich hab total gute Augen«, beteuerte Max eifrig. »Bestimmt ...«

»Nein, das meinte ich nicht. Ich kann nicht lesen, was da steht, weil es in einer fremden Sprache geschrieben ist.« Maya sah Larin fragend an.

»Leider.« Larins Stimme klang traurig. »Ich weiß auch das nicht mehr. Ich kann dir die Bedeutung nicht sagen. Ich habe das

Gefühl, dass ich diese Schrift gut kenne, aber es ist, … wie wenn du eine Sache durch dunkles Glas ansiehst, verstehst du? Du erkennst undeutlich irgendwas, aber du siehst es nicht richtig. Es ist zum Verrücktwerden.«

»Ob der aus einem normalen Baum geschnitzt ist?« Fiona runzelte die Stirn und griff nach dem Stab, als könne er sie beißen. Vorsichtig untersuchte sie ihn. »Es ist auf alle Fälle ein ziemlich hartes Holz … und unglaublich biegsam«, stellte sie überrascht fest.

»Das muss es auch sein«, sagte Larin, »schließlich muss er in die Tasche passen.« Er steckte ihn wieder ein. »Wir müssen noch einiges planen. In etwa einer Stunde müssen wir zum Abendessen erscheinen.«

»Ja, zum Beispiel, was wir zu essen mitnehmen«, rief Max bestens gelaunt.

»Fresssack.« Maya knuffte ihn in die Rippen.

Max beachtete sie nicht. »Wir müssen eine falsche Spur legen!«

»Hm.« Maya dachte nach. »Wir könnten besonders auffällig den Busfahrplan studieren, der in der Halle hängt. Dann nimmt hinterher jeder an, dass wir eine Verbindung in die nächste Stadt rausgesucht haben. Niemand wird denken, dass wir in die ganz andere Richtung, ins Gebirge, unterwegs sind.«

»Gute Idee!« Fiona klopfte ihrer Freundin auf die Schulter, und Larin nickte anerkennend.

»Wann hauen wir ab?«, wollte Max wissen.

»Auf alle Fälle nicht in der Nacht«, sagte Larin sehr bestimmt. »Selbst wenn wir genug Lampen besorgen könnten, wäre es einfach zu gefährlich. Es ist nachts stockdunkel in den Bergen, und wir könnten abstürzen.«

»Dann gehen wir eben kurz vor Sonnenaufgang«, schlug Fiona vor.

»Nein, ich denke, dass wir da ein ziemliches Risiko eingehen würden. Wenn nur einer aufwacht, sobald wir aus dem Schlafsaal schleichen, ist unser Plan geplatzt«, erläuterte Larin.

»Wann meinst du, ist der beste Zeitpunkt?«, fragte ihn Maya.

»Nach dem Frühstück an einem Wochenende. Da laufen eh alle kreuz und quer, jeder hat irgendwas vor, und wir fallen nicht weiter auf. Wichtig ist, einen unterrichtsfreien Tag auszusuchen, sonst würden sie sofort merken, dass wir fehlen. So sind wir ausgeschlafen, haben was gegessen und zudem einen halben Tag Vorsprung. Bis sie blicken, dass wir zum Mittagessen nicht da sind, sind wir schon längst über alle Berge.« Er grinste.

»Morgen ist kein Unterricht! Da ist Sonntag!« Max hüpfte auf und ab.

»Morgen? A-aber doch nicht so bald!« Fiona wurde blass. »Ich muss mich erst an den Gedanken gewöhnen, können wir nicht zumindest bis übermorgen warten?«

»Schau, wir können an keinem Wochentag gehen, die Lehrer würden unser Verschwinden sofort melden.« Maya legte tröstend die Hand auf Fionas Schulter. »Und bis zum nächsten Wochenende will vermutlich keiner von uns warten, oder?«

»Keinesfalls!« Max starrte Fiona mürrisch an.

Fiona seufzte. »Na schön. Ich will es ja ebenfalls. Es kommt nur etwas plötzlich.«

»Dann ist es also beschlossen«, bekräftigte Larin. »Am besten packen wir gleich jetzt unauffällig unsere Sachen zusammen und zweigen vom Abendessen etwas Proviant ab. Anschließend deponieren wir alles irgendwo außerhalb des Hauses. So müssen wir morgen nicht auf eine Gelegenheit warten, unser Zeug unbemerkt rauszuschmuggeln.«

»Boah, woran du so alles denkst!« Max war beeindruckt. »Ich kann dir auch sagen, wo wir es hinbringen. Ganz am Rand des Gartens steht eine uralte Weide mit einem hohlen Stamm. Vom Haus aus ist sie nicht zu sehen. Das gibt ein voll gutes Versteck ab.«

»In Ordnung.« Larin sah von einem zum anderen. »Lasst uns anfangen!«

Sie fanden sich aufgeregt und erhitzt zum Abendessen ein.

Maya hoffte, dass man ihr die Nervosität nicht ansah, und dass Max sich im Lauf des Abends nicht verplapperte. Das meiste Gepäck hatten sie bereits heimlich in Rucksäcken verstaut. Viel besaßen sie sowieso nicht. Außer den üblichen Klamotten und Kleinkram stopften Fiona und Max ihre persönlichen Erinnerungsstücke hinein, wobei sich Fionas Rucksack bedenklich blähte, nachdem er das Fotoalbum hatte schlucken müssen. Maya besaß keine Andenken.

Kurz bevor der Gong zum Essen ertönte, hatten sie das Gepäck im hohlen Baum verborgen. Um die Zeit hielten sich die meisten normalerweise im Haus auf, sodass sie bei niemandem Verdacht erregten. Lediglich Max sorgte kurzfristig für ein Problem: Er hatte daran gehindert werden müssen, seine Sammlung an besonders bunt gemaserten Steinen mitzuschleppen, die er auf Ausflügen gefunden hatte; ansonsten war alles nach Plan verlaufen.

Maya und Fiona hatten sich auffällig vor dem Busfahrplan postiert und begannen zu tuscheln, als Anni und Beatrice aufkreuzten. Sobald die beiden näher kamen, taten sie so, als würden sie sich ertappt fühlen. Sicherheitshalber wiederholten sie dieses Spielchen, als gerade ein paar Jungen aus Qualles und Wanzes Clique vorbeigingen.

»Irgendeiner wird sich doch wohl daran erinnern und uns verpfeifen«, flüsterte Fiona zufrieden Maya zu.

Die Mädchen hatten sich mit Max und Larin an den Tisch gesetzt, als Anni und Beatrice sich dazudrängelten.

»Hi!« Anni strahlte Larin aus großen blauen Augen an und strich sich breit lächelnd eine blonde Haarsträhne aus dem Gesicht. Maya registrierte erfreut, dass er nur kurz hinüber sah und höflich zurückgrüßte.

›Gut, dass Anni wenigstens bei Tisch die Klappe halten muss‹, dachte Maya und sah zur Olm-Grottendunk hinüber. ›Sonst hätte sie ihm die Ohren abgequatscht.‹ Dann vertiefte sie sich in ihren Eintopf, der diesmal aus Matsch mit Grünschattierung bestand.

Dazu gab es Brot, was sehr praktisch war, denn es eignete sich hervorragend als Proviant. Max hatte bereits verstohlen ein paar Scheiben unter seinen Pullover geschoben. Anni und Beatrice kicherten ohne ersichtlichen Grund und warfen ständig Blicke zu Larin hinüber.

»Maya, was machst du?«, zischte ihr Fiona zu.

»Ups.« Maya betrachtete das zerkrümelte Brot in ihrer Hand.

Als das Essen vorbei war, hatten es die vier recht eilig, mit ihrem Brotvorrat aufs Zimmer zu verschwinden und ihn aus dem Pullover hervorzuholen. Sie versteckten ihn ganz tief hinten in ihren Schränken.

»Geschafft!« Fiona war erleichtert.

»Dabei hast du nicht halb so viel gehamstert wie Max«, bemerkte Maya trocken. »Er sah vorhin ein bisschen schwanger aus.«

Fiona gluckste.

Leider herrschte im Haus jetzt zu viel Betrieb, als dass sie es hätten wagen können, die Dachkammer aufzusuchen. Es blieb ihnen nichts anderes übrig, als sich im Aufenthaltsraum im Erdgeschoss zu treffen. Das Zimmer war um diese Zeit so gut besucht, dass man keine private Unterhaltung führen konnte, ohne Gefahr zu laufen, belauscht zu werden. Die einen hockten dort mit einem Buch vor der Nase, andere saßen in Grüppchen zusammen und quatschten miteinander oder spielten Karten. Larin und Max waren schon unten und hatten für die Mädchen zwei Sessel freigehalten.

»Puh!« Fiona ließ sich in einen hineinfallen. »Den ersten Teil hätten wir erledigt.«

Maya hockte sich neben sie. »Achtung, hier kommt die Freakshow.«

Qualle und Wanze schlurften herein, das übliche Gefolge hinter sich herziehend. Qualle schoss böse Blicke in Larins Richtung und vertrieb dann mit einer Kopfbewegung ein paar der jüngeren Kinder von ihren Plätzen. Die Sitzfläche von Qualles Sessel knarrte bedenklich und senkte sich seufzend fast bis zum Boden, als er sich hineinfläzte. Seine Bande gruppierte sich um ihn. Anni stolzierte in einem eindeutig verboten kurzen Rock durch den Raum auf ihn zu und ließ sich mit übereinandergeschlagenen Beinen auf der Armlehne seines Sessels nieder.

Fiona stupste Maya an. »Guck, sie muss den Bund nach innen geklappt haben damit der Rock kürzer wird«, wisperte sie ihr zu. »Raffiniertes Biest.« Maya schnaubte verächtlich.

Anni strich ihren Rock zurecht und sah zu Larin und Max hinüber; sie lachte ihr blendendes Zahnpastawerbungslachen.

›Wie ein Hai‹, überlegte Maya, ›wahrscheinlich sind die Zähne auch mehrreihig und können nachwachsen.‹

Anni ließ die beiden Jungen nicht aus den Augen, beugte sich zu Qualle hin und murmelte ihm etwas ins Ohr, was ihn offenbar sehr erheiterte.

»He, Kleiner!«, schrie er Max zu, »hast du feines Happa-Happa geschmuggelt? Kriegt der liebe Onkel Benjamin auch was ab?« Er schlug sich auf die baumstammähnlichen Schenkel und johlte, als hätte er einen besonders guten Witz gemacht. Wanze, der keine Ahnung hatte, worum es letztendlich ging, lachte sicherheitshalber mit.

Fiona warf Max einen entsetzten Blick zu. »O nein, er weiß es!«, flüsterte sie. Max riss die Augen weit auf.

»Ganz ruhig.« Larin blieb entspannt in seinem Sessel sitzen. »Er weiß vielleicht, dass Max Essen aus dem Saal geklaut hat, hat aber keinen Schimmer, wieso«, raunte er ihnen zu.

»Aber falls er uns verpetzt …!«, hauchte Fiona.

»Hast dich an deinen schwarzhaarigen Hundefreund gewöhnt, was?« Qualle ließ nicht locker. Es war verboten, Essen mitzunehmen, und er genoss es, Max in Verlegenheit zu bringen, auch wenn er ihm nichts nachweisen konnte. Da Rick und Thomas nicht hier waren, konnte er sich sehr sicher fühlen. »Kriegt das putzige Hundi wohl ein Leckerli von dir? Braves Hundi, feiiiines Brot!«

Die Gespräche rundum waren verstummt. Sämtliche Augenpaare wanderten zwischen Qualle und den beiden Angesprochenen hin und her.

»Er will uns provozieren«, sagte Larin. »Beachtet ihn einfach nicht.«

Qualle wuchtete sich aus dem Sessel hoch und kam auf Larin zu. Er baute sich vor ihm auf und zeigte mit seinem Wurstfinger auf ihn. »Ich beobachte dich. Dich krieg ich, sei gewarnt«, zischte er giftig.

Larin sah immer noch recht entspannt aus. »Viel Vergnügen«, sagte er kühl.

Qualle glotzte Larin wütend an. In seinem Hirn schien es heftig zu arbeiten. Vermutlich kam er zu dem Schluss, dass im vollbesetzten Gemeinschaftsraum eine Schlägerei mit ihm als Auslöser nicht ratsam war. Frau Säuerlich und Frau Olm-Grottendunk hielten sich üblicherweise im Nebenzimmer auf und wären sofort auf der Bildfläche erschienen. Er war nicht scharf auf eine saftige Strafarbeit, und so stapfte er böse funkelnd zurück zu seinen Leuten.

Die beiden Mädchen waren nach diesem Zwischenfall noch nervöser geworden. Max nahm's gelassen, da sich Larin auch nicht weiter aufregte. Er war nur ein bisschen beleidigt, weil Fiona ihm vorwurfsvoll zuzischte, wie ungeschickt er gewesen war, solche auffälligen Mengen an Brot mit sich hochgeschleppt zu haben. Sie hatten nun keine rechte Lust mehr, unten im Gemeinschaftsraum zu sitzen und für Qualle die Zielscheibe zu spielen.

»Wir sollten uns nach oben verziehen«, schlug Fiona vor. »Morgen ist eh ein anstrengender Tag, und da tut uns der Schlaf ganz gut.«

»Du bist immer so vernünftig«, beschwerte sich Max grummelnd.

Maya und Fiona waren als eine der Ersten im Schlafsaal. Außer ihnen waren lediglich ein paar Jüngere anwesend, die auch am Wochenende recht bald im Bett zu liegen hatten. Um von ih-

»Wir müssen verrückt sein«, flüsterte Fiona. »Vollkommen wahnsinnig.«

»Du machst dir viel zu viele Gedanken«. Maya schlang den Arm um ihre Freundin. Sie kannte Fiona seit acht Jahren, seit deren Eltern bei einem Bahnunglück ums Leben gekommen waren. Es war nicht wirklich überraschend, dass Fiona noch mal Zweifel gekommen waren. Maya hatte damit gerechnet.

Fiona seufzte resigniert und kuschelte sich an Maya.

»Ich weiß, du findest jetzt alles ziemlich irre. Aber es nützt nichts, nur immer von etwas zu reden und es nicht zu *tun*«, versuchte Maya sie zu trösten. »Seitdem die Säuerlich da ist, überlegen wir, wie schön es woanders wäre, … dass das alte Ferienhaus ideal für uns als Unterschlupf ist und wir uns von niemandem mehr terrorisieren lassen müssten. – Das war heute alles zu viel für dich, aber ich bin so froh, dass du über deinen Schatten gesprungen bist. Ich bin richtig stolz auf dich.«

»Aber es geht alles so furchtbar schnell!«, jammerte Fiona. »Und Larin … ihn kennen wir im Grunde gar nicht.«

»Ich weiß«, räumte Maya ein, »aber so kommt es mir nicht vor. Für mich ist es, als hätte ich ihn schon immer gekannt.«

Der nächste Tag brachte graue Wolken und Nieselregen mit. Maya stöhnte, als sie nach dem »AUUUFSTEHEN« aus dem Bett hüpfte und aus dem Fenster sah.

»Das ist ganz schlecht«, meinte sie leise zu Fiona, »da sieht man jeden Fußabdruck im Boden.« Sie hatten so auf trockenes Wetter gehofft, und tags zuvor hatte es auch danach ausgesehen.

»Wir sollten es verschieben.« Fiona klang ängstlich.

»Nein«, entgegnete Maya sehr bestimmt. »Du wirst sehen, wir schaffen das trotzdem. Es geht schon nichts schief.«

Ihre Zuversicht färbte auf Fiona ab, und sie wurde deutlich ruhiger. »Wir dürfen nicht vergessen, den Rest unserer Sachen und das Essen mitzunehmen«, erwiderte Fiona und steckte ihre Zahnbürste ein.

»Max würde niemals sein Essen vergessen«, grinste Maya.

Sie gingen mit den anderen Mädchen über den Flur, wo sie mit den Jungen zusammentrafen und liefen dann gemeinsam die Treppe hinunter.

Maya betrat den Speiseraum und ließ ihren Blick über ihre Mitbewohner schweifen. Sie dachte daran, dass sie sie nun zum letzten Mal sah. Bei manchen machte es sie traurig, aber bei einigen … Nachdenklich sah sie zu Qualle und Wanze hinüber. Ein Lächeln umspielte ihre Lippen.

»Grins nicht so blöd.« Anni war mit der Müslischale an Maya vorbeigelaufen und hatte ihr einen leichten Stoß in den Rücken versetzt.

Maya drehte sich um. »*Ich* grinse nicht blöd. Das überlasse ich dir.« Sie imitierte gekonnt Annis breites Lachen und den sorgfältig einstudierten Augenaufschlag, sobald ein gutaussehender Junge in der Nähe war.

Anni lief bonbonrosa an. Maya schnappte sich ihr Essen und setzte sich zu ihren Freunden an den Tisch. Fiona hatte das Gespräch mitbekommen und deutete verstohlen in Annis Richtung, wo diese mit immer noch hochrotem Gesicht neben Beatrice saß. »Die Farbe steht ihr ausgezeichnet«, wisperte sie Maya zu.

Maya erstickte ein Kichern, sie wollte keine Strafarbeit riskieren und somit ihren Plan gefährden. Frau Olm-Grottendunk saß wie ein Falke am Tisch und beobachtete verkniffen ihre Umgebung, wobei sie sich beträchtliche Mengen einverleibte.

›Die werde ich nicht vermissen‹, dachte Maya, ›obwohl ich gerne gewusst hätte, ob sie nächstes Jahr ihr viertes Doppelkinn bekommen hätte. Vielleicht ist das ja bei ihr so ähnlich wie mit den Bäumen und den Jahresringen.‹ Sie hätte beinahe laut losgeprustet und bebte vor unterdrücktem Lachen.

Nach dem Frühstück nahmen sie ihre Jacken vom Garderobenhaken und rannten damit die Treppe hoch in ihren Schlafsaal, um das Brot und diverse Kleinigkeiten darin zu verstauen.

»Es sieht zwar ein bisschen blöd aus, wenn wir die Jacken mit hoch nehmen, aber es ist besser, als dass wir das restliche Zeug unterm Pullover nach unten transportieren«, sagte Larin. »Vermutlich zerbricht sich deswegen niemand den Kopf.«

»Und wenn schon – die halten uns höchstens für etwas durchgeknallt!« Max schnitt augenrollend seine gruseligste Monstergrimasse und fuchtelte mit zu Krallen gekrümmten Fingern durch die Luft. Maya zerrte ihn am Ärmel weiter, bevor es ihm einfallen konnte, eine seiner Säuerlich-Imitationen zum Besten zu geben. Er war bereits während des Frühstücks negativ aufgefallen, weil er immer zappeliger geworden und zweimal mit dem Stuhl umgefallen war. Glücklicherweise hatte die Pralinenschachtel gerade ihre Sonntagslaune gehabt und es bei einer Ermahnung belassen.

Max war als Erster wieder die Treppe unten, weil er vier Stufen auf einmal nahm. Die anderen folgten in einer gemäßigteren Gangart.

»Du musst dir jetzt nicht schnell noch den Hals oder den Fuß brechen!«, blaffte ihn Fiona an, als sie bei ihm im Erdgeschoss ankam.

»Der Hals genügt!«, lachte Larin vergnügt, und schob sie zur Tür hinaus.

Eilig holten sie ihre Rucksäcke aus dem hohlen Baum. Solange sie sich in Sichtweite des Hauses befanden, benutzten sie die Bäume und Büsche als Deckung, um nicht mit dem verräterischen Gepäck gesehen zu werden. Der leichte Regen war nun von Vorteil, weil sich deshalb außer ihnen kein Mensch im Garten befand. Sie durchquerten das Anwesen nach Norden hin und schlüpften durch eine kleine Gartenpforte hinaus, die etwa 200 Meter vom Haus entfernt versteckt hinter einer wild gewachsenen Brombeerhecke lag. Wie sie es miteinander abgesprochen hatten, gingen sie bewusst ein Stück in die genau entgegengesetzte Richtung, um eine falsche Spur zu legen.

»Gut, dass die Säuerlich keinen Maschendrahtzaun herumziehen hat lassen«, stellte Max zufrieden fest. »Zugetraut hätte ich ihr das.«

Sie achteten darauf, im aufgeweichten Boden gute Spuren zu hinterlassen, um den Eindruck zu erwecken, sie wären nach Burgenstätt unterwegs. Danach liefen sie einen kleinen Feldweg voller Pfützen entlang, der nach zehn Minuten auf den Hauptweg überging.

»Hüpf da bloß nicht rein!«, ermahnte Fiona Max, da sie wusste, dass Wasserlachen ihn anzogen wie ein Magnet das Eisen. »Du kriegst sonst klatschnasse Füße.«

»Was für einen Vorteil hat es eigentlich, ohne überbesorgte Eltern aufzuwachsen, wenn ich dich habe?«

»Wir sind weit genug vom Haus entfernt«, erklärte Larin, »jetzt können wir hier auf diesen Trampelpfad einbiegen und einen Bogen nach Süden in die Berge schlagen.«

Sie kamen im ebenen Gelände schnell voran. Nach einigen Kilometern hörte es glücklicherweise auf zu regnen, bevor die Nässe ihre Kleidung durchdringen konnte. Nur die Hosenbeine waren unangenehm nass und klamm geworden, als sie sich stellenweise durch kniehohes Gras schlagen mussten.

»Die Sonne kommt durch!«, rief Maya, als es allmählich bergiger wurde. Sie drehten sich ein letztes Mal um. Maya schluckte. Ganz dort hinten lag das Haus, das so lange ihre Heimat gewesen war. Es war nur noch als winziger Punkt in einer Landschaft zu erkennen, die leblos und winterbraun vor ihnen lag. Sie warf einen Seitenblick auf ihre Freundin. Fiona stand starr wie eine Statue da. Plötzlich zog sie mit einer jähen Bewegung ihre Zopfbänder ab. »Ha!« Sie löste ihre Zöpfe auf und schüttelte ihre langen roten Locken. Das Sonnenlicht tanzte in ihren Haaren und ließ sie in allen Kupfer- und Goldtönen schimmern. Maya betrachtete sie fast andächtig. Fiona packte Maya strahlend an den Händen und begann sich mit ihr im Kreis zu drehen, bis beiden schwindlig wurde. Schwankend hielten sie sich aneinander fest und lachten, bis ihnen die Tränen kamen. Larin grinste. Max sah verunsichert zu Larin hinüber und brummelte etwas, das sich nach ›völlig gaga‹ anhörte.

»Sagt mal, können wir jetzt was essen?«, meldete sich Max einige Zeit später zu Wort. »Ich verhungere sonst.« Fiona verdrehte die Augen.

»Ich denke, wir sollten besser ein Stück weiter in die Berge hinein, bevor wir 'ne Rast einlegen«, enttäuschte ihn Larin. »Man weiß nie, wann das Wetter umschlägt – dann kommen wir nicht mehr so schnell vorwärts.«

»Du hast recht«, bestätigte Fiona. »Wir müssen mit Schnee rechnen, im April kann es in den Bergen noch bitterkalt werden.«

Max maulte ein bisschen, lief aber dann ohne größeren Protest mit. Der Weg nach oben wurde schmaler und steiler, bis sie nur noch hintereinander gehen konnten. Außerdem wurde die Luft immer eisiger, je höher sie stiegen. Weiter oben leuchteten Schneefelder. Endlich wurde das Terrain wieder flacher, und sie erreichten ein kleines Wäldchen, das fast ausschließlich aus Nadelbäumen bestand. Von oben keckerte aufgebracht ein Eichelhäher. Ansonsten war es sehr still, denn der mit Fichtennadeln bedeckte Waldboden dämpfte ihre Schritte. Auf einmal knackte es dicht hinter ihnen laut im Unterholz, und sie fuhren erschrocken zusammen. Fiona stieß einen spitzen Schrei aus – aber es war nur ein Reh, das mit eleganten Sätzen davonsprang.

»Hast du gedacht, die Säuerlich kommt rausgesprungen?«, kicherte Maya erleichtert und puffte Fiona in die Rippen.

»Jetzt könnten wir eine Pause machen«, schlug Larin vor. Sie suchten sich ein paar größere sonnenbeschienene Steinbrocken am Rand des Wäldchens und setzten sich einander gegenüber. »Mann, hab ich Hunger!«, schrie Max und stürzte sich auf den Proviant. Sie aßen und tranken mit Appetit, bis …

»AAAAH!« Max starrte entsetzt auf das Wäldchen. Die anderen

fuhren herum, und Larin sprang auf. »Was ist los?«, fragte er.

Max keuchte. »Ein Gesicht! Ein Gesicht von irgendetwas Widerlichem hat mich angestarrt! Das sah nicht aus wie ein Mensch! Eine scheußliche Fratze war das!«

Larin zog seinen Zauberstab (obwohl er nicht mehr funktionierte) und ging auf das Wäldchen zu.

»Sei vorsichtig!« Fiona klammerte sich an Maya.

»Das war echt gruselig, Mann«, flüsterte Max.

»Wir sollten ihn nicht allein nachsehen lassen.« Maya löste Fionas Finger, die sich in ihren Arm verkrallt hatten, und ging ihm entschlossen nach. Sie tauchte in das grüne Dickicht des Waldes ein. »Warte!«

Larin drehte sich um. »Hier ist niemand«, meinte er.

»Bist du sicher?«

»Na ja, zumindest ist *jetzt* keiner mehr da, was auch immer das gewesen sein mag.«

»Dann sollten wir sehen, dass wir weiterkommen.«

Larin nickte knapp. Fiona und Max hatten bereits hastig die Rucksäcke zusammengepackt, und so setzten sie ihren Aufstieg fort.

Mayas Herz klopfte noch ziemlich schnell, aber je weiter sie sich von dem Wäldchen entfernten, desto ruhiger wurde sie. Wer weiß, was Max gesehen hatte, vielleicht war es nur ein harmloses Tier hinter einem bizarr geformten Zweig gewesen, oder Blätter, die sich im Wind bewegt hatten. Es war mehr als unwahrscheinlich, dass die Säuerlich oder die Olm-Grottendunk persönlich ihre Verfolgung aufnahmen, obendrein in dieser unwegsamen Gegend und im steilen, felsigen Gelände. Maya ließ sich dieses Bild amüsiert durch den Kopf gehen: Die zwei Frauen im wehenden Mantel, eine davon in Schweinchenrosa mit buntgeblümtem Flatterschal, wie sie schnaufend und mit wackelndem Mehrfach-Kinn den Berg hochpflügten. ›Wahrscheinlich würden sie eine Geröllllawine auslösen‹, vermutete sie.

»Danke!« Fiona japste nach Luft, als Larin ihr über ein anstrengendes steiles Stück geholfen hatte. »Wo nimmst du bloß die Kondition her?«

»Keine Ahnung.« Er zuckte mit den Schultern und sah sich um. »Immer noch keine Spur von einem Wasserfall oder dem Säuerlichfelsen. Dabei hab ich gedacht, von hier oben hat man einen guten Überblick. Ich kann mich an das Wäldchen erinnern, also sind wir auf dem richtigen Weg, aber danach kommt mir nichts mehr bekannt vor.«

»Ich wundere mich, dass du überhaupt etwas wiedererkennst«, sagte Maya. »Du warst ziemlich benommen, es gab ein übles Gewitter und bis auf die Blitze war es rabenschwarz.«

Fiona schlug fröstelnd die Arme um ihren Körper. Trotz der Anstrengung war ihr reichlich kalt geworden. »Ich verstehe nicht, warum nirgendwo ein Bach zu sehen ist, Wasserfälle entstehen schließlich nicht aus dem Nichts.«

»Er könnte unterirdisch fließen.« Max begeisterte sich gerade für seine Idee. »Ich hab da mal Bilder gesehen über …«

»Jaja, ich weiß«, stöhnte Fiona, »ich möchte es mir nur nicht vorstellen. Mein Traum war immer, tagelang durchs Gebirge zu rennen auf der Suche nach unterirdischen Bächen und verborgenen Wasserfällen.« Frustriert ließ sie sich auf einen Geröllbrocken plumpsen.

»Hier wird es eindeutig zu steil.« Maya sah abschätzend den Berg hoch. »Von da oben kann der Mann nicht gekommen sein, selbst wenn er sein Pferd geführt hat.«

»Also müssen wir wieder zurück, tut mir leid«, sagte Larin enttäuscht.

»Wollen wir's da drüben versuchen?« Maya deutete auf eine Gruppe von Fichten, die links unterhalb von ihnen lag.

Fiona kniff die Augen zusammen. »Da sieht's neblig aus.«

»Ja, und? Ist doch egal«, meinte Max.

»Nicht ganz. Wo Nebel aufsteigt, ist es feucht«, sagte Larin nachdenklich. »Kann sein, dass wir dort drüben mehr Glück haben.«

»Hoffentlich. Ansonsten müssen wir daran denken, uns rechtzeitig eine Hütte zum Übernachten zu suchen.« Nervös zwirbelte Fiona eine rote Locke. Max schnaubte.

Sie kletterten das steile Stück Fels hinunter, das sie so mühsam erklommen hatten. An seinem Fuß ging er abrupt in ein flaches, grasiges Stück über. Unten angekommen, war von dem Nebel nichts mehr zu sehen.

»Entweder, er hat sich verzogen, oder die Bäume verdecken ihn«, stellte Fiona fest.

»Die Bäume verdecken ihn«, entschied Maya.

»Woher weißt du das?«, fragte Max erstaunt.

»Weiß ich gar nicht. Ich denke bloß optimistisch«, erklärte sie.

»Schaut mal, dort!« Larin blieb so unvermittelt stehen, dass Max in ihn hineinlief. Die drei starrten hinüber. Ein riesiges felsiges Gesicht glotzte zurück. Es ragte aus der rechten Seite der Felsgruppe auf, von der sie gerade abgestiegen waren, und war nur von hier aus zu sehen.

»Ja … ja … ja!« Max hüpfte herum wie ein Gummiball und stieß die Faust in die Luft. Larin strahlte, als hätte er den Hauptgewinn gezogen.

»Die Nase! Seht euch doch diese Nase an!«, rief Maya entzückt, und alle lachten. In der Tat wies sie ungeheure Ähnlichkeit mit der Nase einer gewissen Frau Walpurga Säuerlich auf.

Äußerst gut gelaunt legten sie das letzte Stück zurück, wo sie hinter den Bäumen den Wasserfall vermuteten. So müde ihre Beine auch vorhin gewesen sein mochten, jetzt spürten sie es nicht mehr. Larin erreichte als Erster die Baumgruppe. Er verlangsamte seine Schritte und wartete. Gemeinsam durchquerten sie das kleine Wäldchen. Die Fichten standen nicht sehr dicht, sodass ein paar Sonnenstrahlen durch ihre grünen Wipfel fielen und die noch regenfeuchten Nadeln zum Funkeln brachten. Die Luft duftete angenehm würzig nach Harz. Irgendwo sang ein

Waldvogel sein klagendes Lied. Max sog tief den Geruch ein. »Ich krieg Hunger«, verkündete er.

Maya warf ihm einen vernichtenden Blick zu. »Doch nicht *jetzt*!«

»Wann denn dann?«

Ein kleiner Graben, in dem immergrüne Farne wuchsen, trennte das Wäldchen von der angrenzenden Wiese. Sie überwanden das Hindernis und betrachteten die sanfte hügelige Landschaft, die sich vor ihnen ausbreitete. Die Wiese lag in einer Senke und war ungewöhnlich sattgrün für diese Jahreszeit. In der Mitte der Senke hing dichter Nebel. Er glitzerte geheimnisvoll in der Sonne.

»Seltsam, dieser Nebel«, murmelte Maya. »Er sieht aus, als würde er irgendwie nicht hierher gehören.«

»Ja«, sagte Larin langsam, »das dachte ich auch gerade.«

»Aber nach wie vor nichts von einem Wasserfall«, bemerkte Fiona entmutigt.

»Der Steinkopf ist da … der Wasserfall kann nicht weit weg sein …« Larin straffte die Schultern. »Irgendetwas *muss* hier sein.« Er betrat die Wiese und ging auf den Nebel zu. Die anderen folgten ihm.

Sie standen nun direkt vor der Bodensenke. Vor ihnen lag unschuldig der weiße dichte Schleier. Unschlüssig machte Larin ein paar Schritte hinein. Er verschwand bis zur Hüfte darin.

»Es fühlt sich gar nicht feucht an«, sagte er überrascht und ging vorsichtig weiter.

»Nun … schön.« Fiona gruselte sich davor, in kalten Nebelschwaden herumzutapsen, wo man nicht sehen konnte, worauf man stieg. Irritiert beobachtete sie Larin, der inzwischen in der Mitte angekommen war. Der Nebel reichte ihm bis an die Brust.

Maya hatte ihre Hand ausgestreckt und spielte fasziniert mit dem schimmernden duftigen Nebelhauch. Er ließ sich aufwirbeln und teilen; er ließ sich in die Luft wedeln, um dann abermals herunterzusinken.

»Siehst du irgendwas?«, fragte Max, dem es allmählich langweilig wurde.

»Nein«, sagte Larin. »Nein, … und das muss ich auch nicht.«

Er hatte seinen Zauberstab hervorgeholt und stieß ihn in den Nebel. Die Stelle, die der Stab berührt hatte, begann sich zu bewegen. Ein kleiner Sog entstand, wie wenn man aus einer Badewanne den Stöpsel zieht. Er breitete sich aus, wurde größer und schneller. Der Nebel wirbelte um Larin herum. Erschrocken wichen Maya und Fiona zurück. Max stand mit offenem Mund da. Das Glitzern und Funkeln der Nebelwolke wurde stärker. Plötzlich bündelte der Zauberstab den Wirbel, und die Nebelschleier umkreisten den Stab in einem immer enger werdenden Tanz. Larin hob den Stab am ausgestreckten Arm in die Luft. Die Wolke wirbelte vom Boden am Zauberstab empor. Sie veränderte sich. Eine Wasserfontäne schoss hervor, stieg in einem immer wiederkehrenden Kreislauf unmittelbar vor Larin ein Stück in die Luft und fiel von dort sogleich auf den Boden zurück. Die Wasserwand zog sich in die Breite. Das Wasser floss aus drei Metern Höhe und ebenso breit aus dem Nichts nach unten. Ein Wasserfall.

Larin senkte seinen Zauberstab und wandte sich zu den dreien um. Max stand immer noch mit offenem Mund da und starrte den Wasserfall an. Fiona sah aus, als hätte sie der Schlag getroffen.

»Das … das ist der Wasserfall«, sagte Maya völlig überflüssigerweise.

»Ja, das ist er.« Larin strahlte. »Endlich kann ich zurück.«

»Zurück?«, fragte Maya verwirrt, »wie willst du wohin zurück?«

»Schau es dir an«, forderte Larin sie auf. »Komm!« Er wandte sich an die beiden anderen. »Stellt euch hierher.«

Vorsichtig traten Fiona und Max näher und stellten sich neben Maya und ihm vor dem Wasserfall auf.

»Übrigens, Max.«

Max sah Larin an. »Ja?«

»Du kannst den Mund zumachen.«

»Wir müssen da durch.« Larin zeigte auf die glänzende Wand aus Wasser vor ihnen.

»Kannst du dich wieder erinnern?«, wollte Maya wissen.

»Sehr verschwommen. Ich glaube, es wird gleich klarer werden. Ihr braucht keine Angst zu haben.«

»Aber, das ist unheimlich. Wohin geht's da? Und … kommen wir auch wirklich wieder hierher zurück?« Fionas Stimme zitterte.

»Ich verspreche dir, dass du zurückkehren kannst.« Larin klang sehr sicher.

»Also gut.« Fiona atmete tief durch. »Gehen wir.«

Sie fassten sich an den Händen und durchschritten die Wand aus fallendem Wasser. Eigentlich hatten sie erwartet, nass zu werden, aber es war nur ein seltsames Gefühl wie die Berührung von Schneekristallen auf der Haut. Einen Moment lang fühlten sie sich wie im Inneren eines Kristalls; alles war in spiegelnde Blau- und Grüntöne getaucht – dann war es vorbei, und sie betraten die andere Seite.

Das Land hinter dem Wasserfall

Sie befanden sich auf einem nebligen moosbewachsenen Stein-
plateau. Ihre Welt war verschwunden; sie war auf der anderen
Seite zurück geblieben. Hinter ihnen türmte sich stattdessen eine
raue sehr breite Felswand auf. Fast schien sie den Himmel zu
berühren. Von ihrer obersten Kante stürzte sich tosend ein Wasserfall in die Tiefe. Er ergoss sich in mehreren kleinen Sturzbächen erst zum Plateau, verband sich da mit der zimmerhohen
Wasserwand, durch die sie gekommen waren, und floss weiter bis
ganz nach unten zum felsigen Boden hinab. Dort umtanzte er
große Steinplatten, sammelte sich und bahnte sich schließlich als
reißender Strom seinen Weg. Die Plattform, auf der sie standen,
ragte wie eine riesige Treppenstufe aus der Felswand heraus und
war der einzig trockene Platz. Sie wurde nicht überflutet, sondern
der Wasserfall teilte sich hinter ihnen, wo er schäumend über die
seitlichen Ränder des Plateaus nach unten schoss. Die Öffnung,
aus der sie getreten waren, war hinter dem fallenden Wasser nur
noch als dunkler Schatten zu erahnen, doch kennzeichneten zwei
Statuen ihren Platz. Die hohen steinernen Figuren standen unmittelbar vor dem Wasserfall und flankierten den Durchgang. Es
waren überlebensgroße Abbildungen eines Mannes und einer
Frau, die ihr langes Haar beide offen trugen. Maya berührte ehrfürchtig mit einem Finger die Falten eines der bodenlangen Gewänder, in die sie gekleidet waren. Es waren exzellente Bildhau-
erarbeiten; der Faltenwurf der Kleidung und die Linien der Gesichter waren fein und sorgfältig herausgearbeitet worden. In ihren erhobenen Händen hielten sie eine flache Schale, in der jener
seltsam schimmernde Nebel wirbelte, der sich vorhin in den

Wasserfall verwandelt hatte. Am Fuß der Felswand wuchsen in Bachnähe vereinzelt Farne und schlanke Bäume, die bald in einen Wald übergingen. Einige der hohen Bäume standen so nahe am Plateau, dass man fast meinte, ihre Wipfel berühren zu können. Ihre Blätter waren von einem intensiven smaragdenen Grün, in dem schillernde Wassertropfen zitterten.

»Ich bin zu Hause!« Larins Stimme riss sie aus ihrem Staunen heraus.

»Ist ja irre!« Max war begeistert. »Total abgefahren!«

»Wo sind wir hier?«, hauchte Maya.

Fiona brachte kein Wort über die Lippen. Sie sah ziemlich erschüttert aus.

Larin strahlte glücklich. Er erriet Mayas Worte mehr, als er sie hörte, da das herabrauschende Wasser einen beträchtlichen Lärm verursachte. »Wir sind in meiner Welt … in Altera, dem Land hinter dem Wasserfall.«

Maya sah ihn mit großen Augen an. »Du erinnerst dich jetzt wieder an alles, nicht wahr?«

»Ja. Ich kam zu euch, weil … nun, ich wurde … sagen wir mal, ich wurde meiner Herkunft wegen verfolgt«, begann Larin.

»Hä?« Max war verwirrt. »Was …«

»Unterbrich ihn nicht!« Maya knuffte Max in die Seite.

»Ich werd's euch später genauer erklären«, versprach Larin, »wir sollten erst mal hier herunter. Es ist verboten, an diesem Ort zu sein – eben weil es das Tor in die andere Welt ist, … äh … in eure Welt ist. Wer durch den Wasserfall geht, vergisst alles. Wer er ist, woher er kommt und … eben alles.«

»Aber«, Fiona hatte ihre Sprache wiedergefunden, »du wusstest doch noch deinen Namen!«

»Weil er auf meinem Zauberstab eingraviert ist. In Elfenschrift. Dadurch konnte ich meinen Namen nicht vergessen. Über ihn bestand eine Verbindung in meine Welt. Deswegen war nicht alles vollständig ausgelöscht, ab und zu blitzte eine Erinnerung durch.«

»Du hast die Sprache der Elfen nicht vergessen, aber … ich verstehe nicht ganz … warum konntest du trotzdem die Schrift nicht lesen?« Maya dachte an den Moment, als Larin etwas zu ihr in dieser faszinierenden Sprache gesagt hatte. Den Klang hatte sie noch genau im Ohr, auch wenn sie sich nicht an die einzelnen Wörter zu erinnern vermochte.

»Ich bin zweisprachig aufgewachsen. Die Elfensprache ist quasi auch meine Muttersprache, und ich kann sie gar nicht vergessen.« Larin grinste. »Aber die Schrift musste ich erst lernen – außerdem ist der Spruch auf dem Zauberstab in der alten Elfensprache abgefasst, die nur noch in Ausnahmefällen gesprochen wird.«

»Abgefahren«, wiederholte Max ehrfurchtsvoll.

»Dort führen Stufen nach unten.« Larin deutete auf die vordere Kante des Plateaus. »Sie sind nur zu sehen, wenn man sich an den Rand stellt.« Er ging auf die Stelle zu. Unsicher folgten ihm die anderen bis nah an den Abgrund. Tatsächlich waren hier Stufen in die Felswand gehauen. »Passt auf, die sind recht unregelmäßig und an manchen Stellen brüchig, aber sie sind breit genug, man kann eigentlich ganz bequem darauf laufen.«

»Unter bequem darauf laufen stelle ich mir etwas anderes vor«, murmelte Fiona, die nicht ganz schwindelfrei war. Aber einzig das oberste Stück war schwierig, weil da die Stufen so schmal waren, dass man im ersten Moment das Gefühl hatte, ins Nichts zu treten. Allmählich wurden sie breiter, und nach kurzer Zeit erreichten die vier den Boden. Max war in seinem Eifer zu schnell gewesen. Er war das letzte Stück heruntergerannt und hatte sich dabei einmal überschlagen. Es hätte nicht viel gefehlt, und er wäre in den Fluss gestürzt, der von den Sturzbächen gespeist wurde und den Fels umtoste. Man konnte hier unten lediglich auf großen flachen Steinplatten ungefährdet stehen, die wie Inseln aus den wirbelnden Wasserstrudeln ragten. Nun stand Max auf einer solchen Platte und klopfte sich seelenruhig ab. »Ihr braucht aber lange.«

Fiona warf ihm einen wütenden Blick zu. »Max, du kostet mich echt Nerven!«

»Es geht hier entlang.« Larin machte sie auf einen schmalen Weg aufmerksam, der am grasbewachsenen Ufer begann und sich im nahen Wald verlor.

»Wo führt der hin?« Max war ganz wild darauf, alles zu erkunden.

»Zu den Elfen«, lächelte Larin. »Allerdings werden wir eine Weile laufen müssen, zu Fuß ist es ein Marsch von einigen Stunden.«

»Macht nix«, meinte Max begeistert. »Für echte Elfen würde ich noch viel länger laufen.« Und er hüpfte los, als wäre er ein Ziegenbock.

Maya war sehr aufgeregt und gespannt, ob die Elfen, die sie suchten, denen aus den Märchen ihrer Kindheit ähneln würden. Sie hätte von Larin gerne mehr über sie erfahren, aber sie merkte, dass er gerade seinen eigenen Gedanken nachhing – immerhin hatte er eben erst sein Gedächtnis wiedergefunden.

»Irgendetwas beunruhigt ihn«, erkannte Maya. »Aber er will es uns nicht sagen.«

Sie bog hinter Max in den Waldpfad ein und betrachtete fasziniert ihre Umgebung. Die Bäume sahen aus wie die, die sie von zu Hause her kannten, aber sie waren größer. Auch schienen die Blätter grüner zu sein, aber das mochte an den tanzenden Lichtreflexen liegen, die das smaragdene Blätterdach durchdrangen und ein sich veränderndes Muster aus Sonnenlicht auf den Weg warfen. Zwischen den Bäumen wuchsen mannshohe Farne mit Wedeln, die sich an ihren Enden einrollten, und es gab niedrige hellgrüne Farne mit kleinen filigranen Blättchen, die sich bei jedem Lufthauch bewegten.

In die Bäume rankten duftende Waldreben, die ihre zarten weißen und rosa überhauchten Blüten der Sonne entgegenstreckten.

Die vier liefen auf einem samtweichen Teppich von dunkelgrünem Sternmoos, das winzige weiße Blütchen trug. Ein paar Rötelmäuse huschten vor ihnen über den Weg, und einmal knackte es im Unterholz, dass sie zusammenfuhren und Larin nach seinem Zauberstab fasste. Aber es war nur eine Rotte von Wildschweinen, die kurz zwischen den Stämmen auftauchte und wieder verschwand.

»Wen hast du erwartet?«, flüsterte Maya, die seine Bewegung gesehen hatte.

»Niemand Bestimmten – zurzeit ist das Durchqueren der Wälder im Grenzland nicht ungefährlich«, antwortete er leise, denn er wollte die anderen nicht unnötig ängstigen.

Maya konnte sich kaum vorstellen, dass etwas Böses in diesem Wald lauern könnte, so friedlich schien es hier.

»Wie lange noch?«, wollte Max nach einer Viertelstunde wissen.

Larin grinste. »Du solltest nicht so viel hüpfen, du läufst sonst doppelt so viel wie wir.«

»Ja, und du brauchst außerdem doppelt so lange«, neckte ihn Maya.

»Und kriegst doppelt so viel Hunger«, warnte Larin und zog in gespieltem Entsetzen die Augenbrauen nach oben.

»Quatsch!«, widersprach Max, hörte aber trotzdem mit dem Gehopse auf.

Nach einer Zeit wurde der Weg ein wenig breiter und mündete in eine Lichtung, auf der ungewöhnlich große Schmetterlinge tanzten. Maya hielt den Atem an – das waren keine Schmetterlinge …

»Was ist das?«, rief sie erstaunt.

»Das sind Glimmerfeen. Sie tanzen im warmen Sonnenlicht und nehmen es in sich auf. Sie können sogar in der Nacht leuchten wie die Glühwürmchen. Wenn ein kalter Winter kommt, sterben sie.«

»Ooooh«, sagten Maya und Fiona im Chor. Sie fanden es ebenso interessant wie traurig.

Max machte sich keine allzu großen Gedanken um die winzigen Feen und ihren kurzen Lebenszyklus. Was waren schon so kleine Dinger gegen einen ausgewachsenen Elfen!

Seit Max nicht mehr wie irre in der Gegend herumhüpfte, lag er Larin die ganze Zeit in den Ohren, wie lange es noch dauern würde und wie die Elfen denn nun genau aussehen würden.

»Max, du nervst«, stöhnte Maya, der Larin allmählich leidtat.

»Ja, du bist irgendwie … hyperaktiv«, ergänzte Fiona. »Kein Wunder, dass dein Großtantchen dich nicht haben wollte.«

»Wartet!«, sagte Larin plötzlich und blieb stehen.

»Was …?«, wollte Max fragen, aber Larin zog sie hinter den Stamm einer gewaltigen Buche und tiefer hinein ins Unterholz.

Und dann waren sie plötzlich da.

Die Mädchen und Max hatten sie gar nicht kommen hören. Die Hufe ihrer Pferde machten auf dem Waldboden kaum ein Geräusch.

Elfen – vier junge Männer auf Pferden mit einem Bogen über der Schulter und einem Köcher mit Pfeilen darin. Trotz dieser Waffen wirkten sie durchaus nicht kriegerisch. Sie hatten ebenmäßige Gesichter und grüne oder braune Augen. Das Auffälligste an ihnen war ihr langes Haar. Bei manchen war es nachtschwarz, bei manchen silberglänzend wie das Mondlicht. Es bedeckte den halben Rücken und sah aus wie fließende Seide. Ihre Kleidung bestand aus einem feingewebten Stoff in grünen oder erdigen Tönen, einem tunikaförmigen Oberteil, das mit einem Gürtel zusammengehalten wurde, einer schmalen Hose und weichen Schuhen.

Larin trat aus dem Gebüsch hervor, führte die Hand erst an sein Herz und erhob sie dann zum Gruß. Sie hielten ihre Pferde an, und einer von ihnen – der Jüngste – rief etwas, was Maya nicht verstand, sprang von seinem schneeweißen Hengst herunter und ging auf Larin zu. Einen Moment lang blieben sie voreinander stehen – dann umarmten sie sich.

Max war hinter Larin aus seinem Versteck aufgetaucht, kam aber nicht näher und verhielt sich ungewöhnlich still. Auch Maya und Fiona standen schüchtern im Hintergrund.

Larin winkte sie zu sich. »Das hier ist Stelláris, wir kennen uns schon unser Leben lang, und das sind Laios, Ondil und Leonor.« Danach stellte er Maya, Fiona und Max den Elfen vor, die ihnen freundlich zunickten.

›Sie sehen noch schöner aus, als ich sie mir vorgestellt habe‹, dachte Maya ehrfürchtig.

»Sie haben ja spitze Ohren!« Max flüsterte es Maya so laut zu, dass es letztendlich jeder hören konnte.

Larin verkniff sich ein Grinsen und redete dann mit den Elfen in deren wohlklingender Sprache.

»Gut«, sagte er und drehte sich zu den dreien um. »Wir werden mit ihnen reiten.«

»Auf einem *Pferd*?« Fiona trat hastig einen Schritt zurück, als seien die Pferde Monster, die sich gleich auf sie stürzen würden.

»Können sie denn zwei Reiter tragen?«, wollte Maya besorgt wissen.

»Die Pferde von Eldorin sind stark und schnell«, entgegnete der silberhaarige Elf, den Larin als seinen Freund Stelláris vorgestellt hatte. »Sie werden euch und uns mühelos tragen.«

Maya fiel auf, dass er ihre Sprache fließend beherrschte. Seine Stimme hatte einen angenehmen Klang. Sie war der eines Menschen sehr ähnlich, aber gleichzeitig hatte man das Gefühl, einer besonderen Musik zu lauschen, die zu Herzen ging.

Maya überlegte, wie alt Larins Freund sein mochte. Aufgrund von Stelláris' harmonischen Gesichtszügen tat sie sich mit dem Schätzen schwer. Sie tippte darauf, dass er geringfügig älter war als Larin, vielleicht so um die siebzehn.

Sie saßen hinter den Elfen auf. Maya war noch nie auf einem Pferd geritten, hatte sich dies aber immer sehnlichst gewünscht. Im Umkreis des Waisenhauses gab es ein paar grobknochige

Bauernpferde, die Maya manchmal auf der Koppel aufgesucht hatte, wenn es sich einrichten ließ. Ein paarmal hatte sie heimlich versucht, auf ihren breiten Rücken zu klettern, aber da die Kaltblüter nicht an Reiter gewöhnt waren, war sie abgebuckelt worden, bevor sie richtig oben saß. Doch welcher Vergleich waren diese Tiere zu den Pferden der Elfen! Obwohl sie von zarter Statur waren, wirkten sie nicht schwächlich. Es schien sie in allen Farben zu geben. Diese hier waren weiß, rauchgrau, ebenholzschwarz und kastanienfarben mit langer Mähne und einem Schweif bis zum Boden. Die Augen blickten sanft und glänzten wie polierter Onyx, aber doch glomm ein Feuer in ihnen.

Als sie sich in Bewegung setzten, war Maya überrascht, wie bequem man auf ihnen saß. Sie trabten mit sicheren, gleichmäßigen Schritten durch den Wald, ohne ein einziges Mal über eine der Baumwurzeln zu stolpern, die den Weg wie ein dickes Aderngeflecht durchzogen. Manchmal fielen sie in einen kurzen Galopp, um mit Schwung über einen umgefallenen Baum zu springen. Maya sah zu Fiona hinüber und registrierte, dass sie sich ängstlich festklammerte. Max hatte offensichtlich seine Scheu überwunden, denn er redete ohne Unterlass auf den Reiter vor ihm ein. Den störte es anscheinend nicht, denn ab und zu hörte ihn Maya laut auflachen. Larin schien schon oft geritten zu sein, denn er saß völlig entspannt hinter Stelláris auf dem Pferd.

Nach einer Zeit veränderte sich der Wald um sie herum. Die Bäume standen nicht mehr so dicht, waren aber noch höher. Dann wieder schloss sich das Blätterdach über ihnen, und sie ritten wie durch einen grünen Tunnel, durch den kaum noch die Sonnenstrahlen drangen. Alles war in ein eigenartiges grünes Dämmerlicht getaucht, dass Maya sich ein wenig fühlte, als wären sie auf dem Grund des Meeres. Auf einmal öffneten sich die Bäume zum Himmel hin, und sie ritten hinaus auf einen hellen, weitläufigen Platz, zehnmal so groß wie ein Fußballstadion und mit riesigen alten Bäumen bewachsen.

Die Pferde fielen in Schritt, und Maya erblickte zum ersten Mal Eldorin – die Stadt im Wald.

Sie stiegen ab. Maya drehte sich vollkommen bezaubert zu Larin um. Sie flüsterte, als wäre es verboten, laut zu reden. »Das also hast du im Kunstunterricht gezeichnet! An das hier konntest du dich erinnern.«

»Ja. Hier lebe ich.«

»Es ist wunderschön«, hauchte Fiona. Sie stand wegen des Rittes noch ein bisschen wackelig auf den Beinen. Die Häuser der Elfen sahen tatsächlich so aus, wie Larin sie gemalt hatte. Sie schienen mit den Bäumen verwachsen zu sein. Ihre Türen und Fenster waren hoch und bogenförmig wie die einer Kirche und mit steinernen Blattranken und Blüten verziert. Duftende, weiß blühende Kletterpflanzen mit gelben Staubgefäßen wuchsen an den Mauern empor. Manche Häuser glichen eher kleinen Palästen und hatten mehrere Stockwerke, aber die Räume waren nicht direkt übereinander gebaut, sondern versetzt angeordnet. Es drang viel Licht ins Innere, und Glimmerfeen flatterten durch die offenen Fenster.

»Sie haben ja kein Dach!«, rief Max irritiert. »Da regnet es doch herein?«

»Nein«, antwortete Ondil, der schon während des Rittes Max' Fragen geduldig beantwortet hatte. »Es liegt ein Zauber auf ihnen. Wir Elfen fühlen uns nicht wohl in abgeschlossenen Räumen. So können wir immer den Himmel und das Blätterdach der Bäume sehen.«

»Praktisch«, befand Max, »man braucht nicht mal vor die Tür zu gehen. Sogar im Bett kann man sehen, ob man heute einen Regenschirm braucht oder nicht.«

Es waren mehr als 200 Elfenbehausungen. So unterschiedlich die Bäume gewachsen waren, so verschieden war die Architektur des jeweiligen Hauses. Trotzdem bildeten sie eine Einheit mit ihren hellen Steinmauern und den schlanken Türmchen.

Auf einer Seite des weitläufigen Platzes erkannte man fernab hinter den Bäumen eine sonnenbeschienene Wiese, die vom Wald durch einen Bachlauf getrennt wurde. Wilde Narzissen, Blauglöckchen und Himmelsschlüssel wuchsen dort.

Ihre Ankunft erregte einiges Aufsehen. Zuerst kamen jüngere Kinder angelaufen, die wohl in der Nähe gespielt hatten. Sie waren Menschenkindern nicht unähnlich, wie sie neugierig einen Halbkreis um sie bildeten und sie mit großen Augen musterten, die Schüchternen unter ihnen hinter den anderen versteckt. Aber sie hatten alle die spitzen Ohren und das lange seidige Haar ihrer Eltern, und in ihren Gesichtern lag ein Ausdruck von Weisheit, wie Maya sie bisher bei keinem Kind gesehen hatte.

»Larin!« Eines der Kleinen drängte sich an seinen Spielgefährten vorbei und stürzte atemlos auf ihn zu.

»Elysander!« Er fing es lachend auf und wirbelte es im Kreis herum. Der kleine schwarzhaarige Junge quietschte begeistert.

»Wo warst du?« Elysander saß auf Larins Arm, hatte ihm seine Ärmchen um den Hals geschlungen und strahlte ihn an.

Bevor Larin antworten konnte, kamen weitere Elfen hinzu, unter anderem eine Frau und ein Mann, die Larin wohl sehr gut kannte, denn er setzte Elysander ab und lief ihnen entgegen. Sie fielen sich in die Arme. Maya hörte sie mehrere Minuten lang auf Elfisch miteinander sprechen, dann drehten sie sich zu Maya, Fiona und Max um und traten auf sie zu.

»Das sind meine Paten«, erklärte Larin mit etwas belegter Stimme, »Luna und Anais. Sie sind die Eltern von Stelláris und Elysander. Ich habe ihnen kurz erklärt, wo ich die ganze Zeit über gewesen bin.« Er räusperte sich. »Und das sind Maya, Fiona und Max, die mir geholfen haben, hierher zurückzufinden … Entschuldigt, ich, äh … würde gerne ein paar Freunde begrüßen.« Schnell drehte er sich um und fuhr sich mit der Hand über die Augen. Schon kamen andere Elfen und umringten ihn begeistert.

»Willkommen!«, sagte Anais herzlich, und seine Frau Luna ergänzte: »Wir sind euch unendlich dankbar für eure Hilfe. Wir hatten uns so sehr um Larin gesorgt. Bitte kommt doch in unser Haus als unsere Gäste und Freunde. Larin wird in Kürze nachkommen. Er will sich vorher auf den Weg zu seinen Pflegeeltern machen, die unterhalb dieser Siedlung ihr Haus haben.«

»Da-danke«, stammelte Maya, die sich ganz wirr im Kopf fühlte. Von Paten und Pflegeeltern hatte sie keine Ahnung gehabt. Fiona schien es nicht anders zu gehen; sie brachte ein schüchternes Lächeln zustande, und Max hatte sich entschlossen, einfach nur stumm den Mund aufzuklappen und ihn offen stehen zu lassen.

Sie liefen gemeinsam über einen der bemoosten Wege. Maya wurde bewusst, dass sie die ganze Zeit die Elfen anstarrte. Luna lächelte sie an. ›Wie wunderschön sie aussieht‹, dachte Maya staunend. Auf Lunas Gesicht schien die Zeit keine Spuren hinterlassen zu haben. Es war glatt und makellos, obwohl sie sicher nicht mehr ganz jung war. ›Es sind die Augen‹, wurde Maya klar, ›man erkennt ihr Alter hauptsächlich in den Augen. Sie spiegeln wider, was sie gesehen haben, das Schöne und das Traurige, das Lustige und den Schmerz.‹

Lunas große Augen standen wie bei allen Elfen ein wenig schräg wie die einer Katze und waren dunkel, fast so dunkel wie ihr glänzendes schwarzes Haar. Anais Augen erinnerten wie die seines Sohnes Stelláris an das Grün der Wälder, mit goldbraunen Sprenkeln darin, und sein Haar hatte ebenfalls die Farbe hellen Silbers.

Die Elfen bewegten sich geschmeidig und leichtfüßig. Maya fiel auf, dass ihre Füße beim Laufen kaum Abdrücke im Boden hinterließen. Anais' Kleidung glich der der vier Elfen, mit denen sie hergeritten waren. Luna trug ein langes grünes Gewand mit rundem Ausschnitt und tief angesetzter Taille, einem eng anliegenden Oberteil und einem nach unten hin weiter werdendem Rock. Der Stoff schimmerte in verschiedenen Grüntönen und war mit glänzenden Fäden bestickt. Als einzigen Schmuck trug sie einen silbernen Stirnreif, der mit funkelnden Sternkristallen besetzt war.

Das Elfenpaar führte sie an mehreren der Häuser vorbei, die so luftig und mit großem Geschick in den Bäumen errichtet waren. Vor einer alten Linde blieben sie stehen. Steinerne Stufen wanden sich spiralförmig um den mächtigen Stamm herum. Auch hier umschlangen duftende Waldreben die Treppe und strebten mit ihr nach oben. Die Elfen führten ihre Gäste hinauf, und sie betraten das Haus hoch über dem Erdboden über eine kleine Terrasse, von der aus man einen wunderbaren Ausblick auf die Stadt Eldorin hatte. Der erste Raum schien das Wohnzimmer zu sein – er war sehr hell, was zum Teil daran lag, dass das Dach fehlte, zum Teil aber auch daran, dass er hauptsächlich in hellen Tönen eingerichtet war. Sprachlos blickten sie sich um. Weiße und zartblaue Clematispflanzen wuchsen zu den Fenstern herein und rankten über die Wand nach oben. Sie überzogen die Wände mit einem Muster aus Blüten und brachten einen betörenden süßen Duft ins Haus. Die zierlichen Möbel aus fast weißem Holz waren kunstvoll geschnitzt; sogar die steinernen Türbögen wiesen florale Verzierungen auf. Als Motiv dienten Blätter und Blumen, wie sie im Wald wuchsen. Drei Türen führten in weitere Räume; hinter zweien davon vermutete Maya Küche und Speisezimmer.

Erstaunt nahm sie einen schneckenhausförmigen Springbrunnen in einer Zimmerecke wahr, der leise vor sich hin plätscherte. Sie konnte nur rätseln, wie fließendes Wasser hier in dieses Haus in der Linde kam.

»Bitte setzt euch doch«, forderte Anais sie freundlich auf. Maya nahm ein wenig schüchtern neben Fiona auf der Vorderkante eines der Sessel Platz, die mit einem grünweiß gemusterten, silberdurchwirkten Stoff bezogen waren. Sie befürchtete, irgendetwas schmutzig zu machen, denn das Herumklettern im Gebirge hatte ziemlich deutliche Spuren auf ihrer Kleidung hinterlassen. Max schnappte sich eines der großen Kissen, die am Boden zum Sitzen einluden, und ließ sich mit einem zufriedenen Seufzer darauffallen. Der Elf setzte sich auf ein aus Ranken geflochtenes Schaukelsofa, und seine Frau begab sich in die Küche, um mit einem Kristalltablett mit Getränken und kleinen Kuchen wiederzukommen. Sie stellte sie vor ihnen auf einem der gläsernen Tischchen ab und ließ sich dann neben ihrem Mann nieder.

»Ihr seid sicher durstig und hungrig. Wir werden demnächst gemeinsam zu Abend essen, Larin und die anderen werden sicherlich bald eintreffen.« Luna schenkte jedem ein Glas mit einer honiggelben Flüssigkeit ein. Maya überlegte, wer ›die anderen‹ wohl sein mochten und nahm dann zögernd ihr Glas in die Hand.

Luna lächelte. »Das ist Feentau. Die Glimmerfeen sammeln ihn in der Frühe von den Blüten. Er ist wohlschmeckend und durststillend.« Sie tranken und stellten fest, dass die Elfe nicht zu viel versprochen hatte.

»Irre!« Max leckte sich die Lippen und griff nach einem der kleinen Kuchen.

»Ihr seid aus dem Land der Menschen zu uns gekommen.« Anais betrachtete sie nachdenklich. Maya empfand, als könnten seine grünen Augen in ihr Innerstes sehen.

»Ja.« Maya räusperte sich und rutschte unsicher auf der Sesselkante hin und her. Sie begann, das Erlebte so genau wie möglich zu schildern. Anfangs geriet sie mehrfach ins Stocken, aber mit der Zeit verlor sie ihre Scheu. Fiona war froh, dass Maya das Erzählen übernommen hatte. Sie warf ab und zu etwas ergänzend ein, während Max ganz und gar mit der Vernichtung der Kuchen beschäftigt war.

»Ich sehe, dir schmeckt es«, wandte sich die Elfenfrau in einer kurzen Gesprächspause freundlich an Max.

»Dange, würglich gud.«

Maya warf ihm einen mahnenden Blick zu.

»Wass'n?«, grunzte Max zwischen zwei Bissen.

»Wo bleiben deine Manieren?«, zischte ihm Maya zu.

»Dschuldigung, hadde nie wirglich welche«, würgte Max heraus, und Fiona fing haltlos an zu kichern.

97

Die beiden Elfen wirkten eher amüsiert, als dass sie sich an Max' fragwürdigem Benehmen gestört hätten.

»Nun«, nahm Anais den Faden wieder auf, »ihr solltet etwas wissen. Unser ältester Sohn Stelláris teilte es uns vorhin mit. Er war ursprünglich mit einer Gruppe von sieben Freunden unterwegs im Wald, als sie bemerkten, dass die Steinernen Wächter der Wasserfälle meldeten, dass jemand die Wand aus Wasser durchschritten hatte.«

»Wie melden sie das?«, fragte Maya gespannt.

»Aus der Schale steigt dichter weißer Nebel empor. Man kann ihn noch aus weiter Entfernung erkennen«, erläuterte Luna.

»Sie machten sich sofort auf die Suche nach denen, die in unser Land gekommen waren«, fuhr Anais fort. »Es kommt sehr selten vor, dass jemand die Grenze überschreitet.«

»Das waren *wir*«, bestätigte Max stolz.

»Ja, das wart ihr. Aber als er soeben mit den anderen begonnen hatte, die Wälder nach euch zu durchforsten, geschah es erneut. *Die Wächter meldeten, dass sich das Tor ein zweites Mal geöffnet hatte.*«

Die drei saßen da wie vom Donner gerührt. Max fiel das letzte Stück Kuchen aus der Hand und zerbröselte auf dem Boden.

»Wer war das?« Maya fand das ziemlich merkwürdig und irgendwie beängstigend. Sie mussten es gerade erst selbst durchquert gehabt haben, als es sich abermals öffnete, und das hatte etwas Bedrohliches. Sie hatten niemanden gesehen. Waren sie verfolgt worden, ohne es zu merken? Aber von wem? Das gruselige Gesicht, das Max in dem Wäldchen so erschreckt hatte, fiel ihr wieder ein.

»Das wissen wir bislang nicht.« Gedankenvoll drehte Anais einen Silberring am Finger. »Die Gruppe teilte sich. Stelláris mit Ondil, Leonor und Laios fanden euch. Die verbliebenen vier sind noch nicht zurückgekehrt.«

Maya hatte flüchtig das Bild einer Frau Säuerlich und einer Frau Olm-Grottendunk vor Augen, wie sie nicht nur erfolgreich den Berg hochgehechelt waren, sondern obendrein die Wand aus Wasser überwunden und das Plateau heruntergekullert waren. Mit einer unwilligen Kopfbewegung verbannte sie diese absurde Vorstellung aus ihrem Gehirn. Lächerlich, sie konnten es nicht gewesen sein. Aber wer war es in Wirklichkeit?

»Wir werden dieses Rätsel heute Abend nicht mehr lösen«, gab Luna sanft zu verstehen. »Die Dunkelheit bricht schnell herein. Die vier werden ein Nachtlager gesucht haben. Wir erwarten sie morgen zurück.«

Als es an der Tür klopfte, fuhr Maya zusammen. Ihre Gedanken waren um das Tor der Wächter gekreist. Es war Larin, der hereinkam. Maya hatte ihn mit Spannung erwartet. Sie wollte endlich wissen, was er damit gemeint hatte, er sei seiner Herkunft wegen verfolgt worden, und sie hoffte auf eine passende Gelegenheit, ihm diese Frage stellen zu können.

Mit ihm trat Stelláris ein und dessen kleiner Bruder Elysander. Die beiden sahen ihren Eltern erstaunlich ähnlich, wobei Stelláris mit seinen silberglänzenden Haaren und den grünen mandelförmigen Augen eher nach dem Vater kam, Elysander aber seiner schönen Mutter wie aus dem Gesicht geschnitten war. Ihnen folgte ein älteres Paar (eindeutig keine Elfen) und – ein Zwerg.

»Entschuldigt, es hat ein wenig länger gedauert.« Larin schien zurzeit mit einem Dauergrinsen im Gesicht herumzulaufen, denn er hörte gar nicht mehr auf, sie anzustrahlen.

›Er sieht ganz anders aus‹, dachte Maya verblüfft. Die unmöglichen Klamotten aus der Altkleiderkiste des Waisenhauses waren verschwunden, und er trug wieder seine eigenen Sachen, die von gleicher Machart waren wie die der Elfen. Es stand ihm ausgesprochen gut. Maya bemerkte erschrocken, dass sie ihn unentwegt anstarrte. Es war ihr erst aufgefallen, als er ihren Blick erwiderte und amüsiert lächelnd eine Augenbraue nach oben zog. Verlegen sah sie zu Boden.

»Das«, ergriff Larin das Wort und zeigte auf die Besucher, »sind meine Pflegeeltern, Waltraud und Wilbur Ägidius, und das«, er deutete auf den Zwerg, »ist Gormack, Sohn des Knockrock und ein guter Freund meiner Eltern.«

›Ob alle Zwerge so seltsame Namen haben?‹, überlegte Maya fasziniert, ›wenn man die ausspricht klingt es, als hätte man eine starke Erkältung.‹

Waltraud und Wilbur Ägidius wären in der Welt der Menschen wohl nicht besonders aufgefallen. Frau Ägidius erinnerte ein bisschen an einen rotbackigen Apfel, so rundlich und von rosiger Gesichtsfarbe wie sie war. Ihre vielen Lachfältchen verrieten ihren Humor. Sie liebte offensichtlich bunte geblümte Kleider, und ihr hellbraunes Haar, durch das sich erste Silberfäden zogen, war zu einem ordentlichen Knoten geschlungen. Herr Ägidius wirkte wie ein Gelehrter mit seiner runden Nickelbrille und dem grauen Haar, das sich am Ansatz schon sehr lichtete. Im Gegensatz zu seiner Frau war er hoch aufgeschossen und hatte eine lange Nase. Die Farbe von Hemd und Hose war ein dezentes Braun, aber diese Farbzusammenstellung war das Einzige, das Erinnerungen an den Lateinlehrer hochkommen ließ. Seine grüne ärmellose Seidenweste zierten prächtige Sonnenblumen mit blauen Schmetterlingen.

»Ihr seid also Maya, Fiona und Max«, rief Waltraud herzlich und eilte auf sie zu, um sie der Reihe nach in den Arm zu nehmen. »Ich freue mich so, euch zu sehen. Larin hat so viel Gutes über euch erzählt!« Sie strahlte über das ganze Gesicht und blickte dankbar von einem zum anderen. Maya schloss Larins Pflegemutter sofort in ihr Herz. Überhaupt war sie völlig überwältigt von der Freundlichkeit, die ihr überall entgegengebracht wurde.

Larin zog sich einen Sessel heran und ließ sich entspannt mit weit von sich gestreckten Beinen darauf nieder. Die Söhne der Gastgeber machten es sich wie Max auf Sitzkissen bequem, während Larins Eltern und der Zwerg Gormack geschnitzte Stühle bevorzugten. Gormack wirkte auf dem Stuhl mit dem zarten silberdurchwirkten Stoffbezug ähnlich unpassend wie ein dickes Kuckucksjunges in einem Singvogelnest. Maya hätte sich nicht träumen lassen, nach der Bekanntschaft mit den Elfen am gleichen Tag auf einen Zwerg zu treffen. Interessiert nahm sie alle Einzelheiten in sich auf. Gormack ging einem erwachsenen Mann ungefähr bis zur Hüfte, und in seinem Gesicht wucherte ein wilder, langer rotbrauner Bart, dessen Ende zu zwei Spitzen gezwirbelt war. Sein Haar war ebenfalls sehr zerzaust und schulterlang – es sah aus, als wäre es noch nie mit einem Kamm zusammengetroffen. Seine Kleidung bestand aus grobem Stoff und einem speckigen Lederwams, und seine Füße steckten in derben Schnürstiefeln.

Maya hatte den Eindruck, als würden sich alle sehr gut kennen; sie schienen sehr vertraut miteinander zu sein.

»Ich bin überglücklich, dass ihr Larin zurückgebracht habt«, seufzte Waltraud. Ihre Augen ruhten freundlich auf Maya.

»Ach, wir haben ihn nicht direkt *zurückgebracht*!« Maya wollte kein falsches Lob einstecken. »Er hätte es allein auch geschafft.«

»Aber ihr habt ihm geholfen. Gleich zu Beginn, als er in dieses Haus kam und sein Gedächtnis verloren hatte.« Waltraud sah Larin liebevoll an. Larin zupfte ein bisschen verlegen an seinem Ärmel herum.

»Äh … Gedächtnis verloren …« Maya war schon ganz zappelig, weil sie endlich wissen wollte, was es wohl mit dem geheimnisvollen Reiter auf sich hatte, unter welchen Umständen er Larin zu ihnen ins Waisenhaus gebracht hatte, und warum Larin überhaupt verfolgt worden war.

Sie sortierte ihre Fragen gerade in ihrem Kopf, als ein seltsames Wesen durch die Küchentür hereingeschwirrt kam. Es hatte die Statur einer großen moppeligen Puppe, war jedoch eindeutig lebendig und hatte am Rücken durchsichtige, schillernde Flügel wie eine Hummel. Sein Gesicht sah menschlich aus, aber faltig und hässlich, mit kleinen Knopfaugen und einer spitzen, langen

Nase. Der Hinterkopf war mit kurzem, flaumigem Haar bedeckt, und die Ohren hätten einen Vergleich mit Blumenkohlblättern nicht gescheut. Auch aus ihnen sprossen Haare. Sein Körper steckte in einem grünweiß geringelten Overall, der einem Strampelanzug nicht unähnlich war.

»Immer wenn man sich gerade von einem Schock erholt hat«, murmelte Max, »kommt ein anderer.« Larin, der direkt neben Max saß, prustete in sich hinein.

Das Wesen flog zur Herrin des Hauses und wisperte ihr etwas ins Ohr. Luna erhob sich. »Das Abendessen ist bereitet.« Sie nickte dem Wesen freundlich zu, und es surrte wieder Richtung Küche, nicht ohne zwischendrin fast am Türrahmen hängenzubleiben. »Das ist Herr Bombus, ein Helfelf. Er ist recht lange bei uns, und seine Sehkraft lässt ein wenig nach, der Ärmste«, erklärte sie ihren staunenden jungen Gästen.

»Ein Helfelf?« Max fand die Bezeichnung ziemlich merkwürdig.

»Ja, so werden sie im Allgemeinen genannt, weil sie meist im Haushalt von uns Elfen tätig sind. Genau genommen gehört er zu den Flugwichten. Ich erzähle dir gerne mehr darüber, aber nun sollten wir uns ins Speisezimmer begeben.« Sie führte die Anwesenden durch eine der Türen auf einen kleinen Flur, von dem aus man Zugang zu zwei weiteren Zimmern hatte. Maya staunte, wie geräumig dieses Haus war. Das Esszimmer war ebenfalls in hellen Farben eingerichtet. Das Kernstück des Raumes bildete der große Tisch, dessen Platte aus Glimmerglas auf ineinander dicht verzweigten, dicken Wurzelholzstämmen lag. Das Tischtuch war so hauchzart gewebt, dass es ganz durchsichtig wirkte. Winzige funkelnde Kristallsplitter waren darin eingearbeitet. Über dem Tisch leuchteten Lampen, denn draußen brach die Nacht an. Beim Nähertreten erkannte Maya überrascht, dass die Lampen Glimmerfeen waren. Max setzte sich zwischen Fiona und den kleinen Elysander, der ihn schon die ganze Zeit interessiert gemustert hatte. Max schien die Aufmerksamkeit des Fünfjährigen zu genießen, und Maya fürchtete, dass ihn dieser Umstand zu irgendeiner Peinlichkeit anstacheln könnte. Sobald er Publikum hatte, lief Max immer zu Hochform auf.

Der Tisch war bereits gedeckt, und er bog sich fast unter der Last der Köstlichkeiten.

Anais erhob sein Glas und wandte sich lächelnd Maya, Fiona und Max zu. »Heute erhielten wir zurück, was uns genommen worden war. Lasst uns die Heimkehr Larins feiern. Ich danke euch, die ihr unserem Patensohn beigestanden habt. Möge euer Leben gesegnet sein.«

Die anderen am Tisch hielten ebenfalls ihre Gläser in die Höhe. Maya griff befangen nach ihrem Pokal, um mit allen anzustoßen und zu trinken. Anais' Dank war ihr fast peinlich – dass sie mit Larin hierher geraten waren, hatte sich einfach so ergeben und war kein besonderes Verdienst. Das Trinkglas lag schwer in der Hand, denn sein Kelch bestand aus einem riesigen, geschliffenen Rubin, der glutrot im Licht funkelte. Er war in Mattgold gefasst, und sein goldener Stiel war wie eine Blütenranke geformt.

Maya und Fiona waren ein bisschen eingeschüchtert, denn sie hatten nie zuvor an einem so edel gedeckten Tisch gesessen. Von Max vernahm Maya ein fassungsloses Grunzen. Er fixierte die Speisen, wie ein ausgehungerter Kater eine überdimensional fette Maus. Maya musste zugeben, dass die Weinschaumcreme tatsächlich so lockerleicht geschlagen war, dass man fürchtete, sie könne davonschweben. Es gab Gebratenes und Gebackenes, in Scheiben geschnitten, gerollt und als kleine gewürzte Bällchen in allen möglichen Farben. Manches steckte auf Spießchen, anderes war zu einem Turm aufgeschichtet. Maya legte sich ein Gemüsestück auf den Teller, das in Form eines Mäuschens geschnitzt war und kippte ihm safrangelbe Soße über die Ohren. Max wedelte energisch eine naschhafte Glimmerfee von seinem Teller fort, die sich nun auf der Spitze der mit Blüten verzierten, dreistöckigen Himbeertorte niederließ, ihre winzigen Fingerchen in die rosa Creme tauchte und ihm verschmitzt zublinzelte. Maya hörte Larin und den Erwachsenen zu; der Zwerg hatte einige Fragen gestellt, da er wohl noch nicht über alles informiert worden war.

Eine Zeitlang war Maya schweigend ins Essen versunken, bis Max' Stimme an ihr Ohr drang: »… und die Olm-Grottendunk sah ungefähr so aus …« Maya ahnte nichts Gutes und drehte sich zu ihm. Er hatte sein Tortenstück zu einem braunrosa Brei zermatscht. Zu Elysanders Begeisterung war er gerade dabei, alles mit dem Fingern zu einem kunstvollen Gebilde zu modellieren. Deutlich war ein menschlicher Kopf mit Knollennase zu erkennen, dem Max hochkonzentriert ein weiteres Kinn hinzufügte. Fiona war wohl auch eben darauf aufmerksam geworden, denn bevor Maya einen Laut von sich geben konnte, hatte sie Max' Namen gezischt und ihn bitterböse angefunkelt.

Max sah sie treuherzig an. »Ich hab doch gar nicht mit vollem Mund geredet, echt jetzt!«

Larin fing an zu lachen und Maya stellte erleichtert fest, dass Max' miserables Benehmen bei den andern eher Heiterkeit auslöste als Verärgerung. Am lautesten lachte der Zwerg. Maya zuckte zusammen, weil es so dröhnte, dass sich die Glimmerfeen hinter den Blütenranken versteckten und ihre spitzen Öhrchen zuhielten.

Als irgendwann jeder satt war (selbst Gormack, Sohn des Knockrock, dessen Bart man ansah, was er verdrückt hatte), klatschte Luna in die Hände, um Herrn Bombus zum Abräumen des Tisches aufzufordern. Der schwirrte eifrig herein und kreiste über dem Tisch. In Windeseile stapelte er Teller, Bestecke, Gläser und Platten auf einem Tablett, bis der Turm eine schwindelerregende Höhe erreicht hatte. So balancierte er es heftig brummend Richtung Tür. Er flog recht tief und sackte manchmal unter der schweren Last ein wenig ab. Im niedrigen Flug trudelte er durch den Türrahmen; Maya hielt kurz den Atem an, ob er nicht mit der Spitze des Stapels oben hängen bleiben würde. Waltraud Ägidius beugte sich zu Maya hinüber »Schon erstaunlich, welche Lasten diese Helfelfs tragen können, nicht wahr?«

Anais lehnte sich zurück. »Jetzt ist es wirklich an der Zeit, die Fragen unserer geduldigen jungen Gäste zu beantworten.«

Alle Gesichter wandten sich ihm gespannt zu. Gormack fischte kurz mit der Hand in die Luft und holte eine Glimmerfee herunter, die gerade über ihm vorbeischwebte.

»Ein bisschen mehr Licht dazu wäre nicht schlecht«, brummte er und schüttelte die Fee, wie man ein Staubtuch ausschüttelt. Sie versprühte ein paar Funken und wurde dann tatsächlich heller. Er ließ sie los, und sie trudelte etwas ramponiert davon. Maya und Fiona starrten verdattert der Glimmerfee nach, die nun sehr hell leuchtend seelenruhig auf einem Wandregal saß und ihre Flügelchen glättete. Sie schien keinen Schaden davongetragen zu haben.

Maya merkte, dass Anais sie ansah und meinte, ein leises Lachen hinter seinen grünen Katzenaugen zu entdecken. »Ihr seid in unser Land geraten und vieles muss euch sehr fremd erscheinen. Wie uns Larin vorhin bei seiner Ankunft erzählte, ist er von einem Mann mit einer Narbe im Gesicht entführt und hinter den Wasserfall verschleppt worden. Der Grund für diese Entführung liegt in der Vergangenheit. Um die Ereignisse besser erklären zu können, werde ich ein großes Stück in der Zeit zurückgehen müssen.

Unsere Welt wird von den verschiedensten Wesen bevölkert. Den meisten gelingt es, in friedlicher Gemeinschaft nebeneinander zu leben. Aber immer wieder erhebt sich das Böse in den unterschiedlichsten Formen und zerstört alle Bemühungen um eine solche Existenz.

Hier bei uns lebt ein Volk, dessen Geschichte weit in die graue Vorzeit zurückreicht. Dennoch ist es nicht so alt wie das unsrige. In seinen Anfängen wurde ihm von dem Erschaffer der Welten ein Buch gegeben, in die es alles über die Entstehung unseres Landes Altera schrieb. Alles Wissen und alle Weisheit sind in ihm gesammelt. In diesem Buch steht eine Prophezeiung, die über Altera ausgesprochen wurde:

Es wird ein großer König kommen, der unserer Welt dauerhaften Frieden bringen wird. Sämtliche Völker wird er miteinander versöhnen und zu einem einzigen Volk machen. Er wird auf dem Thron sitzen, aber gleichzeitig seinem Volk dienen. Jeder, der zu ihm kommen möchte, wird eine geöffnete Tür vorfinden. Er wird die Tränen seines Volkes trocknen und das Böse für immer auslöschen. Sein Friede wird in Ewigkeit bestehen. So steht es geschrieben.«

Gormack nickte und strich mit der Hand durch den wild gekringelten Bart. »Die Weissagung gilt auch für mein Volk. Sie gilt für alle hier in Altera.«

Max klang beinahe zaghaft, als er fragte: »Und das alles soll ein einzelner König hinkriegen?«

Luna erklärte: »Er ist nicht irgendein König – er ist der König der Könige. Auf ihn legen wir unsere Hoffnung. Auf sein Kommen warten wir.«

Herr Ägidius räusperte sich und machte ein sehr ernstes Gesicht, als er verkündete: »Er wird von unseren Königen abstammen. Er wird aus unserem Volk geboren werden. Er wird der Sohn eines Menschen sein.«

Anais sprach weiter: »Die Blutlinie der Könige der Menschen reicht weit zurück. Nie wurde sie unterbrochen. Immer wurde der Thron an den Sohn oder die Tochter weitergereicht oder an den Bruder oder den Sohn des Bruders.

Nun rotteten sich die Mächte des Bösen zusammen und heckten einen Plan aus. Sie wollten den Thron und die Macht für sich haben. Ihr eigener König sollte herrschen. Ein Herrscher, dessen Herz verdorben und finster ist, und der danach trachtet, unser Land mit Tod und Verdammnis zu überziehen.

Ihr Plan war einfach. Wie wäre es nun, diese Königslinie zu unterbrechen? Dann würde die Prophezeiung nie eintreffen, der König der Könige würde nie geboren werden, und der Friede würde niemals kommen.«

»Aber das bedeutet doch …« Maya machte ein entsetztes Gesicht.

»Ja.« Schmerz und Bitterkeit sprachen aus Anais' Worten. »Das bedeutet, sie mussten den König töten und mit ihm seine Frau und seine Kinder, außerdem alle Verwandten, die irgendeinen Anspruch auf den Thron gehabt hätten.«

Gormack ließ seine Faust so laut auf den Tisch krachen, dass eine Glimmerfee erschreckt in die Weinschaumcreme kippte, von der sie gerade genascht hatte. Der Zwerg schniefte laut und einen Moment lang fürchtete Maya, er könnte sich in das Tischtuch schnäuzen.

Eine Pause entstand. Gormack hatte sein rotweiß kariertes Taschentuch gefunden und trompetete hinein.

Maya sah, dass Lunas dunkle Augen nass glänzten, als sie flüsterte:

»Es ereignete sich vor etwa fünfzehn Jahren. Sie töteten die Freundin meines Herzens, Kira, die Königin des Reiches Amadur und ihren Ehemann, König Amadé. Sie starben durch die Hand des Schattenfürsten, der sein Reich des Hasses und der Finsternis aufrichten will in unserer Welt.«

Anais redete für sie mit rauer Stimme weiter: »Ihr einziger Sohn wurde ebenfalls ermordet. Und mit ihm Cyril, der Cousin des Königs und dessen Frau Helena und ihre beiden Töchter. Auch Ruan, der jüngere Bruder und seine Frau Lara fanden den Tod. Doch nichts dergleichen geschah mit ihrem Sohn. Larin wurde gerettet.«

Mayas Hände krampften sich um den Rubinkelch. Das war es also! Deswegen sollte Larin ermordet werden! Er war der letzte Überlebende aus der Königsfamilie. Sie hätte gerne etwas zu Larin gesagt, aber ihr Gehirn streikte. Was sagt man zu jemandem, von dem man gerade erfahren hat, dass seine ganze Familie umgebracht worden war? Sie schluckte und blinzelte die Tränen weg.

Larin sah zu Maya hinüber und lächelte ein wenig schief. »Es ist sehr lange her. Ich kann mich an meine Eltern gar nicht mehr erinnern. Ich … habe einfach Glück gehabt, dass ich davongekommen bin.« Es klang ziemlich bitter.

»Wer ist dieser Schattenfürst?«, fragte Fiona leise.

»Wir wissen nicht allzu viel über ihn.« Herr Ägidius seufzte. »Er tauchte eines Tages wie aus dem Nichts auf. Und immer bringt er den Tod. Er hat sich mit abscheulicher dunkler Magie eingelassen, daraus bezieht er seine unvorstellbare Macht. Mein Großvater kämpfte bereits in einer Schlacht gegen ihn. Tausende unserer Leute wurden seinerzeit grausam niedergemetzelt, obwohl sie in der Überzahl waren …« Er räusperte sich und putzte nachdenklich seine Brille.

»Äh …«, Max zog verwirrt die Nase kraus, »also, Mathe war noch nie so mein Ding, aber das klingt, als wäre dieser Schattenfürst ganz schön alt, oder? Ist er vielleicht gar kein Mensch?«

»Er war einmal einer«, sagte Anais knapp.

Maya hatte das Gefühl, dass über diesen Herrscher nur ungern gesprochen wurde und wechselte rasch das Thema.

»Wie bist du damals entkommen?« Sie suchte Larins Blick.

»Ich war nicht bei meiner Familie im Palast, als es geschah. Sie wurden alle getötet. Mein Vater, meine Mutter, die Brüder meines Vaters und deren Familie. Einfach alle. Nicht einmal die Diener und deren Familien wurden verschont. Die Feinde kannten kein Erbarmen. Sie hatten wohl den Befehl erhalten, niemand am Leben zu lassen. Es war Zufall, dass ich nicht da war, und Glück, dass das niemandem auffiel, weil ausgerechnet an diesem Tag Gäste anwesend waren …« Larin kam ins Stocken. »Da war wohl ein kleiner Junge in meinem Alter dabei, und sie haben ihn für mich gehalten … Er ist statt meiner dort gestorben.« Er stöhnte und verbarg das Gesicht in seinen Händen.

»Du kannst doch nichts dafür«, wollte ihm Maya gerne sagen, aber etwas war mit ihrer Stimme nicht in Ordnung, und ihr Magen fühlte sich an, als lägen Steine darin. Es musste schrecklich sein, als Einziger überlebt zu haben und zu wissen, dass man das nur dem Umstand verdankte, dass ein anderer mit einem verwechselt und ermordet worden war.

»Sie hätten dieses Kind auf alle Fälle umgebracht.« Larins

Pflegemutter tätschelte Larin ein bisschen hilflos die Hand. »Auch wenn du im Palast gewesen wärest, es hätte dennoch sterben müssen.«

Larin starrte geradeaus. Er war vollends in seine Gedanken versunken. Dann straffte er sich. »Es war für mich ein günstiger Umstand, dass sie nicht erfahren haben, dass sie das falsche Kind getötet hatten. Zumindest wussten sie es lange Zeit nicht. Das alles passierte im Februar vor fünfzehn Jahren. Mein Freund Stelláris feierte damals seinen zweiten Geburtstag. Er ist ein halbes Jahr älter als ich, und wir mochten uns schon in diesem Alter sehr. Unsere Mütter hatten beschlossen, dass ich hier in Eldorin im Haus meiner Paten bleiben durfte, da meine Eltern durch wichtige Staatsgeschäfte in den Palast zurückbeordert worden waren. Das rettete mir das Leben.«

»Du hattest echt Schwein, Mann.« Max sagte das aus tiefstem Herzen.

Luna seufzte. Man sah ihr an, dass ihre Gedanken nur langsam in die Gegenwart zurückfanden. Ihr Blick ruhte auf Larin. »Wir hätten ihn so gerne bei uns behalten. Aber das war nicht möglich, es wäre zu auffällig gewesen und hätte den Feind auf seine Spur gebracht. Keiner sollte auf den Gedanken kommen, dass er überlebt hat. Wir kannten ein Ehepaar, das selbst keine Kinder hatte. Sie nahmen Larin mit Freuden auf. Damals wohnten sie noch in einem weiter entfernten Dorf, zogen aber dann hierher. Sie machten uns offiziell zu seinen Paten, was wir in Wirklichkeit ja schon längst waren.« Sie sah dankbar zu Waltraud und Wilbur hinüber.

Waltraud hatte ihr Taschentuch aus ihrem Kleid gezogen und immer wieder hineingeschnaubt. Nun tupfte sie sich die Augen ab und erwiderte warm Lunas Lächeln.

»Ach, er war so ein niedlicher kleiner Kerl«, sagte sie seufzend zu niemandem im Besonderen und betrachtete versonnen ihren Pflegesohn. »Und so hübsch. Oh, nicht, dass er jetzt nicht mehr hübsch …, ich meine, er ist ja ein ganz besonders …« Ihr fiel ein, dass das so ungefähr das Letzte gewesen war, was man vor anderen Leuten über einen Jungen in Larins Alter sagen sollte, und ihre Apfelbäckchen wurden noch rosiger.

Larin war zwar kurz zusammengezuckt, hatte sie aber viel zu gerne, um es ihr zu verübeln und versuchte, einen möglichst gleichmütigen Eindruck zu machen. Stelláris zog eine Augenbraue nach oben, und Max sah aus, als würde er das eben Gehörte speichern, um Larin bei Gelegenheit damit aufzuziehen.

Elysander kriegte von alldem nichts mehr mit. Er war auf seinem Stuhl eingeschlafen.

»Ihr entschuldigt mich …« Luna stand auf und ging zu ihrem jüngsten Sohn, um ihn schleunigst ins Bett zu bringen.

Gormack gähnte herzhaft und streckte sich, dass seine Knochen knackten. »Es ist für alle spät geworden. Ich werde besser aufbrechen. Danke für die Gastfreundschaft.« Er nickte grüßend in die Runde, schob polternd seinen Stuhl zurück und stapfte dann hinaus.

»Wir haben für euch die Gästezimmer vorbereitet«, ließ sich Anais vernehmen. »Ihr hattet einen anstrengenden Tag. Wenn ihr möchtet, zeigt euch Stelláris nun eure Zimmer.«

»Ooch, nö.« Max fiel zwar fast vom Stuhl, gab sich aber noch lange nicht geschlagen. Es gab so viel Interessantes zu hören.

»Also, ich bin auch müde«, bekannte Fiona.

Maya war hin- und hergerissen. Sie hatte noch so viele Fragen.

»Morgen ist ebenfalls noch ein Tag, meine Liebe«, nahm ihr Waltraud Ägidius die Entscheidung ab.

Nachdem sich alle voneinander verabschiedet hatten (Larin hatte versprochen, gleich am nächsten Morgen vorbeizukommen), tappten Maya, Fiona und Max hinter Stelláris schläfrig eine Treppe hoch, die zu den Schlafräumen führte. Max war so erledigt, dass er schwankte.

»Das«, Stelláris öffnete für Max die kunstvoll geschnitzte Holztür, »ist das Zimmer, in dem Larin schläft, wenn er bei uns übernachtet.«

Max schlurfte dankbar hinein, gähnte laut und murmelte etwas, das sich wie ›Uwe Nacht‹ anhörte.

»Gleich daneben ist euer Zimmer.« Stelláris lächelte den Mädchen freundlich zu und zog sich dann zurück.

»Oooh!« Fiona riss die Augen weit auf, und ihre Müdigkeit war wie weggeblasen. Maya stand staunend still und wusste nicht so recht, wo sie zuerst hinsehen sollte.

Sie befanden sich in einem sechseckigen Raum mit weißen Wänden, die wie im Erdgeschoss von einer weißblühenden, süß duftenden Schlingpflanze überwuchert waren. In der Mitte stand ein riesiges Himmelbett, in dem bequem vier Personen Platz gefunden hätten. Ein durchscheinender Stoff, leicht wie ein Windhauch, bildete den Betthimmel und hing an den vier gedrechselten Eckpfosten elegant bis zum Boden hinab. Eine Verbindungstür des Zimmers stand offen und ließ den Blick frei auf eine Badewanne, die aus einem Bergkristall geschnitten war. Über sich erkannten sie die vom sanften Mondlicht beschienenen Blätter der Linde, und darüber funkelten am nächtlichen Himmel Tausende von Sternen.

Überall flatterten Glimmerfeen umher und verströmten fröhlich ihr Licht. Einige hatten sich auf dem Betthimmel niedergelassen und ließen die Füßchen herunterbaumeln, manche schaukelten auf einer Blütenranke.

Leicht benommen setzte Maya sich auf das Bett. Sie ließ sich rückwärts auf die wunderbar weichen Kissen plumpsen.

»So«, sagte sie. »Und wie kriegen wir jetzt das Licht aus?«

Maya träumte, sie läge im weichen Moos des Waldes. Ein paar Hummeln summten um sie herum und sammelten Blütenpollen. Das Brummen wurde lauter. »BRRRRRRR.« Mit einem Ruck setzte sie sich im Bett auf und sah direkt vor ihrer Nase ein äußerst hässliches Gesicht.

»Verzeihung«, sagte das Gesicht. Maya stellte ihre Augen

mühsam scharf und bemerkte, dass zu dem Gesicht auch ein Körper gehörte.

»Ach, Herr Bombus.« Maya gähnte und sah verwirrt auf den Helfelf, der über ihr Bett geflogen war und nun in der Luft mit einem tiefen summenden Ton verharrte.

»Verzeihung«, sagte dieser abermals. Seine Stimme klang unerwartet tief für ein so recht kleines Wesen. »Ich habe Ihnen beiden frische Kleidung gebracht – mit den besten Empfehlungen der Herrin – und bin dabei eine Winzigkeit vom Kurs abgekommen.« Er schlug beschämt die Knopfäuglein nieder.

»Das … äh … passiert Ihnen … manchmal?«, fragte Maya vorsichtig. Sie wollte ihn unter keinen Umständen kränken.

»Keinesfalls!« Herr Bombus blies entrüstet die Backen auf. »Ich war nur ein bisschen geblendet durch die Sonnenstrahlen, und so ist mir die Wäsche aus der Hand geglitten, und … äh … dürfte ich vielleicht …?«

Mit einem lauten Brummen stürzte er sich auf die über dem Bett verstreuten Kleidungsstücke, sammelte sie ein und legte sie ordentlich auf einen Hocker in der Nähe. Er verbeugte sich vor Maya steif in der Luft, was sie an eine gründelnde Ente erinnerte, flog Richtung Tür, verfehlte sie im letzten Moment und dotzte gegen den Schrank. Etwas benommen eierte er mit lautem Brummgeräusch davon.

Maya hatte sich bemüht, keinerlei Reaktion zu zeigen und die Hand vor den Mund gehalten, um das Kichern zu ersticken. Herr Bombus schien nicht wahrhaben zu wollen, dass seine Sehkraft nachließ und ihm dadurch offensichtlich immer wieder Missgeschicke unterliefen.

Maya hüpfte aus dem Bett und besah sich die Sachen, die ihr der Helfelf gebracht hatte. Es war eine kleine Kollektion wunderschöner Gewänder, Hemden und Hosen, wie sie die Elfen trugen. Auch Schuhe waren dabei, sogar genau in ihrer Größe! Maya staunte über den schimmernden Stoff und die mit winzigen Stichen ausgeführten Stickereien. Sie probierte eines nach dem anderen an

– jedes einzelne passte. Zögernd besah sie sich in dem großen Spiegel, der neben dem Kleiderschrank hing. Eine gänzlich unbekannte Maya sah ihr entgegen. Nie hatte sie etwas ähnlich Kostbares besessen. Sie entschied sich für eine schlichte blaue Hose mit einem himmelblauen Oberteil und verzog sich ins Badezimmer.

Als sie eine halbe Stunde später nach Fiona sah, stellte sie fest, dass diese immer noch schlief. Maya ging leise aus dem Zimmer und stieg die Treppe hinunter.

»Gesegnet sei dein Tag«, erklang eine sanfte Stimme hinter ihr.

Maya drehte sich zu Luna um. ›Wie schön sie aussieht‹, fuhr es Maya durch den Kopf. »Wie schön du aussiehst«, wiederholte Luna fast genau ihre Gedanken.

»D-danke. Das machen die wundervollen Sachen. Vielen, vielen Dank!«

»Ich habe nicht nur deine Kleidung gemeint.« Um Lunas Mund spielte ein verständnisvolles Lächeln. »Du hast keines der Kleider gewählt«, bemerkte sie. Maya ahnte, dass die Elfe den Grund genau kannte.

Maya fühlte sich unwohl in Kleidern. Sie hatte sowieso immer nur abgetragene Klamotten besessen, und Hosen waren einfach praktischer gewesen. Man konnte besser auf Bäume klettern, besser wegrennen, besser mit den Jungs raufen (zumindest, als sie um einiges jünger war, hatte Maya das oft getan) … es ging letztlich alles besser mit Hosen. Fiona war da anders. Sie hatte sich immer bemüht, hübsch auszusehen. Dabei war sie nach Mayas Meinung sowieso außergewöhnlich hübsch.

»Ach, ich hebe die Kleider für einen passenden Anlass auf«, beteuerte Maya rasch und hoffte, dass so ein Anlass nie käme.

»Möchtest du mit uns auf der Terrasse frühstücken?«

»Gerne.« Maya war gespannt, wer wohl dabei war. Nach dem gestrigen Tag überraschte sie gar nichts mehr, außer vielleicht ein Drache.

Sie traten durch die Tür, und Maya duckte sich gerade noch

rechtzeitig, um den wild brummenden Herrn Bombus durchzu-
lassen, der im Sinkflug auf dem Rückweg zur Küche war.

Aber es war kein Drache, der draußen auf der Terrasse wartete –
Larin grinste Maya an, und neben ihm saß Elysander und baumelte mit den Füßen.

»Viele Grüße von meinen Eltern, sie sind irgendwo unterwegs.« Larin sah Maya genauer an. »Irgendetwas ist anders. Hast
du was mit den Haaren gemacht?«

Luna schmunzelte und Maya rollte die Augen. ›Typisch
Jungs‹, dachte sie, ›ich wette, es würde keinem auffallen, wenn
ich mich als Pinguin verkleidet hätte.‹

»Das hat meine Mama ausgesucht!« Elysander deutete auf
Mayas Kleidung.

Larin guckte irritiert einige Sekunden lang Maya an, und dann
schien etwas in seinem Kopf einzurasten. »Ah, ja – jetzt!«, sagte
er und griff sich an die Stirn. Maya grinste.

»Wo ist Max?« Elysander hatte Max besonders ins Herz geschlossen.

»Er schläft noch«, vermutete Maya ganz richtig und setzte sich
neben Larin. Luna nahm ihr gegenüber Platz.

»Anais ist heute in aller Frühe in einer dringenden Angelegenheit fortgeritten«, entschuldigte sie ihn. »Stelláris hat ebenfalls
bereits gefrühstückt. Er ging früher als sonst zu den Pferden und
lässt euch grüßen. Er wollte mit Ondil den vier jungen Männern
entgegenreiten, die sich gestern in der Nähe der steinernen Wächter von ihnen getrennt hatten.«

Mayas Augen leuchteten auf. »Eure Pferde ... Ich habe gestern
vier davon gesehen. Sie sind wunderschön – ich würde sie mir so
gerne anschauen.«

»Es ist uns eine Freude, sie dir zu zeigen«, versicherte Luna
warm, »wir haben eine besondere Beziehung zu ihnen. Hast du
schon einmal auf einem Pferd gesessen?«

»Nein, ... na ja.« Maya grinste, als sie an die Kaltblüter zurückdachte. »Ungefähr drei Sekunden lang.«

Ein feines Lachen umspielte Lunas Lippen. »Wenn du möchtest, kannst du lernen, dich länger als drei Sekunden oben zu halten. Du darfst reiten lernen.«

Maya sah Luna sprachlos an. »Das … das hab ich mir mein ganzes Leben lang am allermeisten gewünscht!«

Lunas dunkle Augen strahlten. Liebevoll lächelte sie Maya zu. »Dann freut es mich ganz besonders, dass wir dir deinen Herzenswunsch erfüllen können.«

»Das ist toll, dass du Pferde magst«, sagte Larin begeistert. »Ich wollte sowieso zu den Ställen und Antares begrüßen. Da könnt ich euch gleich mal ein bisschen Reitunterricht geben.«

»Wirklich? Ohhh … danke!«, brachte Maya heraus. Sie wischte verstohlen eine Freudenträne aus dem Augenwinkel. »… und du hast ein eigenes Pferd?«

»Ja«, bestätigte Larin stolz. »Antares ist unglaublich. Er ist der Beste und für mich ein guter Freund. Er ist klug und schön und schnell … Na, du wirst ihn ja kennenlernen, dann siehst du's selbst …«

Ein Glücksgefühl durchströmte Maya. Es war nicht zu fassen: Gestern noch hatte sie sich aus dem Waisenhaus fortgeschlichen, und nun sollte für sie ein Traum in Erfüllung gehen. Niemals hätte sie sich vorstellen können, an einem Ort wie diesem zu sein. Froh betrachtete sie ihre Umgebung. Sie befand sich etwa 20 Meter über dem Waldboden auf der Terrasse im Baumwipfel. Die Sonnenstrahlen fielen schräg durch das Blätterdach der Bäume und tauchten die Stadt der Elfen in ein weiches Licht. Eine leichte Brise streichelte die Blätter der alten Linde und brachte den Duft von frischem Moos und Jasminblüten mit. Über ihr im Geäst gurrten leise zwei weiße Tauben. Ein paar blaugrün schillernde, dicke Käfer taumelten durch die Luft, und um sie herum erklang das Lied der Waldvögel. Maya seufzte. Es schien ihr fast unwirklich, hier zu sein.

»Willst du nichts essen?« Die helle Stimme von Elysander holte sie aus ihren Gedanken zurück.

»Doch.«

»Ups!« Elysander zog ein vorwitziges Insekt aus seinem Feentau und hielt es Maya entzückt unter die Nase. »Guck mal, ein Wandelwürmchen! Die sind lustig!« Das kleine Würmchen kringelte sich hektisch in Elysanders Hand und fing plötzlich an, seine Gestalt zu verändern, bis es nicht mehr dünn, sondern dick und rund und auf die Größe eines Tischtennisballes aufgeblasen war. Dann rollte es sich blitzschnell aus seiner Hand, kullerte über den Tisch und entkam zwischen die Himbeertörtchen.

»Und sie sind schnell«, meinte Larin.

»Ich schau mal, ob Max schon wach ist, vielleicht mag er mit mir welche fangen.« Elysander legte ordentlich seine Serviette auf den leergegessenen Teller, rutschte vom Stuhl und verschwand im Haus.

Maya besah sich das Frühstück, das aus köstlichem Gebäck, Früchten, Nüssen, Ahornsirup, Waldhonig, Feentau und Quellwasser bestand. Sie wählte für den Anfang ein Himbeertörtchen und suchte es sehr genau nach möglichen Wandelwürmchen ab.

Larin grinste. »Und, ja, sie sind selten. Du musst nicht denken, dass unter dem Himbeerding eine Horde Wandelwürmchen lauert.«

Mayas aß einigermaßen beruhigt das Törtchen und dachte dabei über den gestrigen Abend nach. Da waren noch viele Fragen unbeantwortet geblieben. »Sag mal, was weißt du über diesen Mann, der dich ins Waisenhaus brachte? Du erinnerst dich doch inzwischen an ihn?«

»Ja, erinnern kann ich mich. Aber klüger werde ich trotzdem nicht daraus.« Larin runzelte die Stirn.

»Wir haben gestern nicht die vollständige Geschichte erzählt«, ließ Luna verlauten. »Aber wir sollten auf Fiona und Max warten.«

»Wie man hören kann, ist Max wach.« Belustigung schwang in Larins Stimme mit. »Er scheint zu baden.«

»Baden?« Maya wunderte sich. Das wäre für Max eine bemerkenswerte Tätigkeit gewesen. Tatsächlich hörte sie Wasser platschen. Max ging zwar gerne schwimmen, aber sobald es ums Waschen ging, wurde er wasserscheu wie eine Katze. Sein Gejohle erinnerte ebenfalls an ein solches Tier. Max hatte angefangen zu singen, und es klang grauenvoll schräg.

»Zumindest weckt er auf alle Fälle Fiona auf.« Maya lächelte in sich hinein. Sie dachte daran, dass Max, wenn es ums Singen ging, von seinem Musiklehrer immer vor die Tür geschickt worden war, weil er die Klasse mit seinen falschen Tönen so zum Lachen brachte, dass kein normaler Unterricht mehr möglich war.

Nach einer Weile fühlte Maya, dass Larin sie von der Seite her betrachtete. Sie drehte sich abrupt zu ihm um und sah ihn fragend an. Larin blinzelte und lächelte unsicher. »Ähem … die blaue Farbe … steht dir wirklich gut«, erwähnte er etwas zusammenhanglos und studierte anschließend die Maserung des Tisches vor ihm.

»Danke!« Fahrig ließ Maya den Honiglöffel mit einem lauten Klirren in ihr Wasserglas fallen und wechselte schleunig zu einem unverfänglicheren Thema. Sie hoffte inständig, dass Larin nicht bemerkte, dass ihre Stimme plötzlich ein klein wenig wacklig klang. Dass ihr Gesicht glühte wie eine Glimmerfee, die Gormack gründlich durchgeschüttelt hatte, war ohnehin nicht zu übersehen. Sie räusperte sich. »Wie … wie bringt man denn die Glimmerfeen dazu, mit dem Leuchten aufzuhören, weil man schlafen will? Wie man sie heller kriegt, weiß ich ja jetzt.« Es musste doch noch eine andere Möglichkeit geben, als sie grob zu schütteln, wie es der Zwerg getan hatte. Sie hatte sich vorgenommen, es ihm auf keinen Fall nachzumachen, selbst wenn sie stundenlang im Dunkeln sitzen müsste.

»Herr Bombus ist sozusagen fürs Ausschalten zuständig.« Larin hatte aufgehört, den Tisch anzustarren, und sah Maya in die Augen. Maya bemühte sich, möglichst gelassen auszusehen. »Er stellt ihnen eine Schale mit Beerenwein in die Küche«, fuhr Larin

117

fort, »da stehen sie drauf. Manchmal muss er sie erst aus dem Schlafzimmer verscheuchen, aber meistens klappt es so. Weil er ein bisschen durcheinander war, hat er einmal versehentlich zwei Schalen vollgeschenkt, da haben sie am nächsten Tag die Flügel hängen lassen und wollten gar nicht mehr fliegen. Die, die es versucht haben, sind abgestürzt. Wir mussten echt aufpassen, wo wir hintreten, sie torkelten herum und kullerten einem dauernd vor die Füße. – Na ja, wenn man sie dazu bringen will heller zu leuchten, muss man sie eigentlich nur kitzeln. Ich finde das sowieso … hm … höflicher – obwohl sie das Durchschütteln nicht wirklich stört. Sie sind robuster, als man denkt.«

PLATSCH. Maya und Larin drehten die Köpfe erschrocken Richtung Badezimmerfenster, denn von da war das Geräusch gekommen. Lediglich Luna schien unbeeindruckt. Kurz darauf vernahm man heftiges Prusten und das Schwappen von Wasser. Eine Stimme quiekte und eine andere lachte.

»Was treibt er nur?« Maya lauschte angestrengt den Geräuschen und versuchte sich vorzustellen, welche Katastrophe Max nun wieder ausgelöst hatte.

»Es scheint niemand ertrunken zu sein«, bemerkte Larin trocken.

Kurz darauf ertönte ein lautes Gepolter. Max hatte wie so oft mehrere Stufen auf einmal genommen und war an den letzten fünf gescheitert. Es dauerte nicht lange, da kam er eilig aus dem Haus gehumpelt. Elysander folgte ihm.

»Ihr stellt es euch nicht vor!« Max war viel zu begeistert, als dass ihn sein schmerzendes Bein gestört hätte. »Herr Bombus ist vorhin abgestürzt. Direkt zu mir in die Wanne!«

Maya und Larin guckten entgeistert.

Luna erhob sich. »Ich werde mich um ihn kümmern, er ist sicher ein wenig durcheinander.« Sie ging raschen Schrittes ins Haus.

Elysander steckte sich ungerührt eine Walderdbeere in den Mund. »Mama hat es ihm schon oft gesagt. Er darf nicht im Badezimmer herumfliegen, wenn die Wanne voll Wasser ist.«

»Hat er wohl vergessen … oder er hat nicht bedacht, dass es manchmal beim Fliegen nicht mehr so rund läuft«, grinste Max. »Er kam mit einem riesigen Stapel Handtücher hereingebrummt, hat die Kurve nicht gekriegt, ist zu tief geflogen und dann … platsch … Totalschaden.« Er beschrieb Herrn Bombus' Flugroute mit der Hand.

»Wo kam denn der Krach her?« Fiona war endlich aufgetaucht. Anstatt ihr zu antworten, starrte Maya sie an. »Umwerfend«, stellte sie fest. Fiona hatte ihr langes rotes Haar nach dem Waschen ordentlich gebürstet, so dass es ihr in weichen Wellen bis zur Hüfte fiel. Ihre großen grüngrauen Augen wurden durch die Farbe des bodenlangen Elfengewandes betont, das wie die Flügel eines Skarabäuskäfers schimmerte.

»Was?«, fragte Larin und begriff dann schneller, da er inzwischen Übung mit neuen Kleidern hatte. »Hm, ja – sieht toll aus.« Fiona wurde ein bisschen rot.

»Danke! … Übrigens, Max, du hast dein Oberteil falsch herum angezogen, die tiefere Seite des Halsausschnittes gehört nach vorne.«

»Ups!« Max zog sein neues dunkelblaues Hemd ein Stück vom Hals weg. »Ich habe mich schon dauernd gewundert, warum es mich so fies würgt.«

Er ließ sich neben seine Freunde auf einen Stuhl fallen.

»Ha!«, rief er, schnappte sich einen Teller und begann ihn in Windeseile vollzuschaufeln, »da könnte ich mich dran gewöhnen.«

»Wir dürfen Reiten lernen!«, platzte Maya heraus. Sie hatte sich die ganze Zeit gefreut, es Fiona und Max mitzuteilen.

»Fuper!« Max hatte gerade den Mund voll und konnte nicht mehr dazu sagen. Aber er sah erfreut aus. Fiona weniger.

»Reiten? Schon wieder?« Sie verschluckte sich an einer Haselnuss und wirkte auf einmal recht unglücklich. »Muss ich un-

119

bedingt Reiten lernen? Ich finde Pferde ja hübsch, aber sie sind so groß …«

»Pferde sind sehr sanft. Sie würden dir nie absichtlich weh tun«, versuchte Maya ihr Mut zuzusprechen.

»Wer sagt denn, dass es Absicht sein muss?«, seufzte Fiona.

»Schau sie dir doch erst mal an«, schlug Larin vor. »Vielleicht am Nachmittag. Ich dachte, ich zeig euch zuerst Eldorin und mein Elternhaus, das Gefährlichste dort sind vielleicht ein paar Holzwürmer. Falls sie Waltrauds Attentate überlebt haben.«

»Siehst du!« Max leckte sich schmatzend die klebrigen Finger ab.

»Wie war das nun mit dieser Entführung?« Maya brannte darauf, mehr zu erfahren.

»Ja, erzähl doch!« Max patschte Larin auf die Schulter, und Fiona hoffte, dass er sich seine cremeverschmierten Finger wenigstens ordentlich saubergeleckt hatte.

»So viel gibt es da nicht zu erzählen. Ich habe Freunde in Unduros besucht, das liegt einige Tagesreisen entfernt. Ich bin nicht zu Pferd gereist, sondern auf dem Fluss Undin, den sie im flachen Land einfach den Roten nennen, da er dort so viel rote Erde mit sich führt. Zweimal in der Woche fahren hier in der Nähe Handelsschiffe vorbei, und ich ging an Bord … Warte!« Er beugte sich zu Fiona vor, fasste in ihr Haar und zog etwas heraus.

»Du hattest einen Torkelkäfer in den Haaren.«

»Iiiih! Tu ihn weg!«

»Hab ich ja gerade.« Er ließ das kleine, metallisch schimmernde Insekt frei, und es zog im Taumelflug davon.

»Er fliegt ein wenig wie Herr Bombus«, stellte Maya kritisch fest.

»Ich war schon eine Zeitlang in Unduros, als mir auf dem Marktplatz zwei Männer auffielen. Der eine machte den anderen auf mich aufmerksam – den mit dem Narbengesicht – und dann glotzten sie auffallend unauffällig zu mir herüber und redeten hastig miteinander.«

»Gruselig.« Fiona fröstelte.

»Cool!«, begeisterte sich Max.

»Ich kannte sie beide nicht. Sie verschwanden in der Menge, aber ich hatte seitdem das Gefühl, dass ich verfolgt wurde. Ich versuchte, meine Spur zu verwischen, indem ich ein paarmal schnell in Seitengassen einbog.«

»Das war klug«, lobte Fiona.

»Hätte ich genauso gemacht«, verkündete Max sofort. Er fand es angebracht, auch einmal für seinen Verstand gelobt zu werden; in letzter Zeit hatten seine Freunde entweder an seinen Manieren herumgemäkelt oder sich über seine Unfälle schlappgelacht.

»Nützte aber nichts«, fuhr Larin fort. »Zwei Tage später war ich gerade allein auf dem Weg in die Stadt, wo ich für einen Bekannten ein Pferd ansehen wollte, als sie sich aus einem Hinterhalt auf mich stürzten. Anscheinend wussten sie, dass ich einen Zauberstab besitze, denn sie versuchten mich sofort daran zu hindern, ihn zu ziehen. Sie stülpten mir einen Sack über den Kopf, und einer erwischte mich mit seinem Messer am Oberschenkel. Ich habe mich ziemlich gewehrt. Der eine Mann stürzte so unglücklich, dass er nicht wieder aufstand. Ich hatte einen dumpfen Aufprall gehört, ich vermute, dass er mit dem Schädel auf dem felsigen Boden aufschlug.«

Max pfiff durch die Zähne.

»Dann erhielt ich einen Schlag auf den Hinterkopf. Ich war eine Zeitlang bewusstlos, und als ich zu mir kam, hing ich als Paket verschnürt auf dem Pferd des Narbigen. Mein Bein war verbunden, und ich wurde wohl von neuem ohnmächtig.«

Maya und Fiona sahen ihn mitleidig an, während Max und Elysander sehr fasziniert wirkten.

»Ich kann mich nur bruchstückhaft an die Reise zu den Wasserfällen erinnern. Sie dauerte recht lange, mein Bein hatte sich entzündet, und wir mussten etliche Pausen einlegen. Ich hatte Fieber, und Narbengesicht musste sich wohl ziemlich anstrengen, mich wieder hinzukriegen.« Larin grinste.

»Warum wollte er dich erst umbringen, wenn er dich anschließend gerettet hat?« Maya verstand gar nichts mehr.

»Sei still und lass ihn weiterreden!« Max stieß sie mit dem Ellenbogen in die Seite. Das hier war ganz nach seinem Geschmack. Gute Geschichten mussten möglichst blutrünstig sein, und diese war außerdem noch echt.

»Meine Eltern und meine Paten können sich auch nicht erklären, warum er das getan hat. Wir haben das gestern besprochen, als ihr schon im Bett wart. – Ich glaube, sein Begleiter hatte mich erkannt. Er war derjenige, der auf dem Markt so auffällig zu mir herübergedeutet hat.«

»Wie kann er dich erkannt haben?«, wollte Maya wissen.

»Ich sehe meinem Vater sehr ähnlich. – Meinem leiblichen Vater, Ruan.«

»Igitt!«, schrie Fiona. Die anderen sahen sie verdutzt an.

»MAX! Du hast deinen Honig auf mein Kleid getropft!«

»Ach so … 'Tschuldigung«, brummte Max.

Larin lachte. »Ich dachte schon, du findest meinen Vater und mich ganz abstoßend hässlich … Übrigens musst du dich sowieso umziehen, du brauchst zum Reiten eine Hose.«

»Gerade hatte ich nicht mehr drangedacht«, murmelte Fiona.

»Aber es gibt bestimmt eine Menge Leute, die ihm ähnlich sehen«, warf Maya schnell ein, bevor Fiona über den bevorstehenden Reitunterricht ins Grübeln kommen konnte.

»Aber nicht alle heißen Larin, besitzen einen Zauberstab, tragen Elfenkleidung und sind sechzehn Jahre alt. Es passte einfach alles. Trotzdem ist es erstaunlich, dass er es sich richtig zusammengereimt hat.

Damals, nach dem Mord an meiner Familie, berieten sich meine Paten mit meinen Pflegeeltern, wie sie mich am besten schützen könnten. Sie entschieden, dass es nicht nötig sein würde, meinen Namen zu ändern. Er ist nicht so selten, dass er Verdacht erregt hätte, und ich wuchs ja als der Sohn von Waltraud und Wilbur auf. Und vor allem: Die Feinde hielten mich sowieso für tot. Warum hätten sie jemals daran zweifeln sollen, mich getötet zu haben? Dass ich zum Zeitpunkt des Mordes nicht im Palast war, wussten nur meine Paten und später meine Stiefeltern, der Zwerg Gormack und natürlich Stelláris. Wer hätte also den Verbrechern hinterher verraten sollen, dass sie den Falschen erwischt hatten? Na ja, seit der Entführung dürfte es sich nun herumsprechen, dass ich der Neffe des letzten Königs von Amadur bin.«

»Möglicherweise hat der Mann deine Familie gut gekannt, er hat im Palast gearbeitet, oder er war oft dort zu Gast«, mutmaßte Maya. »Vielleicht gab es noch etwas anderes, an dem dich der Kerl erkennen konnte. Irgendetwas, durch das ihm klar wurde, dass du überlebt hast.«

»Ich wüsste nicht, was. – Wie auch immer, jedenfalls ist Narbengesicht mit mir durch den Wasserfall.«

»Warum?«, fragte Max.

»Keine Ahnung.«

»Aber er wusste doch, dass er alles vergisst, sobald er hindurch geht. Oder war ihm das nicht klar?«, überlegte Maya.

»Er könnte davon gewusst haben. Aber es ist nicht jedem bekannt. Der Wasserfall gehört zu den Geheimnissen, die die Elfen wahren. Sie wissen, wie man hindurch- und wieder zurückgehen kann, ohne sein Gedächtnis zu verlieren.«

»Ah, wie denn?«, fragte Maya interessiert.

»Es gibt eine Substanz, die die Elfen aus dem Saft des Baumes Elreann gewinnen. Dieser Baum existiert seit Anbeginn ihrer Zeitrechnung, und die Elfen versammelten sich dort, als sie noch ein einziges Volk waren. Sie ist sehr schwer herzustellen. Wenn man täglich davon trinkt, geht die Erinnerung nicht verloren. Den ersten Schluck muss man gleich nach dem Durchqueren des Tores nehmen.«

»Krass«, meinte Max.

»Sind die Elfen denn kein einziges Volk mehr?«, wollte Fiona wissen.

»Nein, sie sind in verschiedene Stämme aufgespalten. Die Waldelfen bilden einen davon.«

»Das sind *wir* hier«, bekräftigte Max.

»Klar, *wir*. Zeig mal deine Ohren.« Larin zog daran. »So richtig schön spitz sind sie aber noch nicht.«

Die anderen lachten. Max guckte beleidigt und rieb sich seine Ohren.

»Dann gibt es die Wasserelfen. Man darf sie nicht mit Meermännern und Nixen verwechseln, die einen Fischschwanz haben.«

Die Mädchen machten große Augen. Vor allem Maya hatte als kleines Mädchen Märchen über Nixen geliebt. Max waren Geschichten von Meerjungfrauen egal. Er konnte Fisch in keiner Form leiden.

»Wen gibt es außerdem?« Fiona fand alles sehr aufregend.

»Die Bergelfen. Zumindest theoretisch. Sie sind schon seit ein paar Jahrzehnten nicht mehr gesehen worden. Niemand weiß, wohin sie verschwunden sind.«

Ein Brummen ertönte. Herr Bombus, diesmal in einen weißblau geringelten Strampelanzug gekleidet, driftete mit einem leeren Tablett durch die Tür. Seine flaumigen Kopfhaare sahen besonders flauschig aus, und sie dufteten nach Schaumbad. Er flog mit verkniffenem Gesicht zu ihnen an den Tisch heran, blieb in der Luft stehen und machte seine Gründelnde-Enten-Verbeugung. Wortlos peilte er die Gläser und leergegessenen Teller an und schnappte sie sich. Mit gedrosseltem Tempo flog er durch die Tür Richtung Küche.

Maya sah ihm hinterher. »Arbeitet in jedem Elfenhaushalt ein Helfelf? – Und … ist er nicht langsam zu alt dafür?«

Sie warf einen Blick auf Elysander, der ein wenig gelangweilt zwei kleine Spielfiguren aus seinen Taschen gekramt hatte und sie nun auf dem Tisch gegeneinander kämpfen ließ. Er schien sich für ihre Frage nicht zu interessieren – sie wollte niemanden beleidigen, indem sie das Alter der Angestellten kritisierte.

»Ich nehme an, dass so ziemlich jeder Elfenhaushalt einen besitzt. Was Herrn Bombus angeht – nun, ich denke, Luna und Anais sähen ihn ganz gerne in Rente, aber er will nicht. Er würde es nicht verkraften. Das Problem ist, dass er sich nicht eingestehen will, dass er alt wird. Dabei passieren ihm laufend irgendwelche Missgeschicke. Luna tut so, als würde sie es nicht merken, oder sie gibt vor, ihm seine fadenscheinigen Erklärungen abzunehmen.«

»Er hat mal mitten auf dem Tisch eine Bruchlandung gemacht – da hatten wir viele Gäste. Er ist in der Brombeertorte gelandet, und seine Beine guckten oben raus«, meldete sich Elysander, der doch zugehört hatte und soeben mit seinem Elfenmännchen den fetten grauen Spielzeugtroll vom Tisch schubste.

»Maax, spielst du mit mir?« Elysander wedelte Max hoffnungsvoll mit dem kleinen Elfen vor dem Gesicht herum. »Ich hab in meinem Zimmer eine ganze Menge davon, eine richtige Waldanlage, sogar mit Drachen und so.«

Man sah Max an, dass es in ihm arbeitete. Selbstverständlich war er aus dem Alter raus, sich mit Spielzeugmännchen abzugeben; er hatte schließlich einen Ruf zu verlieren. Andererseits …

»Können wir es verschieben?«, fragte er vorsichtig. »Wir haben heute einiges vor. Ich würde gern noch mit den anderen rumhängen.«

»Ist gut.« Elysander nahm es ihm nicht übel. »Dann muss Mama mit mir spielen.« Er glitt von seinem Stuhl herunter und machte sich auf die Suche nach Luna.

»Soll ich euch ein bisschen herumführen?« Larin sah seine Freunde an.

»O ja!« Maya sprang gleichzeitig mit Max auf. Fiona erhob sich etwas weniger hastig. Da sie wegen des Reitens eine Hose anziehen sollte, brauchte sie nicht zu befürchten, über den Saum des langen Kleides zu stolpern und die steilen Stufen der Linde herunterzufallen. Das war ein echter Vorteil. Aber zumindest hätte die Treppe nicht angefangen loszugaloppieren, während sie sich darauf befand.

Wichte und Pferde

Es war ein angenehmes Gefühl, den weichen, federnden Waldboden unter den Füßen zu spüren. Larin führte sie an den Bäumen
mit den Elfenhäusern entlang in Richtung der Wiese, die sie
schon bei ihrer Ankunft von Weitem gesehen hatten. Unterwegs
begegneten ihnen Elfen, die freundlich grüßten. Maya war immer
wieder aufs Neue fasziniert von deren Ausstrahlung. Es war nicht
nur die Anmut ihrer Bewegungen oder die fast makellose Schönheit, die das Elfenvolk zu etwas Besonderem machte. Maya hatte
lange darüber nachgedacht, aber keine Worte dafür gefunden, die
es richtig beschrieben. Sie wirkten auf den ersten Blick ein wenig
unnahbar, aber ihr Wesen war gütig und weise. Da war auch eine
Art innerer Schönheit, die vielleicht daher kam, dass sie einander
achteten und ihnen viele schlechte Eigenschaften der Menschen
einfach fremd waren.

Sie gelangten an das Ende der Elfensiedlung, wo der Wald in
die Graslandschaft überging. Hier zweigte der Weg in drei Richtungen ab. Geradeaus führte er ein kurzes felsiges Stück hangabwärts zur Wiese und kreuzte einen fröhlich gurgelnden Bach, der
am Saum des Waldes sein Bett hatte. Ihn überspannte eine kleine
bogige Brücke aus unbehauenem Stein. Links verbreiterte sich
der Weg und gab den Blick frei auf mehrere gemütlich aussehende Häuschen, die in zwei Reihen rechts und links des Weges am
Waldrand standen. Sie waren aus groben Steinen gebaut und hatten
mit Polstermoosen und Flechten bewachsene Ziegeldächer. Jedes
besaß einen winzigen Vorgarten und einen etwas größeren Garten
auf der Rückseite. Die Bewohner der rechten Häuserreihe hatten

126

vom Garten aus einen freien Blick nach Süden auf die Wiese.

»Dort wohne ich.« Larin deutete auf das zweite Haus rechts des Weges. »Leider sind Waltraud und Wilbur noch nicht daheim.«

»Du nennst sie beim Vornamen?«, fragte Maya.

»Ja. Ich glaube, sie fanden, es stünde ihnen nicht zu, sich mit ›Mutter‹ und ›Vater‹ ansprechen zu lassen. Eigentlich ist es egal, wie ich sie nenne. Sie haben mich wie ihr eigenes Kind aufgezogen, und für mich sind sie meine Eltern – irgendwie habe ich eben zweimal Eltern ... Max, Vorsicht, lauf nicht durch die Farne!«

Max war wieder einmal wie eine wild gewordene Heuschrecke herumgesprungen und war nah am Bach in eine Gruppe hoher, dichter Hirschzungenfarne geraten. Er legte eine Vollbremsung hin und schaute Larin verdutzt an. »Was ist damit? Ist das Grünzeug giftig?«

Larin lachte. »Nein, nein, aber der Boden dort ist recht ausgehöhlt, die Farnwichte haben da ihren unterirdischen Bau. Sie graben Tunnel wie die Kaninchen und legen ihre Gänge meist in Wassernähe unter großen Baumwurzeln an. Hier unter den Farnen liegt der Eingang verborgen. Du könntest in so einen Bau mit dem Fuß einkrachen und stecken bleiben, und das nähmen sie ziemlich übel.«

»Klar, wer will schon einen Riesenfuß in seiner Decke stecken haben, gleich neben dem Kronleuchter«, bemerkte Maya.

Larin und Fiona lachten, nur Max reagierte ein wenig empfindlich und zog eine Grimasse in Mayas Richtung.

»Flugwichte, Farnwichte ... gibt es noch andere Wichte?«, wollte Fiona wissen.

»Ja, und zwar nicht allzu weit von hier, aber etwas tiefer im Wald verborgen. Gestern auf dem Weg nach Eldorin sind wir fast daran vorbeigekommen. Da wohnen die Waldwichte; sie sind ein bisschen kleiner als Zwerge. Sie sind recht scheu und mögen keine Fremden. Ich kann euch zwar hinführen, aber wir sollten nicht zu nah ...« Er unterbrach sich.

»Was ist?«, fragte Max.

»Den hätten wir nicht unbedingt treffen sollen.« Larin betrachtete finster einen entgegenkommenden Jungen mit dunkelblonden Haaren, der Hand in Hand mit einem Mädchen lief. Sie schienen beide in Larins Alter zu sein.

»Caiman Scelesto und Phoebe Jago. Caiman hasst mich. Ich mag ihn auch nicht, ich finde ihn arrogant und ziemlich hinterhältig.«

Maya fand es schade, dass es überall Leute gab, die anderen das Leben schwermachten. Dieser Caiman hätte gar nicht übel ausgesehen mit seinen dunkelblonden Haaren und den grauen Augen, allerdings hatte er einen grausamen Zug um den Mund, der ihr gar nicht gefiel. Phoebes blaue Kulleraugen erinnerten Maya an Anni aus dem Waisenhaus, nur dass deren blonde Haare keinen Rotstich gehabt hatten.

Caiman stellte sich ihnen fies grinsend in den Weg und musterte Fiona und Maya reichlich unverschämt. Maya kam sich vor, als wäre sie eine zweiköpfige Ziege. Boshaft zischte er Larin zu: »Sind Eure Königliche Hoheit wieder zu Hause? Wenn wir geahnt hätten, dass sich hinter dem armen Jungen ein echter Prinz versteckt!«

Phoebe prustete los.

›Sie lacht sogar wie Anni‹, dachte Maya verärgert und sah Caiman böse an.

»Du kannst mir ein anderes Mal die Füße küssen«, sagte Larin lässig und ließ Caiman stehen.

»Ouh«, strahlte Max, als sie außer Hörweite waren, »hast du gesehen? Dem kam ja fast Dampf aus der Nase vor Wut!«

Sie waren vor dem Haus angelangt, in dem Larin mit seinen Pflegeeltern wohnte.

»Ist das hübsch hier!« Fiona war hingerissen. »Schaut doch nur, die Gartenpforte mit dem Blumenkranz und die Narzissen und Blausternchen im Beet und die vielen Blumentöpfe mit den Tulpen und die Spitzengardinen an den Fenstern und die blaue

Haustür mit dem Türklopfer und ...«

»Ist ja gut!« Max klopfte Fiona auf den Rücken. »Nicht, dass du uns erstickst, weil du vergisst, Luft zu holen.«

Fiona starrte ihn entrüstet an.

»Es ist wirklich sehr hübsch«, sagte Maya versöhnlich zu Fiona. Larin öffnete die Haustür und ließ sie eintreten. Sie kamen durch eine winzige Diele in ein gemütliches Wohnzimmer. Alles war blitzblank geputzt und ordentlich auf seinen Platz gestellt. Im Kamin lagen sorgfältig aufgeschichtete Holzscheite, die nur darauf warteten, angezündet zu werden. Die bequem aussehenden Polstersessel und das vergissmeinnichtblaue Sofa waren etwas abgewetzt, und die Regale hatten Kratzer, aber Waltraud Ägidius hatte das Holz mit Bienenwachs poliert, dass es glänzte und danach duftete. An den Wänden standen Regale, die vollgestopft waren mit Unmengen von Büchern – Bücher in allen Größen, Farben und in allen möglichen Sprachen. Sogar auf dem Boden türmten sie sich in hohen Stapeln übereinander. Die Titel lauteten beispielsweise ›Die Geschichte der Plattfüßigen Nebeltrolle‹ (von Thaddäus Trolltrepp), ›Gibt es Mondkälber wirklich?‹ (von Stella Wolkenbruch) oder ›Fliegenfischen leichtgemacht‹ (von Henning Fjord). Die Bücher waren wohl die einzigen Dinge, denen es erlaubt war, sich außerhalb ihres angestammten Platzes aufzuhalten. Überall standen Frühlingssträuße mit sonnengelben Narzissen und bunten Tulpen, und auf jedem freien Platz waren Bilderrahmen aufgestellt.

»Bist du das?« Maya betrachtete ein Foto in einem Holzrahmen. »Das ist total süß!«

»Äh ... das bin ich mit ... keine Ahnung, jedenfalls unter einem Meter Höhe.« Larin fand es ein wenig peinlich, als ›süß‹ bezeichnet zu werden.

»Niedlich«, bestätigte Fiona.

»Ooohhh, ganz herzallerliebst, so ein niedlicher kleiner Kerl und sooo hübsch«, stichelte Max und ging sicherheitshalber hinter Fiona in Deckung.

In der Küche stand ein großer abgenutzter Holztisch, an dem viele Gäste Platz nehmen konnten. Die Kupferpfannen und Töpfe über dem Herd waren so blank gerieben, dass sie Max' neugierig hineinblickendes Gesicht widerspiegelten, allerdings grässlich verzerrt, so dass er abwechselnd eine ellenlange Nase mit riesigen Nasenlöchern oder untertassengroße Augen bekam.

»Oh, so ein hübscher Junge«, flötete Fiona hinter ihm und wich geschickt einem Rippenstoß aus.

Larins Zimmer lag im ersten Stock und war nicht ganz so ordentlich, aber ebenfalls sehr gemütlich. Die Einrichtung bestand aus einem verschnörkelten schwarzen Eisenbett, einem schmalen Kleiderschrank mit Holzwurmlöchern, zwei Regalen mit erstaunlich vielen Büchern und Krimskrams, einem Eisentischchen mit zwei Stühlen und einem bequemen Sofa. An der Deckenlampe baumelte eine Socke. »Die hab ich heute früh gesucht.« Larin grinste, fischte sie herunter und warf sie in den Schrank. Wirklich außergewöhnlich war ein großer Bogen an der Wand, wie die Elfen ihn benutzten.

»Boah, is ja toll!« Max stürzte sich sofort darauf und nahm ihn ab. Er spannte ihn, kniff ein Auge zusammen und ließ imaginäre Pfeile davonschnellen, bevorzugterweise in Fionas Richtung.

»Lass den Quatsch«, meinte sie streng, »und vor allem, mach ihn nicht kaputt!«

»Das würde er vermutlich gar nicht schaffen, die Bespannung ist enorm haltbar«, erläuterte Larin. »Sie besteht aus Einhornhaar.«

Nachdem Max Fiona oft genug erschossen hatte, hing er den Bogen zurück und machte sich an die Durchsuchung der Regale. »Hast du auch so Spielfiguren wie Elysander?«, fragte er betont beiläufig, da er keinesfalls zugegeben hätte, dass ihm die kleinen Figuren nicht aus dem Kopf gingen.

»Hatte ich mal«, winkte Larin ab, der sie erst vor wenigen Wochen auf den Dachboden verbannt hatte.

»Ein wirklich schönes Haus«, bestätigte Fiona, als sie wieder die Treppe hinunter stiegen.

»Danke, ich werd's meinen Eltern ausrichten.«

Maya war ein bisschen wehmütig ums Herz. ›Wie schön muss es gewesen sein, hier aufzuwachsen‹, überlegte sie sehnsüchtig. ›In so einem Haus und mit solchen lieben Menschen …‹ Sie rief sich das Waisenhaus ins Gedächtnis und wie schrecklich es dort in letzter Zeit gewesen war. – Dann erschrak sie über sich selbst. Wie konnte sie ihn um das hier beneiden! Larins Eltern und seine Verwandten waren ermordet worden. Nur um Haaresbreite hatte er überlebt! Sie schüttelte den Anflug von Selbstmitleid ab und schritt durch die hölzerne Gartenpforte zurück auf den Weg.

»Es ist richtig romantisch hier.« Fiona seufzte. »Es wundert mich, dass nicht mehr Menschen in Eldorin wohnen.«

»Normalerweise ziehen Elfen die Abgeschiedenheit vor und leben gerne für sich«, erklärte Larin. »Aber diese Siedlung entstand, als die Truppen des Schattenfürsten die Städte verwüsteten und einige der Flüchtlinge sich in ihrer Not an die Ältesten der Elfen wandten. Auch ein paar Zwergen wurde erlaubt, sich bei uns niederzulassen.«

»Gormack von Knockrock zum Beispiel.« Fiona sprach den Namen sehr betont aus, sie fand ihn immer noch lustig.

»Ja, der wohnt am Ende der Straße, dort hinter dem Schulhaus.« Larin deutete auf ein größeres Gebäude, hinter dem man einen runden Bau mit Spitzdach hervorlugen sah.

»Ihr habt ein *Schulhaus*?« Max klang erschüttert. Daran hatte er beileibe nicht gedacht.

»Ja, natürlich. Es wird aber auch als Versammlungsort genutzt. Wilbur ist dort Lehrer. Er unterrichtet Deutsch und einige Fremdsprachen, außerdem Geschichte und Erdkunde. Er kann ja schlecht sämtliche Schüler bei uns ins Haus quetschen, dazu wäre es viel zu klein. Stellt euch vor, sie würden alle in der Küche herumsitzen, das würde Waltraud verrückt machen. Wenn du dich entschließt, bei uns zu bleiben, wirst du ebenfalls in die Schule gehen.«

»WAS?« Max fiel fast in Ohnmacht. Er hasste Schule und war froh, ihr entronnen zu sein.

»Wart's ab, das meiste ist ganz anders als das, was du kennst. Wenn ihr mögt, könnt ihr es euch morgen mal ansehen.«

»Und der Tag fing so schön an«, ächzte Max.

Lachend machten sie sich auf den Rückweg. Nur Max lachte nicht, er musste die Sache mit der Schule erst mal verdauen. Plötzlich vernahmen sie ein Rascheln unter den Farnblättern.

»Psst, bleibt mal stehen!«, flüsterte Larin.

Sie standen wie erstarrt da und warteten. Eine Zeitlang tat sich gar nichts. Max wollte gerade erklären, dass er schon spürte, wie seine Füße anwurzelten, als es erneut raschelte und sich ein kleiner brauner Kopf durch das Farndickicht schob. Eine lange Nase schnüffelte vernehmlich, und zwei schwarze Äuglein, ähnlich denen des Herrn Bombus, lugten umher. Das Wesen sah genauso faltig aus wie der Helfelf, nur dass sein Gesicht bis auf ein paar Borsten unbehaart war und wie braunes zerknautschtes Leder aussah. Anstelle der Kohlblattohren besaß es spitze Öhrchen. Allmählich kam das etwa kniehohe Kerlchen herausgekrochen und wuselte zwischen den niedrigeren Storchschnabelblättern umher. Sein übriger Körper war dicht mit schwarzbraunen Haaren bedeckt. Maya staunte über die Geschwindigkeit, mit der es mit seinen kräftigen Schaufelhänden nach Käfern und Regenwürmern grub und sie sich in den Mund steckte.

»Normalerweise sind sie nachtaktiv.« Larin sprach immer noch gedämpft, um den Farnwicht nicht zu erschrecken. »Sie sind extrem scheu, sie galten bei den Trollen als Delikatesse.«

»TROLLE?«, quiekte Fiona. Sie bemühte sich, ihre Stimme wieder in den Griff zu bekommen. Der Farnwicht zeigte mit einem fauchenden Geräusch eine Reihe spitzer Zähnchen und flitzte in sein Blätterdickicht zurück.

»Gibt es hier *Trolle*?«, flüsterte sie.

»Jetzt brauchst du auch nicht mehr zu flüstern«, sagte Max

enttäuscht, »jetzt isser weg.«

»*Hier* gibt es bestimmt keine Trolle«, beschwichtigte Larin, und als er Fionas angstgeweitete Augen sah, fügte er rasch hinzu: »Und überhaupt sind die Höhlentrolle so gut wie ausgestorben.«

»Entschuldigt bitte«, sagte Fiona kläglich. »Aber die sind sicher riesig.«

»Ooch ...« Larin dachte nach. »Nicht über vier Meter.«

Maya warf ihm einen warnenden Blick zu.

»Äh, ja«, sagte Larin sofort. »Dafür sehen sie nicht gut. Man hat also ganz gute Chancen, dass sie einen übersehen, wenn man sich auf den Boden kauert und nicht bewegt.«

»Das würde ich hinkriegen«, sagte Fiona voller Überzeugung.

An der Wegkreuzung bogen sie zur Wiese ab. Am Bachufer leuchteten gelbe Himmelsschlüssel mit Blausternchen um die Wette. Fiona hätte gerne einen Strauß gepflückt, merkte aber, dass Maya schon ganz hibbelig war und so schnell wie möglich zu den Pferden wollte. Sie folgten Larin über die Brücke auf die Wiese, von wo ab der Weg nach rechts an Bach und Waldrand entlang zu den Stallungen führte. Um sie herum summten Honigbienen und dicke Hummeln, und Schmetterlinge flatterten umher. Als Maya genauer hinsah, stellte sie fest, dass ein paar Glimmerfeen darunter waren. Sie taumelten glücklich von einer Blüte zu nächsten, und durch ihre glänzenden Flügel sah man das Blau des Himmels schimmern. Wenn Larin den Kopf gehoben hätte, wäre ihm vielleicht der große schwarze Vogel verdächtig erschienen, der unweit von ihnen an einem geheimen Ort losgeschickt worden war. Er kreiste mit einem kurzen heiseren Schrei über Eldorin, um dann eilig seinem Ziel nach Osten entgegenzufliegen. So aber sah ihn nur Maya, und die konnte seine Bedeutung nicht wissen.

Sie kamen an eine Stelle, an der die Wiese kreisförmig in den Wald hineingewachsen war, so dass sie an dieser Stelle auf drei Seiten von ihm umschlossen wurde. In diesem geschützten Bereich waren die Ställe und die Pferdekoppel untergebracht. Angrenzend duckte sich eine schlichte Holzhütte in den Schatten der Bäume.

»Die Hütte gehört Ignatz, das ist der Pferdehüter. Kann sein, dass er Neuigkeiten von den Elfen hat, die sich gestern in der Nähe des Wasserfalles von Stelláris' Gruppe getrennt haben. Ignatz erfährt solche Nachrichten oft zuerst, denn er nimmt ja die gerittenen Pferde in Empfang.«

»Ach, ja.« Maya hatte den Suchtrupp ganz vergessen. Es war inzwischen einfach zu viel passiert.

Larin wollte gerade an die Tür der Behausung klopfen, als ganz nah ein Ast knackte und sich ein riesenhafter Schatten aus dem Wald löste. Fiona schrie auf.

»Keine Panik, das ist Ignatz«, beruhigte sie Larin.

Tatsächlich war Ignatz ein hoch aufgeschossener Mann; er musste sich bestimmt bücken, um durch seine eigene Haustür zu kommen. Doch war er unzweifelhaft ein Mensch. Fiona war ihr Verhalten überaus peinlich. »Entschuldigt bitte, aber erst vorhin hast du von dem Troll …«

»Ist schon gut«, unterbrach Larin hastig, der Ignatz nicht hören lassen wollte, dass ihn jemand mit einem Troll verwechselt hatte. »Hallo, Ignatz.«

Ignatz begrüßte sie freundlich und zeigte dabei seine auffallend langen, vorstehenden Zähne. Er war sehr dünn, und sein schmales Gesicht mit der langen Nase und den engstehenden grauen Augen erinnerte eindeutig an ein Pferd. Larin stellte ihm Max und die Mädchen vor.

›Vielleicht stimmt es doch, dass manche Menschen ihren Haustieren ähnlich sehen‹, dachte Maya, ›sogar die Frisur passt‹, und betrachtete Ignatz' struppiges Blondhaar, das er zu einem Pferdeschwanz gebändigt hatte.

»Dein Antares hat schon die ganze Zeit nach dir gefragt«, ließ Ignatz Larin wissen und meinte es offensichtlich genau so, wie er es gesagt hatte. Er redete langsam und hatte die Eigenart, beim Sprechen kaum die Lippen zu bewegen, weswegen man genau hinhören musste, um ihn zu verstehen. Er nickte ihnen zu, drehte sich wortlos um und stapfte mit riesigen Schritten auf den Stall zu. Zwar lief er ohne Eile, doch war Larin der Einzige, der mühelos mit ihm Schritt halten konnte, denn er hatte lange Beine. An der Koppel ganz nah am Wald befand sich ein großer Stall. Auf einer Seite sah man ein geöffnetes riesiges Holztor, und aus dem Inneren drang das Schnauben der Pferde.

»Sie fressen gerade. 's is Mittagszeit«, nuschelte Ignatz eine Spur vorwurfsvoll und öffnete das Koppeltor.

»Wir stören sie jetzt nicht«, beteuerte Larin, »wir reiten später. Die drei hier haben noch nie auf einem Pferd gesessen, ich will ihnen die Pferde erst einmal zeigen. Was meinst du, wen sie kriegen sollten?«

»Ich überleg mir was«, brummelte Ignatz.

Sie gingen über die eingezäunte Weide und blieben vor dem offenen Stalltor stehen.

»Oh, … so viele … und sie sind so schön!« Maya war hingerissen. Auch Max und Fiona waren beeindruckt. Der geräumige Stall bestand aus mehreren Abteilen ohne Türen, so dass die Tiere selbst hinein- und herauslaufen konnten, sechs Sattelkammern und einem Heuboden direkt unter dem Dach. »Es sind etwa 350 Pferde. Sie kommen herein, wenn sie eine Extraration Futter in die Raufe bekommen oder das Wetter schlecht ist. Sonst dürfen sie auf der Weide grasen.« Larin hätte vielleicht noch etwas hinzugefügt, kam aber nicht mehr dazu, denn ein Grauschimmel hatte seine Stimme gehört und trabte wiehernd und mit gespitzten Ohren auf ihn zu.

Maya stand mit offenem Mund da. Was für ein Pferd! Antares bewegte sich elegant und kraftvoll. Nun baute er sich vor Larin auf und stupste ihn mit der Nase an.

»Hallo, mein Freund!« Larin streichelte ihm die Stirn. »Wir haben uns lange nicht gesehen.« Antares schnaubte zufrieden, versenkte seine Nüstern in Larins schwarzem Haar und knabberte zärtlich mit seinen weichen Lippen an ihm herum.

Maya hatte das Gefühl, sie sollte Larin mit seinem Hengst besser eine Zeitlang allein lassen. Sie schienen wirklich eine besondere Beziehung zueinander zu haben. Maya zog die anderen beiden mit sich, um sich die Herde genauer anzusehen. Fiona folgte zögerlich, denn die Menge der Tiere war äußerst beeindruckend und ein wenig furchteinflößend.

»Ihr könnt rein zu ihnen«, ermunterte Ignatz sie in seiner schleppenden Sprechweise, »aber stellt euch nicht direkt hinter sie, und erschreckt sie nicht.«

»Ich *sie* erschrecken?«, murmelte Fiona so leise, dass nur Maya sie hörte. »Wer erschreckt hier wen?«

»Sie sind toll!« Maya saß neben Larin auf einer bunten Baumwolldecke in der Wiese und beobachtete die nun grasenden Pferde. »Und dein Antares ist wirklich unglaublich.«

»Ja, das ist er.« Larin betrachtete versonnen seinen Hengst, der sich Gras rupfend an zwei Stuten heranschob.

Fiona lag auf dem Bauch und verscheuchte ein paar Bienen, die sich für ihr Honigbrötchen interessierten. Herr Bombus war so freundlich gewesen, ihnen einen Picknickkorb vorbeizufliegen und hatte ihn mit einer Verbeugung und den besten Wünschen von seiner Herrin überreicht. Es hatten auch ein paar Zapfen darin gelegen, die vermutlich von einem Zusammenprall mit einer Tanne stammten, aber sonst war alles in einwandfreiem Zustand angekommen.

Max hatte bedauernd festgestellt, dass er inzwischen zu voll für ein Brötchen war und ließ sich Honig von einem Löffel in den Mund träufeln.

»Wenn ihr alle satt seid … können wir dann endlich wieder zu den Pferden?« Maya war immer zappeliger geworden. Ihr dauerte alles zu lange. Sie hatte dem Moment, wo sie das erste Mal ein Pferd unter sich spüren würde, entgegengefiebert. Welches Pferd würde ihr Ignatz geben? Wie würde sie damit zurechtkommen? Was wäre, wenn sie so gar kein Talent dafür hätte?

Fiona dagegen war immer stiller geworden. Maya wusste, dass Fiona sich nicht vor dem Reiten drücken würde, obwohl es ihr gehörig Angst machte.

»Na, dann los«, sagte Larin.

Ignatz empfing sie am Stalltor. »Ihr kriegt Besuch«, nuschelte er und wies mit dem Kinn Richtung Eldorin. Zwei Gestalten kamen über die Wiese geschlendert, die Maya sofort erkannte.

»Hab ich schon gesehen«, knurrte Larin. »Das war zu erwarten, dass Caiman und Phoebe sich das hier nicht entgehen lassen wollen. Der Typ sollte sich als Spürhund bewerben, das hat er wirklich drauf.«

Maya fand den Gedanken, ungebetene Zuschauer zu bekommen, etwas beunruhigend. Mit Elfen hatte sie gerechnet, natürlich, schließlich ritten diese oft, und die Pferde gehörten ihnen. Außerdem hätten die sich kaum für ihre ersten Reitversuche interessiert – aber warum waren Caiman und Phoebe hier? Sie schienen bestens gelaunt zu sein; Maya vernahm selbst von Weitem deutlich Gekicher.

»Es war schon immer mein Traum, mich bis auf die Knochen zu blamieren«, murmelte Fiona und wurde noch ein wenig blasser.

Larin schnaubte. »Du wirst dich nicht blamieren«, sagte er sehr bestimmt. Maya versuchte, nicht zu Caiman und Phoebe hinzuschauen, die es sich mittlerweile auf der obersten Stange des Koppelzaunes bequem gemacht hatten. In ihrem Rücken vernahm sie erneut übertrieben lautes, unecht klingendes Gelächter.

»Polarstern steht gesattelt drin«, verkündete Ignatz und deutete mit dem Daumen auf den Stall.

»Müssen wir nun richtig reiten?«, fiepte Fiona mutlos und blickte misstrauisch zur offenen Stalltür. Ignatz guckte sie verständnislos an und fuhr sich dann mit der schwieligen Hand ratlos durch die Strubbelfrisur. Für ihn war Angst vor Pferden zu haben ebenso unbegreiflich wie Angst vor seinen eigenen Socken zu haben.

»Wie wäre es«, schlug Larin sanft vor, »wenn du dich einfach auf dem Pferd mal ein bisschen spazieren führen lässt ... nur so zum Eingewöhnen? Ich glaube, du solltest erst einmal ein Gefühl dafür kriegen.«

Fiona sah ihn dankbar an. »Oh, ja. Das wäre viel besser.«

»Ich könnte zwei führen«, erbot sich Ignatz.

»Ich wollte richtig reiten«, stellte Max sofort klar. »Quer im Galopp über die Wiese.«

Larin grinste. »Dein Pferd würde sicher quer über die Wiese galoppieren. Aber vermutlich ohne dich. Ich wollte euch sicherheitshalber erst einzeln longieren, im Schritt, Trab und *vielleicht* gegen Ende der Stunde Galopp.«

»Longieren? Ist das nicht mit diesen langen Leinen? Ich will nicht an die Leine gelegt werden«, grummelte Max mit einem finsteren Seitenblick zu seinem ungebetenen Publikum, das vor Lachen sicherlich vom Zaun kippen würde. »Ich bin doch kein Hund!«

»Mit der alten Josie kann er nebenher mitreiten«, sagte Ignatz plötzlich. »Ich muss sie nicht führen. Sie läuft brav im Schritt neben Polarstern her und macht keinen Blödsinn.«

»Gut.« Larin nickte Ignatz erleichtert zu. »Dann sattelst du Josie für Max. Und ich werd mal sehen, was wir für dich finden.« Er lächelte Maya an. »Stören dich diese Idioten da drüben?«

»Na ja. Ohne die wäre es mir lieber.«

»Ich habe dich auf dem Weg nach Eldorin auf dem Pferd sitzen sehen. Du hattest nicht die Spur von Angst – und du hast einen guten Sitz.«

Mayas Herz machte vor Freude einen Zwischenhüpfer. Das war ein tolles Lob. Und er hatte sie beobachtet – gut, dass sie das nicht bemerkt hatte.

»Dann lass uns ein Pferd für dich raussuchen.«

Larin schnappte sich ein Halfter und ging mit Maya in die Pferdeherde hinein. Sie einigten sich auf eine dunkelbraune Stute, die mit Antares angelaufen kam, und Larin zog ihr das Halfter über. Er führte sie zum Stall, um sie zu satteln und aufzuzäumen. Antares trabte neugierig nebenher. »Nein, heute bist du leider nicht dran, Maya darf reiten.« Inzwischen hatte Ignatz zusätzlich die ältere Pferdedame startklar gemacht und Max und Fiona auf ihr Reittier verfrachtet. Er führte Fionas Pferd am Zügel, und Josie lief wie ein Hündchen brav nebenher.

Maya wusste aus Larins Erklärungen, was sie zu tun hatte. Sie hatte sich jeden Handgriff und jede Hilfe, die man einem Pferd geben musste, genau erläutern lassen. Alles hatte sehr logisch und einfach geklungen. Theoretisch. Maya hatte Larin gebeten, es ohne Longe probieren zu dürfen, und Larin hatte nachgegeben. Sie stellte sich neben die Stute und nahm die Zügel in die linke Hand. ›Linker Fuß in den Steigbügel – mit Schwung das rechte Bein über den Sattel – Donnerwetter ist das hoch – vorsichtig setzen‹, dachte Maya. ›Zügel in die Hände – so – und Fersen nach unten – das kann doch nicht sein Ernst sein, das ist voll unnatürlich – und mit dem Kreuz schieben – *wie schiebt man mit dem Kreuz?* – ah, sie bewegt sich tatsächlich vorwärts – Schenkelhilfe – gut, so geht das – mitschieben.‹

»Du machst das toll!« Larin war sprachlos. Er ließ Maya mit der Stute eine Zeitlang Schritt gehen, traben, anhalten und die Richtung wechseln.

Antares begann zu grasen und äugte ab und zu herüber. Sollte er heute etwa wirklich nicht geritten werden?

»Darf ich galoppieren?«

»Ich denke schon, du machst das wirklich gut. Weißt du noch, wie ...?«

»Jaja.« Maya gab die entsprechenden Hilfen, und die Stute fiel zögernd in einen leichten Galopp. Maya ritt in einem großen Kreis mehrmals um Larin herum. Sie fühlte sich sehr sicher.

»Jetzt bitte traben und dann Schritt.«

›Gut‹, dachte Maya, ›Pferd weiter mit dem Kreuz schieben – Zügel nicht mehr nachgeben – wird langsamer – uah, das ruckelt – traben – und nun – OH, NEIN!‹

Sie hatten nicht auf Caiman und Phoebe geachtet. Diese waren unauffällig hinter Larins Rücken herangeschlendert, Phoebe hatte plötzlich unbeherrscht losgekreischt, die Arme in die Luft geworfen und damit herumgefuchtelt, während Caiman aus vollem Hals »Schlange, Schlange, da ist eine Schlange!« brüllte und im Kreis rannte.

Für die braune Stute war das zu viel. Erschrocken machte sie einen Satz auf die Seite und ging durch. Sie raste mit Maya im Sattel quer über die Koppel und wollte zu ihrer Herde zurück, die in einiger Entfernung graste.

»Verdammt!« Larin sprang auf Antares. Der trug keinen Sattel, noch hatte er ein Zaumzeug um, doch Antares kannte seinen Herrn so gut, dass er auch so gehorchte. Antares schätzte es zwar nicht, so unvermittelt bei der Mahlzeit gestört zu werden, aber wenn sein Herr wie ein Wahnsinniger mit ihm über die Wiese rasen wollte, bitte sehr. Er schnellte los und donnerte der Stute hinterher.

›Bloß nicht runterfallen – mit den Knien festklammern – ist das *schnell* – bremsen? – egal, geht eh nicht – das ist ja irre – das ist wie *Fliegen*!‹ Maya war erst fürchterlich erschrocken. Dann gewöhnte sie sich an das Tempo. Es machte Spaß! Genauso musste es sein! Das war Reiten!

Die Stute hatte die Herde erreicht und fühlte sich in Sicherheit vor diesem schrecklichen Doppelmonster, das sich auf ihre Weide geschlichen hatte, um sie plötzlich unter schrillem Geschrei anzufallen. Sie bremste abrupt ab und fiel in Schritt.

»Nein, auf keinen Fall!« Maya hatte nicht im Mindesten die Absicht, ihr Pferd so langsam dahinschlurfen zu lassen. Sie trieb die Stute an. Diese war ein wenig verblüfft, setzte sich aber gehorsam in Trab.

»Warum hast du mir nicht gesagt, dass du reiten kannst?« Larin war an ihre Seite geritten und lachte erleichtert.

Maya strahlte. »Das hab ich auch nicht gewusst.«

»Nun, denen da drüben hast du's auf alle Fälle vermasselt.« Er grinste anerkennend.

Maya lachte. »Ab jetzt reiten wir jeden Tag!«, sagte sie glücklich.

»Ja, aber bitte ohne mich so zu erschrecken.«

Als sie ihre Pferde zurückführten, waren Caiman und Phoebe schon fast außer Sichtweite. Larin überlegte, ob er sie noch zur Rede stellen sollte, beschloss dann aber, momentan darauf zu verzichten. Er hatte keinen Moment lang an eine Schlange geglaubt, aber er wollte nicht, dass Mayas erster Tag auf einem Pferd durch eine Prügelei mit Caiman versaut wurde. Er war wahnsinnig stolz auf sie.

Beide Pferde erhielten gerade eine Belohnung in die Futterkrippe geschüttet, als Ignatz mit Fiona und Max ankam.

»He, das war toll, wir sind sogar getrabt!«, brüllte Max schon von Weitem.

»Wir auch«, erwiderte Maya und wechselte mit Larin einen Blick.

»Wo ist eigentlich unser Fanclub?«, wollte Fiona wissen.

»Denen ist es langweilig geworden«, sagte Larin.

Für den Rückweg wählten sie einen schmalen Weg durch den Wald, der die Stallungen mit Eldorin verband. Maya saß im Gedanken immer noch auf der braunen Stute.

»Haaallo!« Larins Stimme brachte sie in die Wirklichkeit zurück. »Wir müssen da links hinüüüüber!« Er wedelte grinsend mit der Hand vor ihrem Gesicht herum.

»Was?« Maya blinzelte verwirrt.

»Ich sagte, wenn du mit uns bei den Waldwichten vorbeischauen willst, müssen wir hier links abbiegen.« Larin sprach langsam und deutlich. »Du kannst natürlich auch geradeaus gegen diese fette Eiche laufen, auf die du grad zusteuerst.«

Max und Fiona kringelten sich.

»Äh, … ja, nein!« Maya war aufgewacht.

Sie verließen den Weg und gelangten auf einen schmalen Trampelpfad. Die Bäume standen sehr dicht, und sie hatten etliche

Steigungen und rutschige Abhänge zu bewältigen. Überall zwischen den Baumstämmen lagen schwere, mit Moos überzogene Felstrümmer in unterschiedlichen Größen verstreut; es sah aus, als hätte ein Riese mit ihnen gespielt und sie dann achtlos hingeworfen. Es war ziemlich anstrengend, sich durch das unwegsame Gelände zu schlagen. Fiona wollte eben um eine kurze Verschnaufpause bitten, als Maya verdutzt stehen blieb.

»Das sieht ja aus wie aus einem Märchenbuch!«

Fiona kämpfte sich den letzten Hügel hoch und verstand sofort, was sie meinte.

Etwa ein Dutzend Häuschen standen da in einer Senke im Wald, alle recht klein, aus groben Steinbrocken erbaut und kreisrund, mit niedrigen Haustüren und hölzernen Fensterläden. Ihre Dächer bestanden aus roten Ziegeln und waren wie spitze Kegel geformt. Sie wirkten wie Pilze mit roten Mützen. Ein paar Wäscheleinen waren von Baum zu Baum gespannt, und eine Waldwichtfrau war gerade damit beschäftigt, eine rot gepunktete lange Unterhose neben ein paar sehr bunte Kleider zu hängen. Winzige Waldwichtkinder spielten Fangen und liefen lachend und quiekend um die Bäume.

Die Frau ging Max ungefähr bis zur Schulter. Sie hatte – wie wohl alle Wichte – eine lange Nase und kleine schwarze Augen, aber ihre Haut war eher mäßig behaart. Nur am Kopf wucherten filzige rotbraune Haare, und die Öhrchen liefen spitz zu. Sie schien ein gutes Gehör zu besitzen, denn sie hielt gleich in ihrer Arbeit inne, wandte ihnen den Kopf zu und nickte kurz. Larin grüßte zurück.

»Wir sollten nicht näher kommen«, warnte Larin und packte Max am Ärmel, der gerade auf die Häuschen zulaufen wollte. »Gehen wir lieber. Nicht, dass sie sich über den Besuch aufregen und die Fünf-Achtel-Stäbe fehlerhaft herstellen. Das gäbe 'ne Menge Ärger.« Er blickte in drei verdutzte Gesichter. »Na ja, sie treiben ab und zu ein bisschen Handel. Sie fertigen nützliches Zeug für den Haushalt oder Kinderspielzeug. Sie mögen die

Geldstücke, die sie für ihre Sachen kriegen. Dabei verwenden sie die gar nicht als Währung, sondern fädeln sie auf und hängen sie sich um den Hals. Manchmal kommen sie in unsere Siedlung und verkaufen ihre Ware an einen Laden, den zwei ältere Damen betreiben – eine davon ist Lehrerin an unserer Schule. Man kriegt dort fast alles. Eben auch Fünf-Achtel-Stäbe. Das sind Zauberstäbe für Kinder, richtige Klassiker. Sie heißen so, weil sie halt nicht acht Achtel Zoll lang sind, sondern nur fünf. Es gibt hier kein Kind, das nicht einen gehabt hätte.«

»Zauberstäbe? Waaahnsinn!« Max war sofort Feuer und Flamme. »Wie funktionieren die?«

»Na, wir Menschen können von Natur aus eben nicht zaubern. Wir sind schließlich keine Elfen. Die werden schon mit magischen Fähigkeiten geboren. Auch die Wichte haben gewisse Kräfte, allerdings lange nicht in dem Maß wie die Elfen. Menschen brauchen also zum Zaubern einen Zauberstab.«

»Haben denn alle einen?«

»Nein, das nicht. Aber egal, wann ein Mensch einen Zauberstab bekommt, verwenden darf er ihn erst, sobald er zwölf Jahre alt geworden ist. Es hat früher einfach zu viele Unfälle gegeben.«

»Deshalb schenkt man ihnen Fünf-Achtel-Stäbe«, nickte Fiona.

»Was kann man mit denen zaubern?«, fragte Max gespannt.

»Ganz einfache Dinge. Kleine Gegenstände schweben lassen, Dinge wachsen oder schrumpfen lassen und so.« Larin musste grinsen, als er an seinen eigenen Fünf-Achtel-Stab zurück dachte.

»Was ist denn?« Maya war seine Reaktion nicht entgangen.

»Ach, ich hab mich gerade daran erinnert, wie ich – da war ich vielleicht acht Jahre alt – den Zauberstab von Waltraud erwischt hatte. Ich hab ziemlich lange herumprobiert, und irgendwann hatte ich den Dreh raus, wie ich meinen eigenen so verzaubern konnte, dass er mehr kann. Jeder hat sich gewundert, als Caiman Scelesto plötzlich mit einem Bart herumlief. Sie haben den Bart eine Woche lang nicht abgekriegt, er ist immer wieder neu nachgewachsen.«

Alle lachten und Fiona fragte: »Haben sie dich nicht erwischt?«

»Ich vermute, meine Eltern hatten so 'ne Ahnung, aber sie haben mich nie gefragt. Ich glaube sie wussten, dass Caiman gerne Tiere gequält hat. Einmal hat er dem kleinen Rabgack, das ist der Neffe von Gormack, die Klamotten versteckt, als der in 'nem See gebadet hat. Der Arme hat sich nicht heimgetraut, sie haben ihn stundenlang gesucht.«

»Eigentlich dachte ich, dass es hier keine solchen Leute gibt.« Maya klang recht nachdenklich.

»Die gibt es überall.« Larin sah das sehr nüchtern. »Die Familie Scelesto wurde in Eldorin aufgenommen, weil sie in Not war. Die Elfen hätten nicht ein paar einzelne abgewiesen, die ihnen, sagen wir mal, weniger nett erschienen sind.«

»Sag mal …«, Max ließ das Thema keine Ruhe, »hast du deinen alten Fünf-Achtel-Stab irgendwo? Ich meine, … *brauchst* du ihn noch? Oder viel besser: Kann ich mir 'nen richtigen ausleihen? Ich bin doch älter als zwölf, da könnte ich …«

»Max!«, sagte Fiona streng, »daran solltest du nicht mal denken!«

»Ich werd' mal darüber nachdenken«, kam Larins unverbindliche Antwort. »Übrigens, Waltraud hat uns für heute Nachmittag zu Kaffee und Kuchen eingeladen.«

Maya freute sich, obwohl sie nicht wusste, wo in ihrem Magen ein Eckchen Platz sein könnte. Fiona überlegte, ob man die Kleider notfalls etwas weiter schneidern könnte, wenn sie weiterhin so gefüttert wurde.

»Toll, mein Magen hat gerade geknurrt«, ließ Max zufrieden verlauten.

»Noch ein Stück Apfelkuchen?«, fragte Waltraud Ägidius fröhlich in die Runde ihrer jungen Gäste.

»Danke, gerne.« Max ließ sich das dritte Stück auf den Teller legen.

»Mach dir keine Sorgen wegen des Reitens.« Waltraud schenkte Fiona ein aufmunterndes Lächeln. »Ich bin mit Pferden aufgewachsen und hatte trotzdem eine gewisse Scheu, mich auf ihren Rücken zu setzen. Aber jetzt reite ich gerne. Natürlich nicht so gut wie Larin; der sieht aus, als wäre er darauf geboren, aber ich komme immer dahin, wo ich hin will. Du wirst sehen, es klappt von Mal zu Mal besser. Dieser Caiman natürlich …«

»Das war glatte Absicht!« Fiona war immer noch empört, »Ein Wunder, dass Maya oben geblieben ist. Sie hätte sich sonst was brechen können.«

»Das stimmt. Ich muss unbedingt ein ernstes Wort mit ihm reden.« Waltraud blies die Backen auf. »Ich fürchte bloß, es wird nicht viel nützen.«

»Lass«, sagte Larin, »das regle ich.«

»Wie gefällt es euch denn bei uns?«, erkundigte sich Waltraud, »hier ist sicher alles ganz ungewohnt für euch.«

Fiona lehnte sich auf ihrem Stuhl zurück. »Ach, alle sind so lieb zu uns … und es ist alles so hübsch hier … so ganz anders als … im Waisenhaus.«

»Es muss schrecklich für euch gewesen sein. Larin hat es mir ja erzählt.« Waltraud schnaubte. »Wie man euch behandelt hat, war wirklich grausam. Lieblosigkeit Kindern gegenüber ist ein Verbrechen.« Sie sah so entrüstet aus, dass Maya der Gedanke kam, dass bei einem Zusammentreffen mit der Säuerlich wohl die Heimleiterin den Kürzeren gezogen hätte.

»Es ist wirklich schade, dass niemand etwas über deine Eltern herausgefunden hat.« Maya war dankbar, dass Waltraud in einem sachlichen Ton sprach, und nicht wie manch anderer in mitleidiges Gejammer ausbrach, weil sie ihre Eltern nie gesehen hatte oder sich zumindest nicht an sie erinnern konnte.

»Ja, ich weiß gar nichts über sie. Ich war damals ganz winzig, als ich ins Heim kam. Jemand hat mich in einer kalten Nacht im Winter vor den Stufen der Haustür abgelegt, geklingelt und ist schnell verschwunden.«

»Du liebe Güte, was wäre gewesen, wenn es keiner gehört hätte! Du wärest erfroren! Nicht die wärmste Kleidung und die dicksten Decken können einen so kleinen Körper über längere Zeit vor der Auskühlung bewahren, weißt du?«

»Ach, ich hatte gewissermaßen gar nichts an. Man hatte mich nur in ein silberfarbenes Tuch eingewickelt. Das ist alles, was ich weiß. Ich hab mich auch schon gewundert, dass ich nicht erfroren bin«, strahlte Maya.

»Nur ein silberfarbenes Tuch?«, wiederholte Waltraud überrascht, »möglicherweise ein besonders dickes Tuch?«

»Nein, es war eher ziemlich dünn … man hat mir erzählt, dass es ungewöhnlich fein gewebt war.«

»Hmm.« Waltraud wirkte ein wenig verwirrt und sah Maya mit einem langen und seltsamen Blick an.

Max beschäftigte eine ganz andere Sache. Er hatte die ganze Zeit überlegt, wie er eine geschickte Überleitung finden könnte. Geschickte Überleitungen waren nicht so sein Ding.

»Ähem … die Fünf-Achtel-Stäbe …, kann man die einfach so von den Dingswichten kaufen? … Und wie viel kostet das? … Könnte ich das vielleicht auch?«

Waltraud musste lachen, als sie in sein eifriges Gesicht sah. »Man tauscht sie gegen Waren ein oder bezahlt die Waldwichte mit Elfensilber. Das ist hier die gängige Währung. Wir haben uns euretwegen bereits darüber Gedanken gemacht. Nicht über Zauberstäbe für Kinder natürlich. Da seid ihr alle schon zu alt dafür.

Es gibt mehrere Möglichkeiten, richtige Zauberstäbe zu erhalten. Die eine ist das Geburtsrecht. Jedem aus der königlichen Familie steht das Recht zu, einen von Elfen gefertigten Zauberstab zu tragen. Er bekommt ihn sieben Tage nach seiner Geburt von einem Elfen geschenkt, der dadurch zu seinem Paten wird. Ist dieser Elf verheiratet, gibt es eben zwei Paten. Als weitere Möglichkeit kann jeder Mensch von einem Elfen einen Zauberstab der Freundschaft wegen erhalten. Genau deshalb bekamen Wilbur und ich unsere Zauberstäbe von Anais und Luna. In die Zauberstäbe wird der

Name des Besitzers zusammen mit einem Segensspruch des Elfen unauslöschlich eingeprägt, was ihn unverwechselbar macht.«

»Was ist, wenn man keinen Elfen findet, der für einen Pate machen möchte oder der so gut mit einem befreundet ist, was passiert dann?«, fragte Max gespannt.

»Nun, dann muss man sich an jemanden wenden, der mit der Herstellung vertraut ist. Meistens lässt sich der Zauberstabmacher seine Dienste mit reichlich Elfensilber bezahlen. Man bekommt dafür einen recht ordentlichen Zauberstab, allerdings ohne persönliche Kennzeichnung.«

»Funktioniert er deswegen schlechter?«, fragte Maya.

»Nicht, wenn der Hersteller genügend von seinem Handwerk versteht.«

»Ist es sehr schwierig, einen herzustellen? Wie geht so was?«, wollte Max wissen.

»Ach, mein Junge, sicher ist das schwierig. Es geht nicht nur um handwerkliches Geschick. Steht keine Elfenmagie zur Verfügung, muss eine andere Quelle gefunden werden. Schließlich sind Elfen nicht die einzigen zauberkundigen Geschöpfe in Altera. Bloß sollte man keinen erwerben, der die Magie eines Waldschrats enthält. Die erlauben sich die merkwürdigsten Scherze. Es soll schon vorgekommen sein, dass aus deren Zauberstäben mitten im Kampf ein Kaninchen hervorhoppelte. Ich habe außerdem gehört, dass bei der Herstellung der Geburtsmonat eine Rolle spielt, denn für jeden Monat steht ein anderer Strauch oder Baum. Sonst entfaltet der Stab nicht seine ganze Magie.«

»Oh«, sagte Maya bekümmert, da sie nicht ganz sicher war, wirklich im Dezember geboren zu sein, »da hätte ich aber ein Problem … Andererseits … wer weiß, ob ich jemals einen Zauberstab besitzen könnte.«

Waltraud tätschelte Mayas Hand. »Warte ab, mein Kind. – Ein Zauberstab nützt dir nur etwas, sofern du wirklich in unserem Land Altera bleiben möchtest. Auch das habe ich mit Luna besprochen. Wir nehmen euch liebend gerne auf, im Haus der Elfen ist genug Platz, und bei uns hier seid ihr ebenfalls immer willkommen. Wir würden euch, so gut es geht, von Herzen gern die Familie ersetzen.«

»Zurück wollen wir auf keinen Fall!«, ereiferte sich Max sofort und bekam ganz rote Ohren. »Ins Waisenhaus sowieso nicht, und ansonsten auch nicht.«

»Vielen Dank, dass wir hier sein dürfen und dass Sie so nett zu uns sind«, sagte Maya verlegen. Fiona nickte eifrig.

»Und danke fürs Essen und so«, fügte Max hinzu.

Waltraud war gerührt. »Ach, das ist doch selbstverständlich … übrigens, und jetzt kommt für Max eine ganz schlechte Nachricht«, ihre Lachfältchen um die Augen vertieften sich, »ihr solltet euch überlegen, wann ihr mit dem Schulunterricht beginnen wollt. Selbst, wenn ihr euch entschließen solltet, uns wieder zu verlassen, ein wenig Bildung hat noch keinem geschadet.« Sie zwinkerte Max zu.

Max konnte ein Stöhnen nicht unterdrücken. Waltraud strahlte ihn an. »Ach, du wirst sehen, die Schule wird dir Spaß machen, es gibt äußerst spannende Fächer dort. Natürlich wäre manches komplett neu für dich, aber mit etwas Hilfe wäre das durchaus zu bewältigen.«

»Was lernt man in dieser Schule, und wer muss da hin?« Max guckte höchst argwöhnisch drein. Er war sicher, dass Schule und Spaß zusammenpassten wie Beerdigung und Schlittschuhlaufen.

»Da wären die Fächer, die ihr bereits kennt … Naturwissenschaften zum Beispiel«, fing Larin an.

»Ja, da warst du echt gut drin«, erinnerte sich Maya.

»Uäh, Mathe!« Max verdrehte die Augen.

»Was Wilbur unterrichtet, hab ich ja schon erzählt, zum Beispiel die Geschichte unseres Landes …«

»Klingt gut«, befand Fiona.

»… und verschiedene Sprachen. Das ist schwierig für euch, da habt ihr keinerlei Vorkenntnisse. Elfisch …«

»Toll«, sagte Maya.

»… und auch die Schrift der Elfen … Man kann außerdem die Sprache der Zwerge lernen, das ist freiwillig, bringt allerdings nicht so viel, weil die meisten unsere Sprache perfekt beherrschen. Dann gibt es noch so exotische Wahlfächer wie Koboldock, was sich übel anhört, und Sirenisch, das sprechen die Nixen und Meermänner.«

Max hatte einen leicht glasigen Blick bekommen. »Sirenisch … wird das von einem richtigen, echten Meermann gelehrt? Von einem mit so 'nem gefährlichen Dreizack?«

»Nö, leider nicht. Der Aufwand wäre zu groß. Man kann ja schlecht ein ganzes Klassenzimmer fluten, damit er sich wohl fühlt. Wer ganz schräg drauf ist, lernt die Sprache der Trolle, aber ich kann nicht mal aussprechen, wie man das nennt. Hört sich an wie eine Mischung aus Husten und Kotzen.«

»Larin!«, ermahnte Waltraud.

»Stimmt doch. Abgesehen davon – wenn ich mal einen Troll treffen sollte, würde ich nicht unbedingt versuchen, mit ihm eine gepflegte Unterhaltung zu beginnen.«

Fiona zuckte zusammen.

»… Ach ja, ziemlich nützlich sind Heilkräuter- und Pflanzenkunde und auch Tierkunde.«

»Pflanzenkunde? Klingt ja aufregend«, murmelte Max. Larin grinste.

»Dir würden Zaubern und Bogenschießen besser gefallen, ich weiß. – Ich hole euch morgen nach dem Frühstück ab«, versprach er. »Ihr werdet sehen, die meisten Lehrer sind echt nett.«

»Die meisten?« Maya war sofort hellhörig geworden.

»Die Mutter von Caiman gibt Physiomagie. Aber das würde euch eh nicht betreffen, weil man da einige Vorkenntnisse braucht. Sie ist arrogant und unfair und erwähnt bei jeder Gelegenheit, dass sie vor ihrer Flucht stinkreich war.«

»Kommt Stelláris auch mit zur Schule?«, fragte Fiona, die sich Stelláris irgendwie nicht auf einer Schulbank vorstellen konnte.

Larin grinste breit. Offensichtlich hatte er das gleiche Problem.

»Elfen lernen vieles von ihren Eltern. Sie brauchen nicht extra eine Schule. Da es hier aber nun mal eine Menschensiedlung mit einer Schule gibt, schicken manche Elfenfamilien ihre Kinder ebenfalls dorthin. Ich vermute, der eigentliche Grund ist, dass sie uns Menschen besser verstehen wollen, und nicht, weil wir ihnen so wahnsinnig viel beibringen könnten, denn das können wir nicht. Stelláris ging hin, bis er zwölf war. In der Schule gibt es für ihn inzwischen nichts, was er nicht schon wüsste. Luna unterrichtet ihn. Sie lehrt ihn Dinge, die unseren menschlichen Verstand und unsere Fähigkeiten bei Weitem übersteigen.«

Maya, Fiona und Max waren schwer beeindruckt.

»Hmm, das kann ich mir vorstellen. Elfen sehen unglaublich klug aus«, sagte Fiona verträumt. »Und so wunderschön.«

»Sie bewegen sich viel geschickter als wir«, setzte Maya bewundernd hinzu.

»Ihr solltet sie erst einmal rennen sehen«, sagte Larin. »Sie können auf kurze Distanzen fast mit einem Pferd mithalten, und sie ermüden kaum.« Er zog eine Grimasse und grinste. »Das hat mich früher mitunter ganz schön frustriert, Stelláris war eigentlich immer besser als ich. Mit der Zeit gewöhnt man sich daran.«

Waltraud hatte begonnen, die Teller zusammenzustellen, da selbst Max Anzeichen von Schwäche zeigte, was die vollständige Vernichtung des Kuchens betraf.

»Ich komme später mit zu Luna, ich habe ein paar Dinge mit ihr zu besprechen.«

»Was wollt ihr denn besprechen?«, fragte Max neugierig. Fiona verpasste ihm unter dem Tisch einen Stoß mit dem Fuß, erwischte jedoch nur das Tischbein.

»Ich …«, begann Waltraud. Jemand klopfte an der Haustür. Larin verließ rasch die Küche, und sie hörten ihn öffnen. Augenblicke später kam er mit Stelláris herein, der ungewöhnlich besorgt wirkte. Waltraud bat ihn sich zu setzen, aber der junge Elf lief unruhig im Zimmer auf und ab.

gen. Wir waren nicht wirklich in Sorge. Hauptsächlich sind wir losgeritten, um unseren Pferden ein wenig Bewegung zu verschaffen. Nachdem wir fast die ganze Strecke zum Wasserfall zurückgelegt hatten, war uns klar, dass etwas nicht stimmen konnte. Wir hätten sie längst treffen müssen. Die Stille im Wald war seltsam. Die Vögel sangen nicht, und die kleinen Tiere hielten sich versteckt.

Schließlich fanden wir unsere Freunde. – Noel und Darandil haben nur ein paar Kratzer abbekommen, aber Avan und Salinus sind schwer verletzt.«

»Was ist geschehen?«, rief Waltraud erschrocken.

»Es waren die Grauen Schatten, die Späher des Schattenfürsten.«

Waltraud schlug die Hände vor den Mund, und Larin sah Stelláris entsetzt an.

»W-wer ist das?«, hauchte Fiona. Allein der Name klang grässlich. Maya und Max saßen mit großen Augen da und warteten auf Stelláris' Antwort.

»Wolfswesen«, sagte Stelláris.

»*Es gibt hier Wölfe?*« Fionas Stimme rutschte um eine Oktave nach oben.

»Nein«, sagte Larin. »Keine Wölfe, auch wenn sie so aussehen. Eher so etwas wie … Werwölfe.«

Maya, Fiona und Max saßen wie betäubt auf ihrem Platz. Gerade hatte alles noch so friedlich ausgesehen.

»Ich komme mit dir.« Larin nickte Stelláris zu.

»Wir gehen alle hinüber in euer Haus«, entschied Waltraud entschlossen. »Ich lasse Wilbur eine Nachricht da.«

»Was ist, wenn diese … diese …«, Fiona brachte es nicht fertig, das Wort Werwölfe auszusprechen, »wenn diese Dingsda schon hier sind?«

»Nein, nein, Kindchen, sie kommen nicht nach Eldorin.« Waltraud strich Fiona beruhigend über den Arm. »Auch nicht in die nähere Umgebung. Unsere Grenzen sind mit Elfenzauber geschützt. Dieser Angriff fand außerhalb des Elfenreiches statt.«

»Aber wenn ein Loch da drin ist?«

Einen Augenblick lang sah Stelláris Fiona verständnislos an. Dann lächelte er. »Wir Elfen wissen unsere Grenzen zu schützen. Der Feind fand noch nie nach Eldorin. Der Schutzwall, der unser Land umgibt, hielt immer stand.«

Sie verließen zusammen das Haus. Draußen schien die Welt so friedlich, als hätte es nie einen Angriff gegeben. In den Gärten der umliegenden Häuser sah Maya Menschen. Sie gingen den unterschiedlichsten Beschäftigungen nach. Ein alter Mann saß Pfeife rauchend auf einer Gartenbank und genoss die Sonne. Eine schwangere Frau stand am Zaun und tauschte mit ihrer Nachbarin Geschichten aus. Zu ihren Füßen saß ein Kleinkind. Es hielt etwas in der Hand und fuchtelte damit herum. Ab und zu brach es in entzückte Jauchzer aus. Beim näheren Hinsehen erkannte Maya, dass es einen kleinen Zauberstab hielt. Es hatte ihn auf eine Katze gerichtet, die abwechselnd Blau und Gelb und anschließend wieder Schwarzweiß wurde und gänzlich unbeeindruckt wirkte … Was hatte Stelláris gesagt: Wolfswesen … die Grauen Schatten. Unheimlich … und gleichzeitig auch unwirklich.

»Maya, kommst du?«, rief Fiona so ängstlich, als würde gleich hinter dem nächsten Rosenbusch ein Werwolf lauern.

Maya schloss zur Gruppe auf und lief neben Larin her. »Wo verlaufen die Grenzen von Eldorin?« Schaudernd fiel ihr ein, dass diese Wolfswesen bei ihrer Ankunft am Wasserfall vermutlich ganz in ihrer Nähe gewesen waren. »Ich dachte, Eldorin ist eine Stadt und kein Land?«

»Es ist beides. Man kennt es als die Stadt im Wald, aber seine Grenzen erstrecken sich im Nordwesten bis etwa zu den Wasserfällen mit dem Tor der Wächter, ziehen sich von dort nach Osten bis in die Ebene hinein und im Süden bis hinter den großen Wald, den man von der Wiese aus sehen kann. Es ist also von hier aus etwa ein zwei – bis vierzehnstündiger Ritt bis an die jeweilige Grenze.«

»Wieso können die Angreifer nicht über die Grenze? Erkennt dieser Grenzzauber denn, ob jemand ein Feind ist?«

»Es ist wohl so was in der Art … zumindest, wer Eldorin angreifen will, kann die Grenze nicht übertreten. Der Schutzzauber wirkt auch gegen die Grauen Schatten. Elfenzauber dieser Art ist unglaublich mächtig. Frag am besten Stelláris oder Luna. Sie werden es dir genauer erklären können.«

Nachdenklich ging Maya neben Larin her. Sie betrachtete besorgt Fiona, die schweigend zwischen ihr und Max lief und ihre Arme vor die Brust geschlungen hatte, als wäre ihr kalt. Max trabte nebenher, ohne sich irgendeine Regung anmerken zu lassen. Sie war nicht sicher, ob er sich fürchtete oder alles wahnsinnig spannend fand.

Nacheinander stiegen sie die Treppe zum Haus in der Linde empor. Luna erwartete sie bereits. Sie nahmen im Wohnzimmer Platz.

»Ich habe Nachricht von Avan und Salinus«, begann Luna. »Ich kam soeben von ihnen zurück. Sie werden überleben. Wir haben alles versucht. Es stand lange nicht gut um Avan. Er wird seinen linken Arm nie mehr richtig gebrauchen können.«

»Der arme Junge«, murmelte Waltraud.

»Was passiert, wenn einen so ein Vieh beißt? Wird man da nicht auch ein Werwolf?« Max kannte sich aus mit Gruselgeschichten.

»Ich kenne eure Sagen über Werwölfe.« Ein feines Lächeln umspielte Lunas Mund. »Die Wolfswesen verwandeln sich nicht zwangsweise bei Vollmond, noch greifen sie nur zu dieser Stunde an. Ihre natürliche Gestalt ist die eines sehr großen grauen Wolfes mit einem struppig aufgestelltem Rückenfell und leuchtend gelben Augen. Ihr Speichel enthält ein Sekret, das bei einem Biss in die Wunde gelangt. Es ist ungemein schmerzhaft. Wir haben Heilmittel dagegen – aber es ist wichtig, dass die Hilfe rasch erfolgt.

Elfen können nicht zu Grauen Schatten werden. Sie würden sterben, wenn sich das Sekret weit genug ausbreitet oder die Verletzung entsprechend groß ist. Bei einem Menschen genügt ein

Biss, um eine gewisse Verwandlung auszulösen, zudem wäre die Wirkung des Sekrets stärker als bei einem Elfen.«

»Verwandlung?« Man sah Max an, dass er sich gerade faszi- niert alle möglichen Varianten von pelzigen Menschen mit Raub- tiergebiss vorstellte. »Wie schaut man da aus?«

»Max!«, fuhr ihn Fiona an, »das ist ekelhaft!«

»Würden sie versuchen, einen Menschen zu beißen, damit er verwandelt wird, oder wollen sie ihn töten?«, fragte Max.

»Wenn möglich, töten sie«, antwortete Luna. »Aber ihr müsst euch nicht sorgen. Kein Grauer Schatten hat es bisher vermocht, nach Eldorin zu gelangen.«

»Ist es wirklich sicher hier?« Fiona klang merklich einge- schüchtert.

»Der Schutzzauber erkennt schwarze Magie. Er lässt solche Geschöpfe nicht hindurch. Die Grauen Schatten sind sehr alte magische Kreaturen. Sie haben sich vor langer Zeit für das Böse entschieden. Ihr Wesen ist davon so vergiftet, dass sie nichts an- deres wollen als zu morden. Sie kennen keine Liebe, keine Gna- de, keine Reue und keine Vergebung.«

»Heißt das, dass sie von Grund auf böse sind und wir nicht?«, fragte Maya.

»Nein. Nach unserem Verständnis ist kein Geschöpf, das eine Seele hat, von Grund auf gut. Was uns unterscheidet, ist, dass wir das Gute suchen. Wir haben ein Gewissen und somit die Wahl.«

»Ja«, bestätigte Waltraud, »das Gleiche kann man auch in den alten Schriften der Menschen nachlesen.«

Luna fuhr mit ihrer Erklärung fort. »Der Zauber schützt Eldo- rin vor Angriffen. Kommt ein Feind an unsere Grenze mit der Absicht, Eldorin zu erobern, wird es ihm nicht gelingen, sie zu überschreiten. Unser Schutzzauber ist mächtig. Es gibt nur weni- ges, was ihn schwächen könnte. Sorgt euch nicht. Er konnte bis- lang nie gebrochen werden.«

Maya nickte. So ähnlich hatte das Larin vorhin bereits gesagt.

»Luna, ich hätte gerne kurz in einer anderen Sache mit dir gesprochen«, bat Waltraud. »Ich nehme an, du gehst gleich zu der Versammlung?«

»Ja, aber ich habe noch etwas Zeit. Bitte begleite mich auf mein Zimmer.«

»Gibt es eine Versammlung wegen der Grauen Schatten?« Max sah Stelláris interessiert an.

»Ja. Es ist ungewöhnlich, dass sie sich so weit zu uns vorgewagt haben. Unsere Ältesten werden zusammenkommen und sich darüber beraten.«

»So alt ist Luna doch gar nicht!«, entfuhr es Max.

Stelláris konnte sich ein Lächeln nicht verkneifen. »Man muss nicht alt an Jahren sein, um zu den Ältesten zu gehören. Eher reich an Weisheit.«

»Hat man eigentlich herausgefunden, wer durch das Tor der Wächter kam?« Maya war es eben wieder eingefallen. Sie hatte in der Aufregung gar nicht mehr daran gedacht.

»Darandil erzählte mir, dass sie nicht einmal Spuren fanden«, sagte Stelláris. »Das ist nicht überraschend, denn der Boden ist teilweise sehr felsig. Sofern man nicht in den Wald geht, wie ihr es getan habt, sondern sich nach Westen wendet, ist es leicht, unbemerkt zu verschwinden.«

Ein Klopfen riss Maya aus ihren Gedanken. Ondil, der junge Elf, der bei ihrer Ankunft Max auf seinem Pferd mitgenommen hatte, stand vor der Tür, um Stelláris abzuholen. Sie wollten ihren verletzten Freunden einen Besuch abstatten.

»Möchtest du mit uns kommen?« Ondils Frage war an Larin gerichtet. Larin zögerte mit der Antwort. Maya ahnte, dass er gerne nach seinen Freunden gesehen hätte, doch andererseits Fiona, Max und sie ungern allein ließ.

»Geh nur mit«, sagte sie. »Ich glaube, wir haben auch was zu besprechen. Waltraud hat uns ausgerichtet, wir könnten bei Luna wohnen bleiben und sie wären immer für uns da. Ich find das toll, aber wir sollten das einfach noch mal gemeinsam bereden. Besonders nach dem, was wir vorhin erfahren haben.«

»Für mich ist das längst abgehakt«, stellte Max schulterzuckend klar. »Ich bleibe natürlich hier.« Er zog die Augenbrauen
nach oben. »So ein paar blöde Pelztierchen können mich jedenfalls nicht schockieren.« Er schnaubte verächtlich, doch Maya
spürte genau, dass er sich lässiger gab, als ihm zumute war.

»Ist schon recht, von dir hatte ich ja im Grunde nichts anderes
erwartet. Aber nicht alle nehmen das so locker wie du.«

Die drei zogen sich in das Zimmer der Mädchen zurück und
machten es sich gemütlich, indem sie einige der großen, weichen
Seidenkissen, die auf dem riesigen Himmelbett lagen, auf den
Boden warfen und sich hineinkuschelten. Sie hörten, wie Waltraud und Luna das Haus verließen. Herr Bombus steckte seinen
Kopf zur Tür herein und fragte nach ihren Wünschen. Sie wählten ein weniger üppiges Abendessen, bestehend aus Brot, Käse
und Obst, das Herr Bombus mit einer tiefen Verbeugung servierte.

Der Angriff der Grauen Schatten hatte alle verunsichert, auch
wenn Max nicht bereit war, das einzugestehen. Maya war sich
dennoch sicher: Nichts könnte ihr solche Angst machen, dass sie
das Land Altera jemals wieder verlassen wollte. Sie schlug vor,
dass jeder eine Zeitlang nachdenken sollte, bevor sie sich anschließend austauschen würden.

»Also«, begann Maya zehn Minuten später, »wie sieht es
aus?«

»Nicht anders als vorhin.« Max schnappte sich eine oran-
genähnliche Frucht und fing an, sie zu schälen. »Logisch, dass
ich bleibe.«

»Fiona, was meinst du?«

»Ach, ich bin nicht sicher …, ich war vorhin einfach geschockt. Andererseits …«

»Besser ein Werwolf als die Säuerlich?«, grinste Maya.

Fiona rang sich zu einem Lächeln durch. »So ungefähr. Ich
habe gründlich nachgedacht. Wenn wir hier wirklich in Sicherheit
sind, … nun, ich fühle mich zum ersten Mal seit langer Zeit einfach wieder wohl. Eldorin gibt mir ein Gefühl von … zu Hause.

Wisst ihr, was ich meine?«

»Ja. Ich komme mir so vor, als wäre ich endlich daheim ange-kommen.« Maya fing eine Glimmerfee aus der Luft, die sie vor-witzig umschwirrt hatte. Das kleine Wesen blickte sie erwar-tungsvoll an. »Äh, ... möchtest du gekitzelt werden?« Vorsichtig krabbelte sie die Glimmerfee mit zwei Fingern am Bauch. Die Glimmerfee quiekte und wand sich und fing dann an, wunderbar hell zu strahlen.

»Witzig.« Max angelte sich die nächste herumflatternde Glimmerfee und begann sie zu kitzeln.

»Vorsicht!«, mahnte Maya besorgt, »du zermatscht die Glimmerfee.«

»Au! Sie hat mich gebissen!« Max ließ die kleine Fee los, die Funken sprühend davonschoss.

Fiona sah der Glimmerfee nach. »Ich will nicht mehr zurück«, sagte sie mit fester Stimme, und als Maya Luft holte, um etwas zu erwidern, schüttelte sie den Kopf. »Nein, lass gut sein. Ich bin mir sicher.«

»Ich bin mir ebenfalls sicher. Es ist also entschieden«, befand Maya feierlich. »Wir bleiben.«

»Cool«, mümmelte Max mit einer beträchtlichen Anzahl Wein-trauben im Mund. »Das Essen ist hier sowieso besser. – Hey, was ist denn das?« Er hatte ein Schälchen mit kleinen grünen Schoten entdeckt. Er griff nach einer und schüttelte sie. Sie raschelte leise. Max pulte an ihr herum – sie ließ sich öffnen, und heraus kuller-ten erbsenähnliche Früchte. Max steckte sich eine in den Mund. Dann machte er ein vollkommen verblüfftes Gesicht.

»Dir steigt Qualm aus der Nase!«, schrie Maya überrascht. Max öffnete den Mund, um zu versichern, dass er das durchaus auch bemerkt hatte, als eine kleine blaue Flamme aus seinem Mund schoss. Erschrocken klappte er ihn wieder zu. Fiona sprang auf und schrie laut nach Herrn Bombus, während Max vor sich hinrauchte und wild mit den Augen rollte. Maya überlegte sich gerade, ob es irgendwie nützen könnte, wenn sie versuchte, den Qualm mit einem Kissen zu ersticken, als Herr Bombus erschien und brummend in der Luft verharrte.

»Was ist das?«, kreischte Fiona und deutete auf Max, der pausenlos kleine weiße Wölkchen ausstieß.

»Das ist der junge Herr«, antwortete Herr Bombus seelenruhig.

»Nein!«, schrie Fiona.

»Aber … nein?« Herr Bombus schien verwirrt.

»Ja«, korrigierte Maya ungeduldig, »aber was tut er da?«

»Nun, er isst gerade Drachenschoten. Für die hat der Herr Larin eine Vorliebe. Er wünscht sich oft welche von mir, wenn er hier ist. Hätte ich etwa nicht …?« Herr Bombus schlingerte leicht beunruhigt in der Luft hin und her.

»Oh, doch, doch«, beschwichtigte Maya schnell.

Max hatte inzwischen seine Drachenschotenerbsen heruntergewürgt.

»Ich wollte euch schon die ganze Zeit erklären, dass das Zeug phantastisch schmeckt, aber ihr habt es irgendwie nicht begriffen.«

»Ähem … danke, Herr Bombus«, sagte Maya und wusste nicht, ob sie lachen oder weinen sollte, »das war sehr nett von ihnen, dass sie uns … äh, wir wollten an sich nur … wissen, was das ist.«

»Genau«, brachte Fiona verlegen heraus.

Herr Bombus verbeugte sich tief und schlingerte, immer noch ein wenig verunsichert, davon. Das Brummgeräusch hörte sich beunruhigend stotternd an.

»Und das war nicht mal gelogen«, sagte Maya, als er verschwunden war. »Ich wollte wirklich wissen, was das ist. So, und jetzt gib mir auch mal eine.«

Die nächste Viertelstunde verbrachten sie kichernd damit, wer die schönsten Dampfwolken hervorbringen konnte. Max lag eindeutig in Führung.

»Kein Wunder«, zog Maya ihn auf, »du bist es ja gewohnt, den Mund vollzustopfen, da bringst du freilich am meisten Erbsen rein.«

»Mehr als fünf gehen nicht«, erklärte Max. »Los, jetzt versuchen wir, wer die beste Stichflamme hinkriegt. Fiona, du darfst anfangen.«

Fiona hatte eben ihre Stichflamme einen Meter weit schießen lassen (es war glücklicherweise kaltes Feuer), als es an der Zimmertür klopfte.

»Herein!«, schrie Max und verschluckte sich. Er bekam einen heftigen Hustenanfall; kleine Rauchkringel ploppten ihm sogar aus den Ohren und stiegen in die Luft.

Maya und Fiona wälzten sich am Boden und hielten sich die Bäuche vor Lachen.

»Ich kann nicht mehr!«, ächzte Fiona, und richtete sich mühsam auf. Maya wischte sich die Lachtränen aus den Augenwinkeln. Larin war zur Tür hereingekommen und setzte sich sofort dazu. Er nahm eine Handvoll Drachenschoten, und seine Stichflamme schoss über zwei Meter weit. Eine Glimmerfee surrte hektisch hinter die Bettvorhänge.

»Boah!«, brüllte Max begeistert, »wie hast du das hingekriegt?«

»Übung. Stelláris kann's noch besser. Aber eigentlich wollte ich euch fragen, was bei eurer Besprechung rausgekommen ist.«

»Was dachtest du denn?«, strahlte Max.

»Ja …« Maya zwinkerte Larin zu. »Max fand das Essen hier einfach besser.«

»Gut.« Larin grinste. »Das hab ich schon vermutet.« Er sah sehr zufrieden und erleichtert aus.

Sie saßen noch ziemlich lange zusammen, bis Larin irgendwann meinte, dass Waltraud bald vorbeikäme, um ihn persönlich nach Hause zu schleifen. Fiona und Maya prusteten erneut los, als sie sich die Szene vorstellten. Es dauerte einige Zeit, bis sie in der Lage waren, sich zu verabschieden.

In der Nacht schlief Fiona schlecht. Maya wachte auf, weil ihre Freundin im Schlaf um sich schlug und wimmerte. Sie schüttelte sie, bis Fiona hochfuhr und sich kerzengerade hinsetzte.

»Es war grauenvoll! Ich will gar nicht mehr an den Traum denken!«, jammerte Fiona. Maya nahm sie in den Arm. »Ist schon gut ...«, murmelte sie. Etwas Klügeres fiel ihr gerade nicht ein, aber es schien Fiona zu beruhigen, denn sie rollte sich zusammen, und Maya erkannte an ihren regelmäßigen Atemzügen, dass sie bald darauf eingeschlafen war.

Jetzt lag Maya wach. Sie konnte sich sehr wohl vorstellen, was Fiona in ihre Träume verfolgt hatte. Maya grübelte. Sie hoffte, dass sie ihre Entscheidung nicht bereuten. Wer konnte wissen, wohinein sie hier geraten würden? Dabei war es für sie selbst von Anfang an klar gewesen, sie hätte nirgendwo anders mehr sein wollen. Aber Fiona? Manchmal ließ die sich einfach mitreißen. Dabei hatte keiner von ihr erwartet, sich sofort zu entscheiden. Maya gähnte. »Ich muss noch mal mit ihr reden ... morgen ...« Dann war auch sie wieder eingeschlafen.

Ein schwarzer Schatten löste sich aus der Dunkelheit. Zwei gelbe Augen glühten böse auf. Das Wesen roch nach wie vor das Blut. Bislang hatte es seinen Durst nicht stillen können. Es stieß ein dumpfes Knurren aus und lief, die Nase dicht am Boden, durch den Wald. Schnell und fast geräuschlos glitt es dahin. Töten und zerfetzen, das Blut der Wehrlosen trinken. Dafür schlug sein Herz. Dafür war es geboren. Diesmal verfolgte es einen bestimmten Plan. Es hatte seinen Auftrag noch nicht erfüllt, aber es spürte, dass es seinem Ziel immer näher kam.

Unterricht

Maya blinzelte. Sie brauchte ein bisschen Zeit, bis der Schleier verschwand, der sich über ihr Bewusstsein gelegt hatte, und sie klar erkannte, wo sie sich befand.

Sie lag in ihrem Bett, eingehüllt in eine weiche, kuschelige Decke und schaute in den Himmel über sich. Sie fand es immer noch seltsam, in einem warmen geschützten Raum zu liegen und direkt in den freien Himmel zu blicken. Diesmal sah es noch merkwürdiger aus, denn winzige schimmernde Regentropfen fielen wie Perlenschnüre auf sie herab, ohne dass sie sie erreichen konnten. Sie schienen sich über ihr in Luft aufzulösen.

Jetzt erkannte Maya, von wem sie geweckt worden war. Eine kleine Glimmerfee, die wohl Herr Bombus hereingelassen hatte (denn nachts lockte er die Feen ja mit Beerenwein aus den Schlafzimmern fort), schwirrte soeben auf die andere Seite des Bettes und flatterte dort Fiona um die Nase. Fiona grunzte unwillig und drehte sich auf die andere Seite. Die Glimmerfee setzte sich auf ihr Ohr und pustete hinein. Fiona quiekte und zog sich die Decke über den Kopf.

Maya musste lachen. Sie setzte die Glimmerfee, die nun versuchte, unter die Bettdecke zu kriechen, vorsichtig auf ihr Kissen. Dann zog sie Fiona die Decke weg.

»Aufstehen! Heute ist Schuuule!«

»Hrmpf. Was?«

»Ich sagte, heute ist Schule, und wir kommen zu spät, wenn du nicht bald aufstehst.«

»Ups.« Fiona war mit einem Satz aus dem Bett. »Sag's doch gleich!«

Maya gluckste und verschwand im Badezimmer.

Sie beeilten sich, und sie schafften es in Rekordzeit, am Frühstückstisch zu erscheinen.

Es war ein gutes Gefühl, behaglich im Wohnzimmer zu sitzen und bläulich dampfenden Tee zu schlürfen, während draußen der Regen unaufhaltsam niederfiel. Luna und Stelláris hatten schon gefrühstückt – sie standen offensichtlich immer sehr früh auf – und Elysander hatte bei einem Freund übernachtet und war noch dort. Sie hörten Max verschlafen die Treppe heruntertappen, während er mit dem erregt brummenden Herrn Bombus diskutierte.

»Nein, zwölf von den Glimmerdingern sind einfach zu viel, zwei hätten völlig ausgereicht!«

Herr Bombus murmelte irgendeine Antwort, die sie nicht verstanden, und schoss dann aufgelöst an ihnen vorbei in Richtung Küche. Er hätte dabei beinahe eine Glimmerfee umgeflogen und prallte vom Türrahmen ab. Max stapfte ins Zimmer und ließ sich genervt auf einen Stuhl fallen.

»Er hat doch tatsächlich ein Dutzend von diesen Glimmerfeen auf mich gehetzt, als ich gerade so wunderbar schlief. Ich hab erst im Bad gemerkt, dass sich eine in meinem Schlafanzug verheddert hatte – das Biest hat mich gebissen.« Er zog sein Hemd hoch und beäugte empört eine Stelle an seinem Bauch.

Maya und Fiona grinsten sich über den Tisch hinweg an.

»Hey, es gibt Honigkuchen!« Max hatte seinen Ärger gleich wieder vergessen und lud seinen Teller voll.

»Hast du schon gesehen, Luna hat uns Schulsachen in einer Tasche hingestellt!«, wollte Fiona von Max wissen.

»Nö, aber daff ift nett.« Max hatte zu dem Honigkuchen in seinem Mund eine große Portion Himbeermus gesellt, und für beide wurde es wohl ein wenig eng. Er schluckte verzweifelt, als Luna mit Larin erschien.

»Guten Morgen!« Larin setzte sich zu ihnen an den Tisch und klopfte Max auf die Schulter. »He, Max, es gibt hier jeden Tag etwas zu essen, du musst es nicht auf Vorrat tun.«

Luna nahm ebenfalls Platz. »Ich habe gestern mit Waltraud und Wilbur wegen der Schule gesprochen. Wir denken, ihr solltet euch in Ruhe die verschiedenen Fächer ansehen. Wilbur hat inzwischen mit den anderen Lehrern geredet. Sie wissen nun über eure Situation Bescheid und erwarten nicht, dass ihr euch in der ersten Zeit am Unterricht beteiligt. Die meisten Lehrer haben sich bereit erklärt, euch privat zu unterrichten, wenn ein Gebiet für euch neu ist. – Jetzt wünsche ich euch einen gesegneten Tag.«

Sie stiegen hinter Larin die Stufen zum Haus in der Linde hinunter. Fiona hatte heute sicherheitshalber gleich auf ein langes Kleid verzichtet und wie Maya eine Hose ausgesucht, da sie nicht wusste, was an diesem Tag alles auf sie zukam.

Die Schultasche fühlte sich angenehm an. Sie war aus hellem lederähnlichem Material und unerwartet leicht, obwohl sie dem Inhalt nach schwerer hätte sein müssen. Fiona hatte kurz hineingespäht. Soviel sie erkannt hatte, steckten ein paar dicke Bücher, Hefte, Tinte und eine schillernde Schreibfeder darin.

Luna hatte ihnen Umhänge mit Kapuzen in den Farben des Waldes geschenkt, die den Regen abhielten. Auf ihrem Weg durch Eldorin sahen sie ein paar junge Elfen, die ebenfalls zur Schule liefen und ihnen freundlich zulächelten.

»Gehen die mit uns in eine Klasse?«, fragte Max interessiert.

»Die Älteren von ihnen jedenfalls«, antwortete Larin. »Allerdings nicht an jedem Tag, das hängt von den Fächern ab. Weil es hier insgesamt nicht viele Schüler gibt, von den Elfen gehen ja nicht alle zur Schule, sind wir vier gemeinsam in einer Klasse. Die Jüngeren werden getrennt von uns unterrichtet.«

»So ein Glück, dass ich mich nicht mit dem grünen Gemüse herumärgern muss«, bemerkte Max.

»Das grüne Gemüse ist dir in einigem voraus«, betonte Larin.

»Ach«, sagte Fiona bestürzt, »erinnere mich nicht daran! Ich werde überall schrecklich auffallen, weil ich von nichts eine Ahnung habe.«

»Das stimmt nicht«, versuchte Larin sie zu beruhigen. »Die naturwissenschaftlichen Fächer zum Beispiel kennst du, und ich habe gesehen, wie gut du darin bist. Kein Mensch oder Elf oder sonst wer erwartet, dass du zaubern kannst oder so was.«

»Sonst wer?« Max hatte ein Ohr für interessante Dinge und bohrte sofort nach. »Welchen Sonst-wer-Lehrer haben wir denn? Vielleicht doch einen Wassermann?«

»Kein Wassermann.« Larin grinste.

Im Garten des Hauses von Familie Ägidius stand Waltraud und harkte die Beete. Sie winkte ihnen strahlend zu und wünschte ihnen einen guten Schultag. Maya war sicher, dass Waltraud absichtlich im Garten gearbeitet hatte, um ihnen ihre besten Wünsche für diesen Tag mitgeben zu können. Sie bedankte sich herzlich. Wie nett Larins Mutter doch war! Ihre Gedanken schweiften zu Luna. Wie selbstverständlich und liebevoll hatte sie sie aufgenommen, was hatte sie ihnen alles geschenkt! Mayas Herz krampfte sich zusammen. Sie würde ihr das nie vergelten können.

»Hier«, Larin deutete auf ein winziges schräges Haus, das aussah, als würde es jeden Moment zusammenbrechen, »wohnt Professor Hyronimus Frankenberg. Er ist Erfinder und ein wenig seltsam. Und er ist unser Lehrer für Chemie und Alchimie, Astronomie und Zauberkunst.«

»Das sieht man.« Fiona starrte auf das Haus. Es war wie die anderen Häuser aus hellem Stein erbaut, allerdings hatte immergrüner Efeu die Fassade vollständig erobert. Die Tür war in einem dunklen Lila gestrichen, und von den himmelblauen Fensterrahmen blätterte die Farbe. Die Vorhänge hingen schlapp herunter, und aus dem Schornstein stieg dicker gelber Rauch auf. Das Haus war von einem pflanzenüberwucherten Garten umgeben, in dem ein riesiges Modell der acht Planeten mit ihren Monden aufgebaut war. Die Himmelskörper bewegten sich rund um das Gebäude; sie schwangen sich umeinander kreisend hoch hinauf und sanken wieder nach unten. Staunend erkannte Maya, dass sich die Gestirne alle so um das Haus drehten, wie sie es in Wirklichkeit um die Sonne taten. Eine schwarze Katze spazierte durch den Garten, wich geschickt dem Planeten Saturn aus und hieb mit der Pfote spielerisch gegen einen seiner Ringe. Schließlich blieb sie vor der Haustür stehen, wo sie maunzend Einlass begehrte. Seltsame Pflanzen wuchsen im Garten; Maya entdeckte eine Kletterpflanze mit gezähnten Blättern und grünen Schoten, die an einem Gerüst aus Holzpfählen emporrankte.

»Da wachsen ja die Drachenschoten!«

»Ja«, bestätigte Larin, »das ist eine Drachenwurz. Sie ist recht selten. Außer Professor Frankenberg besitzt nur Frau Hortensia Hage-Beauté eine. An manchen Vormittagen unterrichtet sie Pflanzen- und Heilkräuterkunde und Tierkunde, aber ansonsten führt sie mit ihrer Schwester Rosa zusammen einen kleinen Laden, wo sie alles Mögliche verkauft – auch das, was die Waldwichte ihr liefern. Der Laden ist ein Stück die Straße hoch gegenüber der Schule.«

Sie setzten sich wieder in Bewegung. Maya war ganz schummrig zumute. Jetzt hatte sie noch keinen Fuß in die Schule gesetzt, und schon gab es die unglaublichsten Sachen. Das Modell der acht Planeten hatte ihr ziemlich zugesetzt. Als die ersten Schüler Larin entdeckt hatten und auf ihn zustürmten, hielt sie sich mit Fiona ein wenig abseits. Offensichtlich sahen ihn manche seiner Klassenkameraden heute zum ersten Mal, seit er verschwunden gewesen war. Sie umringten ihn, und Max wich nicht von Larins Seite.

Larin, Max und die schnatternde Schülerschar blieben vor dem Schulhaus stehen. Es war ein rechteckiger Bau mit einem angrenzenden Hof, der von einer Mauer mit einem großen schmiedeeisernen Tor umgeben war. Die beiden Flügel des Tores standen einladend offen.

»Komm, wir sehen uns kurz um.« Maya zog Fiona auf die andere Straßenseite, wo sie das Haus der Schwestern Hage-Beauté entdeckt hatte. Es beherbergte im Erdgeschoss den kleinen Kramladen, wohin die Waldwichte ihre Fünf-Achtel-Stäbe und andere kuriose Dinge verkauften. Maya und Fiona betrachteten durch die zwei großen Fensterscheiben fasziniert die Auslagen. Da gab es eine enorme Auswahl an Kräutertees, Pflanzensamen und Süßigkeiten, das meiste war liebevoll in bunte Blechdosen oder Papiertütchen verpackt. An manchen Waren hingen Hinweisschilder. Es fanden sich Lebensmittel (›Käse mit Schweißfußaroma‹) zwischen Keramikgeschirr (›unkaputtbar‹), und wild gemusterte Strickmützen (›mit Anti-Juck-Imprägnierung‹) neben Kochtöpfen (›mit Warnton gegen Anbrennen‹). Es gab Regenschirme (›lautes Weinen beim Verlorengehen‹), Einschlafhilfen (›korrektes Schafezählen für Fortgeschrittene‹), Kuckucksuhren (›mit echtem Kuckuck‹) und Hundeleinen (›automatisches Gassigehen‹).

»Ich glaube, wir sollten wieder zu den anderen gehen«, sagte Maya schwach, und sie überquerten abermals die Straße, wo Larin und Max nun allein vor dem Schultor standen und auf sie warteten.

»Wir wollten euch gerade rufen«, sagte Max bestens gelaunt. »Die Schule fängt gleich an.«

Maya und Fiona trabten hinter den beiden Jungen her. Sie gingen durch das schmiedeeiserne Tor und durch den gepflasterten Innenhof, der mit zwei Goldulmen bepflanzt war. Drei Stufen führten zu der schlichten Eingangstür hinauf, die ebenfalls offen stand. Über der Tür war als einziger Schmuck ein Wappen angebracht. Ein weißes Einhorn war darauf abgebildet, das auf den Hinterbeinen stand. Hinter dem Einhorn war ein üppiger smaragdgrüner Baum zu sehen. Larin deutete darauf. »Das ist das Wappen des Königreichs Amadur.«

Ihre Schritte hallten auf den Natursteinplatten des kurzen Flures. Sie wandten sich nach links, und Larin trat als Erster durch die offene Tür ins Klassenzimmer. Max drängte ungewohnt eifrig hinterher, was Maya schmunzeln ließ. Sie selbst war nicht ganz so locker wie Max, und Fiona war beträchtlich nervös, sie zwirbelte ständig eine Haarsträhne zwischen den Fingern. Es war seltsam, in diesem so gänzlich anderen Land vor eine fremde Klasse zu treten und zu wissen, dass man von den allermeisten Dingen hier keine Ahnung hatte. Sie wollte sich lieber nicht vorstellen, wie Larin sich im Waisenhaus gefühlt haben mochte, als er von vielen Dingen, die er eigentlich *kannte*, auch keine Ahnung mehr gehabt hatte.

Ein kleiner, älterer Mann saß am Pult, der in einen lila Umhang gehüllt war. Er trug einen Spitzbart, und sein gewelltes schwarzes Haar fiel ihm bis in den Nacken.

»Ah, Larin, schön, dass du wieder bei uns bist.« Seine Stimme klang ein wenig hoch, aber nicht unangenehm.

Interessiert musterte er seine drei neuen Schüler und schüttelte ihnen freundlich die Hand. Seine Bewegungen übertrugen sich auf den Anhänger einer langen goldenen Halskette, der in einer gläsernen Kugel ein winziges Sonnensystem barg. Die Miniaturplaneten und ihre Monde begannen sich zu umkreisen, und Maya hätte schwören können, so etwas wie eine Sternschnuppe gesehen zu haben. Der Lehrer stellte sich als Herr Frankenberg vor und machte sie mit den anwesenden Schülern bekannt. Zwei davon kannte Maya schon, nämlich Caiman Scelesto und Phoebe Jago. Sie hätte auf beide gerne verzichtet. Gut gelaunt teilte Herr Frankenberg ihnen mit, dass er nun Chemie und Alchimie und in der folgenden Stunde Astronomie unterrichten würde, und bat sie, in der freien zweiten Reihe Platz zu nehmen. Maya sah, dass Larin, bevor er sich setzte, an Caimans Platz vorbeischlenderte, sich vorbeugte und leise ein paar Worte zu ihm sagte. Caiman, der zu Anfang gelangweilt auf seinem Stuhl gelümmelt hatte, setzte sich so steif hin, als hätte er einen Besenstiel verschluckt. Seine Ohren glühten rot und er starrte Larin hasserfüllt hinterher. Ungerührt setzte sich Larin neben Max. Maya teilte sich mit Fiona eine Bank. Zu Max' Freude saßen vor ihm zwei sehr hübsche silberhaarige Elfenmädchen namens Sirin und Nané in seinem Alter. Danach kamen Emily Meier, ein vierzehnjähriges Mädchen mit hellbraunen Wuschelhaaren, und ein Zwergenjun-

Fangock, der wohl mindestens ebenso alt war, aber ziemlich winzig aussah. Das musste der Junge sein, dessen Kleider Caiman versteckt hatte. Daneben hockten der siebzehnjährige Pascal Hühnerfuß und im Anschluss Caiman und Phoebe. Caiman spürte Mayas prüfenden Blick auf sich gerichtet und wandte sich in ihre Richtung.

»Caiman, wenn du dich nach vorne drehst, kannst du unser Experiment sehen und nicht nur riechen«, meinte Herr Frankenberg, der begonnen hatte, eine giftgrüne und eine lila Flüssigkeit in einem Reagenzglas zu vermischen.

Maya lächelte in sich hinein. Während am Lehrerpult beißender gelber Rauch aufstieg, und die Ersten sich unter Stöhnen die Nase zuhielten, dachte sie über Caiman nach. Sie vermutete, dass Larin ihn wegen der Sache beim Reiten angesprochen hatte, wahrscheinlich wollte er das mit ihm klären. Das roch nach gewaltigem Ärger, der nicht so leicht verfliegen würde wie die dichten Schwaden im Klassenzimmer. Kein Wunder, dass Larin seine Freunde eher unter den Elfen gefunden hatte, die meisten der wenigen gleichaltrigen Menschen hier waren wirklich nicht sonderlich sympathisch. Nachdem der Qualm sich verzogen hatte, ließ Herr Frankenberg einen kleinen lila Edelstein aus dem Reagenzglas kullern und zeigte ihn seiner Klasse. Maya bemühte sich, seinen Erklärungen zu folgen; dabei stellte sie fest, dass es ihr auch nicht weiter aufgefallen wäre, hätte er chinesisch oder elfisch gesprochen. Sie kapierte es sowieso nicht. Schließlich ließ er seine Schüler ein Buch aufschlagen (›Der Kleine Alchimist‹ von Porzellina Goldstein), und Maya betrachtete fasziniert die Abbildungen der Versuche, die fast immer mit blubbernden und qualmenden Flüssigkeiten in Glaskolben oder Reagenzgläsern zu tun zu haben schienen und außerordentlich gefährlich aussahen. Sie nahm ihre schillernde Feder und das Tintenfässchen heraus und machte damit erste Schreibversuche in ihrem Heft. Es klappte besser als gedacht. Bei Max lief es nicht ganz so gut – er spritzte die Tinte quer durchs Zimmer.

In der Astronomiestunde fühlte sich Maya sehr viel wohler, da sie zumindest einiges zum Thema gelesen hatte. Sie erfuhr, dass es einmal im Monat einen praktischen Teil gab. Da traf sich die Klasse, sollte der Himmel wolkenlos sein, im Haus des Lehrers, um die Sterne mit einem großen Teleskop zu beobachten.

Nach dem Ende der Stunde ließ Herr Frankenberg seine neuen Schüler ans Pult vorkommen und bot ihnen an, sie jeden Donnerstagvormittag bei sich zu Hause in Alchimie und Zauberkunst zu unterrichten.

Die nächsten zwei Stunden lehrte Frau Professor Hortensia Hage-Beauté zuerst Tierkunde und anschließend Pflanzen- und Heilkräuterkunde. Auf Tierkunde hatte sich Maya gefreut, sie liebte so ziemlich alle Tiere, vorausgesetzt, sie konnten nicht stechen. Sie hatte obendrein Glück, denn die Klasse behandelte gerade Einhörner. Frau Hage-Beauté war eine stattliche Frau mittleren Alters mit kleinen grauen Löckchen und einer Lesebrille, über die sie mit ihren blauen Augen in die Klasse spähte. Sie schien eine Vorliebe für Schmuck zu besitzen, denn von ihrem Hals baumelten drei Ketten in verschiedenen Längen und unterschiedlicher Machart. Die eine erinnerte an aufgefädelte spiralige Nudeln, die andere schien aus Bernstein und Kieseln zu bestehen. Bei der dritten fragte sich Maya, welcher Vogel seine lila Schwanzfedern hatte lassen müssen. Die Ohrringe fesselten Mayas Aufmerksamkeit besonders. ›Warum in aller Welt‹, überlegte sie, ›hat sie so etwas wie einen Teebeutel an den Ohren hängen?‹

Frau Hage-Beauté hatte sie überaus freundlich begrüßt und der Teebeutel dabei gefährlich geschwankt. Maya musste sich bemühen, nicht die ganze Zeit darauf zu starren, und merkte, dass es Fiona und Max ähnlich erging. Die anderen Schüler schienen an solche Mode gewöhnt zu sein, gleichmütig, wie sie aussahen.

Die Lehrerin versprach ihnen gleich zu Stundenbeginn, nötigenfalls Nachhilfeunterricht zu geben. Da in ihren Fächern aber die jeweiligen Themen immer abschlossen, ohne aufeinander aufzubauen, schien es nicht weiter problematisch zu sein, den regulären Unterricht zu besuchen.

Sie erfuhren, dass in diesen Wäldern einige Einhörner lebten, denn wo Elfen wohnen, seien auch Einhörner nicht weit. Maya nahm sich sofort vor, eines zu suchen, aber laut Frau Hage-Beauté war gerade das keine gute Idee. Einhörner versteckten sich vor den Menschen und zeigten sich der Legende nach nur dann, wenn man sie am wenigsten erwartete, aber am dringendsten brauchte. Einzig und allein Menschen, die die Sprache der Tiere sprächen, sei es vergönnt, ein Einhorn zu sehen.

Das Horn der Einhörner habe magische Kräfte. Man sage ihm nach, Wunden heilen zu können. Leider gebe es dafür lediglich mündliche Überlieferungen.

Maya hörte sehr aufmerksam zu. Sie war ein bisschen traurig, dass es offensichtlich so schwierig war, ein Einhorn zu Gesicht zu bekommen.

Wider Erwarten erwies sich Pflanzen- und Heilkräuterkunde als weniger langweilig als angenommen. Frau Hage-Beauté hatte eine in ihrem Gewächshaus gezogene Dictamnus-Staude mitgebracht. »Die Dictamnus blüht normalerweise im Sommer, ich habe einige Exemplare bereits jetzt zum Blühen gebracht. Sie wird auch ›Brennender Busch‹ genannt, denn bei starker Sonneneinstrahlung fangen die ätherischen Öle, die die Pflanze absondert, zu brennen an. Man schreibt den Ölen dieser kleinen, rosaweiß blühenden Pflanze zu, eine einschläfernde Wirkung auf Drachen zu haben. Nun, das habe ich selbst leider nie ausprobieren können.« Frau Hage-Beauté sah tatsächlich ein wenig betrübt aus, weil sie bisher nie in die Situation gekommen war, einem gefährlichen feuerspeienden Drachen ein Büschel Kräuter unter die Nase zu halten, das ihn zum Einschlafen bringen sollte. »Schlagt bitte euer Buch auf der Seite 38 auf.«

Maya kramte ihr Buch hervor. Sie hatte vorher gar keine Zeit gehabt, es zu betrachten. Schon der Umschlag war ungewöhnlich. Er duftete. Sie roch daran – der Geruch war gar nicht so unangenehm, fand sie.

Frau Hage-Beauté hatte Mayas Schnüffeln am Einband gesehen und lächelte. »Was ihr neuen Schüler nicht wissen könnt: es ist mir gelungen, den Duft der Verpiss-dich-Pflanze dauerhaft auf unser Schulbuch zu übertragen. Der Geruch dieser Minze wurde ursprünglich gegen Katzen im Garten entwickelt, die dort so gerne in lockerer Erde ihr Geschäft verrichten.«

Maya sah die Lehrerin vollkommen perplex an. Deren Lächeln wurde breiter. »Ich habe die Wirkung des Duftes ein wenig verändert. Wird dieses Schulbuch nicht häufig genug in die Hand genommen, verbreitet es bald einen Gestank aus faulen Eiern. Nicht wahr, Caiman, deine Mutter hat sich kürzlich bei mir beschwert, dass das Buch so ekelerregend rieche. Behandelt man es mit Sorgfalt und sieht man oft genug hinein, verströmt es einen lieblichen Duft, den man immer um sich haben möchte … Doch zurück zu unserer Dictamnus …«

Für Maya war es eine faszinierende Unterrichtsstunde. Sie fand es schade, dass sie wie im Flug vergangen war und nach einer kurzen Pause der nächste Lehrer das Zimmer betrat. Da sie weiterhin mit ihrem Buch beschäftigt war (inzwischen roch es nach Marzipanmakronen), hätte sie sein Erscheinen gar nicht mitbekommen, wenn Fiona neben ihr nicht plötzlich hörbar die Luft eingesogen hätte.

Herein schwebte ein unfassbar gutaussehender Mann. Er war sehr jung – vielleicht zwanzig Jahre alt – und seine Schönheit war ähnlich der der Elfen. Das allein wäre schon bemerkenswert gewesen. Besonders auffällig jedoch war sein langes, golden schimmerndes Haar, das ihm in sanften Wellen über die Schultern floss. Maya war verwundert, da die Elfen sonst alle glatthaarig waren und entweder schwarze oder wie Stelláris silbrig glänzendes Haar besaßen. Ebenfalls außergewöhnlich war die strahlend blaue Farbe seiner etwas schräg stehenden Augen. Er verfügte über ein umwerfendes Lächeln, das momentan Fiona,

Maya und Max galt. Gelassen stellte er sich als Shanouk vor und war der Mathematiklehrer.

Maya nahm Fiona das Mathebuch aus der Hand, das diese eigentlich auf den Tisch hatte legen wollen, nun aber in der Bewegung verharrte, als sei sie eingefroren. Der Lehrer fragte die Neuen mit seiner angenehm samtenen Stimme nach ihren Namen, und Fiona starrte ihn unaufhörlich an.

Maya und Max gaben Auskunft, was sie bisher in Mathematik durchgenommen hatten.

»Ich denke, dass wir mit ein wenig Privatunterricht durchaus auf einen gemeinsamen Level kommen können«, meinte er. »Auch du, Max, der du bis jetzt eine niedrigere Klasse besucht hast, dürftest keine Schwierigkeiten bekommen, im Stoff mitzuhalten. Ich hoffe, ihr gehört nicht zu den Schülern, die Mathematik verabscheuen.« Er zwinkerte ihnen zu. Fiona schüttelte heftig den Kopf. Außer ihren Namen zu nennen hatte sie keinen Ton herausbekommen. Er schenkte ihr sein strahlendes Lächeln. »Gut, Mathematik scheinst du zu mögen, da habe ich aber Glück gehabt. Gibt es denn überhaupt ein Fach, das du nicht leiden kannst?«

»Lalalatein«, hauchte Fiona und wurde rot. Maya gab ihr unauffällig einen Schubs.

Shanouk hatte eine besondere Gabe, was Mathematik betraf und verstand es, ihnen den Stoff verständlich zu machen. Sogar Max kam ganz gut mit, dabei hatte dessen früherer Mathelehrer ihm immer scherzhaft die Schuld an seiner Glatze gegeben und mit verzweifelter Miene so getan, als würde er sich seinetwegen die letzten Haare ausreißen.

Maya warf ab und zu einen Blick auf Fiona. Sie schien sich von ihrem Schock erholt zu haben, war aber immer noch reichlich verwirrt. Maya erkannte es daran, dass Fiona sich bemühte, die Rechenaufgaben ihrem Tierkundebuch zu entnehmen und sich danach abmühte, mit ihrer Feder zu schreiben, ohne sie in Tinte getaucht zu haben. Der Rest dieser letzten Unterrichtsstunde verlief ohne erwähnenswerte Vorkommnisse. Als der Lehrer den Raum verlassen hatte, musste Maya ihre Freundin darauf aufmerksam machen, dass sie jetzt ihre Sachen zusammenpacken konnte, denn Fiona saß leicht weggetreten auf ihrem Platz und rührte sich nicht. Max hatte unterdessen ein Gespräch mit den hübschen Elfenmädchen begonnen, die Zwillinge waren. Sie unterschieden sich in der Tat nicht voneinander, außer dass eine von beiden blaue Tintenspritzer im Haar hatte, die von Max' Schreibversuchen mit der Feder stammten. Larin unterhielt sich mit dem Zwerg Rabgack und mit Pascal, die ihn bereits vor Schulbeginn begrüßt hatten. Lediglich Caiman hatte sein Zeug rasch und ziemlich grob in seine Büchertasche hineingestopft und war wortlos und ohne sie eines Blickes zu würdigen verschwunden. Aus seiner Büchertasche drang ein Geruch nach Katzenklo.

Sie verließen allesamt das Klassenzimmer. Auf dem Flur trafen sie auf die jüngeren Schüler, die im Eiltempo nach Hause strebten. Maya ließ ihnen den Vortritt, um nicht umgerannt zu werden. Fiona lief neben ihr und war mittlerweile wieder ansprechbar.

»Ist er nicht umwerfend?« Fiona sah Maya erwartungsvoll an.

»Äh, er ist sehr nett«, erwiderte Maya pflichtbewusst. »Soweit man das in der kurzen Zeit beurteilen kann. Außerdem ist er Lehrer.« Sie hatte das Gefühl, Fionas Begeisterung ein wenig dämpfen zu müssen.

»Ja, nicht wahr? Und er sieht so *gut* aus.«

»Joah … schon. Er ist halt blond.« Maya fragte sich, warum alle Leute immer so einen Wirbel wegen blonder Haare machten.

»Goldblond … Aber das meine ich gar nicht. Hast du diese Augen gesehen?«

Maya stöhnte innerlich. Natürlich hatte sie seine Augen gesehen, sie nicht zu sehen, wäre auf eine Entfernung von zwei Metern auch gar nicht möglich gewesen, oder sie hätte sich einen Blindenhund besorgen müssen.

»Ja, klar … äh, sie sind blau.«

»Unglaublich blau! Mich hat nie zuvor jemand so angesehen. Sie sind …«

»Hey, das war cool heute!«, schrie Max dicht neben ihr. Er hatte sich wohl endlich von den Elfenzwillingen losreißen können.

»Wir haben bis zum Mittagessen ein bisschen Zeit. Wenn ihr Lust habt, schauen wir im Laden der Hage-Beauté Schwestern vorbei«, schlug Larin vor.

»Oh, ja!« Maya war begeistert.

Sie gingen auf die andere Straßenseite. Schon von außen wirkte das Haus einladend und außergewöhnlich. Es sah nicht aus wie die übrigen Häuser, sondern war im Fachwerkstil erbaut. Große Holzbalken bildeten das nach außen sichtbare Gerüst, das mit weißverputztem Stein ausgefüllt war. Über den Fenstern waren rotweiß gestreifte Markisen angebracht, die die Ware vor der Sonne schützen sollten. Heute wurden sie nicht gebraucht, denn die Sonne schien immer noch nicht – dafür hatte wenigstens der Regen aufgehört. Auf die Fensterscheiben war in verschlungenen roten und goldenen Buchstaben der Name des Lädchens aufgemalt: ›Gwäxxhaus‹. An der Tür hing ein kleines Holzschild, auf dem ›geöffnet‹ zu lesen war.

Sie gingen hinein, und über ihnen ertönte ein leises melodisches Klirren, das Kunden ankündigte. Maya sah sich verwundert um. Der Laden war nicht besonders groß, aber vollgestopft. An den Wänden standen Holzregale mit geschnitzten Verzierungen, die vor Waren überquollen; es gab Körbe voller Süßigkeiten, und sogar von der Decke baumelten Körbchen herab, die mit irgendwelchem Kram gefüllt waren. Aus einem pendelte ein dünner, unbehaarter Schwanz, der Fiona vor Schreck aufquieken ließ. Glücklicherweise überhörte sie, dass es aus dem Körbchen leise zurückquiekte. An der einen Seite des Zimmers stand eine Theke, auf der als Prunkstück des Ladens eine glänzende messingfarbene Kasse stand. Der Platz hinter der Kasse war leer.

Maya wusste gar nicht, was sie zuerst anschauen sollte. Sie stand vor einem Regal, in dem Weidenkörbchen eingeschlichtet waren, die eine Menge farbiger Tütchen enthielten. Drachenschotensamen, Dictamnussamen, Feuerwanzenpulver und anderes war darauf zu lesen. Daneben lagen Seifen mit echten Rosenblättern und Haustürschlüssel mit dazu passenden Schlössern, die gellende Schreie ausstoßen konnten, wenn der Besitzer nach ihnen rief. Auf dem untersten Regalbrett stand ein Holzkasten mit einem kreisrunden Loch in der Vorderseite. Maya hätte ihn für einen zu groß geratenen Nistkasten gehalten, aber es lag ein Handbuch dabei: ›Die Glimmerfee. Überwintern leichtgemacht‹.

»Funktioniert das?«, wollte Maya von Larin wissen und blätterte interessiert durch die Seiten.

»Hm. Ich weiß nicht. Wenn man sie in der Wohnung hält, überstehen sie den Winter, aber im Freien in so einem Ding – da bin ich mir nicht so sicher. Vor allem, sobald es richtig frostig wird. Allerdings ist es schwierig, sie am Hinausfliegen zu hindern, sie sind da nicht so vernünftig. Waltraud hatte mal eine, die ist freiwillig im Haus geblieben, aber so richtig alt geworden ist sie trotzdem nicht. Ich erinnere mich, dass die Glimmerfee unbedingt im Ehebett schlafen wollte, Wilbur war echt genervt, weil er sich nicht ausstrecken konnte. Dauernd lag die Glimmerfee im Weg und hat ihn gebissen, wenn er sie versehentlich eingequetscht hat.« Larin grinste. »Waltraud hat ihn schließlich nachts aufs Sofa geschickt. Er war ziemlich eingeschnappt deswegen. Ich glaube, sie hat es heimlich genossen, ab und zu zieht sie ihn nämlich auf, dass er schnarcht wie ein Drache, und sie deshalb nicht schlafen kann.«

»Boah!« Max zog fasziniert einen gefährlich aussehenden Dolch unter einer Ladung Lakritzkringel hervor, während Fiona einen goldenen Kamm entdeckt hatte, der die Haare glättete oder in Locken formte, je nachdem, ob man ihn bei Sonnenschein oder Regen anwendete. Larin hielt das große Gehäuse einer in sanftem Perlmutt schimmernden Wasserschnecke hoch.

»Hör mal!« Er hielt es Maya ans Ohr.

Erst hörte Maya nicht das Geringste, doch dann erklang ein

Ton, der tief begann und sich allmählich höher schwang. Ein zweiter kam dazu und ein dritter. Sie bildeten eine seltsame Melodie, die von Ferne und Sehnsucht, von der Weite des Meeres und großem Verlust erzählte. Maya hatte niemals zuvor eine so schöne und bittersüße Musik gehört.

»Was ist das?«, flüsterte sie.

»Das ist das Lied der Nixen. Es ist für immer eingeschlossen in diesem Gehäuse. Es gibt nicht viele davon.«

»Lass mal hören!« Max griff nach der Muschel. Er horchte kurz hinein, dann schüttelte er sie ungeduldig.

»Doch nicht *schütteln!*« Maya funkelte ihn an. Max hatte das Zartgefühl einer Mörsergranate.

»Ich hör aber nichts.«

Er gab sie an Fiona weiter. Sie lauschte eine Zeitlang mit einem verträumten Ausdruck im Gesicht.

»Schön, nicht?« Ohne dass sie es mitbekommen hatten, war durch eine Zimmertür eine ältere Frau aufgetaucht und schlurfte in ihren Filzpantoffeln näher. Frau Rosa Hage-Beauté hatte eine deutliche Ähnlichkeit mit ihrer jüngeren Schwester Hortensia, allerdings war sie kleiner und dünner. Gewissermaßen sah sie richtig mickrig aus, fand Max. Auch schien sie keine Neigung zu haben, sich Teebeutel von den Ohren baumeln zu lassen und sich mit Ketten zu behängen wie ein Weihnachtsbaum.

»Na, da ham wir aber mal 'nen hübschen Besuch.« Sie blinzelte mit ihren kleinen hellblauen Äuglein. »Hortensia hat mir schon von euch erzählt.«

Sie watschelte um Fiona herum. »So schöne Haare, Kindchen … ja, der Kamm, den du da in der Hand hast, der wäre tatsächlich was für dich.«

Fiona legte den Kamm, den sie die ganze Zeit festgehalten hatte, rasch zurück ins Regal. »Äh, ich hab gerade …«

»Wir sind noch nicht so lange hier und haben nur … ausländische Währung«, beeilte sich Maya zu sagen und kam sich dabei ziemlich blöd vor.

»Wir kriegen eine große Tüte mit Drachenschoten«, sagte La-rin entschieden und kramte in seiner Tasche nach Münzen. Er zählte ein wenig Elfensilber auf den Verkaufstisch und nahm die Drachenschoten entgegen. Danach ging er zu dem Regal hinüber, an dem Fiona stand. »Zeig mal, was kostet das Ding?« Er nahm den Kamm und. untersuchte das Preisschild. »Uff. Nicht schlecht.« Er legte ihn wieder ins Regal. »Sorry, Fiona, so viel hab ich nicht dabei.«

»Ja, natürlich, ich hätte doch gar nicht erwartet …« Fiona wurde heute zum zweiten Mal rot.

»Einen schönen Laden haben Sie da.« Maya sah sich bewun-dernd um.

Frau Rosa Hage-Beauté nickte freundlich. Sie schien es nicht zu kümmern, dass sie nur die Drachenschoten verkauft hatte.

»Ja, nicht wahr? Unser ganzes Leben ist mit diesen Dingen verknüpft. Wir mussten hier völlig von vorne beginnen, aber es hat sich gelohnt. Unser Neffe hat uns sehr beim Aufbau geholfen, ein wirklich lieber Junge. Möchtet ihr vielleicht unser Gewächs-haus sehen? Dort züchten wir alle möglichen Pflanzen … und auch die unmöglichen.« Sie zwinkerte, und ihre blauen Äuglein funkelten.

»Danke, sehr gerne!« Maya freute sich. Sie hatte den Planzen-kundeunterricht in bester Erinnerung. Frau Rosa Hage-Beauté schlurfte ihnen durch die Zimmertür voraus. Maya zog Max hin-terher, der soeben die Fünf-Achtel-Stäbe entdeckt hatte. Sie ge-langten auf einen breiten Flur. Ein einsamer Stuhl stand dort, auf dem ein prall gefülltes Federkissen lag. Darauf thronte der rie-sigste und fetteste Frosch, den Maya je gesehen hatte. Er muster-te die Besucher mit seinen goldgesprenkelten Glotzaugen miss-trauisch und blies seinen Kehlsack auf. Oben an der Stuhllehne pinnte ein verknicktes Pappschild, auf dem ›Bitte nicht küssen oder an die Wand werfen!‹ geschrieben stand.

»Das ist Herrmann. Der arme Kleine saß früher im Laden, aber das war auf Dauer zu gefährlich für ihn. Das Schild hat leider nicht viel genützt. Tsts, auf was für Ideen die Leute so kommen ...« Kopfschüttelnd kraulte sie Herrmann im Vorbeigehen kurz mit ihren spindeldürren Fingern den feisten Nacken. Max stieß sich den Fuß an einer herumliegenden goldfarbenen Kugel, die mit einem leisen Scheppern über den Boden in Richtung der verglasten Doppelflügeltür des Gewächshauses eierte. Von Herrmann war ein missmutiges Quaken zu vernehmen.

»Krass!«, entfuhr es Max, und das traf die Sache ziemlich genau. Von der Straßenseite aus nicht sichtbar, verdoppelte ein Glasanbau die gesamte Fläche des Hauses. Überall wucherten Pflanzen. Es gab sie in allen Größen und mit Blüten in fast allen Farben. Maya war sich sicher, von einer unscheinbar wirkenden Pflanze eine Art Grunzen vernommen zu haben. »Eine Rüpelwurz«, zwitscherte Frau Rosa Hage-Beauté, die Mayas verblüfften Blick gesehen hatte. »Wenn sie älter wird, darf man sie nur noch mit Bier gießen, Wasser verträgt sie dann nicht mehr.« Die Pflanze antwortete mit einem deutlichen Rülpsen.

Mitten in diesem Dschungel stand Frau Hortensia Hage-Beauté und legte einer schlapp aussehende Pflanze einen Verband an.

Mit einem liebenswürdigen Lächeln schaute sie auf. »Hallo, kommt nur herein. Es ist immer eine Freude, wenn Schüler zu Besuch kommen, nicht wahr?« Zärtlich tätschelte sie ihrem grünen Patienten das schlaffe Blatt.

»Was ... hat sie denn?«, fragte Maya beherzt.

»*Er* ...«, korrigierte Frau Hage-Beauté. »Es ist nichts Ernsthaftes, ich fürchte, es handelt sich hauptsächlich um verletzten Stolz.« Fiona erstickte mühsam ein Kichern mit der Hand.

»Er muss sich vergangene Nacht mit dem Gemeinen Stechapfel da drüben angelegt haben.« Sie deutete mit vorwurfsvoll erhobenem Finger zu einer stattlichen Pflanze hinüber.

Fiona tauchte möglichst unauffällig hinter eine kleine Buchsbaumhecke ab und rang nach Luft.

»Möchtet ihr vielleicht ein Tässchen Rosenblütentee?« Frau Rosa Hage-Beauté wartete mit zur Seite geneigtem Kopf und erinnerte Maya dabei an ein Vögelchen. »Unsere Lieblingssorte«, fügte sie erklärend hinzu, »wir haben immer welchen im Haus.«

›Das glaub ich‹, dachte Maya und schielte unwillkürlich zu Frau Hortensia Hage-Beautés Ohrringen.

»Nein, danke, das ist sehr nett, aber wir sollten zum Essen nicht zu spät nach Hause kommen«, entgegnete Larin.

»Natürlich. Ich begleite euch nach draußen.« Frau Hortensia Hage-Beauté steuerte auf die Tür zu und gab im Vorbeigehen dem Stechapfel einen Klaps.

»Die sind ja vielleicht drauf!« Max meinte das als Kompliment. »Gibt es hier mehr solche Lehrer?« Immer noch völlig geplättet hielt er den Fünf-Achtel-Stab in der Hand, ohne den sie ihn nicht aus dem Laden bekommen hätten. Larin hatte ihm schließlich einen spendiert. Er hatte sowieso überlegt, dass sich ein neu gekaufter für Max besser eignete als sein eigener alter Fünf-Achtel-Stab, denn der war damals von ihm verbessert worden und somit viel gefährlicher.

Larin grinste. »Freut mich, dass es dir gefallen hat. Wie ging es euch?«

»Genauso«, sagten Maya und Fiona im Chor.

»Ich gehe auf einmal gern zur Schule«, ergänzte Maya. »Was haben wir morgen?«

»Da unterrichtet erst Wilbur, aber danach Ragnur Scelesto, die Mutter von Caiman. Es macht für euch keinen Sinn, in ihren Unterricht zu gehen, ihr könnt mit Physiomagie nichts anfangen, und sie gibt bestimmt keine Privatstunden. Aber glaubt mir – ihr verpasst nichts.«

»Was ist Physiomagie?«, wollte Maya wissen.

»Das ist nur für Fortgeschrittene. Es ist richtig gefährlich, wenn man was falsch macht. Da wird gelehrt, wie man seinen eigenen Körper verändern kann, um sich zum Beispiel in ein Tier zu verwandeln oder unsichtbar zu werden oder so. Streng genommen kriegen wir bloß die Theorie dazu vermittelt, weil das höhere Magie ist, die kaum einer hinkriegt. Man braucht dazu Erfahrung, und die meisten lernen es nie.«

»Klingt ziemlich abgefahren.« Maya fand es bedauerlich, dass sie so etwas nicht lernen durfte.

»Ist es auch. Am Anfang des Schuljahres hat die Scelesto uns das mal vorgeführt. Aber nicht an sich selbst, sondern an einer Schülerin. Die hat totale Panik gekriegt, als sie geschrumpft wurde und dann als Kröte dasaß. Es hat gedauert, bis wir sie wieder eingefangen hatten, ich fand das irgendwie nicht lustig. Caiman hat sich nicht mehr eingekriegt vor Lachen.«

»Die Arme!«, meinte Fiona. »Welches Mädchen war das denn?«

»Angelina. Sie war heute nicht da.«

»Noch eine Elfe?«, fragte Max hoffnungsvoll.

»Nein«, lachte Larin, »ich hätte gesagt, zwei genügen für dich.«

Max hatte den Anstand zu erröten.

»Außerdem zu alt, Kumpel.« Larin klopfte Max auf den Rücken. »Angelina ist nämlich drei Jahre älter als du und hängt meistens mit Pascal rum. Sie spricht nicht mit Jüngeren.«

»Ach so. Dann kann er sie behalten«, sagte Max großzügig.

Es lag an Max, dass es eine gewisse Zeit dauerte, bis sie am Haus der Ägidius' angekommen waren. Unterwegs hatte Larin rasch die Nachbarskatze zurück auf Normalgröße schrumpfen lassen (ohne dass es jemand gemerkt hatte) und den Puppenwagen eines kleinen Mädchens vom Baum heruntergezaubert, auf den ihn Max versehentlich hatte schweben lassen (was so ziemlich der ganzen Straße aufgefallen war). Obwohl Larin sofort reagiert hatte, hatte sich die kleine Puppenwagenbesitzerin in einen lang anhaltenden Schreikrampf hineingesteigert.

»Steck bloß deinen Zauberstab ein, bis ihr bei Luna seid und sie alles für dich richten kann«, knurrte Larin Max an.

Dieser ließ ein klein wenig beschämt sein neues Spielzeug in die Tasche wandern.

Sie verabschiedeten sich, und Larin bot ihnen an, sie nach dem Mittagessen mit zu den Pferden zu nehmen.

Elysander hatte am Fuß der Linde auf sie gewartet und stürzte Max entgegen.

»Hallo, Großer!« Max hob Elysander hoch. »Haben wir vor dem Essen Zeit, uns deine Elfenfiguren und den Drachen anzusehen?«

Elysander nickte begeistert. »Stelláris hat gerade keine Zeit für mich«, vertraute er Max an. »Er ist schon wieder bei Avan. Der hat eine ganz toll gezackte Narbe am Arm.«

Maya und Fiona saßen mit Luna im Wohnzimmer, während Herr Bombus in der Küche die letzten Essensvorbereitungen traf. Ab und zu hörte man ein beunruhigendes Klirren und Scheppern.

»… dann stieg der Puppenwagen in die Luft und landete auf dem nächsten Baum«, erzählte Fiona. »Ich war der Meinung, diese Fünf-Achtel-Stäbe können nur ganz schwache Zauber ausführen, aber Katzen in kleine Panther zu verwandeln – ich dachte wirklich, wir werden gleich aufgefressen.«

»Ich denke, es liegt zum einen daran, dass Max älter ist als die kleinen Kinder, für die die Fünf-Achtel-Stab ursprünglich gedacht sind, und erstaunlich viel Willenskraft aufgebracht hat. Es kann aber durchaus einmal ein Zauberstab dabei sein, der nicht ganz der Norm entspricht. Schließlich sind es magische Gegenstände, und nicht einer gleicht vollends dem anderen.«

»Was würde er mit einem richtigen Zauberstab alles anstellen?« Maya wollte es sich lieber nicht vorstellen.

»Das wäre etwas absolut anderes. Fünf-Achtel-Stäbe funktionieren durch die Magie, die ihnen die Waldwichte in einem geringen Maß verliehen haben. Der Besitzer kann den Zauber zwar hervorbringen, ihn aber nicht bewusst lenken. Sie sind also viel unberechenbarer, doch recht begrenzt in ihrer Wirkung. Ein echter Zauberstab in der Hand eines Meisters vermag Unglaubliches. Jedoch gehört viel Übung dazu.«

Maya dachte während des Essens darüber nach. Sie hätte gerne gewusst, ob Luna irgendwann bereit wäre, ihnen einen Zauberstab zu schenken, aber sie hätte es unverschämt gefunden nachzufragen oder gar darum zu bitten.

Sie hatten gerade zu Ende gegessen, als Larin an der Tür klopfte.

»Ich habe schon gehört«, lächelte Luna ihm zu, »dass du heute jemandem eine große Freude gemacht hast.«

Larin stöhnte und dachte an die Nachbarin, die vorhin zu ihnen herübergestapft gekommen war und einigen Wirbel gemacht hatte.

»Vermutlich ist es besser, wenn Max das Zaubern von Anfang an und unter Aufsicht lernt – und ihr beiden ebenso. Es gibt überdies andere Gründe, weswegen ich glaube, dass die Zeit für einen eigenen Zauberstab gekommen ist. – Einen echten Zauberstab. Aber ihr müsst euch im Klaren darüber sein, dass ein echter Zauberstab nichts mit einem Kinderspielzeug zu tun hat.« Luna sah Max ernst an. »Er kann eine gefährliche Waffe sein. Verwendet ihn weise. – Wir werden morgen zusammen in den Wald gehen, um geeignete Bäume zu finden.«

Maya saß leicht betäubt da. Sie sah ungläubig auf Luna. So schnell diesen Wunsch erfüllt zu bekommen – das hatte sie nicht erwartet.

»Vielen, vielen Dank!«, stammelte sie und fand, dass das nicht im Entferntesten ausdrückte, wie dankbar sie Luna wirklich war.

Luna betrachtete Maya gedankenverloren. Ihre dunklen Augen blickten sehr ernst. »Ich werde euch übermorgen für kurze Zeit verlassen müssen.«

Maya war überrascht. Das kam sehr plötzlich. Sie wagte nicht zu fragen, ob es irgendetwas mit ihr zu tun hatte, sie konnte sich auch absolut keinen Grund dafür vorstellen. Es war lediglich ein merkwürdiges Gefühl, das sie auf einmal überkommen hatte. Warum hatte Luna sie so seltsam angesehen?

»Macht euch keine Gedanken. Stelláris ist ja noch hier. Während Anais unterwegs ist, wird Elysander bei der Familie seines Freundes wohnen. Herr Bombus wird euch gut versorgen.«

»Ich kann ja solange hier wohnen und bei Max schlafen«, bot Larin an. »Meine Pflegeeltern haben bestimmt nichts dagegen.«

»Wo ist Anais eigentlich?«, fragte Max.

»Er brach nach Unduros auf, um etwas über Larins Entführung herauszufinden. Gleichzeitig versucht er, Verbündete zu gewinnen. Ich rechne heute noch nicht mit Nachricht von ihm. – Ich bitte euch, vorsichtig zu sein. Verlasst nicht unser Gebiet. Etwas Böses zieht sich über uns zusammen. Ich kann es spüren.«

Maya starrte Luna an. Sie wirkte ungewöhnlich besorgt. Und sie hatte so eine Art, Dinge beim Namen zu nennen … Elysander schien sich nicht an dem zu stören, was seine Mutter eben gesagt hatte. Ungerührt spießte er sein Gemüse auf die Gabel und schob es sich in den Mund.

»Glaubst du, dass wir hier in Gefahr sind?«

»Bis jetzt konnten wir Eldorin immer schützen. Es konnte nie eingenommen werden. Aber ich kann nicht in die Zukunft sehen. Achtet unbedingt darauf, nicht die Grenzen Eldorins zu verlassen. Begebt euch nicht in die Nähe des Tores der Wächter. Zwar gehört es noch zu Eldorin, doch dieser Bereich ist Niemandsland, hier verwischt sich unsere Grenze und unser Einfluss schwindet, weil es der Zugang zu einer anderen Welt ist.«

Maya schlief nicht besonders gut in dieser Nacht. Sie grübelte über Lunas Worte nach. Irgendwann fiel sie in einen unruhigen Schlaf.

Geschenke

Am nächsten Morgen saß Stelláris mit ihnen am Frühstückstisch. Maya war schon ganz nervös, weil er sie die ganze Zeit ansah. Sie fragte sich, ob sie vielleicht ihr Gesicht mit Honig verschmiert hatte, und wischte unauffällig mit dem Handrücken darüber.

»Du kannst nicht mehr die braune Stute reiten. Sie gehört Avan, und er braucht sie selber.« Er lächelte Maya an. »Es geht ihm besser, und er schmiedet bereits Pläne für einen Ausritt. Nach dem Wolfsangriff brachte ich mit Ondil die Pferde zurück in den Stall. Ich sah dich von Weitem mit der brauner Stute über die Koppel jagen. Du hast ein Gespür für dein Pferd. Es liegt dir im Blut.«

Maya errötete wegen dieses unerwarteten Komplimentes.

»Du darfst dir dein eigenes Pferd aussuchen.«

»Was?«

»Wir haben einige jüngere Stuten, die gut unter dem Sattel gehen. Antares ist der Vater. Sie werden dir gefallen.«

»Das ist … das ist …, ich weiß nicht, was ich sagen soll!« Maya merkte, wie ihr die Tränen in die Augen schossen. Es war nicht zu fassen! Erst eröffnete Luna ihnen, dass sie ihr einen Zauberstab aussuchen würde, und dann wollte Stelláris ihr ein Pferd schenken. Sie unterdrückte den Impuls, Stelláris zu umarmen (das wäre sicherlich nicht passend gewesen), und fiel stattdessen Fiona um den Hals, die gerade daneben saß.

»Warum weinst du?«, fragte Elysander interessiert.

»Ich weiß nicht«, schluchzte Maya und versuchte, ihr Gesicht tränenfrei zu kriegen.

»Entschuldigung«, schniefte sie und kam sich sehr dumm vor.

»Kein Problem«, meinte Max schulterzuckend.

»Ich darf mir ein Pferd aussuchen!«, begrüßte Maya Larin, als er sie abholen kam.

»Ich weiß.« Larin freute sich mit ihr. »Ich kann dir auch sagen, wann. Was hältst du von heute Nachmittag?«

»Viel!« Sie strahlte glücklich.

Als sie die Treppe der alten Linde hinunterstiegen, riss die Wolkendecke auf; die Sonnenstrahlen fielen schräg durch das Blätterdach und ließen den Bodennebel in den Senken glitzern. Stelláris war mit ihnen bis zur Kreuzung gelaufen und verabschiedete sich nun von ihnen, da er zu den Stallungen wollte. Larin lief mit Maya, Fiona und Max durch die Siedlung zur Schule. Maya war mit ihren Gedanken noch ganz bei den Pferden. Wie ihres wohl aussehen würde? Wie unglaublich nett von Stelláris, ihr eines zu schenken. Im Grunde genommen könnte sie sich fast bei Caiman und Phoebe bedanken. Wenn die nicht gewesen wären, hätte Stelláris sie nicht galoppieren sehen, und wer weiß, wie lange sie dann auf ein eigenes Pferd hätte warten müssen.

»Wo wohnen eigentlich Caiman und Phoebe?«

»Ein Stück weiter hinter dem Schulhaus. Man kann die Häuser von hier nicht sehen. Sie liegen ziemlich am Ende der Siedlung, und Caimans Mutter beschwert sich immer über die Nachbarn, die Kühe und Schweine halten, weil das abscheulich stinkt.«

Fiona kicherte.

»Von irgendetwas müssen die Menschen hier doch leben«, wunderte sich Maya. »Mir würden Schweine als Nachbarn ... ich meine, in der Nachbarschaft, nichts ausmachen. Schweine sind sehr intelligente Tiere, und Kühe sind einfach nett mit ihren sanften, großen Augen.«

»*Nett?*« Max sah Maya an, als liefe sie nicht mehr ganz rund.

Sie gingen gerade an Herrn Frankenbergs Haus vorbei, als sie eine merkwürdige Gestalt auf einer Bank im Garten sitzen sahen.

Erst dachte Maya, dass ihr ein Bein und ein Arm fehlte, doch dann erkannte sie zu ihrer Überraschung, dass Fuß und Hand durchaus vorhanden waren, aber das komplette Zwischenstück einfach nicht da war.

»Was ist das!«, zischte Max in bewährter Lautstärke.

»Hallo, Herr Cornelius!«, grüßte Larin, und der seltsame Mann nickte freundlich und hob die Hand zum Gruß. Maya musste sich zusammenreißen, ihn nicht mit offenem Mund anzustarren, denn es sah absonderlich aus, wie die Hand, ohne dass ein Arm zu sehen war, in die Luft stieg und sich winkend hin- und herbewegte. Herr Cornelius widmete sich wieder dem Studium seines Buches und blätterte mit der armlosen Hand die Seite um.

Larin zog Max unauffällig weiter. »Das ist der Cousin von Herrn Frankenberg, er ist zu Besuch hier. Ich bin ihm gestern Abend schon begegnet, als ich von Caiman kam. Da war es bereits dunkel, er ist allein durch die Siedlung spaziert, und ich bin im ersten Moment echt erschrocken. Physiomagieunfälle sieht man nicht alle Tage.«

»Oh, der Arme hatte einen Physiomagieunfall!«, rief Fiona mitleidig.

»Ja, und glaubt mir, er ist noch gut dabei weggekommen. Richtig blöd sieht es aus, wenn der Kopf allein rumschwebt, oder ein einzelner Arm übrig bleibt. Und egal, was man anzieht, die Kleidung verschwindet mit.«

»Abgefahren«, bestätigte Max ehrfürchtig, »ich glaub, ich will furchtbar dringend in den Unterricht bei der Scelesto.«

»Vergiss es«, sagte Maya. »Du kannst so schon eine Landplage sein, was passiert erst, wenn wir dich nicht mehr sehen können … Sag mal, Larin, du warst bei Caiman?«

»Ja. Er hat jetzt ein graues und ein blaues Auge.«

»Ha!«, schrie Max, »du hast ihm eine verpasst! Das hast du gut gemacht! Warum hast du nicht gesagt, dass du hingehst?«

»Du hast dich mit ihm geprügelt? Aber … wegen gestern auf der Koppel?«

»Maya, ich hatte ihm schon in der Schule gesagt, dass ich er-warte, dass er sich bei dir entschuldigt. Nachdem er das nicht getan hat, bin ich bei ihm vorbeigekommen. Er hat immer noch nicht eingesehen, dass er Mist gebaut hat und ist absolut unver-schämt geworden. Er hat dich beleidigt, das ging dann echt nicht.« Larin sah auf einmal sehr zornig aus.

»Er hat es wirklich verdient«, erklärte Fiona überzeugt. »Das war so gemein.«

»Aber du kriegst bestimmt Ärger!« Maya war nicht sicher, ob sie sich freuen sollte, dass Larin sich für sie geschlagen hatte, oder ob sie sich Sorgen machen sollte.

»Alles schon erledigt«, sagte Larin schulterzuckend. »Seine Mama kam gleich zu uns nach Hause gerannt und hat so getobt, dass wir erst mal im Dunkeln saßen. Die Glimmerfeen sind so was bei uns nicht gewöhnt und geflüchtet. Wilbur musste Kerzen raus-suchen. Er war ganz froh, aus dem Weg zu sein, denn keifende Frauen findet er entsetzlich. Er sah aus, als wäre er am liebsten den Glimmerfeen hinterhergeflogen. Ich glaube, er hat befürchtet, dass Waltraud ebenfalls anfängt zu schreien, sie kann nämlich richtig laut werden, wenn sie erst mal in Schwung kommt. Aber sie ist ruhig geblieben und hat gemeint, die Entscheidung, ob und wie ich dafür bestraft werde, muss die Scelesto schon ihr und Wilbur über-lassen. Als ich dann erklären sollte, warum das überhaupt passiert ist, meinte Waltraud seelenruhig, dass Frau Scelesto froh sein kann, dass Caiman nur *ein* blaues Auge hat.«

»Warst du eigentlich auch bei Phoebe?«, wollte Max wissen.

»Ja, ich hab ihr meine Meinung gesagt. Ich vermute, jetzt hasst sie mich. Dabei war sie früher … ach, egal.«

Maya schoss ein Gedanke durch den Kopf. Was war sie frü-her? In ihn verknallt?

»Ist Wilbur streng?«, erkundigte sich Fiona, als sie durch das Schultor schritten.

»Er ist fair, aber er lässt einem nichts durchgehen. Bei mir weiß er immer, wann ich gelernt habe, und wann nicht. Er fragt mich gnadenlos auch dann ab, wenn ich keine Lust gehabt habe, mich vorzubereiten. Und er kündigt es nie vorher an, nicht mal andeutungsweise. Würd' ich außerdem gar nicht wollen, das wäre ungerecht den anderen gegenüber. Bei Ragnur Scelesto ist das genau umgekehrt. Sie fragt ihren Liebling nur ab, wenn er zufällig mal was weiß.«

Larin hatte es recht gut vorausgesagt. Wilbur war als Lehrer streng, aber er achtete immer darauf, gerecht zu sein und lockerte den Unterricht mit ein paar Witzen auf. Das hatte der Stoff auch nötig, fand Maya. In der Deutschstunde besprachen sie gerade ein Gedicht einer der berühmtesten Nixen des Nordmeeres. Es handelte von einem Wassermann, seinen Miesmuscheln und ziemlich viel Herzeleid und machte eindeutig depressiv. Maya fragte sich, wie ein Gedicht, in dem so viel Wasser vorkam, so staubtrocken sein konnte. Das wirklich Erfreuliche am Unterricht war, dass Caiman heute fehlte.

In Geschichte kämpften sie sich durch die Zwergenkriege, wo Rattpack der Großkotzige Nieswutz den Vorlauten hinrichten ließ.

Im Erdkundeunterricht behandelten sie die Bodenschätze des Nebelgebirges, was wenigstens einigermaßen spannend war.

Nach der Erdkundestunde packten Maya, Fiona und Max ihre Sachen zusammen. Für sie war die Schule heute beendet. Am Flur begegneten sie Ragnur Scelesto. Maya hatte sie sich unwillkürlich hässlich vorgestellt, aber das war sie nicht. Sie war dunkelhaarig und hatte ein schmales Gesicht und die gleichen grauen Augen wie ihr Sohn. Irgendetwas störte die Harmonie der Züge. Die Mundwinkel waren spöttisch nach unten gezogen, und ihre Augen hatten einen kalten Glanz. Ihr Blick huschte über die drei und blieb an Maya hängen. Sie betrachtete sie mit einem gewissen Abscheu, und dann war sie an ihnen vorbei.

»Ui, die sah aber gar nicht freundlich aus«, sagte Max, als das Schultor hinter ihnen ins Schloss fiel.

»Ja, sie sah recht miesmuschelig aus«, pflichtete Maya bei.

»Vermutlich hat sie auch Wilburs Gedicht lesen müssen. Es tut ihr nicht gut.«

»Ich glaube eher, sie verwandelt sich jede Nacht in einen Vampir«, spann Max den Faden weiter, »sie hatte so einen blutrünstigen Ausdruck im Gesicht.«

»Solange sie sich tagsüber zurückhält … Larin hat jetzt gleich Unterricht bei ihr …«

»Hört auf, ihr beiden! Mir wird ganz übel.« Fiona mochte sich das gar nicht vorstellen. »Außerdem gibt es keine Vampire … Oder?«

Da sie lediglich drei Fächer gehabt hatten, blieb ihnen trotz der Hausaufgaben einige Zeit bis zum Mittagessen. Max beschloss, Elysander und sich selbst eine Freude zu machen, und so spielten sie mit der Waldanlage, die ein richtig gutes Modell von Eldorin war. Zudem gab es Drachen und Trolle und eine Nachbildung des königlichen Palastes von Amadur. Maya war mit Fiona ein Stück in die alte Linde hineingeklettert, und Herr Bombus servierte ihnen Feentau.

»Ich fasse es immer noch nicht, dass wir hier im Haus von Luna und Anais sitzen, und alle sind so nett zu uns.« Nachdenklich spielte Maya mit einer Haarlocke. »Na, sagen wir, fast alle. Der arme Larin muss gerade die Scelesto ertragen, ich hoffe, er kommt später nicht als Frosch verwandelt bei uns angehüpft.«

»Oh nein! Nun, er könnte Herrmann Gesellschaft leisten.« Fiona zwinkerte Maya zu. »Aber im Ernst, mir geht es genau wie dir. Ich denke kaum an das Waisenhaus zurück. Wahrscheinlich, weil es hier dauernd etwas Neues zu entdecken gibt. Ich habe gar nicht die Zeit dazu.«

»Ich hoffe, dass du es nicht irgendwann bereust. Du wärst nie ernsthaft auf die Idee gekommen fortzugehen, wenn ich nicht gewesen wäre. Ich hab da manchmal echt ein schlechtes Gewissen.«

»Das braucht es wirklich nicht. Es war meine eigene Entscheidung. Und ich bereue sie nicht.«

Über ihnen raschelte es plötzlich im Geäst. Eine weiße Taube war in der Linde gelandet und beäugte mit schief gelegtem Kopf die Menschen im Baum.

»Ich glaube sie meint, dass wir auf ihrem Platz sitzen«, lachte Fiona.

Die Taube flatterte näher und setzte sich auf den Ast neben Maya. Sie trippelte heran und blickte sie prüfend an. Plötzlich startete sie und flog durch ein offenes Fenster ins Haus.

»Hast du gesehen? Es war eine Nachricht am Fuß befestigt!«, rief Maya. »Vielleicht kommt die Taube aus U … Dingsda. Anais hat bestimmt eine Botschaft geschickt.«

Maya hatte richtig beobachtet. Als Larin und Stelláris gekommen waren und sie alle zusammen gegessen hatten, holte Luna einen kleinen Brief hervor.

»Ich erhielt eine Botschaft von Anais. Er bestätigt unsere Vermutung. Larin, die Entführer haben dich offenbar wegen deiner Ähnlichkeit mit deinem Vater erkannt. Wir verstehen die Einzelheiten dieser Entführung noch nicht, aber entscheidend ist, dass der Schattenfürst nun weiß, dass du lebst. Nicht nur das. Er scheint dich in Eldorin zu vermuten.«

»Das ist übel.« Larin fuhr sich nachdenklich durch die schwarzen Haare.

Maya war geschockt. »Was bedeutet das? Wird Eldorin angegriffen werden? Der Schutzzauber an der Grenze … hätte der Schattenfürst genug Macht, um ihn zu brechen?«

Luna runzelte die Stirn. »Er hatte schon immer ein Interesse an Eldorin. Bislang hat er nie gewagt, uns anzugreifen. Doch er wird immer stärker, je mehr er sich mit der finsteren Seite verbindet. Niemand ist jemals den ruchlosen Weg gegangen, den ER gegangen ist. Das macht es für uns so unberechenbar. Ich kann deine Frage nicht beantworten, ohne den Hintergrund zu erklären.

Wir sind ein altes mächtiges Volk, dessen Erinnerung bis zum Anbeginn der Zeit zurückreicht. Unsere Weisheit wuchs, und wir hüteten unser Wissen und gaben es an unsere Kinder weiter. Jedoch bewahrte uns unsere Weisheit nicht vor einem folgenschweren Fehler.

Wir Waldelfen leben seit Jahrhunderten zurückgezogen. Wir haben versucht, uns aus allem herauszuhalten. Wir haben vergessen, uns um verwandte Völker zu bemühen. Bindungen sind schwächer geworden, Freundschaften zerbrochen.

Wo sich Angehörige unseres eigenen Volkes gegeneinander wenden, schwindet unsere Kraft. Der Schattenfürst hat das erkannt, und er hat das für sich ausgenutzt. Er hat mit den Bergelfen einen Bund geschlossen.

Wir hatten die Bergelfen über Jahrhunderte hinweg nicht beachtet, wir luden sie nicht zu unseren Festen ein. Sie erschienen uns in unserer Arroganz als nicht weise, nicht würdig genug.«

»Aber … ihr habt doch andere aufgenommen, ihr wart Paten für die Menschen, ihr lasst sogar Menschen und Zwerge in Eldorin leben und beschützt sie …«, warf Maya zaghaft ein.

»Nun«, Luna klang bitter, »wir waren Paten für die Königsfamilie und für die wenigen Menschen, an denen uns etwas lag. Es ist einfach, Gleichgestellten und Freunden die Hand zu reichen. Du erkennst ein großes Volk nicht an den großartigen Leistungen, die es vollbringt. Du erkennst es an seiner Barmherzigkeit. Dass wir Menschen und Zwerge in Eldorin aufnahmen, war unser Versuch, aus der Vergangenheit zu lernen und sie zu überwinden. Möge diese Einsicht rechtzeitig gekommen sein.«

»Der Bund des Schattenfürsten mit den Bergelfen … ist das denn wirklich ein so großes Problem?«, fragte Fiona vorsichtig.

»Es geht nicht um irgendwelche verlorene Verbündete. Es ist das Volk unserer Brüder und Schwestern, das sich gegen uns wendet«, offenbarte Luna leise. »Ja, es ist ein großes Problem. Es schwächt uns. Unsere Macht liegt zum Teil in unserer Einigkeit begründet. Wenn wir uneins sind, schwindet auch unsere Macht und somit der Schutz, der die Grenzen umgibt.

Anais berichtet von einer äußerst beunruhigenden Entwicklung. Ihm kam zu Ohren, dass der Schattenfürst dabei ist, eine Armee aufzustellen, um gegen alle Elfen und die Königstreuen vorzugehen und seine Herrschaft über das gesamte Land ausdehnen. Er will sich in Amadur zum König über unsere gesamte Welt ausrufen lassen.«

»Ich habe mich schon gewundert, warum so viele Späher des Feindes an der Grenze gesichtet wurden. Nun erscheint es logisch«, sagte Stelláris.

Von Fiona kam ein ersticktes Geräusch. Sie hielt sich die Hand vor den Mund und starrte Luna entsetzt an. »Dann werden wir wirklich … angegriffen?«

»Ich erwarte nicht, dass es in nächster Zeit geschehen wird. Aber wir können uns hier in Eldorin nicht mehr vollkommen sicher fühlen. Doch selbst wenn sich die Machtverhältnisse zu Gunsten des Schattenfürsten verschoben haben, wir sind nicht unvorbereitet.« Luna richtete sich auf. Ein Lächeln glitt über ihr schönes Gesicht. Es war kein freundliches Lächeln. Luna wirkte plötzlich fremd und schrecklich und ähnelte nicht mehr der liebevollen Elfe, die sie kannten. Sie sah beängstigend aus. »Er mag kommen – wir erwarten ihn.«

Eine längere Pause entstand. Max grübelte so angestrengt, dass er gar nicht merkte, dass ein Torkelkäfer auf ihm gelandet war und hektisch nach einem günstigen Startplatz suchte.

Maya war ein neuer Gedanke gekommen: »Ist Anais auch deshalb nach Unduros gegangen, um etwas über die Bergelfen in Erfahrung zu bringen?«

»Du hast gut nachgedacht. Ja, er und einige andere unseres Volkes reisten auch aus diesem Grund dorthin. Wir suchen schon seit Jahren nach ihnen. Sie bleiben verschwunden. Wir brauchen die Bergelfen als Verbündete. Gleichzeitig sind wir auf der Suche nach weiteren Menschen, die sich mit uns gegen den Schattenfürsten zusammenschließen. Er hat bereits viele Gebiete erobert. Unduros ist eine Handelsstadt und eine der wenigen freien Städte in unserem Land. Der Feind streckt bereits seine Hand nach ihr aus. Sie ist so zwischen dem Fluss Undin und dem Nebelgebirge gelegen, dass sie schwer einzunehmen ist; die Berge und das Wasser bilden einen starken Verteidigungswall.«

»Was ist mit den unfreien Städten passiert?«, fragte Maya. »Von wem werden sie regiert?«

»Der Schattenfürst hat seinen Anhängern die Regierungsgewalt übertragen. Sie sitzen an höchster Stelle wie ein bösartig wucherndes Geschwür, das dem Körper die Lebenskraft entzieht. Die Bewohner werden ausgebeutet, so dass ihnen kaum genug zum Leben bleibt. Mit diesem erpressten Geld finanziert der Schattenfürst seine Armee.«

Luna sah die Mädchen und Max ernst an. »Ich habe euch bereits gesagt, dass ich euch morgen für kurze Zeit verlassen muss. Es ist notwendig. Mein Vorhaben führt mich am Tor der Wächter vorbei. Noch hättet ihr Gelegenheit, in eure Welt zurückzukehren. Sollte Eldorin belagert werden, ist das nicht mehr möglich. Ich könnte euch mitnehmen. Wenn das euer Wunsch wäre, habt ihr Zeit bis morgen, mir das mitzuteilen.

Es mag die Zeit kommen, wo das Tor der Wächter versiegelt sein wird. Unsere Vorfahren haben das vor langer Zeit so beschlossen. Sie wollten verhindern, dass eure Welt zum Schauplatz unseres Kampfes wird. Es liegt ein uralter Elfenzauber darauf, den niemand lösen kann. Sollte Eldorin fallen, ist der Zugang in die andere Welt für lange Zeit versperrt. Niemand kann ihn öffnen.

Larin, ich werde auch dir diesen Vorschlag machen. Du bist der Letzte aus dem Königsgeschlecht der Menschen. Der Schattenfürst muss dich vernichten, um seine Macht endgültig zu festigen. Jeder seiner Siege wird nichts wert sein, solange er dich nicht töten kann. Er darf dich nicht leben lassen. Wenn er verhindern will, dass die Prophezeiung eintrifft, muss er das Herrschergeschlecht der Könige von Amadur vollständig auslöschen. Er will um jeden Preis verhindern, dass der König geboren wird, der mächtiger ist als er. Für dich würde es die Rettung bedeuten, wenn du durch das Tor der Wächter auf die andere Seite unserer Welt gingest. Du wärest in Sicherheit.«

Larin war blass geworden. »Du glaubst doch nicht, dass ich feige verschwinden würde? Du denkst doch nicht, ich würde mich verstecken, während ihr anderen in Gefahr seid?« Er funkelte Luna zornig an. »Ich kenne die Weissagung. Sie besagt, dass aus einem der Nachkommen von Amadur der Friedenskönig hervorgehen wird. Wenn ich ginge, gäbe es keinen Thronerben mehr, und die Prophetie würde sich nie erfüllen.«

Maya hatte Larin noch nie so wütend gesehen.

Luna blickte ihn ernst an. »Ich musste es dir sagen. Ich weiß, dass du es niemals angenommen hättest, und das ehrt dich.« Ein trauriges Lächeln umspielte ihre Züge. »Wir wünschen uns, dass wir die, die wir lieben, beschützen können.«

Larin sah sie noch einen Moment lang finster an. Dann senkte er den Kopf. »Entschuldige bitte.«

Luna berührte mitfühlend seine Hand. »So lass uns jetzt zusammen aufbrechen. Wir wollen geeignete Ruten für Zauberstäbe suchen.«

»Ich möchte mitkommen!«, rief Elysander.

»Du weißt, dass du dafür zu jung bist«, sagte Luna. »Aber dein Bruder hat mir verraten, dass er jemanden braucht, der mit ihm ein paar Jungpferde an den Sattel gewöhnt.«

»Oh, ja!« Elysander sprang auf.

»Ich verstehe eines nicht«, sagte Maya zu Luna, als sie gemeinsam die Linde hinunter stiegen. »Wieso fürchtet der Schattenfürst einen König, der noch gar nicht geboren ist? Es könnte ihm doch egal sein, vielleicht lebt er bis dahin gar nicht mehr!«

»Du kannst es nicht wissen, Maya. Der Schattenfürst lebt sein Leben nicht mehr als normaler Mensch. Er benutzte die Mächte des Bösen in der Hoffnung, sich Unsterblichkeit zu schaffen. Wir glauben, dass er dieses Ziel noch nicht erreicht hat, aber er scheint nahezu unverwundbar zu sein. Wir wissen nicht, wie wir die Verwandlung aufhalten oder ihn vernichten können. Doch er zahlt einen hohen Preis. Niemand kann sich mit dem Bösen einlassen ohne Schaden zu nehmen. Sein Leben war von diesem Moment an verflucht. Er entschied sich für die finstere Seite, in der Annahme, Macht und Ruhm und ewiges Leben zu erlangen. Aber er wurde betrogen. Er war nicht dabei am Anbeginn der Zeit, als die Welt noch jung war. Er kennt nicht das Geheimnis des Lebens. Kein Mensch kann das ewige Leben erzwingen, denn kein Mensch hat je den Tod besiegt. Es ist ein Geschenk, und wir können es uns nicht verdienen. Er hat nicht verstanden, dass das Leben hier ein Übergang ist. Wir werden irgendwann unseren Körper zurücklassen müssen, aber wir werden weitergehen in ein wunderbares ewiges Land. Es gelang dem Schattenfürsten, sein Leben hier in dieser Welt zu verlängern. Doch er wird dieses Land nie sehen.«

Lunas Worte beschäftigten Maya den ganzen Weg über, bis sie bei den Pferden ankamen. Was für ein Mensch war dieser Schattenfürst? Nein, er war ja letztendlich gar kein Mensch mehr. Dieser Gedanke ließ sie frösteln. Wie er wohl aussehen mochte?

Auch Larin verhielt sich sehr still. Er wirkte nachdenklich und bedrückt, was Maya gar nicht wunderte.

Elysanders Stimme riss sie aus ihren Überlegungen. Er war mit Stelláris mitgekommen, weil sie sich ja um die Jungpferde kümmern wollten.

»Stelláris sagt, du kannst dir jetzt gleich ein Pferd aussuchen, magst du? Ich würde den Roten da hinten nehmen, er schaut aus wie die Haare von Fiona.«

Maya musste lachen.

»Ich glaube nicht, dass man ein Pferd nach einer Haarfarbe aussuchen sollte, egal wie schön das Haar ist«, erklärte Stelláris seinem Bruder und blickte Fiona an. Seine grünen Katzenaugen funkelten. Fiona fuhr sich verlegen durch die Locken und wandte schnell das Gesicht ab.

»Da hinten sind sie!« Larin deutete auf eine Gruppe junger Stuten, die zusammen grasten. »Außerdem kommt der Hengst hier in Frage und diese beiden dort drüben.«

»Du musst dich nicht sofort entscheiden, du kannst auch in Ruhe darüber nachdenken und mir ein anderes mal deine Wahl mitteilen«, ließ sich Stelláris vernehmen.

Maya überlegte. Da hinten setzte sich eine schwarze Stute in Trab, ähnlich der dunkelbraunen Stute von Avan. Sie bewegte sich unglaublich elegant und hatte einen federnden Gang.

»Darf ich diese Stute haben?«

Stelláris und Larin schauten sich an. Sie grinsten beide.

»Was habt ihr? Habe ich etwas Falsches gesagt?« Maya war ein wenig beunruhigt.

»Nein, nein«, beeilte sich Larin zu sagen. »Das ist Hyadee. Sie ist eine Tochter von meinem Antares und Lunas Stute. Unserer Meinung nach ist sie eine der besten, die wir je gezüchtet haben. Ich hätte genau dieselbe ausgesucht.«

Ignatz stapfte heran. Er hatte zwei Halfter über der Schulter hängen. »Schön'n Tag. Wen soll ich für euch satteln?« Er zwinkerte Fiona und Max fröhlich zu. »Wieder die beiden vom letzten Mal?«

»Gerne.« Fiona war froh, dasselbe brave Pferd zu bekommen. Luna sattelte ihr eigenes Pferd, eine strahlend weiße Stute mit langer, gewellter Mähne und stolz aufgerichtet getragenem Schweif. Larin ritt natürlich seinen Antares. Stelláris hatte Hyadee aus der Herde geholt und Maya vorgestellt. Hyadee beschnupperte Maya neugierig und ließ sich kraulen. Stelláris half beim Aufzäumen und Satteln, und Maya stieg vorsichtig auf. Sie nahm die Zügel in die Hand, wie sie es gelernt hatte.

Stelláris streichelte den Hals der schwarzen Stute. »Du hast eine gute Wahl getroffen.« Er sah lächelnd zu Maya auf.

»Ja, das glaube ich auch. Ich bin dir sooo dankbar – das ist das schönste Geschenk, das ich jemals bekommen habe.«

Sie setzte die Stute in Bewegung und ritt an die Seite der anderen. Elysander hüpfte ein Stück neben ihnen her und erteilte gute Ratschläge. »Passt auf, dass ihr keinen Baum erwischt, wo Farnwichte darunter wohnen! Die beißen euch. Mich hat mal einer in den Zeh gebissen. Und nehmt keinen, in denen Misteln wachsen. Diese Zauberstäbe zaubern manchmal weiße Mäuse herbei, wenn man's gar nicht will. Und …« Stelláris fing Elysander ein.

»Stimmt es, dass sie weiße Mäuse herbeizaubern?«, fragte Max interessiert.

»Nicht, dass ich wüsste«, meinte Larin.

Luna führte sie in den Wald hinein. Sogleich wechselte das Licht. Draußen hatte die Sonne die Wiese hell und bunt leuchten lassen, und nun umfing sie erneut das geheimnisvoll grüne Licht des Waldes. Die Stimmen erschienen gedämpfter. Maya horchte auf das leise Knacken gebrochener Zweige und das Geräusch der Pferdehufe auf dem dicken Moospolster. Ab und zu schnaubte eines der Pferde. Maya spürte ein Gefühl von Frieden in sich aufsteigen. Sie beugte sich hinunter und strich ihrer Hyadee über den Hals. Eine längere Zeit ritten sie im Schritt oder Trab dahin. Maya hätte ihr Pferd gerne auf einem der breiteren Pfade galoppieren lassen, aber sie wusste, dass Fiona sich dabei sicherlich sehr unwohl gefühlt hätte. Schließlich erreichten sie einen Bach, der sich mitten durch den Wald wand. Die Bäume standen hier nicht so dicht. Luna hielt ihre weiße Stute an und ließ sich zu Boden gleiten. Eine unglaubliche Leichtigkeit und Sicherheit lag in ihren Bewegungen. Die Elfe trat an einen Baum unweit des Wassers heran und holte ein gebogenes Messer heraus. Sie umfasste einen kleinen Ast und schnitt ihn dicht am Stamm ab. Prüfend hob sie ihn hoch und schnitt nun einen einzigen Zweig heraus. Sie steckte ihn in einen Beutel, den sie am Gürtel ihres langen saphirblauen Gewandes trug. Wortlos stieg sie wieder auf ihr Pferd.

Maya hatte ihr fasziniert zugesehen. Luna spürte Mayas Blick im Rücken und drehte sich zu ihr um. Sie ließ ihr Pferd zurückfallen, bis sie mit Maya gleichauf war.

»Das war ein Haselnusszweig. Er passt am besten zu Fiona.«

»Woher weißt du das?«

»Ich kann die Natur zu mir reden hören. Ich höre die klare Stimme des Wassers, der Bach murmelt mir etwas Geheimes zu. Ich vernehme das Rauschen der Blätter, die mir eine Geschichte erzählen. Der Wind spricht zu mir, er singt für mich ein uraltes Lied. Ich spüre die Eigenarten der Bäume. Kein Baum oder Holz gleicht dem anderen, so wie kein Mensch dem anderen gleicht.«

Sie ritten ein kleines Stück weiter, als Luna abermals ihr Pferd anhielt und abstieg. Diesmal schnitt sie von einer Esche einen Zweig ab.

»Stimmt es, dass du die Zauberstäbe nach unserem Geburtsmonat aussuchst?«, wollte Max von ihr wissen.

»Menschen würden so etwas vielleicht tun«, sagte Luna. »Ich frage die Bäume. Dieses Holz passt zu dir.« Sie hielt den Eschenholzstab hoch. »Ein einziger fehlt noch. Dort drüben beginnt eine Wiese. Seht ihr die Holunderbüsche am Waldrand wachsen?«

Luna reichte Larin die Zügel ihres Pferdes. »Bleibt hier im Wald. Wir befinden uns dicht an der Grenze unseres Landes.« Mit eleganten Schritten lief sie los.

»Ich gehe nur vor bis zum Waldrand.« Maya sprang vom Pferd. Sie wollte gerne sehen, wie Luna den Zweig für ihren eigenen Zauberstab schnitt. »Bleib schön stehen.« Sie klopfte ihrer Stute den Hals. Hyadee schnaubte. Dann ging sie Luna hinterher.

Das Wesen war lange vergeblich umhergestreift. Es hatte die Sonne gescheut. Die Nacht war seine Gefährtin; sie half ihm, sich zu verbergen. Es glaubte, den Geruch verloren zu haben, nach dem ihn so gelüstete. Es lag zwischen Steinen verborgen, als der Wind den Geruch zu ihm brachte. Sie waren zu ihm gekommen. Ein Schatten duckte sich hinter den Steinen. Er schlich am Rand des Waldes entlang. Lautlos.

»Eigentlich könnten wir eine kurze Pause einlegen«, seufzte Fiona. »Ich muss mich erst an das Reiten gewöhnen. Mir tun Muskeln weh, von denen ich gar nicht wusste, dass ich sie habe.«

»Jaaah«, bestätigte Max. »Soll ich dir sagen, wo's mir am meisten wehtut?«

Larin grinste. »Ihr werdet euch daran gewöhnen. Beim nächsten Mal wird es schon besser gehen.«

Sie saßen ab.

Maya hatte Luna am Waldrand fast eingeholt. Die Elfe blieb stehen. »Warte.« Sie streckte den Arm aus zum Zeichen, dass Maya hinter ihr bleiben sollte.

»Was ist?«

»Still«, flüsterte Luna ihr zu. Maya konnte sehen, wie sie lauschte. Was mochte sie hören?

»Zurück! In den Wald hinein! Schnell!«, rief Luna und eilte auf Maya zu.

Erschrocken vernahm Maya ein Rascheln im hohen Gras und wandte sich um. Sie war viel zu überrascht, um rechtzeitig zu reagieren. Ein riesiger Schatten schoss aus der Wiese auf sie zu. Luna hatte Maya fast erreicht, aber es sah aus, als käme sie zu spät. Die Elfe warf die Arme hoch. Das Wolfswesen stürzte so schnell hervor, dass Maya nicht mehr fliehen konnte. Sie sah eine grausame Fratze mit gewaltigen Reißzähnen und leuchtend gelben Augen direkt vor sich und roch einen Moment lang stinkenden, heißen Atem. Plötzlich war da ein Wirbel aus Wind und Blättern, der sie und Luna von dem Untier trennte. Ein mächtiger Wind umbrauste sie beide, schneller und schneller drehte er sich um sie. Er riss Blätter mit sich, und Maya konnte nur noch einen grüngoldenen Wirbel sehen, der sie in rasender Geschwindigkeit umtoste. Maya hielt sich schützend die Hände vor das Gesicht. Sie blinzelte in den Sturm und versuchte, etwas zu erkennen.

Maya hörte Luna Worte flüstern, die sie nicht verstand. Die Stimme schwoll an und vermischte sich mit dem Wind. Sie sah eine goldene Klinge in Lunas Hand aufblitzen. Dann verschwand

Luna aus dem wirbelnden Kreis.

Sie hörte sich schreien. Der Wirbel verschwand so unerwartet, wie er gekommen war. Er fiel in sich zusammen, und Hunderte von Blättern sanken zu Boden.

Am ganzen Körper zitternd stand Maya da. Vor sich sah sie eine struppige, widerwärtige Kreatur am Boden liegen. Blut sickerte heraus. Luna und Larin standen daneben.

»Er ist tot«, sagte Larin schnell atmend und steckte seinen Zauberstab ein. »Der Graue Schatten. Er ist tot.«

Lunas Messer war rot vom Blut.

Maya starrte entsetzt auf den toten Körper des Wolfswesens. Ein Ekelgefühl überkam sie. Im Gedanken sah sie wieder den scheußlichen Wolfskopf mit dem weit aufgerissenen Rachen auf sich zukommen. Rasch wandte sie den Blick ab. Unsicher versuchte sie einen Schritt vorwärts; ihr war seltsam schummrig.

»Komm!« Larin kam auf sie zu und legte den Arm um sie. »Es wird gleich besser.« Er führte sie zurück in den Wald zu Fiona und Max.

Fiona weinte. Max tätschelte verstört abwechselnd Fionas Arm und sein Pferd.

»D-da-s-w-w-war-ir-r-r-e.« Max' Zähne klapperten.

»Danke«, flüsterte Maya und sah zu Larin auf. »Es geht schon wieder.« Sie war immer noch sehr bleich, aber das Zittern hatte nachgelassen.

»Oh, Maya!« Fiona fiel ihr um den Hals. »Es war so schrecklich!«

»Ich hab nicht viel gesehen«, sagte Maya leise. »Da waren so viele Blätter um mich herum. Was ist denn genau passiert?«

»D-du warst mit Luna am Waldrand, da hat sich dieses Vieh auf dich gestürzt!« Fiona hickste und erschauerte, als sie daran dachte.

»Luna hat die Arme ausgebreitet, und dann kam dieser Wirbelwind«, ergänzte Max, der mittlerweile seine Zähne unter Kontrolle gebracht hatte.

»Er hat alle Blätter hier von den Bäumen gerissen, die Pferde haben gewiehert und sich aufgebäumt, und ihr wart in dem Blätterdings eingeschlossen«, erklärte Fiona. »Larin war toll! Er hat seinen Zauberstab gezogen, ist aus dem Wald rausgerannt und auf das Biest losgegangen. Aus dem Zauberstab kam was Rotes rausgeschossen, das traf den Wolf zwischen die Augen. Das hat ihn umgehauen.«

Maya sah Larin bewundernd an.

»Halb so wild«, murmelte er, »Luna hat ihn mit dem Messer erledigt. Sie hätte meine Hilfe sicher gar nicht gebraucht, aber ich konnte ja nicht nur rumstehen und zugucken.«

Luna war herangekommen. Sie hatte das Messer sorgfältig im Gras abgewischt und wieder verstaut. An ihrem Gürtel steckte ein Holunderreisig. Maya fiel auf, dass sie erschöpft wirkte, als hätte dieser Zauber ihr Kraft abgezogen. Sie kam auf Maya zu und nahm sacht ihre Hand. Maya spürte eine Wärme von ihr ausströmen und ihr Herz wurde leichter. »Ich wollte nicht zu weit laufen«, flüsterte Maya.

Lunas gütige Augen waren dunkel wie ein nächtlicher See. »Es tut mir so leid, dass das geschehen ist. Ich hätte wissen müssen … wir standen genau an der Grenze.« Sie griff in ihren Beutel, den sie am Gürtel trug und zog ein Kraut heraus. »Hier, nimm das und lege es unter die Zunge. Es hilft, den Schrecken zu überwinden.« Sie reichte auch Fiona und Max eines dieser Kräuter.

Maya stellte fest, dass sie zuerst etwas bitter schmeckten, dann aber süß wurden, als sie sich aufzulösen begannen. Ein angenehmes Gefühl stellte sich ein, sie spürte, wie ihr Herz ruhiger schlug.

Lunas Blick wanderte prüfend von einem zum anderen, als wolle sie sich vergewissern, dass alle in Ordnung seien, und blieb an Larin hängen. »Gut gemacht … Obwohl du ein hohes Risiko eingegangen bist.«

Sie wandte sich nach ihrer Schimmelstute um und stieß einen

leisen Pfiff aus. Shadé kam sofort angetrabt. Luna ergriff die Zügel und legte die linke Hand in die Mähne. Leichtfüßig sprang sie auf das Pferd. Larin tat es ihr nach, und die anderen setzten einen Fuß in den Steigbügel und zogen sich mühsam hoch. Mit Grauen blickte Maya ein letztes Mal auf die entlaubten Bäume und die Stelle am Waldrand zurück, wo immer noch ein paar Blätter durch die Luft trudelten.

»Ihr braucht keinen weiteren Angriff befürchten.« Luna ließ ihr Pferd an die Spitze der Gruppe laufen. »Hier im Wald von Eldorin sind wir in Sicherheit. Abgesehen davon glaube ich, dass der Graue Schatten allein war.«

Maya bildete mit Larin die Nachhut. »Ich hätte dich gerne gesehen.« Sie lächelte ihm zaghaft zu. Larin wurde rot. »Oh, das war nicht halb so spannend wie das, was Luna gemacht hat. So etwas habe ich selbst noch nie erlebt. Man sagt von Elfen, dass sie die vier Elemente beherrschen: Feuer, Wasser, Luft und Erde. Das war gerade ein ziemlich gutes Beispiel dafür. Sie tun es nie einfach nur aus Spaß oder weil sie ihre Macht demonstrieren wollen. Und nicht alle sind darin so gut wie Luna.«

Es war in den Abendstunden, als sie die Siedlung Eldorin erreichten. Lunas Kräuter hatten ihre Wirkung getan. Maya nahm das Erlebte als nicht mehr ganz so schrecklich wahr, und ihre Gedanken kreisten nicht ständig darum.

»Ihr solltet ein heißes Bad nehmen«, empfahl Ignatz den erschöpften Reitanfängern, als er sah, wie breitbeinig sie über den Boden staksten. »Das lockert die Muskeln, glaubt mir.« Er grinste breit und ließ die Pferde in den Stall, wo sie sich über eine Extraration Futter hermachten.

»Ich glaube nicht, dass ich da noch Muskeln habe«, klagte Max und betastete vorsichtig seine Kehrseite. »Es fühlt sich an wie rohes Hackfleisch.«

»Das erinnert mich daran, dass ich schrecklichen Hunger habe«, bemerkte Fiona.

Max sah sie schockiert an. »Mensch Fiona, du hast Lunas Kräuter nicht vertragen! Für solche Witze bin ich zuständig.«

Ignatz hatte recht gehabt. Sogar Max musste es zugeben, als er etwa eine Stunde lang wie ein toter Frosch im heißen Badewasser gelegen hatte. Das Baden hatte nicht nur auf die Muskeln eine entspannende Wirkung. Fiona saß anschließend haarekämmend vor dem Spiegel und fühlte sich bereits viel besser.

Herr Bombus war eifrig umhergeschwirrt und hatte ganze Stapel frischer, nach Jasmin duftender Badetücher angeschleppt, obwohl sie ihm versicherten, dass sie sich nach dem Baden nicht in fünf auf einmal wickeln konnten. Nebenbei hatte er sich der Zubereitung des Abendessens gewidmet, das ein besonderes Festmahl werden sollte. Luna hatte außer Larin auch Waltraud und Wilbur dazugebeten.

Sie bearbeitete in der Zwischenzeit die drei Zauberstäbe. Die Ruten mussten geschält, beschnitten und zurechtgeschnitzt werden.

»Du liebe Zeit«, sagte Maya aus der Wanne zu Fiona, als Herr Bombus wieder nach draußen geschossen war, um irgendeine vergessene Zutat zu bringen. »Das war jetzt aber knapp, hoffentlich tut er sich nicht weh, er dreht gleich völlig durch … Nein, Herr Bombus, das sind nicht die Schaumbadkugeln, das ist der Rosenkohl … NICHT IN DIE WANNE!«

Fiona kicherte immer noch, als sie in ihren schönen Elfengewändern die Treppe hinunterstiegen. Sie trug ein goldgelbes Kleid, das ihr Haar in einem Kupferrot glühen ließ. Maya hatte sich nach längerem Sträuben überreden lassen, ein dunkelrotes Kleid mit goldener Stickerei anzuziehen, das wunderbar zu ihren dunkelbraunen Haaren passte. »Ich sehe bestimmt aus wie eine Christbaumkugel«, hatte sie erklärt und sich missbilligend im Spiegel betrachtet. Fiona hatte Maya einfach aus dem Zimmer geschubst und mit sich gezogen, bevor sie sich in letzter Minute eine Hose hätte schnappen können.

Im Wohnzimmer hörte man verschiedene Stimmen durcheinander reden, Larin und seine Pflegeeltern schienen soeben eingetroffen zu sein, und Luna, Stelláris, Elysander und Max waren sowieso bereits unten. Die Mädchen schlüpften vom Treppenhaus durch die Tür und blieben staunend stehen. Sie hatten das Zimmer nie zuvor in solch einem Lichterglanz gesehen. Wohl an die hundert Glimmerfeen schaukelten in den Blattranken der Waldreben, dass es von den Wänden nur so glitzerte, und etliche surrten über ihren Köpfen dahin.

Maya blinzelte erstaunt und wurde sich schlagartig bewusst, dass die Blicke aller Anwesenden auf sie und Fiona gerichtet waren. Soviel Aufmerksamkeit hätte sie vermutlich nicht gestört, wenn sie eine Hose getragen hätte, aber in einem Kleid fühlte sie sich unwohl. Verunsichert trat sie einen Schritt zurück und verschwand halb hinter Fiona.

Waltraud klatschte die Hände zusammen. »Meine Güte, Mädchen, wie seht ihr beide hübsch aus!«

Maya lächelte verlegen und wünschte sich dringend ihre Hose herbei. Sie kam sich unecht vor, wie ein Zirkusäffchen, das man absurderweise in ein Ballettkostüm gesteckt hatte. Sogar Larin und Stelláris starrten sie an. Zu ihrer Erleichterung hüpfte Elysander durch das Zimmer und rief: »Bitte kommt doch zum Essen! Ich habe solchen Hunger!«

Sie gingen hinüber ins Speisezimmer. Auch hier gab es eine Unmenge hell leuchtender Glimmerfeen. Maya fragte sich, wie Herr Bombus sie wohl hergelockt hatte. Wahrscheinlich hockten die Elfen in den umliegenden Häusern nun im Dunkeln.

Stelláris und Larin saßen Fiona und Maya gegenüber, dann folgten Max und Elysander. Den Abschluss bildeten Waltraud und Wilbur. Luna nahm am Kopfende der Tafel Platz.

Der Tisch war ähnlich gedeckt wie am Tag ihrer Ankunft, und die Speisen waren genauso köstlich und vielfältig. Sie aßen mit großem Appetit. Max erzählte soeben zum soundsovielten Mal ihr heutiges Abenteuer, und Waltraud tat ihm den Gefallen, selbst bei der sechsten Version genauso aufmerksam zu lauschen wie beim ersten Mal, und an den passenden Stellen »Oh, wie schrecklich!« und »Ach, wie furchtbar!« zu sagen. Sie hatte die Geschichte zuvor von Larin gehört und sah noch immer etwas blass und mitgenommen aus. Es war erstaunlich, wie gut Max es mittlerweile hinbekam, gleichzeitig zu essen und zu reden. Für ihn, da er jetzt so behaglich und mit Essen abgefüllt im sicheren Zimmer saß, war der Angriff inzwischen ein großes Abenteuer, auf das er stolz war.

Maya hatte im ersten Moment vergessen, dass sie sich eigentlich in dem Kleid unwohl fühlte, da sie so schrecklich hungrig gewesen war. Doch als sich ihr Magen nicht mehr so leer anfühlte, fiel es ihr wieder ein. Sie wurde abgelenkt, als Herr Bombus hereinflog, um einen Teil der Speisen abzutragen, damit er den Nachtisch servieren konnte. Maya hatte ihn seit dem Manöver mit dem Rosenkohl nicht mehr gesehen. Der Ärmste war recht geknickt gewesen und hatte darauf bestanden, den Schaden sofort zu beheben, indem er nach den einzelnen Rosenkohlröschen getaucht war. Mayas Augen wurden größer und größer. Herrn Bombus' Kopf zierten einige hängengebliebene Kohlblättchen, und ab und zu blubberte ihm eine große Blase Badeschaum aus Mund und Nase.

›Nur nicht hinsehen‹, dachte Maya. Sie wusste, dass sie kurz davor war, sich vor Lachen auf den Boden zu werfen. Hochkonzentriert vermied sie, Fiona anzublicken, denn wenn diese die Beherrschung verlor, war es um ihre ebenfalls geschehen. Larin war auch keine große Hilfe, denn Herr Bombus schwirrte gerade schäumend an ihm vorbei. Maya sah Larins fassungsloses Gesicht. Sie schlug die Hände vor den Mund und biss sich glucksend auf die Unterlippe.

»Maya?« Fiona hatte glücklicherweise nichts von Herrn Bombus' Schaumblasen bemerkt.

Maya japste und riss sich zusammen. »Ja? Entschuldigung, was hast du gesagt?«

Als der Nachtisch verspeist war, bat Luna alle Anwesenden ins Wohnzimmer. Sie ließ Larin, seine Pflegeeltern und ihre Söhne auf den grünweißen Sesseln Platz nehmen. Maya, Fiona und Max standen erwartungsvoll nebeneinander.

Luna trat zu ihnen und hielt plötzlich ein silberdurchwirktes Kissen in ihrer linken Hand. Darauf lagen drei hölzerne Stäbe.

»Fiona«, begann Luna mit ihrer sanften Stimme. »Dein Stab aus dem Strauch der Hasel wurde heute zuerst geschnitten. Tritt bitte vor.«

Fiona stellte sich vor Luna auf. Diese nahm mit der rechten Hand den Haselstab und hielt ihn Fiona hin. Er war perfekt gearbeitet, aber man konnte keine Schrift darauf erkennen, wie es bei Larins Zauberstab der Fall war.

Luna nickte Fiona zu, und Fiona nahm ihn zögernd entgegen. In dem Moment, als sie den Stab berührte, glühte er golden auf. Es erschienen feine goldene Buchstaben in der Sprache und der Schrift der Elfen. Fionas Name und Lunas Segenswunsch waren nun darin eingraviert. Fiona war sprachlos. Ein wenig benommen ging sie in die Reihe zurück.

»Max, du erhältst nun deinen Stab aus dem Holz des Eschenbaumes.«

Max hüpfte so schnell vor Luna hin, dass es aussah, als fürchte er, jemand anders könne ihm den Stab vor der Nase wegschnappen.

Luna hielt ihm den Stab hin, und er griff hastig danach. Auch seiner begann zu glühen, und die goldenen Buchstaben erschienen. Max strahlte Luna an und stellte sich glücklich neben Fiona.

Jetzt war Maya an der Reihe. Sie holte tief Luft und trat entschlossen vor.

»Maya. Als ich den Stab für dich schnitt, trug der Holunder Spuren des Elfenzaubers.«

Mayas Finger hatten den Stab kaum mit den Fingerspitzen berührt, als er zu glühen begann. Zusätzlich erschien ein feines Blattmuster, wie sie es bei keinem der anderen Stäbe gesehen hatte. Sie hielt ihn fest und musste fast die Augen schließen, so hell erstrahlte er.

Als Maya zu den anderen ging, hatte sie immer noch den Lichtschein vor Augen, obwohl er bereits erloschen war. Sie fühlte ihre Hand kribbeln. Ihr Name stand nun ins Holz eingeritzt. Wie mochte wohl der Segensspruch lauten?

Luna sah die drei ernst an. »Mein Geschenk kommt von Herzen. Möge es euch schützen.«

Das Silberkissen war verschwunden. Luna lächelte ihnen zu.

Mayas Herz tat einen Sprung. Sie besaß einen richtigen Zauberstab! Glücklich drehte sie ihn in der Hand und betrachtete die zierliche Schrift. Um sie herum entstand ein Stimmengewirr. Larin kam strahlend auf sie zu.

»Schau, wie schön er aussieht!« Maya hielt Larin ihren Zauberstab hin. »Was bedeutet die Schrift?«

»Den Spruch kennt nur Luna. Sie verrät ihn nicht. Er ist in der alten Sprache der Waldelfen abgefasst. Ich kann die Buchstaben entziffern, aber ich weiß die Bedeutung nicht. Kein Mensch versteht sie, nicht einmal Wilbur. Anais hat diese Sprache auch in seinem Schreiben aus Unduros verwendet – zur Sicherheit, falls der Brief in die falschen Hände geraten wäre. Aber das hier«, er grinste und deutete auf die ersten Buchstaben, »heißt ganz eindeutig Maya.«

Die Warnung

»Ich hab's gleich!« Hochkonzentriert, die Zungenspitze zwischen den Lippen, schwang Max seinen Zauberstab. »Wie war das noch?« – KLONG – eine Kristallvase zersprang in tausend Scherben.

»MAX! *Jetzt reicht's!*« Fiona langte über den Tisch und griff sich Max' Zauberstab. »Luna ist gerade mal eine halbe Stunde fort, und du zerschießt hier die Einrichtung!«

»Das stimmt so nicht ganz.« Stelláris saß mit ihnen am Esstisch und verkniff sich ein Lachen. »Es war bis jetzt lediglich die alte Kupferkanne, auf die sich sowieso schon mal Gormack gesetzt hatte, und die seitdem tropfte, und – das ist tragischer – Elysanders Trollfigur.«

»Wir wollen großzügig sein und die Glimmerfee nicht mitrechnen«, ergänzte Larin, »sie konnte sich schließlich gerade noch retten.« Fiona kicherte. »Den Troll hat er wirklich sauber geköpft. Aber im Ernst, Max, du weißt, dass wir gleich bei Herrn Frankenberg Unterricht in Zauberkunst bekommen. So lange wirst du es wohl abwarten können.«

Max war nun doch ein bisschen geknickt. »Blöd gelaufen. Das mit dem Troll tut mir echt leid … äh, das andere natürlich auch. Kriegt man das nicht wieder hin? Larin?«

Larin seufzte. »Glaub nur nicht, dass das so einfach ist, nicht, dass ich ihn zu sehr schmelzen lasse …« Er setzte dem bemalten Troll den Kopf auf die Schultern und überlegte. Schließlich richtete er seinen Zauberstab auf ihn. Das Material verschmolz an den Bruchstellen miteinander.

»Wahnsinn!« Maya war beeindruckt.

»Ein bisschen sieht man's«, sagte Larin kritisch und beäugte die Trollfigur von allen Seiten, »aber ich denke, Elysander wird es dir nicht übel nehmen.«

Luna hatte Elysander, nachdem sie heute früh das Haus verlassen hatten, wie verabredet zu seinem Freund gebracht, der ein paar Bäume weiter wohnte. Sie wollte in spätestens drei Tagen zurück sein.

Maya war traurig, dass die schöne Elfe fort war. Auch den immer fröhlichen Elysander vermisste sie jetzt schon. Luna hatte zeitig aufbrechen wollen, und so hatten sie und ihr kleiner Sohn vor ihnen gefrühstückt, und es hatte nur zu einem kurzen Abschied gereicht.

Dafür hatte sich Stelláris zu ihnen an den Tisch gesetzt, obwohl er bereits mit seiner Familie gegessen hatte. Er war überraschend locker und viel offener geworden, fand Maya. Dabei war es sicher nicht einfach, dass sein bester Freund, mit dem er vorher so viel Zeit verbracht hatte, plötzlich drei Fremde anschleppte, diese bei ihm im Haus ablud und sich überwiegend mit denen beschäftigte. Er hatte es ganz selbstverständlich hingenommen und ihr obendrein ein Pferd geschenkt. ›Wie lieb von ihm‹, dachte Maya, und sie lächelte Stelláris an. »Willst du heute Nachmittag etwas mit uns unternehmen? Wir würden uns wirklich freuen.«

Einen winzigen Moment lang zögerte Stelláris. Dann glitt ein leises Lächeln über sein Gesicht.

»Gerne«, sagte er.

»Gut.« Larin stand auf. »Wir müssen jetzt los.« Er nickte Stelláris zu. »Wir sehen uns ja sowieso beim Mittagessen.«

Larin ging zur Tür und wich dabei geschickt Herrn Bombus aus, der sich mit einem leeren Tablett zum Abräumen näherte. Maya stellte erleichtert fest, dass der Helfelf nicht mehr blubberte und wieder beachtlich flott durch die Gegend surrte. Er hatte ihr gestern ausgesprochen leid getan.

Maya nahm ihre Büchertasche und steckte ihren Zauberstab

vorsichtig ein. Fiona händigte Max den seinigen mit einem warnenden Blick aus.

»Keine Angst«, grummelte Max, »ich sprenge das Haus schon nicht versehentlich in die Luft.«

Die Mädchen gingen hinter Larin her Richtung Haustür.

KRAWUMM. Sie fuhren herum.

»Ich war's nicht!« Max hatte perplex beide Hände hochgehoben. »Ehrlich, Fiona.« Max deutete auf Herrn Bombus, der bedröppelt auf der Türschwelle des Speisezimmers saß. »Er war's.«

»Verzeihung, die Herrschaften!« Herr Bombus betrachtete verwirrt die Teile des silbernen Frühstücksservices, das krachend und scheppernd zu Boden gestürzt war. »Ich bringe das selbstverständlich sogleich in Ordnung.« Er raffte beschämt die einzelnen Geschirrteile zusammen, verstaute sie eilig auf dem Tablett und flog Richtung Küche.

Stelláris war es gelungen, keine Miene zu verziehen. Er wollte Herrn Bombus nicht noch mehr aufregen. »Meine Mutter handelte weise, Geschirr aus stabilem Silber zu verwenden. Das macht zwar beträchtlichen Lärm, aber es gibt keine Scherben.«

»Und du hast gedacht, ich war's«, beschwerte sich Max gekränkt bei Fiona, als sie aus der Haustür traten. »So eine Sauerei wie er hab ich bisher nie zustande gebracht.«

»Ja, aber so ein gutes Frühstück wie er auch nicht.«

»Sag mal, Max, wieso klappt das bei dir so gut?«, seufzte Fiona. Es hatte die ganze Zeit an ihr genagt.

»Du meinst, dass ich mit dem Fünf-Achtel-Stab die Kuh hinter dem Haus der Scelesto lila gefärbt hab und so?«

»Genau!« Fiona kicherte. »Lila! Wie hast du das gemacht?«

»Keine Ahnung. Eigentlich wollte ich sie bunt.«

»Fiona, du machst dir zu viele Gedanken«, mischte sich Larin ein, »du kannst ein Kinderspielzeug nicht mit einem echten Zauberstab vergleichen.«

»Schon, aber ich hab's heute früh erst mit meinem Zauberstab probiert, und als da gar nichts passiert ist, hab ich mir den Fünf-Achtel-Stab von Max ausgeliehen. Der hat ein paar jämmerliche Heultöne ausgestoßen und das war's dann«, gestand Fiona geknickt.

»Zumindest hast du nichts kaputt gemacht«, sagte Max versöhnlich.

»Es dauert, bis man den Dreh raushat«, tröstete Larin. »Ich hab an meinem zwölften Geburtstag, als ich ihn das erste Mal verwenden durfte, gleich Waltrauds Küchenvorhänge abgefackelt.« Er grinste schief, als er daran zurückdachte. »Glaub mir, Waltraud wäre froh gewesen, wenn der Zauberstab einfach nur nichts getan oder ein bisschen geheult hätte. Bis ich es einigermaßen unfallfrei drauf hatte, hat sie mir Zaubern ausschließlich im Garten oder Keller erlaubt.«

»Bin mal gespannt, wie's bei Herrn Frankenberg im Haus aussieht, nachdem der Garten schon so … hm, ausgefallen ist«, überlegte Maya, als sie Herrn Frankenbergs Grundstück erreicht hatten.

»Und ob wir den halbdurchsichtigen Cousin treffen«, ergänzte Max.

»Das werdet ihr jetzt gleich feststellen.« Larin öffnete für sie die lila gestrichene Gartenpforte. »Passt mit dem Saturn auf, er fliegt manchmal ziemlich tief.«

Sie verabschiedeten sich, und Larin ging allein zur Schule weiter, während Max begeistert den Mädchen in Herrn Frankenbergs Garten voranlief.

Maya blieb staunend unter dem Sonnensystem stehen. »Das sieht echt beeindruckend aus! Die Planeten und ihre Monde umkreisen einander tatsächlich völlig frei, … ups, Fiona, Achtung!« Maya zog Fiona zur Seite, die nach oben geguckt hatte und dabei Saturn im Weg stand, der nun haarscharf an ihr vorbeizog.

»Vorsicht, meine Damen.« Herr Frankenberg hatte die Tür geöffnet und lächelte seine neuen Schüler verschmitzt an. »Nur immer herein!«

»Krass!«, platzte Max heraus, als sie durch den schmalen Flur zum Studierzimmer liefen. Der Flur war rabenschwarz gestrichen, irgendwo zweigten wohl schwarze Türen ab, aber wo genau, war lediglich zu erahnen. Nachdem die Haustür ins Schloss gefallen war, umgab sie samtene Dunkelheit. Das einzige Licht kam vom nächtlichen Sternenhimmel an der Decke über ihnen. Er sah täuschend echt aus. »Kommt nur weiter, immer geradeaus.« Herr Frankenberg stieß die Tür zum Studierzimmer auf. Maya blinzelte. Vor ihr lag ein großer quadratischer Raum mit Bücherregalen bis zur Decke und einem riesigen Schreibtisch, auf dem uralte stockfleckige Bücher lagen. Von Herrn Cornelius war nichts zu sehen, dafür döste zwischen den Bücherstapeln zusammengerollt ein stattlicher schwarzer Kater, der kurz den Kopf hob und vorwurfsvoll zu ihnen herüberstarrte. Maya erinnerte sich, dass man in Physiomagie auch die Gestalt eines anderen Lebewesens annehmen konnte und grüßte ihn sicherheitshalber. An einer Wandseite standen zwei Regale, die kuriose Geräte für chemische und physikalische Experimente enthielten. Eines knisterte fortwährend, und ein paar winzige bläuliche Blitze schossen heraus. In cin paar Glasbehältern trieben bleiche Tierpräparate in einer klaren Flüssigkeit, was Maya ziemlich gruselig fand. Eines schien sie mit riesigen toten Augen anzuglotzen. In einer Ecke des Zimmers standen Sessel auf hölzernen Löwenfüßen und vogelbeinige Tischchen.

»Nehmt doch Platz.« Der Lehrer schwenkte elegant seinen Zauberstab, und vier Sessel kamen angeschossen und gruppierten sich zu einem Halbkreis. Maya blieb der Mund offen stehen. Sie setzte sich vorsichtig auf die Kante eines Sessels, der Armlehnen aus Leder in Form eines Krokodils aufwies.

»Nun«, Herr Frankenberg rieb sich die Hände, »mit welchem Fach wollen wir heute beginnen? Wie wäre es mit einem, in dem ihr noch gar keine Erfahrung habt. Würde euch Zauberkunst Spaß machen? – Ah, da habe ich wohl einen Treffer gelandet«, sagte er fröhlich mit seiner hohen Stimme, als er in drei begeisterte Gesichter blickte.

Die folgenden zwei Stunden waren sehr lehrreich und spannend. Herr Frankenberg konnte gut erklären und regte sich nicht auf, wenn etwas danebenging. So hatte Max beim ersten Versuch, ein fallendes Ahornblatt zu verlangsamen, dieses so beschleunigt, dass es wie verrückt durchs Zimmer jagte und den Kater in die Flucht trieb. Er fauchte und raste mit buschig aufgestelltem Schwanz zur Tür hinaus. ›Na, das war wohl doch nicht Herr Cornelius‹, wurde Maya klar. Was ihn betraf, hatte sie inzwischen den ausgestopften Elchkopf an der Wand über dem Schreibtisch in Verdacht, der immer dann belustigt ein Auge zugekniffen hatte, wenn Fiona an Stelle des Blattes eine Reihe Bücher getroffen und diese auf den Boden hatte stürzen lassen. Feuerrot im Gesicht hatte sie sich entschuldigt, aber Herr Frankenberg hatte dies mit einer Handbewegung abgetan. Maya ging es anschließend nicht besser. Sie führte die Armbewegung etwas zu hektisch aus, und ihr Zauberstab stieß einen langen, schrillen Pfiff aus und spuckte heißes Wasser. Schwungvoll zauberte Herr Frankenberg eine Porzellantasse dazu und ließ einen Teebeutel hineinfallen.

Nach einer Stunde hatten sie das Blatt soweit, dass es tatsächlich seinen Fall verlangsamte, und Herr Frankenberg sparte nicht mit Lob. Nach zwei Stunden hatten sie begriffen, wie sie es zum Auffliegen bringen konnten.

»Sehr schön.« Herr Frankenberg war zufrieden. »Ich denke, das ist genug für heute. Übt es bis nächsten Montag. Ich erwarte euch um die gleiche Zeit.« Er zwinkerte ihnen zu.

»Ich hätte da noch eine Frage …« Maya hatte lange überlegt, ob sie dafür nicht ausgelacht werden würde. »Falls wir jemals solchen Wesen wie den … äh … Grauen Schatten gegenüberstehen sollten, wie würden wir uns verteidigen können?«

Herr Frankenberg kratzte sich am Kinn. »Das ist bereits fortgeschrittene Magie. Magische Wesen sind bis zu einem gewissen Grad gegen Zauberkraft immun. Stellt euch das wie eine Art Schutzschild vor, den man durchdringen muss. Es erfordert hohe Konzentration. Man muss in der Lage sein, seine Gefühle dabei auszublenden, auch störende Gedanken – und man sollte auf das Herz oder den Kopf zielen.«

»Heißt das, ich darf dabei keine Angst haben? Das geht doch gar nicht!« Maya schauderte, als sie an den Wolfsangriff dachte.

»Dass du dabei keine Angst verspürst, ist für einen Menschen schlichtweg unmöglich.« Herr Frankenberg schmunzelte bei dem Gedanken. »Aber du musst deine Angst *kontrollieren*, sie darf dich nicht *beherrschen*. Du darfst an nichts anderes denken, als an das, was du tun musst, verstehst du das?«

»Ich glaube schon.«

»Eine weitere Schwierigkeit ist die, dass ein einziger Spruch allein meistens nicht ausreicht. Klug wäre es, das magische Wesen erst zu verlangsamen, dann hat man mehr Zeit, rasch zwei oder drei Zauber hinterher zu schicken.«

»Mit welchem Zauber bringt man so ein Vieh zur Strecke?« Max hatte gebannt zugehört.

»Mit dem Moriturus, dem Todeszauber. Nun, ich hoffe doch, dass ihr den nie braucht.«

»Zeigen Sie uns den?«, fragte Maya atemlos.

»Hmm, nun ja …« Herr Frankenberg zwirbelte grübelnd die Spitze seines schwarzen Bartes. »Nun, es schadet ja nichts, ich meine, er steht schließlich auf dem Stundenplan, auch wenn ihr noch lange nicht so weit seid. Ihr dürft ihn aber nur unter Aufsicht probieren und höchstens an Bitzelfliegen üben, das müsst ihr mir fest versprechen! Gut, also, er geht folgendermaßen. Ich werde allerdings die Zauberstabbewegung nicht zeitgleich mit dem Spruch ausführen, sicherheitshalber, sozusagen.«

Herr Frankenberg vollführte eine heftige Schlängelbewegung mit dem Stab. »Am Schluss genau auf das Ziel halten und dabei das Wort ›Moriturus‹ aussprechen. Die erfahrenen Zauberer müssen dabei übrigens nicht einmal laut reden – es genügt, wenn sie den Zauberspruch denken. Es ist vor allem eine Sache der Konzentration. – Jetzt sollten wir aber mit etwas anderem weitermachen, zur Auflockerung vielleicht ein wenig Astronomie?«

Die Astronomiestunde war nicht halb so spannend wie Zauberkunst, aber immer noch recht interessant, fand Maya. Hinterher surrte ihr der Kopf von Roten Riesen, Weißen Zwergen und explodierenden Sonnen.

Die Stunde war wie im Flug vergangen, und Herr Frankenberg entließ sie mit der Aufgabe, den Stoff in ihrem Buch zu wiederholen.

»Jetzt weiß ich also, dass es sogar am Himmel Zwerge gibt«, stöhnte Max, als sie zur Tür hinaus waren. »Wie war das noch mal?«

»Ein Weißer Zwerg war mal ein Roter Riese, also ein aufgeblähter Stern, der dann in sich zusammengefallen ist. Er hat eine sehr dichte Masse und ist sehr heiß.« Maya hatte gut aufgepasst. »… Achtung, Fiona, der Saturn!«

Fiona hüpfte auf die Seite.

Maya wäre nach dem Unterricht am liebsten gleich zu ihrer Stute gelaufen, aber sie hatte Fiona und Max versprochen, erst mit ihnen ein bisschen zaubern zu üben. Als sie im Haus in der Linde ankamen, war Selláris schon da. Er hatte es sich auf der Terrasse bequem gemacht und studierte eine Schriftrolle. Nun schaute er auf und lächelte Maya an. »Ich habe Hyadee wie versprochen von dir gegrüßt und ihr ein paar Leckereien zugesteckt.«

»Danke, das war wirklich nett von dir!«, strahlte Maya.

»Shanouk lässt euch ausrichten, dass er morgen früh ab der dritten Stunde Zeit für Mathematiknachhilfe hätte«, sagte Selláris. »Er meinte, Max täte es ganz gut, da er ja der Jüngste ist und mit dem Stoff nicht so vertraut ist.«

»Oh, … ich glaube, äh … ich hätte es auch nötig«, stotterte Fiona und schlug die Augen nieder.

Max starrte sie verblüfft an, und Maya schnaubte.

»Ihr trefft ihn im Haus der Schwestern Hage-Beauté. Dort wohnt er.«

Als er ihre Verwirrung bemerkte, setzte er hinzu: »Er ist ihr Neffe.«

»Oh«, sagte Fiona wieder und stierte abwesend vor sich hin. Maya stöhnte frustriert. Sie war sicher, dass Fiona sie bitten würde, ebenfalls Nachhilfe zu nehmen, damit es nicht so auffiel, dass sie selbst teilnahm und das in Wirklichkeit gar nicht bräuchte.

»Vielleicht sollte ich auch hingehen«, seufzte sie. Fiona sah sie dankbar an.

»Ihr spinnt«, stellte Max fest. »Wie kann jemand freiwillig zum Matheunterricht gehen? – Los, jetzt wird gezaubert!«

Er zog seinen Zauberstab aus der Tasche, sammelte sich kurz und richtete ihn mit einer blitzschnellen Handbewegung auf einen Lindenzweig hinter ihnen.

»Au!«, schrie Fiona auf und hielt sich die Nase. Maya sah entsetzt, wie sich Fionas Nase aufblähte und immer größer wurde. Max starrte fasziniert darauf. Er sah eher interessiert als schuldbewusst aus.

Stelláris hob die Hand in Fionas Richtung. Maya konnte förmlich spüren, wie ein Kraftstrom von ihm ausging. Innerhalb weniger Sekunden hatte Fionas Nase wieder ihre normale Größe.

»Ist sie wieder normal?«, wimmerte sie und tastete an ihrer Nase herum. Sie wagte nicht, die Hände aus ihrem Gesicht zu nehmen.

»Sie ist genau wie vorher, du musst dir keine Sorgen machen«, versicherte Stelláris mit fester Stimme. Fiona sprang auf und rannte ins Haus auf der Suche nach einem Spiegel.

»Max, du bist ein Idiot!«, fauchte Maya Max an.

»Du hast dich nicht richtig konzentriert«, tadelte jetzt auch Stelláris. »Du handeltest vorschnell und ohne zu denken.«

Max ließ nun doch beschämt den Kopf hängen. »Ich schau mal nach Fiona«, murmelte er und verschwand im Haus.

»Danke, Stelláris«, sagte Maya. »Das war echt gut. – Sag mal, dieser Shanouk … ist er eigentlich auch ein Elf? Er sieht so anders aus, und trotzdem ähnlich. Ich meine, er sieht irgendwie genauso schön aus wie … äh …« Maya hätte sich auf die Zunge beißen können. Warum redete sie manchmal ohne zu denken?

Stelláris lächelte breiter, und seine grünen Augen blitzten. »Das liegt daran, dass er tatsächlich zur Hälfte ein Elf ist.«

»Ach, das erklärt alles. Dann ist die andere Hälfte menschlich, wenn er der Neffe von den Hage-Beautés ist.«

»Beinahe. Der Stiefvater der beiden, der gleichzeitig Shanouks leiblicher Großvater war, war weder Mensch noch Elf.«

»Was war er dann?«, fragte Maya verwundert.

»Sie sprechen alle nicht darüber. Ich habe nur eine Vermutung, und es wäre nicht richtig, sie mitzuteilen.« Über Stelláris' Gesicht legte sich ein Schatten. Maya war das nicht entgangen; sie fragte sich, welches Geheimnis ihn wohl so besorgt aussehen ließ. Doch sie fand es richtig, dass er sich nicht geäußert hatte.

»Passt ein bisschen auf«, mahnte Stelláris plötzlich. »Als Lehrer ist er sehr nett. Aber freundet euch nicht mit ihm an.«

Maya sah ihn verwirrt an. Es schien ihr ungewöhnlich für Stelláris, eine solche Warnung auszusprechen. Er musste gute Gründe dafür haben. Abgesehen davon verspürte sie sowieso keine Lust, einen vielleicht fünf Jahre älteren Mathematiklehrer näher kennenzulernen, brrrr. Fiona sah das leider anders.

In diesem Moment kam Max mit Fiona im Schlepptau an. So wie es aussah, hatte sie ihm wohl verziehen. Sie bedankte sich verlegen bei Stelláris. Es war ihr immer noch peinlich, mit solch einer Riesenknolle im Gesicht gesehen worden zu sein.

»Da kommt Larin!«, schrie Max plötzlich. »Es ist schon Mittag, kein Wunder, dass mein Magen dauernd knurrt.«

»Ach, das war dein Magen«, stichelte Fiona, »ich dachte, hier läuft irgendwo ein wütender Drache herum.«

»Ha, ha.«

Larin kam die Treppe zur alten Linde hoch. »Viele Grüße von Waltraud, ich hab kurz bei ihr vorbeigeschaut … Wenn ich schon die ganze Zeit bei euch rumhänge, musste ich mich mal blicken lassen.« Er grinste, aber etwas lag in seinem Blick, was Maya stutzig machte. Sein Lachen wirkte gezwungen.

»Ist Waltraud sauer, dass du bei uns wohnst, während Luna fort ist?«, fragte sie. Möglicherweise war das der Grund.

»Nö, sie ist es gewohnt, dass ich mich mit Stelláris herumtreibe und dann gleich hier übernachte.« Wieder verzog er das Gesicht zu einem Grinsen, und wieder hatte Maya das Gefühl, dass die Fröhlichkeit aufgesetzt war und ihn etwas bedrückte. Ärger mit Waltraud hatte es anscheinend nicht gegeben. Was war es dann? Offensichtlich hatte er keine Lust, darüber zu reden. Es ging sie schließlich auch nichts an, aber Gedanken machte sie sich dennoch.

Maya beobachtete ihn aufmerksam während des Essens. Etwas musste passiert sein; Larin beteiligte sich zwar an der Unterhaltung, wirkte aber immer ein bisschen geistesabwesend, und er lachte nicht richtig mit. Allmählich machte sie sich Sorgen.

Als alle anderen nach dem Essen vom Tisch aufgestanden waren und das Speisezimmer verließen, blieb er gedankenverloren sitzen.

»Was ist denn los?« Maya rutschte neben ihn.

Fast kam es ihr so vor, als hätte sie ihn erschreckt, denn er zuckte zusammen. Er erklärte nichts, schüttelte aber den Kopf.

»Du musst es nicht *mir* sagen, aber mit irgendjemandem solltest du reden.«

»Es passt schon.«

»Das tut es, glaube ich, nicht«, wandte sie leise ein. »Du machst ein Gesicht wie im Waisenhaus, als du dich an nichts mehr erinnern konntest, weißt du noch?«

»Ich habe mich nur geärgert … über Caiman.« Er starrte finster vor sich hin.

Maya schluckte. Sie wollte ihm auf gar keinen Fall auf die Nerven gehen. Schließlich fasste sie sich ein Herz. »Magst du es mir erzählen?«

Larin schloss die Augen und drückte mit zwei Fingern gegen

seinen Nasenrücken. Abermals schüttelte er langsam den Kopf. »Entschuldige, es ist nicht, dass ich dir nicht genug vertraue, aber ich … will dich da nicht mit hineinziehen.«

›Wo denn hineinziehen?‹, dachte Maya erstaunt. Gleichzeitig war sie frustriert, ihm nicht helfen zu können. Erst zögerte sie; dann strich sie ihm tröstend mit der Hand über den Rücken. Einen Augenblick lang fürchtete sie, er würde sie abschütteln, aber er schien sich zu entspannen. Tief durchatmend drehte er sich zu ihr und lächelte ihr zu. »Trotzdem danke. Komm, wir sollten die anderen nicht warten lassen.«

»Wohin reiten wir?« Max ließ wie üblich nicht locker.

»Immer noch nach Süden.« Ein Lächeln huschte über Stelláris' Gesicht. Er mochte Max, auch wenn er nerviger sein konnte als sein kleiner Bruder Elysander. Stelláris und Larin hatten diesen Weg gewählt, weil der Wald hier sehr viel lichter wurde und von etlichen Wiesen unterbrochen wurde, über die man nach Herzenslust galoppieren konnte. Sogar Fiona traute sich. Stelláris blieb an ihrer Seite, um notfalls einzugreifen, falls sie die Kontrolle über ihr Pferd verlor. Max grummelte zwar etwas, was sich nach Schneckentempo anhörte, aber so loszurasen wie Larin und Maya wollte er dann doch nicht. Wie es aussah, machten die da gerade ein Wettrennen, und es schien, als würde Maya gewinnen.

»Jaaah!« Maya streckte einen Arm in die Luft und lachte. Sie ließ ihre Stute in eine gemäßigtere Gangart fallen.

Larin zügelte ebenfalls seinen Antares. »Wow, das war echt gut!«

»Aber ich bin ein bisschen vor dir gestartet, und mein Vorsprung war höööchstens eine halbe Pferdelänge.«

»Du warst trotzdem als Erstes bei der Hecke«, sagte Larin anerkennend.

Maya strahlte ihn glücklich an. Ihr Herz raste unaufhörlich, es wollte sich gar nicht beruhigen.

»Gib den anderen eine Chance aufzuholen.« Larin ließ seinen Hengst in den Schritt fallen. Eine Zeitlang ritten sie schweigend nebeneinander her.

Maya warf ihm einen Seitenblick zu, und ihre Begeisterung schwand dahin. ›Er sieht wieder so bedrückt aus‹, überlegte sie bekümmert. Die Freude an dem Ritt war verflogen. Maya seufzte.

»Was hast du?« Diesmal war es Larin, der sich nach ihrem Befinden erkundigte. Maya runzelte die Stirn. »Eigentlich nichts.«

»Eigentlich?«

»Na ja, *du* hast doch was.«

»Und deshalb schaust du so finster wie eine Gewitterwolke?«

Maya musste grinsen. Schnell wurde sie wieder ernst. Sehr leise bekannte sie: »Wenn es dir nicht gut geht, bin ich auch nicht so gut drauf.« Sie biss sich auf die Lippen und vermied es, ihn anzusehen.

Larin sah sie überrascht an. »Ich dachte … oh …«

Hinter ihnen ertönte gemächliches Hufgetrappel. »Josie«, meinte Max, »hat mir gesagt, dass sie nicht wie eine Irre in der Gegend herumrasen will.« Er tätschelte seiner Stute den Hals. »Schließlich ist sie schon eine ältere Dame. Sie zieht ein gemäßigteres Tempo vor.«

Die anderen lachten. Auch Larin wirkte wieder gut gelaunt.

»Sind wir überhaupt noch in Eldorin?«, fragte Fiona plötzlich.

»Natürlich«, beruhigte Stelláris. »Wir sind nicht so lange unterwegs, dass wir schon die Grenze erreicht hätten. Dort drüben reiten wir in den Wald hinein, und danach müssen wir lediglich ein Stückchen um die Felsen herum.«

Stelláris ließ seinen schneeweißen Hengst in Galopp fallen und verschwand im Wald.

»Oh nein«, jammerte Fiona, »nicht im Wald galoppieren, bitte!« Ihre Stute war ebenfalls in einen leichten Galopp gefallen, um den Anschluss nicht zu verpassen. Stelláris verlangsamte sofort das Tempo. Er ließ seinen Orion zurückfallen und war mit Fionas Stute nun gleichauf.

»Dann lass uns langsamer reiten. Weswegen hattest du Bedenken? Du sitzt bereits recht sicher im Sattel.«

»Die … äh, Bäume. Sie kommen einem immer so nah.«

Um Stelláris' Mundwinkel zuckte es. »Der Weg ist hier recht breit. Deine Stute läuft nicht gegen die Bäume.«

Max hatte ebenfalls keine Lust darauf, im Wald schneller zu reiten, und so ließen Larin und Maya als Einzige ihren Pferden die Zügel frei. Sie rasten nebeneinander her und erreichten viel früher als die anderen eine zauberhafte Lichtung, die mit blauen Glockenblumen und süß duftendem Waldmeister übersät war. Sie war in ein weiches dunstiges Licht getaucht.

Atemlos zügelte Maya ihre Stute.

»Ist das hübsch hier! Sind wir deswegen hergekommen?«, fragte sie.

»Nein, aber wir müssen die Pferde hier lassen, ab jetzt wird der Weg zu schmal und felsig für sie.«

Die beiden sattelten Antares und Hyadee ab, damit sie bequemer das üppige saftige Gras rupfen konnten und betraten einen schmalen Waldpfad, der tatsächlich immer steiniger wurde. Nach einiger Zeit hörte Maya das Rauschen von Wasser. Die Bäume wurden lichter, bis sie schließlich einen kleinen See erreichten, der von einem Wasserfall gespeist wurde. Ein Wildbach schlängelte sich zwischen großen aufgetürmten Steinen hindurch und schäumte dann hinab in den See. Larin half Maya über ein paar gewaltige Brocken hinweg, bis sie am Rand des Gewässers ankamen. Seine steinigen, mit glitschigem Silbermoos bewachsenen Uferwände fielen etwa mannshoch senkrecht ab. Um den kleinen Wasserfall herum war die Seeoberfläche aufgewühlt, doch ansonsten ruhig und wellenlos. Lichtreflexe tanzten darauf und erschwerten das Sehen; in der Tiefe meinte Maya grüne und bläuliche Schatten zu erkennen. Sie beugte sich hinab und starrte angestrengt auf die glänzende Fläche unter ihr. »Was ist das? Irgendetwas ist dort unten, es sieht aus wie schwimmender Seetang.«

»Ich werde dir zeigen, was dort ist.« Larin zog sein Hemd aus und streifte seine Schuhe ab. Maya war erstaunt, wie muskulös er war. Dann fiel ihr auf, dass sie ihn anstarrte, und wandte rasch den Blick ab. Ihre Wangen brannten bei dem Gedanken, dass er es bemerkt haben könnte. Bemüht, nun ja nicht auffällig hinzusehen, schaute Maya nur noch suchend auf das blitzende grünblaue Etwas unter ihr und bekam gar nicht mit, dass Larin sich vom Felsen abstieß, um mit einem Kopfsprung ins Wasser zu tauchen. Sie zuckte vor dem aufspritzenden Nass zurück und musste dann über sich selber lachen. Ihr Lachen ging in ein erschrockenes Keuchen über, als Larin wieder auftauchte.

Er war nicht allein. Ein zweiter Kopf durchbrach die Wasseroberfläche, und noch ein dritter erschien. Waren das Wasserelfen? Nein, das mussten Nixen sein. Sie hatten sehr blasse Gesichter mit einer leicht bläulichen Färbung und schienen blutleer – vielleicht war ihr Blut ja einfach nicht rot, sondern blau, überlegte Maya. Blau und grün war auch ihr Haar. Es war glatt und lang und voller Tang und breitete sich nun im Wasser wie ein Fächer um sie aus. Ihre Haut war – bis auf die Farbe – wie die eines Menschen, doch Maya meinte zu erkennen, dass an ihren glänzenden Leibern von der Brust abwärts grün schillernde Schuppen wuchsen wie bei einem Fisch und sich kleine Teichmuscheln darauf festgesetzt hatten. Sie sagten kein Wort und schauten Maya aus großen smaragdgrünen Augen fragend an. In diesen Augen lag eine unglaubliche Tiefe, sie zogen einen in ihren Bann.

Larin lachte. »Komm mit herein. Sie tun dir nichts. Sie sprechen nicht mit uns Menschen, aber sie können unsere Gedanken fühlen.«

Das war Maya ein wenig unheimlich. Die Nixen begannen, in großen Kreisen um Larin herum zu schwimmen. Drei weitere kamen hinzu. Jetzt sah man deutlich den Fischschwanz an der Wasseroberfläche aufblitzen.

»Ähem, wie stellst du dir das vor? Ich habe doch gar keinen Badeanzug dabei.« Maya verfärbte sich von hellrot zu dunkelrot.

»Äh nein, aber du kannst ruhig mit deinen Sachen ins Wasser. Das trocknet hinterher schnell in der Sonne.«

Maya zögerte. Aber es verlockte sie zu sehr, mit den Nixen zu schwimmen. Sie zog ihre Schuhe aus und stand schließlich ratlos am Felsrand. Sie entdeckte keine Möglichkeit, ins Wasser zu klettern, die Uferwände waren steil und glitschig.

›Klasse, gleich seh ich aus wie eine Seekuh‹, befürchtete Maya und setzte sich vorsichtig an den felsigen Rand.

»Hab keine Angst, ich bin ja da.« Larin war unter ihr aufgetaucht und sah zu ihr hoch.

›Eben‹, dachte Maya. Ihr wäre lieber gewesen, er hätte ihre unbeholfenen Versuche, ins Wasser zu kommen, nicht mitgekriegt. Sie konnte sich nicht erinnern, wann sie das letzte Mal schwimmen gewesen war. Elegant hineinzuspringen wie Larin schied also aus.

»Du kannst doch schwimmen?« Das war ihm soeben noch eingefallen.

»Hmm, so einigermaßen. Ich hatte nicht oft Gelegenheit, es auszuprobieren.«

»WAS? Maya, dann *lass es lieber!*«

PLATSCH. Maya tauchte ein Stück unter. Dann fühlte sie sich von starken Händen gepackt und an die Oberfläche gezogen.

»Bist du verrückt? Du kannst doch nicht reinspringen, wenn du nicht schwimmen kannst!«

»Ich hab – nicht gesagt, dass ich – es gar nicht kann, ich muss – mich nur – wieder daran erinnern«, gurgelte Maya und hustete. »Du kannst – loslassen – es geht schon.«

»Sicher?«

»Ja!«

Sie machte ein paar paddelnde Schwimmbewegungen. Es war gar nicht so einfach, mit Kleidung zu schwimmen. Ein Teil des Stoffes blähte sich an der Wasseroberfläche um sie herum auf, ansonsten klebte er ihr schwer am Körper und behinderte sie in ihren Bewegungen. Larin beobachtete sie misstrauisch. »Nicht hektisch werden, gaaanz ruhig.« Er hielt sich dicht neben ihr und war bereit, einzugreifen. Maya atmete tief durch. So langsam kam sie mit dem vielen Wasser um sich herum klar. Ihr rasendes Herz beruhigte sich allmählich. Sie bewegte sich ein Stückchen Richtung Seemitte.

Und dann waren auf einmal die Nixen da. Sie umkreisten die beiden Menschen erst zögernd, dann schneller. Ein paar nahmen im Wasser Anlauf und schossen heraus und flogen mit einem Salto in die Luft, um anschließend fast lautlos zurück ins Wasser einzutauchen.

»Du scheinst ihnen zu gefallen.« Larin war immer noch direkt neben ihr. Maya konnte die in der Sonne glitzernden Wassertropfen in seinen schwarzen Haaren erkennen. Er hielt gerade so viel Abstand, dass sie sich in ihren Bewegungen nicht gegenseitig behinderten. Gab es eigentlich etwas, das er nicht gut konnte? Bei ihm sah das Schwimmen so leicht aus.

Sie war so vertieft darin, abwechselnd ihn und die Nixen anzusehen, dass sie ganz überrascht war, Stimmen hinter sich zu vernehmen. Offensichtlich hatten auch die anderen diesen verzauberten Ort erreicht. Maya sah, dass Fiona und Max reglos am Felsufer standen und mit großen Augen zu ihnen hinübersahen. Stelláris zog wortlos Hemd und Schuhe aus und sprang wie Larin mit einem Kopfsprung in den See. Er erschien neben ihnen an der Oberfläche. Das Wasser hatte sich kaum bewegt.

Maya wäre gerne länger mit ihnen im Wasser geblieben, aber nach und nach verließen sie die Kräfte. »Ich glaube, ich möchte jetzt raus. Ich glaube, ich kann nicht mehr.«

»Aber du hältst doch bis zu dem Felsbrocken da drüben neben dem Wasserfall durch? Wenn nicht, helfe ich dir.« Maya hörte eine leichte Panik in seiner Stimme.

»Geht – schon.« Maya fühlte, wie schnell sie müde wurde. ›Jetzt bloß nicht untergehen‹, dachte sie. Sie schwamm sehr langsam, aber sie schaffte es bis zu der Stelle, die Larin ihr zeigte. Es gab dort ein paar natürliche steinerne Trittstufen, die man nur von hier unten gut erkennen konnte. Sie halfen einem, fast wie auf einer Leiter die steile Böschung hochzuklettern.

Erschöpft ließ sie sich neben Fiona und Max auf den Boden sinken. Sie streckte sich der Länge nach auf dem Rücken direkt am sonnigen Ufer aus und drehte den Kopf, sodass sie Larin und Stelláris mit den schimmernden Nixen beobachten konnte. Die beiden schwammen mit ihnen, als hätten sie selbst einen Fischschwanz, nur solche Saltos in der Luft schlagen konnten sie nicht. ›Wenigstens etwas, was er nicht kann‹, dachte Maya und lächelte.

Ihr fielen die Augen zu. Sie schwamm abermals mit den Nixen. Eines dieser schönen Wesen kam heran und sah sie mit seinen unergründlichen grünen Augen an. Maya schien es, als wolle es ihr etwas mitteilen.

Dann vernahm sie ein leises Singen. Es wurde lauter und ebbte wieder ab, kam heran wie eine Meereswoge, steigerte sich und sank in die Tiefe. Es waren keine menschlichen Töne, soviel wusste sie. Kein Mensch vermochte je, solche Töne zu singen. Es umfasste Höhen und Tiefen der menschlichen Stimme und schwang sich schließlich noch höher empor. Das Singen verursachte ihr eine Gänsehaut, und gleichzeitig wünschte sie sich, es möge nie enden.

Die Augen der Nixe veränderten sich. Sie blickte sie mit fast schwarzen Augen an, und Maya wusste, dass es Larins Augen waren. Plötzlich veränderte sich das Singen. Die Harmonie begann auseinander zu brechen, etwas klang, als gehörte es nicht hinein. Ein Kreischen ertönte. Larins Augen verschwanden, und ein schreckliches blutrotes Augenpaar starrte Maya an. Sie sah eine widerliche Fratze und gebleckte scharfe Reißzähne. Maya hörte einen Schrei, der nicht enden wollte. Sie schreckte aus ihrem Traum hoch und merkte, dass sie selbst es war, die so schrie.

»Schscht, ist ja gut.« Fiona hielt sie im Arm. Sie sah zu Tode erschrocken aus. Maya sah sich verwirrt um. Die Jungen knieten neben ihr.

»Hast du mich erschreckt!« Max war ganz blass. »Du musst ja einen scheußlichen Traum gehabt haben.«

Maya nickte nur. Sie hatte die Hände in Fionas Hemd gekrallt und zitterte, als hätte sie Fieber.

Ihr Blick suchte Larin. Der Traum war so real gewesen. Irgendetwas Schreckliches würde geschehen. Und es hatte mit Larin zu tun.

»Du bist in Gefahr!«, flüsterte Maya. »Ich habe es gesehen.«

»Die Nixen«, sagte Stelláris, »sie haben zu dir geredet.«

Mayas Augen flackerten. Sie sah wieder die schrecklichen roten Augen vor sich. »Ich weiß nicht. Ich weiß nur, dass ...«

»Nein«, widersprach Larin. »Du irrst dich. Ihr seid in Gefahr! Eldorin ist in Gefahr. Ich habe es von Caiman gehört. Der Feind ist näher an unsere Grenzen herangerückt, weil er demnächst angreifen will. Caiman war sich völlig sicher.«

»Was sollte Caiman wissen, was wir nicht wissen?« Stelláris klang abschätzig.

»Frau Jago, die Mutter von Phoebe, war bei den Scelestos zu Besuch und hat denen davon berichtet. Sie hat einen Bruder in Unduros, der im Dienst des Schattenfürsten steht. Der schickte ihr die Warnung, dass Eldorin nicht mehr sicher ist und sie es so bald wie möglich verlassen soll. Sie wollte es nicht überall bekannt werden lassen, dass sie einen Verwandten hat, der auf der falschen Seite steht. Deshalb hat sie es lediglich noch dem Ältestenrat der Elfen erzählt, aber die haben es wohl nicht so ernst genommen, wie sie gedacht hat. Ragnur Scelesto hat es natürlich bei den Lehrern weitergetratscht, sie muss einen ziemlichen Wirbel veranstaltet haben. Wilbur hat gemeint, sie soll die Leute nicht verrückt machen. Caiman war stocksauer, er hat auf alle Elfen und auf Wilbur geschimpft.«

»Und *dir* erzählt er es weiter? Weil er dich so gern hat, ja?«, knurrte Max misstrauisch.

»Er hat es dir erzählt«, sagte Stelláris langsam, »weil er dir vorwirft, der Grund für den Angriff auf Eldorin zu sein, mein Freund. Ist es nicht so?«

Larin schnaubte. »Und wenn ...«

»Du wirst nicht tun, was du vorhast!« Stelláris legte Larin beschwichtigend die Hand auf die Schulter. »Du willst uns heimlich verlassen, um den Feind auf deine Fährte zu setzen. Du glaubst, dass du ihn so dazu bringen kannst, Eldorin zu verschonen. Weil er dann, anstatt uns anzugreifen, hinter *dir* her ist.«

Larin sprang in die Höhe. Stelláris erhob sich ebenfalls. Sie standen sich gegenüber. »Du weißt nicht einmal, wie viel diese Information wert ist«, fuhr Stelláris fort. »Wenn es überhaupt stimmt, was Caiman verbreitet. Ich traue ihm nicht.«

»Luna hat schließlich selbst gesagt, dass Eldorin nicht mehr sicher ist!«, stieß Larin aufgebracht hervor. »Letztendlich will der Schattenfürst *mich* haben. Ich will nicht Schuld sein, dass viele meiner Freunde sterben müssen!«

»Sie sagte aber auch, dass sie denkt, dass ein Angriff nicht in nächster Zeit stattfinden wird«, versuchte Stelláris abzuwiegeln. »Ich habe mich schon den ganzen Tag gefragt, was dich bedrückt. Larin, du wirst dich nicht für uns opfern! Allein wärst du verloren, *und das weißt du.*«

»Das werden wir sehen.« Larin straffte sich.

»Nein!« Maya hatte mit wachsendem Entsetzen zugehört. Ihr war ganz schwummrig von den entsetzlichen Bildern, die sie eben gesehen hatte. Sie sprang auf, und sofort wurde ihr wieder schwindlig. Benommen klammerte sie sich an Larin, ihre Finger in seine Oberarme gegraben. »Das darfst du nicht, bitte, das darfst du nicht! Du kannst dich doch nicht umbringen lassen!«

Sie fing an zu schluchzen.

Verunsichert umfasste er ihre Taille. »Ist ja gut«, murmelte er dicht neben ihrem Ohr. Ihr Ausbruch bestürzte und rührte ihn gleichermaßen. Mit einer Hand versuchte er, ihr beruhigend über das Haar zu streichen, was schwierig war, weil er seinen Arm kaum freibekam. Hilfesuchend blickte er zu Fiona.

»Ist n-nicht gut«, weinte Maya.

»Maya!« Fiona rüttelte sie an der Schulter.

Maya blinzelte erschrocken. Ihr wurde siedend heiß bewusst, dass sie sich Larin soeben mehr oder weniger an den Hals geworfen hatte. Augenblicklich ließ sie ihn los.

»Kommt.« Die Stimme von Stelláris klang sanft und dennoch bestimmt. »Lasst uns von hier fortgehen.«

Fiona packte Mayas Arm, und nebeneinander gingen sie den Weg zurück zu den Pferden.

Ihr Benehmen war ihr ziemlich peinlich, aber sie beschloss, jetzt nicht weiter darüber nachzudenken. Im schlimmsten Fall hielt Larin sie für vollkommen durchgeknallt. Das wäre furchtbar, aber im Moment unwichtig. Ihr wirbelten andere Dinge im Kopf herum.

Die Nixen hatten zu ihr gesprochen, hatte Stelláris gesagt. Es war so schrecklich real gewesen. Nun wusste sie also, was Larin bedrückt hatte. Er hatte sich schuldig gefühlt und deshalb geplant, heimlich fortzugehen, um Eldorin zu schützen. Caiman muss es genossen haben, Larin die Schuld am bevorstehenden Angriff zu geben, dachte sie bitter. Außerdem … was hatte Larin sich nur dabei gedacht? Hatte er ernstlich geglaubt, allein über die Grenze und durch die feindlichen Linien zu kommen?

Larin lief das letzte Stück des Waldpfades neben ihr her. Beklommen sah sie zu ihm hinüber. Er hatte die Hände zu Fäusten geballt und vermied jeglichen Blickkontakt. Er wusste, dass seine Freunde ihn von seinem Plan abbringen wollten und war fest entschlossen, sich nicht beirren zu lassen.

Sie sattelten ihre Pferde und stiegen auf. Wortlos ritt Larin an der Spitze. Maya wagte nicht, zu ihm aufzuschließen. Zum einen überfiel sie ständig das Bedürfnis, sich wegen ihres Verhaltens für etliche Jahre im nächsten Farnwichtbau zu verkriechen. Zudem war sie momentan gar nicht in der Lage, mit ihm zu reden.

›Ich würde einen Heulkrampf kriegen‹, überlegte sie. ›Was ist bloß los mit mir?‹

Maya versuchte, sich zusammenzureißen. Während sie in die Stadt der Elfen zurückritten, zermarterte sie sich den Kopf, was zu tun sei.

Sie verließen die sonnendurchtränkte Lichtung und tauchten in die grüne Kühle des Waldes ein. Stelláris lenkte seinen Hengst an Larins Seite. Sie unterhielten sich eine Zeitlang. Dann ließ Larin plötzlich Antares angaloppieren und sprengte voraus.

Maya schloss zu Stelláris auf.

»Er will nicht auf dich hören, nicht wahr?« Obwohl sie noch sehr aufgewühlt war, sagte sie es bemüht ruhig und bemerkte erleichtert, dass sie ihre Stimme in der Gewalt hatte.

»Nein. Ich hatte auch nicht damit gerechnet. Er ist so stur, wie er mutig ist«, stellte Stelláris fest. »Er wird seinen Weg bis zum Ende gehen.«

Maya zuckte zusammen. Bis zum Ende. Bis zu welchem Ende? »Das ist doch Wahnsinn!«, rief sie verzweifelt. »Wie stellt er sich vor, dass er überhaupt heil über die Grenze kommt?«

»Er wollte nicht darüber sprechen. Ich denke, ich weiß trotzdem, was er vorhat, ich kenne ihn zu gut.«

Was Stelláris ihr nun eröffnete, ließ ihr Herz kurz aussetzen.

»Er müsste etwas ganz und gar Waghalsiges tun. Wenn er will, dass Eldorin verschont wird, *muss er sich den Feinden hinter der Grenze zeigen.* Nur so macht es Sinn. Sie müssen wissen, dass Larin unser Gebiet verlassen hat.«

Maya stöhnte auf. »Wie stellt er sich vor, dann noch entkommen zu können?«

»Das ist das Schwierige daran«, sagte Stelláris rau.

Maya starrte ihn entsetzt an. Sie begriff. »Du meinst, er rechnet damit, es nicht zu schaffen? Er geht in dem Gedanken fort, sich *opfern* zu müssen?«

»Ja. Er weiß, dass der Schattenfürst alles daran setzen wird, ihn zu bekommen. Er ist der Letzte aus der Familie des Königs.

Ihn zu töten, ist für den Feind wichtiger als alles andere. Wenn man glaubt, was Caiman sagt, soll Eldorin nur wegen Larin angegriffen werden. Er wäre lieber tot, als das zuzulassen.«

»Warum hat er denn bloß nichts davon erzählt? Er schafft das allein doch niemals! Wir sollten es Wilbur sagen!«

»Was soll Wilbur tun? Ihn an einem Baum festbinden? Larin hat es niemand erzählt, weil er niemand wegen sich in Gefahr bringen will. Er macht sich sowieso Vorwürfe, dass er Eldorin in diese Lage gebracht hat. Einfach dadurch, dass er hier ist. Dieser Gedanke hat ihn verfolgt, seitdem er denken kann. Dass andere sterben mussten, weil er existiert.«

Maya dachte an die Ermordung der vielen Menschen im Königspalast zurück und an Larins Gesicht, als er von dem kleinen Jungen erzählte, der mit ihm verwechselt worden war.

Eine Welle der Verzweiflung überschwemmte sie.

»Wie kann er das tun. Wie kann er das seinen Eltern antun! Wie kann er das dir als seinem besten Freund antun!«, stöhnte Maya verzweifelt. ›Wie kann er mir das antun‹, fügte sie in Gedanken hinzu.

Stelláris suchte Mayas Blick. »Er wird nicht allein sein.«

Mayas Augen wurden größer. »Du gehst also auch mit ihm!«

»Ja. Er ist mein Freund«, sagte Stelláris schlicht. Er runzelte die Stirn. »Was hast du mit ›auch‹ gemeint?«

»Du glaubst doch nicht, dass ich hierbleibe?«

Stelláris sah Maya lange prüfend an. Sie kam sich vor wie ein seltenes Bakterium unter dem Mikroskop. Dann lächelte er auf rätselhafte Art und Weise. »Du bist genauso stur wie er. Ich heiße es nicht gut, was du vorhast, aber ich werde dich nicht aufhalten. Du würdest sonst allein versuchen, ihm zu folgen, und dich in noch größere Gefahr bringen.«

Maya war überrascht und erleichtert, dass es von seiner Seite keine Schwierigkeiten gab. Sie hatte damit gerechnet, auf Widerstand zu stoßen. Aber er hatte recht. Sie ließ sich ganz bestimmt nicht aufhalten, wenn sie sich einmal etwas fest in den Kopf gesetzt hatte. »Wie gehen wir vor? Sagst *du* es ihm, dass wir mit ihm gehen?«

»Das würde nichts nützen. Er wird erst merken, dass er nicht allein ist, sowie er Eldorins Grenze verlassen hat.«

»Was wird aus Fiona und Max?«, fragte Maya leise, obwohl sie die Antwort bereits kannte.

»Sie können unmöglich mitkommen. Sie reiten noch nicht sicher genug … Sie haben für einen Menschen erstaunliche Fortschritte gemacht, doch es ist kein Vergleich mit dir.«

Zu einem anderen Zeitpunkt hätte sich Maya über das Kompliment sehr gefreut, jetzt allerdings bedeutete es ihr nichts. Sie hatte ein furchtbar schlechtes Gewissen, ihre Freunde zurückzulassen. Aber es ging um Larins Leben. Nun waren sie immerhin zu dritt, und damit stiegen seine Chancen, heil durch das feindliche Gebiet zu kommen.

»Max wird sauer sein …«, murmelte sie, »… und Fiona … wird einfach nur entsetzt sein.«

»Ich würde Fiona nie so einer Gefahr aussetzen«, sagte Stelláris mit Nachdruck. »Sie ist tapfer, aber sie wäre vermutlich dem nicht gewachsen, was sie erwartet.«

»Wie sagen wir es ihnen?«, überlegte Maya.

»Du wirst einen Brief hinterlassen. Alles andere wäre nicht klug. Max könnte auf dumme Gedanken kommen.«

Maya war gar nicht wohl dabei, ihre besten Freunde zu hintergehen. Nicht nur, dass sie Fiona und Max heimlich verlassen musste, belastete sie. Es war außerdem ein scheußliches Gefühl, Larin vor vollendete Tatsachen stellen zu müssen. Aber sie verließ sich auf das Urteil von Stelláris. Larin würde auf alle Fälle verhindern, dass sie mit ihm käme, aus Angst, ihr könnte unterwegs etwas geschehen.

Als sie daheim angelangt waren, zog Maya sich mit der Bitte, allein bleiben zu können, auf ihr Zimmer zurück. Es war nicht einmal nötig, einen Grund anzugeben, sie fühlte sich elend, und man sah es ihr an. Sie war erleichtert, dass Fiona ihr tatsächlich nicht nachkam. Von Larin war keine Spur zu sehen gewesen. Vermutlich tat er soeben das, was auch Maya vorhatte: Er schrieb einen Abschiedsbrief.

Stelláris versorgte Maya mit allem Nötigen. Sie hatte eine leichte Satteltasche zum Packen von ihm bekommen und einen Beutel, der unter anderem solche nützlichen Dinge enthielt wie das Kraut, das gegen den Schrecken mit dem Grauen Schatten so gut geholfen hatte. Zusätzlich gab er ihr ein scharfes Messer, das in einem Lederetui am Gürtel zu tragen war.

Maya saß am Boden und betrachtete das Messer. Seine Klinge glänzte. Sie fuhr mit einem Finger sanft über die scharfe Schneide und stellte sich vor, es benutzen zu müssen. Brrrrr, scheußlich. Sie wollte sich nicht vorstellen, es in jemandes Fleisch bohren zu müssen. Das brächte sie nicht fertig … Was, wenn einer so ein Messer gegen sie benutzte? Könnte sie sich wehren? Sie starrte auf den kalten blitzenden Stahl. Dann steckte sie es entschlossen in seine Hülle zurück und fing an, ihre Tasche zu Ende zu packen.

Der Brief war das eigentlich Schwierige. Maya fand einfach nicht die richtigen Worte. Als Herr Bombus sie zum Essen rief, lag eine Menge Papier zerknüllt am Boden. Sie beseitigte sämtliche Spuren und stieg die Stufen zum Erdgeschoss hinunter.

Die anderen saßen bereits um den großen Esstisch versammelt. Auch Larin war dabei.

Er ließ sich nichts anmerken und versuchte, das Gespräch in Gang zu halten.

›Es ist unser letzter gemeinsamer Abend in Eldorin‹, fuhr es Maya durch den Kopf. ›Wer weiß, wann und ob wir hier je wieder zusammen sitzen werden.‹

Die Stimmung war alles andere als fröhlich. Sogar Max schien der Appetit vergangen zu sein. Er matschte in seinem Essen herum und knurrte schließlich: »Ich begreife es nicht, Mann. Wie kannst du nur so dämlich sein?«

Larin sah ihn kühl an. Maya merkte, dass er darum rang, die Fassung nicht zu verlieren. »Darüber diskutieren wir nicht. Ich habe dir vorhin bereits erklärt, dass es mir leidtut, euch im Stich zu lassen.« Er sah Maya an, und sein Blick wurde weich. Leise sagte er. »Das gilt auch für dich. Du warst vorhin nicht da, als ich es zu Max und Fiona sagte. Ich habe euch hierher mitgenommen, und nun haue ich ab. Das ist nicht richtig. Ich … bedauere es wirklich sehr.«

»Schon gut«, flüsterte Maya. »Du lässt uns nicht im Stich. Was du vorhast ist …« Ihre Stimme brach weg, und ihre Augen schwammen. Schnell schob sie ihren Stuhl nach hinten, sprang auf und schlüpfte durch die Tür nach draußen. Sie verzog sich in den hintersten Winkel der Terrasse, wo sie sich auf den hölzernen Boden hockte und die Knie mit den Armen umschlang. Dann ließ sie ihren Tränen freien Lauf.

Auf einmal hörte sie Schritte neben sich. Eine Hand reichte ihr ein Taschentuch über die Schulter, und schließlich setzte sich jemand zögernd zu ihr. Maya sah nicht auf und verbarg ihr Gesicht in den Händen. Sie hasste es, vor anderen Menschen zu weinen, und wenn, tat sie es möglichst lautlos. Im ersten Moment hatte sie auf Fiona getippt, aber das konnte nicht sein, denn ihre Freundin hätte sich dicht an ihre Seite gesetzt und keinen halben Meter Abstand gehalten. Maya lugte befangen hinter ihrem Taschentuch hervor.

Durch einen Tränenschleier erkannte sie Larin, der unglücklich und schweigend neben ihr saß. Maya wusste, dass er sich ihretwegen quälte, und das machte alles nur schlimmer.

Irgendwann schaffte sie es, das Weinen zu unterdrücken. Er rührte sich immer noch nicht.

›Vermutlich hat er Angst, ich fange wieder an zu heulen‹, dachte Maya. Sie spähte vorsichtig zu ihm hinüber. Er betrachtete sie abermals mit diesem traurigen Ausdruck, dass Maya beinahe erneut die Tränen kamen. Sie riss sich zusammen und strich sich die verworrenen braunen Locken aus dem Gesicht. Dann schenkte sie ihm ein etwas schief geratenes, schüchternes Lächeln. Larin rutschte näher und legte vorsichtig seinen Arm um sie. Ihr Kopf sank auf seine Schulter, und so blieben sie sitzen, bis die Sonne schon lange untergegangen war. Ein sachter Windhauch trug den lieblichen Duft der Nachtviole zu ihnen herauf und ein paar späte Glimmerfeen flatterten um sie herum. Maya wünschte sich, dass sich die Welt einfach nicht mehr weiterdrehte. Warum konnte nicht die Zeit stehen bleiben? Warum musste die Nacht zu Ende gehen und der morgige Tag anbrechen? Warum ging die Sonne auf und unter, ohne sich darum zu kümmern, was auf der Erde geschah – ob Menschen starben oder nicht.

Seine Stimme riss sie aus ihren Gedanken. »Maya, ich muss jetzt noch ein paar Stunden schlafen. Ich breche morgen sehr zeitig auf, na ja, sozusagen eher heute.«

Sie nickte und richtete sich auf. Larin stand auf und zog sie hoch. Sie gingen ins Haus, und er schnappte sich eine verdutzte Glimmerfee, die ihnen heftig flatternd den Weg nach oben zu ihren Zimmern leuchtete. »Kommst du in deinem Zimmer im Dunkeln klar?«, fragte Larin. Als Maya nickte, ließ er die entrüstete Fee los, die sofort Richtung Küche schoss, um sich nach einem Schluck süßen Weines in einer Blütenranke erneut schlafen zu legen.

»Ja dann … schlaf gut«, sagte Larin mit heiserer Stimme und war in seinem Zimmer verschwunden.

Maya stand einen Augenblick lang grübelnd im Flur. Sie hatte sich mit Stelláris nun gar nicht abgesprochen, wie sie weiter vorgehen würden. Sollte sie ihn wecken und nachfragen? Entschlossen drückte sie ihre Schlafzimmertür auf, in der Hoffnung, eine Nachricht vorzufinden. Sie tappte im Schein des Mondes Richtung Bett und meinte, ein schwaches Leuchten wahrzunehmen. Richtig – auf dem Tischchen neben dem Bett lag ein taubeneigroßer Kristall, von dem ein sanftes blaues Leuchten ausging. Darunter lag ein versiegelter Umschlag, auf dem ihr Name stand. Sie riss ihn auf und hielt ihn ins Licht.

›Du kannst beruhigt schlafen – ich wecke dich zur rechten Zeit. Stelláris‹, stand da in einer feinen eleganten Handschrift.

Maya seufzte erleichtert und schlüpfte schnell ins Badezimmer, um wenige Minuten später neben Fiona ins Bett zu kriechen, deren Atemzüge ruhig und gleichmäßig gingen. Es hatte etwas Tröstliches, sie so friedlich neben sich liegen zu haben, auch wenn Maya nicht wusste, ob sie Fiona nach dem Morgengrauen jemals wiedersehen würde.

Flucht aus Eldorin

Maya hatte das Gefühl, eben erst eingeschlafen zu sein, als sie hochschreckte, weil etwas ihre Schulter berührt hatte. Über ihr blinkten noch die Sterne; schlaftrunken drehte sie sich um und erkannte Stelláris. Sie bedeutete ihm, gleich nachzukommen, doch er flüsterte: »Geh in Lunas Badezimmer. Ich warte unten«, und zeigte auf Fiona. Maya verstand. Stelláris drückte ihr den blauen Kristall in die Hand und trug ihre Tasche nach draußen, während sie geschwind ihre Sachen zusammenraffte und in Lunas Zimmer schlich. Dort konnte sie sich fertigmachen, ohne Gefahr zu laufen, Fiona zu wecken. Nach kurzer Zeit tastete sie sich, den schwach leuchtenden Kristall in der Hand, die Treppe hinunter.

»Ist er schon fort?«, war ihre ängstliche Frage.

»Nein. Wir müssen vor ihm bei den Pferden sein und sie gesattelt haben, bis er kommt.« Erleichtert lief Maya mit ihm über den taufeuchten Boden. Sie fröstelte. Obwohl es am Tag schon sehr warm werden konnte, blieben die Nächte immer noch empfindlich kalt.

Es war still hier, die meisten Tiere des Waldes schliefen; nur eine sehr frühe Krähe flog dicht neben ihnen auf, in der Dunkelheit lediglich als Schatten zu erkennen. Maya bekam einen gehörigen Schreck. Sie erreichten die Koppel und machten die Pferde sicherheitshalber hinter dem Stall fertig. Ihr fiel auf, dass Stelláris seinen Bogen und den Köcher mit den Pfeilen bereitgelegt hatte. Gerade hatten sie die Satteltaschen aufgeschnallt, als ein leiser Pfiff ertönte. Antares kam angaloppiert. Sie warteten und lauschten. Kurz darauf vernahmen sie das gedämpfte Geräusch von Pferdehufen im Gras. Maya wollte sofort aufs Pferd springen und die Verfolgung aufnehmen, doch Stelláris hielt sie zurück. »Er ist noch nicht weit genug entfernt. Er könnte uns ebenso hören wie wir ihn.«

»Aber es ist noch nicht richtig hell!« Maya schaute nervös zum Horizont, wo die Sonne ihre blassrosa Vorboten aussandte, bevor sie sich selbst in ihrem roten Glanz erhob. »Was ist, wenn wir ihn verlieren, weil wir seine Spur nicht erkennen? Wenn er damit rechnet, dass wir ihm folgen, und er deshalb nur vortäuscht, einen bestimmten Weg zu reiten? Vielleicht biegt er plötzlich ab – würdest du das in der Dämmerung bemerken?«

»Wir Elfen hören besser als ihr Menschen, und unsere Augen sind besser an die Nacht angepasst. Wir werden ihn nicht verlieren. Und – ja, er rechnet damit, dass ich ihm folge, und dass er mich dann nicht abhängen kann. Eben weil er fürchtet, dass der Feind jeden Moment Eldorin angreift, darf er keine Zeit mit reichlich sinnlosen Versteckspielen verschwenden und muss riskieren, dass ich ihn einhole. Allerdings hat er keine Ahnung, dass du dabei bist. Falls er dich zu früh sieht, ist dein Plan geplatzt, denn er wird dich niemals freiwillig mitlassen. Genau aus diesem Grund darf er uns erst im allerletzten Moment sehen, wenn es unmöglich ist, umzukehren. Jetzt komm.«

»Warum hast du mich mitgenommen, nachdem es nicht so einfach ist, ihm unauffällig zu folgen? Vielleicht hätte ich es gar nicht geschafft?«, fragte Maya, als sie aufgesessen waren und ihre Pferde in Trab fallen ließen.

»Glaube mir, Maya«, sie erahnte sein Lächeln in der Morgendämmerung mehr, als sie es sah, »du hättest es durchaus geschafft, ihm bis hinter die Grenze zu folgen, aber du hättest dich dabei womöglich umbringen lassen. Hier bei mir bist du sicherer. Wie hätte ich das sonst Larin erklären sollen?«

Maya war froh über das Zwielicht, in dem Stelláris ihr Gesicht nicht so gut sehen konnte, denn ihre Wangen verfärbten sich rosarot wie die Wolken am Himmel.

Die Sonne war längst aufgegangen, und Stelláris ritt im gemächlichen Trab vor Maya her, die Augen wiederholt zum Boden gerichtet, um zu prüfen, ob die Hufspur noch zu sehen war. Sie bewegten sich nach wie vor in südöstliche Richtung. Larin hatte nicht im Entferntesten daran gedacht, sie in die Irre zu führen, wohl weil er wusste, dass ihm Stelláris als Elf hier überlegen war. Ab und zu ließ Stelláris sie anhalten und lauschte, ob er Larin noch hören konnte. Er wollte den Abstand an der Grenze nicht zu groß werden lassen, falls sein Freund dort angegriffen werden würde. Unterwegs war er mit Maya immer wieder die Dinge durchgegangen, die sie bereits mit dem Zauberstab gelernt hatte. Sie war überrascht, wie viel Ahnung er davon hatte, obwohl er selbst doch keinen Zauberstab benötigte.

Der Wald stand jetzt weniger dicht und der Boden wurde sandiger.

»Ist das da vorne schon der Beginn der Ebene?« Maya wusste, dass dort Eldorins Grenze verlief.

»Ja. Gleich hier vorne endet das Waldelfenreich, und das weite Grasland fängt an. Zuerst finden sich vereinzelte Baumgruppen und Gebüsch, später kannst du bis zum Horizont blicken. Der Bewuchs bietet eine ideale Versteckmöglichkeit. Komm ihm nicht zu nahe, Soldaten des Schattenfürsten könnten dahinter lauern. Larin wird versuchen, von Anfang an ein hohes Tempo zu reiten. Stell dich also auf einen schnellen Galopp ein. Sobald die Verfolger ihn sehen, werden sie alles daran setzen, ihn einzukesseln. Um das zu verhindern muss er schnell durchbrechen, bevor es zu viele werden. Da es zu seinem Plan gehört, dass die Feinde ihn sehen, kann er den Fluchtversuch nur im flachen Land wagen. Der Vorteil daran ist, dass auch er seine Feinde sieht.«

»Meinst du, dass sie wirklich dort sind?«

Ein Funken Hoffnung glomm in ihr auf, dass es doch bloß Gerüchte waren, dass der Feind sich ungewöhnlich zahlreich rund um Eldorin aufhielt. Sie klammerte sich für einen Augenblick an die Vorstellung, dass sich vielleicht ausgerechnet dort in der Ebene niemand herumtrieb. Tief in ihrem Inneren wusste sie, dass die Wahrheit anders aussah.

Stelláris' Antwort fiel eindeutig aus. »Sie sind da, auch wenn du sie nicht sofort bemerken wirst. Die Frage ist nur, wie viele von ihnen sich hier im Grasland aufhalten.«

Maya hatte vor Aufregung schweißnasse Hände; sie hatte Mühe, dass ihr die Zügel nicht entglitten. Die Stute spürte die Nervosität ihrer Reiterin und warf immer wieder augenrollend den Kopf nach oben.

Stelláris lächelte grimmig. »Larin setzt auf die Schnelligkeit der Pferde von Eldorin. Sie haben uns noch niemals enttäuscht. – Zieh deinen Zauberstab. Was immer auch geschieht, bleib dicht hinter mir!« Der Elf trieb seinen Hengst in den Galopp.

Maya fühlte, wie sich ihre Stute unter ihr zusammenzog. Dann schnellte sie los und raste hinter Orion her. Der Boden flog unter ihnen dahin.

›Wo ist Larin?‹, dachte Maya ängstlich. ›Wir müssten ihn doch allmählich sehen können? Oder hat er sein Pferd genauso früh angaloppieren lassen wie wir? Hoffentlich ist unser Abstand zu ihm nicht zu groß, sonst können wir ihm nicht helfen!‹

Mit dem Erreichen des Graslandes überquerten sie die Grenze. Sie stürmten über einen Hügel, der ihnen die Sicht versperrt hatte, und da sahen sie ihn. Er setzte Antares soeben in Galopp. Als er das Donnern der Hufe hinter sich vernahm, drehte er sich im Sattel um. Maya meinte, selbst auf die Entfernung sehen zu können, wie er erschrak. Er zügelte sein Pferd und wendete es. Stelláris gab ihm mit der Hand ein Zeichen, weiter zu reiten. Sie hatten ihn fast eingeholt, doch Larins Pferd stand immer noch reglos da und er starrte sie voller Entsetzen an. »Was tut ihr hier! Was machst *du* hier!«, brüllte er wütend.

»Weiter!«, schrie Maya, die eine Bewegung hinter dem Buschwerk ein gutes Stück links von ihm bemerkt hatte. »Reite doch weiter! Sie haben uns entdeckt!« Sie sah den Feind hinter

239

dem Brombeerdickicht hervorbrechen und erbleichte. Die Grauen Schatten! Die scheußlichsten Kreaturen, die sie jemals gesehen hatte! Tief geduckt glitten sie dahin, die bösen Augen funkelten mordlüstern, und die Nackenhaare waren vor Erregung gesträubt.

»Auch hinter euch!«, rief Larin und warf seinen Hengst herum. Antares preschte davon. Stelláris ritt nun an der Spitze, Maya war gleichauf mit Larin.

»Maya!«, keuchte Larin. »Wie konntest du das tun?«

Maya zwang sich, nicht länger zu ihm hinzusehen. Das konnten sie später ausdiskutieren. Falls es überhaupt ein Später gab. Sie wandte den Blick zu den von links heranstürmenden Verfolgern. Sie waren zu neunt, und sie waren schnell. Direkt hinter sich wagte sie nicht zu sehen, dazu hätte sie sich zu weit im Sattel drehen müssen. Ihr stockte der Atem. In einiger Entfernung kamen von rechts weitere Wolfswesen heran. Unter ihnen waren zusätzlich etwa zehn in Schwarz gekleidete Reiter. Dichte Feuerdornsträucher hatten sie bis jetzt verborgen. Maya war klar, dass Larin und Stelláris gar nicht versuchen würden, einige der Verfolger zu töten; es war durch die Bewegung des Pferdes nicht einfach, exakt zu treffen. Es waren zu viele, und die Grauen Schatten waren gefährlich schnell. Es war besser, sich völlig aufs Reiten zu konzentrieren. Stelláris und Larin duckten sich ganz tief und lehnten sich weit auf dem Pferdehals nach vorne, um die Tiere zu entlasten und weniger Luftwiderstand zu bieten. Maya tat es ihnen nach.

Sie zogen ihre Verfolger hinter sich her, wie ein Komet seinen Schweif nachzieht. Sie selbst bildeten das Zentrum, und die Verfolger rückten von beiden Seiten und von hinten strahlenförmig auf sie zu. Die Grauen Schatten zur Linken waren ihnen am nächsten.

Maya sah zu Larin hinüber. Er hielt sich dicht neben ihr. Sie wusste, sie würde den entsetzten Ausdruck in seinem Gesicht, als er sie entdeckt hatte, ihr Leben lang nicht vergessen.

Das Trommeln der Hufe auf dem Boden dröhnte in Mayas Kopf. Hyadees Atem ging keuchend, und weiße Schaumflocken flogen aus ihrem Maul. Bisher wurde sie nicht langsamer. Wie lange würde die junge Stute dieses Tempo durchhalten können?

Plötzlich brachen links von ihnen aus einer nahen Ginsterhecke drei weitere Graue Schatten hervor. Sie hatten hier im Verborgenen ihre Beute erwartet. Larin und Stelláris konnten zwei von ihnen mit einem Zauber niederstrecken, doch der dritte hatte Maya fast erreicht. Sie hörte ihn stoßweise atmen. Verängstigt wich Hyadee nach rechts aus und drängte Antares mit sich. Das Untier rannte so dicht hinter der Stute, dass es von ihr verdeckt wurde; weder Larin noch Stelláris konnten irgendwelche Zauber auf ihn abschießen, ohne Mayas Pferd zu treffen. Stinkender Speichel rann aus dem geöffneten Rachen des Wolfsungeheuers. Grollend schnappte es bereits mit seinen scharfen Fangzähnen nach Hyadees Beinen. Verzweifelt streckte sich die Stute ein wenig mehr und wurde schneller. Antares hielt mit. Nun waren die Pferde gleichauf, Hyadee in der Mitte. Die Bestie gab nicht auf. Sie schob sich gefährlich nahe heran, doch jetzt wurde sie nicht mehr vom Leib der Stute verdeckt. Larin hatte seinen Zauberstab gezogen und drehte sich, so weit er konnte, im Sattel um. Drei rote Blitze schossen heraus. Der Wolf jaulte auf, und Maya sah aus den Augenwinkeln, dass er wie in Zeitlupe im Lauf innehielt und dann zusammenbrach. Ein anderes Wolfswesen näherte sich von links. Diesmal war es Stelláris, der die Hand ausstreckte. Die Luft schien sich zu kräuseln, und ein Kraftstrom zog dem Wolf die Füße weg. Er wurde durch die Luft gewirbelt, mitten in sein Rudel hinein.

Die Pferde jagten Kopf an Kopf dahin. Maya drehte sich kein weiteres Mal um, aus Angst, das Gleichgewicht zu verlieren. Niemals in ihrem Leben war sie so geritten. Der Wind trieb ihr Tränen in die Augen.

»Sind es noch viele?« Sie musste die Worte brüllen, damit man sie verstand.

Larin und Stelláris beobachteten den Feind hinter ihnen.

»Nein«, Larin verlangsamte das Tempo, »sie sind zurückgefallen.« Dankbar und erschöpft schnaubend fielen die Pferde in einen leichten Trab und entspannten sich allmählich. Nur Larins Grauschimmel schien nach wie vor nervös zu sein, unwillig warf er den Kopf hoch und machte ab und zu einen unerwarteten Satz.

»Es ist noch nicht vorbei. Sie werden uns treiben.« Auch Stelláris' Atem ging schnell, und er wirkte müde. Der Zauber hatte ihn Kraft gekostet. »Wir werden uns etwas einfallen lassen müssen.«

Maya zitterten die Beine vor Anstrengung. »Wo kamen die auf einmal alle her?«, japste sie. »Das sah so aus, als hätten sie dich erwartet.«

»Ja, ich war auch überrascht«, gab Larin zu und strich seinem Pferd beruhigend über den Hals. »Ist ja gut, Antares, wir sind sie los …«, murmelte er. »Vielleicht war es einfach Zufall, dass so viele hier in der Ebene waren. Als uns der erste sah, haben sie sich sofort über ihre Gedanken verständigt. Sie können sich auf diese Weise blitzschnell auf eine Situation einstellen. Das funktioniert selbst über weite Entfernungen. – So organisieren sie ihre Jagd.«

»Das heißt … es werden stetig mehr, weil sie andere herbeirufen können.« Maya schloss für einen Moment die Augen. Dann riss sie sie schnell wieder auf, weil sie merkte, dass ihr davon noch schwindliger wurde.

»Viel mehr können es nicht werden«, stieß Larin hervor. »Wie's aussah, sind so ziemlich alle da, zumindest von denen, die sich um Eldorin herumgetrieben haben. – Verdammt, Stelláris, warum hast du Maya mitgebracht!«

»Sie hätte sich selber mitgebracht, wenn ich es nicht getan hätte.«

Larin sah einen Moment lang aus, als würde er sich auf Stelláris stürzen wollen. Dann schien er wieder zu sich zu kommen. »Entschuldigung, tut mir echt leid … Es ist wirklich genial, dass du da bist. Aber ich habe *dich* schon nicht dieser Situation aussetzen wollen …«

»Ich weiß. – Umgekehrt hättest du mich auch niemals im Stich gelassen, vergiss das nicht. Zu mehreren haben wir eine größere Chance, denn sie werden uns gnadenlos jagen.«

Maya fühlte kalte Schauer den Rücken herunterlaufen. Aber seltsamerweise wurde sie weder hysterisch, noch brach sie zusammen. Die wilde Verfolgungsjagd hatte sie mitgenommen, jedoch war sie nicht so geschockt wie kürzlich mit Luna im Wald, als der Graue Schatten sie anfallen wollte. Vielleicht, weil sie diesmal damit gerechnet hatte.

Larin ritt weiterhin nah neben ihr. Eine Sorgenfalte stand auf seiner Stirn. Er sah Maya direkt in die Augen. »Wie geht es dir jetzt?«

»Na ja. Eigentlich … nicht so schlecht.«

»Du bist unglaublich.« Larin schüttelte ungläubig den Kopf. »Wie konntest du mir bloß hinterher reiten? Was du tust, ist irre gefährlich. Du hättest tot sein können!«

»Du auch!«, gab Maya trotzig zurück und funkelte ihn an.

Larin schnaubte und presste die Lippen zusammen.

Sie ritten minutenlang schweigend nebeneinander her. Stelláris betrachtete die beiden, und um seinen Mund zuckte es.

»Das ist nicht komisch«, knurrte Larin mürrisch, dem die Miene seines Freundes nicht entgangen war. »Ich finde immer noch, dass Maya hier nichts verloren hat.«

»Du genauso wenig!«, konterte Maya. »Du bist einfach nur verdammt edelmütig.«

»Wie lautet dein Plan?«, wandte Stelláris sich an Larin.

»Ich wollte mich nach der Grenze kurz zeigen, damit für den Schattenfürsten kein Grund mehr besteht, Eldorin angreifen zu lassen. Allerdings dachte ich nicht, dass so viele Viecher da herumhängen.«

»Das hat mich ebenfalls überrascht«, räumte Stelláris ein.

»Ja, ich hatte lediglich mit ein paar Reitern gerechnet, die hätte ich locker abgeschüttelt – das hat ja auch ganz gut hingehauen, die Reiter waren wir gleich los. Ich will vortäuschen, nach Unduros zu fliehen, stattdessen werde ich mich zum Nebelwald durchschlagen. Dort vermutet mich hoffentlich keiner.«

»Warum nicht?« Maya hörte diesen Namen zum ersten Mal. Er hatte einen beunruhigenden Klang, fand sie.

Stelláris antwortete an Larins Stelle: »Weil das einer der düstersten Orte unseres Landes ist. Jedes vernünftige Wesen hält sich von dort fern.«

»Jedes vernünftige«, murmelte Maya.

Larin hatte gute Ohren. Er sah sie vorwurfsvoll an. »Deshalb finde ich, dass ihr ohne mich weiter nach Unduros reiten solltet. Es …«

»Kommt nicht in Frage!«, schnappte Maya sofort.

»Du siehst«, sagte Stelláris und verkniff sich ein Lächeln. »Dieses Mädchen aufzuhalten, ist, als wollte man den Wind bitten, nicht mehr zu wehen. Es ist ermüdend und sinnlos.«

Larin seufzte. »Wir sollten unsere Pferde stärker traben lassen. Mehr Ruhe dürfen wir ihnen nicht gönnen. Ich fürchte, dass unsere Verfolger so schnell nicht aufgeben werden. Aber vorher muss ich mir unbedingt Antares genauer ansehen, irgendetwas stimmt nicht mit ihm.«

»Ja, ich wollte es eben selbst vorschlagen, er benimmt sich ungewöhnlich«, pflichtete Stelláris bei.

»Hoffentlich hat ihn so ein Vieh nicht doch erwischt«, sagte Maya beklommen. Sie verstand nicht allzu viel von Pferden, aber Antares war weiterhin bemerkenswert unruhig. Sie hielten ihre Pferde an und stiegen ab. Larin und Stelláris untersuchten die Beine des Grauschimmels.

»Nein«, erklärte Stelláris zu Mayas Erleichterung. »Keinerlei Bisswunde. Auch keine Schwellung. Ich habe ihn vorhin beim Traben beobachtet, er lahmt kein bisschen. Trotzdem wirkt er, als hätte er Schmerzen während des Laufens.«

»Ja, jetzt ist er deutlich ruhiger.« Larin war dafür umso angespannter. Besorgt löste er den Sattelgurt und zog den Sattel herunter. »Vielleicht hat er sich etwas gezerrt, oder ein Rückenwirbel macht Beschwerden ...«

»Was ist das?« Stelláris hatte Antares' Rücken abtasten wollen und zog erschrocken die Hand zurück. Sie war blutig. »Er hat eine Verletzung unter dem Sattel. Sie ist nicht groß.«

Larin begutachtete die kleine Wunde. »Mir ist nichts aufgefallen, als ich ihn gesattelt habe, aber ich glaube nicht, dass er sie da schon hatte. Na ja, es war dunkel.« Er drehte den Sattel um, dessen weiche Unterdecke einen Blutfleck aufwies. »Hier steckt etwas in der Satteldecke.« Seine Hände tasteten die Sattelunterseite ab. »Es fühlt sich dornig an ...« Larin schlitzte ein Loch in die Decke und zog ein kugeliges Gebilde mit spitzen Zacken in der Größe einer Murmel heraus. »Die Samenkapsel einer Morgensternpflanze«, stieß er empört aus.

»Sie hat rundum lauter kleine dicke Dornen«, stellte Maya fassungslos fest. »Wer ist denn so gemein, das Ding in eine Satteldecke zu stecken?«

Stelláris hatte aus seinem Gepäck eine kleine Dose hervorgekramt und strich eine heilende Salbe auf die Wunde. Antares prustete zufrieden.

»Ich denke, das ist nicht schwer zu erraten«, ließ der Elf grimmig verlauten. »... So, das genügt. Er wird die Verletzung kaum noch spüren. Aber wir sollten dringend weiterreiten.«

Antares schien die Verletzung tatsächlich nicht weiter zu beeinträchtigen; seit die Morgensternpflanze entfernt war, lief er zufrieden neben Orion und Hyadee her.

»Meint ihr, das war Caiman? Wie kann er einem Pferd so etwas Gemeines antun!« Mayas Augen funkelten wütend.

»Ich denke, es ging eher darum, Larin etwas anzutun«, knurrte Stelláris ungehalten. »Diese Dornen sind anfangs kaum zu spüren, mit der Zeit bohren sie sich durch das Gewicht des Reiters immer tiefer ins Fleisch. Ein weniger folgsames Pferd als Antares hätte verrückt gespielt, es hätte gebockt oder wäre unkontrolliert durchgegangen. Stell dir vor, das wäre vorhin passiert! Caiman hatte wirklich den passenden Zeitpunkt gewählt.«

»Wie konnte er nur!«, zischte Maya. »So eine niederträchtige, fiese Socke! Der kann was erleben, wenn ich ihn das nächste Mal sehe!« Hyadee fing an zu tänzeln, sie reagierte sensibel auf die Stimmung ihrer Reiterin.

»Caiman hat deine Reaktion gut eingeschätzt«, erklärte Stelláris an Larin gewandt. »Er rechnete damit, dass du fliehen würdest. Für ihn war es eine hervorragende Gelegenheit, dich loszuwerden und sich gleichzeitig an dir zu rächen. Er warf dir vor, dass der Schattenfürst nur deinetwegen Eldorin angreifen will. Dass der Schattenfürst selbst sich nicht gezeigt hat, ist für mich allerdings ein Hinweis, dass er die Zeit für noch nicht gekommen hält.«

»Er könnte jederzeit auftauchen«, warf Larin ein.

Stelláris schüttelte energisch den Kopf. »Du glaubst Caiman, weil du dich schuldig fühlst. Aus seiner Sicht hat es hervorragend funktioniert. Du bist geflohen, um die Belagerer von Eldorin wegzulocken.«

»Ich wette, er hat gefeiert!«, fauchte Maya rot vor Zorn. »Wer weiß, ob von dem, was er dir reingedrückt hat, überhaupt etwas wahr gewesen ist.«

»So falsch kann das gar nicht gewesen sein«, sagte Larin bitter. »Früher oder später hätte der Schattenfürst wegen mir Eldorin angegriffen, wenn ich geblieben wäre. Mir ging es schon nicht gut damit, als mir Caiman noch keine Vorwürfe gemacht hatte.« Er sah sie beschwörend an. »Trotzdem ist der Nebelwald keine gute Idee für dich, Maya. Dort treiben sich Gestalten herum, die das Licht scheuen. Es ist ein reichlich beliebter Ort für Leute, die sich eine Zeitlang verstecken müssen. Wegelagerer, Mörder … alles mögliche Gesindel. Es geht das Gerücht, dass einmal eine große Jagdgesellschaft darin verschollen ist. Man hat niemals wieder von ihnen ein Lebenszeichen vernommen. Lediglich zwei zerrissene Hunde fand man.«

»Warst du schon mal dort?«

»Nein, aber das weiß hier jedes Kind.«

Larin hatte beschlossen, die Abschreckungstaktik anzuwenden. Er hatte keine große Hoffnung auf Erfolg. »Angeblich verliert man leicht den Weg und verirrt sich. Ähem … ach ja, Vampire und Drachen soll es dort ebenfalls geben.«

»Tatsächlich?« Maya hatte ihn durchschaut. »Ich wollte immer schon mal einen Drachen sehen. Frau Hage-Beauté meinte, die stehen auf Dictamnus.«

Larin warf ihr einen finsteren Blick zu. »Du kannst ihnen gerne ein Sträußchen davon unter die Nase halten. Vielleicht sind sie dann so entzückt von dir, dass sie dich leben lassen.«

Maya kicherte.

»Es gibt übrigens auch Plan B«, informierte Larin die beiden und zeigte mit einer Kopfbewegung Richtung Südosten.

Zu Mayas Überraschung hatte der Elf sofort verstanden, was Larin meinte, denn er nickte zustimmend.

»Würdet ihr mich vielleicht aufklären?«, fragte sie.

»Es gibt ein kleines Problem mit unseren haarigen Begleitern«, begann Larin. »Sie sind schneller als normale Wölfe, das hast du ja gesehen, und sie sind sehr ausdauernd. Wir müssen unseren Pferden irgendwann erlauben, zu grasen und zu schlafen. Wir können nicht Tag und Nacht durchreiten. Die Grauen Schatten können tagelang ohne Beute und ohne Schlaf auskommen. Ich weiß nicht, ob sie überhaupt schlafen müssen. Also müssen wir sie irgendwie loswerden. Nicht weit von hier gibt es eine geeignete Stelle. Es ist riskant, aber es könnte klappen – es muss klappen, denn es ist die einzige Möglichkeit, die ich sehe. In südöstlicher Richtung verläuft eine Schlucht. Ein Fluss hat dort vor Urzeiten sein Bett tief in den Fels hineingegraben, und die Wände sind sehr steil. In dieser Gegend gibt es nur einen Weg, sie zu überqueren, und der führt über eine Hängebrücke. Wir locken sie hinüber – zumindest fast. Wir müssen dafür sorgen, dass so viele wie möglich auf der Brücke sind.«

»Ich verstehe nicht ganz.«

»Na ja, wir lassen sie möglichst nahe herankommen. Sie müssen glauben, uns gleich packen zu können. Sie sind klug, aber ihr Jagdinstinkt ist sehr stark. Ich hoffe, dass sie sich dazu hinreißen lassen, ohne nachzudenken auf die Brücke zu stürmen – dann bringen wir das Ding zum Einsturz.«

Maya schluckte. Es hörte sich recht einfach an – aber die Vorstellung, die Bestien absichtlich nahe an sich herankommen zu lassen, verursachte ihr Übelkeit.

»Wäre es nicht besser, die Brücke einfach so hinter uns einstürzen zu lassen? In dem Fall könnten sie uns doch genauso wenig folgen?«

»Wir hätten sie trotzdem am Hals und müssten ständig mit ihnen rechnen«, meinte Larin. »Sie haben sich auf unsere Fährte gesetzt und hören nicht auf, uns zu verfolgen, bis sie uns haben.«

Nach etwa zwei Stunden kamen sie an einen kleinen Bach, der sich durch die Wiese wand. Sie stiegen ab und ließen die Pferde saufen und ein wenig grasen. Dabei beobachteten sie genau ihre Umgebung. Die Ebene war nicht völlig flach; sie wurde von einigen sanften Hügeln durchzogen. Die vereinzelt stehenden Büsche hatten sie längst hinter sich gelassen. Nun umgab sie nichts als grünes Gras und ein paar Tupfer von blauem Ehrenpreis und rosa Grasnelken. Maya fand es beruhigend, dass sie so weit sehen konnten, denn obwohl sie ungeschützt waren, konnten die Grauen Schatten sich nicht unbemerkt an sie heranpirschen.

»Dort!« Stelláris hatte die besten Augen. Er deutete nach hinten und Maya meinte, ein paar winzige dunkle Punkte in der grünen Fläche zu erkennen, die sich langsam vergrößerten.

»Hier drüben ebenfalls ... und da auch.« Larin zeigte in eine jeweils andere Richtung. »Sie wollen uns einkreisen. Deshalb haben wir sie so lange nicht gesehen. Sie werden nicht noch einmal so eine Verfolgungsjagd wie vorhin riskieren, bei der wir wieder schneller sein könnten. Sie haben unbemerkt rechts und links einen Bogen um uns geschlagen, damit sie uns von allen

Seiten in die Zange nehmen können. Lasst uns zusehen, dass wir zu der Brücke reiten! Wir müssen vor ihnen ankommen, damit sie den Kreis um uns herum nicht schließen können.«

Sie schwangen sich auf ihre Pferde und galoppierten los. Mayas Herz klopfte wie wild. Sie zwang sich, nicht darüber nachzudenken, was alles schief gehen konnte. Selbst wenn sie rechtzeitig die Schlucht erreichten – wie in aller Welt wollten Stelláris und Larin eine Brücke einstürzen lassen?

Während sie dahinflogen, veränderte sich die Landschaft. Der Boden wurde steiniger und stieg sanft an. In der Ferne sah Maya einige nackte rote Felsbrocken bizarr in den Himmel ragen. Sie wirkten wie mahnende Finger, die ein Riese in die Luft streckt.

Maya wandte den Kopf und suchte den Horizont ab. Die Punkte waren verschwunden.

Inzwischen wurde das Gras spärlicher, und rote Felsadern durchzogen den Boden. Laut klapperten die Hufe auf dem steinigen Untergrund, und überall lagen kleinere bis mannshohe schlanke Geröllbrocken, durch die sie sich einen Weg bahnten. Larin und Stelláris schienen die Stelle genau zu kennen, an der die Brücke die Schlucht überspannte, denn sie ritten mit unvermindertem Tempo zielstrebig dahin. Manchmal dachte Maya, in eine Sackgasse geraten zu sein, denn die einzelnen Felsnadeln formierten sich immer dichter, und der Weg schien zu enden. Doch dann tat sich unerwartet immer wieder ein schmaler Durchgang auf.

Schließlich hob Stelláris die Hand. »Da vorne ist es.« Sie verringerten die Geschwindigkeit und bogen um eine enge Kurve. Der Boden war hier gänzlich eben, und man hatte freie Sicht. Etwa 100 Meter vor ihnen öffnete sich eine gewaltige Felsspalte. Darüber führte – Maya schnappte nach Luft – eine höchst abenteuerlich aussehende Hängebrücke.

»Da wollen wir hinüber? Geht das denn mit den Pferden?« Maya betrachtete argwöhnisch die Konstruktion aus Seilen und Brettern. Ein dickes Tau rechts und links diente als Geländer und war mit den Seilen verbunden, die die Bodenbretter trugen.

Larin grinste. »Klar geht das.«

Sie ritten an den Rand der Schlucht und hielten die Pferde an. Maya warf einen Blick in die Tiefe und zuckte zurück. Ein Fluss toste weit unter ihnen. So tief hatte sie sich die Spalte nicht vorgestellt …, vor allem nicht so breit. Die Brücke würde bestimmt anfangen zu schwingen, sobald sie sie betraten. Sie schien nicht besonders stabil, aber immerhin breit genug für ein Pferd. Larin kramte in seiner Satteltasche und zog ein kleines Metallfläschchen heraus.

»Du hast also auch daran gedacht«, bemerkte Stelláris anerkennend und erläuterte knapp: »Diese Flasche enthält ein Pulver, das die Kraft des Feuers verstärkt. Die Flammen brennen heißer und höher.«

»Ich bringe jetzt Maya mit Hyadee hinüber und präpariere die Seile.« Larin hatte sich alles genau zurechtgelegt. »Du gehst mit Orion voraus, das wird Hyadee Sicherheit geben, sie ist noch recht unerfahren. Antares wird warten müssen. Ich brauche ihn hier.«

»Was hast du vor?«, fragte Maya misstrauisch.

»Ich erkläre es euch drüben. Ich werde deine Stute nun führen, es ist sicherer, du steigst ab, Maya. Schau auf keinen Fall nach unten. Komm!«

Sie stiegen von ihren Pferden. Stelláris betrat mit Orion als Erster die unsichere Konstruktion. Larin griff nach Hyadees Zügeln und fasste Maya unter dem Arm. »Hab keine Angst, es kann nichts passieren.«

Mayas Magen schlug Purzelbäume, sobald sie einige Meter auf der Brücke zurückgelegt hatten. Man hatte das Gefühl, in der Luft zu laufen. Sie war dankbar für Larins Nähe, denn es war keineswegs so, dass nichts passieren konnte. Wie sie vermutet hatte, fing die Brücke an zu schwanken, und Hyadee tänzelte nervös hinter ihnen her. »Wenn sie durchgeht, reißt sie uns in die Tiefe«, schoss es Maya durch den Kopf. Larin murmelte beschwichtigende Worte in der Elfensprache, und die Aufregung der jungen Stute schien sich etwas zu legen.

»Vorsicht, hier sind einige Planken morsch!«, rief Stelláris ihnen zu. Maya fühlte, wie ihr der Schweiß auf die Stirn trat. Sie starrte auf die Stelle vor sich. Mehrere Holzbretter waren angebrochen, und eines löste sich, als Orion darüber lief, und krachte in die Tiefe. Der Hengst machte einen erschrockenen Satz nach vorne, ließ sich aber beruhigen. Die Brücke schlingerte hin und her, und Hyadee wieherte schrill und stieg vor Schreck auf die Hinterbeine.

»Halte dich am Geländer fest«, sagte Larin so ruhig wie möglich, um die Stute nicht noch mehr aufzuregen und ließ Maya los. Maya taumelte zum Geländer, und ihre Finger krampften sich um das Tau. Sie konnte nicht anders, sie starrte panisch in die Tiefe.

Larin hatte mit Hyadee alle Hände voll zu tun. Er hatte die Zügel durch seine Hand gleiten lassen, um von dem sich aufbäumenden Pferd nicht mit hochgerissen zu werden, und fasste sie nun wieder fester. Er stellte sich vor die Stute, in der Hoffnung, dass sie davor zurückschrecken würde, ihn in ihrer Panik zu überrennen, und redete weiter beruhigend auf sie ein. Sie warf den Kopf nach oben und versuchte, sich loszureißen; dabei sprang und trampelte sie auf der Stelle hin und her, was die Brücke immer stärker in Bewegung versetzte. Ein Brett unter ihr brach unter der Wucht ihrer Huftritte, und sie geriet mit dem Huf in den Spalt hinein. Sie wankte und schien zu stürzen – dann fing sie sich und zog den Fuß mit einem Ruck heraus. Hyadee spannte sich, um vorwärts zu preschen.

»Lass sie los!« Maya versagte fast die Stimme. »Sie reißt dich mit hinunter!«

»Nein.« Larin bekam Hyadees Kopf zu fassen und drückte ihn an der Nase zu sich herunter. Die Stute schnaubte und rollte wild mit den Augen, gab aber langsam ihren Widerstand auf und ließ sich, am ganzen Körper zitternd, weiterführen.

Larin zog Maya mit einer Hand vom Geländer weg. Ihr war

entsetzlich schwindlig, und sie wäre fast gestürzt. ›Ich bin ihm ja eine tolle Hilfe‹, dachte sie, wütend auf sich selbst. ›Mein Pferd bringt ihn fast um, und ich hänge an ihm dran wie ein nasser Sack.‹

Maya riss sich zusammen. Sie unterdrückte ihre Panik und zwang sich, nicht darüber nachzudenken, wie wenig sie alle von der Tiefe unter ihnen trennte.

Endlich erreichten sie die andere Seite.

»Ich habe die Seile schon mit dem Pulver behandelt«, begrüßte Stelláris sie und hielt ein ähnliches Fläschchen wie das von Larin in der Hand. Maya sah, dass auf den letzten Metern der Brücken-konstruktion auf den tragenden Seilen weißes Pulver gestreut war. »Was willst du nun tun?«

»Ich bin vom Pferd gefallen«, sagte Larin etwas rätselhaft. »Ich bin verletzt und leichte Beute. Sie werden so begeistert sein, mich zu kriegen, dass sie nicht lange überlegen, mir zu folgen … Sollte ich nicht rechtzeitig bei euch drüben sein, setzt du auf alle Fälle die Brücke in Brand, hörst du?«

Stelláris sah ihn mit einem merkwürdigen Ausdruck an.

»Versprich mir, dass du das tun wirst, mein Freund. Ich habe keine Zeit zu diskutieren.«

»Lass mich es für dich …«

»Nein!« Larins Stimme klang rau. Er umarmte seinen Freund und nahm dann Mayas Hände und drückte sie kurz. Maya stand wie versteinert vor Schreck über das, was er vorhatte.

»Versteckt euch hinter den Felsen«, rief Larin, dann lief er über die Brücke zurück.

Stelláris zog die Pferde hinter eine Felsformation in der Nähe, die ein gutes Versteck abgab. Maya stolperte hinterdrein. An-schließend rannte der Elf zu einem großen Steinbrocken gleich neben der Brücke und kauerte sich dahinter.

Maya spähte durch einen schmalen Durchlass. Larin war bei Antares angelangt, der ihm erleichtert zuwieherte.

»Was tut er da?«, keuchte Maya, als sie sah, dass Larin ein

Messer zog und sich damit einen Schnitt am linken Arm bei-
brachte. Blut quoll heraus, und Larin ließ es auf den Boden laufen. Danach stieg er auf seinen Hengst – keine Sekunde zu früh,
denn in diesem Moment sah Maya eine Horde Wolfswesen in
hohem Tempo um die Felsen biegen. Die Entfernung zu Larin
verringerte sich in atemberaubender Geschwindigkeit.

»Warum flieht er nicht?«, stöhnte Maya entsetzt. Larin hing
vornübergebeugt auf Antares' Hals, als sei er schwer verletzt; das
Blut lief in einem Rinnsal am hellen Fell des Hengstes herunter.
Er ließ Antares langsam die Brücke betreten. Maya sah die riesigen Wölfe herankeuchen. Ihre gelben Augen glühten, und sie
hatten das schreckliche Gebiss entblößt – *leichte Beute.*

Larin gab Antares ein Zeichen, und sie schossen voran. Die
Brücke bebte und schwankte. Maya schrie auf. Wie konnte er!
Was für ein Wahnsinn! Antares übersprang die Stelle mit den feh-
lenden Brettern, was die Brücke noch heftiger schlingern ließ.
Maya schlug wimmernd die Hand vor den Mund. Das konnte
unmöglich gutgehen! Ein paar weitere Bretter lösten sich unter
den donnernden Hufen, und plötzlich strauchelte der Hengst. Er
stolperte an den seitlichen Rand, und Maya sah das Ende kommen. Alle Grauen Schatten waren ihnen auf die Brücke gefolgt,
sie drängten aneinander vorbei, der Geruch des Blutes hatte sie
rasend gemacht. Maya starrte auf die verzerrten Fratzen mit den
langen Reißzähnen. Das schmutzige Fell war gesträubt, und sie
roch den beißenden Gestank, der von ihnen ausging. Gleich würden sie ihr Opfer erreicht haben. Doch Antares fing sich und
rannte weiter, die Verfolger wenige Meter hinter sich. »Es wird
nicht reichen«, stöhnte Maya. »Er schafft es nicht!« Antares hatte
noch nicht den rettenden festen Boden erreicht, als Stelláris hinter dem Stein hervorsprang. Er streckte einen Arm aus, und
Flammen züngelten aus dem Nichts hervor und setzten die Halte-
taue der Brücke in Brand. Eine Wand aus Feuer türmte sich me-
terhoch auf, und von Larin und Antares war nichts mehr zu sehen.

»NEIN!«, schrie Maya verzweifelt und stürzte hinter dem Felsen hervor auf Stelláris zu. »DU BRINGST IHN UM!«

Es gab ein krachendes Geräusch – die dicken Seile waren im Nu durchgebrannt, und die in hellen Flammen stehende Brücke stürzte in sich zusammen. Sie schwang in die Tiefe und riss alles Leben auf ihr mit sich. Im gleichen Augenblick brach der Hengst mit Larin im Sattel mit einem gewaltigen Satz durch die lodernde Flammenwand und erreichte festen Boden. Larin brachte schwer atmend sein Pferd zum Stehen und glitt herunter.

Er lief auf seine Freunde zu und packte Mayas Arm. »Es ist unhöflich, auf den Sohn seines Gastgebers einzuschlagen«, sagte er.

Maya hielt verwirrt inne und starrte Stelláris bestürzt an. Sie hatte nicht einmal bemerkt, das sie ihn geschlagen hatte. »E-entschuldigung«, murmelte sie und kippte weg.

Als Maya zu sich kam, blickte sie in ein paar strahlende schwarzbraune Augen über ihr. Im ersten Moment hatte sie keinerlei Erinnerung an das Geschehene. Dann kehrte ihr Gedächtnis zurück, und es traf sie mit voller Wucht.

»Das Feuer …«, ächzte sie und vor ihren Augen flimmerte es wieder. Schließlich fiel ihr ein, wie sie auf Stelláris losgegangen war, als sie geglaubt hatte, die Flammen würden Larin umbringen, und ihre Wangen färbten sich rot vor Scham. Larin betrachtete interessiert den wechselnden Ausdruck in ihrem Gesicht. »Was genau denkst du?«, flüsterte er.

»Ich …, wo …« Sie hob den Kopf, um nach Stelláris zu sehen und fand ihn nicht. »Ich habe ihn geschlagen«, stöhnte sie.

»Ich weiß. Er hat gesagt, das war das erste Mal, dass er von einem Mädchen geschlagen wurde. Er meinte, wenn ihm das bei Fiona auch passiert, springt er von der nächsten Klippe.«

Maya riss entsetzt die Augen auf und versuchte, sich aufzurichten. »Ich, oh nein, das …«, stammelte sie verwirrt, und Larin fing tatsächlich an zu kichern.

»He, das ist nicht lustig, das ist …«

Er zog sie hoch und nahm sie in den Arm. »Das ist was?«

»Ich wollte das doch nicht ... ich wollte ihn nicht schlagen.«

»Ich fand das eigentlich sehr nett von dir.«

»Du – fandest – das – nett – von – mir?«, flüsterte Maya.

»Hmm.«

»Entschuldigt bitte.« Stelláris sah ein wenig verlegen aus, weil er sich einmischen musste. »Die Grauen Schatten waren nicht die Einzigen, die uns verfolgten. Irgendwann dürften die Schwarzen Reiter da drüben ankommen, und wir befinden uns in Reichweite ihrer Waffen. Wir sollten weg von der Schlucht.«

»Stelláris, es tut mir so leid, ich wollte dich nicht schlagen, ich war so durcheinander, bitte, nimm es mir nicht übel!« Maya war völlig zerknirscht.

Stelláris lächelte. »Ich nehme es dir nicht übel. – Ich weiß, dass ich dich sehr schockiert habe, aber ich musste das Feuer frühzeitig entzünden. Die Seile brauchten eine gewisse Zeit, bis sie durchgebrannt waren ... Sag mal, Larin, was war das eben? Du fandest es *nett* von ihr?«

Larin grinste ihn an, und Stelláris klopfte ihm mit einem bedeutungsvollen Blick freundschaftlich auf den Rücken.

Sie wandten sich nun wieder gen Nordwesten, ihrem eigentlichen Ziel zu. Die schwarz gekleideten Reiter, die an der Verfolgungsjagd beteiligt gewesen waren, erschienen ihnen momentan als keine allzu große Bedrohung. Deren kräftige schwarze Pferde waren allesamt schwerfälliger und langsamer als die Pferde Eldorins. Da die Brücke über die Schlucht zerstört war, konnten sie ihnen nicht auf direktem Weg folgen und mussten versuchen, den Fluss an einer geeigneten Stelle zu überqueren. Dazu gab es frühestens in der Ebene Gelegenheit, wo das Wasser an manchen Stellen träger dahinfloss, um sich dann mit dem großen roten Strom, dem Fluss Undin, zu vereinigen.

Als sie so weit geritten waren, dass sie vom anderen Ufer aus nicht mehr zu sehen waren, beschlossen sie eine Rast einzulegen.

Die Pferde wurden abgesattelt und machten sich gierig über das spärliche Gras her. Maya bestand darauf, Larins Arm zu verbinden. Die Wunde hatte aufgehört zu bluten, aber es würde eine lange Narbe zurückbleiben.

Sie hatten ihren Reiseproviant aus den Satteltaschen geholt und sich auf dem kargen, von roten Felsadern durchzogenen Boden niedergelassen. Maya wunderte sich über die walnussgroßen, würfelförmigen Brote, die Stelláris ihr eingepackt hatte. Es stellte sich heraus, dass sie vorzüglich schmeckten und erstaunlich satt machten. Keines schmeckte wie das andere, man konnte sich vorstellen, man nähme ein ganzes Menü zu sich und hatte doch nur vier dieser kleinen Elfenbrote verzehrt.

»Seid ihr sicher, dass die Grauen Schatten umgekommen sind, als sie in die Schlucht stürzten?«, erkundigte sich Maya besorgt. Sie wurde das Gefühl nicht los, sie könnten jeden Moment aus dem Nichts auftauchen.

»Nun, sagen wir so«, grinste Larin, »wir haben ihren Bestand auf alle Fälle erheblich dezimiert. Sie sind sehr tief gefallen, und der Fluss ist an dieser Stelle äußerst reißend. Es gibt keine Möglichkeit, ans Ufer zu kommen, die Wände gehen fast senkrecht nach oben … Erst einige Kilometer weiter östlich werden sie flacher, und man könnte aus dem Wasser klettern – falls man da noch lebt, was ich bezweifle.«

»Gut«, seufzte Maya.

»Wir müssen dennoch auf der Hut sein. Wir dürfen nicht außer Acht lassen, dass du möglicherweise inzwischen eine beträchtliche Anzahl von Verfolgern hast, Larin«, warf Stelláris ein. »Von den Feinden, die sich um Eldorin herumtrieben, könnten nun etliche hinter dir her sein. Sie haben sich die günstige Gelegenheit bestimmt nicht entgehen lassen.«

»Ich hoffe sehr, dass sie hinter mir her sind. Wär blöd, wenn wir den ganzen Stress umsonst machen«, sagte Larin.

Maya stöhnte. »Ich weiß nicht, was ich mir wünschen soll. Dass sie Eldorin belagern und dich in Ruhe lassen, oder dass sie es nicht belagern und dann alle hinter uns her sind.«

Larin musste lachen.

»Nein, im Ernst, ich mache mir Sorgen um Fiona, Max, Elysander und all die anderen.«

Stelláris erhob sich abrupt und sah prüfend zum Himmel. »Wir müssen weiter.«

»Glaubst du, dass das Wetter umschlägt?«, wollte Maya wissen.

»Nein.« Stelláris starrte immer noch zu den Wolken hoch. »Ich dachte, ich hätte eine Bewegung gesehen.« Als Maya ihn nur verdutzt ansah, erklärte er: »Krähen. So ähnlich, wie wir weiße Brieftauben verwenden, benutzt der Feind Krähen, um Botschaften zu übermitteln. Manche setzt er sogar als eine Art Sucher ein. Wir nennen sie Lauerer.«

»Und du hast eine gesehen?«

»Ich bin mir nicht sicher.«

»Krähen …« Maya dachte angestrengt nach. Da war irgendetwas, was sie dazu fragen sollte, aber es fiel ihr nicht ein. Sie wusste, es war wichtig, aber je mehr sie darüber grübelte, desto mehr entglitt es ihr.

Larin fing an, den übrig gebliebenen Proviant in den Satteltaschen zu verstauen. »Die Soldaten, die Eldorin belagerten, haben mich Richtung Unduros fliehen sehen. Vermutlich haben sie diese Information sofort mit Hilfe der Krähen weitergeleitet. Sobald wir irgendwo gesichtet werden, wird die Nachricht durchgegeben. Die Biester fliegen schnell, vor allem gibt es in der Luft kein Hindernis wie einen Fluss oder so was. So wissen innerhalb kurzer Zeit verschiedene feindliche Truppen, wo wir uns gerade aufhalten und könnten uns schnell umzingeln.«

Maya sah ihn mit großen Augen an.

»Keine Angst, hier in der Ebene wäre das für sie recht schwierig, denn wir können das ganze Land überblicken. Wir würden sie rechtzeitig sehen«, versicherte Larin rasch.

»Unsere Pferde sind schneller als die des Schattenfürsten«,

ergänzte Stelláris nicht ohne Stolz. »Sollten Schwarze Reiter auftauchen, hängen wir sie ab.«

»Was, wenn sie in der Dunkelheit kommen, wo wir sie nicht bemerken?«, fiel Maya ein. Dieser Gedanke machte sie nun doch ziemlich nervös.

»Dazu müssen sie uns erst finden«, sagte Larin vernünftig. »Wir sollten für heute Nacht auf alle Fälle ein Dach über dem Kopf suchen.« Er grinste. »Ich werde euch zu mir nach Hause einladen.«

»Bitte?« Maya war einen Moment lang verwirrt. Dann rastete das passende Rädchen ein.

»Oooh, in den Palast von Amadur? Ist er in der Nähe?«

Larin nickte. »Erwarte nicht zu viel. Er ist nur noch eine Ruine. Und die Stadt, die ihn umgibt, ist eine Geisterstadt. Niemand wohnt mehr dort. Siehst du im Westen den Wald und die grünen Hügel? Auf dem höchsten erhebt sich der Königspalast von Amadur.«

Die Pferde hatten gefressen und waren ausgeruht, und so kamen sie gut voran. Maya freute sich darauf, den Palast zu sehen. Er war Larins rechtmäßiges Zuhause. Hier hatte er als kleines Kind mit seinen Eltern gelebt. Maya war sehr gespannt. Das Gras wurde wieder saftiger und leuchtete in einem satten Grün. Die Hügel wurden von etlichen kleinen Bächen durchzogen, in denen die Sonnenstrahlen blitzten, und ab und zu kamen sie an einem Wäldchen vorbei.

Am Saum der Wälder waren die Wiesen blau von Hasenglöckchen, die dort wie zu dichten Teppichen gewebt wuchsen.

Nach wenigen Stunden kamen sie auf eine breite, gepflasterte Straße. Sie sah aus, als sei sie schon lange nicht mehr benutzt worden, denn in den Ritzen zwischen den Pflastersteinen hatten sich allerlei Gräser und gelbes Steinkraut angesiedelt. Die Straße schlängelte sich zwischen einem Birkenwald hindurch, und auf einmal hatte man nach einer Kurve einen freien Blick auf einen

Talkessel, der von blühenden Wiesen und Wäldern umgeben war. Kleine helle Häuser waren hineingebaut. In seiner Mitte erhob sich ein hoher, bewaldeter Hügel, auf dem ein weißer Palast stand. Die Straße führte direkt in das Tal hinein und den Hügel hinauf. Obwohl man bereits von Weitem sah, dass die Häuser dem Verfall preisgegeben waren und der Palast zum Teil eingestürzt war, empfand Maya den Anblick als wunderschön. Die Hasenglöckchen, die sie das letzte Stück begleitet hatten, wuchsen hier zu Tausenden und überzogen das Tal mit einem blauen Schimmer.

»Es sieht aus wie ein Märchenschloss«, stellte sie fest.

»Du darfst heute Prinzessin spielen.« Larin zog grinsend eine Augenbraue hoch.

Maya lachte. »Da wäre ich gerne etwas passender gekleidet.«

»Ich nahm an, du magst keine Kleider?«

»Als Prinzessin muss man gewisse Opfer bringen«, teilte ihm Maya hoheitsvoll mit.

Erwartungsvoll näherte sich Maya dem Palast. Ihr war ein wenig mulmig, denn in den Häusern hätte sich eine halbe Armee verstecken können, aber Larin und Stelláris meinten, dass die Feinde das Tal mieden – sie fürchteten sich vor etwas, das angeblich in den Wäldern hauste.

»Nun«, meinte Larin, »wir müssen ja nicht unbedingt sämtliche umliegenden Wälder danach absuchen. Außerdem, vor wem oder was sich die Anhänger des Schattenfürsten fürchten, ist mir eigentlich recht sympathisch.«

»Können wir nicht bleiben und uns hier verstecken, anstatt in den Nebelwald zu fliehen?«, fragte Maya. Ihr gefiel Amadur.

»Ich hatte mir das auch schon überlegt«, meinte Larin, »aber wie du gesehen hast, ist vom richtigen Standpunkt aus halb Amadur zu überblicken. Falls einmal jemand in die Nähe kommt, wären wir hier sehr leicht zu entdecken, es sind einfach zu viele Mauern eingestürzt.«

Larin wirkte angespannt, als sie die letzten Meter der Straße zum alten Königspalast emporritten. Maya beobachtete ihn verstohlen. Sie konnte sich vorstellen, wie er sich jetzt fühlen mochte. Seine Eltern waren in diesen Mauern getötet worden und mit ihnen alle seine Verwandten und die damaligen Spielkameraden.

Sie stiegen von den Pferden und betraten den Palast durch den Vorhof. Maya tat das Herz weh, als sie die Verwüstung sah. Die weißen Mauern waren eingefallen, und die meisten Räume waren zerstört. Alles was man davontragen konnte, war gestohlen worden. Die Vergoldungen waren abgekratzt und Edelsteine ausgebrochen worden. Überall lagen große Steintrümmer herum, da Teile der hohen Decke eingestürzt waren. Die Natur hatte begonnen, das Bauwerk zurückzuerobern, denn wilder Lerchensporn und Gräser wuchsen zwischen den Mauerritzen. Ihre Wurzeln sprengten die Fugen und trugen zum Verfall bei. Ungeachtet dessen wirkten die Räume prachtvoll. Man erkannte immer noch die harmonische Architektur des gesamten Gebäudes und die wunderbar feinen Steinmetzarbeiten an den intakten Stellen. Maya, Larin und Stelláris liefen durch eine Reihe von Räumen. Es war nicht mehr ersichtlich, welchem Zweck sie gedient hatten, und Larin vermochte es nicht zu sagen. Schließlich gelangten sie in den Thronsaal. Der Raum war riesig, und die hintere kurze Seite bildete einen Halbkreis. Vor dieser Wand gab es ein sehr großes steinernes Podest, zu dem auf der vorderen Seite mehrere Stufen hinaufführten. Oben stand aus weiß schimmerndem Stein gehauen der Thron. Er war mittendurch gespalten. Sie standen eine Zeitlang schweigend davor. Maya berührte Larins Hand, und seine Finger schlossen sich um ihre.

Stelláris sagte leise: »Der Thron ist zerschlagen. Das Königreich der Menschen wurde seiner Macht beraubt. Und dennoch bleibt Hoffnung, dass sich dieses Schicksal wenden wird und Amadur wieder aufersteht.«

»Kommt weiter«, sagte Larin mit belegter Stimme. »Es wird

Zeit, dass wir uns einen passenden Platz zum Übernachten suchen.«

Das war einfach. Auf der Rückseite des Palastes gab es einen verwilderten Park mit einem künstlich angelegten See, wo sie die Pferde weiden und trinken lassen konnten. Eine riesige Magnolie breitete ihre Äste ein Stück über das Wasser aus. Sie hatte bereits einige ihrer tulpengroßen Blüten abgeworfen, und einzelne Blätter trieben wie kleine rosa Boote auf der Oberfläche des Sees. Weiße Säulen trugen ein mit Jasmin überwuchertes Vordach, das gleichwohl recht stabil erschien. Larin wollte lieber unter diesem Dach schlafen, als in einem der Säle, da er dort der Decke nicht traute. Zu viele Steinbrocken auf dem Boden zeugten davon, dass es nicht ungefährlich war, darunter zu nächtigen.

»Wollen wir uns ein bisschen draußen umsehen?« Larin war immer noch unternehmungslustig.

»Warum nicht.« Stelláris hatte ebenfalls nicht genug.

»Na gut, wenn ihr meint …« Maya dachte daran, dass die Feinde aus einem bestimmten Grund Amadur mieden. Vielleicht war es ja nur Aberglaube oder einfach ein Gerücht, versuchte sie sich zu beruhigen. Aber so richtig wohl war ihr nicht. Wer konnte wissen, was sie aufstöbern würden!

Sie beschlossen, zu Fuß loszuziehen und den Pferden soviel Pause wie möglich zu gönnen. Als sie unter der Magnolie hindurchliefen, flatterte ein empörter Schwarm Spatzen auf.

»Wartet!« Das Flügelschlagen der Vögel hatte Maya an etwas erinnert. »Die Krähen! Gibt es in Eldorin auch welche?«

»Sicher«, sagte Stelláris erstaunt.

»Ich meine, gibt es auch Lauerer?« Maya klang ganz aufgeregt.

»Das könnte ich nicht ausschließen. Aber Lauerer leben nicht wie wilde Krähen, sie haben einen Besitzer. Ihr Zweck ist es ja, dass sie Nachrichten übermitteln oder irgendetwas aufspüren.«

»Ich hab mal eine gesehen! Nein, sogar zweimal. Das erste Mal, als wir am Tag nach unserer Ankunft über die Wiese zu den

Stallungen liefen. Ich nahm an, sie hätte ein verletztes Bein oder so, aber nun denke ich, sie hatte etwas *ans Bein gebunden.* Und das zweite Mal, als wir heute Morgen zu den Pferden schlichen, um Eldorin zu verlassen. Ich weiß das noch so genau, weil ich erschrocken bin, als sie so plötzlich neben mir aufflatterte. Da hätte ich aber keine Nachricht erkennen können, da war es zu dunkel.«

Larin starrte Maya an. »Du meinst, es gibt in Eldorin jemanden, der den Feind benachrichtigt hat? Der ihm gesteckt hat, dass ich nach meinem Verschwinden wieder in die Stadt der Elfen zurückkam? Und wann ich mich heute auf den Weg zur Grenze gemacht hatte? Hm, das würde Sinn machen. Ich hab mich gewundert, wie der Schattenfürst das so schnell erfahren konnte und hatte null Erklärung dafür. Es sah so abgesprochen aus, dass uns so viele Graue Schatten aufgelauert haben.«

»Ja.« Stelláris nickte grimmig. »Das passt zusammen. Warum habe ich nur nicht daran gedacht?«

»Aber wer aus Eldorin würde dich verraten?«, fragte Maya. »Ich dachte außerdem, das ginge gar nicht, Eldorin ist doch mit Zaubern geschützt!«

»Wegen des Schutzes an der Grenze?« Stelláris schüttelte den Kopf. »Er verwehrt Angreifern den Zutritt nach Eldorin. Mehr nicht. In unserer Sprache gibt es nicht einmal ein Wort für Verrat. Nein, es gibt keinen Zauber, um Verräter aufzuspüren. – Ich glaube inzwischen, dass das alles nur eine Finte des Feindes war. Plötzlich waren da so viele Soldaten, dann Caiman, der dir erzählte, Eldorin soll angegriffen werden. Ich habe den Verdacht, dass nichts davon wirklich war. Du solltest fortgelockt werden, Larin. Es war von Anfang an so geplant.«

»Dann hätte doch Caiman damit zu tun!«, rief Maya empört. »Oder die Scelestos! Was machen wir denn nun?«

»Ich werde sobald wie möglich eine Taube mit einer Nachricht nach Eldorin schicken, um ihnen unsere Vermutung mitzuteilen. Aber jetzt schauen wir uns erstmal um, wie geplant«, sagte Larin vernünftig.

Maya brauchte Zeit, um ihre Gedanken zu sortieren. Da tat es gut, durch Amadur zu streifen. Allerdings verspürte sie nach wie vor ein unsicheres Gefühl, als sie nachdenklich durch den verwilderten Park einen der kleinen, verschlungenen Wege hügelabwärts lief. Der Pfad führte sie durch ein von Menschen erschaffenes Wäldchen mit den unterschiedlichsten Bäumen. Zimt- und Schlangenhautahorne wuchsen hier, die wohl wegen ihrer seltsamen Rinde angepflanzt worden waren. Die meisten anderen Bäume waren Maya absolut unbekannt. Am Fuße des Hügels ging der Park in den natürlichen Wald über. Sofort fühlte sich Maya an Eldorin erinnert. Es gab das gleiche grüne Licht und ähnliche Bäume und Farne. Sogar die gleichen weißen Waldreben und wilder Efeu erklommen die Bäume. Der Boden war ebenfalls mit Sternmoos bedeckt; es wuchs hier sehr dicht, und Maya hatte das Gefühl, auf Watte zu laufen. Ihre Unsicherheit schwand. Sie konnte sich nicht vorstellen, dass in diesem friedlichen Wald etwas Böses hausen sollte.

Larin und Stelláris hatten Maya in die Mitte genommen, und sie merkte, dass Larins rechte Hand manchmal, wenn es im Unterholz knackte, zu seinem Zauberstab zuckte. Er war auf der Hut. Langsam drangen sie in das Innere des Waldes vor. Ein Geräusch von fließendem Wasser hatte sie angezogen. Sie gelangten an einen kristallklaren Bach und folgten ihm. Er führte sie immer tiefer in den Wald hinein, und das Vorwärtskommen erwies sich als schwierig, da das Unterholz sehr dicht stand.

Maya erschrak, als Stelláris plötzlich ihren Arm packte.

»Nicht bewegen! Still!«, flüsterte er. Maya erstarrte. Sie versuchte, irgendetwas zu erkennen und schaute ratlos die Bäume an. Sie hörte Larin neben sich die Luft einziehen und bemerkte immer noch nicht den Grund dafür. Was sahen die beiden, was sie nicht erkennen konnte? Sie fühlte ihr Herz wild pochen.

Plötzlich entdeckte sie ein Geschöpf weit hinten zwischen den Bäumen. Es war strahlend weiß, weißer als frisch gefallener Schnee. Die Pflanzen um es herum schienen intensiver grün zu werden, als es daran vorbeischritt.

Jetzt stieß auch Maya ein kurzes Keuchen aus, denn sie hatte das Wesen erkannt.

Es war ein Einhorn, und es kam auf sie zu. Nie hätte Maya gedacht, einem zu begegnen, auch wenn sie es sich sehr gewünscht hatte. Sie rief sich die Worte ihrer Lehrerin ins Gedächtnis: »Sie kommen zu dir, wenn du nicht damit rechnest und du sie am allermeisten brauchst.«

Staunend betrachtete Maya das schöne Geschöpf. Es sah einem Pferd sehr ähnlich, bis auf das gedrehte schlanke Horn auf seiner Stirn. Seine Mähne war länger, als die eines Pferdes je sein könnte. Sie floss in weichen, wilden Locken herab und erinnerte an den Schaum auf bewegten Meereswogen. Der lange Schweif fiel wie eine Kaskade schäumenden Wassers hinab. Es trug ihn wie eine Schleppe über den Boden. Seine Hufe waren zierlich und hatten die Farbe polierten Silbers. Das Einhorn schritt langsam auf das Mädchen zu. Maya vergaß fast zu atmen. Als es dicht vor ihr stand, senkte es den prachtvollen Kopf, und die Spitze des Horns berührte ihre Brust an der Stelle ihres Herzens. Ein seltsames Gefühl durchströmte Maya. Sie fühlte sich unbeschreiblich glücklich und gleichzeitig verspürte sie tiefe Trauer. Ähnliche Empfindungen hatte die Sprache der Elfen in ihr ausgelöst, doch längst nicht so stark. Das Einhorn hob sein Haupt und blickte Maya aus sprechenden Augen an. Diese Augen waren die schönsten, die sie jemals gesehen hatte. Maya hätte die genaue Farbe nicht benennen können, denn sie wechselte von tiefem Smaragdgrün bis hin zu strahlendem Saphirblau, durchsetzt von goldockerfarbenen Lichtern. Nur die Augenmitte blieb samtschwarz. Maya spiegelte sich darin. Lange stand es vor ihr und schien aus ihren Augen ihre Geschichte zu lesen. Sie wagte nicht zu blinzeln, bis ihr fast die Tränen in die Augen traten. Schließlich scharrte das Einhorn mit dem Vorderhuf und warf den Kopf zurück. Leichtfüßig wie eine Tänzerin drehte es sich seitlich zu ihr und ließ sie dabei nicht aus den Augen.

»Folge ihm«, wisperte Stelláris Maya zu.

Maya überlegte keine Sekunde. Warum auch? Sie ließ Larin und Stelláris stehen und ging benommen wie im Traum neben dem schönen Geschöpf her. Es bewegte sich graziös und fast geräuschlos. ›Das hat es mit den Elfen gemeinsam‹, dachte Maya. Nach einer Weile entdeckte sie ein Aufblitzen zwischen den Bäumen. Das Einhorn führte sie an einen saphirblauen, spiegelblanken See mitten im Wald. Goldene Lichtreflexe tanzten auf ihm. ›Er spiegelt die Farbe seiner Augen wider‹, begriff Maya erstaunt, und der See färbte sich smaragdgrün. An seinem Ufer lagen dicke Felsbrocken verstreut, die mit fiedrigem Frauenhaarmoos überzogen waren. Ein uralter Baumriese ließ seine dicht belaubten Zweige so herabhängen, dass sie das Wasser streichelten. Maya blieb am Ufer stehen, und das Einhorn sprang leicht wie eine Feder auf einen der Felsen vor dem alten Baum und ließ sich zu ihrem Erstaunen darauf nieder. In diesem Moment geschah die Verwandlung. Maya blinzelte. Von dem Fell des Einhorns ging ein immer heller werdendes Strahlen aus. Es war von einem so reinen und intensiven Weiß, dass seine Helligkeit den Augen wehtat. Maya konnte kaum noch hinsehen, und doch vermochte sie den Blick nicht abzuwenden. Plötzlich fiel das Licht in sich zusammen, und auf dem Felsen saß ein Wesen, das so ganz anders aussah als das Einhorn, und gleichwohl erkannte man es in ihm.

Ein Mädchen saß dort. Es war von so überirdischer Schönheit, wie Maya es noch bei keinem Geschöpf gesehen hatte. Seine nackte Haut schimmerte in einem sanften Weiß, und auch die Haare am Kopf waren schneeweiß und so lang, dass sie den zarten Körper umspielten und in wilden Strähnen bis in den See herunterfielen. Es hatte schwarze, lange Wimpern, und seine Augen waren von wechselnder Farbe wie die des Einhorns. An seiner Stirn befand sich eine kleine kreisrunde Narbe.

»Ich habe lange auf dich gewartet, Maya«, begann dieses schöne Wesen zu sprechen. Maya konnte es immer nur anstarren.

Seine Stimme hatte einen wunderbar sanften und doch klaren Klang, und Maya wünschte sich, es würde nie aufhören zu reden; denn diese Stimme nicht mehr zu vernehmen würde sie zum Weinen bringen.

»Du weißt weniger, als du zu wissen glaubst, und mehr, als du denkst«, sagte es. »Aber deine Fragen werden in jüngster Zukunft beantwortet werden, und die Rätsel werden sich lösen. Begebt euch zum Nebelwald. Geht euren Weg bis zum Ende. Du hältst den Schlüssel bereits in der Hand. Ich gebe dir drei Namen mit. Sie lauten Smaragd, Rubin und Topas. Sie werden euch aus Todesgefahr retten. Brecht morgen bei Sonnenaufgang auf. Reitet zum Fluss Undin und wartet auf das Schiff.«

Es dauerte nur einen Wimpernschlag, schon war das Mädchen aufgesprungen, und das Einhorn stand wieder vor Maya. Es wies mit seinem Kopf in die Richtung des Pfades, auf den sie gekommen waren und stob dann mit wogender Mähne in den Wald davon. Sein Glänzen blieb eine Zeitlang über dem Felsen zurück, bis es sich auflöste, wie der Dunst sich auflöst, wenn die Sonne scheint. Maya stand regungslos am Seeufer. Sie versuchte, das Bild des Einhorns und den Klang seiner Stimme tief in ihrem Gedächtnis einzuschließen. Eine Welle der Traurigkeit überkam sie. Es war fort. Sie wusste, dass es nicht zurückkommen würde und wünschte, es hätte sie niemals verlassen. Maya hätte nicht sagen können, wie lange sie hier am Wasser verharrte. Sie war lange nicht in der Lage, sich aus ihrer Erstarrung zu lösen.

An den Zweigen der Bäume, an denen das Einhorn vorbeigelaufen war, schimmerte etwas Weißes. Maya begriff, dass es Einhornhaar war, das sich dort verfangen hatte, und endlich schritt sie langsam darauf zu. Behutsam löste Maya die Haare von den Zweigen und sammelte sie in ihrer Hand. Sie ging den Pfad zurück, den das Geschöpf ihr gezeigt hatte. Erst jetzt fielen Maya die Tiere auf, die sorglos herumliefen. Ein Rudel Rehe kreuzte ohne Eile ihren Weg, und Eichhörnchen sprangen dicht an ihr vorbei. Im Unterholz raschelte es, und sie sah das schwarzweiße

Gesicht eines Dachses hervorlugen, der sie aufmerksam betrachtete. Es schien an der Nähe des Einhorns zu liegen, dass sich die Tiere so vertrauensvoll verhielten. Maya stolperte weiter durchs Unterholz. War der Hinweg auch so lange gewesen? Er war ihr soviel kürzer und einfacher zu laufen erschienen. Es dämmerte bereits, als sie Larin und Stelláris erreichte.

Larin sah sehr erleichtert aus.

»Ich erzähle es euch später«, sagte Maya etwas atemlos. Sie hatte das Gefühl, das Bild des Einhorns in ihrem Gedächtnis würde noch mehr verblassen, wenn sie das Erlebte in Worte fassen würde. Sie wollte die Erinnerung eine kleine Weile für sich behalten.

»Gut, dass du gekommen bist.« Stelláris lächelte. »Es war nicht einfach, Larin zu überzeugen, dass du allein zurückfinden würdest.«

»Es wird ziemlich schnell dunkel«, murmelte Larin, »dann findet man schwer aus dem Wald heraus.«

»Ach, ich hätte sogar ein Licht dabeigehabt«, sagte Maya ganz gerührt. Sie kramte in ihrer Hosentasche und zog den blau leuchtenden Stein heraus. »Schau! Der ist von Stelláris. – Es ist doch in Ordnung, dass ich ihn mitgenommen habe? Ich finde, das ist eine echt gute Taschenlampe.«

»Ja, sicher. Es ist ein Elfenlicht, in einem Edelstein eingeschlossen. Der Stein dazu stammt von Gormack. Er ist etwas Besonderes, er hat ihn aus dem Shimhog, dem berühmten Berg der Zwerge.«

An diesem Abend tat sich Maya schwer mit dem Einschlafen. Die beiden Jungen hatten sie fürsorglich in ihre Mitte genommen, und so lagen sie nun in ihre Kapuzenmäntel eingerollt unter dem Vordach des Palastes. Maya hob den Kopf und sah hinaus in den verwilderten Park. Glimmerfeen flatterten durch die Nacht oder planschten vergnügt am Teichufer. Ein paar Fledermäuse schossen über das Wasser dahin auf der Jagd nach Insekten. Maya drehte sich und versuchte, in der Dunkelheit Larins Gesicht zu erkennen. Konnte nicht eine Glimmerfee hier vorbeifliegen? Maya seufzte tief und schloss die Augen.

Ihre Gedanken wanderten zu dem Einhorn zurück, und was es zu ihr gesagt hatte. Sie hatte vorhin versucht, seine Worte für Larin und Stelláris möglichst genau wiederzugeben. Zusammen hatten sie lange darüber gerätselt und keine richtige Klarheit bekommen. Das einzig eindeutig Verständliche war, dass ihr Ziel Nebelwald hieß und sie morgen früh dieses Schiff erwischen mussten, und daran würden sie sich halten.

Das trübe Licht einer beginnenden Morgenröte weckte Maya. Vage Traumbilder stiegen in ihr hoch und wurden deutlicher. Benommen setzte sie sich auf. Wo waren Larin und Stelláris? Mit einem Satz war sie auf den Beinen. In der Nähe hörte sie ein Lachen. Ihre Augen versuchten, im Zwielicht etwas zu erkennen.

»Ich habe verschlafen!«, sagte sie erschrocken zu Larin. »Wir müssen doch fort!« Maya war gerade alles wieder eingefallen.

»Wir werden schon rechtzeitig aufbrechen«, kam die Antwort. Maya erkannte selbst im schwachen Licht der Morgendämmerung, dass er grinste. »Beeil dich einfach ein bisschen. Du hast so tief geschlafen, dass du es gar nicht gemerkt hast, wie ich vorhin versucht habe, dich wach zu kriegen. Wir haben beschlossen, dir noch ein paar Minuten zu gönnen. Ich habe Hyadee für dich gesattelt.«

»Danke!« Maya schnappte sich ihre Waschsachen und erschien wenige Minuten später, die Haare nass und zerzaust, bei den Pferden, wo Larin und Stelláris auf sie warteten.

»Das war bestimmt Rekord.« Mit einem kleinen Lächeln strich Larin Maya eine tropfende Strähne aus der Stirn. Als sie aufgestiegen waren, drückte er ihr zwei der kleinen viereckigen Brote in die Hand. »Frühstück zu Pferd«, meinte er entschuldigend.

Sie ritten auf der breiten gepflasterten Straße aus dem Tal von Amadur hinaus, als feuerrot die Sonne hinter dem Palast in den Himmel stieg und ihn rosa glühen ließ. Maya warf einen letzten

Blick zurück. Larins Zuhause … Er war der Letzte aus dem alten Königsgeschlecht von Amadur. Maya fand, dass das eine schwere Bürde war.

Die Pferde waren ausgeruht und munter, und zu einem anderen Zeitpunkt hätte Maya der Ritt Freude gemacht. Der Gedanke, ob Fiona und Max in Eldorin wirklich sicher waren, hatte sie sogar in ihre Träume verfolgt, und die Angst um Larin war ständig gegenwärtig. Maya nahm die zauberhafte Landschaft um sie herum kaum wahr. Unruhig ließ sie ihren Blick in die Ferne schweifen, um dort irgendwo Spuren ihrer Verfolger zu entdecken.

Larin war ihr nervöses Suchen nicht entgangen, und er lenkte Antares dicht neben Hyadee, um sich besser unterhalten zu können. »Versuche dich ein bisschen zu entspannen. Luna sagte einmal, dass die Angst vor einer Gefahr oft schlimmer ist als die Gefahr selbst.«

»Hmmm … klingt irgendwie einleuchtend.«

»Was Luna sagt, ist immer einleuchtend. – Du hast mir noch gar nicht erzählt, wie dir Amadur gefallen hat.«

»Es ist beeindruckend … und man sieht, dass es einmal wunderschön war.«

»Vielleicht wird es eines Tages wieder aufgebaut werden.« Larin sah nachdenklich vor sich hin.

»Sag mal …«, Maya war gerade ein Gedanke gekommen, »wenn der Schattenfürst besiegt werden würde, wärst du ja König hier in Amadur!«

»Ähem …« Dieser Gedanke war für Larin nicht ganz so neu. »Der einzige Grund, warum ich mir wünsche, dass das noch ein bisschen dauert … nein, im Ernst, ich kann mir das nicht vorstellen.«

»Aber du müsstest! … Du musst auch Kinder haben, weil … du weißt schon, die Weissagung muss doch eintreffen.«

»Meine Zukunft ist sozusagen ziemlich verplant.« Larin grinste schief.

Von dieser Seite hatte es Maya bisher gar nicht betrachtet. ›Wie dumm von mir‹, dachte sie betreten und musterte eingehend die Ohren ihres Pferdes.

Sie bemerkte nicht die Krähen, die über ihnen dahinflogen.

Stelláris und Larin waren sie nicht entgangen. Sie warfen sich einen bedeutungsvollen Blick zu. Sie brauchten keine Worte, um sich zu einigen, dass sie Maya nichts von den gefiederten Kundschaftern erzählen würden, sie machte sich schon genug Sorgen.

Larin hatte sowieso vorgehabt, die Feinde glauben zu lassen, er würde nach der freien Stadt Unduros fliehen, und so sollten die Lauerer es ruhig bestätigen. Sein Plan war gewesen, im nächsten Dorf den Fluss zu überqueren, ihm anschließend am gegenüberliegenden Ufer ein Stück in Richtung dieser Stadt zu folgen, aber sich dann heimlich nach Norden zum Nebelwald zu wenden. Nun hatte das Einhorn zu Maya gesagt, sie müssten dieses Schiff erreichen. Larin verstand den Sinn nicht, denn das Schiff fuhr vom nächsten Haltepunkt aus direkt nach Unduros weiter. Es gab keine Möglichkeit, auf halber Strecke auszusteigen, und sie würden somit die Stelle verpassen, von der aus sie zum Nebelwald weiterreiten wollten, was einen unnötigen Umweg bedeuten würde. Außerdem wäre es verhältnismäßig riskant, sich in Unduros blicken zu lassen; in einer so großen Stadt wimmelte es von Anhängern des Schattenfürsten.

Larin wusste, dass es schwierig war, die Worte eines Einhorns zu deuten. Ihnen war vieles unverständlich geblieben. So hatten sie beschlossen, sich genau an das zu halten, von dem sie annahmen, es richtig verstanden zu haben. Er fragte sich, was sie im Nebelwald erwartete. War es nur eine gute Fluchtmöglichkeit, oder galt es, dort eine Aufgabe zu lösen?

Um die Mittagszeit tauchten am Horizont vor ihnen eine Anzahl Häuser auf.

»Das ist Undil-Ran«, erklärte Larin. »Es ist eine kleine Siedlung am Fluss – hier hält das Handelsschiff. Wir werden rechtzeitig ankommen. Wir sollten unsere Mäntel überziehen, dann erkennt man uns nicht so leicht. Zieh dir die Kapuze weit ins Gesicht, Maya.«

»Fallen wir nicht erst recht auf, wenn wir so vermummt durch die Gegend reiten?«

Larin lachte. »In Undil-Ran fällt man nicht auf, nur weil man einen Mantel trägt. Da treibt sich viel Merkwürdigeres herum.«

Maya kämpfte sich, ohne von Hyadee abzusteigen, in ihren langen Umhang. Sie war froh, dass der Stoff so leicht war. Letzte Nacht hatte er sie gewärmt, aber erstaunlicherweise schwitzte man nicht darin, auch wenn man ihn bei höheren Temperaturen trug.

Sie erreichten eine ungepflasterte Straße, auf der vereinzelte Reisende in Richtung der Siedlung strebten. Es schienen Händler zu sein, die mit Ochsengespannen oder Pferdefuhrwerken unterwegs waren, aber es gab auch einige Reiter darunter. Die Anlegestelle diente offensichtlich als Umschlagplatz, denn manche Wagen waren leer, andere voll beladen. Maya staunte über die Ware, die sich darauf türmte. Teilweise erinnerte es sie an den Kramladen der Schwestern Hage-Beauté. Sie überholten ein Ochsengespann, auf dem eine größere Menge Kochtöpfe munter vor sich hinklapperte. Maya betrachtete verblüfft den Fahrer. Er war ein Zwerg, der das, was ihm an Größe fehlte, durch seine Breite wettmachte. Hyadee missfiel das Geschepper. Sie tänzelte nervös und strebte von dem Wagen fort; Maya konnte sie gerade noch am Durchgehen hindern.

»Gut gemacht!«, lobte Larin. »Du kommst gut mit ihr zurecht. Hyadee ist manchmal ein wenig schreckhaft, weil sie einfach unerfahren ist. Ich hatte am Anfang echt ein bisschen Bedenken – du reitest ja noch nicht lange. Aber – wow.«

Maya sah ihn glücklich strahlend an, und Stelláris lächelte in sich hinein.

Schon von Weitem erkannte Maya, dass sich ungewöhnlich viele Menschen in Undil-Ran versammelt hatten, vermutlich wegen des ankommenden Schiffes. Die Siedlung war sehr überschaubar, was ihnen recht war. Trotz der wenigen Häuser, die alle im Fachwerkstil erbaut waren, gab es eine Gastwirtschaft. Wie ein Schild ankündigte, wurden hier billig Zimmer vermietet. Daneben befanden sich Stallungen, in denen man seine Tiere unterbringen konnte. Einige Häuser wirkten verwahrlost, manche waren Ruinen und rauchgeschwärzt. An den intakten Häusern waren große schwarze Fahnen angebracht, auf denen eine silbergraue Wolfsmaske mit roten Augenschlitzen abgebildet war: die Flagge des Schattenfürsten. Sie wehte dort zum Zeichen, dass die Besitzer der Häuser sich ihm unterworfen hatten.

»So sehen die Dörfer und Städte aus, in denen dem Schattenfürsten Widerstand entgegengesetzt wurde, und die sich ihm letztendlich doch anschließen mussten«, klärte Stelláris Maya auf. »Undil-Ran hat Glück gehabt. Manche solcher Orte sind viel schlimmer verwüstet, unzählige Leute verloren ihr Leben. Einige Städte existieren nur noch als Name auf einer Landkarte. Kein Leben regt sich dort mehr. – Wir müssen nun vorsichtig sein«, warnte er, als sie vor dem Stall des Gasthofes hielten. Sie stiegen ab, und er drückte Larin die Zügel seines Orion in die Hand. »Ich sehe mich erst einmal allein um. Schließlich suchen sie dich und nicht mich.«

Der Vorschlag war vernünftig. Stelláris warf einen Blick in den Stall, um sicher zu gehen, dass drinnen keine großen schwarzen Pferde eingestellt waren. Glücklicherweise war kein Pferd der Schwarzen Reiter zu entdecken. Anschließend verschwand der Elf hinter der alten hölzernen Eingangstür des Gasthauses.

»Er braucht ziemlich lange.« Maya wurde ganz zappelig. Die Minuten verstrichen. Sie ließ den Eingang nicht aus den Augen. Wo blieb er nur?

Auch Larin gefiel das nicht. Er schwang sich entschlossen aus dem Sattel.

»Du wirst doch nicht da reingehen wollen?«, rief Maya erschrocken.

In diesem Moment öffnete sich die Tür, und Stelláris erschien. Zu Mayas Verblüffung drängte sich jemand an ihm vorbei. Sie starrte mit offenem Mund auf ein recht hübsches dunkelhaariges Mädchen, das Larins Namen quiekte und ihm um den Hals fiel.

»Hallo, Nicoletta«, sagte Larin überrascht und verlegen. Vorsichtig löste er sich aus ihrer Umarmung.

»Ich habe dich soo vermisst!« Das Mädchen blickte Larin aus großen braunen Augen freudestrahlend an.

Larin grinste. Er sah nicht unerfreut aus, stellte Maya bestürzt fest.

»Äh, ich wusste nicht, dass du hier bist«, erwiderte Larin.

»Meine Eltern haben das Gasthaus übernommen.« Nicoletta strahlte ihn immer noch an. Maya war ziemlich verunsichert. Woher kannten sie sich? Und vor allem: wie gut?

»Ach, … hallo«, bemerkte Nicoletta etwas vage in Mayas Richtung und machte eine wedelnde Handbewegung, als würde sie ein lästiges Insekt verscheuchen. »Ihr könnt eure Pferde in den Stall dort bringen. Stelláris sagte, dass ihr auf das Schiff wartet. Es kommt in einer Stunde.« Sie schenkte Larin wieder ihr breites Lachen und ergriff seine Hand. »Komm doch schon mal mit, ich zeige dir alles.« Nicoletta wollte ihn tatsächlich mit sich ziehen.

»Warte, ich bringe mein Pferd gerne selbst in den Stall«, lächelte Larin entschuldigend und nahm Antares am Zügel.

»Wie du möchtest«, gurrte das Mädchen und warf Maya einen abschätzigen Blick über die Schulter zu. Täuschte sie sich, oder hatte Nicoletta die Mundwinkel verächtlich nach unten gezogen? Auf Mayas Bewertungsskala rutschte sie soeben von ›unsympathisch‹ in den ›Miss-Godzilla-Bereich‹. Warum war Larin nur so freundlich zu diesem aufdringlichen Mädchen? Außerdem war Nicoletta gar nicht so hübsch, wie sie auf den ersten Blick gewirkt hatte. Ihre Nase war zu breit, und überhaupt … irgendetwas ließ sie richtig unangenehm wirken. Maya stieg missgelaunt ab und ging mit Hyadee hinter ihnen her. Neben ihr lief Stelláris. Ihr wurde bewusst, dass er sie ansah und konnte seinen Blick nicht so recht deuten. Unerklärlicherweise sah er fast so aus, als ob er sich über sie amüsierte.

›Hab ich was verpasst?‹, dachte Maya verärgert. Sie konnte absolut nichts Witziges an der Situation entdecken.

Nicoletta zeigte ihnen einen Stellplatz für die Pferde. Er war sauber, und es war ausreichend Futter und Wasser vorhanden, aber Maya gefiel es nicht, dass die Tiere in engen Ständern angebunden stehen mussten. Sie streichelte Hyadee zum Abschied über ihren glänzenden Hals.

»Komm mit«, hörte sie Larins Stimme hinter sich leise sagen, und Maya folgte ihm. Nicoletta drängte sich an Larins Seite, hakte sich bei ihm unter und plapperte begeistert auf ihn ein.

Sie betraten die Gastwirtschaft und nahmen die Mäntel ab. Es war mehr eine Kneipe als ein Gasthaus und sehr rustikal mit dunklem Holz eingerichtet. Ein langer, abgenutzter Tresen erstreckte sich über eine Seite des Raumes, und dahinter stand ein kräftiger, glatzköpfiger Wirt, in dessen Strubbelbart eine einsame, vom Essen übrig gebliebene Nudel hing. Er schob gerade giftig aussehende, schäumende Getränke über den fleckigen Schanktisch zu ein paar Gästen hinüber. Diese sahen noch weniger vertrauenswürdig aus als der Wirt, hatten aber mit den Schwarzen Reitern keine Ähnlichkeit, denn drei davon waren Zwerge, und die anderen beiden hatten merkwürdig warzige Gesichter und trugen graue Umhänge. Ein modriger, durchdringender Geruch hing in der Luft, obwohl ein Fenster geöffnet war.

Sie nahmen an einem der freien Tische Platz. An einem der Nebentische saß eine Menschenfamilie mit zwei kleinen Kindern, die hingebungsvoll in ihrem Essen herummatschten. Ein bisschen fühlte sich Maya an Max erinnert, und es gab ihr einen Stich.

»Wir haben nur noch Linseneintopf da«, flötete das Mädchen, nachdem es sich den Platz neben Larin gesichert hatte, und blickte erwartungsvoll in die Runde. Die drei nickten.

»Ein Krug Wasser dazu wäre gut«, meinte Stelláris. Nicoletta glitt vom Stuhl und lief hinter den Tresen, wo eine Tür zur Küche führte, und gab die Bestellung weiter. Der Wirt starrte misstrauisch zu ihnen hinüber.

›Vermutlich sieht er es als Beleidigung an, dass wir Wasser trinken‹, dachte Maya und betrachtete die enorme Auswahl an unterschiedlichen Flaschen alkoholischen oder unbestimmbaren Inhalts, die hinter ihm in einem mehrreihigen Regal standen. Es sah fast aus wie im Alchimielabor von Herrn Frankenberg. Maya saß Larin gegenüber (schon, weil sie nicht Nicoletta gegenüber sitzen wollte) und fühlte seinen Blick auf sich gerichtet. Ein wenig missmutig wandte sie sich ihm zu. ›Warum grinst er nur so?‹, fragte sich Maya. Larin wollte gerade etwas zu ihr sagen, als Nicoletta mit einem Krug Wasser und vier nicht sehr sauberen Gläsern zurückkam und alles schwungvoll auf den Tisch stellte.

»Essen kommt gleich!«, verkündete sie und rutschte mit ihrem Stuhl dicht an Larin heran. Maya wollte lieber nicht zu ihnen hinsehen und beäugte angeekelt ihr Glas. Nicht mal, wenn Max im Waisenhaus Abspüldienst gehabt hatte, hatten die Gläser hinterher so ausgesehen. Was waren das für schmierige Beläge? Sie war zu höflich, um sich zu beschweren (es hätte vermutlich sowieso nichts genützt), und würgte das abgestanden schmeckende Wasser hinunter. Es trug nicht dazu bei, ihre Laune zu heben. Was für eine Spelunke das hier war! Und warum lag in der Ecke dort drüben ein riesiger Berg Lumpen auf der Bank? Maya sah genauer hin. Hilfe, das Ding bewegte sich! Sie hörte Stelláris leise lachen.

»Das ist ein Getüpfelter Gerölltroll«, raunte er ihr zu. »Dumm, aber harmlos – und sehr versoffen … nicht zu verwechseln mit den echten Trollen. Die sind ebenfalls dumm, möglicherweise auch versoffen …, aber nicht ganz so harmlos.«

Ein Getüpfelter Gerölltroll! Maya vergaß, sich über Nicoletta zu ärgern. Fasziniert versuchte sie zu erkennen, ob der Troll seinen Namen zu Recht trug – tatsächlich, seine ledrige Haut war mit kleinen und größeren grauen Sprenkeln übersät. Es war schwierig zu erkennen, wo die Haut aufhörte und die Kleidung begann. Er schien sie nie zu wechseln, sie wirkte wie mit ihm verwachsen. Zumindest konnte sich Maya nun den beißenden Geruch nach vergammeltem Sauerkraut und Essig erklären. Maya wunderte sich, dass die kleine Bank unter dem Gewicht seines unförmigen Körpers nicht zusammenbrach, jedenfalls schwabbelten die Speckwülste des Trolls über die Sitzfläche hinaus. Die Bank ächzte, als er sich nach vorne lehnte, um mit seinen Wurstfingern nach einem der zwanzig Bierkrüge vor ihm zu greifen. Er legte den viel zu kleinen kahlen Schädel nach hinten und leerte den Krug geräuschvoll in einem einzigen Zug. Mit einem behaglichen Rülpser sank er in sich zusammen, wobei sein kurzer Hals vollständig zwischen den Speckringen verschwand.

Die Wirtin kam mit vier Tellern Eintopf, die sie souverän balancierte und geräuschvoll vor ihnen ablud. Na, mit Matschpampe in allen Farben kannte sich Maya bestens aus. Schweigend löffelte sie das Essen in sich hinein. Sie war erleichtert, als alle aufgegessen hatten und Stelláris vorschlug aufzubrechen. Larin schien gerade zu beschäftigt zu sein, um auf solche Gedanken zu kommen. Tiefe Furchen gruben sich auf Mayas Stirn ein. Sie spürte, wie sich ihr Herz zusammenzog, und konnte ihre Empfindung nicht klar einordnen. Stelláris beglich die Rechnung am Tresen und warf sich seinen Mantel über. Maya tat es ihm nach und folgte ihm rasch nach draußen. Die frische Luft tat gut. Sie drehte den Kopf, um zu sehen, ob Larin mitkam, aber er schien sich Zeit zu lassen. Mit einem undefinierbaren Gefühl in der Brustgegend lief Maya hinter Stelláris her.

»Sie kennen sich aus Eldorin«, erklärte Stelláris unaufgefordert. »Nicoletta ist vor einem Vierteljahr mit ihren Eltern fortgezogen, weil sie sich bei uns nie richtig heimisch gefühlt haben. Sie wollten ursprünglich nach Unduros, aber offensichtlich haben sie sich entschlossen, dieses Gasthaus in Undil-Ran zu führen. Ich nehme an, sie verdienen damit ziemlich gut.«

Maya wunderte sich. Wie konnte man freiwillig aus Eldorin fortgehen?

»Nicht jeder lebt gerne bei uns Elfen«, sagte Stelláris sanft, als hätte er ihre Gedanken erraten.

Maya fuhr zusammen, als sie hinter sich schrilles Gekicher vernahm. Sie verdrehte die Augen. Auch das noch! Miss Godzilla kam mit!

Hyadee wieherte fröhlich zur Begrüßung, als sie Maya erblickte. Dankbar vergrub Maya ihr Gesicht in der seidigen Mähne der Stute. »Ich liebe dich auch«, sagte sie leise.

Sie machten ihre Pferde fertig. Maya konnte nicht anders, als dem Gespräch nebenan zuzuhören, Nicoletta redete einfach zu laut.

»Wann kommst du mich wieder besuchen? Bald? Oh, sag doch Ja!«

Larin murmelte etwas, was Maya nicht verstand. Es war wohl nicht die erwünschte Antwort, denn das Mädchen ließ ein enttäuschtes »Oooh!« hören.

Maya hatte bis jetzt nicht gewusst, dass sie zu so einem gemeinen Gefühl wie Schadenfreude fähig war, und schämte sich ein wenig dafür.

Sie hatte für Nicoletta zum Abschied nur ein kurzes Grußwort übrig, die jedoch schenkte ihr ein übertrieben zuckersüßes Lächeln. Maya ritt den anderen ein Stück voraus, um sich die sicherlich rührende Szene zwischen Larin und diesem grässlichen Mädchen zu ersparen.

Ein paar Häuser weiter, ganz am Ende der Straße, kam der Rote Fluss bereits in Sicht. Träge wälzte er sich in seinem Bett dahin. Vom Schiff war nichts zu sehen, aber es konnte nicht mehr lange dauern. Am Ufer standen über zwei Dutzend Wartende, die entweder mitfahren oder Waren auf- oder abladen wollten. Nachdenklich hielt Maya ihre Stute an. Warum wohl war dieses Schiff so wichtig, dass sie es unbedingt erreichen sollten?

Hinter sich hörte sie den Hufschlag zweier Pferde. Sie wollte sich gerade nach ihren Freunden umdrehen, als sie Stimmen vernahm. Das klang nicht nach Larin und Stelláris, es waren raue Männerstimmen. Etwas im Tonfall verursachte Maya Unbehagen. Sie senkte den Kopf und tat, als wolle sie ihre Zügel ordnen, um ihr Gesicht nicht zeigen zu müssen. Zwei Männer ritten an ihr vorbei. Sie saßen auf schwarzen Pferden und trugen verstaubte schwarze Umhänge. Maya erstarrte. Schwarze Reiter! Waren diese hier auf der Suche nach ihnen? Sie war froh, dass sie ihren Kapuzenmantel angezogen hatte. Unauffällig wendete sie ihr Pferd und ritt langsam das Stück Weg zurück. Ihre Hände begannen zu schwitzen. Der Rückweg kam ihr elendig lang vor, aber bereits nach kurzer Zeit stand Maya wieder vor dem Stall. Es war genau die Stelle, an der sie die anderen verlassen hatte – doch von ihnen war keine Spur zu sehen. Maya sah sich erschrocken um. Wo waren Larin und Stelláris? Was war geschehen? Trieben sich noch mehr Schwarze Reiter in Undil-Ran herum? Waren die Jungen von ihnen erkannt worden? Oder hatten die beiden lediglich etwas im Gasthaus vergessen und holten es gerade? Aber dann wären ihre Pferde doch irgendwo hier draußen gewesen! Sie unterdrückte die aufkeimende Panik und schaute sich weiterhin suchend um. Oh nein! Maya fühlte, wie sich ihr die feinen Härchen im Nacken aufstellten. Die Reiter kamen direkt auf sie zugeritten! Was jetzt? Ruhe bewahren und hoffen, dass sie vorbeiritten? Fliehen? Das würde, falls die Männer zufällig in ihre Richtung kämen, Maya erst recht verdächtig machen. Außerdem, wenn sie Undil-Ran verließ, hätte sie keine Ahnung, wie sie ihre Freunde wiederfinden sollte. Maya zwang sich, ruhig zu bleiben und lenkte ihr Pferd ohne Hast von der Hauptstrasse fort in eine schmale Gasse zwischen dem Stall und dem Nachbarhaus. Vielleicht gelang es ihr, sich unbemerkt zu verdrücken. Ihre Hände zitterten so, dass sie Mühe hatte, die Zügel in der Hand zu halten. Sie hörte hinter sich eiliges Hufgeklapper.

»He, du!«, brüllte einer der Männer.

Maya überlegte nicht länger. Sie ließ Hyadee angaloppieren. Die Gasse war eng, aber da Undil-Ran nur ein kleines Dorf war, würde es nicht lange dauern, bis sie aus dem Häusergewirr heraus war und freies Gelände erreichte. Dort konnte sie Hyadee richtig rennen lassen und hoffen, dass die Männer nicht die besten Schützen waren. Zweimal teilte sich das Sträßchen, sie hatte keine Ahnung, welche Abzweigung sie nehmen sollte, und verließ sich auf ihr Gefühl. Maya merkte, dass sie Hyadee zu schnell in eine enge Kurve getrieben hatte, ihre Stute kam ins Straucheln. Sie stolperte, es gab einen heftigen Ruck, und Maya krallte sich panisch an der Mähne fest, um nicht heruntergeschleudert zu werden.

Hyadee fing sich und lief weiter, so schnell es in diesen gewundenen schmalen Gassen eben ging. Maya hatte etwas Abstand zu den Verfolgern gewonnen, aber sie konnte sie noch deutlich hören.

»Bleib stehen!«, donnerte eine zornige Stimme. Das war nun so ziemlich das Letzte, was Maya vorgehabt hätte.

Endlich wurde der Weg breiter. Maya dachte schon, sie hätte es heraus geschafft aus diesem Labyrinth – da erkannte sie ihren Irrtum: Sie war in einen großen Innenhof geflohen, der von mehreren aneinander gebauten Häusern und einer Scheune umschlossen war und nur diesen einen Durchgang hatte. Eine Sackgasse!

Entsetzt hielt sie Hyadee an und starrte auf die Männer, die sich ihr heimtückisch grinsend näherten. Der eine hatte ein gekrümmtes Wurfmesser in der Hand und versperrte mit seinem Pferd den Ausgang, der andere hatte seinen Bogen gespannt und die Pfeilspitze auf Hyadee gerichtet. »Steig ab, Täubchen, sonst töte ich dein Pferd«, knurrte er mitleidlos.

Maya hatte keine Wahl. Sie glitt von ihrer Stute herunter und spürte, wie ihre Knie fast nachgaben. ›Renn weg!‹, schrie ihr Gefühl. ›Du kommst keinen Meter weit. Rede mit ihnen‹, befahl ihr Verstand. Maya riss sich zusammen. Ihre Kehle war wie ausgetrocknet, sie fürchtete, keinen Ton herauszubekommen. Sie schluckte und versuchte, ihrer Stimme einen festen Klang zu geben. »Was wollen Sie von mir?«

»… dass du ausspuckst, wo sich dieser Larin aufhält, sonst …!« Der Bogenschütze richtete bedrohlich seinen Pfeil auf Maya.

›Niemals‹, dachte Maya. »I-ich … kenne keinen Larin«, brachte sie heraus.

Der Mann lachte hämisch. »Verkauf mich nicht für dumm! Wir haben eine genaue Beschreibung von euch und euren Gäulen! Nun …?«

Maya presste entschlossen die Lippen zusammen.

»Dann wird er eben deine Leiche hier finden. Und wir warten ganz gemütlich auf ihn. Komm schon, deine letzte Chance!«

Verzweifelt zermarterte Maya ihr Gehirn nach einer glaubwürdigen Geschichte. Sie musste dem Mann weismachen, dass sich Larin an einem völlig anderen Ort aufhielt. Aber wie?

Der Schwarze Reiter zog die Bogensehne stärker aus. Mayas Augen weiteten sich vor Entsetzen. TSCHAK. Dieser Pfeil würde nie sein Ziel erreichen. Es war ein anderer Pfeil, der durch die Luft surrte und nun den Körper des Mannes durchbohrte. Fassungslos sah Maya, dass auch der zweite Reiter von etwas getroffen wurde, das ihn aus dem Sattel riss. Er hatte einen erstaunten Ausdruck im Gesicht. Der Reiter, den der Pfeil getroffen hatte, war inzwischen vornübergesunken. Langsam rutschte er vom Pferd und schlug mit einem dumpfen Geräusch am Boden auf. Erschüttert starrte Maya auf die leblosen Körper der Männer. Im Eingang hinter ihnen standen Stelláris und Larin mit schussbereitem Bogen und gezücktem Zauberstab.

Sie kamen auf Maya zu. »Bist du in Ordnung?«, fragte Larin. Seine Stimme hörte sich ganz heiser an.

»I-ich glaube schon …, ja, bin ich«, stotterte Maya verwirrt.

»Wir können die Männer hier nicht liegen lassen«, sagte Stelláris. »Es wäre nicht gut, wenn die Anwohner verdächtigt werden würden.«

Maya wunderte sich über die Ruhe, mit der er sprach. Sie hätte keinen klaren Gedanken fassen können.

»Wir haben keine Zeit, sie zu verstecken«, warf Larin ein. »Das Schiff kommt jeden Moment.«

Stelláris fasste einen Entschluss. »Wir haben keine Zeit, aber wir besitzen Elfensilber. Ihr beide reitet zum Fluss, ich komme gleich nach.«

Er ging zu seiner Satteltasche und holte einen schwer aussehenden kleinen Beutel heraus. Mit geschmeidigen Schritten lief er auf das Wohngebäude des Gehöfts zu.

Maya stieg mit wackeligen Beinen auf Hyadee, und Larin schwang sich auf seinen Antares. Sie fühlte, wie ihr Magen rebellierte. ›Bleib bloß drinnen‹, dachte sie und meinte damit den Linseneintopf. ›Langsam durchatmen‹, befahl sie sich und ritt neben Larin her. Auch Larin sah bleich aus. »Ich habe das noch nie gemacht«, sagte er leise. Maya wusste, was er meinte. Er hatte nie zuvor einen Menschen getötet. Sie streckte eine Hand nach seiner aus und ergriff sie. Seine Hand war kalt wie Eis. Maya hielt sie fest.

»Du hast mir das Leben gerettet. Du und Stelláris.«

Larin nickte. »Wir sind wenige Minuten nach dir losgeritten«, erzählte er. »Direkt vor uns kamen die zwei Reiter aus einer Gasse und bogen auf die Straße zum Fluss ein. Sie hatten uns nicht bemerkt. Es wäre dumm gewesen, direkt hinter ihnen zu bleiben, denn wenn sie sich umgesehen und mich erkannt hätten, hätten wir sie vor allen Leuten umbringen müssen. Also verschwanden wir in einer Seitenstraße und ritten nun so schnell wie möglich parallel zur Hauptstraße ebenfalls zum Fluss. Wir rechneten uns aus, dass du bereits dort sein müsstest und wollten vor ihnen dort ankommen, falls sie dir Ärger gemacht hätten.«

»Aber ihr wart nicht da«, sagte Maya.

»Wir waren da. Wir hatten sie im Visier, als sie an dir vorbeiritten. Da hast du gewendet und bist zurück. Wir hofften, dass sie dir nicht folgen würden – Pech, sie taten's doch. Wir entschlossen uns, ihnen mit genügend Abstand zu folgen. Diesmal durften wir keinen Umweg hinter den Häusern nehmen, damit wir sofort eingreifen konnten, falls sie dich angegriffen hätten. Uns war nach wie vor nicht klar, ob sie etwas von dir wollten oder einfach nur zufällig gleichfalls umgedreht sind. Auf einmal bist du verschwunden, und die Kerle genauso. Wir hätten fast nicht mitgekriegt, wo ihr abgebogen seid. Da hatte ich zum ersten Mal richtig Angst.«

Maya lächelte kläglich. »Und dann saß ich in der blöden Sackgasse fest.«

Larin erwiderte warm ihr Lächeln. »Schau!« Er deutete mit der freien Hand auf den Fluss Undin. »Da hinten kommt das Schiff.«

Sie waren am Ufer angekommen, und auch Orion galoppierte mit Stelláris im Sattel heran. Maya und Larin ließen sich los und sahen ihren Freund fragend an.

»Geld regelt vieles.« Leise Verachtung schwang in Stelláris' Stimme mit. »Der Bauer war hocherfreut. Er wird die Leichen gerne verschwinden lassen und hat keine einzige Frage gestellt.«

Maya versuchte, sich auf die Ankunft des Handelsschiffes zu konzentrieren. Sie war immer noch aufgewühlt. In ihrem Kopf wollten in einer Endlosschleife fortwährend die gleichen Szenen ablaufen: die Männer … die böse Stimme des einen … der auf sie gerichtete Pfeil … ihre Todesangst … das Geräusch des surrenden Pfeils … der Tod der Männer … und dann Larin und Stelláris. Maya schloss für einen kurzen Moment die Augen. ›Hör auf!‹ Diesmal redete sie nicht zu dem Linseneintopf, sondern zu ihrem Gehirn, das diese Bilder ständig hintereinander abfeuerte.

Jetzt waren sie genau da, wo das Einhorn sie hatte haben wollen. Sie standen mit einer Gruppe von Menschen am Ufer und warteten auf das Schiff. Aber sie konnten sich weiterhin nicht erklären, warum sie das tun sollten.

Das Schiff war recht groß und offensichtlich dafür gebaut worden, eine Menge Fracht (auch lebende Tiere) und Passagiere zu befördern. Einige von ihnen standen an der Reling und sahen neugierig dem Treiben an der Anlegestelle zu. Auffällig war ein

Mädchen mit langem, flammend rotem Haar, das im Wind wehte … Fiona?

»FIONA!«, schrie Maya, »MAX!«

Fiona stieß einen Schrei aus. Max sah aus, als würde er gleich ins Wasser fallen, so begeistert sprang er an der Reling auf und ab.

Maya sah, dass sich ein ungläubiges Grinsen auf Larins Gesicht ausbreitete und in Stelláris' Augen lag ein eigentümlicher Glanz.

Sie stiegen von ihren Pferden, und Maya schien es eine Ewigkeit zu dauern, bis das Schiff endlich vor den Landungssteg manövriert war. Gemächlich schwappten die Wellen gegen das Ufer. Das Schiff hatte gerade angelegt, als Max zwischen allen anderen Passagieren hindurch geschossen kam. Er riss einen Käfig mit Hühnern um, dessen Besitzer genauso aufgebracht darauf reagierte wie sein Federvieh.

»'Tschuldigung!«, brüllte Max und sprang Maya an, die ihn gerade noch ausbalancieren konnte, um nicht von ihm umgerissen zu werden.

Fionas Landgang fiel nicht ganz so spektakulär aus. Mit einem lauten Aufschrei warf sie sich Maya um den Hals, die wieder freie Angriffsfläche bot, da Max inzwischen zu Larin gewechselt hatte.

»He Alter!«, schrie Max in Larins Ohr und klopfte ihm ausgelassen auf den Rücken. Schließlich fand Max, dass er Larin genug bearbeitet hatte und wandte sich ebenso begeistert Stelláris zu. Fiona umarmte Larin herzlich und stand dann ein wenig befangen vor Stelláris. Er ergriff ihre Hände, und Maya beobachtete wieder diesen schwer zu deutenden Ausdruck in seinem lächelnden Gesicht.

»Schön, dich zu sehen«, flüsterte Fiona und schlug ihre Augen zu ihm auf.

»Schön, *dich* zu sehen«, antwortete Stelláris und hielt ihre Hände fest.

›Aha‹, dachte Maya interessiert und warf Larin einen Seitenblick zu. Ob er wohl das Gleiche dachte wie sie? Larin war allerdings ziemlich beschäftigt, da er versuchte, den Mann mit den
Hühnern zu beschwichtigen.

»Bin ich froh, euch zu treffen!« Max platzte fast vor Begeisterung.

Maya seufzte glücklich. »Ich auch.«

Wiedersehen

»Seid gegrüßt!«, ließ sich eine freundliche Stimme vernehmen. Es war noch jemand, den sie kannten, auf dem Schiff gewesen. Maya drehte sich um und sah erstaunt einen auffallend schönen jungen Mann mit goldenen Haaren vor sich stehen – Shanouk. ›Er ist einfach *zu* perfekt‹, schoss es ihr durch den Kopf, ›und was in aller Welt hat er bei Fiona und Max zu suchen?‹

Larin war ebenso überrascht wie Maya, und Stelláris sah – täuschte es? – eine Spur grimmig aus.

»Shanouk war so nett, uns zu begleiten«, lächelte Fiona. »Er sollte uns nach Unduros bringen. Wilbur hat angeboten, währenddessen für ihn den Mathematikunterricht zu halten. Waltraud hat sich furchtbar aufgeregt, dass du fort bist, Larin … und über euch beide auch. Sie war völlig erledigt.«

»Was ist mit Eldorin?«, fragte Larin sofort. »Sind die Reiter abgezogen?«

»Etliche von ihnen«, antwortete Shanouk. »Wir schätzen, dass euch etwa 200 Soldaten sofort gefolgt sind, außerdem die Grauen Schatten. Sicherlich teilten sie sich in möglichst viele Trupps auf, um dich überall aufspüren zu können.«

»Die Grauen Schatten stellen keine Gefahr mehr dar«, klärte ihn Stelláris auf.

»Warum?« Shanouk zog skeptisch eine Augenbraue nach oben. »Du willst doch nicht etwa sagen, dass ihr sie alle unschädlich machen konntet?«

Stelláris' Augen verengten sich. »Zweifelst du die Worte eines *Elfen* an?«

Maya war die Bedeutung der Betonung des Wortes ›Elf‹ nicht

entgangen. Stelláris zählte Shanouk eindeutig nicht dazu.

Shanouk zuckte die Schultern. Sein Mund war schmal geworden. Offensichtlich hatte Stelláris eine empfindliche Stelle getroffen.

»Du musst unbedingt Waltraud und Wilbur eine Nachricht schicken, dass es dir gut geht«, versuchte Fiona das Gespräch in eine harmlose Richtung zu lenken. »Waltraud läuft die ganze Zeit mit vom vielen Weinen ganz geröteten Augen herum.«

Larin seufzte. Das hatte er sowieso vorgehabt, irgendwo würden sich hier sicherlich Brieftauben auftreiben lassen.

»Wieso solltet ihr nach Unduros?«, fragte Maya.

»Ach«, sagte Max ein wenig abschätzig, »sie wollte uns in Sicherheit wissen – für alle Fälle … weil wir doch sozusagen nicht so direkt nach Eldorin gehören … Waltraud konnte es nicht *verantworten*, dass wir in einen Kampf hineingezogen werden. Dann haben die Scelestos obendrein überall die Nachricht verbreitet, dass sie jemanden kennen, der jemanden kennt, der genau weiß, dass dieser Schattenfürst demnächst durch Eldorin spaziert. Das gab Waltraud den Rest. Dabei sah es so aus, als würden die übrigen Soldaten ebenfalls bald verschwinden. Kaum einer rechnete mehr wirklich mit einem Angriff, zumindest nicht in der nächsten Zeit.«

Fiona ergänzte. »Die Ärmste war reichlich aufgelöst. Sie fühlt sich wohl irgendwie für unsere Sicherheit zuständig, vor allem, weil Luna noch nicht zurück ist. Schließlich kam sie auf den Gedanken, dass wir in Unduros besser aufgehoben wären, sie hat dort Verwandte. Waltraud war ziemlich hin- und hergerissen. Sie hätte uns am liebsten selbst begleitet, aber sie wollte doch da sein, falls von Larin eine Nachricht kommt. Sie hat Wilbur ganz verrückt gemacht. Die Scelestos und die Lehrerin für Wahlfächer, Diana Jago mit deren Tochter Phoebe, haben auch Eldorin mit dem Schiff verlassen, aber Waltraud wollte nicht, dass einer von ihnen die Verantwortung für uns übernimmt.«

»Was?«, rief Maya verblüfft. »Die Scelestos sind auf diesem Schiff?«

»Ja, die haben auch Angst bekommen. Wir haben sie aber kaum zu Gesicht gekriegt, sie bleiben meistens für sich.«

»Das möcht ich wetten«, murmelte Maya und wechselte mit Larin einen bedeutungsvollen Blick.

»Dann hat Shanouk sich netterweise angeboten, uns hinzubringen.« Fiona schenkte ihm ein hinreißendes Lächeln. Maya stöhnte innerlich. Was fand ihre Freundin bloß an ihm, außer vielleicht sein gutes Aussehen?

»Wir sollten allmählich auf das Schiff zurück«, erinnerte Shanouk und sah Fiona intensiv in die Augen.

In der Tat hatte sich die Anlegestelle inzwischen weitgehend geleert, und der letzte Wagen eines Händlers rumpelte soeben davon.

»Kommt nicht in Frage!«, widersprach Max sofort, »wir gehen mit den anderen mit, das heißt, Fiona und ich gehen mit.«

Shanouk runzelte missbilligend die Stirn. »Du weißt, ich habe Frau Ägidius mein Wort gegeben, euch gesund in Unduros abzuliefern.«

»Mir egal«, knurrte Max. Er ließ sich von niemandem von seinen Freunden fernhalten, und Shanouk ging ihm ganz eindeutig auf die Nerven. Die ganze Zeit hatte der sich fast nur mit Fiona unterhalten.

Larin überlegte. Es widerstrebte ihm, Shanouk von dem Einhorn zu erzählen – das ging ihn einfach nichts an. Aber es war klar, dass es ihre Bestimmung gewesen war, sich hier wiederzufinden. Aus welchen Gründen auch immer war es wichtig, dass sie ihren Weg zum Nebelwald gemeinsam fortsetzten. »Ich kann das Waltraud gegenüber verantworten. Wenn Max und Fiona mit uns kommen möchten – ich freue mich.«

Shanouk bedachte Larin mit einem bissigen Lachen. »Wenn du bei Was-auch-immer-du-vorhast umkommst, ist keiner mehr da, der es verantworten kann. Und die Wahrscheinlichkeit ist ziemlich hoch, dass der Feind dich erwischt. Verzeih, wenn ich so direkt bin, aber es geht hier nicht nur um *deine* Sicherheit.«

Maya fand das Larin gegenüber eindeutig ungerecht, obwohl Shanouk nicht wissen konnte, dass es wichtig war, dass sie zusammen weiterritten. Sie holte tief Luft, um Shanouk ihre Meinung dazu mitzuteilen.

»Ist schon gut.« Fiona konnte wirklich sehr bezaubernd lächeln. Sie legte Shanouk besänftigend die Hand auf den Arm. »Warum kommst du nicht einfach mit?«

Max japste und öffnete den Mund, um zweifellos etwas nicht besonders Nettes wie ›Bist du verrückt?‹ loszuwerden, und Maya stieg ihm sicherheitshalber auf den Fuß. Er klappte den Mund zu und sah sie vorwurfsvoll an.

Vom Schiff erklang der Ruf eines Horns zum Zeichen, dass es abfahrbereit war.

»Unsere Sachen!« Max stürzte aufs Schiff zurück. Fiona und Shanouk folgten, und auch Larin und Stelláris gingen mit, wohl um sicherzustellen, dass Fiona und Max rechtzeitig das Schiff verlassen hatten, bevor es ablegte. Maya blieb bei den Pferden und hatte kein gutes Gefühl dabei, dass Larin in die Nähe der Scelestos kam. Es war ja nicht wirklich erwiesen, dass sie mit dem Feind in Verbindung standen, aber die Umstände waren schon sehr verdächtig.

Zu Mayas Erleichterung kamen die vier nach kurzer Zeit wieder zurück. Larin und Shanouk sahen beide wütend aus. Stelláris' Gesicht gab keinerlei Gefühlsregung preis.

Sie betraten mit dem Gepäck (Shanouk trug Fionas Sachen) die Anlegestelle, und das Schiff gab zwei weitere Hornsignale. Das war das Zeichen zum Ablegen.

»Larin hat ihn nicht mitnehmen wollen«, zischte Max Maya in seiner üblichen Lautstärke zu. »Aber er hat sich nicht abwimmeln lassen.« Max rollte mit den Augen. »Als er erfahren hat, wo ihr hin wollt, ist er total ausgeflippt. Er hat darauf bestanden, mitzukommen.«

»So.« Shanouks Zorn hatte sich verflüchtigt, oder zumindest hatte er sich gut in der Gewalt. Er lächelte unverbindlich. »Wo gedenkt ihr jetzt drei Pferde herzubekommen?«

»Zwei«, sagte Larin barsch. »Die haben wir eigentlich schon. Das dritte war nicht wirklich eingeplant.«

Sogar Maya war baff. Shanouk war ihr Lehrer. Warum reagierten Larin und Stelláris so heftig? Ihr selbst war es ebenfalls unangenehm, dass er mitkam. Die Anweisung des Einhorns war … privat. Ihr fiel kein besser passender Vergleich ein. Sie war bereit, sie mit ihren guten Freunden zu teilen – selbst das fand sie nicht einfach. Jedes Mal, wenn sie sich mit jemandem darüber unterhielt, schien die Erinnerung an dieses schöne Geschöpf ein Stück zu schwinden, und Maya empfand einen tiefen Schmerz. Larin war der Einzige, den sie wirklich gerne daran teilhaben ließ, vielleicht weil das Einhorn in Amadur wohnte und irgendwie auch zu ihm gehörte.

»Nichts von den Scelestos zu sehen gewesen«, raunte Larin Maya zu, dann tauschte er sich kurz mit Stelláris aus. Er bestieg seinen Hengst und galoppierte davon. Maya und Stelláris führten ihre Pferde am Zügel.

»Wir treffen uns in der Gastwirtschaft wieder«, unterrichtete Stelláris sie. »Larin holt nur rasch die zwei schwarzen Pferde ab, die wir bei dem Bauern zurückgelassen haben und kommt dann nach. Der Mann wollte sie sowieso nicht behalten.« Höflich fügte er zu Shanouk gewandt hinzu: »Möglicherweise kennt der Gastwirt jemanden, der ein Pferd verkaufen möchte.«

Fiona hakte sich bei Maya unter und zog sie ein Stückchen von den anderen weg. »Es ist dir nicht recht, dass er mitkommt, nicht wahr?«, flüsterte sie.

Maya zögerte mit einer Antwort. Sie wollte Fiona nicht verletzen, aber eine Lüge kam nicht in Frage. »Anders wäre es mir lieber.«

»Du magst ihn nicht?« Fiona klang enttäuscht, und das machte Maya traurig. Sie seufzte. »Ich weiß nicht, was es ist. Er ist schon irgendwie nett …, aber ich habe ein bisschen das Gefühl, er ist nicht zu jedem … gleich nett.«

»Aber Maya, keiner ist das ... und Stelláris war echt gemein zu ihm. Wie könnte Shanouk da noch besonders nett zu ihm sein?«

Maya suchte verzweifelt nach einer besseren Erklärung. Sie hatte vorsichtig andeuten wollen, dass sie ihn für einen dieser Typen hielt, die vor allem dann nett sind, wenn sie sich etwas davon versprachen. Vielleicht war er nicht ganz so schlimm wie manche, aber ein bisschen schien er in diese Richtung zu tendieren. Allerdings wusste sie nicht, ob sie sich nicht täuschte, schließlich kannte sie ihn kaum. Es war nur so ein Bauchgefühl. Vielleicht hatte sie lediglich die Abneigung ihrer Freunde Shanouk gegenüber zu dieser Meinung verleitet.

»Fiona, letztendlich ist es egal, ob ich ihn mag oder nicht. Er ist zwanzig Jahre alt und dein Lehrer! Du bist fünf Jahre jünger als er!«

»Ich werde demnächst sechzehn. Und er ist kürzlich noch neunzehn gewesen. Genau genommen sind es nur drei Jahre Unterschied«, erläuterte Fiona unter großzügiger Auslegung der einfachsten Rechenregeln. Maya zog eine Grimasse.

Zum zweiten Mal an diesem Tag führten sie die Pferde in den Stall der Wirtschaft. Antares stand bereits drinnen und wieherte Hyadee und Orion freudig zu. Neben ihm befanden sich die beiden großen schwarzen Rösser, die sie vorher bei dem Bauern gelassen hatten.

»Ups«, Fiona rutschte das Herz in die Hose, »die sind aber riesig!«

»Notfalls tauschen wir«, erbot sich Stelláris großzügig. »Ich denke aber nicht, dass du mit ihnen Probleme haben wirst. Diese Rasse ist vom Temperament her nicht schwierig ... vielleicht nicht so feinfühlig wie Eldorins Pferde ...«

»Danke!« Fiona war überrascht von seinem Großmut. Auch Maya rechnete es Stelláris hoch an. Es musste ihn wirklich etwas kosten, sich von seinem Orion zu trennen.

»Und wer tauscht mit mir?« Max stand vor dem imposanten schwarzen Tier.

»Mit einer Leiter könnte es klappen«, neckte ihn Maya. »Anschließend binden wir dich fest ... Nein, wenn es gar nicht geht, kriegst du Hyadee.« Sie hoffte inständig, dass Max' Ehrgeiz den Sieg davontragen würde.

»Kommt nicht in Frage.« Abschätzend besah er das gewaltige Ross. »Endlich kann ich mal auf euch runterschauen ... wo ist überhaupt dieser Schönling?«

»Max!« Fiona war verstimmt. »Ich hab dir doch verboten, ihn so zu nennen!«

»Hmmm ... Goldlöckchen?«, säuselte Max und flatterte mit den Lidern. Fiona schnaubte.

Maya unterdrückte ein Kichern. Offensichtlich waren das Max' Lieblingsnamen für Shanouk.

Auch Stelláris sah plötzlich richtig gut gelaunt aus.

»Er wollte sich nach einem geeigneten Pferd umsehen«, sagte Fiona so würdevoll wie möglich.

Maya hoffte, dass er keines auftreiben würde. Shanouks Anwesenheit könnte wegen Fiona zu Schwierigkeiten führen. Nachdenklich ging sie mit den anderen in die Wirtschaft, wo Larin bereits am Tisch saß. Er hatte sich Feder und Papier geben lassen und beendete gerade eine kurze Nachricht. Maya war erleichtert, dass er offensichtlich Zeit und Möglichkeit gefunden hatte, seinen Eltern ein Lebenszeichen zu übermitteln. Ihr taten die beiden schrecklich leid. Die Vorstellung, dass sie im Ungewissen waren, ob Larin noch lebte, hatte Maya sehr bedrückt.

Ein Krug Wasser stand bereit, und die Wirtin hatte einen großen Kuchen gebracht, der gar nicht mal so schlecht aussah. Die meisten Gäste waren verschwunden, am Nachmittag schien nicht viel los zu sein. Die anhängliche Nicoletta klebte wieder an Larin dran, und der Getüpfelte Gerölltroll hatte sich wohl auch nicht weiterbewegt. Ein regelmäßiges tiefes Röcheln zeigte an, dass er ein Nickerchen machte, denn der gewaltige, müffelnde Lumpenberg hob und senkte sich gleichmäßig. Maya hatte beschlossen, der Anwesenheit des Gerölltrolls genauso wie der Anwesenheit

Nicolettas keine besondere Bedeutung beizumessen. Sie wollte sich ihre gute Laune, die sie wegen des Wiedersehens mit ihren Freunden bekommen hatte, nicht vermiesen lassen. Was dieses Mädchen betraf: Larins Abschied vorhin hatte Maya gezeigt, dass Nicoletta ihm ziemlich egal war.

Fiona setzte sich sehr vorsichtig auf einen der Holzstühle und verzog das Gesicht. Sie sah angewidert in die Richtung des grauen Ungetüms. »Was ist *das*?«

Maya kicherte. »Etwas Harmloses, bitte nicht erschrecken. Du siehst hier einen Getüpfelten Gerölltroll.«

Fiona schluckte. »Ein Troll!«

»Er kommt fast jeden Tag her«, erklärte Nicoletta ungerührt. »Solange er bezahlt, ist es uns recht. Der tut einem nix. Er sitzt nur herum und säuft Feuerwhisky und pennt danach ein. Bloß rauswerfen lässt er sich nicht, wir haben es am Anfang probiert, weil er so stinkt.«

»Ihr habt versucht, ihn *rauszuwerfen*?« Fiona schüttelte sich.

»Ja, aber er hat das gar nicht kapiert. Wir haben ihn zur Tür gezerrt, er fand es lustig. Ich glaube, er ist recht kitzlig. Dann ist er weggepennt und hat die Eingangstür verstopft, wir haben ihn weder vor- noch zurückbekommen. An dem Tag mussten die Kunden durchs Fenster, bis er wieder nüchtern war und sich aufrappeln konnte. Papa sagt, er probiert das nie mehr.«

Fiona schnitt erneut eine Grimasse und rutschte auf ihrem Stuhl herum. Sie veränderte ihren angespannten Gesichtsausdruck nicht einmal, als Shanouk hereinkam und mit einer eleganten Bewegung Platz nahm. »Ich habe ein annehmbares Tier erhalten«, teilte er zu Mayas Ärger mit. Sie war überrascht, dass Fiona nicht wirklich erfreut dreinsah. Ihr Gesicht war eher … schmerzverzerrt.

»Was ist los?«, erkundigte sich Maya mit gesenkter Stimme besorgt. »Tut dir etwas weh?«

Max begann hemmungslos zu kichern. Ihn traf ein eisiger Blick aus Fionas Augen. Die anderen sahen die beiden verwundert an. Max schien sich gar nicht wieder zu beruhigen. »Wir sind gestern früh geritten …« Er schnappte nach Luft.

»*Max!*«, zischte Fiona.

»Fiona hat's ein bisschen übertrieben, –« »Max!« –, »sie kann seitdem nicht mehr richtig sitzen, sie hat –« »MAX!«, fauchte Fiona, und Maya trat gegen seinen Stuhl. Max guckte erstaunt und hielt inne.

Nun prustete Nicoletta los, und Fiona lief scharlachrot an. Maya warf Max einen vernichtenden Blick zu und dachte verzweifelt darüber nach, wie sie das betretene Schweigen der anderen überbrücken konnte.

»Das Gefühl kennt jeder gute Reiter«, sagte Stelláris ruhig, und Maya hätte ihn dafür am liebsten umarmt. Fiona sah ihn erleichtert und dankbar an. »Wirklich?«, flüsterte sie.

»Klar.« Larin beschloss, ebenso etwas dazu beizutragen. »Als ich mir den Unterschenkel gebrochen hatte und nach einer längeren Pause das erste Mal wieder geritten bin, hab ich's auch übertrieben. Ich saß den ganzen Tag im Sattel, und danach konnte ich zwei Tage lang nicht wirklich sitzen. Ich hab die Schule teilweise im Stehen hinter mich gebracht, weil ich's auf dem Stuhl nicht mehr ausgehalten hab. Das war schlimmer als der Beinbruch. Fragt Shanouk. Ich habe Caiman damit die Freude seines Lebens gemacht. Gut, dass er nie erfahren hat, dass mir Waltraud auch noch ein Kissen aufgedrängt hat. Das hab ich zuunterst in die Büchertasche gestopft und gehofft, dass es niemand entdeckt.«

Fiona stimmte froh in das allgemeine Gelächter mit ein. Diesmal war es Maya, die Larin dankbar ansah. Er zwinkerte ihr zu, und Mayas Herz machte einen Satz.

Als sie wenig später das Gasthaus verließen und die Pferde aus dem Stall holten, drückte ihr Stelláris unauffällig ein kleines durchsichtiges Fläschchen in die Hand. Es enthielt ein paar grünliche Pillen. »Gib das Fiona, und sage ihr lieber nicht, dass du es von mir hast. Es stammt aus Lunas Vorrat. Sie soll heute zwei und morgen eine Pille nehmen. Sie werden helfen.«

»Mach ich, danke. Ich verspreche dir aber nicht, dass ich es ihr nicht verrate. Kann ja sein, dass sie nachfragt.«

»Dann sollst du nicht lügen. Aber vielleicht fragt sie nicht.«

Maya seufzte. Stelláris war echt süß, warum hatte sich Fiona nur in Shanouk verguckt?

Eines aber musste man Shanouk lassen – er hatte es geschafft, ein recht hübsches Pferd passend zu seiner Haarfarbe auszusuchen. War es Zufall oder nicht? Das Tier war cremefarben mit weißem Schweif und weißer Mähne.

»Schönling«, murmelte Max und krabbelte entschlossen auf sein schwarzes Ross. Es sah ein wenig albern aus, wie er da oben thronte, aber er stellte erfreut fest, dass er endlich auf gleicher Augenhöhe mit Larin und Stelláris war.

»Jetzt aber los!« Larin hatte den Aufbruch herbeigesehnt. Sie hatten einige Zeit mit der Beschaffung der Pferde vertrödelt.

Als sie Undil-Rans Hauptstraße hinunterritten, erkundigte Maya sich mitfühlend bei Fiona, wie sie mit dem unvertraut großen Pferd zurechtkam.

»Es reagiert ganz brav auf meine Hilfen und lässt sich leicht lenken. Das hätte ich nicht erwartet, weil es so furchteinflößend aussieht.«

Für Maya hätte kein Pferd der Welt jemals furchteinflößend ausgesehen, aber sie verstand, was Fiona meinte.

»Ist es eigentlich eine Stute?«, fragte Fiona plötzlich.

»Ja, es sind beides Mädels«, antwortete Maya.

»Hmm, dann nenne ich sie … Lavinia.«

»Klingt hübsch.« Einen Augenblick lang hatte Maya befürchtet, Fiona würde ihr Pferd Shanouka nennen.

»Maya, du musst mir unbedingt erzählen, was ihr seit gestern früh erlebt habt.« Fiona hatte sich bisher mit dieser Frage zurückgehalten, da sie nie ungestört gewesen waren. Sogar Max war aufgegangen, dass er in der Wirtschaft wegen unerwünschter Zuhörer nicht viel erfahren würde und hatte seine Neugier gezügelt.

»Das ist eine ziemlich lange Geschichte. Ich erzähle sie dir, wenn wir den Undin überquert haben.«

Die Überquerung des Flusses war eine wackelige Angelegenheit. An der Anlegestelle wies ein Schild darauf hin, dass 200 Meter flussabwärts ein Fährmann seine Dienste anbot. Die Fähre hatte in etwa die Form eines Floßes, aber es gab Ständer, um die Pferde anzubinden und sich selbst festzuhalten. Der Fährmann sah noch heruntergekommener aus als seine Fähre. Er war rotgesichtig und schien im Wirtshaus ein gern gesehener Gast zu sein – außerdem stank er fast so schlimm wie der Getüpfelte Gerölltroll. Die Überfahrt war unruhig, und das Fährboot schlingerte so grässlich, dass die arme Fiona ganz grün im Gesicht wurde.

»Nie wieder«, murmelte sie, als Maya ihr auf der anderen Flussseite von Bord half. Nicht nur Fiona war froh, wieder festen Boden unter sich zu spüren. Hyadee war kaum zu bremsen, sie drängte von der schwankenden Fähre herunter und hätte Maya fast umgerissen, hätte Larin nicht in die Zügel gegriffen und sich ihr energisch entgegengestellt.

»Danke!«, keuchte Maya. Zufrieden und mit Unschuldsblick stand die schwarze Stute nun neben ihr. Sie stupste ihre Besitzerin freundschaftlich an.

»Ungezogenes Mädchen!«, sagte Maya und musste lachen. Sie stieg in den Sattel. Als sie zu Fiona hinübersah, der Shanouk gerade auf die große Stute half, kniff sie verärgert die Lippen zusammen. Warum musste er sie dazu denn *hochheben*? Mit den Händen eine Steighilfe formen, bitte sehr, das wäre noch in Ordnung, aber das? Das war ganz und gar übertrieben, Fiona war schließlich keine Porzellanpuppe. Fiona jedenfalls schien erfreut zu sein – was man von Stelláris nicht behaupten konnte.

›Was denkt Shanouk sich nur?‹, fragte sich Maya zornig. ›Merkt er denn nicht, dass er Fiona damit durcheinander bringt? Es ist total unpassend!‹

Fiona kam mit rosigen Wangen an Mayas Seite geritten.

»Magst du mir nun von euren Erlebnissen erzählen?«

»Klar!«, sagte Maya und bemühte sich, kein schlechtes Wort über Shanouk fallen zu lassen, um Fiona nicht zu kränken. Jetzt war ein ungünstiger Zeitpunkt für ein Gespräch über dieses Thema. Maya wusste, dass sie zu wütend auf diesen goldgelockten Halb-oder-wieviel-auch-immer-Elf war, um ruhig zu bleiben. Ihr war ein übler Verdacht gekommen. Versuchte Shanouk, Stelláris eins auszuwischen, weil er merkte, dass der Fiona gern hatte? Stelláris hegte schon länger eine Abneigung gegen ihn, da war sich Maya ziemlich sicher. Sie erinnerte sich, dass Stelláris von Anfang an gesagt hatte, sie sollten sich nicht zu sehr mit Shanouk anfreunden. Er musste irgendeinen Grund dazu haben, der gar nichts mit Fiona zu tun hatte.

»Ähem … Maya?« Fiona sah sie erwartungsvoll an.

»Ah ja, Entschuldigung, ich war gerade in Gedanken«, sagte Maya und begann mit ihrer Schilderung. Sie ließ nichts aus, aber sie erzählte manches weniger ausführlich und ging über einiges schneller hinweg, da sie wusste, Fiona würde sich sogar im Nachhinein schrecklich darüber aufregen. – Tatsächlich war ihre Freundin schwer erschüttert. Sie hatte Maya atemlos zugehört und ab und zu aufgestöhnt. »Maya, das war ja furchtbar! Ich bin so froh, dass du das heil überstanden hast … Ich glaube, ich wäre schon vor Schreck tot umgefallen.«

»Das wärst du nicht. Ich finde dich eigentlich sehr tapfer.«

»Mich? Aber Maya, du weißt, dass ich längst nicht so mutig bin wie du.«

»Trotzdem hast du mich noch nie im Stich gelassen.« Maya dachte angestrengt nach. »Schau, du bist, hm … *vorsichtiger* als ich. Du denkst über viele Dinge genau nach. Dann überwindest du dich, *obwohl* du Angst hast. *Das* finde ich mutig. Ich bin da eher spontan. Ich überlege nicht, ob etwas gefährlich ist oder nicht und hab dann gar keine Zeit, mich zu fürchten.« Maya kicherte. »Vielleicht bin ich manchmal nur unglaublich blöd.«

Fiona prustete los, und Maya ließ sich mitreißen. Es tat so gut, wieder mit Fiona lachen zu können. Das Erlebnis mit den Schwarzen Reitern heute Mittag war schrecklich gewesen. Sobald Maya daran dachte, fühlte sie die ausgestandene Angst nach wie vor so deutlich, dass ihr davon ganz übel wurde. Als sie sich einigermaßen beruhigt hatten, gesellte sich Max zu ihnen. »Das ist ja der Hammer!«, teilte er Maya mit. »Kaum ist man nicht dabei, erlebst du die Wahnsinns-Sachen.« Offensichtlich hatte er eben Larin und Stelláris ausgequetscht und war zu dem Ergebnis gekommen, dass ihm etwas entgangen war.

»Rede keinen Unsinn! Sei doch einfach froh, dass dir so etwas erspart blieb. Was hättest du denn getan, wenn dich jemand fast ermordet hätte?«, schnappte Fiona.

»Mich gewehrt! Täuschungsmanöver, Zauberstab benutzen, Angreifer lähmen, fesseln – fertig«, erläuterte Max fachmännisch.

»Pffft«, machte Fiona. »Das hätte ich gerne gesehen.«

Max grinste. »Na ja, vorher hätte ich vielleicht noch ein oder zwei Jährchen üben müssen.«

Einige Stunden lang folgten sie dem Lauf des Flusses Undin nach Westen. Hier gab es Wiesen und einsame Wälder, und man kam gut voran. Sie mieden die Wege, da sie möglichst unentdeckt reisen wollten. Man konnte nie wissen, auf welche Wesen man traf oder wie nah ihnen ein Verfolgertrupp bereits gekommen war, zumal sich die Schwarzen Reiter mit geflügelten Suchern verständigen konnten. Es gab noch ein weiteres Problem: Sie waren nicht mehr ausschließlich mit Eldorins schnellen Pferden unterwegs. Im Zweifelsfall waren sie nun nicht mehr rechtzeitig außerhalb der Reichweite der Feinde. Maya war sich dessen bewusst. Sie hoffte, dass sie auf niemand Verdächtigen stoßen würden. Aber die einzigen Leute, die sie bis jetzt vereinzelt getroffen hatten, waren harmlose Wanderer gewesen oder Reiter, denen man schon von Weitem ansah, dass sie mit den Schwarzen Reitern nichts gemeinsam hatten.

»Es wird Zeit, weiter nach Norden zu reiten«, erklärte Larin. »Irgendwo hinter diesem Fichtenwäldchen muss es einen Weg geben, der tief in den Nebelwald hineinführt.«

»Können wir ihn diesmal *benutzen*, oder kurven wir wieder wie die Deppen im Slalom um die Bäume herum?« Max war genervt, weil sein Pferd mehrmals äußerst stur dicht unter einem Ast durchgetrabt war und ihn dabei nicht mit einberechnet hatte. Er wäre dabei fast abgestreift worden, und sein Gesicht sah beträchtlich zerschrammt aus.

»Sorry, aber wir müssen versuchen, uns wieder abseits dieses Weges zu halten«, bedauerte Larin.

»Klar, warum nette Wege benutzen, wenn man sich durch fieses Unterholz schlagen kann«, grunzte Max. »Warum warst du eigentlich von Anfang an so scharf auf diesen Nebelwald?«

»Er bietet einfach die besten Versteckmöglichkeiten. Kein Mensch geht ohne guten Grund dorthin, weil er düster, kalt und unheimlich ist. Es kursieren jede Menge gruselige Geschichten darüber. Er ist nur von einer Stelle aus zugänglich, denn ihn umgeben Sümpfe und tiefe Schluchten und von zwei Seiten das Nebelgebirge. Aber das Gebiet ist riesig, man kann angeblich wochenlang reiten, ohne einen Menschen zu treffen. Das heißt, selbst wenn sich Verbrecher dort verkrochen haben, werden wir nicht unbedingt über sie stolpern. Zumindest hoffe ich das.«

»Na dann«, sagte Max. »Da hast du dir ja ein lauschiges Plätzchen für uns ausgedacht. Klingt alles irrsinnig gemütlich. Kein Wunder, dass man da wochenlang niemanden trifft, die machen lieber woanders Urlaub.«

»Was wäre, wenn es dort von Schwarzen Reitern wimmelt?« Maya hielt das für gar nicht so abwegig.

»Das ist unwahrscheinlich. Die haben es nicht nötig, sich zu verstecken. Ihr Hauptquartier ist viel weiter südlich von hier. Es gibt da eine große Festung, Hel al Sharak, wo sich auch der Schattenfürst selbst häufig aufhält – ansonsten sind sie im ganzen Land verteilt und erledigen das, was er ihnen aufträgt.«

Stelláris nickte. »Es wäre für sie zu umständlich, vom Nebelwald aus ihren finsteren Geschäften nachzugehen. Er ist zu schwer zugänglich und zu abgelegen. Abgesehen davon – Menschen schätzen die feuchte Kälte dort nicht so sehr.« Ein feines Lächeln umspielte seine Lippen. »Wir Elfen ertragen diese Witterung leichter.«

›Igitt‹, dachte Maya, ›das klingt wirklich nicht angenehm.‹ Aber sie erwähnte es mit keinem Wort. Schließlich war sie freiwillig hier.

»Wie lange werden wir uns wohl verstecken müssen?« Fiona grübelte schon seit Längerem über diese Frage, hatte aber bisher gezögert, sie zu stellen. Sie fürchtete, es könne sich für Larin so anhören, als wolle sie nicht ernsthaft mitkommen.

»Ich weiß es nicht. In meinem Brief an Luna und Anais bat ich sie, mir eine Taube zu schicken, sobald ich es wagen könnte, zurückzukehren.« Larin grinste. »Natürlich schrieb ich auch an meine Eltern, aber wenn ich sie um so etwas gebeten hätte, käme innerhalb kürzester Zeit ein ganzer Schwarm Tauben mit Waltrauds Beteuerungen angeflattert, dass alles in Ordnung sei, ich könne beruhigt heim kommen. – Ich glaube, Luna und Anais lassen sich da einfach viel weniger von ihren Gefühlen beeinflussen.«

Der Fichtenwald schien nicht enden zu wollen. Er war düsterer als die Mischwälder, die sie bis jetzt durchquert hatten, und auf jeden Fall ganz anders als der Wald, der Eldorin umgab. Das Licht war trüber, und feine Nebelschwaden zogen am Boden entlang. Endlich erkannte Maya einen hellen Schimmer. Sie ritt neben Larin zwischen den letzten Bäumen hindurch auf eine Wiese. Nach Norden hin türmte sich eine weitläufige Gebirgskette vor ihnen auf, zu deren Füßen sich ein nebelverhangener dunkler Wald hinzog. Die Wiese, auf der sie standen, war steinig und mit seltsamen kleinen blutroten Blumen bewachsen, deren gezähnte Blüten weit geöffnet waren und sich sofort schlossen, sobald sich ein ahnungsloses Insekt auf ihnen niederließ.

»Das ist Sonnentau – eine fleischfressende Pflanze«, erläuterte Shanouk Fiona mit seiner samtweichen Stimme. »Er lockt die Insekten an; wenn sie sich darauf niederlassen, sitzen sie in der Falle. Der Sonnentau klappt die Blütenblätter zusammen und verdaut sein Opfer.«

»Unappetitlich«, befand Fiona und blickte angewidert auf die harmlos aussehende Pflanze mit dem hübschen Namen.

Shanouks Zähne blitzten, als er breit lächelnd sagte: »Eine kleine rote Pflanze in einer gefährlichen Umgebung. Ich habe euch abgeraten, den Nebelwald zu betreten. Ich hoffe, meine Befürchtungen erfüllen sich nicht.« Leise, so dass nur Fiona ihn verstand, fügte er hinzu: »Ich werde dich schützen.«

Fiona sah ihn verwirrt und gleichzeitig erfreut an.

Die Wiese ging allmählich in ein Geröllfeld über. Diesmal hatten sie keine Möglichkeit, sich jenseits des Weges zu bewegen, denn zu beiden Seiten lagen große mit Flechten überzogene Felsbrocken, die für die Pferde ein unüberwindbares Hindernis bildeten. Auch der Weg selbst war für die Vierbeiner unangenehm zu laufen, ständig mussten sie größeren Steinen ausweichen.

Nach einem beschwerlichen Marsch erreichten sie in der einsetzenden Dämmerung die ersten Ausläufer des Nebelwaldes.

»Der Boden ist hier immer noch sehr steinig«, sagte Stelláris. »Er wird für uns kein sehr bequemes Bett abgeben.«

Zum Rasten wählten sie eine Stelle abseits des Pfades und ließen die Pferde das spärliche Gras fressen, das auf dem kargen Boden wuchs. Nach einem kurzen Abendessen suchten sie sich einen Schlafplatz und räumten störende Steine aus dem Weg, um einigermaßen erträglich liegen zu können. Glücklicherweise gedieh hier wenigstens Moos, das den Felsboden ein wenig angenehmer machte. Darauf breiteten sie dünne Matten aus einem leichten, stoffähnlichen Material, das von den Elfen wasserundurchlässig gewebt worden war und idealen Schutz vor nassem Untergrund bot. Maya wickelte ihren Kapuzenmantel eng um sich und schmiegte sich an Fiona. Der Mond schien durch die Bäume und warf unheimliche Schatten. Ab und zu knackte es im Unterholz, und einmal hörte Maya das Schnüffeln und Scharren eines größeren Tieres. Die Pferde schnaubten und stampften, blieben sonst aber ruhig. Trotzdem fühlte Maya eine Gänsehaut. Sie dachte an die gestrige Nacht in Amadur, die so friedlich gewesen war. Sie hatte auch lange nicht einschlafen können, aber sie hatte sich geborgen gefühlt. Der Wald hier war anders. Der Nebel senkte sich dicht herab und legte sich über sie wie eine kalte, feuchte Decke.

›Larin hat recht‹, waren Mayas Gedanken, bevor sie in den Schlaf hinüberglitt. ›Wer will schon in den Nebelwald?‹

Es war tief im Unbewussten vergraben gewesen. Irgendwo unter der glatten Oberfläche schlief das Wissen um das, was er war. Lange war es verborgen gewesen. Langsam kam dieses innere Wesen ans Licht. Er ahnte es mehr, als er es wusste. Seine Sinne waren erwacht. In ihm pochte ein wildes Verlangen, und er war sich im Klaren darüber, dass es ihn von allem trennen würde, was ihm je wichtig erschienen war, wenn er dieser Begierde nachgäbe. Je näher er kam, desto mehr streifte er sein äußeres Wesen ab wie eine leere Hülle.

Niemals würde ihm vergeben werden. Er wäre ein Verdammter, ein Verfluchter in alle Ewigkeit. Und das Mädchen würde sterben.

»Urgh …« Max setzte sich auf und schüttelte sich wie ein nasser Hund, sodass die Tauperlen aus seinen blonden Haaren flogen. »Als Urlaubsort wäre das hier glatt durchgefallen.«

»Iih, du machst mich nass!«, beschwerte sich Fiona und zog rasch ihre Kapuze wieder über den Kopf.

»Ist es wirklich schon Morgen?« Maya gähnte und blinzelte in die Runde. Es kam ihr so vor, als sei sie eben erst eingeschlafen. Sie rieb sich ihren schmerzenden Rücken. »Wo sind denn Stelláris und Shanouk?«

»Frühstück holen.« Larin war bereits seit Längerem auf. »Wir können nicht unseren gesamten Vorrat an Broten aufbrauchen. Es gibt hier essbare Wurzeln, die nicht sooo übel schmecken.«

»Wurzeln?«, ächzte Max. »Würg. Ich bin doch kein Wildschwein!«

»Aber du isst manchmal wie eines«, kicherte Fiona.

»Ha ha.« Max blickte sie strafend an. »Das war nicht witzig. – Könnte Stelláris nicht irgendein Tier schießen? … Irgendwas Leckeres.« Er schloss träumerisch die Augen und seufzte. »Fiona und Maya könnten es kochen.« Max hatte eine klare Vorstellung der Rollenverteilung.

»Was?«, empörte sich Maya. »Wohl, weil das in deiner Familie seit Tausenden von Jahren Tradition ist? Männer jagen Mammut, Frauen kochen Mammut?«

Larin grinste. »Max, ist dir nicht aufgefallen, dass Elfen keine Tiere essen?«

»Aber auf der Festtafel – gleich nach unserer Ankunft –, da gab es doch Fleisch?«, rief Fiona erstaunt.

»Nein. Das sah so aus wie Fleisch und schmeckt auch so. Luna lässt es Herrn Bombus zubereiten, wenn Gäste kommen, die gerne Fleisch essen – wie zum Beispiel Gormack. Aber in Wahrheit ist es Gemüse.«

»Das«, sagte Maya überrascht, »ist genial.« Ihr hatten die Tiere immer leid getan, die im Kochtopf landeten.

»Das ist Betrug«, knurrte Max, und seine Freunde lachten.

An Wasser schien im Nebelwald kein Mangel zu herrschen. Überall tropfte es von den Bäumen, floss in dünnen Rinnsalen über den bemoosten Boden und sammelte sich in tiefen Pfützen.

Die Wurzeln, die Stelláris und Shanouk brachten, schmeckten wirklich ganz annehmbar. Maya hatte da schon weit Schlimmeres gegessen.

»Es gibt leider um diese Jahreszeit noch keine Beeren«, entschuldigte sich Stelláris.

»Weiter oben könnten Knallbohnen wachsen.« Shanouk überlegte. »Hat euch Frau Hage-Beauté davon erzählt? Das ist ein Strauch, der im Herbst ellenbogenlange dicke Schoten entwickelt. Sie reifen über den Winter und knallen laut beim Öffnen, daher kommt ihr Name.«

»Ich habe davon gehört«, bestätigte Stelláris. »Ihr Mark soll nach gesüßtem Kakao schmecken.«

»Worauf warten wir?«, drängte Max.

»Ich wollte sowieso noch etwas höher hinauf«, sagte Larin. »Weiter oben gibt es nämlich Wiesen und besseres Gras für die Pferde – nur hier unten wächst es schlecht, weil der Boden so steinig ist.«

»Verschwindet denn dieser Nebel nie völlig?« Fiona starrte angestrengt durch die feinen Nebelschwaden, die entlang ihres Weges zwischen den Bäumen hingen. Es ging nicht steil, aber stetig bergauf, und stellenweise war nicht zu erkennen, wohin die Pferde ihre Hufe setzten, da der Bodennebel sehr dicht war. Es sah aus, als ob sie auf einer watteweichen Wolkenschicht liefen und ein Stück in sie einsanken.

»Auf den Wiesen oben wird es besser, weil sie von der Sonne beschienen werden«, tröstete Stelláris. »Heute ist es leider im Schatten besonders dunstig, da hält sich der Nebel lange.«

Der Nebel war nicht das, was Maya irritierte. Immerzu knackte es im Unterholz, und manchmal meinte sie einen großen Schatten im Nebel auftauchen zu sehen, der sofort wieder verschwand. Sie hatte das unangenehme Gefühl, beobachtet zu werden. Einmal sah sie Stelláris zu seinem Bogen greifen, doch er hielt mitten in der Bewegung inne und ließ die Hand langsam sinken. Die Pferde warfen nervös die Köpfe hoch, und ein paarmal machte eines einen erschrockenen Satz nach vorne, ohne dass ein Grund erkennbar war.

Endlich wurde der Wald von einer Wiese unterbrochen. Maya war froh, wieder freie Sicht zu haben. Das Waldstück war ihr unheimlich gewesen. Aufatmend betrachtete sie die Umgebung.

Hangabwärts lag das vergleichsweise kleine Fichtenwäldchen, das sie soeben durchritten hatten. Es sah immerhin von hier aus ganz malerisch aus. Vor ihnen erstreckte sich schier endlos der Nebelwald, bevor er in die steilen und kahlen, schneebedeckten Berge überging.

»Gönnen wir den Pferden eine Pause«, beschloss Larin. »Wir sollten nicht abtrensen und absatteln, wir binden die Zügel hoch und lockern nur die Sattelgurte, dass sie bequemer fressen können.«

Maya schloss aus dieser Vorsichtsmaßnahme, dass Larin der Wald auch nicht geheuer gewesen war.

Die Pferde machten sich sofort eifrig rupfend über das saftige Gras her.

»Sind das da drüben nicht Knallbohnen?« Maya hatte ein Stück hangaufwärts schon fast am Waldrand ein paar Sträucher entdeckt, an denen etwas Dunkellilafarbenes hing.

»Gut möglich.« Stelláris hatte als Elf die besten Augen. »Schauen wir mal nach.«

»Ja!« Max war Feuer und Flamme. Süßer Kakao! Er rannte darauf zu.

»Warte!«, warnte Larin, aber Max war nicht zu bremsen. Von einem unguten Gefühl getrieben, eilten ihm Larin, Stelláris und Maya nach. Auf einmal entstand wenige Meter vor Max Bewegung im kniehohen Gras. Max zuckte erschrocken zurück. Etwas löste sich aus der Wiese und fuhr krächzend in die Luft – Krähen! Im ersten Moment war Maya erleichtert – dann erinnerte sie sich daran, dass der Schattenfürst diese Vögel als Sucher verwendete.

Neben ihr surrte es, und gleichzeitig schien der Schwarm in der Luft stehenzubleiben. Sie sah, dass Larin seinen Zauberstab gezogen hatte, und die Krähen im Flug verlangsamte. Stelláris' Pfeil holte den ersten Vogel vom Himmel – dann den zweiten. Das war das surrende Geräusch gewesen, das Maya gehört hatte. Lautlos erledigte Larin mit seinem Zauberstab einen Teil der Tiere, Stelláris übernahm den Rest.

»Cool!«, stieß Max beeindruckt aus.

Auch Maya sah die beiden bewundernd an. Sie hatte noch nicht einmal daran gedacht gehabt, ihren Zauberstab zu ziehen, als die ersten Krähen bereits tot vom Himmel fielen.

»Das war der volle Wahnsinn!« Max kriegte sich gar nicht mehr ein.

»Die blöden Viecher haben mich vielleicht erschreckt! Die sind da einfach vor mir hochgeflattert, ich dachte, da will sich was auf mich stürzen! … Kann man die essen? … Ich meine, wo sie doch jetzt eh abgeschossen sind. Warum habt ihr die überhaupt … uäh, was liegt denn da?«

Max war weitergelaufen und stand erstarrt vor der Stelle, von der die Krähen aufgeflattert waren.

Die anderen traten näher. Maya wollte sich sofort wieder abwenden, aber aus irgendeinem Grund konnte sie es nicht. Es war kein schöner Anblick. Ein totes Reh lag dort. Die Krähen hatten daran herumgepickt und ganze Stücke herausgerissen. Aber etwas war falsch.

»Warum sieht man kein Blut?«, fragte Maya. »Es ist so gut wie kein Blut da.«

Larin und Stelláris warfen sich einen vielsagenden Blick zu, der Maya nicht entging. Sie erhielt keine Antwort auf ihre Frage. Verwirrt sah Maya von Larin zu Stelláris. ›Sie verheimlichen uns absichtlich etwas‹, wurde ihr klar.

In diesem Augenblick näherten sich Fiona und Shanouk. Stelláris drehte sich zu ihnen um. »Fiona, komm nicht näher. Hier liegt ein totes Reh.«

Fiona blieb sofort stehen. »Ach, das Arme.«

»Dann haben wir die Krähen bei ihrer Mahlzeit gestört.« Shanouk betrachtete kurz das tote Tier, und in seinen Augen blitzte etwas auf. »Es war wirklich nicht klug, hierher zu kommen«, sagte er leise zu Larin.

»Lasst uns weitergehen.« Shanouk schenkte Fiona ein warmes Lächeln. »Schließlich wollten wir Knallbohnen ernten – Übrigens, Larin, du warst vorhin brillant. Wenige Menschen deines Alters beherrschen ihren Zauberstab so, dass sie damit mehrere Objekte gleichzeitig verlangsamen können.«

»Danke!«, sagte Larin. »Herr Frankenberg hat mich so lange traktiert, bis ich es hingekriegt habe.«

Die Knallbohnen schmeckten viel besser, als es sich Maya vorgestellt hatte. Nachdem sie etwa ein Dutzend geerntet hatten, saßen sie jetzt in der Wiese nahe bei den Pferden und aßen sich damit satt. Zum Öffnen musste man die Bohnen einfach mit dem Messer anritzen, schon platzten sie der Länge nach auf. Dabei hatte es einmal so geknallt, dass Hyadee einen ungestümen Satz gemacht hatte und sich nun in einiger Entfernung von ihnen hielt und ab und zu prüfend herüberäugte. Die Bohnen enthielten rosa Fruchtfleisch, das recht klebrig war und sehr satt machte.

Maya fiel auf, dass Larin und Stelláris sich immer wieder umsahen, als würden sie erwarten, dass etwas zwischen den Bäumen hervorstürzen würde. Maya vermutete, dass ihr Verhalten mit dem toten Reh zu tun hatte. Sie ließ sich dicht neben Larin nieder. »Könnte es ein Bär oder ein Wolf gewesen sein, der das Reh gerissen hat?«, wollte sie leise wissen.

»Eher nicht. Die Verletzungen wären ganz anders gewesen«, antwortete Larin zögernd.

»Du willst mich nicht beunruhigen, nicht wahr?«

»Maya, ich will dich nicht anlügen. Frag doch einfach nicht weiter.«

Mehr sagte Larin nicht dazu. Maya gab auf. Seufzend streckte sie sich im Gras aus. Die Sonne war endlich hinter den Wolken hervorgekommen und tat ihr Bestes, ein wenig Wärme zu spenden. Sie sah ihn von der Seite an. Irgendetwas nagte an ihm. Er hatte die Kiefer zusammengepresst und grübelte vor sich hin. Auch Stelláris sah nachdenklich aus. – Zumindest schienen die beiden die Anwesenheit von Shanouk akzeptiert zu haben. Stelláris behandelte ihn freundlich und gleichzeitig mit einer gewissen Zurückhaltung, aber von der anfänglichen Feindseligkeit war nichts mehr zu merken.

›Entweder hat er seine Gefühle gut unter Kontrolle, oder er hat gemerkt, dass er sich in Shanouk getäuscht hat‹, überlegte Maya. ›An und für sich ist Shanouk ja wirklich in Ordnung. Es fing alles ein bisschen blöd an, aber was hätte er anders machen sollen, als darauf zu bestehen, mitzukommen? Schließlich hatte er Waltraud versprochen, auf Fiona und Max aufzupassen.‹ Maya seufzte wieder. Es war eine vertrackte Situation. Sie war sich nicht sicher, wie gern Stelláris Fiona hatte, und ob es ihn wirklich störte, dass die im Moment ausschließlich Augen für Shanouk hatte. Er ließ sich nichts anmerken. Vielleicht fand er Shanouks Verhalten einfach nur unpassend. Maya runzelte die Stirn. Shanouk spielte mit einer von Fionas glänzenden roten Locken. Fiona hatte sich ihm zugewandt und lächelte wieder auf diese besondere Art und Weise, wie es Maya an ihr so gar nicht kannte. Er beugte sich zu ihr hin, um ihr etwas zuzuraunen, und die beiden erhoben sich und gingen zusammen davon. Stelláris beobachtete sie scharf und schien sich zu entspannen, als er sah, dass sie lediglich quer über die Wiese schlenderten und nicht den Wald betraten.

»Mir ist langweilig!« Max hatte sich den Bauch voll geschlagen und fand, dass jetzt etwas geboten werden müsste. »Wer hat Lust, Zaubern mit mir zu üben?«

»Los, komm!« Stelláris stand auf. »Am Ende wirst du deine Feinde vor dir erzittern lassen.«

Max kicherte.

»Wir sollten allerdings Abstand zu den anderen halten«, meinte Stelláris. »Nicht, dass Maya und Larin vor dir erzittern müssen.«

Gut gelaunt ging Max mit ihm ein Stück die Wiese entlang, und Maya sah, dass er voller Begeisterung seinen Zauberstab auf irgendetwas zuschwenkte, was Stelláris ihm zeigte.

»Mit Max ist es immer einfach.« Larin sprach das aus, was

Maya auch gerade gedacht hatte. Er legte sich neben sie ins Gras auf die Seite und stützte den Kopf mit dem Arm ab, sodass er sie besser ansehen konnte. Maya wurde ein bisschen unruhig. Er war nur einige Zentimeter von ihr entfernt, und sie fühlte sich ganz eindeutig beobachtet. Sie entschloss sich, sicherheitshalber die Wolken zu betrachten. Es entstand momentan eine höchst interessante Wolke in Form eines Hundes.

»Ich bin nicht sicher, ob es so gut war, euch hierher mitzunehmen«, sagte Larin. Maya beschloss, einen Blick zu riskieren. Sie war überzeugt, nie zuvor eine ähnliche Augenfarbe gesehen zu haben. Seine Augen waren so dunkelbraun, dass sie fast schwarz wirkten, je nachdem, wie das Licht hineinfiel. Im Moment sahen sie schwarz aus, was wirklich faszinierend war.

»Ich habe eigentlich Protest von dir erwartet«, fuhr Larin fort.

»Oh, … äh, ja. Nein, ich meine … doch«, erwiderte Maya leicht unkonzentriert. »Ich finde es sehr gut, dass wir hier sind«, fügte sie entschlossen hinzu. »Das Einhorn aus dem Wald von Amadur hat uns hergeschickt und gesagt, dass wir unseren Weg bis zum Ende gehen sollen. Offensichtlich gehören wir alle dazu, sonst hätten wir Fiona und Max nicht treffen sollen.«

»Ich wusste vorher sehr wenig über den Nebelwald. Ich habe eine Menge darüber gehört und nicht viel davon geglaubt. Manches erschien mir einfach zu unsinnig. Inzwischen habe ich meine Meinung geändert. Wenn auch nur etwas von den Geschichten wahr ist, ist es ein zu gefährlicher Ort.«

»Zu gefährlich für wen?« Maya setzte sich auf. »*Du* willst doch bleiben! Wenn du bleibst, kannst du nicht erwarten, dass wir gehen.«

Larin drehte sich auf den Rücken und verschränkte die Arme im Nacken. »Vielleicht würde es ja genügen, wenn *einer* von uns bleibt.«

»Du weißt, dass das Unsinn ist!«

»Maya, ist dir nie der Gedanke gekommen, dass mit ›den Weg bis zum Ende gehen‹ wörtlich *unser Ende* gemeint sein könnte? –

Weißt du, es ist nicht so, dass ich gerne hier bin. Ich habe es ursprünglich einfach nur für ein gutes Versteck gehalten, denn überall sonst im Land würde ich leichter gefunden werden. Abgesehen davon, dass ich die, bei denen ich mich verstecke, in Gefahr bringen würde. Hier kann man sich relativ frei bewegen, ohne ständig damit rechnen zu müssen, einem der Schwarzen Reiter über den Weg zu laufen.«

»Jetzt rechnest du mit irgendetwas anderem, was uns über den Weg laufen könnte. Wäre es nicht besser, uns ein bisschen darauf vorzubereiten, falls wir es treffen?«

Larin schnaubte. Er schien nicht anzunehmen, dass das etwas nützen könnte.

»Du musst es mir nicht sagen«, beteuerte Maya und meinte es auch so. »Aber ich bin wirklich fest entschlossen, zu bleiben. Egal, was da in den Wäldern herumläuft. – Ich bin überzeugt, Fiona und Max sehen das genauso.«

Larin richtete sich auf. Er strich Maya eine widerspenstige Haarsträhne aus dem Gesicht. Maya wurde peinlich bewusst, dass ihr sofort die Röte in die Wangen schoss – eine vollkommen blöde Reaktion auf eine harmlose Geste. Sie ärgerte sich über sich selbst.

»Maya, ich bin von Eldorin fort, weil ich nicht wollte, dass meinetwegen jemandem etwas passiert. Jetzt muss ich wieder Angst haben, dass euch wegen mir etwas zustößt. Ich könnte es nicht ertragen, wenn einer von meinen Freunden … wenn du meinetwegen sterben würdest. Damit könnte ich nicht leben.«

Maya nickte betroffen. Darüber hatte sie sich nie den Kopf zerbrochen. Dabei würde ihr es umgekehrt nicht anders gehen. Natürlich empfand er so. Er war in einer scheußlichen Zwickmühle. Auf der einen Seite wollte er alles richtig machen, und das hieße, den eingeschlagenen Weg weiterzugehen, wo auch immer er hinführen würde. Auf der anderen Seite fühlte er sich auf eine verrückte Art und Weise verantwortlich, dass seine Freunde überhaupt dabei waren, und er sie dadurch in Gefahr brachte.

»Ich verstehe dich«, murmelte sie. »Es tut mir so leid, dass es so schwer für dich ist. Aber ich glaube, dass es richtig ist, was wir tun.«

»Richtig ist es schon – wenn ich nicht so überzeugt davon wäre, hätte ich euch längst nach Hause geschickt.« Er grinste schief. »Keine Sorge, ich hätte das irgendwie hingekriegt. Aber, dass es richtig ist, macht es nicht weniger gefährlich. Weißt du, Einhörner sind seltsame Wesen. Sie denken nicht so wie wir. Das Einhorn von Amadur stellte uns eine Aufgabe, weil es ihm so richtig erschien. Ich glaube nicht, dass es sich darüber Gedanken macht, ob wir dabei draufgehen. Einhörner sind nicht grausam. Für sie ist der Tod nur völlig bedeutungslos, weil sie ihn nicht auf die gleiche Art erfahren wie wir.«

Maya schluckte. Sie wusste nicht, was sie darauf sagen sollte.

»So, jetzt erzähle ich dir das, was du vorhin wissen wolltest«, unterbrach Larin ihr Schweigen.

»Du musst es mir wirklich nicht sagen, es ist nicht wichtig.«

»Ich war mir nicht sicher, wie du es verkraften würdest. Sogar Stelláris war ziemlich schockiert. Es kann auch sein, dass das Wesen, das das Reh getötet hat, längst meilenweit fort ist und sich uns niemals nähern wird. Es ist sowieso unglaublich, dass es hier in dieser Gegend war, wenn man dem Reden der Leute glauben darf. Demnach verlassen sie normalerweise ihr Revier nicht … Ich rede von Vampiren. Das Reh, das du gesehen hast, war vollständig *ausgesaugt*.«

Maya wurde blass. Ihr war ein wenig übel und sie atmete tief durch. »Gut … Danke, dass du es mir gesagt hast.« Vampire! – Blutsauger! Sämtliche grässliche Geschichten darüber kamen ihr in den Sinn. Wahrscheinlich stimmte keine von ihnen. Die Wirklichkeit war oft ganz anders. Hoffentlich nicht weitaus schlimmer.

»Maya? Geht es dir gut?«, erkundigte sich Larin vorsichtig.

»Ja ja.« Das Rauschen des Blutes in ihrem Kopf war lästig, sie erinnerte sich, dieses schon einmal verspürt zu haben, kurz bevor sie nach dem Angriff der Grauen Schatten ohnmächtig geworden war. Aber es ging vorüber.

»Ich denke, es ist wirklich besser, wenn wir Fiona und Max nichts davon erzählen«, bestätigte Maya mit wackliger Stimme. »Fiona würde keine Nacht mehr schlafen und Max würde den ganzen Tag lang von nichts anderem reden und alle wahnsinnig machen.«

Larin lächelte. »Gut, dass du das auch so siehst ... Eigentlich hatte ich mir vorgestellt, hier einen geeigneten Platz zu finden, wo wir dauerhaft unser Lager aufschlagen können. Wir hätten nur noch einen Bachlauf in der Nähe benötigt – aber jetzt sollten wir doch lieber weiterziehen. Ich kann mir zwar nicht vorstellen, dass der Vampir in der Gegend geblieben ist – wie gesagt, ihr Revier ist woanders – aber ich habe kein gutes Gefühl dabei, dass wir uns hier aufhalten.«

Maya lief ein Schauer über den Rücken. »Wo sind die denn normalerweise?«

»Sie sollen irgendwo in den Bergen sein, aber viel weiter westlich. Siehst du den Berg, der oben drei Zacken hat? An einer Stelle unterhalb davon sind Höhlen. Angeblich liegt dort der Eingang zu ihrer Wohnstätte. Ich habe keine Ahnung, wie weit sich ihr Revier genau hinzieht, aber bis hierher auf alle Fälle nicht. Wenn sie gesichtet wurden, dann immer nur weiter oben in dem Bereich, wo sich der Nebel nie völlig auflöst.«

»Falls die Leute hinterher davon erzählen konnten«, murmelte Maya und betrachtete das Bergmassiv. Tatsächlich hing dort oben der Nebel sehr dicht. »Weißt du, wie so ein Vampir aussieht?«

»Ich hab glücklicherweise noch keinen getroffen, aber sie sollen sehr hässlich sein. Haarig, geringfügig größer als ein Mensch, mit Riesenflügeln ähnlich wie 'ne Fledermaus, und Krallen. Das Gesicht hat ein bisschen was von einem Menschen, aber auch was von einem Tier mit ziemlich üblem Gebiss. Es gibt nicht viele, die einen Angriff überlebt haben. Man muss nicht einmal sehr schwer verletzt werden, um zu sterben. Ihr Biss ist giftig.«

Maya zuckte zusammen, als sie hinter sich ein Geräusch vernahm. Etwas surrte knapp an ihr vorbei und fiel dann vor ihr ins Gras. Sie fuhr erschrocken herum. Diesmal hielt sie ihren Zauberstab in der Hand.

»MAX! Tu das nie wieder! Man sollte dir die Ohren lang ziehen und zusammenknoten! Wie konntest du mich so erschrecken?«

Max riss verblüfft die Augen weit auf. »Ist ja gut! War doch bloß Spaß. Ich konnte ja nicht wissen, dass du gleich austickst.«

Maya steckte ihren Zauberstab weg und seufzte. »Max, tut mir leid, ich wollte dich nicht so anbrüllen. Ich bin einfach nur erschrocken ... Was war das überhaupt?«

»Ich wollte dir vorführen, wie gut ich inzwischen mit dem Zauberstab geworden bin. Ich kann Dinge durch die Luft schnellen lassen und solche Sachen eben«, grummelte Max beleidigt.

»Zeigst du's mir bitte noch mal? So, dass du mir dabei nicht das Ohr abschießt«, bat Maya.

Max musste gegen seinen Willen lachen. Eigentlich hätte er gerne noch ein wenig geschmollt.

»Na schön. Also pass auf ...« Max hatte nicht zu viel versprochen. Er bekam es bewundernswert gut hin, und es gelang ihm erstaunlicherweise sogar, einen wild umherflitzenden Zweig in der Luft anzuhalten.

»Hey, du bist ja richtig gut!«, rief Larin und Max strahlte. »Ich hab's vorhin sogar bei einer Hummel geschafft ... Ich könnte es ja mal an einem von euch ausprobieren.«

»Untersteh dich!«, sagte Maya sofort. Sie hatte eine ungefähre Vorstellung, was Max mit seinen Versuchen alles anrichten könnte und sah sich im Geiste schon durch die Luft sausen und gegen einen Baum klatschen.

»Ja, lass das besser sein«, bremste Stelláris Max' Begeisterung. »Du solltest das erst vertiefen, so dass du es ohne nachzudenken anwenden kannst. An Menschen darf man das nur ausprobieren, wenn man es absolut sicher beherrscht. Aber vorausgesetzt, es klappt bei größeren Gegenständen, kannst du davon ausgehen, dass du es in einer Notsituation auch bei einem Angreifer hinbekommst.«

»Schade ...« Max sah Maya bedauernd an. Offensichtlich hatte er sie bereits als hervorragendes Übungsobjekt ins Auge gefasst.

Maya zog die Augenbrauen hoch und kräuselte die Lippen. »Pech, mein Lieber.«

Larin und Stelláris lachten.

Plötzlich veränderte sich der fröhliche Gesichtsausdruck des Elfen. Seine Miene wurde glatt und unergründlich. Fiona und Shanouk kamen auf sie zugeschritten, beide liefen lachend dicht nebeneinander und machten einen sehr vertrauten Eindruck.

Maya blieb weiterhin misstrauisch, was Shanouks Absichten gegenüber Fiona betraf. Spielte er mit ihren Gefühlen? War er sich letztlich bewusst, was er anrichtete, indem er sich dauernd mit ihr beschäftigte? Maya konnte ihn schlecht einschätzen. Fest stand, dass er heute sehr entspannt und fröhlich aussah und Fionas Gegenwart zu genießen schien. Vor allem gestern Abend hatte er nervös und fahrig gewirkt. ›Vielleicht lag es ja hauptsächlich an dem Nebelwald‹, dachte Maya. ›Der kann einem echt die Laune verderben.‹

»Was haltet ihr davon, dass wir uns weiter östlich einen Unterschlupf suchen?«, fragte Larin in die Runde.

»Wieso sollen wir ausgerechnet nach Osten?«, wollte Max wissen. »Hier ist es doch ganz nett.«

»Äh, wir müssten einen Bach finden, und das verspreche ich mir in dieser Richtung.« Larin hatte nicht die Absicht, Max etwas von dem Vampir mitzuteilen, dessen Höhle er entgegengesetzt oben im Berg vermutete. Maya sah unwillkürlich zu den drei Bergzinnen empor.

»Wir sollten ein Stück höher hinauf«, ließ sich Shanouk vernehmen. »Zwar haben wir dann abermals eine Strecke dieses unerfreulichen Nebelwaldes vor uns, jedoch treffen wir anschließend auf einen Abschnitt, wo wir die günstigsten Bedingungen für ein Lager vorfinden. Wir bräuchten nicht einmal die Stoffbahnen für ein Zelt spannen, da es dort irgendwo eine kleine Höhle geben muss, die uns Schutz vor jedem Wetter gewährt.«

»Klingt doch toll!« Fiona strahlte ihn bewundernd an.

»Woher willst du das wissen, Shanouk?«, fragte Stelláris ungewohnt scharf.

»Ich habe davon gehört«, behauptete Shanouk von oben herab. »Ein alter Mann erzählte es mir, der einige Jahre dort verbrachte. Ich bin sicher, wir finden die Stelle. Dieses hier entspricht seiner Beschreibung der ersten Wiese, weiter oben folgt die zweite, durch die ein Bach fließt, und unweit davon befindet sich die Höhle.«

Maya fand es schwierig, sich gemeinsam für eine Richtung zu entscheiden. Fiona war von Shanouks Vorschlag – wie zu erwarten war – sehr angetan, und selbst Max war dafür, nachdem er hörte, dass dort größere Mengen an Knallbohnensträuchern wuchsen. Larin, Stelláris und Maya waren wenig begeistert. Schließlich einigten sie sich darauf, die Höhle aufzusuchen. Maya war sehr verunsichert und nutzte die nächste Gelegenheit, um Larin unbemerkt zuzuflüstern: »Meinst du, dass das klug war?«

»Die Höhle liegt noch nicht in dem gefährlichen nebelverhangenen Bereich. Zumindest ist es ein Platz, der sich gut verteidigen lässt, das ist nicht zu verachten.«

Sie hatten die Pferde ausreichend fressen lassen; so stiegen sie auf und ritten wieder in den Nebelwald hinein, um sich auf unsicheren Pfaden weiter hangaufwärts zu mühen. Nach der sonnigen Wiese traf seine Kälte sie wie ein Schock. Nebelschwaden waberten um sie her und selbst die Sonne hatte es aufgegeben, ihre Strahlen durch das Gewirr der dichten Zweige bis auf den Boden zu schicken. Sie bewegten sich durch das Zwielicht wie Gestalten in einem Traum, die man mehr erahnt als deutlich erkennt. Wassertropfen bildeten sich an den Blättern, sammelten sich und tropften stetig herab. Sie verschwanden in der gespenstisch hell schimmernden dichten Nebelmasse unter ihnen, die den Pferden bereits bis zum Bauch reichte. Shanouk hatte sich mit Fiona an die Spitze der Gruppe gesetzt, und Maya folgte neben Larin. Sie hatte nicht vor, die beiden vor ihr zu beobachten, aber dennoch blieben ihr die langen Blicke, die sie sich zuwarfen, nicht verborgen. Einmal streckte Shanouk wie zufällig seinen Arm aus und berührte mit seinen Fingern Fionas Hand. Maya sah fragend zu Larin hinüber. Der zuckte nur die Schultern. Anscheinend war er der Meinung, dass Fiona selbst wissen müsse, was sie tat. ›Er hat ja recht‹, sagte sich Maya und versuchte sich klar zu machen, dass es sie nichts anginge. Trotzdem fröstelte sie, als sie Shanouk ansah. Sie konnte sein schönes Profil sehen, da er Fiona gerade seinen Kopf zuwandte, und verstand selbst nicht genau, was sie an ihm störte. ›Er sieht sie so seltsam an‹, überlegte Maya.

Ihre Gedanken wanderten zu Larin und ihr Herz wurde warm. Nein, er sah nicht so überirdisch schön aus wie dieser Mann mit den goldenen Locken. Kein Mensch konnte jemals dieses perfekte Aussehen haben, das die Elfen besitzen. ›Aber für einen Menschen‹, dachte Maya und lächelte in sich hinein, ›sieht er verdammt gut aus.‹

»Was hast du?« Larin war ihre Reaktion offensichtlich nicht entgangen.

Mayas Magen vollführte einen erschrockenen Rückwärtssalto. »Ooch … nicht so wichtig.«

»Wie lange dauert es denn noch?«, hörte Maya Max wohl nun zum fünften Mal hinter sich stöhnen. Es war kein angenehmes und schnelles Vorwärtskommen, die Pferde stolperten über Wurzeln und rollten ängstlich die Augen. Sie waren nicht allein deshalb nervös, weil sie den Boden unter sich nicht sahen, das Schlimmste war das unbestimmte Gefühl von Gefahr, das diesen Wald umgab. Die Angst kroch in Richtung des Herzens und lähmte das Denken. Unzählige Male hatte Maya sich umgesehen, denn es schienen Schattenwesen hinter den Bäumen zu lauern, aber es waren nur Eingebungen ihrer Phantasie. Larin hatte ihr ständiges Umherblicken gesehen, und schließlich lenkte er Antares näher an Hyadee heran und ergriff ihre Hand. Maya fühlte, wie die Angst ihr Herz freigab. Larins Hand war warm und gab ihr Sicherheit. Maya war noch immer unruhig, aber diesmal war es eine andere Unruhe als vorhin.

»Dort vorne wird es hell!« Shanouk rief es ihnen über seine Schulter hinweg zu.

»Endlich!«, seufzte Max.

Maya war erstaunt über die Wiese, die nun vor ihnen lag. Sie war kürzer als die vorherige, aber immerhin zog sie sich etwa drei Steinwürfe weit sanft ansteigend den Hang hinauf. In der Breite war kein Ende zu erkennen. Zudem war sie steiniger; ein paar gewaltige Steinblöcke lagen herum, sie türmten sich mehrere Meter hoch auf und wirkten, als würden sie jeden Moment umstürzen, so schief standen sie dem Tal zugeneigt. An einer Stelle sprudelte eine Quelle zwischen den Felsen hervor – wunderbar klares Trinkwasser. Das Wasser bildete ein Rinnsal und floss über ein paar Steine, um sich ein schmales Bett hangabwärts durch die Wiese zu bahnen und im Wald zu verschwinden. Weiter oben, wo sich der Nebelwald fortsetzte, wurde das Gelände zunehmend steiler, und der Wald schien noch nebelverhangener.

Shanouk wies nach links. »Dort oben am Waldrand, irgendwo in dem bergigen Teilstück, muss die Höhle sein. Man müsste sie von der Wiese aus zwischen den Bäumen erkennen können, sie stehen da weniger dicht.«

Maya sprach nicht aus, was sie dachte. Max war da hemmungsloser. »Zwischen den Bäumen? Direkt im Nebelwald! Urgh!«

Shanouks Miene verfinsterte sich. »Es ist ein gutes und sicheres Versteck – außerdem befindet sie sich keine 20 Meter von der Wiese entfernt.« Er trieb seine cremefarbene Stute an und trabte voraus.

Sie benötigten etwas über eine halbe Stunde, um die Höhle zu finden. Es dämmerte bereits, als Shanouk seine Stute plötzlich in den Wald hinein lenkte. »Da! – Sie ist beträchtlich zugewachsen«, erklärte er, als die anderen ihn erreicht hatten.

»Endlich!« Fiona war die Erleichterung im Gesicht abzulesen. Maya wusste, dass sie ziemliche Ängste ausgestanden hatte, in dieser unheimlichen Gegend das Lager an irgendeiner ungeschützten Stelle aufschlagen zu müssen.

Eilig schwang sich Max mit zu viel Schwung von seinem riesigen Ross herunter, blieb mit dem linken Fuß im Steigbügel hängen und landete auf dem Hosenboden. »Au!« Er rappelte sich hoch und spähte in die finstere, kalte Höhle. »Boah, nicht schlecht! – Zumindest, was ich sehe.«

»Warte!« Larin war misstrauischer. »Du weißt nicht, ob wir die einzigen Besucher hier sind.« Er hatte seinen Zauberstab gezogen.

Maya griff mit klammen Fingern in ihre Hosentasche auf der Suche nach dem blauen Kristall und streckte ihn Larin entgegen. »Hier, nimm.«

Larin rieb mit den Fingern an dem Stein, und er flammte blau und strahlend hell auf.

»Ups, das wusste ich nicht.« Maya war nie auf den Gedanken gekommen, dass man daran reiben konnte, um ein solch blendendes Licht zu erzeugen.

Larin lachte über ihr verdutztes Gesicht. Er hielt mit seiner Linken den Kristall hoch, bog vorsichtig ein paar störende Zweige auf die Seite und schlüpfte zusammen mit Stelláris und Shanouk in die Höhle. Das blaue Licht glitt über die Wände und warf die Schatten der drei riesig und gespenstisch gegen die Felsen. Die Höhle schien etwa die Größe eines kleinen Hauses zu haben. Hohl drang Larins Stimme zu den Wartenden nach draußen. »Sie scheint soweit in Ordnung zu sein. – Bis auf ein paar Kleinigkeiten … euch dürfte die Innendekoration nicht zusagen.«

»Was?« Max war nicht mehr zu halten. Er hatte sowieso nicht eingesehen, dass er außen herumstehen sollte und war in der Öffnung verschwunden. »Uäh!«

Maya und Fiona sahen sich ratlos an. Larin erschien wieder. Er hatte das Licht in der Höhlenmitte auf den Boden gestellt und seinen Zauberstab weggesteckt. Stattdessen hielt er etwas Weißes in der Hand. Es war nun draußen so dunkel geworden, dass Maya und Fiona nicht erkennen konnten, was er da trug.

Fiona reckte den Hals. »Was ist das?«

»Du willst das nicht wirklich wissen.« Larin ging an ihnen vorbei und trug das ballgroße Ding hinter einen nahen Felsen. Sorgfältig stellte er es ab, und dann hörten die Mädchen, wie er ein paar Steine darüber legte. In der Höhle waren ebenfalls polternde Geräusche zu vernehmen.

»Ihr könnt hineinkommen.« Shanouk erschien und nahm Fiona am Arm mit sich. Maya wartete auf Larin.

»Wir wollten es hauptsächlich wegen Fiona nicht zeigen«, raunte er ihr leise zu. »Wir waren tatsächlich nicht die einzigen Besucher hier drin, … aber auf jeden Fall sahen wir nicht so alt und bleich aus.«

»Uuh …« Maya sog die Luft durch die Zähne ein. Sie hatte verstanden. Ein Skelett! »Das, was du rausgetragen hast, war der, äh … Schädel?«

»Ja. Der Rest ist noch drin, aber wir haben es in die hinterste Ecke geräumt und ein paar Steine darum aufgeschichtet, so gut es eben ging. Bei einer günstigen Gelegenheit werden wir es draußen vergraben. Aber jetzt eben konnten wir schlecht mit den ganzen Knochen an euch vorbeischlendern.«

Maya biss sich auf die Lippen und unterdrückte ein hysterisches Kichern.

»Kommt ihr endlich?« Ein ungeduldiger Max erschien im Höhleneingang. Da sie die Pferde nicht in der Nacht draußen weiden lassen wollten, nahmen sie die Tiere mit hinein und verteilten an sie etwas von den Broten, die sie noch in ihren Satteltaschen hatten. Die Wasserbehälter würden sie morgen an der Quelle neu füllen.

In der Höhle war es kalt, aber erstaunlicherweise nicht feucht. Sie setzten sich auf ihre Decken und verzehrten Brote und Knallbohnen.

»Nee, das ist nichts für dich!« Max' Pferd war genauso verfressen wie er und wollte sich über die Knallbohne seines Herrn hermachen. »Du kriegst Bauchschmerzen davon.«

Enttäuscht wandte sich das schwarze Pferd ab und untersuchte die Satteltaschen, ob dort nicht etwas Leckeres versteckt war. »Lass das!« Max verscheuchte es und drohte mit dem Finger. »Ich gebe dir sonst einen furchtbar hässlichen Namen.« Er zog die Stirn in Falten. »Wie wäre es mit Olm-Grottendunk? ... Wir könnten es auch mit Gröttchen abkürzen«, setzte er großzügig hinzu.

Fiona kicherte, und Maya sah empört aus. »Das würdest du doch nicht wirklich tun?« Sie traute Max fast alles zu.

»Nee, vermutlich würde ich nur Gröttchen zu ihr sagen, der volle Name ist zu lang.«

Seine schwarze Stute schnaubte. Es klang entrüstet.

»Ist ja gut, Dicke«, brummte Max. »Dann heißt du eben Samantha.«

Die Stute spitzte die Ohren und ließ sich nicht weiter anmerken, ob ihr neuer Name ihre Zustimmung fand. Sie wandte ihre Aufmerksamkeit wieder den Satteltaschen zu und schnoberte daran herum.

»Gib auf, Samantha«, gähnte Max, »du bekommst sie eh nicht auf.«

Der unheimliche Mann

Er huschte in der Finsternis dahin – nichts als ein Schatten, ein Geschöpf der Nacht. Nichts konnte ihn aufhalten. Er dachte an die schwachen Menschen dort drüben – so zerbrechlich, so hilflos. Nicht nur Menschen, auch Elfen stellten keine Gefahr für ihn dar. Wie einfach, ein Leben zu beenden. Er warf den Kopf in den Nacken und lachte. Ein gurgelndes Geräusch kam hervor. Verwundert hielt er inne.

Ah – dieser Durst, er ließ sich nicht stillen. Er hatte es versucht, aber das Brennen war wieder schlimmer geworden. Die Stimmen waren in seinem Kopf und riefen ihn. Sie zeigten ihm den Weg, den er einschlagen sollte. Bis jetzt war er noch nicht bereit dazu gewesen. Er glitt zu der Quelle und spülte das Blut fort. Er erinnerte sich an den Duft ihrer Haut. Seine Nasenflügel weiteten sich. War dort nicht ein anderer Geruch? Keiner, der ihn so reizte, doch ebenfalls menschlich? Er hielt inne und witterte. Böse funkelten seine Augen. Dann machte er sich davon, dem Geruch nach.

In der Nacht wurde Maya von einem Geräusch geweckt. Sie lag zwischen Fiona und Larin, was ihr das Gefühl von Geborgenheit gab. Außerdem hielt es warm. Max hatte sich an der anderen Seite neben Fiona zusammengerollt, und Stelláris hatte es vorgezogen, sich von seinem Orion wärmen zu lassen. Shanouk hatte darauf bestanden, am Höhleneingang zu wachen, und bevor Maya einschlief, hatte sie seine leisen, unruhigen Schritte vernommen. Maya richtete sich auf. Das Geräusch war von draußen gekommen. Sie konnte in der Dunkelheit nichts erkennen; angestrengt starrte sie zum Ausgang. Nur eine kleine Baumgruppe trennte die Höhle von der Wiese. Das Mondlicht sickerte spärlich durch die Bäume und ließ die Nebelschwaden milchig glänzen. Die Pferde hatten sich hingelegt, aber nicht der Länge nach ausgestreckt, wie sie es manchmal taten, wenn sie sich in Sicherheit wähnten. Sie hatten lediglich die Beine unter den Bauch gezogen und schlummerten.

Mayas Augen gewöhnten sich an das Dämmerlicht. Plötzlich erschien ein riesiger schwarzer Schattenumriss im Höhleneingang. Maya erstarrte. Ihr Herz raste, und sie wollte anfangen zu schreien, um die anderen zu warnen, als sie erkannte, was das war.

Samantha!

Maya wickelte sich leise aus ihrem Umhang. Larin neben ihr drehte sich im Schlaf um, aber er wachte nicht auf.

Maya stand vorsichtig auf, um keinen zu wecken, und wollte sich hinausschleichen. »Was ist los?« Stelláris hatte zu gute Ohren, als dass sie an ihm vorbeigekommen wäre.

»Nur Samantha«, wisperte Maya. »Sie läuft vor der Höhle herum. Ich hole sie herein.«

»Das geht mit ihr schon die halbe Nacht so«, kam die leise Antwort. »Ich habe sie lange draußen herumgeführt, sie hatte Bauchkrämpfe. Durch die Bewegung wurde es besser, und ich habe sie hereingebracht. Offensichtlich ist es noch nicht ganz vorbei, sie fühlt sich wohler, wenn sie ein bisschen laufen kann und möchte dabei Gesellschaft.«

»Ich hol sie, bleib du nur liegen, du hast ja kaum geschlafen.«

»Sie wird nicht innen bleiben wollen … Ich hab's irgendwann aufgegeben«, sagte Stelláris müde. »Du kannst es noch mal probieren, sie steht ja direkt vor der Höhle – aber halte dich nicht lange auf, bring sie einfach bloß hierher, sie braucht nicht mehr herumgeführt werden, ja? Es ist nicht sicher da draußen.«

»Gut.« Maya tastete sich zu der großen Stute. Vor der Höhle war es eiskalt, und Maya vermisste ihren Mantel. »Hast du mich erschreckt, du Dumme!«, flüsterte sie. Samantha schien sie vorwurfsvoll anzustarren. Maya bemerkte, dass ihr Maul klebrig war. Sie musste in der Nacht doch an die Knallbohnen gekommen sein.

»Komm mit!« Maya packte die Stute an der Mähne, denn sie trug ja nachts kein Zaumzeug. Samantha weigerte sich mitzugehen. Sie bewegte sich keinen Schritt vorwärts. Maya seufzte. Sie fror jämmerlich und wollte ungern Stelláris um Hilfe bitten, er schlief sicherlich bereits, immerhin hatte der Arme schon die halbe Nacht bei der gefräßigen Stute verbracht. Von Shanouk war nichts zu sehen. Hatte er nicht vor der Höhle Wache halten wollen?

»Wenn du nicht brav bist, muss ich Larin holen«, murmelte sie und zog noch mal. Samantha blickte Maya trübe an.

»Also gut. Ich laufe mit dir ein paar Minuten vor der Höhle auf und ab.«

Die Stute schien aus Mayas Stimme zu entnehmen, dass diese nachgegeben hatte. Bewegung tat gut. Der nette Elf hatte sie vorhin auf die Wiese begleitet und stundenlang herumgeführt, bis die Krämpfe besser geworden waren. Sie machte kehrt und strebte dort hin.

»Samantha!«, zischte Maya. Ihr blieb nichts anderes übrig, als ihr zu folgen.

Es war bitterkalt und unheimlich. Die Wiese lag im dichten Nebel, und ein leiser Wind trieb die Nebelschwaden darüber hin. Es wirkte wie der Tanz bleicher Schauergestalten. Zitternd stolperte Maya neben dem Pferd her. »Du dummes Tier«, flüsterte sie immer wieder, aber sie redete hauptsächlich, um den Klang einer menschlichen Stimme zu vernehmen, und wenn es ihre eigene war. Schließlich klapperten ihre Zähne so stark, dass sie kein Wort mehr herausbrachte. ›Es ist alles in Ordnung‹, versuchte sie sich einzureden. ›Die anderen sind nur ein kleines Stück entfernt dort hinter den Bäumen, gleich drehen wir um und gehen zurück.‹

Schlaftrunken wie sie war, kam Maya gar nicht auf den Gedanken, die schwarze Stute einen Moment allein zu lassen und um Hilfe zu bitten. Sie bemerkte nicht den Mann, der sich aus dem Nebel löste und mit gezücktem Zauberstab heranschlich.

Samantha wieherte schrill. Sie machte einen schreckhaften Satz zur Seite und sprengte im vollen Galopp über die Wiese davon. Maya starrte ihr hinterher, und ihre Augen weiteten sich vor Entsetzen. Sie hatte den Mann entdeckt. Groß und schwarz stand er da, den Zauberstab drohend erhoben. Ihre Hand fuhr in die Tasche, um ihren Zauberstab zu ziehen, aber ihre zittrigen und vor Kälte steifen Finger konnten ihn nicht tasten. Maya stöhnte. Ihr fiel ein, dass er gar nicht da war. Sie hatte ihn in der Höhle gelassen. Schreien war sinnlos, nicht einmal ein Elf wäre schnell genug bei ihr. Sie wirbelte herum, um im Zickzacklauf zu ihrem Versteck zu rennen, zumindest wollte sie kein gutes Ziel bieten. Doch sie kam nicht weit. Sie stolperte über einen Stein, taumelte und machte sich darauf gefasst, gleich von einem tödlichen Zauber getroffen zu werden. Plötzlich hörte sie vor sich eilige Schritte und sah einen Wimpernschlag später Shanouk an sich vorbeistürzen, Stelláris war dicht hinter ihm. Sie drehte sich nach dem Mann um. Er war so schnell verschwunden, wie er aufgetaucht war. Stelláris stoppte kurz neben ihr, um sich zu vergewissern, dass sie unverletzt war. Dann verschluckte auch ihn der Nebel.

Maya zitterte heftig. Ein wenig benommen sah sie Samantha ängstlich wiehernd herbeilaufen, und dann war auf einmal Larin da. Er zog Maya wortlos an sich. Sie spürte seine Wärme, doch sie hörte nicht auf zu zittern. Er wollte sie zurückführen, aber Maya hatte das Gefühl, dass ihre Beine jemand anders gehörten – ihr gehorchten sie jedenfalls nicht.

Larin hob sie hoch und trug sie zurück. Maya wollte Einspruch erheben, aber das ging nicht, denn ihre Zähne schlugen andauernd aufeinander. Die schwarze Stute lief folgsam mit, diesmal tappte sie ohne zu zögern in die Höhle. Larin brachte Maya zu ihrem Schlafplatz und stellte sie unsanft ab. Verwirrt registrierte sie, dass er immer noch nichts sagte. Sie versuchte, seine Gesichtszüge zu erkennen, aber es war zu dunkel. War er wütend auf sie? Er nahm ihren weiten Kapuzenmantel und wickelte sie darin ein, dass sie sich kaum rühren konnte. Verpackt wie eine Raupe im Kokon ließ sie sich auf den Boden plumpsen. Anschließend hob er seinen eigenen Mantel auf und deckte sie damit zu.

»D-da-nn wird d-dir d-doch kalt«, protestierte Maya. Larin murmelte etwas, das sich als ›nein, egal‹ auslegen ließ. Er legte sich zu ihr und schlang seine Arme um sie, um sie zu wärmen. Maya bekam ihre Hände frei und versuchte mit klammen Fingern, den Mantel auch über ihn zu ziehen. »K-komm wenigstens mit drunter.«

Kurz darauf hörten sie Stelláris mit seinen leichten, federnden Schritten zurückkommen. Larin hob den Kopf. »Hast du ihn?« Seine Stimme hörte sich ungewohnt rau an.

»Nein. Er hatte ein Pferd. – Shanouk verfolgt seine Spur. Ich verspreche mir nichts davon.«

Stelláris verzog sich ohne ein weiteres Wort unter seinen Mantel und schlief ein.

Maya fühlte die Wärme, die von Larin ausging, und allmählich hörte das Zittern auf. Ihr Kopf lag an seiner Brust, und sie hörte seinen Herzschlag. Sie entspannte sich. Ihre Augenlider wurden schwer, und dann glitt sie hinüber in den Schlaf.

Sie erwachte erst, als Fiona neben ihr einen überraschten Laut ausstieß. Es war draußen hell geworden, und jemand hatte in ihrer Nähe den blauen Stein als Leuchte auf einen Felsvorsprung gestellt, weil das Tageslicht nur in den vorderen Teil der Höhle drang. Maya verrenkte sich fast den Hals, weil sie sehen wollte, ob Shanouk heil zurückgekommen war – ja, dort drüben schlief er bei seinem Pferd. Sie versuchte, sich zu ihrer Freundin umzudrehen, was schwierig war, denn sie lag da wie eine verpuppte Schmetterlingsraupe. Larin hielt sie fest im Arm, obwohl er bereits wach war. Er hatte wohl den Rest der Nacht in dieser unbequemen Haltung verbracht.

»Das schaut bestimmt seltsam aus«, fuhr es Maya durch den Kopf, »ich muss es Fiona unbedingt erklären.«

Larin ließ sie los. Maya merkte, dass sie nun so sehr glühte, wie sie heute Nacht gefroren hatte. Sie rollte über den Boden und versuchte zappelnd, sich aus dem eng gewickelten Mantel zu winden.

Fiona beobachtete sie amüsiert. »Bist du unter die Schlangentänzer gegangen?«

Maya knurrte als Antwort, was Fiona sehr erheiterte. Dennoch erkannte Maya eine unausgesprochene Frage in der Art, wie die Freundin fast unmerklich die Augenbrauen hochzog.

»Später«, murmelte sie.

Maya saß mit Fiona nach dem Frühstück auf der Wiese. Sie hatten sich an einen der großen Steinbrocken gelehnt. Neben ihnen grasten die Pferde. Larin und Shanouk waren damit beschäftigt, eines nach dem anderen zu putzen und sich um ihre arg strapazierten Hufe zu kümmern. Shanouk hatte nicht viel zu berichten gehabt – er hatte leider die Spur des Fremden verloren. Stelláris und Max suchten ganz in der Nähe Moos zusammen, um den Schlafplatz etwas bequemer zu gestalten. Sie hatten gemeinsam beschlossen, trotz des nächtlichen Besuchers den Lagerplatz nicht aufzugeben.

»Maya, das war ganz schrecklich!«, wiederholte Fiona nun schon zum dritten Mal und seufzte tief. Sie hatten sich ausgiebig über Mayas Erlebnis unterhalten und Fiona hatte sich allmählich beruhigt.

»Sag mal«, Fiona spielte nachdenklich mit ihren kupferroten Locken, »was läuft eigentlich zwischen dir und Larin?«

»Nichts«, antwortete Maya wahrheitsgemäß.

»Das sah heute früh aber irgendwie anders aus.«

»Na ja, mir war saukalt.«

»Maya!« Fiona schaute sie an, als wäre sie eine Geisteskranke.

325

»Merkst du nicht, dass er auf dich steht? – Im Übrigen würdest du jedem Mädchen, das ihm zu nahe käme, die Augen auskratzen.«

»Würde ich nicht!«, fauchte Maya entrüstet. Es fiel ihr selbst auf, dass sie wie eine wütende Katze geklungen hatte, und sie musste über sich lachen.

»Nun, das war auch nicht wörtlich gemeint …«, Fiona sann schmunzelnd über Mayas Verhalten in letzter Zeit nach, »aber du würdest mehr als zehn Gründe finden, warum du sie nicht leiden kannst.«

Maya ahnte, dass ihre Freundin an das Mädchen aus dem Wirtshaus dachte und schwieg betreten.

»Aber«, erläuterte Fiona, »der Arme hatte deinetwegen eine wirklich unbequeme Nacht, denkst du, er würde das für irgendeine andere tun? Er sah ziemlich fertig aus heute Morgen. Glaub mir, einem anderen Mädchen hätte Larin höchstens eine Wärmflasche besorgt.«

Maya hatte erst schuldbewusst geguckt, begann dann aber doch zu kichern. Sie benötigte eine Weile, bis sie sich soweit erholt hatte, um ihrer Freundin eine Gegenfrage zu stellen. »Und äh, du und Shanouk?«

Fiona errötete. »Er hat mich nicht direkt gefragt.«

»Hmmm. Wie meinst du das?«

»Ähem.« Fionas Rotfärbung vertiefte sich. »Er saß neben mir und hat mich auf einmal geküsst.«

»Oh. – Wie … also … wie ist das so? Ich meine, wie fühlt es sich an?« Auch Maya wurde ein bisschen rot.

»Ähem. – Ich weiß nicht. Er hat mich nicht auf den Mund geküsst«, sagte Fiona leise.

»Nein?«

»Nein. Hierhin.« Sie drehte den Kopf auf die Seite und deutete auf ihren Hals. Verblüfft starrte Maya ihre Freundin an. Sie hatte keine Erfahrung in diesen Dingen, aber sie fand das für den ersten Kuss etwas ungewöhnlich.

»Sag bitte kein Wort zu Stelláris.« Fiona sah zu Boden.

»Niemals.« Sie runzelte die Stirn und betrachtete Fiona nachdenklich. Er hatte sie auf den Hals geküsst. An Fionas Stelle wäre sie enttäuscht gewesen, den ersten Kuss stellte sie sich jedenfalls anders vor. Am liebsten wäre ihr gewesen, Shanouk hätte Fiona gar nicht geküsst. Egal wohin.

Obwohl Maya mit so einer ähnlichen Entwicklung gerechnet hatte, war sie doch fassungslos. Sie versuchte, es zu überspielen und hoffte, dass man ihr nichts anmerkte. Wann war Fiona überhaupt mit Shanouk allein gewesen? Gestern, als alle schliefen?

»Es stört dich immer noch, dass er Mathelehrer ist?« Fionas Stimme hatte eine gewisse Schärfe.

Maya fragte sich, wie ihre Freundin in ihr lesen konnte wie in einem offenen Buch.

»N-nein, nicht dass er *Mathelehrer* ist ... eher, dass er *unser* Mathelehrer ist.«

»Er war das genau eine Stunde lang«, sagte Fiona steif. »Ich würde ihn deshalb nicht als unseren Mathelehrer bezeichnen, zumal wir diese Schule freiwillig besucht haben. Es ist nicht so wie in der Welt, aus der wir kommen. Hier ist alles ganz anders. Wenn es dir Sorgen macht, gehe ich einfach nicht mehr in seinen Unterricht.«

»Es tut mir leid«, flüsterte Maya unglücklich. Sie fühlte sich unfähig, ihr zu erklären, warum sie Shanouk unpassend fand. »Ich weiß es selbst nicht genau, was mich stört.«

»Schon in Ordnung.« Fiona stand auf.

Maya wusste, dass es das nicht war.

Sie beschloss, Larin mit den Pferden zu helfen. Shanouk striegelte gerade seine cremefarbene Stute, und Fiona lief sofort zu ihm hin. Maya sah traurig, dass er sie mit einer zärtlichen Umarmung begrüßte.

»Ich helfe dir gerne beim Hufausschneiden«, bot Maya Larin an.

»Danke. Das geht nämlich nur zu zweit. Einer muss den Pferdefuß hoch halten, der andere schneidet das Horn zurecht.«

»Den Fuß zu halten, kriege ich hin.« Maya grinste. »Alles andere musst du erledigen.«

»Es wird aber richtig anstrengend für dich. Manche Pferde lassen ihr Bein so entspannt hängen, dass du das ganze Gewicht tragen musst, wenn du ihren Fuß hochhältst, manche mögen die Behandlung gar nicht und versuchen auszuschlagen. Unsere Pferde aus Eldorin sind gut erzogen, aber für die beiden Schwarzen kann ich nicht garantieren.«

»Kein Problem.«

Larin hatte recht behalten: Es war anstrengend. Besonders Max' schwarze Stute, die nachts solche Aufregung verursacht hatte, ließ Maya reichlich ins Schwitzen geraten.

Stelláris und Max tauchten aus dem Wald auf und brachten eine Menge großer Pilze mit, auf die sie beim Moossammeln gestoßen waren.

»Ich werde sie putzen und klein schneiden«, erbot sich Fiona erleichtert. Sie mochte die Pferde zwar gerne und hatte kein Problem, sie zu striegeln, aber Hufpflege war einfach nicht ihr Ding. Sie hatte gefürchtet, ebenfalls zur Hand gehen zu müssen.

»Max, du könntest mir dabei helfen.«

»Aye, aye, Sir«, grinste Max und schleppte das Tuch mit den Pilzen zu einem großen flachen Stein in der Nähe.

Shanouk legte den Striegel beiseite. »Ich helfe dir auch. Wir sind mit den Pferden sowieso schon fast fertig. Wenn wir Glück haben, hat Max in meiner Gegenwart mehr Hemmungen, die Pilze roh zu vertilgen – sonst reichen sie womöglich nicht zum Kochen.« Er zwinkerte Fiona zu und ging mit ihr Max nach.

»Das glaube ich nicht«, kicherte Fiona. Max kannte keine Hemmungen, egal, wer ihm wobei zusah.

Unweit der Höhle auf der Wiese lagen einige verschieden große Steine. Max hatte die Pilze auf dem größten ausgebreitet. Er war fast so flach wie ein Tisch und hatte auch in etwa diese Höhe. Er konnte später wunderbar als Esstisch dienen, und Shanouk rollte mehrere der kleineren Steine um den großen herum, um ausreichend Sitzmöglichkeiten zu schaffen. Die Pilze besaßen einen leuchtend orangefarbenen Hut mit hellen, watteähnlichen Flecken. Alles in allem sahen sie nicht sehr genießbar aus.

»Du bist wirklich sicher, dass wir uns damit nicht vergiften?« Argwöhnisch wedelte Fiona Shanouk mit einem besonders prächtigen Exemplar vor der Nase herum.

Shanouk lächelte. »Wenn, fällt Max als Erster um.«

»Waff?« Max hielt im Kauen inne und riss die Augen auf. »Ach, du ve'aascht mich.« Er mampfte weiter.

»Wenn du weiter Pilze in dich hineinstopfst, müssen wir noch welche holen.« Fiona betrachtete Max missbilligend. – »Jetzt ist Schluss!«

»Ich hab aber so Hunger!«

»Das hast du immer! Ich kenne wirklich niemanden, der so gefräßig ist wie du – außer vielleicht dein Pferd.«

Max kicherte. Ungeniert schob er sich ein weiteres Stück in den Mund.

»Nein, wirklich! Du hattest mehrere halb aufgegessene Knallbohnen in deiner Tasche herumliegen. Abgesehen davon, dass es eklig ist, wenn du so klebriges Zeug zu deinen Klamotten stopfst, riecht alles total intensiv danach. Kein Wunder, dass Samantha nicht widerstehen konnte.«

»Immerhin war sie intelligent genug, die Tasche aufzukriegen, und hat sich nicht einmal erwischen lassen.«

»Im Gegensatz zu dir.« Fiona gab Max einen Klaps auf die Hand, bevor er sich die nächste Scheibe einverleiben konnte.

»He! Ich bin im Wachstum! Ich muss viel essen!« Beleidigt erhob sich Max und stolzierte davon.

»So, das war der letzte Huf – du hast echt gut durchgehalten, Maya.« Larin steckte das Messer ein, mit dem er das Horn der Pferdehufe beschnitten hatte.

Maya gab Lavinias Fuß frei und richtete sich aus ihrer gebückten Haltung auf. »Das war wirklich Knochenarbeit.« Sie rieb sich den Rücken, war aber sehr mit sich zufrieden.

Lavinia stakste etwas unsicher durch die Gegend. Larin lachte. »Na, Mädchen, dein Reiter hatte sich nicht gerade gut um dich gekümmert. Das hier ist ein völlig neues Laufgefühl.«

Lavinia schnaubte. Das Horn ihrer Hufe war so lang gewesen, dass es sich schon nach außen gebogen hatte, und an manchen Stellen hatte der Huf Risse bekommen.

»Ich sehe mir ein bisschen die Gegend an.« Stelláris hatte Orion gesattelt und seinen Bogen dabei.

Larin nickte. »Pass auf dich auf.«

Maya sah dem Elfen tief aufseufzend nach, als er mit seinem prachtvollen schneeweißen Hengst im Galopp über die Wiese preschte.

Larin lachte. »Galt das Stelláris oder vermisst du einen guten Galopp?«

»Natürlich Ersteres.« Maya kicherte.

»Schade. Dann werde ich wohl demnächst allein ausreiten müssen.«

»Ooch, Ausreiten wäre schon in Ordnung.« Maya bemühte sich, so gelangweilt wie möglich zu klingen.

»Wäre es das.« Larin verkniff sich ein Lachen, und seine Augen blitzten.

Max war ernsthaft verstimmt. Er konnte es nicht leiden, wenn man auf ihm herumhackte, anderseits wusste er, dass es berechtigt gewesen war. Er würde in den verflixten Wald gehen und noch ein paar von diesen blöden Pilzen sammeln. Es war ja nicht weit. Max wühlte in seiner Satteltasche nach einem Tuch für den Transport. »Igitt!« Max besah seine Hände. Vielleicht hätte er die Knallbohnen im geöffneten Zustand wirklich nicht einfach zwischen seine Sachen werfen sollen. Er schleckte sich die klebrigen Finger ab und verließ die Höhle in der Richtung, in der er mit

Stelláris die Pilze gefunden hatte. Die Stelle war nicht allzu weit von ihrer Behausung entfernt, und Max hatte sich den Weg gut eingeprägt.

Der Nebel bewegte sich langsam und veränderte die Umgebung. Er überdeckte niedrige Pflanzen und Steine und ließ die Unterschiede verschwinden. Max war sich nach kurzer Zeit nicht mehr sicher, ob er noch geradeaus ging oder einen leichten Bogen gelaufen war. Er schwenkte ein wenig nach links. Obwohl es eiskalt war, wurde ihm allmählich warm. Merkwürdig – er hätte den gesuchten Platz längst erreicht haben müssen. Schweiß trat ihm auf die Stirn, und seine Hand tastete nach dem Zauberstab. An die Pilze dachte Max nun nicht mehr – er überlegte sich vielmehr fieberhaft, ob er den Rückweg finden würde. Lief er im Kreis? Ging er genau in die verkehrte Richtung und geriet hoffnungslos immer tiefer in den Nebelwald hinein? Alle möglichen schrecklichen Bilder schossen ihm durch den Kopf. Fand er selbst wieder heraus aus dem Wald? Wie konnte er hier jemals gefunden werden? Er würde jämmerlich verhungern. – Hatte es nicht eben im Unterholz deutlich geraschelt? Er war sich nicht sicher, ob dieses Rascheln ihn nicht bereits länger begleitete. Max zog seinen Zauberstab aus der Tasche und versuchte, die aufkommende Panik zu bekämpfen. – Da war es wieder. Irgendetwas schlich durchs Unterholz. – Ein wildes Tier? Der Nebel verdeckte die Sicht – über dem Boden schien er dick wie Watte, und man konnte nicht besonders weit sehen, da feine Nebelschwaden um die Bäume waberten. Er begann zu rennen, schneller und schneller, bis er keuchend durch den Wald hetzte. Schließlich verließen ihn die Kräfte; stolpernd lief er weiter. Sein Atem ging pfeifend, und auf einmal hörte er, dass in der Nähe etwas anderes atmete. Völlig erschöpft taumelte Max vorwärts und plötzlich fühlte er, dass er ins Nichts trat. Es war zu spät, zurückzuweichen. Er fiel in die Tiefe.

Es gab ein ratschendes Geräusch, und dann durchfuhr seinen Körper ein Ruck. Max hing fest. Er baumelte in der Luft über einer Felsspalte und konnte nichts erkennen, denn dichter Nebel hüllte ihn ein. Er wusste nicht, wie tief die Spalte war, er fühlte nur, dass sich das Rückenteil seiner Jacke irgendwo verfangen hatte. Der Stoff war gerissen, aber er hielt. Vorsichtig streckte Max seine Hand über seinen Kopf nach hinten und versuchte zu ertasten, wo er festhing. Es war ein Ast – die steil abfallenden Wände der Spalte waren mit knorrigen kleinen Bäumen und Farnen bewachsen.

Über sich hörte Max ein Geräusch und erstarrte. Ein paar kleine Steine lösten sich, kullerten ein Stück und stürzten dann im freien Fall nach unten. Tief unter sich hörte Max, wie sie auf dem Boden aufschlugen. Etwas Schweres rutschte auf ihn zu, größere Steine lösten sich, und Geäst brach knackend durch. Max zappelte verzweifelt und öffnete den Mund, um zu schreien.

»Nicht bewegen!« Eine tiefe Stimme knurrte diese Worte aus dem Nirgendwo über ihm. Max hörte die Männerstimme laut fluchen, und dann erkannte er schemenhaft eine große Schattengestalt, die bald die Form eines Mannes annahm. Der Fremde verharrte ein Stück über Max und beugte sich zu ihm hin. Max zuckte zusammen – eine hässliche Fratze starrte ihn böse an.

»Gib mir deine Hand«, befahl der finstere Mann. Max hatte aufgehört sich zu bewegen und starrte auf die schmutzige riesige Pranke, die sich ihm von oben entgegenstreckte.

»Mach schon, der Ast hält dich nicht mehr lange. Ich kann nicht weiter zu dir runter, ich stürze sonst selbst ab.«

Wie um diese Worte zu bestätigen, knackte das Holz, und Max spürte wieder einen leichten Ruck – er hing ein wenig tiefer. Er dachte nicht länger nach – so weit wie möglich streckte er seinen Arm nach oben und fühlte, wie die schwielige Hand zupackte.

»Au!« Der Ast schrammte Max über den Rücken, als er nach oben gezerrt wurde. Der Mann wuchtete ihn neben sich.

»Halt dich an 'ner Wurzel fest.«

Max gehorchte. Mit zitternden Fingern griff er sich eine der dicken Wurzeln, die wie ein wirres Netz die Felswände überzogen. Seine Füße fanden Halt auf der bewachsenen Wand.

»Los, klettern musst du schon selber.«

»Ich kann nicht!«, wimmerte Max. Ihm war schwindlig und schlecht.

»Junge, ich hab dich nicht von dem Ast gepflückt, damit du hier festwächst. Los, reiß dich zusammen!«

Max packte die Wurzeln fester. Zögernd tastete er mit dem Fuß nach geeigneten Trittmöglichkeiten. Der Felsen war steil, aber die Wände liefen nicht senkrecht nach unten.

›Wenn es nur nicht so tief wäre!‹, dachte Max und stöhnte. Er erinnerte sich an die herunterfallenden Steine und stellte sich vor, wie sein eigener Körper unten am Boden aufprallen würde. Verrenkt wie eine weggeworfene Gliederpuppe würde er daliegen.

Max schüttelte diese Gedanken ab. »Du schaffst das«, redete er sich ein und wiederholte stumm und unaufhörlich diese Worte, während er im Schneckentempo nach oben kletterte. Der Fremde hatte lange vor ihm den rettenden Waldboden erreicht. Max hörte, wie er sich ächzend über den Rand schwang. »Es ist nicht weit«, kam die raue Stimme von oben. »Höchstens drei Meter.« Für Max war es eine halbe Ewigkeit, aber er schaffte es. Das letzte Stück griff der Mann nach ihm und zog ihn über die Kante der Felsspalte.

Max stürzte auf den kalten Boden und blieb mit geschlossenen Augen erschöpft liegen. Sein Körper begann zu zittern und wollte nicht mehr aufhören.

Er fühlte sich hochgehoben und über eine harte Schulter geworfen. Wortlos stapfte der Fremde mit ihm durch den Wald.

Max konnte nicht mehr klar denken. Ihm war im Moment alles egal, er war nur froh, nicht mehr in der Luft über dem Abgrund zu baumeln. Ihn störte auch nicht, dass der Mann scheußlich nach ranzigem Fett und gammeligem rohem Fisch roch. Er hoffte, dass er ihn zu seinen Freunden bringen würde, aber er fragte nicht. Max spürte den groben Stoff des Mantels auf seiner Wange. Den hatte der Mann vorhin nicht angehabt, als er ihn aus dem Felsspalt rettete. Der Umhang war schwarz und voller Dreck. Max war zu erschöpft, um sich Sorgen zu machen. ›Die Schwarzen Reiter tragen solche Umhänge‹, fiel ihm ein, aber es störte ihn nicht wirklich. Was ihn störte, war das Zittern und das Zähneklappern, das nicht aufhören wollte.

Der Mann blieb stehen. Er hob Max von seiner Schulter und legte ihn über den Sattel eines großen schwarzen Pferdes. Anschließend stieg er hinter ihm auf und trieb das Tier vorwärts.

»Wo ist Max?« Larin hatte sich mit Maya an den steinernen Tisch zu Fiona und Shanouk gesetzt, die mit dem Pilzschneiden fertig geworden waren.

»Keine Ahnung.« Fiona hatte nicht darüber nachgedacht. Sie hatte sich bemüht, die Pilze klein zu schneiden und sich dabei nicht allzu sehr von Shanouks faszinierenden Augen ablenken zu lassen. Es war ihr nicht bewusst gewesen, dass sie die Farbe verändern konnten. Seit sie hier im Nebelwald waren, hatten sie oft einen deutlichen Stich ins Violette, eine Farbe, die Fiona noch nie als Augenfarbe gesehen hatte.

»Er ist schon die ganze Zeit nicht zu sehen gewesen.« Eine Sorgenfalte erschien auf Mayas Stirn.

»Vielleicht ist er in der Höhle.« Shanouk interessierte es nicht sonderlich.

»Da ist er nicht, ich habe von dort gerade ein Würzkraut für die Pilze geholt.« Larin legte ein kleines Tütchen auf den Steintisch.

»Er war beleidigt«, überlegte Fiona. »Ich habe mit ihm geschimpft, weil er nur geholfen hat, die Pilze zu essen und nicht, sie zu zerkleinern. Ich habe ihm gesagt, dass sie nicht zum Mittagessen reichen, wenn er vorher soviel isst. Er wird doch nicht …« Sie erbleichte. »Nicht nach der heutigen Nacht …«

»Ich fürchte doch!« Larin sprang auf.

Zwischen den Bäumen raschelte es. Aus dem Nebel löste sich eine riesige dunkle Gestalt. Ein großes schwarzes Pferd erschien, auf dem ein hünenhafter Mann saß. Er trug einen schwarzen Umhang, die Kapuze war weit ins Gesicht gezogen. Fiona schrie. Larin riss den Zauberstab aus seiner Tasche, und Shanouk stand in Angriffshaltung da.

»Max!« Ohne nachzudenken, rannte Maya auf den Schwarzen Reiter zu.

»Nein!«, stöhnte Fiona. Aber zu ihrer und Shanouks Überraschung senkte Larin langsam den Zauberstab und ging Maya nach.

Der Mann ließ den schlotternden Max wortlos vom Pferd gleiten, wo er von Maya und Larin gestützt wurde.

»Was ist mit ihm?«, schrie Maya entsetzt.

Der Mann antwortete nicht.

»Er hat einen Schock«, erklärte Larin anstelle des Mannes. Sie ließen Max ins Gras gleiten. »Was ist geschehen? – Ich glaube, ich kenne Sie.« Larin blickte zu dem Mann auf.

»Verschwindet von hier. Das ist kein guter Ort für euch.« Der Mann wendete sein Pferd und wollte ohne Erklärung davonreiten.

»Halt!« Stelláris war aus dem Wald hervorgetreten, den Bogen gespannt.

Der Mann hielt inne.

»Sie schulden uns eine Erklärung!« Stelláris klang entschlossen.

Einen Augenblick lang sah es so aus, als wollte der Reiter die Drohung ignorieren, doch dann zuckte er die Schultern und schwang sich vom Pferd.

»Wie ihr meint«, knurrte er.

Währenddessen hatte Maya in einem kleinen Beutel gekramt, den sie am Gürtel trug. Sie zog ein Kraut heraus und schob es Max unter die Zunge. Max hörte allmählich auf zu zittern, und seine bleichen Wangen bekamen wieder Farbe.

Larin bedeutete dem wortkargen Mann mit einer einladenden Handbewegung, am Steintisch Platz zu nehmen. Shanouk und Fiona setzten sich zögernd dazu. Stelláris wechselte mit Larin einen Blick und legte seinen Bogen zur Seite, als er sich ebenfalls auf einen Stein setzte. Allerdings behielt er ihn in Reichweite.

»Ich will auch hin!« Max protestierte schon wieder. Mit noch etwas unsicheren Schritten tappte er zu der Gruppe am Tisch. Maya war das recht – sie war viel zu neugierig, um für Max die Krankenschwester zu spielen, die er sowieso nicht haben wollte.

Maya stockte der Atem. Der Mann hatte sich die Kapuze vom Kopf gezogen – quer über sein Gesicht lief eine hässliche Narbe, die sein eines Augenlid so herunterzog, dass er das Auge nicht mehr richtig öffnen konnte.

»Sie sind der Mann, der Larin gerettet hat!«, entfuhr es Maya.

Der Mann mit der Narbe brummte verdrossen und fixierte Larin mit seinem unheimlichen Blick. »Viel hat es nicht genützt, du scheinst ein Talent dafür zu entwickeln, dich an unpassenden Orten herumzutreiben.«

Larin legte finster die Stirn in Falten. Der schwarzhaarige Mann stieß ein merkwürdig schnarrendes Lachen aus, das in einen trockenen Husten überging.

›Wenn er doch nur nicht lachen würde‹, dachte Fiona schaudernd. ›So sieht er noch gruseliger aus.‹ Sie flüsterte Shanouk ein paar erklärende Worte ins Ohr, da dieser der Einzige war, der keine Ahnung hatte, wer der Mann war.

Das Narbengesicht stieß mit dem Finger in Larins Richtung. »Warum bist du nicht hinter dem Wasserfall geblieben? Du warst in Sicherheit.«

»Ich war vor allen Dingen ohne Gedächtnis.«

Der Mann schnaubte. »Das war ich genauso. Ich hätte es fast nicht mehr zurück geschafft.«

Max sah aus, als hätte er eine Erleuchtung. »Ich habe Sie schon mal gesehen! Damals im Wald, bevor wir den Wasserfall fanden. Ich habe Ihr Gesicht gesehen!«

»Kein hübscher Anblick, wie? Du bist ganz schön erschrocken.« Er gab ein amüsiertes Grunzen von sich.

Max sah betreten nach unten.

»Dann waren Sie es, der nach uns durch den Wasserfall ging?«
Maya hatte rasch kombiniert.

Statt einer Antwort stahl sich auf das entstellte Gesicht des
Fremden ein schiefes Grinsen.

»Sie hatten ihr Gedächtnis verloren«, überlegte Larin. »Sie
irrten da oben in den Bergen umher und wussten nicht mehr, wie
man zurückkommt. Wahrscheinlich hatten Sie irgendeine vage
Erinnerung, aber das war's auch schon. Dann sahen Sie uns. Sie
sahen den Wasserfall und etwas zog Sie da hin. Sie folgten uns. –
Warum hatten Sie sich so verdammt viel Mühe mit mir gegeben?
Es war doch ein ziemliches Risiko für Sie, mich in das Land auf
der anderen Seite zu schaffen?«

»Das ist allein meine Sache.« Der Mann schien plötzlich verärgert. Er starrte mürrisch vor sich hin.

»Wieso haben Sie mich damals überhaupt entführt?«

Der Mann knurrte etwas Unverständliches und kratzte sich am
Hinterkopf. Maya erwartete nicht ernsthaft, eine Antwort von
ihm zu erhalten und wunderte sich, ihn schließlich doch reden zu
hören.

»Ging nicht anders.«

Larin zog fragend die Augenbrauen in die Höhe.

»Der andere hat dich erkannt und das weitergesagt. Du siehst
deinem Vater offensichtlich sehr ähnlich. Wir bekamen den Auftrag für diese Entführung.«

»Von wem?«

»Ich rede, du hörst zu. – Man hat mich unter Druck gesetzt.
Sie haben meine Familie als Druckmittel benutzt. Ich hatte keine
Wahl. Ich habe so getan, als würde ich mitspielen, das war die
einzige Möglichkeit. Dann habe ich dich gerettet, ich wollte
nicht, dass sie dich töten, nachdem … egal. Es war nicht richtig.«

»Bekommen Sie immer noch Befehle von denen?«

»Nein. Ich hab mich abgesetzt.« Sein Lachen klang bitter.

»Ich denke, es wird langsam Zeit, dass Sie mir erzählen, wer
Sie sind.« Larin hatte nicht die Absicht, locker zu lassen.

Der Mann verzog das Gesicht. »Warum sollte ich das? – Wenn ich euch einen Rat geben darf: ich habe es vorhin ernst gemeint, als ich sagte, ihr solltet von hier verschwinden.«

»Warum?«

»Habt ihr nichts gemerkt? Letzte Nacht war ein Vampir hier unterwegs.«

Fiona schlug die Hände vor ihr Gesicht und erstickte einen Aufschrei. Shanouk legte ihr beruhigend den Arm um die Schultern. Auch Max war wieder sehr bleich geworden. Die anderen hatten den beiden nichts von dem Reh und den genaueren Umständen seines Todes erzählt.

»Ich hab ihm aufgelauert, aber leider nicht gekriegt. Ich hätte einen vergifteten Pfeil für ihn gehabt.«

»Waren Sie deswegen auf der Wiese?« Maya hatte sich schnell gefangen.

»Ja. Ich wollte sichergehen, dass er euch in Ruhe lässt. ‘s ist ganz schön anstrengend, auf euch aufzupassen. Da seh ich dich mit dem Gaul auf der Wiese rumspazieren. Das war dein Glückstag, Mädel. Der Blutsauger war ganz in der Nähe, mein Pferd hat ihn gerochen. Das hat dir wohl das Leben gerettet, denn er hat mich bemerkt und ist mir hinterher. Fast hätte er mich erwischt.«

»Wie sah er aus?« Stelláris hatte sich interessiert vorgebeugt.

»Kann ich leider nicht sagen. Das Monster hatte einen dunklen Umhang an und die Kapuze aufgezogen.« Der Mann lachte grunzend und hustete erneut. »Zur Abwechslung mal einer mit Stil.«

»Äh … wie sehen die denn sonst aus?«, wollte Maya wissen.

»Bitte nicht!« Fiona war entsetzt. Sie fand die Vorstellung grauenvoll, dass sich hier ein Vampir herumtrieb, ob stilvoll gekleidet oder nicht. Sie wollte nicht auch noch hören, was diese Monster sonst so trugen.

Der Mann schien Verständnis für Mayas Frage zu haben. »Meistens hab’n die nich’ viel an. Wär ja recht umständlich mit den Flügeln. Sie hängen tagsüber von der Decke und haben große ledrige Flügel, was …«

»Aufhören!« Fiona hielt sich die Ohren zu, sie sah aus, als sei ihr übel.

Der Mann klappte den Mund zu und verzog sein hässliches Gesicht zu einem Grinsen. »Bin wohl die Anwesenheit von jungen Damen nicht gewohnt.«

Maya sah großzügig darüber hinweg, dass er *sie* vorher als Mädel bezeichnet hatte. »Möchten Sie mit uns essen?« Sie hatte die Einladung ohne viel nachzudenken ausgesprochen. Immerhin hatte der Mann sie vor einem Vampir beschützt, Larin gerettet und schließlich ebenso Max.

Überrascht sah der Mann sie an. »Warum nicht. Was gibt es denn?«

»Pilze«, antwortete Max. »Ich hoffe, sie reichen.«

»Das werden sie«, sagte Larin mit Nachdruck.

Die Mittagszeit war längst vorbei, und nun spürten alle, dass sie schrecklichen Hunger hatten. Es war nicht einfach, ein Feuer zu entfachen, da es nirgendwo trockenes Holz gab. Maya, Fiona und Max waren beeindruckt, dass Stelláris es schaffte, einigen Holzstücken mit einem Zauber die Feuchtigkeit zu entziehen, so dass bald ein kleines Feuer prasselte, das sie zum Braten der Pilze benötigten. Stelláris und Larin wussten, wie man Pilze auf heißen Steinen zubereitete. »Wir müssen später einen Rost bauen, wo wir Holz über dem Feuer trocknen können und dann als Vorrat in der Höhle lagern«, erklärte Larin. »So ein Zauber wie eben ist schwierig und anstrengend.«

»Hä? Wieso anstrengend?«, fragte Max.

»Je schwieriger der Zauber, desto mehr Kraft kostet er«, sagte Larin. »Ich habe Elfen gesehen, die nach so was erschöpft waren, als wären sie viele Stunden lang gerannt. Einem Gegenstand Wasser zu entziehen schaut vielleicht einfach aus, ist es aber nicht.«

Max sah Stelláris kritisch an, als würde er erwarten, dass dieser im nächsten Augenblick zusammenbrechen würde. Der Elf schien seine Gedanken erraten zu haben, denn er lächelte Max an. »Heute nicht.«

Fiona wagte sich nicht von Shanouks Seite, es half auch nichts, dass man ihr versicherte, dass Vampire im Allgemeinen nur nachts jagten.

Das schwarze Pferd des Mannes war erfreut, in die Gesellschaft von seinesgleichen zu gelangen. Sein Herr sattelte es ab und führte es zu den anderen.

»Gut gemacht«, sagte Larin leise zu Maya, während der Mann über die Wiese stapfte.

»Hm?«

»Ich weiß, du hattest keinerlei Hintergedanken, als du ihn eingeladen hast.« Larin betrachtete nachdenklich Mayas Gesicht. »Dazu bist du viel zu ehrlich, und das finde ich echt gut. Aber ich habe ein paar Fragen an ihn, die er mir nicht so einfach beantworten wird. Wenn wir ihn zum Reden bringen wollen, ist das wohl die beste Methode.«

»Das Essen ist fertig.« Fiona hatte die Pilze auf große Blätter verteilt, die Stelláris aus dem Wald geholt hatte.

Sie aßen mit beträchtlichem Appetit; sogar Fiona, die gedacht hatte, sie könnte keinen Bissen herunterbringen, langte kräftig zu. Bisweilen warf sie dem Mann einen misstrauischen Blick zu. Dieses halb geöffnete Auge – Fiona schüttelte sich. Insgesamt machte er nicht gerade einen vertrauenserweckenden Eindruck mit der scheußlichen Narbe und seinen wirren ungewaschenen Haaren. Und erst der Geruch – Fiona rutschte auf ihrem Stein so weit wie möglich weg. Immerhin hatte der Fremde Max vorhin aus der Felsspalte gezogen, Max hatte das in allen Einzelheiten gefühlte hundert Mal geschildert. Für diese Tat war sie dem Mann aufrichtig dankbar.

»Wie bringt man eigentlich einen Vampir zur Strecke?« Max schien sich wirklich gut erholt zu haben, wenn ihn nun solche Dinge beschäftigten. Fiona verschluckte sich an ihrem Pilz.

»Max, lass das!«, japste sie. Sie traute ihm durchaus zu, einen Vampir jagen zu wollen.

»Wieso? Könnte doch wichtig sein. Nur so für den Fall …«

Der Mann schien sich über Max zu amüsieren. »Du scheinst ein recht unternehmungslustiges Bürschchen zu sein. Treibst dich allein im Wald herum und so.«

»Ja, und sie waren so nett, mich nicht hängen zu lassen«, sagte Max.

Der Mann lachte schallend und erlitt prompt einen Hustenanfall. »Von den Vampiren lass mal die Finger. Besser, man begegnet ihnen nicht. Die sind da oben und wir hier unten, und solange man keinen Grund hat, an ihnen vorbei zu kommen, sollte man ihnen aus dem Weg gehen.«

»Aber einer ist nicht dort oben«, sagte Stelláris. »Den können wir nicht ignorieren.«

Maya fühlte ein leises Ziehen in der Magengegend.

»Warum sollte jemand an ihnen vorbei kommen wollen?« Larin sah den Mann scharf an.

Dessen Augen wurden schmal. »Du bist zu neugierig. Das tut dir nicht gut.«

»Sagen Sie uns wenigstens, wie Sie heißen!«, bettelte Max.

Dieser schien eine Schwäche für ihn zu entwickeln, denn er brummte: »Ihr könnt mich Zacharias nennen.«

Nach dem Essen saßen Maya und Larin zusammen im Gras und redeten. Sie beobachteten Zacharias, der mit Max auf einem Stein saß und sich angeregt mit ihm unterhielt.

»Max macht das noch viel besser als ich«, grinste Maya. »Wahrscheinlich spuckt Zacharias seinen kompletten Lebenslauf aus bis hin zu solchen Details, ob die Vampire, die er erlegt hat, Kleidergröße 54 trugen.«

Larin kicherte. »Mehr als die Kleiderfrage würde mich interessieren, was er wohl gemeint hat – was könnte es für einen Grund geben, an ihnen vorbei zu wollen?«

»Glaubst du, dass es etwas mit dem Einhorn zu tun hat?«

»Hmm. Ich weiß nicht. Aber es macht ja nicht viel Sinn, dass wir hier einfach nur dumm rumhängen und nichts tun. Ich glaube, es war kein Zufall, dass wir ihn getroffen haben. Er weiß etwas, was uns weiterhelfen könnte.«

»Jetzt müssen wir es nur noch aus ihm herauskriegen – kein Problem, er ist ja soo gesprächig.«

Larin streckte sich der Länge nach im Gras aus und verschränkte die Arme hinter dem Kopf. »Wenn man die ganze Zeit hier verbringt und einzig und allein die Gesellschaft seines Pferdes hat, ist man ziemlich einsam. Ich denke, letztendlich ist er froh, jemanden zum Reden gefunden zu haben. Vielleicht sagt er ab und zu ein wenig mehr, als er beabsichtigt.«

Maya sah Larin versonnen an. »Er wäre auch ganz allein gewesen«, fuhr es ihr durch den Kopf. Sie bekämpfte das Verlangen, seine Hand zu berühren.

Larin betrachtete sie interessiert. »Ich würde gerne wissen, was du denkst. Du hast manchmal so einen eigenartigen Ausdruck im Gesicht.«

Rasch fuhr Maya mit den Fingern wie zufällig durch ihre langen braunen Locken und hoffte inständig, dass Hand und Haare ihren verräterischen Gesichtsausdruck verbergen würden, zu dem sich gemeinerweise eine auffällige Rosafärbung gesellt hatte. Irgendwie schaffte Larin es immer wieder, sie in Verlegenheit zu bringen. Sie suchte krampfhaft nach einer unverfänglichen Antwort, aber ihr Gehirn hatte auf Sparmodus umgeschaltet. Probehalber öffnete sie den Mund, stellte fest, dass »Äh« das Geistreichste war, das ihr einfiel und klappte ihn frustriert wieder zu.

»Entschuldigung.« Larin grinste frech.

Maya war dankbar, dass Antares beim Grasen herangekommen war und nun seinen Herrn mit der Nase anstieß.

»Na, mein Schöner?« Larin setzte sich auf und kraulte ihm zärtlich den Kopf. Genüsslich streckte Antares seine Nase zwischen Larins Hals und Schulter und knabberte mit seinem seidenweichen Maul sanft an ihm herum. Dann widmete er sich wieder seiner Grasmahlzeit.

Maya hoffte, dass ihr Gesicht inzwischen seine normale Färbung zurückerlangt hatte, zumindest war die Hitze, die in ihr hochgeschossen war, etwas abgeklungen.

Ihr Blick fiel auf Fiona, die mit Shanouk über die Wiese lief. Sie schienen Richtung Quelle zu wollen. Stelláris folgte ihnen in angemessener Entfernung.

»Er lässt sie nicht aus den Augen.« Maya hatte versehentlich laut gedacht.

»Ja, er achtet sehr auf sie.« Larin war es also auch nicht entgangen.

»Es … ist ihm ernst, nicht wahr?«, sagte Maya traurig.

»Ja, ich glaube schon. Er hat sich nie besonders für ein bestimmtes Mädchen interessiert. Dabei waren da eine ganze Menge, die auf ihn standen. Du kennst sie nicht, sie gehen nicht mehr in die Schule, aber sie wohnen in Eldorin. Eine war die Schwester von Ondil, sie ist wirklich total nett und sieht echt gut aus.« Larins schaute in die Ferne und hing irgendwelchen Erinnerungen nach. Maya hätte zu gerne gewusst, ob er an ein Mädchen dachte, das für *ihn* vielleicht einmal interessant war.

»Warum kann er Shanouk nicht leiden … ich meine, das hat doch nicht nur was mit Fiona zu tun?«

»Es hat nicht wirklich was mit Fiona zu tun. Eigentlich gar nichts. Na ja, das mit Fiona macht Shanouk für Stelláris nicht wirklich sympathisch, das ginge wohl jedem so, aber Stelláris ist nicht so … ich weiß nicht, wie ich sagen soll … es wäre nicht so, dass er jemanden nicht leiden kann, weil sich das Mädchen, in das er verliebt ist, in diesen anderen verliebt.«

»Was ist es dann?«

»Sorry, aber ich kann keine Vermutung weitergeben, die Stelláris mir gegenüber im Vertrauen gemacht hat …, obwohl ich es besser fände, du wüsstest es.«

»Ja klar, natürlich. – Schau, da kommt Zacharias mit Max.«

Maya fühlte sich plötzlich stark an die Schwarzen Reiter erinnert, als der kräftige schwarz gekleidete Mann auf sie zukam, was ihr gehöriges Unbehagen verursachte. Zwar war er nicht sehr viel größer als Larin, aber viel breiter. Richtig furchteinflößend sah er aus. Maya stand rasch auf, und auch Larin erhob sich.

»Max hat mir angeboten, meine Bärbel bei euch zu lassen, sobald ich sie mal nicht brauche. Wäre euch das recht?«

Maya verkniff sich ein Lachen. Wie konnte man ein Pferd Bärbel nennen?

»Das ist schon in Ordnung«, meinte Larin. »Sie kommt gut mit den anderen aus.«

»Geht es auch nachts? Vorausgesetzt, ich bin nicht mit ihr auf Vampirsuche, könnte ich beruhigter schlafen, wenn sie bei euch in der Höhle wäre. Ich hab für mich ein gutes Versteck gefunden, aber Bärbel passt nicht mit hinein.«

»Natürlich.« Larin hatte Verständnis, dass er sich um sein Pferd sorgte.

»Gut. Dann hau ich jetzt mal ab.«

Ohne ein weiteres Wort drehte Zacharias sich um und marschierte zu seinem Pferd. Er nickte Max im Vorbeilaufen einen kurzen Gruß zu.

»Er ist cool!« Max sah ihm beeindruckt nach. »Was meint ihr, was er mir alles erzählt hat!«

Maya und Larin warfen sich einen bedeutsamen Blick zu.

»Was denn?«, fragte Maya.

Sie saßen alle zusammen beim Abendessen und beratschlagten. Max hatte einiges über Zacharias zu berichten gehabt. Larin sah seine Vermutung bestätigt, dass er früher einmal bei den Schwarzen Reitern gewesen war, und er war sich ziemlich sicher, dass er auch Amadur gekannt hatte.

Larin hatte eines der Elfenbrote verspeist und war dankbar für die Abwechslung. Etwas angeekelt betrachtete er die süßen Knallbohnen.

»Wonach schmeckte dein Brot?«, fragte Max neugierig.

»Ich glaube, es war irgendein Braten in Minzsoße«, murmelte Larin und schob die Knallbohnen von sich. »Wir müssen heute Nacht Wachen aufstellen.«

»Auf jeden Fall!«, stimmte Stelláris mit Nachdruck zu.

»Nur wir drei sollten Wache halten«, sagte Shanouk sehr bestimmt.

»Was? Ich will auch mitmachen!«, ereiferte sich Max voller Empörung. »Ich schlafe ganz bestimmt nicht ein!«

»Darum geht es nicht«, versuchte Larin zu erklären. »Solltest du heute Nacht wirklich einem Vampir gegenüberstehen, dann musst du dich auch verteidigen können.«

»Ich übernehme die zweite Wache.« Larin und Stelláris schauten Shanouk leicht erstaunt an, denn die zweite Wache war die unbeliebteste. Man schlief gerade erst so richtig tief und musste schon wieder aufstehen, und nachher fand man schlecht von Neuem in den Schlaf, wenn draußen allmählich die Vögel zwitscherten (obwohl es im Nebelwald hauptsächlich Kreischdohlen gab, und die zwitscherten nicht).

»Nett von dir.« Larin bedachte Shanouk mit einem nachdenklichen Blick. – »Wollen wir Zacharias nicht anbieten, bei uns in der Höhle zu übernachten? Ich weiß, wir kennen ihn nicht, aber er hat mir das Leben gerettet, und Max vermutlich ebenfalls.«

»Nachdem er dich vorher entführt hat, hat er dich danach gerettet, meinst du«, flocht Maya ein. »Allerdings hat er auch mir das Leben gerettet, letzte Nacht auf der Wiese, somit wären wir damit bereits zu dritt – falls es wahr ist, was er über den Vampir gesagt hat. Und welchen Grund hätten wir, ihm nicht zu glauben?«

»Er war vermutlich mal bei den Schwarzen Reitern«, gab Fiona zu bedenken.

»Man sollte Menschen erlauben, sich zu irren«, sagte Stelláris ernst. »Wenn es wirklich stimmt, dass er einer von ihnen war, scheint er daraus gelernt zu haben. – Außerdem – welches Risiko hätten wir? Wir müssen ihm nicht gleich so vertrauen, dass er als Einziger eine Wache übernimmt.«

»Das darf er auf keinen Fall«, ließ sich Shanouk vernehmen. Er spielte nervös mit einem Anhänger, den er um den Hals trug.

»Cool, dann kann ich es ihm ja sagen!« Max sprang von seinem Stein auf.

»Max!« Maya hielt ihn am Ärmel fest. »Warte mal, du kannst nicht allein durch die Gegend rennen! – Weißt du denn überhaupt, wo er steckt?«

Max machte sich verärgert los und strich demonstrativ seinen Ärmel glatt. »Hältst du mich für doof? Ich geh schon nicht allein hin. – Er wohnt da drüben.« Max wedelte mit der Hand unbestimmt nach Westen. »Fiona geht sicherlich gerne mit und beschützt mich.« Max grinste scheinheilig.

Fiona sah ihn vorwurfsvoll an. »Das ist unglaublich komisch.«

»Also komm!« Larin stand auf.

Nervös sah Maya ihnen nach. »Hoffentlich finden sie ihn, bevor es dämmrig wird.«

»Keine Sorge. Larin bewegt Max rechtzeitig zur Umkehr, wenn sie kein Glück haben sollten«, versuchte Stelláris sie zu beruhigen.

Maya hätte sich keine Gedanken machen müssen, denn bereits nach kurzer Zeit kamen Larin und Max zurück und hatten Zacharias mit Bärbel dabei.

Zacharias grüßte sie mit einem kurzen Neigen des Kopfes. »'s ist besser so«, war alles, was er zu der Einladung zu sagen hatte.

Er stapfte mit Max zur Höhle und ließ seine Satteltasche in Eingangsnähe auf den Boden fallen. Es gab einen dumpfen Ton.

»Die ist aber schwer!«, staunte Max.

»Wenn du wie ich jahrelang unterwegs wärst, hättest du auch schweres Gepäck. – Nette Höhle. Warum hatte ich sie nie entdeckt?«

»Sie war ziemlich zugewachsen. Wir mussten die Öffnung wegen der Pferde ein Stück freilegen, aber sie ist echt schwer zu finden – vielleicht war das ja unser Glück die letzten Nächte, als sich dieser Vampir herumtrieb.« Max blickte vertrauensvoll Zacharias an, so, als ob sie dieses Glück nun nicht mehr bräuchten, weil er jetzt da war.

Zacharias war der Blick nicht entgangen. Ihm schien nicht ganz wohl dabei zu sein. »Die gehen nach Geruch. Ich wette, der hatte euch gerochen, aber vielleicht wart ihr ihm zu viele. Kann sein, dass er gerade gejagt hatte – leichter zu erlegende Beute.«

»Uäh – wie eklig.«

Zacharias lachte rau. »Ja, eklig – das ist es. Aber ich vergesse schon wieder, dass ich mit einem dreizehnjährigen Jungen spreche. Du solltest eigentlich gemütlich zu Hause sitzen, und deine einzige Sorge sollte sein, schlechte Noten zu schreiben.«

»Das«, sagte Max, »war noch nie wirklich meine Sorge.«

Die Dämmerung senkte sich herab, und die Nebelschwaden zogen immer dichter über die Wiese dahin. Es wurde Zeit, die Pferde in die Höhle zu bringen. Als Larin und Stelláris nach ihren Hengsten pfiffen, setzte sich die ganze kleine Herde in Bewegung, und Bärbel trabte ganz selbstverständlich nebenher. Zacharias musste sich gar nicht die Mühe machen, sie zu holen.

Anstatt mit den anderen in die Höhle zu gehen, nahm Shanouk Fiona beiseite. »Hör zu, ich muss noch einmal fort.«

»*Was?* Das ist doch nicht dein Ernst?«

»Ich … äh, muss dringend etwas … erledigen, ich brauche kurz ein wenig Zeit für mich.«

»Aber Shanouk! D-da draußen ist ein V-Vampir!«, fiepte Fiona und griff aufgeregt nach seinem Arm.

»Lass mich! Bitte, es ist … wichtig.« Unerwartet grob machte er sich frei.

»Geht es dir gut? Du siehst aus, als hättest du Fieber!« Fiona unterdrückte gerade noch den Impuls, ihre Hand probehalber auf seine Stirn zu legen.

»Fiona!«, knurrte Shanouk gereizt. »Ich kann ganz gut auf

mich aufpassen, das schaffe ich nun seit zwanzig Jahren. Man könnte sagen, es ist mir zur Gewohnheit geworden.«

Fiona konnte nicht darüber lachen. Sie war zutiefst gekränkt, weil er so ruppig zu ihr war, und voller Sorge, dass ihm etwas zustoßen könnte. Tränen liefen ihr über das Gesicht.

Shanouk ließ sie stehen und rannte zum Wald, um in ihm zu verschwinden.

Mit ineinander gekrampften Händen stand Fiona wie betäubt da und starrte auf die Bäume, zwischen denen er untergetaucht war.

»Komm!« Stelláris berührte Fiona leicht am Arm. Sie zuckte zusammen.

»Du siehst ja gar nichts mehr.«

»I-ich h-hab irgendw-wo ein T-Taschentuch …«	Fiona wühlte in ihrer Hosentasche, und Stelláris war erleichtert, dass sie eines fand. Seine Erfahrung mit in Tränen aufgelösten Mädchen hielt sich in Grenzen. Er führte sie sanft in Richtung der Höhle.

»Er ist f-fort.«

»Ich weiß, ich habe mitbekommen, dass er gegangen ist. Es tut mir leid … Ich meine, es tut mir leid, dass du so unglücklich bist.«

»Hättet ihr ihn denn nicht aufhalten können?«

»Der Einzige, der vielleicht so schnell wäre wie er, bin ich. Doch wenn er vor mir im Wald ist, verschwindet er im Nebel, das macht es völlig unmöglich, ihn einzuholen. Aber ich schätze, er wird wissen, was er tut.«

Fiona blieb stehen und sah Stelláris an. Sie nahm ihn nur sehr verschwommen wahr. »W-warum, meinst du, tut er das? Es ist doch gef-fährlich!«

»Fiona, wir sollten weitergehen. Es wird ziemlich schnell dunkel.«

Stelláris begann allmählich wegen Fiona nervös zu werden. Ihr schien die hereinbrechende Dunkelheit egal zu sein, sie dachte offensichtlich an nichts anderes als an Shanouk, und jetzt wollte sie sich womöglich nicht von der Wiese wegbewegen.

Er nahm vorsichtig ihren Arm und atmete auf, dass sie keine Schwierigkeiten machte und sich brav weiterführen ließ.

»War Shanouk heute allein unterwegs?«

Wenn Fiona diese Frage überraschte, zeigte sie es nicht. Sie schüttelte nur den Kopf.

»Bist du sicher?«

»J-ja«, schluchzte Fiona.

»Gestern? War er gestern tagsüber allein fort?«

Fiona überlegte einen Moment. »Ja.«

»Vorgestern?«

»K-keine Ahnung.«

»Fiona!« Maya nahm die Freundin in den Arm und warf Stelláris einen dankbaren Blick zu. »Was ist denn los?«, flüsterte Maya. Sie hatte Shanouk weglaufen sehen, aber bemerkt, dass Stelláris bereits zu Fiona ging, um sich um sie zu kümmern.

Fiona schniefte noch ein wenig.

»Komm, wir setzen uns da vorne zu den Pferden.« Maya zog Fiona zwischen Orion und Hyadee hindurch. Es war unmöglich, gänzlich ungestört zu sein. Dazu waren einfach zu viele Personen in der Höhle. Larin, Max und Zacharias hielten sich gerade im hinteren Bereich auf. Am Eingang hatte Stelláris seinen Wachtposten bezogen.

Sie setzten sich mit dem Rücken zur Felswand.

»Magst du es mir erzählen?«

»Hmmm.« Fiona musste ihre Gedanken ordnen. Sie verstand nicht, was in Shanouk gefahren war. »Er hat gesagt, er muss fort ... irgendetwas erledigen – was in aller Welt muss man um diese Zeit erledigen?«

Das fragte sich Maya ebenfalls. Sie runzelte die Stirn.

»Er war so ... grob zu mir. Irgendwie kam er mir krank vor, er war kreidebleich, und trotzdem glühte er von innen heraus – vielleicht hat er sich ja erkältet.«

»Vielleicht.« Maya glaubte es nicht so recht.

»Vielleicht m-mag er mich auch nicht mehr … vielleicht nerve ich ihn.« Fiona begann wieder zu weinen.

»Das glaube ich nicht.« Maya strich Fiona über das Haar. »Ich habe gesehen, wie er dich anschaut. Er ist wirklich in dich verliebt.«

»Sicher?«

»Total sicher.«

Fiona seufzte tief.

Sie saßen eine Weile schweigend nebeneinander. Maya spähte zu Stelláris hinüber, der unbeweglich in seiner Wartestellung verharrte. Er lauschte nach draußen. Sie war überzeugt, dass er das Gespräch dennoch gehört hatte, obwohl sie sehr leise gesprochen hatten. Elfen hatten so gute Ohren. Was er wohl dachte? Und was in aller Welt dachte sich Shanouk?

Etwas später begaben sie sich in den hinteren Höhlenteil, der in das sanfte Licht des blauen Steines getaucht war.

»Alles in Ordnung?«, wollte Max wissen.

Fiona errötete und nickte hastig. Sie fand es peinlich, dass offensichtlich jeder ihren Kummer mitbekommen hatte. »Ich gehe schlafen«, murmelte sie und verzog sich in den mit Tüchern abgehängten Eckbereich, in dem man sich umziehen und notdürftig waschen konnte, falls es gerade zu gefährlich war, nach draußen zur Quelle zu gehen.

»Was hatte sie denn?« Max war ehrlich bekümmert. Für ihn war Fiona wie eine große Schwester, und es bedrückte ihn, wenn es ihr nicht gut ging.

»Ach«, Maya fand es unpassend, in Zacharias' Gegenwart Fionas Probleme zu erwähnen, »es geht ihr wieder besser. Sie sorgt sich ein bisschen um Shanouk, er ist noch unterwegs.«

»Dummer Junge«, schnaubte Zacharias, und sein von der Narbe beeinträchtigtes Auge zuckte.

»Er war seltsam drauf.« Sogar Max war etwas aufgefallen, was Maya überraschte. Außer, dass Shanouk beim Abendessen ein bisschen unruhig gewirkt hatte, war ihrer Meinung nach nichts ungewöhnlich gewesen. Wegen des Vampirs waren eigentlich alle unruhig.

»Was meinst du mit seltsam?«, fragte Larin gespannt.

»Er glotzt Fiona immer so seltsam an, und heute fand ich's besonders schlimm.«

Larin grinste. »Ach so. Das kann man ihm nicht verdenken, oder?«

Maya kicherte.

»Jaaa, aber ich mag nicht, wenn er sie so ansieht, als wäre sie ein Schnitzel. Das ist doch peinlich.«

Als sich das Gelächter gelegt hatte, klopfte Larin Max auf die Schulter. »Ich werde dich an diese Worte erinnern, wenn du älter bist. Ich bin neugierig, wie *du* ein Mädchen anstarren wirst.«

»Ja!« Maya kringelte sich immer noch. »Wie ich Max einschätze, wird er ihr erzählen, dass er sie fast so gerne mag wie Schokoladentorte.«

»Frechheit!«, kommentierte Max, aber er musste ebenfalls lachen. Er setzte eine würdevolle Miene auf. »Ich werde einen unergründlichen Gesichtsausdruck haben und geheimnisvoll wirken und meine Gefühle nicht zeigen – wie der rote Kater, der sich im Waisenhaus manchmal in die Küche geschlichen hat.«

»*Bloß nicht!*« Um Mayas Beherrschung war es ganz und gar geschehen. »Das kannst du unmöglich tun! Sobald der eine Maus sah, hat er immer so gesabbert!«

Shanouk war rechtzeitig zurück, um die zweite Wache zu übernehmen. Alle anderen schliefen schon. Stelláris warf ihm in der Dunkelheit einen prüfenden Blick zu. Viel konnte er nicht sehen, aber was er sah, bestätigte ihn. Dennoch erkundigte er sich nach Shanouks Befinden. »Es geht mir wieder gut«, erwiderte der gelassen. »Ich leide seit geraumer Zeit an heftigen Kopfschmerzen. Leider hatte ich die passende Kräutertinktur nicht in ausreichender Menge dabei, ich rechnete ja nicht damit, dass es mich in den Nebelwald verschlagen würde. Wenn die Anfälle kommen, muss ich einfach eine gewisse Zeit in Abgeschiedenheit verbringen.«

Die Nacht blieb ruhig, und auch in den nächsten Nächten geschah nichts Ungewöhnliches. Fiona war glücklich, dass Shanouk sich ihr gegenüber wieder sehr charmant zeigte. Er hatte ihr sein Verhalten erklärt, und Fiona war bestürzt, dass er unter solchen Kopfschmerzen litt. Sie war nur traurig darüber, dass er sich ihr nicht gleich anvertraut hatte und mit irgendeiner Ausrede verschwunden war. War es ihm etwa so peinlich, dass er von solchen Anfällen geplagt wurde?

Maya fiel auf, dass Stelláris und auch Larin den Halbelfen trotz dessen Erklärung misstrauisch beobachteten.

Zacharias wurde bald ein angenehmer Teil der Gemeinschaft. Zu Fionas Erleichterung ließ er sich dazu überreden, seine Kleidung nach und nach an der Quelle zu waschen – sie überließ ihm dazu etwas von den silbrig schimmernden kleinen Perlen, die sich schäumend im Wasser auflösten. Stelláris hatte sie eingepackt, sie eigneten sich ebenso gut zur Körperreinigung, und Fiona war davon begeistert, weil die Haare davon ganz seidig und glänzend wurden. Eines Tages erschien sogar Zacharias mit frisch gewaschenen Haaren; offenbar hatte er beschlossen, etwas mehr auf sein Äußeres zu achten.

Besonders erfreulich war es für Max, dass der große Mann es vorzog, auf die Jagd zu gehen. Er legte Wert auf einen anständigen Braten, wie er sagte. So erweiterte sich der Speiseplan für die, die gerne Fleisch aßen, um allerlei Wildtiere.

»Hmm, lecker!« Max machte sich gerade über einen Schlegel her.

»Du schlingst schon wieder so«, beschwerte sich Fiona.

»Wir sind nicht in Eldorin«, belehrte Max sie ungerührt. »Man muss mit seinen Manieren anpassungsfähig sein. Die Umgebung hier ist eher rustikal.«

»Jaa, das ist sie. Und wir stecken hier fest, ohne dass sich etwas tut.« Larin war reichlich genervt, dass sie ohne Ergebnis herumsaßen. Leider hatte das Einhorn ihnen nicht mitgeteilt, wonach sie suchen oder worauf sie warten sollten. Sie waren an einen vernünftigen Lagerplatz gebunden, wo sie auch die Pferde versorgen konnten, und der gegenwärtige Ort war ideal. Larin hatte mit Stelláris und Maya besprochen, Zacharias ins Vertrauen zu ziehen, was Mayas Begegnung mit dem Einhorn betraf. Er hoffte, dass dieser einen Hinweis für sie haben könnte. Maya sah ein, dass das notwendig war. Auch Shanouk wusste mittlerweile Bescheid. Also hatten sie Zacharias davon in Kenntnis gesetzt, aber er hatte nicht so darauf reagiert, wie sie sich gewünscht hatten. Genau genommen hatte er nur etwas davon gegrunzt, dass auf Einhörner kein Verlass sei.

Zacharias fühlte Larins Blick auf sich geheftet. »Ah, jetzt meinst du, ich könnte irgendwie von Nutzen sein?«

»Könntest du das etwa nicht?«

Zacharias starrte Larin unwillig an. Larin starrte zurück.

»Hör zu«, er deutete mit seiner Kaninchenkeule gereizt in Larins Richtung, »ich finde, die Gefahr hier ist völlig ausreichend für euch. Ihr müsst nicht noch versuchen, in den Bergen herumzuturnen.« Er bereute seine Worte, sobald er sie ausgesprochen hatte.

»Was ist in den Bergen?«, wollte Max prompt wissen.

Statt einer Antwort sah Zacharias Larin finster an. Um Larins Mundwinkel zuckte es.

»Du hältst dich wohl für schlau«, knurrte Zacharias und kniff die Augen zu engen Schlitzen zusammen.

Larin wusste, dass Zacharias lediglich besorgt war. Sein finsteres Aussehen und sein barsches Benehmen waren nur Fassade, es steckte ein sehr weicher Kern in ihm. Das Problem war, ihn zu überzeugen, dass er ihnen weiterhelfen musste. Larin fühlte, dass der Zeitpunkt näherrückte, an dem er sein Wissen mit ihnen teilen würde.

»Kannst du uns nicht helfen?« Max legte Zacharias bittend die

Hand auf dessen muskulösen Arm.

Zacharias rang minutenlang mit sich. Er hatte bereits zu viel preisgegeben. Man konnte seinen inneren Kampf von seinem Gesicht ablesen. Keiner wagte ein Wort zu sagen.

»Was glaubt ihr, wie oft ich schon darüber nachgedacht habe.« Er rieb sich versunken die Stirn. Dann fasste er einen Entschluss.

»Ihr wisst, dass der Schattenfürst alles unternommen hat, um unsterblich zu werden?«

Sie nickten gespannt.

»Nun, es hängt mit diesem Ort hier oben zusammen.« Er deutete auf das Gebirge, das sich steil und abweisend über dem Nebelwald erhob.

»*Was?*« Larin hatte sich überrascht vorgebeugt.

»Ganz oben ist die Stelle, wo aus ihm derjenige wurde, der er heute ist.«

»Der Ort, an dem er beinahe die Unsterblichkeit gewann, befindet sich da oben?« Auch Stelláris hatte das nicht gewusst.

»Ja. Und du hast dich völlig richtig ausgedrückt: Er wurde *beinahe* unsterblich. Viele wissen das nicht und glauben, dass er unbezwingbar ist. Aber solange er das Mittel dazu noch nicht gefunden hat, bleibt er sterblich. Was die Sache so schwierig macht, ist, dass er sich weitgehend unverwundbar machen konnte. Aber er muss sich dieser Verwandlung immer aufs Neue unterziehen – sie hält nicht dauerhaft an. Dazu kommt er ab und zu dort hinauf.«

Atemlos sah Maya ihn an. »Er kommt *hierher*, um sich zu verwandeln? Wie macht er das?«

»Er hat sich Kenntnisse erworben wie kein Mensch vor ihm. Nicht einmal die Elfen wissen davon. – Ich weiß nicht, wie er es schaffte. Er benutzt dazu das Blut der ältesten magischen Geschöpfe, die es gibt.«

»Drachen …?«, fragte Larin vorsichtig. »Es gibt keine Drachen mehr.«

Zacharias lachte sein schnarrendes Lachen, und Fiona schloss die Augen. Das war kein Witz gewesen.

»Es gibt sie. Ich habe sie gesehen.«

Fiona stöhnte. Jetzt auch noch Drachen.

»Ich wusste lange Zeit nur, dass er Drachen verwendet, aber ahnte nicht, wo dieser Ort war. Ich war auf der Suche danach … konnte es niemandem erzählen.« Zacharias starrte vor sich hin, er war ganz in seine Erinnerungen versunken.

»Woher wusstest du von den Drachen?« Max flüsterte ganz gegen seine Gewohnheit.

»Ich war einer von denen, die die Dracheneier besorgten.«

»Du gehörtest einmal zu ihnen, nicht wahr? Zu den Schwarzen Reitern?«, fragte Maya leise.

»Ja. Darauf bin ich nicht stolz. Es war der größte Fehler meines Lebens. Verflucht mich deshalb – ich habe das selbst oft genug getan.«

»Wer könnte mit dem Finger auf jemanden zeigen und wäre dabei selbst frei von Schuld?«, zitierte Stelláris einen uralten Spruch. Max blickte ihn verwirrt an. Stelláris lächelte. »Das stammt aus einem Buch, das Wilbur gehört. Er hütet es wie einen Schatz. – Zacharias, du hast deinen Fehler eingesehen und hast dein Handeln bereut. Wer könnte dich dafür noch verurteilen?«

Zacharias hob abwehrend die Hand. »Ihr wisst nicht …«

Dann starrte er wieder stumm vor sich hin. Ein Schatten legte sich über sein narbiges Gesicht. »Wer einmal einer von ihnen war, ist nie mehr wirklich frei. Ich erkannte, dass es falsch war, was ich getan hatte, aber der Schattenfürst hatte mich in der Hand. Er hätte meine Frau und meinen Sohn töten lassen, wenn ich mich geweigert hätte mitzumachen. Ich habe mich oft gefragt, warum er mich nicht einfach umbringen ließ, denn ich wusste zu viel. Aber wahrscheinlich war ich zu nützlich … Dann starben meine Frau und mein Sohn bei einem Unfall.« Zacharias war kaum mehr zu verstehen, so leise hatte er gesprochen. Er raufte sich die Haare und lachte bitter auf. »Innerlich war ich nun frei. Nichts hielt mich mehr bei den Schwarzen Reitern. Ich versteckte mich und dachte darüber nach, wie ich mein Ziel erreichen könnte … Schließlich traf ich auf euch.«

»Weißt du, wie der Schattenfürst aussieht? Hast du ihn gesehen?«, fragte Larin gespannt.

»Nein. Ich habe ihn einmal getroffen. Aber er trug einen schwarzen Kapuzenmantel und verbarg sein Gesicht hinter einer Maske … Allerdings sah ich seine Augen. Sie sind rot.«

Maya spürte plötzlich eine Eiseskälte nach ihrem Herzen greifen. Es traf sie wie ein Schlag: sie hatte diese roten Augen ebenfalls gesehen. Es war bei den Nixen gewesen. Sie erschauerte.

»Wie auch immer«, fuhr Zacharias heiser fort, »der Schattenfürst hütet seine Geheimnisse gut. So gut, dass er niemals einen seiner Diener alles wissen ließ. Deshalb habe ich die Dracheneier nie selbst überbracht, ich gab sie nur in einer versiegelten Kiste an einen anderen Mann weiter. Wir durften nie über unseren Auftrag miteinander sprechen; wer wahnsinnig genug war, es dennoch zu tun, war so gut wie tot. Ein Einziger der Männer aus dem Nebelwald, die die Eier von mir entgegennahmen, hat schließlich doch einmal geplaudert. Er wusste nicht viel, aber was er wusste, war aufschlussreich. Den Rest konnte ich mir zusammenreimen. Irgendwann wurde mir klar, wofür die geschlüpften Drachen bestimmt waren. Der Schattenfürst lässt jedes Mal, wenn er hier ist, einen oder zwei töten, weil er ihr Blut braucht. Deshalb musste es immer wieder Nachschub geben: Drachen sind selten, und es ist fast unmöglich, sie in Gefangenschaft zu züchten. – Nur sehr wenige wissen davon. Das Drachenblut ist es, was vor Verletzungen schützt. Ich vermute, es wirkt wie ein Schutzpanzer, der kaum zu durchdringen ist, genau wie bei den Drachen selbst. Zusätzlich lässt es ihn langsamer altern. Er hat deshalb einiges an Lebenszeit dazugewonnen. Ich schätze, er dürfte weit über 100 Jahre alt sein, aber sein Körper ist der eines dreißigjährigen Mannes.

Drachen sind uralte Kreaturen. Ihr Blut ist magisch. Viele Geschichten ranken sich um Drachen und die Verwendung ihres Blutes zu einem lebensspendenden Elixier. Viele sind einfach unwahr, sind Mythos oder schlichtweg Unfug. Nur dem Schattenfürsten ist es gelungen, sich mit Hilfe des Drachenblutes und verbotener Magie so unverletzlich zu machen, wie es auch die Drachen sind. Ich fürchte, es wird nicht mehr lange dauern, bis er dieses Elixier, das ihn unsterblich machen wird, fertiggebraut hat.«

»Sein Leben ist deshalb verflucht«, flüsterte Maya, die sich an Lunas Erklärung erinnerte.

»Das weiß ich nicht. Aber das kann gut sein.« Zacharias rieb sich das Kinn. »Letztendlich ist es mir egal, ob der Schattenfürst ein verfluchtes Leben hat oder nicht. Mich interessiert, wie ich verhindern kann, dass er die Unsterblichkeit erlangt.«

Sie saßen da wie vom Donner gerührt.

»Natürlich«, sagte Larin langsam. »Ja, klar. Das ist genial.«

Zacharias gab ein grunzendes Geräusch von sich, das in einem Hustenanfall endete. »Genial … ja, das wäre es. Aber es ist nicht möglich, da ranzukommen.«

»Man müsste diesen Ort zerstören? Wäre das der Plan?« Stelláris erwog bereits mehrere Möglichkeiten.

»Es gibt keinen Plan. Ich bin nie nah genug rangekommen, um zu wissen, wie man weiter vorgehen könnte. Die Vampirbiester sind nicht so sehr das Problem. Es gibt da ein anderes, schier unüberwindbares Hindernis.«

Nicht nur Fiona sah zartgrün im Gesicht aus, als Zacharias so locker von den Vampiren sprach. Maya und Max hatten ebenfalls keine gesunde Gesichtsfarbe.

›Sie sind also für Zacharias nicht das Problem‹, dachte Maya. ›Für mich schon.‹

Ihr Blick fiel auf Shanouk. Er hatte sich kein einziges Mal geäußert, und sie hatte erst gar nicht auf ihn geachtet. Maya erschrak umso mehr, als sie ihn so sitzen sah. Seine Augen waren blutunterlaufen, und er stierte vor sich hin – es schien ihm gar nicht gut zu gehen. Maya bemerkte, dass er zusammenzuckte, als Fiona ihm hilflos über den Arm strich. Er rutschte ein Stück von ihr fort, als würde allein die Berührung ihm Schmerzen bereiten haben und hielt seine Arme fest vor der Brust verschränkt.

Fiona sah elend aus.

›Haben sie sich gestritten?‹, fuhr es Maya durch den Kopf. Dann wurde ihre Aufmerksamkeit wieder von Zacharias in Anspruch genommen.

»… allein ist es unmöglich, aber zu mehreren könnte es klappen.«

»Warum hast du deine Meinung geändert und dein Wissen mit uns geteilt?«, fragte Stelláris.

Nachdenklich legte Zacharias die Stirn in Falten. »Ich kenne diesen Wald von Amadur.«

»Du kennst ihn?«, rief Maya überrascht. »Dann hast du also das Einhorn gesehen?«

»Gesehen und gesprochen …«

Maya war verwirrt. »Ich dachte, du hältst nichts von dem, was Einhörner sagen?«

»Hmpf. Es gefällt mir nicht immer, was sie sagen … Aber es scheint unsere Bestimmung zu sein, es zu versuchen.«

»Wir versuchen es«, erklärte Larin entschlossen. »Ich habe es sowieso satt, hier herumzuhängen. Du kommst mit uns?« Larin war die Antwort klar, aber er wollte sie trotzdem von Zacharias hören.

»Ja.«

»Wann?« Nachdem er den ersten Schreck überwunden hatte, wäre Max am liebsten gleich losgezogen. Zacharias würde sie begleiten – sein väterlicher Freund. Er kannte sich mit Vampiren aus, und auch sonst setzte Max großes Vertrauen in ihn. Max fühlte sich sehr sicher.

»Morgen?« Larin schaute in die Runde.

»Ja«, bestätigte Stelláris.

Fiona sagte gar nichts. Offensichtlich wünschte sie sich einfach nur weit fort.

Zacharias zog gedankenverloren ein Messer mit einer gefährlich aussehenden zweischneidigen Klinge heraus. Um die Schärfe zu testen, fuhr er damit spielerisch über den dunklen Haarwuchs auf seinem Unterarm. Es hinterließ eine helle Spur, viele Härchen rieselten nach unten. »Wir müssen in aller Frühe fort. Es ist ein Marsch von zwei Tagen ins Gebirge. In der Nacht müssen wir uns ein gutes Versteck suchen, denn dann sind wir bereits dicht am Revier der Vampire. Ich traue diesen elenden Blutsaugern nicht, ich …«

Zacharias wurde von Shanouk unterbrochen, der plötzlich aufsprang und gereizt etwas Unverständliches fauchte. Dann lief er zum Wald, wo er hinter dem dichten Zweiggewirr verschwand.

Zacharias starrte ihm entgeistert nach. »Er hat ab und zu heftige Kopfschmerzen, sagtet ihr?« Nachdenklich kratzte er sich das Kinn.

Fiona blieb in sich zusammengesunken am Steintisch sitzen. Sie wirkte sehr niedergeschlagen, und Maya tat das Herz weh. Sie sah den merkwürdigen Blick, den Larin und Stelláris tauschten und verstand seine Bedeutung nicht.

Maya wusste, dass Stelláris sich am liebsten selbst um Fiona gekümmert hätte, aber er hielt sich zurück und betrachtete sie wehmütig. »Wir machen eine Pause und besprechen später unser weiteres Vorgehen«, sagte er. »Wir müssen sowieso den Inhalt unserer Satteltaschen überprüfen und notfalls ein paar Dinge austauschen oder ergänzen. Es sollte jeder eine bestimmte Menge an Nahrung mit sich führen – falls wir voneinander getrennt werden, kann so etwas lebenswichtig sein … Zacharias, du bekommst Elfenbrot aus unseren Vorräten.«

Glücklicherweise waren sie recht sparsam damit umgegangen, Maya wusste, dass die kleinen viereckigen Brote nicht einfach herzustellen waren.

»Ihr könnt nur das Notwendigste mitnehmen«, ließ Zacharias verlauten, »weil wir nämlich den ganzen Krempel selber schleppen werden. Wir müssen die Pferde hierlassen.«

»Hierlassen?«, entsetzte sich Maya. »Wo sich doch der Vampir herumtreibt?«

»Es sind Pferde und keine Gämsen«, brummte der Mann. »Der Berg ist viel zu steil. Mach dir nicht allzu viele Gedanken wegen des Vampirs. Pferde sind nicht unbedingt das, was er bevorzugt. Wahrscheinlich folgt er lieber uns.«

»Das beruhigt mich jetzt aber«, sagte Maya. – »Komm«, sie stand auf und drehte sich zu Fiona um, »gehen wir ein Stück zusammen.«

Fiona folgte Maya. Sie wirkte verstört, und Maya machte sich ziemliche Sorgen. Sie wurde nicht schlau aus der Situation. Waren es wirklich nur Kopfschmerzen, weswegen Shanouk davongestürzt war? Warum war Fiona so verzweifelt?

»Wir sollten reden«, sagte Maya, als sie außer Hörweite der anderen waren. Fiona nickte. Trübsinnig starrte sie vor sich hin, aber sie sprach kein Wort.

»Ähem …« Maya wusste nicht so recht, wie sie beginnen sollte. »Shanouk – er ist manchmal ein bisschen schwierig, nicht?«

»Manchmal«, flüsterte Fiona.

»Was ist denn passiert?«

»Eigentlich nichts … ich weiß auch nicht … oh, Maya, es ist schrecklich!«, brach es aus ihr heraus. »Gestern und vorgestern hat er sich ähnlich benommen … Erst ist er völlig normal und total nett, und dann wird er ganz plötzlich wütend. Er guckt mich so böse an, dabei habe ich gar nichts Falsches gemacht, es kommt aus heiterem Himmel. Seine Augen verändern sich … sobald er so seltsam wird, sind sie immer richtig violett. Ich achte dauernd darauf, weil ich Angst habe, dass es wieder losgeht.« Fiona lief eine Träne über die Wange. »Heute Morgen war es genauso. Da haben wir gestritten. Es ging ihm auf die Nerven, dass er nie mit mir allein sein kann, ständig ist jemand da. Er wollte, dass ich mit ihm komme, ein Stück ausreiten oder so, aber er sah mich schon wieder so komisch an und klang so gereizt. Ich wollte einfach nicht. Er macht mir Angst, wenn er sich so benimmt. Auf einmal hat er über Stelláris geschimpft, er hat ganz gemeine Sachen über ihn gesagt. Dabei hatte ich den Eindruck gehabt, die verstehen sich inzwischen ganz gut. Ich wollte nichts davon hören, ich mag Stelláris gerne. Das hab ich ihm auch gesagt, und er ist ausgerastet, ich habe gedacht, gleich passiert irgendetwas Schlimmes. Er hatte die Hand um meinen Hals gelegt, und Stelláris hat es mitgekriegt, er kam her. Ich dachte, sie gehen aufeinander los, aber da hat sich Shanouk umgedreht und ist abgehauen.«

Maya war geschockt. Was auch immer Shanouk für ein Problem hatte, Kopfschmerzen waren es nicht. Oder konnten Schmerzanfälle jemanden derart verändern? Sie war ratlos und hatte Angst um Fiona. Was sie erzählt hatte, hörte sich richtig gefährlich an. »Du solltest mit ihm reden, wenn er gerade normal ist.« (›Aber nicht allein‹, setzte sie im Gedanken hinzu).

»Glaubst du, ich hätte das nicht versucht? Er entschuldigt sich. Er kann total süß sein, weißt du? Man hat das Gefühl, es sind zwei verschiedene Menschen. Manchmal glaube ich, dass er sich gar nicht so richtig erinnert, was er alles gesagt hat, wenn er so seltsam ist.«

»Vielleicht sollte ein anderer mit ihm reden … vielleicht würde er mit Zacharias sprechen«, überlegte Maya. Irgendetwas sagte ihr, dass es wenig Sinn hätte, aber einen Versuch war es wert.

»Warum ist er bloß so schräg drauf?«, rätselte Max. Er kniete auf dem Höhlenboden und stopfte achtlos einen Teil seiner Sachen in die Satteltasche. Maya hockte daneben und hielt gedankenverloren eines der Kleidungsstücke hoch, die sie zum Wechseln mitnehmen wollte. »Hmm …« Maya hatte nicht die Absicht, in Shanouks Abwesenheit schlecht über ihn zu reden, noch dazu befand sich Fiona ebenfalls in der Höhle. Sie besaß deutlich mehr Gepäck als Maya, denn sie hatte sich ja ursprünglich auf dem Weg nach Unduros befunden und sortierte nun alle möglichen Dinge aus, die sie zu Fuß nicht mehr mitnehmen konnte.

»Zacharias spricht gerade mit ihm«, murmelte Maya. »Äh,

Fiona, lass den Spiegel lieber weg.«

»Ach – natürlich.« Fiona war nicht ganz bei der Sache. Sie hatte vorhin schon versucht, eine der beiden Hosen, die sie für Max gewaschen hatte, selbst anzuziehen. Sie hatte sich gewundert, warum ihr die Hosenbeine bis kurz unters Knie gingen und daran herumgezogen, bis Max sie empört darauf aufmerksam gemacht hatte.

»Gut, dass man die Satteltaschen als Rucksack nehmen kann.« Max besah zufrieden das Ergebnis seiner Arbeit.

»Noch besser, wenn sie nicht ein Dutzend Knallbohnen enthalten«, gab Maya zurück. Sie hatte verdutzt zugesehen, wie Max sie am Schluss oben drauf geschmissen hatte.

»Ich dachte, als kleine Stärkung zwischendurch …?«

»Die hättest du dann so was von nötig, weil du nämlich unter dem Gewicht zusammengebrochen wärst.«

Am Höhleneingang raschelte es. Larin bog die Zweige der Bäume zur Seite und schlüpfte herein. »Seid ihr soweit? – Zacharias würde gerne mit uns besprechen, wie's morgen weitergeht.«

»Ich hab's gleich«, erwiderte Max und fischte die letzte Knallbohne aus der Tasche. Er warf sie neben sich zu den anderen, wo sie mit einem lauten Knall aufplatzte und das rosa Fruchtfleisch durch die Gegend schleuderte.

»Max, du Wutz«, sagte Fiona.

»Ich weiß«, seufzte Max betrübt und sah an sich hinunter. Er war froh, dass sich die Verwüstung auf seine eigenen Sachen beschränkte und er sonst keinen größeren Schaden angerichtet hatte. »Gut, dass du meine anderen Hosen frisch gewaschen hast.«

Fiona seufzte. »Auch nur, weil deine Sachen, wenn du sie selber wäschst, hinterher noch dreckiger sind. Keine Ahnung, wie du das machst.«

»Wie geht es Shanouk?«, fragte Maya leise Larin, als sie zusammen die Höhle verließen.

»Wieder gut«, kam die knappe Antwort.

Maya kannte Larin gut genug, um zu wissen, dass er sehr besorgt war.

Schon von Weitem sah sie, dass der blonde Halbelf bereits neben Zacharias am Steintisch saß. Er hatte entspannt die Beine von sich gestreckt und machte einen sehr gelassenen Eindruck. Stelláris hatte ebenfalls Platz genommen. Maya fand es bezeichnend, dass er einigen Abstand zu ihm hielt. Sie versuchte, Shanouks Augenfarbe zu erkennen. Er fühlte ihren Blick und sah zu ihr hin. Ein gewinnendes Lächeln erschien auf seinen Lippen. Maya bekam eine Gänsehaut. Seine Augen waren kein bisschen violett, sie waren von einem klaren Himmelblau. Verwirrt wandte sie sich ab.

»Ich werde euch alles erzählen, was ich über den Weg ins Innerste des Nebelgebirges weiß«, begann Zacharias. »Entscheidend ist, dass wir nicht in der Nacht das Gebiet der Vampire durchqueren, da sind sie auf der Jagd. Es sind etwas mehr als zwei Dutzend. Tagsüber halten sie sich zum Schlafen in einer Höhle auf. Wir müssen durch diese Höhle, es ist der einzige Weg zu dem Ort, den wir suchen …«

Von Fiona kam ein leises, wimmerndes Geräusch.

Shanouk strich Fiona gedankenverloren über den Arm und wandte sich Zacharias zu. Sein Lächeln wurde breiter. »Ah, ich denke, ich weiß, was du vorhast. Du sagtest kürzlich, du hättest die Höhle schon einmal durchquert? Du willst ihren Geruchssinn täuschen, nicht wahr?«

Zacharias sah aus irgendwelchen Gründen recht misstrauisch drein. »Du weißt ja gut Bescheid … Nun, Vampire besitzen einen äußerst feinen Geruchssinn. Wenn sie jagen, können sie ihr Opfer über weite Entfernungen aufspüren. Es gibt eine bestimmte Pflanze, die den Geruch eines Menschen verändert. Ich habe sie in getrockneter Form bei mir. Sobald wir sie essen, verlieren wir unseren typischen menschlichen Geruch.«

»Hammer!« Max war schwer beeindruckt.

»Riechen wir dann trotzdem noch … essbar oder irgendwie unappetitlich?«, fragte Maya.

»Ich weiß nicht, *wie* wir für sie riechen. Wir riechen jedenfalls so wenig nach Mensch, dass sie im Normalfall weiterpennen.«

»Was ist, wenn doch einer aufwacht?«, wollte Larin wissen.

»Dann haben wir ein ernstes Problem. Sie können miteinander über ihre Gedanken in Verbindung treten. Falls einer aufwacht, wissen ziemlich schnell die anderen Bescheid, weil sie spüren, was er denkt.«

Maya stöhnte, und Larin drückte aufmunternd ihre Hand. »Sie werden schon nicht aufwachen«, flüsterte er ihr zu.

»Unsere Chance ist, dass wir so wenige sind. Auch die Überbringer der Dracheneier müssen an den Vampiren vorbei, manchmal sind sie zu zweit oder zu dritt – ich denke, dass es keinen allzu großen Unterschied macht, dass wir stattdessen zu siebt sind. Die Eier sind übrigens der Grund, warum der Schattenfürst die Vampire in dieses Gebiet da oben bannte. Die Schwarzen Reiter müssen mit ihrer Fracht unbeschadet hindurch können. Früher durchstreiften die Blutsauger das ganze Nebelgebirge.«

Fiona schloss die Augen. Das wollte sie sich absolut nicht vorstellen.

»Bist du deshalb durch die Höhle gegangen, weil du ein Drachenei abgeliefert hast?« Max hatte vor Aufregung einen roten Kopf bekommen.

»Leider nein – sonst wüsste ich das Passwort für … egal, es muss auch ohne gehen … Ich habe die Eier nie bis hierher transportiert, ich übergab sie bereits vor dem Nebelgebirge einem anderen. Aber ich bin einmal zwei der Schwarzen Reiter heimlich gefolgt und habe sie genau beobachtet. – Danach müssen wir eine Art … Gewässer überqueren …« Zacharias stockte, und für einen Augenblick hing er seinen eigenen Gedanken nach. Er wirkte abwesend. Dann räusperte er sich. »Das dürfte zu machen sein, ich weiß, wie wir hinüberkommen.«

»War das nicht die Stelle, an der du nicht weiterkamst?« Maya erinnerte sich, dass er es so erzählt hatte.

»Ja. Aber da war ich allein … Danach kann ich nur raten, was kommt. Auf alle Fälle werdet ihr auf Drachen stoßen … ich meine, *wir* werden auf Drachen stoßen. Sie werden von Bergelfen versorgt. Ich sah sie von Weitem.«

»Bergelfen?« Überrascht zog Stelláris die Augenbrauen nach oben. Maya dachte an Lunas Worte – was sie darüber gesagt hatte, dass die Elfen nicht mehr in Einheit lebten und wie wichtig es sei, alte Freundschaften zu erneuern. Kein Wunder, dass niemand wusste, wohin sie verschwunden waren, wenn sie sich hinter dem Gebiet der Vampire versteckt hielten.

»Ja, ein Teil der Bergelfen lebt dort, vielleicht auch nur das, was von ihrem Volk übrig ist. Sie müssen die Eier zur Reife bringen und die Drachen großziehen …, aber jetzt mal der Reihe nach: Ich kann leider nicht sagen, wie der Weg ab diesem Gewässer weitergehen wird. Aber es geht seit Jahren unter den Schwarzen Reitern das Gerücht um, dass es im Berg geheime Höhlen gibt. Ich kenne leider keinen, der diese Orte je zu Gesicht bekommen hat. Ich habe lange danach geforscht, der Berg erscheint mir tatsächlich als einleuchtendes Versteck. Es gibt einzig und allein den Zugang durch die Vampirhöhle. Ich habe den Berg von außen unermüdlich abgesucht – es ist nichts Ungewöhnliches zu sehen, ich glaube, dass selbst die Drachen unterirdisch gehalten werden. Es muss ein riesiges Höhlensystem sein. Irgendwo dort wird der Schattenfürst wohl das Drachenblut benutzen, um den Schutz vor Verletzungen aufrechtzuerhalten. Dort wird er auch versuchen, das Mittel fertigzubrauen, das ihm wahre Unsterblichkeit bringen soll. Wenn ihm das gelingt, ist es zu spät. Dann kann ihn niemand mehr aufhalten.«

»Er verwendet also in regelmäßigen Abständen Drachenblut, um so gut wie unverwundbar zu bleiben«, fasste Larin zusammen. »Zudem hat er schwarze Magie benutzt und aus dem Blut ein Mittel zusammengebraut, das Wer-weiß-was-noch-Ekliges enthält. Das soll ihn unsterblich machen. Bis jetzt funktioniert es noch nicht so richtig, deshalb mischt er immer wieder daran herum. Das heißt, wir müssten irgendwie an dieses Zeug rankommen und es zerstören, bevor er es vollenden kann.«

»In welchen Abständen muss er das Drachenblut benutzen?«, fragte Stelláris.

»Ich weiß es nicht genau, ich vermute, alle paar Monate. Es ist schwer, etwas darüber in Erfahrung zu bringen; er zieht es vor, niemanden in seine Pläne einzuweihen. Deshalb nehme ich an, dass er diesen Ort hier allein bereist. Je weniger davon wissen, desto sicherer liegt das Elixier verwahrt. Er wird nicht das Risiko eingehen, dass jemand versuchen könnte, sein Geheimnis zu entdecken oder gar das Elixier zu rauben oder selbst anzuwenden.« Zacharias lachte freudlos. »Als ob das jemandem so einfach gelingen könnte. – Gibt es noch Fragen?«

»Ich glaube, mir ist schlecht«, murmelte Fiona. Sie war kreidebleich und lehnte sich hilfesuchend an Shanouk.

Shanouk legte den Arm um sie. In sich versunken starrte er geradeaus, und seinen Mund umspielte wieder dieses seltsame Lächeln. Maya ging es allmählich auf die Nerven.

»Wo leben die Drachen normalerweise? Hast du ihnen selbst einmal ein Ei gestohlen?« Max fand das äußerst faszinierend.

»Drachen leben meistens in eher unbewohnten Gegenden«, antwortete Zacharias. »Oder, besser gesagt, wo Drachen leben, gibt es keine Menschen. Es ist nämlich mehr als schwierig, sie umzubringen, wenn auch nicht unmöglich. Ich weiß leider immer noch nicht, wie es geht, obwohl ich schon in einer Situation war, wo ich es mir sehr gewünscht hätte.« Er grinste, als er zurückdachte. »Zwei Eier hab ich tatsächlich selbst mal aus einem Gelege rausgeholt. – Mann, war das Weibchen wütend. Ich dachte, es macht mich platt.«

»Erzähl doch mal!«

»Hm, 's ist momentan nicht so der passende Zeitpunkt.«

Max sah Zacharias bittend an, und der große Mann schmolz

dahin.

»Na schön«, grummelte er. »Komm mit. Wir setzen uns am besten zu Bärbel in die Nähe, wenn's dir recht ist. Es ist ansonsten sowieso alles gesagt.«

Die Stunden krochen dahin. Maya fand, dass selten ein Tag so langsam verging wie dieser. Immer wieder trieb es sie in die Höhle, um den Inhalt ihrer Tasche zu kontrollieren.

»Hör doch auf damit!« Larin hielt sie am Arm fest, als sie gerade erneut losmarschieren wollte. »Entspann dich. Du hast alles x-mal durchgesehen, du hast weder Knallbohnen eingepackt noch deine Socken vergessen.«

Maya kicherte. Sie ging mit ihm zu den weidenden Pferden zurück. Hyadee kam sofort angetrabt. Sie genoss die besondere Aufmerksamkeit, die ihr heute von ihrer Herrin zuteil wurde, und ließ sich ausgiebig das seidige schwarze Fell kraulen.

»Hoffentlich geht es ihnen gut, während wir weg sind«, seufzte Maya.

»Da bin ich mir sicher.« Larin streichelte Antares' Stirn.

»Wie kannst du dir sicher sein? Schließlich treibt sich hier ein Vampir herum.«

»Ähem … wie war das, was hat Zacharias dazu gesagt? – Mach dir keine Sorgen um die Pferde, er wird uns folgen?«

Obwohl ihr Magen bei dem Gedanken an den Vampir gerade zu einem harten Klumpen zusammengeschrumpft war, musste Maya lachen.

»Dann sollte ich doch besser noch einmal Zaubern üben.« Sie hatte das mit Larins Unterstützung in den vergangenen Tagen bereits häufig getan und sich deutlich verbessert. Maya holte ihren Zauberstab heraus.

»Du bist echt gut geworden«, lobte Larin. »Also, los. Stell dir vor, ich greife dich an, was tust d…«

WHOMM.

»Oh, Entschuldigung! So weit wollte ich dich gar nicht … Hab ich dir sehr weh getan?«

»Ist schon in Ordnung.« Larin rappelte sich grinsend auf, nachdem er ein ziemliches Stück rückwärts geschleudert worden war und klopfte sich das Gras und die Erde ab. »Ich glaube, das beherrscht du perfekt, wir sollten etwas anderes versuchen.« Er rieb sich den Rücken, der ihm noch vom vorherigen Tag wehtat. Sein Grinsen wurde breiter. »Ich stelle mich auch weiterhin gerne als dein Opfer zur Verfügung, aber vielleicht suchst du dir irgendwas aus, wo ich dabei stehen bleiben kann.«

Endlich brach die Nacht an, und mit ihr zogen dichte, kalte Nebelschwaden über die Wiese. Maya lag geschützt zwischen Fiona und Larin in der kleinen Höhle und lauschte auf die Atemzüge ihrer Freundin, die nun allmählich regelmäßig wurden, nachdem sie vorhin im Traum geweint hatte. Stelláris hatte die erste Wache übernommen; Zacharias und Larin wollten sich mit ihm abwechseln. Shanouk war nach draußen entschwunden. Fiona hatte es diesmal ohne sichtbare Regung hingenommen. Maya wusste, dass sie vor Sorge außer sich war, aber sie zeigte es nicht und wollte auch nicht darüber reden. Ohne ein Wort zu verlieren, hatte sie sich in ihren Mantel gewickelt und lange an die Decke gestarrt, bis sie schließlich doch in den Schlaf hinübergeglitten war.

Es war der Ärger über Shanouk, der Maya wach hielt. Sie grübelte über ihn nach und fand keinen vernünftigen Grund für sein merkwürdiges Verhalten. Larin hatte sich nicht zu ihm äußern wollen, als Maya ihn darauf angesprochen hatte. Sie hatte den Verdacht, dass sowohl er als auch Stelláris und Zacharias eine bestimmte Vermutung hatten, aber nicht damit herausrücken wollten, solange sie sich nicht sicher waren. Wie lange sollte das noch so weitergehen? Hingen Shanouks schreckliche Kopfschmerzen mit der Gegend hier zusammen? Oder täuschte er sie nur vor, und sie waren eine willkommene Ausrede, um verschwinden zu können? Was sonst könnte ihn in den Wald locken?

In der Nähe raschelte es. Stelláris rüttelte den schnarchenden Zacharias aus dem Schlaf, um sich beim Wachen ablösen zu lassen. War es schon so spät? Seufzend wälzte sich Maya auf ihre andere Seite. Allmählich fühlte sie, dass sie ruhiger wurde. Sie tauchte ein in die angenehme Leichtigkeit, die der Schlaf mit sich bringt.

Shanouk

Der Duft aufgebrühter Kräuter weckte Maya. Schlaftrunken richtete sie sich auf und nahm blinzelnd wahr, dass Zacharias vor dem Höhleneingang ein Feuerchen schürte und Tee aus Farnspitzen zubereitete. Neben ihr schlief Fiona eng zusammengekringelt, und Max schnarchte mit offenem Mund vor sich hin. Alle anderen waren offensichtlich schon aufgestanden. Gähnend krabbelte sie aus ihrem Mantel.

»Guten Morgen«, nuschelte Maya und setzte sich zu Zacharias ans Feuer. Sie hatte sich mehrmals eiskaltes Wasser ins Gesicht geklatscht, aber so richtig wach war sie immer noch nicht geworden. Der feuchte Nebel und das trübe Licht vor der Höhle trugen auch nicht dazu bei, ihre Lebensgeister zu wecken. Maya spähte zwischen den Bäumen hindurch auf die Wiese. Dort wollte sich der Nebel offensichtlich gar nicht verziehen.

»Hier!« Er hielt Maya eine Tasse Tee hin. »Das macht warm«, er grinste, »und macht wach.«

Maya grunzte etwas Unverständliches. Zacharias lachte in sich hinein.

»Wo sind Larin und Stelláris?«, murmelte Maya und nippte an ihrem Becher. »Ach ja … und Shanouk?«

»Larin und Stelláris suchen Shanouk. Er ist heute Nacht nicht aus dem Wald zurückgekommen.«

»Was?« Maya war mit einem Schlag hellwach. Sie starrte mit aufgerissenen Augen Zacharias an, der ruhig am Feuer saß. »Sie sind ihm in diesem verwünschten Nebel hinterher?«

»Es war … notwendig. Ich konnte nicht mit, schließlich musste einer auf euch aufpassen. Stelláris hat sich nicht halten lassen –

lediglich ein paar meiner Giftpfeile nahm er zur Sicherheit mit …
und du kennst ja Larin.«

Maya schnaubte. Und ob. Wie kamen sie auf die Idee, dass sie
in diesem riesigen Wald eine Chance hätten, Shanouk zu finden?
Der Einzige, der *sie* finden könnte, war der Vampir, denn der
konnte über große Entfernungen seine Beute wittern.

Seine Zähne senkten sich in das Fleisch. Der Geruch des Blu-
tes machte ihn verrückt. Er war wie im Rausch, und er trank gie-
rig. Er wusste, dass dies das Brennen in seiner Kehle nicht wirk-
lich löschen würde. So stellte er sich vor, dass es ihr Blut wäre,
und gleichzeitig hasste er sich dafür.

»Gut gefrühstückt?« Larins Stimme klang schneidend und
kalt. Shanouk fuhr herum. Sein Gebiss war blutverschmiert, und
Blut tropfte von seinem Kinn.

Er sah Larin mit gezücktem Zauberstab vor sich stehen und
daneben den Elf, den er in diesem Moment so hasste wie nichts
anderes auf der Welt. Stelláris hatte seinen Bogen gespannt, und
der Pfeil zeigte auf Shanouks Herz.

Shanouk fletschte die Zähne und ließ das tote Reh los. Sie un-
terschätzten ihn. Er war stark und schnell, stärker und schneller
als jeder Mensch oder sogar Elf es war. Aus seiner Kehle kam ein
tiefes, bedrohliches Knurren. Dieser Laut hörte sich nicht mehr
menschlich an, er ließ Larin die Nackenhaare aufstehen. Aber
Shanouk war in diesem Moment weder Mensch noch Elf. Er war
ein Vampir, und er war auf der Jagd.

»Shanouk«, beschwor ihn Larin, »wir wollen dir nichts tun.«

Shanouk stieß ein beängstigendes Geräusch aus. Er lachte gur-
gelnd, das Blut des Tieres rann ihm dabei aus dem Mund und das
Kinn hinunter.

»Ihr habt keine Chance gegen mich«, zischte er. Böse starrte er
sie unter zusammengezogenen Brauen an, die Augen funkelten.

»Das werden wir sehen.« Stelláris hielt den Bogen ruhig und
konzentriert in der Hand, jeder Muskel in seinem Körper war

angespannt. Er war bereit.

Shanouks Antwort war ein wütendes Fauchen. Drohend kam er näher.

»Halt!« Larin hatte nicht die Absicht, ihn so nahe herankommen zu lassen. »Du lässt uns keine Wahl. Bitte, Shanouk, wir wollen nicht mit dir kämpfen. Denke an Fiona.«

Shanouk durchlief ein Zittern. Larin erkannte seine Chance. »Sie würde dir das nicht vergeben. Ich weiß, dass du ihr das nicht antun könntest … es ist besser, du gehst. Versuche, diesen Wald zu verlassen, verstehst du?«

Shanouks violette Augen waren zu schmalen Schlitzen verengt. Er schien abzuwägen. Larin wusste, dass er sich ohne Vorwarnung auf sie stürzen würde, wenn er sich entschied, sie anzugreifen, und er hoffte, dass Stelláris' Pfeil treffen würde. Sein Zauberstab allein war aus dieser geringen Entfernung eine schwache Waffe gegen einen blutdurstigen Vampir. Es war eine Reihe von schwierig auszuführenden Zaubern nötig, um ihn aufzuhalten. Shanouk war zu schnell.

»Du willst es nicht wirklich!« Larins Stimme klang leise und eindringlich. »Unter deinen Vorfahren waren auch Elfen und Menschen, und dein Zuhause ist in Eldorin. Du bist dort Lehrer, und du liebst deine Arbeit. Mach dir nicht alles kaputt.«

Shanouks Augen schienen sich in Larin hineinzubohren. Seine Nasenflügel blähten sich, und sein Gesicht verzerrte sich böse zu einer grotesken Fratze. Seine Oberlippe verzog sich, und er entblößte langsam eine Reihe blutverschmierter Zähne. Larin fühlte, dass seine Hand, die den Zauberstab hielt, feucht vor Schweiß war. Entschlossen fasste er den Stab fester. Plötzlich wirbelte Shanouk herum und war im Nebel verschwunden.

Larin atmete tief durch. »Das war ziemlich knapp – na, zumindest wissen wir jetzt Bescheid.«

Stelláris ließ den Bogen sinken. »Ich wusste gar nicht, wie sprachbegabt du sein kannst.«

»Du bist doch durch nichts zu erschüttern«, murmelte Larin

und schüttelte den Kopf. Er wischte sich die zittrigen, feuchten Hände an seiner Hose ab, steckte den Zauberstab jedoch sicherheitshalber nicht weg. »Du hättest wenigstens den Anstand haben können, etwas blass zu werden.«

»Das ist bei mir eher innerlich ... vor allem, wenn ich daran denke, wie wir es Fiona erklären sollen.«

»Das überlassen wir Maya«, sagte Larin sofort, und Stelláris sah einen Augenblick lang richtig erleichtert aus.

Bedrückt machten sie sich auf den Weg, heraus aus dem tropfenden Blättergewirr und dem immerwährenden klammen Nebel, der es ihnen unmöglich machte, eine Spur von Shanouk zu entdecken. Larin hoffte, dass er tatsächlich gegangen war und ihnen nicht irgendwo auflauerte. Sie blieben dicht zusammen, immer wieder stoppten sie und lauschten. Die niederfallenden Tropfen hörten sich an wie das Tippeln winziger Füße, wenn sie auf dem dichten Moosteppich auftrafen. Sie horchten angestrengt, und manchmal meinten sie, dazwischen einen anderen Laut zu vernehmen – aber dann verlor sich das Geräusch wieder, und sie waren sich nicht sicher. Gewiss, Stelláris hatte das ausgezeichnete Gehör der Elfen, aber ein Vampir war ein Wesen, das nahezu lautlos scheinbar aus den Nichts auftauchen konnte, um sich auf sie zu stürzen. Es war riskant gewesen, sich überhaupt in den Nebelwald zu wagen, aber sie hatten Gewissheit über Shanouk gebraucht. Stelláris hatte seit Langem vermutet, dass Shanouks Großvater ein Vampir war und war ihm deshalb mit einem gewissen Misstrauen begegnet. Er hatte als Kind vor langer Zeit unbeabsichtigt eine Unterhaltung der Hage-Beauté Schwestern mitgehört, ohne dass ihm seinerzeit der Sinn ihrer Worte aufgegangen wäre. Aus irgendwelchen Gründen hatte er das Gespräch nicht vergessen und erst Jahre später begriffen, dass es vermutlich um Shanouk gegangen war. Viele kleine Hinweise bestätigten seinen Verdacht. Er hatte es immer als bedenklich empfunden, dass Shanouk als Lehrer arbeitete, in dem Bewusstsein, dass dieses dunkle Erbe in ihm jederzeit durchbrechen könnte. Vampire waren unberechenbar. Es lag Stelláris nichts daran, Shanouk bloßzustellen, und so wussten nur Luna und Anais von seiner Vermutung. Sie teilten seine Meinung, waren sich aber einig, dass Shanouk vor einer Verwandlung bewahrt werden würde, solange er nicht in Kontakt mit anderen Vampiren stand.

Stelláris hatte Larin erst davon erzählt, als Shanouk zu einer Bedrohung wurde und sie ihn nicht mehr aus den Augen lassen konnten. Zacharias hatte es ebenfalls sehr schnell erraten, und sie hatten gemeinsam beschlossen, so lange wie möglich Stillschweigen zu bewahren. Shanouk war besser zu kontrollieren, wenn er bei ihnen war, als dass sie damit rechnen mussten, plötzlich von ihm aus dem Hinterhalt angefallen zu werden. Am meisten sorgte sich Larin um Fiona. Er wusste, dass sie anziehend auf Shanouk wirkte, und ahnte, wie sehr er sich zurückhalten musste, um seinem Verlangen nicht nachzugeben, sich auf sie zu stürzen und ihr Blut zu trinken. Larin lief ein kalter Schauer den Rücken hinunter.

Endlich standen die Bäume nicht mehr so dicht, und der Nebel begann sich zu lichten – sie hatten die Wiese erreicht, und zwar ganz in der Nähe der Stelle, hinter der der kurze Trampelpfad wieder in den Wald zur Höhle führte.

Sobald sie aus dem Nebelwald traten, wurden sie von Maya entdeckt, die nervös nach ihnen Ausschau gehalten hatte. »Bin ich froh, dass ihr zurück seid … Was ist los?« Sie erstarrte, als sie die Gesichter der beiden sah.

»Ist Fiona schon wach?« Stelláris blickte sich unruhig um.

»N-nein, ich glaube nicht – zumindest war sie es vor einer Viertelstunde noch nicht … Was ist denn passiert?« Maya flüsterte unwillkürlich. Larin sah so merkwürdig aus, und Stelláris wirkte grimmig. Irgendetwas war ganz und gar schief gelaufen. »Es geht um Shanouk, nicht wahr? Geht es ihm nicht gut? Ist er verletzt?« Sie dachte an Fiona, und Angst stieg in ihr hoch.

»Nicht verletzt.« Larins Stimme klang gepresst.

Mayas Herz krampfte sich zusammen. Was konnte es sonst

Schreckliches sein? »Sagt es mir doch einfach, ich bin ja nicht ...«

»Er ist ein Vampir«, sagte Larin.

»Was?« Erst schien sie gar nicht zu begreifen, was er gesagt hatte. Dann schlug sie fassungslos die Hände vors Gesicht. »Nein«, stöhnte sie. »Nein, das kann nicht sein, das gibt es nicht.«

»Ich fürchte doch.« Stelláris ließ die Bäume nicht aus den Augen, hinter denen die Höhle lag, in der sich Fiona und Max befanden. Fiona war in Gefahr, auf keinen Fall durfte sie ohne Schutz draußen herumlaufen. Eine kleine dunkle Rauchsäule über den Baumwipfeln zeigte an, dass Zacharias noch immer vor seinem Feuer saß und den Bereich um den Eingang bewachte.

»Ihr entschuldigt mich«, murmelte Stelláris. »Ich sage Zacharias lieber sofort Bescheid. Maya, kannst du es Fiona erklären? Du kriegst das besser hin als ich.«

»Ja, natürlich.« Maya sah Stelláris betroffen nach. »Seid ihr ganz sicher? Wie habt ihr es herausgefunden?«

»Ähem ...« Larin fuhr sich ein wenig verlegen durch die schwarzen Haare. »Wir sind uns sehr sicher ... er, äh, hat gerade gefrühstückt.«

Maya starrte ihn an. »Oh nein«, sagte sie schwach. »... Er hat also Blut ... getrunken?«

»Ja. Von einem Reh«, antwortete Larin.

Maya erschauerte. Ihr war übel. Dann fiel ihr etwas ein, und sie wurde kreidebleich. »Hätte Shanouk ... hätte er Fiona auch beißen können?«

»Maya, darüber brauchst du nicht nachzudenken.« Larin sagte es unnötig scharf. »Er *hat* sie nicht gebissen. Quäl dich bloß nicht damit herum, was alles hätte passieren *können*.«

In Mayas Kopf lief gerade ein Film ab. Lose Bildfolgen reihten sich aneinander und ergaben plötzlich Sinn: das tote Reh, das sie ganz am Anfang gefunden hatten – ausgesaugt und blutleer (an ihrem ersten Tag im Nebelwald hatte es angefangen). Fionas Geständnis, Shanouk hätte sie auf den Hals geküsst (Maya bekam eine Gänsehaut, als sie den tieferen Sinn verstand – wie nah dran war Shanouk gewesen, seine Zähne in Fionas Hals zu schlagen?). Shanouk, wie er Fiona ansah – irgendwie gierig (Max hatte gesagt, wie ein Schnitzel, und sie hatten darüber gelacht). Shanouk, der sich beschwert hatte, dass er Fiona nie für sich allein hatte (was hatte er vorgehabt?). Shanouks blaue Augen, die sich violett verfärbten, wenn der Vampir in ihm erwacht war. Fiona, die gesagt hatte, er wäre nicht mehr er selbst.

»Wir sollten zur Höhle gehen«, sagte Larin behutsam. Maya kam in die Gegenwart zurück. »Ja, klar, gehen wir … Jetzt verstehe ich erst … der arme Stelláris. Es muss ihn schrecklich belastet haben. Er hat ständig Angst um Fiona haben müssen. Er durfte sie nie mit Shanouk allein lassen – letztendlich ist es jetzt fast noch schwieriger geworden, weil wir nicht wissen, was Shanouk vorhat.«

»Er durfte Shanouk mit keinem allein lassen. Auch nicht mit dir oder Max. Wir haben uns das Aufpassen geteilt, später hat Zacharias mitgeholfen. Für einen wäre das gar nicht zu schaffen gewesen, während Shanouks Nachtwache blieb immer einer von uns wach.«

»Und ich habe prima geschlafen und gar nichts davon mitbekommen. Warum hast du mir nie was davon gesagt?«

»Anfangs konnte ich es kaum glauben. Da wäre ich mir echt blöd vorgekommen, so ein übles Zeug zu verbreiten. Aber alles hat so gut zusammengepasst. Ich wusste von Stelláris, dass Shanouk über den Großvater diese Vampirgene in sich trägt, was ja nicht unbedingt bedeuten musste, dass das bei ihm durchbricht. Später, als es offensichtlicher wurde, wollten wir niemand beunruhigen, wir waren uns ja trotzdem nie völlig sicher, und einer von euch hätte es sich bestimmt anmerken lassen, dass er ihn verdächtigt – stell dir vor, es hätte nicht gestimmt, und wir hätten ihn zu Unrecht beschuldigt, ein Vampir zu sein.«

»Stimmt, klingt einleuchtend«, murmelte Maya niedergeschlagen.

Dann seufzte sie tief. »Komm, lass uns nachsehen, ob Fiona schon wach ist – bringen wir es hinter uns.«

»Wir?« Larin klang so erschrocken, dass Maya sich trotz der schlimmen Entdeckung das Lachen verkneifen musste.

»Ich sehe schon. Du bist mutig, was Vampire angeht, aber beim Überbringen schlechter Nachrichten kneifst du.«

»Weinende Mädchen …«, murmelte Larin, »die machen mich nervös. Ich warte da drüben mit Stelláris.«

Fiona war wach. Sie saß in der Höhle und kämmte gerade ihr glänzendes rotes Haar. Sie erinnerte Maya an das Bild einer Meerjungfrau, das sie irgendwo gesehen hatte, so wunderschön sah sie aus. (Wobei die Nixen in der Wirklichkeit blaue und grüne Haare hatten, das wusste sie inzwischen besser.) Max war hinter dem Vorhang verschwunden und man vernahm das Geräusch von spritzendem Wasser. Er sang dazu lautstark irgendein Lied und hörte sich an wie ein Jungwolf beim Üben.

»Guten Morgen!« Fiona strahlte Maya an.

»Guten Morgen.« Maya klang weniger begeistert.

»Sag mal«, begann Fiona und legte den Kamm zur Seite, »hast du heute schon Shanouk gesehen?«

»Nein«, sagte Maya wahrheitsgemäß. »Ich …«

»Nicht?« Fiona war beunruhigt. »Aber er ist doch gut zurückgekommen?«

»Er ist seit gestern nicht zurückgekommen.« Maya fühlte, wie ihr Mund trocken wurde. Sie schluckte und biss sich auf die Lippen.

»Aber …«

»Fiona, es ist etwas ziemlich …«, verzweifelt suchte Maya nach einem passenden Wort, »… Übles geschehen, ich meine, es geht ihm gut, aber er … der Grund, dass er … ach, Mist, ich kann das nicht … Fiona, sein Großvater war ein Vampir.«

»Und?«, fragte Fiona verständnislos.

»Und er auch.«

»Bitte? Ich verstehe nicht … Oh.« Fiona wurde leichenblass. Ihre Hände fuhren unwillkürlich in Richtung ihres Halses; sie verharrten in der Bewegung und begannen zu zittern. Hilflos fielen sie herab und lagen schlaff in ihrem Schoß. Fiona saß vollkommen reglos da. Maya hatte erwartet, dass ihre Freundin weinen oder schreien würde, aber diese Stille fand sie viel schlimmer. »Fiona?«, erkundigte sie sich vorsichtig.

»Er - ist - ein - Vampir«, flüsterte Fiona kaum hörbar.

»Fiona, es tut mir so unglaublich leid!«

Fiona wandte den Kopf in Mayas Richtung, aber ihre Augen schienen sie nicht zu sehen. Sie wirkten leer.

»Warum.«

Es klang nicht nach einer Frage. Maya war sich nicht sicher, was Fiona wissen wollte. Warum Shanouk ein Vampir war? Warum sein Geheimnis nun entdeckt worden war? Sie entschloss sich, ihr die Wahrheit zu sagen, so unbegreiflich und schmerzhaft sie auch war.

»Fiona, er braucht Blut. Es ist in ihm irgendwie durchgebrochen, seit er hier im Nebelwald ist. Deshalb musste er sich immer davonschleichen, um ein Tier zu töten.«

»Aber er hat nur Tiere getötet, nicht wahr?« Zum ersten Mal schaute Fiona Maya wirklich an, allerdings mit seltsam flackerndem Blick.

»Äh …« Maya durchlief es eiskalt. Sie ahnte, worauf Fiona hinauswollte. ›Lass es nicht wahr sein‹, dachte sie. Hastig sprach sie weiter. »Er hat nur Tiere getötet, aber das passierte immer öfter, und er hätte jederzeit einen von uns töten können.«

»Das glaube ich nicht.« Es klang trotzig.

Maya stöhnte. »Fiona, er hat dich auf den Hals geküsst, was meinst du, wieso?«

»Ich hätte es nicht erzählen sollen!«, rief Fiona hitzig. »Deshalb kannst du doch nicht vermuten, dass er mich umbringen wollte!« Ihre Blässe wich einem zornigen Rot.

»Nein, aber … Fiona bitte, warte doch!«

Fiona war entrüstet aufgesprungen und lief aus der Höhle. Sie rannte fast in Zacharias hinein, der gerade seine Giftpfeile überprüfte.

Fiona starrte ungläubig auf die schwarz verfärbten Metallspitzen. »Was … warum hast du die Giftpfeile hier?«

»Ach, ich hab Stelláris vorhin welche gegeben, wollt mal durchzählen, ob ich noch welche brauch«, murmelte Zacharias verlegen, dem nun siedend heiß einfiel, dass das nicht unbedingt das war, was Fiona beruhigen konnte. Er hätte sich auf die Zunge beißen können, aber die Worte waren schon ausgesprochen.

»WAS? Ihr wollt damit … Nein! Das kann nicht euer Ernst sein! Ihr könnt ihn doch nicht einfach umbringen, er hat schließlich niemandem etwas getan!« Fassungslos sah Fiona von Zacharias zu Maya. »Wo sind Stelláris und Larin? Ich sehe sie nirgends! Sie … sie sind hinter ihm her, nicht wahr?«

Maya sah die Panik in Fionas Augen. »Nein, das ist ganz anders«, beeilte sie sich zu versichern, »sie sind …«

Aber Fiona ließ ihr keine Zeit zu erklären, dass die beiden wenige Meter von ihnen entfernt am Saum des Waldes das Ende des Gespräches abwarten wollten und einfach nur von den Bäumen verdeckt wurden. Fiona wartete die Antwort nicht ab. Sie fuhr mit einem Aufschluchzen herum und stürzte kopflos zur Höhle zurück. Maya hatte erwartet, dass Fiona sich schnurstracks hineinflüchten würde, um sich dort unter einer Decke zu verkriechen und ungestört auszuweinen. Niemals hätte sie vermutet, dass ihre Freundin, die sich im Waisenhaus vor nicht allzu langer Zeit vor Monstern unter dem Bett gefürchtet hatte, allein in den Nebelwald laufen könnte. Doch genau das tat sie. Sie ließ den Höhleneingang links liegen und Maya begriff, dass Fiona Shanouk um jeden Preis warnen wollte. Sofort setzte sie ihr nach. Sie schrie nach Stelláris und hoffte inständig, dass er sie hören würde. Zacharias hatte ebenfalls nicht mit dieser Dummheit gerechnet. Sein verdutzter Gesichtsausdruck wandelte sich um in Erschrecken.

»Mädchen, mach doch keinen Blödsinn!« Auch er rannte los, obwohl ihm klar war, dass sie bei dieser schlechten Sicht im Wald kaum eine Chance hatten, Fiona zu erwischen. Diese war schon so tief in das grüne Labyrinth eingetaucht, dass sie augenblicklich vom Nebel verschluckt wurde.

Maya stolperte über den wurzeldurchwachsenen Boden dahin, den sie wegen der kniehohen, dichten weißen Nebelschicht nicht erkennen konnte. Wo blieb Stelláris? Er hätte sie doch rufen hören müssen? Fiona bahnte sich einen Weg durch das feuchte Blattdickicht; die weißen Schleier zwischen den Bäumen verhüllten sie teilweise und gaben dann die Sicht auf sie wieder frei. Plötzlich sah Maya vor sich eine Bewegung. Es ging alles unglaublich schnell, sie konnte es fast nicht mit ihren Augen erfassen. Ein Schatten löste sich aus dem Nebel, Fiona blieb erschrocken stehen und schrie auf. Der Schatten sprang auf sie zu und packte sie. Maya erkannte im Dunst goldene Haare wehen, die sich mit den roten Haaren Fionas vermischten. Shanouk warf sie sich über die Schulter und tauchte mit ihr im Wald unter. Die Geschwindigkeit seiner Bewegungen war unglaublich gewesen.

»NEIN!«, brüllte Maya verzweifelt.

Entsetzt stand sie mit Zacharias an der Stelle, wo die beiden verschwunden waren. Fionas Schrei klang Maya noch in den Ohren.

»Wo bringt er sie hin? Zacharias, was hat er mit ihr vor?«

Zacharias stieß eine Reihe von Verwünschungen aus. »Wir müssen zurück und die anderen holen!«

Er achtete nicht auf Mayas Protest und zog sie mit sich Richtung Höhle. »Es hat keinen Sinn. Wir holen Shanouk nicht ein, als Vampir ist er uns zehnmal überlegen. Er ist einfach zu schnell. Stelláris ist wahrscheinlich der Einzige, der ihre Spur durch diese grüne Hölle verfolgen kann.«

Maya hatte das Gefühl, in einem Albtraum gefangen zu sein. Das konnte nicht wahr sein! Fiona, ihre Freundin Fiona, wurde von einem Vampir verschleppt! Maya taumelte wie betäubt hinter Zacharias her. Ihre Hände waren aufgeschürft, weil sie in dem dichten Nebel mehrmals gestrauchelt und gefallen war. Sie hatten die Höhle noch nicht erreicht, als ihnen Stelláris, gefolgt von Larin und Max, entgegenkamen.

»Was ist passiert … wo ist Fiona?«, fragte Stelláris. In seinen Augen stand die Angst. »Maya, du hast geschrien?«

»Shanouk hat sie!«, rief Maya verzweifelt.

Maya hatte Stelláris nie zuvor erbleichen sehen, doch diesmal wurde er kalkweiß im Gesicht. Wortlos wollte er lossprinten, aber Zacharias packte ihn geistesgegenwärtig am Arm. »Tu das nicht! Allein kannst du sie nicht befreien, Shanouk bringt dich nur ziemlich sicher um. Es ist schlauer, wir bleiben zusammen, auch wenn wir dann nicht so schnell vorwärtskommen. Er hat bestimmt nicht vor, Fiona zu töten.«

»Wie kannst du dir da so sicher sein?«, wimmerte Maya.

»Nein!«, stieß Stelláris hervor und machte sich von Zacharias los. »Vielleicht hat er nicht vor, sie zu töten, aber wer sagt uns, dass er noch genau weiß, was er tut? Und falls er sie zu den anderen Vampiren verschleppt, ist sie so gut wie tot. Ich muss allein versuchen, sie einzuholen, ihr würdet mich nur behindern. Ich werde Zweige für euch knicken, damit ihr der Spur leichter folgen könnt.« Bevor irgendeiner etwas erwidern konnte, war Stelláris schon herumgewirbelt und im Wald verschwunden.

»So ein Wahnsinniger!«, knurrte Larin und starrte wütend auf die Bäume, hinter denen sein Freund verschwunden war.

»Ich hole mit Max zusammen unser Gepäck, du bleibst hier bei Maya!«, befahl Zacharias und eilte mit Max zur Höhle.

»Hyadee«, stammelte Maya und fing an zu weinen.

Larin hielt sie fest. »Stelláris und ich waren eben erst bei den Pferden. Wir haben gedacht, wir hätten dort Shanouk gesehen, da wollten wir lieber nachsehen. Dann hat Stelláris dich schreien gehört. Wahrscheinlich war Shanouks Plan, uns wegzulocken. Ich glaube, wenn Fiona nicht zu ihm rausgelaufen gekommen wäre, hätte er versucht, sie aus der Höhle zu entführen. Den Pferden geht es gut. Sie haben Futter und Wasser, und bei schlechtem

Wetter sind sie klug genug, sich in die Höhle zurückzuziehen. Die Sättel und Zaumzeuge haben wir vorhin ohnehin bereits dort untergebracht. Wir müssen uns ab jetzt keine Sorgen mehr machen, dass ein Vampir die Pferde anfallen könnte. Es war ja Shanouk. Also, bleib einfach stehen, und ruh dich einen Moment aus, du bist ja völlig fertig.«

Maya schluchzte laut und schlug die Hände vors Gesicht. Larin nahm sie tröstend in den Arm und hielt sie eng an sich gedrückt. »Ist schon gut. Du wirst sehen, wir holen Fiona zurück«, murmelte er in ihr Haar.

»Nun ist auch noch Stelláris in Gefahr!«, jammerte Maya undeutlich. »Shanouk wartet doch nur auf einen Gelegenheit, ihn zu töten! Er hasst ihn doch so sehr!«

»So schnell lässt er sich nicht umbringen«, bemühte sich Larin, Maya zu ermutigen, aber er klang nicht besonders überzeugt.

»Entsch-schuldigung …« Maya war blind vor Tränen, aber nach einigen Minuten wurde sie ruhiger und rückte ein wenig von Larin ab. »Ich h-hab dich ganz nass geheult.«

»Macht nichts.«

»Du kannst weinende Mädchen n-nicht leiden«, hickste Maya.

»Bei dir mache ich jederzeit gerne eine Ausnahme.« Larin versuchte ein aufmunterndes Lächeln. Maya wurde bewusst, dass er sie immer noch im Arm hielt und es ihm offensichtlich wirklich nichts auszumachen schien, dass sie sich gerade aufgeführt hatte wie ein Springbrunnen.

Hinter ihnen erklang das Trappeln schneller Füße auf dem Waldboden; Zacharias und Max hatten in Windeseile das Gepäck geholt. Maya löste sich verlegen von Larin und streckte die Hand nach ihrer Tasche aus. »Danke.« Sie hatte sich einigermaßen gefangen.

Larin nahm seinen Rucksack ebenfalls in Empfang und schulterte zusätzlich den von Stelláris, während Zacharias Fionas Tasche umgeschnallt behielt. Dann nahmen sie die Verfolgung auf. Die Spur war nicht schwer zu finden. Abgebrochene Ästchen zeugten davon, dass Shanouk mit Fiona hier vorbeigekommen war, und Stelláris hatte ab und zu größere Zweige abgeknickt.

Maya plagte sich dicht hinter Larin durch den feuchten, klammen Nebel. »Wie sollen wir Shanouk jemals einholen?«, fragte sie mutlos. »Er war so unglaublich schnell, du machst dir keine Vorstellung davon! Er war da und schon wieder weg. Wer weiß, wo er in der Zwischenzeit ist.« Sie musste erneut gegen die aufsteigenden Tränen ankämpfen. »Was ist, wenn er sie bereits verwandelt hat? Falls sie überhaupt noch lebt.«

»Das darfst du nicht denken. Er … ist nicht hungrig im Moment, er war die ganze Nacht unterwegs.«

Maya spürte, wie es ihr die Kehle zuschnürte. Dann kam ihr ein anderer schrecklicher Gedanke. »Vampire können doch fliegen! Meinst du, er kann das auch?«

»Er ist nur zu einem Viertel Vampir. Ich bin sicher, er kann das nicht.«

Maya atmete auf. Ein fliegender Shanouk schien ihr noch grässlicher zu sein.

»Die echten Vampire können sich verwandeln«, mischte sich Zacharias ein. »Die Gestalt, die sie normalerweise haben, ist nicht ihre einzige.«

»Igitt!«, sagte Max überzeugt.

»Nun, sie können richtig gut aussehen«, fuhr Zacharias fort. »Deshalb bin ich auch so schnell draufgekommen, was mit Shanouk nicht stimmt. Sie können menschliche Gestalt annehmen, wenn es ihnen zweckmäßig erscheint. Nicht einmal die spitzen Vampirzähne sind dann zu sehen. Dieser goldblonde Haarton ist bei ihnen nicht selten. Nur ihre Augen bleiben blutrot.«

Obwohl es noch nicht einmal Mittag war, schien es Maya Ewigkeiten, dass sie sich nun schon durch den nebelverhangenen Wald kämpften. Sie war froh, dass Stelláris ein so guter Fährtenleser war und ihnen so deutliche Markierungen aus abgerissenen Zweigen hinterließ. Die Spur, die am Anfang so klar hervorgetreten war, verlor sich immer mehr, je weiter Shanouk sich mit Fiona von ihnen entfernte. Ohne die Hinweise des Elfen wäre es sogar für Larin und Zacharias schwer gewesen, die Fährte nicht zu verlieren.

»Wir laufen bereits das zweite Mal im Kreis«, stellte Larin fest. »Im Endeffekt bewegt sich Shanouk nach Norden auf die Höhlen zu. Aber er tut es nicht auf direktem Weg.«

»Nach Norden? Zu den anderen Vampiren?« Maya fühlte ihren Magen rebellieren.

»Ja«, bestätigte Larin mit finsterer Miene.

»Das kann nicht wahr sein. Ist er übergeschnappt?«

»Die Biester ziehen ihn da hin«, sagte Zacharias. »Ob er will oder nicht.«

»Obergruselig!« Max schüttelte sich.

»Wird er von den anderen Vampiren gesteuert?«, fragte Maya.

»Hm«, Zacharias rieb sich das Kinn, »ich denke, zumindest stellenweise.«

»Dann«, Larin blickte Zacharias nachdenklich an, »sollten wir nicht länger dieser Spur folgen. Wir gehen ab jetzt den direkten Weg. Es ist ein Risiko, vielleicht täusche ich mich, aber so könnten wir sie einholen.«

»Guter Vorschlag«, nickte Zacharias. »Wir wagen es.«

Es wurde allmählich kälter. Sie liefen seit Stunden nach Norden auf das Gebirge zu, in dem sich die Höhle befand, die das Geheimnis des Schattenfürsten barg.

»Schaut!« Larin deutete auf einen kleinen blauen Stofffetzen, der sich im Gebüsch eines Schwarzdorns verfangen hatte. »Der stammt von Fionas Kleidung. Und dort sind wieder abgebrochene Ästchen, diesmal ganz frisch. Sie waren hier, wir sind richtig! Die Frage ist, ob Stelláris ebenfalls schon hier war, oder ob er sich hinter uns befindet. Er hat mit Sicherheit nicht wie wir riskiert, eine Abkürzung zu nehmen, weil er sonst vielleicht Fionas Spur nicht mehr gefunden hätte.«

Maya fühlte die Anspannung ein wenig nachlassen. Endlich ein Hinweis!

Sie entdeckten einen versteckten Pfad, der sich im dichten Nebel immer steiler bergan schlängelte. Maya war klar, dass Shanouk ihn ohne Hilfe unmöglich hätte finden können – die Vampire mussten ihm diesen Weg gewiesen haben. Zacharias hatte ja erzählt, dass sie durch ihre Gedanken miteinander in Verbindung treten konnten.

Die Fährte Shanouks und Fionas war auch für die schärfsten Augen kaum noch zu erkennen, aber sie mussten lediglich dem schmalen Weg bergauf folgen. Aus dem Fehlen deutlicher Markierungen schlossen sie, dass Stelláris noch nicht da gewesen sein konnte. Maya hoffte, dass nicht deshalb keine Spur mehr von ihm zu finden war, weil Shanouk ihn umgebracht hatte. Doch das erwähnte sie nicht. An Larins angespannt zusammengekniffenem Mund erkannte sie, dass er sich mit den gleichen Vorstellungen herumquälte.

Der Wald lichtete sich, und die Bäume standen nun in größeren Abständen zu einzelnen Gruppen zusammen, aber der Nebel wurde immer undurchdringlicher. Das Wasser hing nicht mehr in schimmernden Tropfen auf den Blättern – es war zu kleinen spitzen Kristallen erstarrt. Die Bäume wirkten wie mit Diamantsplittern übersät. Auf einmal spürte Maya etwas Eisiges auf ihrer Haut. Sie schaute mit zusammengekniffenen Augen nach oben. Wie kleine Nadelstiche spürte sie den rieselnden Schnee. Er fiel nicht in den weichen fedrigen Flocken, die sie von zu Hause kannte, sondern in einzelnen glitzernden Kristallen.

»Was ist das für ein komisches Zeug?«, brummte Max missmutig. Er war erschöpft und hatte gewaltigen Hunger, das hätte ihm auch unter besseren Umständen die Laune verdorben. Sie hatten sich nicht die Zeit für eine Rast genommen.

Endlich verkündete Zacharias, dass nun die unsichtbare Grenze erreicht war, die sie von dem Revier der Blutsauger trennte.

»Dort – seht ihr diesen gezackten Felsen? Er markiert die Grenze. Die Schwarzen Reiter kennen ihn. Hier auf unserer Seite pflegen sie ihr Lager aufzuschlagen. Meist ist es Abend, wenn sie die Dracheneier bis hierher gebracht haben. Das Gebiet dahinter sollte in der Dunkelheit nicht von Menschen betreten werden. Die Vampire sind dann auf der Jagd.«

Maya schauderte. Was war, wenn Fiona mit Shanouk die Grenze bereits überschritten hatte? Oder steckten sie doch noch hier irgendwo? Inwieweit ließ sich Shanouk von den Vampiren beeinflussen? Konnte er überhaupt noch selbst über sich bestimmen?

Bei den Felsen hing der Nebel wenigstens nicht so dicht wie unter den Bäumen, und der steinerne Überhang schützte sie einigermaßen vor dem stetig fallenden Schnee. Sie ließen müde die Rucksäcke fallen und breiteten rasch die Decken auf dem eiskalten Boden unter dem großen Felsbrocken aus. Es dämmerte.

»Hört ihr das?« Larin hatte sich unvermittelt aufgerichtet und lauschte aufmerksam.

»Was denn?«, fragte Maya erschrocken.

»Schritte! Schnell und schon ganz nah.« Larin wollte Maya sicherheitshalber in den Schutz eines der Felsen ziehen, als er es sich anders überlegte.

»Stelláris!«, rief er vor Erleichterung lauter als beabsichtigt. Aus dem Nebel hinter ihnen löste sich die Gestalt des Elfen. Larin sprang auf ihn zu. »Gott sei Dank! Du lebst!« Die beiden Freunde fielen sich um den Hals.

»Ja.« Stelláris atmete schwer. Er war wohl den ganzen Weg in einem immens hohen Tempo gerannt. »Ich konnte sie nicht einholen. Ich war schon froh, dass der Abstand nicht allzu groß wurde. Ich habe nicht gewusst, dass dieser Vampir so schnell ist. Larin, ich muss weiter, gleich wird sich die Nacht niedersenken, und dann suchen diese Kreaturen nach Blut.« Seine Stimme war voller Hass und Verzweiflung. »Er scheint ihnen Fiona bringen zu wollen.«

»Warte!«, sagte Zacharias. »Du willst doch nicht etwa da hinüber? Du kannst nicht weiter, das wäre Selbstmord! Ab diesem Felsen beginnt das Vampirgebiet!«

»Genau deshalb muss ich dort hin.«

»Bist du verrückt?«, entfuhr es Larin. »Eine Horde Vampire rennt da drüben herum! Das überlebst du nicht!«

»Fiona ist dort!«

»Du nützt ihr ausgesaugt absolut gar nichts.«

Stelláris und Larin standen sich wütend gegenüber.

»Du kannst nicht sicher sein, dass sie wirklich dort drüben ist!« Larins Augen blitzten. »Wir haben die Spur verloren.«

»Warum sollte dieser Vampir sie bis hierher schleppen, um dann abzudrehen? Du kannst mich nicht hindern zu gehen!«

»Nein, das kann ich nicht«, fauchte Larin. »Aber du kannst mich auch nicht hindern, mit dir zu kommen. Wenn du dich schon umbringen willst, dann will ich wenigstens dabei sein.«

»Hört auf, Jungs!«, dröhnte Zacharias. »Wir werden uns jetzt zusammensetzen und ganz kurz beraten. Zuallererst durchkämmen wir gemeinsam *diese* Seite des Berges nach Fiona. Ich würde sagen, wir bilden zwei Suchtrupps. Sollte sie wirklich nicht mehr hier sein, habt ihr später immer noch Zeit, euch zerfetzen zu lassen. Aber ich glaube nicht, dass Shanouk das Mädel den Vampiren überlassen will.«

Maya hatte den Wortwechsel mit zunehmender Panik verfolgt. »Das klingt doch vernünftig«, bat sie und sah ängstlich von einem zum anderen. »Bitte!«

»Zacharias, wenn du glaubst, dass dieser … Blutsauger Fiona nicht zu den Vampiren bringen will, warum schleppte er sie deiner Meinung nach überhaupt hierher?«, fragte Stelláris gequält.

»Du siehst es an den Umwegen, die Shanouk gelaufen ist«, erklärte Zacharias. »Die Vampire rufen ihn. Ihre Stimmen sind in seinem Kopf, die Nähe zu diesem Ort hat das wohl in ihm freigesetzt. Aber etwas in ihm kämpft dagegen an.«

»Also gut.« Stelláris sah finster drein. »Wir besprechen, was wir tun können. Kurz.«

Maya hätte vor Erleichterung weinen können. ›Jungs!‹, dachte sie. ›Egal, ob Menschen oder Elfen.‹

Sie hatten sich unter den Schutz des Felsens zurückgezogen, und während sie berieten, machten sie sich hungrig über ihren Proviant her. Nur Stelláris war nicht zum Essen zu bewegen, obwohl er selbst wusste, wie unvernünftig das war.

»Vielleicht lässt sich Shanouk irgendwie ködern«, grübelte Stelláris. »Solange er denkt wie ein Vampir, wird er mich vernichten wollen, sobald ich ihm die Gelegenheit dazu gebe. Ich wüsste nicht, wie wir Fiona sonst aufspüren könnten, das Gebiet ist riesig. Habt ihr bedacht, dass Shanouk den Vampiren sowieso verraten hat, dass wir in ihr Reich eindringen wollen? Ich weiß nicht, wie genau sie sich verständigen können, aber möglicherweise wissen sie sogar, dass wir unseren Geruch verändern wollen. Sie werden uns also erwarten. Wir können ebensogut gleich gegen sie kämpfen.«

»Aber jetzt in der Nacht würden wir uns ihnen wie auf einem Silbertablett servieren«, schnaubte Larin erbittert. »Deshalb …«

Ein schriller Schrei ließ sie alle zusammenfahren. Es hatte entsetzlich geklungen, voller Angst und Verzweiflung.

»Fiona!« Stelláris war am schnellsten auf den Beinen. Während die anderen aufsprangen, hatte er sich schon seinen Bogen gegriffen und stürmte los. Larin blieb ihm auf den Fersen. Mayas Herz hämmerte, während sie ihnen nachstolperte. Der verschneite Felsboden war uneben, und es war ziemlich dunkel geworden. Der Nebel schränkte die Sicht stark ein, man erkannte nicht, wohin man trat. Lediglich der gefrorene Schnee um sie herum fing das Mondlicht ein und sorgte für ein schwaches, unheimliches Licht. Mehrmals wäre sie fast gefallen, und einmal riss sie sich das Bein an einem spitzen Felsbrocken auf, den sie nicht gesehen hatte, aber sie versuchte, den Abstand zu Larin und Zacharias nicht zu groß werden zu lassen. Von Stelláris war bereits nichts mehr zu sehen.

›Lass es nicht zu spät sein‹, dachte sie, und gleichzeitig fragte sie sich angstvoll, ob Stelláris wirklich so genau die Richtung ausmachen konnte, aus der der Schrei gekommen war. Das Geräusch der stampfenden Füße vor ihr stoppte abrupt, und Maya holte auf. Was sie sah, ließ sie fast an ihrem Verstand zweifeln, so unwirklich und schauerlich sah es aus.

Shanouk stand etwa einen Steinwurf entfernt und hielt Fiona eng umschlungen. Er hatte sich über ihren Hals gebeugt und bemerkte die Ankommenden gar nicht. Eine dünne Blutspur lief von Fionas Hals hinab. Bleich und wächsern hing sie in seinen Armen, ihre Arme baumelten schlaff herunter, und ihre roten Locken leuchteten wie züngelnde Flammen im fahlen Mondlicht. Es war das Einzige an ihr, das lebendig schien.

Ein Pfeil bohrte sich in Shanouks Schulter und Larin und Zacharias schossen Zauberflüche auf ihn ab.

Shanouk ließ Fiona los. Mayas Gehirn nahm alles ungewohnt überdeutlich wahr, und was sie sah, brannte sich unauslöschlich in ihr Gedächtnis ein. Der Vampir wirbelte zu ihnen herum. Seine violetten Augen schienen zu glühen. Überrascht starrte er sie an, und sein blutiger Mund öffnete sich zu einem Fauchen. Maya sah Fiona fallen, während Shanouk rückwärts torkelte – hart schlug sie auf dem felsigen Grund auf. Einen Moment lang dachte Maya, Shanouk würde zu Boden gehen, doch bevor ihn die Zauber ein zweites Mal trafen, war er im Nebel verschwunden. Stelláris hatte nicht einmal die Zeit gehabt, einen zweiten Pfeil auf den Bogen zu legen.

Stelláris stürzte zu Fiona und hob sie hoch – vorsichtig, als könne er sie zerbrechen.

»Atmet sie?«, flüsterte Larin.

»Ich weiß nicht«, stöhnte Stelláris, »ich kann keinen Puls feststellen.«

»Ist sie tot?«, wimmerte Max.

Zacharias tastete Fionas Halsschlagader ab, an der sich kleine rote Punkte deutlich von ihrer porzellanweißen Haut abhoben. »Er wollte sie nicht töten«, seine Stimme klang belegt. »Er wollte sie verwandeln.«

»In einen Vampir!« Maya brach die Stimme weg. Sie fiel stöhnend auf ihre Knie und barg ihr Gesicht in den Händen.

»Es ist noch Blut in ihr«, sagte Zacharias schließlich. »Sie atmet, wenn auch sehr schwach.«

Stelláris starrte Zacharias an. »Bist du sicher?«

»Ja, aber … Junge, was tust du! Das kann dein Tod sein!«

Maya sah erschrocken auf. Stelláris hatte seinen Mund auf die Bisswunde an Fionas Hals gelegt und versuchte, ihr das Gift des Vampirs auszusaugen.

Larin starrte zu Tode entsetzt auf seinen Freund. Er schien einen Augenblick lang mit sich zu kämpfen, ob er Stelláris gewähren lassen sollte, aber dann hatte er sich entschieden. »Lass ihn«, sagte er zu Zacharias. »Es ist ihre einzige Chance. Und es ist allein seine Entscheidung.« Maya sah, dass in Larins Augen Tränen glitzerten.

»Könnt ihr mir das erklären«, flüsterte Maya, obwohl sie die Antwort zu wissen glaubte.

Zacharias räusperte sich. »Die Zähne eines Vampirs enthalten ein starkes Gift. Gelingt nur eine geringe Menge davon in den Blutkreislauf eines Menschen, bewirkt es, dass dieser Mensch zum Vampir wird. Es kommt darauf an, wie viel der Vampir vom Blut des Opfers trinkt. Die meisten geraten so in einen Rausch, dass sie gar nicht aufhören können.«

»Und Shanouk …?«

Zacharias seufzte. »Er hat sie wohl verwandeln und nicht töten wollen, sonst hätte er viel unkontrollierter zugebissen, aber er hat nicht rechtzeitig aufgehört. Es steckt viel zu viel Gift in Fionas Blut. Ich weiß nicht, ob sie es überlebt. – Wenn man versucht, die Verwandlung in einen Vampir aufzuhalten, indem man das Gift aus dem Körper des Opfers saugt, vergiftet man sich selbst. Zwar wird man nicht zum Vampir, aber das Gift breitet sich langsam im Körper aus und lähmt das Herz. Es ist wie ein Fluch … eine gemeine Rache … und für einen Menschen absolut tödlich, das zu versuchen. Vielleicht haben Elfen eine Chance, ihr Körper ist stärker als der eines Menschen …«

Maya beobachtete entsetzt Stelláris. Er zog es vor zu sterben, für die geringe Hoffnung, Fionas Leben zu retten. Ein Zittern durchlief seinen Körper. Er hielt die ohnmächtige Fiona immer noch im Arm, aber sein Griff schien sich zu lösen. Maya sah ihn taumeln. Larin und Zacharias sprangen hinzu, um ihn zu stützen, und Zacharias packte Fiona, bevor sie ihm entglitt. »Wir bringen die beiden zu unserem Unterschlupf zurück«, krächzte Zacharias. Er hob Fiona hoch und Larin legte sich Stelláris' Arm um die Schultern, denn das Gift durchpulste bereits den Körper des Elfen so heftig, dass er zu schwach war, den Weg ohne Hilfe zurückzulegen.

»Komm.« Maya berührte die Schulter des weinend am Boden liegenden Max. Er kam zitternd auf die Beine, und Maya nahm seine Hand. Sie war ebenso verängstigt wie er und hatte sich nie im Leben so hilflos gefühlt.

Der Rückweg zum Felsüberhang schien sich endlos hinzuziehen. Dort angelangt, half Maya mit schlotternden Knien, Fiona und Stelláris auf die wärmenden Tücher zu betten und ihre Körper damit einzuhüllen – viel mehr konnten sie nicht tun. Maya streichelte Fionas Gesicht. Ihre Haut war leichenblass und fühlte sich eiskalt an. Sie holte den blauen Stein aus ihrer Tasche und meinte nach einiger Zeit in seinem Licht auf Fionas Wangen eine zarte, rosige Färbung zu erkennen. Stelláris lag schneeweiß daneben. Larin kniete neben ihm, und er hielt seine Hand. Tränen liefen über sein Gesicht. Max hatte sich daneben zusammengekauert. Seine Schultern zuckten, und ab und zu hörte man ihn leise schluchzen. Zacharias prüfte Fionas Puls.

»Und?«, fragte Maya.

Er kratzte sich am Kopf. »Ich kann's dir nicht genau sagen. Er ist jedenfalls nicht schwächer geworden. Normalerweise müsste sie schon tot sein, das Gift wirkt verdammt schnell. Wenn er nicht gewesen wäre …« Seine Augen wanderten zu Stelláris. »Aber ich weiß nicht, ob's nicht umsonst war. Der morgige Tag wird es zeigen.«

»Haben wir keine Medizin, die helfen könnte?« Maya sah Zacharias flehend an.

»Glaub mir, wenn ich etwas hätte oder etwas wüsste, ich hätte es ihnen gegeben.«

Er umfasste Stelláris' Handgelenk und suchte dort den Puls. Die drei sahen ihm ängstlich dabei zu.

›Warum sagt er nichts?‹, dachte Maya. ›Warum findet er ihn so lange nicht? – Nein, bitte nicht. Er kann unmöglich tot sein.‹ Entsetzt starrte sie auf das bleiche schöne Gesicht des Elfen.

»Er lebt noch …« Zacharias ließ Stelláris' Handgelenk los. Maya war so erleichtert, dass sie zu weinen anfing. »Aber sein Puls ist sehr schwach.«

»Er wird es schaffen«, flüsterte Maya. »Er muss es schaffen.«

»Ihr solltet versuchen zu schlafen. Legt euch neben die beiden und haltet sie warm. Mehr können wir nicht tun. Ich kann hier kein Feuer entzünden, wir finden nirgends trockenes Holz. Nur Stelláris hätte eines hinkriegen können. Ich halte Wache.« Zacharias wickelte seinen schwarzen Mantel eng um sich und hielt seinen Zauberstab bereit.

Schlafen? Das erschien Maya unmöglich. Dennoch streckte sie sich zwischen ihren Freunden aus. Sie konnten momentan nicht mehr für sie tun, als sie mit ihrem eigenen Körper zu wärmen. Larin lag dicht neben Stelláris, und sie selbst hatte Fiona im Arm. Auf deren anderer Seite hatte sich Max zusammengeringelt. Sie war restlos erschöpft und bibberte vor Kälte, obwohl sie ihren Elfenmantel trug. Sie begriff, dass die Kälte von Fiona und Stelláris ausging. Obwohl Mayas eigener Körper nach Schlaf verlangte, kämpfte sie dagegen an. Sie hatte Angst, einzuschlafen und irgendeine Veränderung nicht mitzubekommen. Sie fürchtete sich vor dem Moment, da Zacharias einen Puls kontrollierte und kein Leben mehr fand. Und sie hoffte auf den Moment, wo die Körper der beiden wärmer wurden und nicht mehr so totenblass da lagen.

Schließlich verlor Maya den Kampf gegen die bleierne Müdigkeit und sank in einen Schlaf, der mehr einer Bewusstlosigkeit glich. Sie schlief traumlos und schreckte am nächsten Morgen entsetzt hoch.

Das Erste, was sie bemerkte, war, dass von Fiona nicht mehr diese Kälte ausging. Sie sah Zacharias liebevoll lächeln und fragte sich, wie sie sein gütiges, narbiges Gesicht jemals hatte hässlich finden können. Max schlief noch, aber Larin war ebenfalls wach. Als er bemerkte, wie Maya hochfuhr, richtete er sich auf.

»Sie hat es geschafft«, sagte er. Fiona atmete regelmäßig und ihre Haut war nicht mehr so bleich.

»Und Stelláris?« Sie wusste, dass diese Frage überflüssig war, denn sie fühlte noch immer die Kälte.

»Unverändert«, sagte Larin traurig. Maya sah, dass er dunkle Ringe unter den Augen hatte und aussah, als hätte er überhaupt nicht geschlafen.

Stelláris war genauso blass und kalt wie gestern Nacht. Maya berührte sanft seine Stirn. Es brach ihr fast das Herz, ihn so liegen zu sehen.

Neben ihr begann sich Fiona unruhig zu bewegen. Sie stöhnte und wimmerte. Maya fuhr ihr über das Haar und murmelte ihr leise beruhigende Worte zu.

Fionas Augenlider flatterten, und schließlich schlug sie die Augen auf. Sie schien ihre Umgebung erst nicht zu erkennen, ihr Blick wanderte unstet hin und her, bis er plötzlich an Maya hängen blieb.

»Was …«, flüsterte sie.

»Es ist gut, Fiona, du bist in Sicherheit«, beeilte sich Maya zu sagen.

»Shanouk …«, hauchte Fiona. Maya fühlte, wie eine Welle des Hasses in ihr aufstieg. Shanouk! Warum nannte Fiona diesen Namen? Shanouk war schuld daran, dass Fiona fast gestorben wäre und Stelláris halb tot daneben lag und vielleicht diesen Tag nicht überlebte.

»Shanouk ist verschwunden.«

Fiona schaute Maya verwirrt an. »Was … ist … geschehen?«
»Er hat dich gebissen. Du wärst fast gestorben.«

Fiona sah immer noch verwirrt aus, doch auf einmal kam die Erinnerung zurück. Ihre grünen Augen weiteten sich, und sie tastete mit einer Hand nach der Bisswunde an ihrem Hals. Ihr Gesicht wurde starr vor Entsetzen.

»Was … passierte dann?«, fragte sie. Das Sprechen schien ihr große Mühe zu bereiten.

Maya ergriff Fionas Hand. »Stelláris …«, sagte Maya mit zitternder Stimme, »… er hat dich gerettet.«

»Stelláris«, flüsterte Fiona. »Wo … ?« Sie versuchte sich aufzusetzen, aber sie konnte kaum den Kopf heben, so schwach war sie.

Maya sah verzweifelt zu Zacharias hinüber. Wie viel konnte man Fiona in ihrem jetzigen Zustand zumuten? Zacharias zuckte ratlos die Schultern.

Sie entschloss sich zu einem Kompromiss. »Er schläft.« Das war nicht direkt gelogen, aber es entsprach auch nicht wirklich den Tatsachen. Es war ein totenähnlicher Schlaf, in dem Stelláris lag.

»Wir sind alle da«, sagte Larin. Jetzt erst erkannte Fiona Larin, der sich zu ihr gebeugt hatte. »Gut«, seufzte sie, und ihren Mund umspielte ein leises Lächeln. Erschöpft schloss sie die Augen.

»Schlaf!« Maya küsste sie auf die Stirn. Dann richtete sie Fionas Tücher, die ein wenig verrutscht waren, und rappelte sich hoch. Sie war unglaublich erleichtert, dass es Fiona so viel besser ging, aber das Schicksal von Stelláris lastete schwer auf ihr.

Zacharias gähnte und streckte ächzend seine Beine. Mühsam kam er auf die Füße. »Ihr zwei haltet eure Zauberstäbe bereit. Ich sehe mir kurz die nähere Umgebung an.«

Es dauerte nicht lange, da kam er zurück. »Alles ruhig da draußen. – Ein Badezimmer kann ich euch hier nicht bieten, aber dort hinter den Felsen ist ein gutes Plätzchen. Der Schnee muss euch zum Waschen reichen. 's ist kalt, aber man wird wach davon. Nehmt Max am besten mit.«

»Was?« Max rieb sich die Augen. »Kalter Schnee zum Waschen? Danke, ich bin schon wach.« Widerwillig kroch er aus seiner dünnen, aber doch so wärmenden Decke. »Wie geht es … oh.«

»Du siehst es ja«, murmelte Larin. »Aber Fiona ist vorhin aufgewacht. Verrate ihr nichts von Stelláris, sie soll sich nicht aufregen. Und jetzt komm mit.«

Maya fragte sich, was aus Shanouk geworden war. Dass er sie derzeit angreifen würde, erschien ihr absurd. Wer weiß, ob er noch lebte. Auf alle Fälle war er schwer verletzt. ›Hoffentlich tut es so richtig weh‹, dachte sie. Dann meldete sich ihr Gewissen. Was konnte Shanouk dafür, dass er ein Vampir war? Welche Wahl hatte er gehabt? Grübelnd machte sie sich mit den Jungen auf den Rückweg.

Zacharias hatte das Frühstück ausgepackt. Sie setzten sich schützend um Stelláris und Fiona herum, denn es blies ein eisiger Wind.

»Welche Zauber habt ihr gestern benutzt?«, fragte Maya etwas unvermittelt zwischen zwei Bissen Elfenbrot.

Larin wurde ein wenig verlegen. »Ich konnte den Todeszauber einfach nicht anwenden. Es ist immerhin Shanouk …«

Maya verstand ihn sehr gut.

»Ging mir genauso«, knurrte Zacharias und sein eines Auge zuckte. »Der Junge hatte kaum eine Chance. Dieses Erbe in sich zu tragen ist schwer genug.« Er patschte Larin mit seiner riesigen Pranke auf den Rücken, dass der fast nach vorne kippte. »Du hast das richtig gemacht.«

Maya schwieg betreten. Sie hatte Shanouk gestern den Tod gewünscht. Sie wusste nicht, was sie getan hätte, wäre sie rechtzeitig gekommen, um ihren Zauberstab einzusetzen zu können.

»Aber Stelláris …« Zacharias schüttelte ungläubig den Kopf, als er daran dachte. »Aus dieser Entfernung die Schulter zu treffen … der Kopf wäre ein einfacheres Ziel gewesen – Wie leicht hätte er Fiona erwischen können. Diese Nerven hätte ich nicht gehabt.«

Larin grinste schwach. »Er hätte aus dieser Entfernung sogar ein Blatt vom Baum geschossen.«

Schweigend aßen sie weiter.

»Uäh«, murrte Max, als es anfing zu schneien und der Wind die kalten Kristalle zu ihnen wirbelte. Er betrachtete angeekelt seinen Mantel, auf den sich die winzigen glitzernden Eisstückchen niederließen. Verächtlich kräuselte er die Lippen. »*Das Zeug soll Schnee sein?*«

Fiona schlief bis zum Nachmittag. Ab und zu stöhnte sie im Schlaf, aber ihre Haut gewann nach und nach die rosige Färbung zurück. Mit einem Seufzer erwachte sie. Diesmal war ihr Blick klarer, und Maya fürchtete sich vor dem Moment, in dem sie Stelláris erkannte. Fiona versuchte sich aufzurichten. »Bleib doch liegen, du bist noch nicht so kräftig«, sagte Maya, aber Fiona ließ sich nicht beirren. Etwas benommen saß sie da. »Ich sollte dir sagen, dass ...«, begann Maya.

»*Was ist mit Stelláris?*« Entsetzt starrte Fiona auf den Elfen.

»Er hat was von dem Gift abgekriegt«, flüsterte Maya.

»Oh, nein! Bitte nicht.« Alle Farbe war wieder aus ihrem Gesicht gewichen. Sie befreite sich aus ihren Decken, rutschte ein Stück näher an Stelláris heran und strich ihm mit zitternden Fingern über die Wangen. »Er ist ja ganz kalt!«

»Bitte, Fiona«, drängte Maya verzweifelt, »du musst dich wieder hinlegen, es ist so eisig hier!« Sie wusste, dass ihre Bitte sinnlos war. Fiona beachtete sie überhaupt nicht.

Sie legte den Kopf auf seine Brust. »Ich kann kein Herz schlagen hören!« Ihre Stimme klang panisch.

»Es ist sehr schwach, aber es schlägt«, sagte Larin und nahm Fiona bei den Schultern, um sie sanft fortzuziehen. »Du musst dich warm halten, du bist noch nicht gesund.«

Fiona sträubte sich. »Wie ist das passiert?«

Seufzend legte Maya ihrer Freundin ein Tuch über die Schulter. »Er hat die Bisswunde ausgesaugt. Du wärst sonst gestorben.

Dabei hat er sich vergiftet.«

»NEIN!!«, schrie Fiona verzweifelt. Sie zitterte am ganzen Körper. »Ich bin schuld.«

»Das bist du nicht!« Larins Stimme klang sehr bestimmt. »Er hat sich so entschieden.«

»Ich bin w-weggelaufen.«

»Okay, das war blöd«, gab Larin ehrlich zu. »Aber du hast nicht gewusst, wie Shanouk ist, und du konntest nicht wissen, was passiert.«

»Ich v-verzeihe mir das n-nie, wenn Stellaris …«

»Das darfst du nicht denken«, beschwor Maya sie. »Das würde Stellaris nicht wollen.«

Fiona weinte nur noch mehr. Sie konnten sie nicht dazu bekommen, von seiner Seite zu weichen.

Mit Ausnahmen weniger kurzer Pausen, in denen Maya ihre Freundin zum Essen überredet hatte, lag Fiona nun schon bis zum Abend bei Stellaris. Sie hielt ihn warm und achtete auf jede noch so kleine Veränderung. Obwohl er manchmal zusammenzuckte, schlug sein Herz nicht kräftiger, und die Blässe verließ ihn nicht. Maya kauerte neben Larin mit dem Rücken zum Felsen und betrachtete die beiden mit schiefgelegtem Kopf. Maya wurde aus Fiona nicht schlau. Sie hatte gedacht, ihre Freundin gut zu kennen. Ihr war klar, dass Fiona sich die Schuld an Stellaris' Zustand gab, aber wie sehr sie sich um ihn sorgte, überraschte sie dann doch. Sie schien Shanouk aus ihrem Gedächtnis verdrängt zu haben. Stand sie noch unter Schock? Maya hatte absolut keine Ahnung, was in Fiona zurzeit vorging.

»Meinst du, er merkt, dass sie da ist?«, fragte Larin. Er hatte wohl etwas Ähnliches gedacht.

»Hmmm, kann sein. Dann würde es ihm doch helfen, gesund zu werden, nicht?«

»Hoffentlich macht er sich keine falschen Hoffnungen.«

Fionas Schrei ließ sie zusammenfahren. »Er stirbt! Sein Herz!

Ich kann es nicht mehr schlagen hören, und seine Lippen sind ganz blau!«

Alle stürzten zu Stelláris. Zacharias schob Fiona zur Seite und lauschte auf den Herzschlag. Er stieß einen Fluch aus. »Es schlägt, aber viel zu langsam. Nun entscheidet es sich.«

»Kann man das Gift nicht irgendwie anders rauskriegen?«, fragte Larin verzweifelt.

»Wie denn?«

»Keine Ahnung!«, stöhnte Larin.

Fiona beugte sich über Stelláris. Ihre Tränen tropften auf sein Gesicht. »Glaubst du, dass ich damit leben will?«, schrie sie ihn an. »Ich will so nicht leben! Du darfst jetzt nicht gehen, hörst du?«

Stelláris' Augenlider flatterten.

»Ich war so dumm«, flüsterte Fiona. »Es tut mir so leid.« Dann beugte sie sich tiefer und wisperte ihm etwas ins Ohr. Sie hauchte einen Kuss auf seine kalte Stirn.

Zacharias betrachtete Stelláris sorgenvoll. »Es ist erstaunlich, dass er so lange durchgehalten hat … tapferer Junge. Wir können jetzt nur noch warten.«

Sie saßen schweigend im Kreis um Stelláris. Zacharias fühlte immer wieder Stelláris' Puls. Jedes Mal sahen sie ihn erwartungsvoll an, und jedes Mal musste er ihre Hoffnungen enttäuschen. Es war schon fast Mitternacht, und Max war neben ihnen eingedöst, obwohl er vorgehabt hatte, mit den anderen wach zu bleiben. Für Zacharias war es nun bereits die zweite Nacht ohne Schlaf, und er sah erbarmungswürdig aus.

›Wenn man in der Dunkelheit bloß mehr erkennen würde‹, dachte Maya verdrossen. Ihr Kristall konnte zwar hell leuchten, aber sein Licht war zu blau, um Stelláris' Aussehen gut beurteilen zu können, und so ließ sie das Elfenlicht aus.

Überrascht sog Maya die Luft ein. Stelláris blinzelte und schlug die Augen auf. Fiona gab ein leises Quietschen von sich, das Max auffahren ließ. Irritiert suchte Stelláris nach der Ursache für dieses eigenartige Geräusch und drehte den Kopf in Fionas Richtung. Fiona hielt sich krampfhaft die Hände vor den Mund, um nicht laut loszuschreien. Der Ausdruck in Stelláris' Augen wandelte sich. Sie wurden sanft. Sein Mund formte Worte, die ihm nicht über die Lippen kamen, denn er war zu schwach zum Sprechen. Erschöpft schloss er die Lider und schlief ein.

»Er hat es geschafft, nicht wahr?« Max sprach aus, was alle dachten.

Zacharias griff abermals nach Stelláris' Handgelenk und suchte den Puls. »Ja«, seufzte er erleichtert und kramte nach einem Taschentuch.

»Ich übernehme die erste Wache«, sagte Larin glücklich zu Zacharias. »Ich kann jetzt sowieso nicht pennen – du schaust aus, als hättest du Schlaf dringend nötig.«

Zacharias trötete heftig in sein Taschentuch und grinste dann breit. »Ich schaue immer so zerknautscht aus, das weißt du doch.« Dankbar nahm er das Angebot an, und Larin war sich nicht sicher, ob Zacharias nicht schon im Sitzen anfing zu schnarchen, bevor er sich richtig am Boden ausgestreckt hatte.

Larin grinste in sich hinein. Die Nächte vorher hatte Zacharias mit etwas Abstand zu ihnen gelegen, aber hier unter dem Felsvorsprung hörte sich sein Schnarchen an wie eine Horde missgestimmter Bären. ›Zumindest muss ich mich nicht mühsam wach halten‹, dachte Larin und lauschte fasziniert. ›Wie kann ein einzelner Mensch nur solche lauten Töne hervorbringen?‹ Entspannt saß Larin unter dem Felsen. Seine Gedanken wanderten zu Stelláris. Sein Freund lebte – er hatte es tatsächlich geschafft, Fiona zu retten und dann nicht an dem Gift zu sterben. – Plötzlich erstarrte er und kniff die Augen zusammen. War da nicht eine Bewegung hinter den Bäumen gewesen? Nein, es musste von den ständig rieselnden Schneekristallen verursacht worden sein. Der Boden war schon mit einer dicken puderigen Schicht bedeckt. Sie täuschten Bewegung vor, wo keine war. Larin lauschte in die Nacht hinaus. Die friedliche Stille konnte trügen. Er fasste seinen

Zauberstab fester. War es möglich, dass Shanouk sie angreifen würde? Wollte er Fiona zurückhaben? Er hatte ihr Blut gekostet, und es hatte ihn so weit um den Verstand gebracht, dass er sie beinahe getötet hätte – wenn auch nicht beabsichtigt. Larin spürte, wie sich ihm die feinen Härchen im Nacken aufstellten. Ja, Shanouk würde es vermutlich versuchen, sollte er in der Lage dazu sein. Möglicherweise hockte er irgendwo dort hinter den Bäumen, starrte durch den Nebel und den Schnee zu ihnen herüber und wartete auf eine günstige Gelegenheit.

›Wir sind hier gut zu sehen‹, überlegte Larin beunruhigt. ›Dass der Nebel unter den Bäumen deutlich dichter ist als bei uns, ist für Shanouk ein Vorteil.‹ Noch etwas kam Larin in den Sinn: Solange Shanouk wusste, wo sie sich befanden, würden sie keine Möglichkeit haben, tagsüber unbemerkt an den Vampiren in der Höhle vorbeizukommen, weil er ihnen jederzeit seine Gedanken mitteilen konnte. Er würde den Blutsaugern verraten, dass sie kämen, und die Biester würden nicht schlafen. Sie mussten sich so bald wie möglich ein gutes Versteck suchen.

Doch die Nacht verlief ruhig. Larin hielt bis Sonnenaufgang durch, dann weckte er Zacharias, der ihn ablöste. Völlig erschöpft rollte Larin sich zusammen und schlief augenblicklich ein.

Diesiges Licht sickerte durch die Morgennebel und ließ Maya benommen auf ihre andere Seite drehen. Nein, solange die Sonne ihren Weg nicht durch die Nebel fand, konnte sie durchaus noch ein wenig liegen bleiben … Schlaftrunken sah sie sich um – die anderen schliefen auch noch. Die anderen? – Maya fuhr hoch. Tatsächlich – links von ihr lagen Fiona und Stelláris, deren bleiche Hautfarbe einer gesunden Färbung gewichen war. Es war also kein Traum gewesen. Maya lauschte glücklich Stelláris' regelmäßigen Atemzügen. Entspannt lag er auf dem Rücken, und nur die dunklen Schatten unter den Augen zeugten von dem Kampf seines Körpers gegen das Gift des Vampirs. Es schien ihn nicht zu stören, dass Max im Schlaf zu ihm unter die Decke gerobbt war und sie ihm ein

Stück weggezogen hatte. Von Max war ansonsten nicht allzu viel zu sehen, er hatte sich in Stelláris' Decke eingekuschelt, so dass nur der verwuschelte blonde Haarschopf heraussah.

›Wir sind noch mal davongekommen‹, dachte Maya und richtete die verschobenen Decken. Sie betrachtete Larin neben sich. Seinetwegen war sie aus Eldorin fortgegangen, und sie bereute es nicht. Allerdings hätte sie sich niemals vorgestellt, dass ihr Weg so schwierig werden würde.

»Morgen!« Zacharias grinste ihr zu.

Maya brachte nicht mehr als ein Nicken zu Stande und gähnte.

»Du kannst dich ruhig wieder hinlegen«, sagte Zacharias freundlich mit seiner rauen Bassstimme.

»Geht nicht.« Maya hatte angefangen zu grübeln und wusste, dass sie das am Einschlafen hindern würde. Sie rutschte zu Zacharias hinüber, zog die Beine an und umschlang sie mit den Armen. »Meinst du, es ist richtig, dass wir ohne Hilfe weitergehen? Wir könnten Hilfe aus Eldorin erbitten, auch wenn es Zeit kostet.«

»Nein. Wir müssen allein bleiben.«

Maya war doch ein wenig überrascht, wie überzeugt Zacharias klang. »Wieso bist du so sicher?« Nach den Ereignissen der letzten Tage nagten gehörige Zweifel an Maya. Sie glaubte zwar fest daran, dass dies hier der richtige Weg war, aber sie hätte lieber jemanden wie Luna bei sich gehabt – am besten eine ganze Schar Elfen.

»Wenn wir zu viele sind, kommen wir nicht weiter. Wir sind zu sechst … das allein ist schon ein kleines Risiko beim Durchqueren der Höhle. Und vergiss nicht, die Vampire wissen, dass wir hier sind. Sie werden aufmerksamer sein, vielleicht sogar im Schlaf. Selbst wenn wir nicht nach Mensch riechen, unsere Körper sind *warm*. Es wäre möglich, dass die Mistviecher die Wärme spüren. Je mehr Leute, desto riskanter ist es. Aber was uns danach erwartet … nein, es ginge einfach nicht.«

Etwas in Zacharias' Stimme veranlasste Maya, nicht nach dem genauen Grund zu fragen, warum er nach der Vampirhöhle ein

Weiterkommen mit einer größeren Anzahl von Leuten für unmöglich hielt.

Zacharias wechselte das Thema. »Sobald Larin ausgeschlafen hat, werde ich mich ein bisschen umsehen, vielleicht finde ich eine Spur von Shanouk.«

»Meinst du, er lebt noch?«

»Ich hoffe es für ihn. Eigentlich glaube ich schon, dass er es geschafft hat – Vampire sind zäh. Er dürfte ziemlich viel Blut verloren haben. Leider hat es so viel geschneit, dass ich keine Blutspuren mehr finden werde, denen ich nachgehen kann. Wir müssen damit rechnen, dass er lebt und uns verraten will. Er ist nicht mehr der Shanouk, den ihr kanntet. Solange er unter dem Einfluss der Vampire steht, wird er in uns nichts weiter als Beute sehen – deshalb sollten wir untertauchen. Wenn er nicht weiß, wo wir sind, kann er auch nicht weitergeben, wann wir kommen.«

»Glaubst du, dass er jemals wieder normal wird, vorausgesetzt, er hat überlebt?«

»Tja. Die Frage dürfte sein, wer lässt ihn denn normal sein, angenommen, er käme von den Vampiren los?«

»Stimmt«, murmelte Maya betreten. Könnte er unter diesen Umständen wieder ein normales Leben führen? Wer würde seine Kinder von ihm unterrichten lassen? – »Warum hat er nur angefangen durchzudrehen«, seufzte sie.

»Stimmen im Kopf zu haben, ist nicht zu unterschätzen«, ließ sich Zacharias vernehmen.

»Ich kann mir das nicht vorstellen«, Maya biss sich nachdenklich auf die Unterlippe, »hätte er nicht einfach … na ja, … nicht hinhören können?«

Zacharias stieß ein Grunzen aus, dem ein Hustenanfall folgte. »Ganz so läuft das nicht. Die Vampire versuchen, seine Gedanken zu lenken. Ich weiß nicht, wie es sich anfühlt, aber es muss schwer sein, zu widerstehen.«

Maya starrte vor sich hin. »Irgendwie tut er mir leid«, meinte sie schließlich.

Larin hätte vermutlich bis in den Nachmittag hinein geschlafen, wenn Max sich nicht gelangweilt und ihm freundschaftlich auf die Schulter geschlagen hätte, so dass Larin hochschoss. »Mach das nicht noch mal«, Larin steckte seinen Zauberstab zurück in die Tasche, »falls du nicht willst, dass ich dir versehentlich deine Nase wegsprenge.«

Max fasste sich verlegen grinsend ins Gesicht. »Ich meine ja nur – die ganze Zeit hier abzuhängen ist nicht besonders spannend, und da dachte ich … äh …«

»Dass ich deinen persönlichen Unterhalter spielen soll«, ergänzte Larin.

Max strahlte ihn an, dankbar über seine rasche Auffassungsgabe.

»Ich wusste nicht, dass du dich so langweilst.« Larin streckte sich. »Ich fand's bis jetzt spannend genug.«

»Ähem, schon. Aber keiner will mit mir 'ne Runde zaubern, und ich finde …«

»Sorry, Kumpel, aber ich fürchte, mir ist auch nicht danach.«

»Aber wenn dieser …«

»Wenn sich Shanouk zeigen sollte, dann mach einfach das, was du gelernt hast. Halte deinen Zauberstab bereit, sonst hast du keine Chance, ihn zu benutzen.«

Missmutig fuchtelte Max mit seinem Zauberstab durch die Luft. Ein paar Funken spratzelten hervor, zischten ihnen um die Köpfe, und Max verströmte den Geruch angekokelter Haare. Larin seufzte.

»Ach ja, Max …«

»Hm?«

»Vergiss nicht zu zielen. Wir alle hängen an unseren Ohren.«

Als Zacharias von seinem Erkundungsgang zurückkam, hatte er zwar kein Lebenszeichen von Shanouk gefunden, dafür aber einen anderen Lagerplatz. »Wir warten auf mehr Schnee. Wenn er reichlich fällt, wird er unsere Spuren verwischen. Mit etwas

Glück bekommt Shanouk nicht mit, dass wir aufbrechen – schließlich kann er uns nicht ständig beobachten, falls er es überhaupt tut. Seht euch die Wolken an – sie bringen Schnee.«

Verdrießlich schaute Maya zum Himmel hinauf, wo dicke graue Wolken dahinzogen. Es war noch eisiger geworden. Ohne die Mäntel und Decken der Elfen hätten sie diese unbarmherzige Kälte niemals überlebt. Sie hielten wärmer als die dicksten Daunenschlafsäcke, dennoch wünschte sich Maya, dass Stelláris ein Feuer aus dem feuchten Holz zaubern dürfte. Aber sie wollten die Aufmerksamkeit der Vampire nicht unnötig auf sich ziehen. Auch wenn sie sich nicht in deren Gebiet befanden – je weniger diese Kreaturen an sie erinnert wurden, desto besser. »Brrr, wenn es hier schon so ungemütlich ist, wie wird es erst weiter oben sein?« Sie blickte nach Norden, erkannte allerdings nichts, denn der Nebel verschluckte alles.

»Es ist ungewöhnlich, dass um diese Jahreszeit so viel Schnee liegt. Neblig ist es immer, aber diese Kälte ist nicht normal. – Einen Vorteil haben die Höhlen – es herrschen dort angenehmere Temperaturen«, ließ Zacharias verlauten.

»Das ist mir, glaub ich, nicht wirklich ein Trost«, grinste Maya schwach und hauchte in ihre Hände, um sie zu wärmen.

Am späten Abend machten sie sich auf. Zacharias trug Fiona den größten Teil der Strecke. Sie war noch nicht kräftig genug, durch den kniehohen Schnee zu stapfen. Fiona protestierte, aber Zacharias lachte nur. »So eine halbe Portion, wie du eine bist, merkt man gar nicht.«

»Ich bin gar nicht so halb, ich bin immerhin sechzehn.«

»Himmel, du hattest Geburtstag – gestern, nicht wahr?« Maya umarmte Fiona so heftig, dass Zacharias ins Schwanken kam. »Entschuldigung, ich hab's total vergessen! Ich hab null überlegt, welchen Tag wir gerade haben.«

»Macht nichts, es ist mir auch erst heute Morgen eingefallen.« Fiona lächelte.

»Na, herzlichen Glückwunsch!« Zacharias grinste breit. »Du hattest ja gestern wirklich so etwas wie einen zweiten Geburtstag.«

Stelláris hatte sich ausgeruht, und Maya wunderte sich, wie schnell er wieder zu Kräften gekommen war. Zwar besaßen seine Schritte derzeit nicht diese unglaubliche Leichtigkeit, die Maya bei den Elfen so faszinierend fand, aber sie wäre froh gewesen, wenn sie sich im Schnee annähernd so anmutig hätte bewegen können. ›Gegen ihn sehe ich aus wie ein watschelnder Pinguin‹, dachte Maya und versuchte, die Fußstapfen der anderen vor ihr zu treffen und dabei das Gleichgewicht zu halten. Das war nicht so mühsam, wie selbst einen Weg durch den Schnee pflügen zu müssen. Sie suchten im dichten Schneetreiben den Platz auf, den Zacharias entdeckt hatte. Im Grunde war es lediglich ein Felsüberhang, wie es ihn in dieser Gegend öfter gab. Doch dieser hatte den Vorteil, dass er auf der vom Berg abgewandten Seite von einer Gruppe hoher Nadelbäume geschützt wurde. Atemlos kam Maya an. Ihr war ziemlich warm geworden.

»Stellt euch darauf ein, dass wir ein paar Tage hier bleiben«, verkündete Zacharias. »Wir müssen für den steilen Teil alle bei Kräften sein. Für den Aufstieg und die Durchquerung der Vampirhöhle haben wir einen Tag Zeit und müssen es geschafft haben, bevor die Nacht anbricht. 's ist normalerweise hinzukriegen, aber wer weiß, was uns alles am Vorwärtskommen hindert. Abgesehen davon – die Biester sollten nicht mehr damit rechnen, dass wir auftauchen, es schadet also nichts, wenn sich unser Start ein bisschen verzögert.«

Maya fand das Warten gar nicht so schlimm. Die Kälte war unangenehmer. Sie stach in die blanke Haut und kroch unter die Kleidung. Sechs lange Tage blieben sie in ihrem Unterschlupf und vertrieben sich die Zeit mit dem Erzählen aller möglichen Geschichten. Wenn sie nach draußen gingen, bewegten sie sich nie weit von ihrem Versteck fort. Zacharias schien es mit dem Aufbruch nicht eilig zu haben. Immer wenn Fiona ihm versicherte, ganz bestimmt schon kräftig genug zu sein, behauptete er, sie wäre noch nicht so weit. Einerseits war ihr das ganz recht, andererseits zermürbte sie das Warten und steigerte ihre Angst.

Manchmal starrte Fiona traurig in die verschneite Landschaft hinaus. Maya nahm an, dass ihre Gedanken dann um Shanouk kreisten. In solchen Momenten fühlte Maya sich hilflos und wusste nicht, wie sie die Freundin trösten konnte. So setzte sie sich still in ihre Nähe und wartete, ob Fiona von sich aus ihr Herz ausschütten wollte. Die Gelegenheiten, sich über solche Dinge zu unterhalten, waren rar, denn sie waren so gut wie nie allein. Aber Fiona ließ sie wortlos verstreichen.

Stelláris begegnete Fiona mit einer gewissen Zurückhaltung, was Maya überraschte. Fiona schien es zu verunsichern, sie wurde oft rot, wenn er etwas zu ihr sagte.

»Morgen wäre es soweit«, teilte Zacharias ihnen mit. »Ich denke, dass wir den Aufstieg wagen können. Fiona und Stelláris dürften sich genug erholt haben, und die Vampire warten hoffentlich nicht mehr auf unser Kommen. Was meint ihr dazu?«

Keiner widersprach.

»Wir nehmen nur das Nötigste mit. Lasst alles Gepäck hier, was ihr nicht in einem Beutel am Gürtel tragen könnt oder in euren Manteltaschen unterbringt. In den Höhlen ist es wärmer, unsere Mäntel werden als Decke genügen.«

Maya überkam ein merkwürdiges Gefühl. Auf der einen Seite wünschte sie sich, endlich weiter zu kommen, auf der anderen Seite fürchtete sie sich davor.

Um den menschlichen Geruch zu verändern, streute Zacharias ihnen zum Abendessen graugrüne getrocknete Kräuter auf die Elfenbrote. »Es dauert eine Weile, bis der Körper es aufnimmt und unser Eigengeruch ganz verschwunden ist, deshalb nehmen wir das Mispelkraut schon heute zu uns.«

»Bäh! Ist das Zeug bitter!«, beschwerte sich Max und schnitt merkwürdige Grimassen. »Urgh – Auferdem klebt ef an der

Dfunge feft.«

»Spül's runter!« Larin reichte ihm ein Trinkgefäß mit geschmolzenem Schnee.

Max schnüffelte im Lauf des Abends immer wieder prüfend an seinem Arm. »Also, ich rieche noch keinen Unterschied.«

»Du bist ja auch kein Vampir«, sagte Maya. Sie hielt sich die Hand vor die Nase und atmete tief ein. »Doch, irgendwas riecht anders.«

»Meinst du?« Max versuchte es von neuem, diesmal testete er seine Hand. »Hm … ja tatsächlich, das ist ein Riesenunterschied!«

Fiona kicherte. »Könnte es daher kommen, dass du dir ausnahmsweise die Hände ordentlich gewaschen hast?«

Statt einer Antwort stopfte ihr Max eine Handvoll Schnee in den Nacken.

Es herrschte dichtes Schneetreiben, als sie tags darauf noch im Dunkeln aufstanden. Während sie frühstückten, wurde es allmählich heller. Die samtene Schwärze der Nacht war einem düsteren Tag gewichen.

»Tolle Aussichten«, murmelte Max.

»Es wird besser«, sagte Zacharias überzeugt.

Er sollte recht behalten. Sie waren noch nicht lange unterwegs, da wirbelten nur noch vereinzelt Schneekristalle durch die Luft.

»Bleibt dicht hinter mir«, wies sie Zacharias an. Das zu sagen war völlig unnötig, denn es blieb ihnen gar nichts anderes übrig. Sie hätten sich sonst verloren. Obwohl nun der fallende Schnee nicht mehr die Sicht erschwerte, hüllte kalter Nebel sie vollständig ein. Schemenhaft nahm Maya Max vor ihr wahr. Als Erster stieg Zacharias den Berg hinauf. Maya war gar nicht bewusst gewesen, wie nahe sie dem steilsten Teil des Berges bereits gewesen waren, denn er hatte sich ihrem Blick entzogen gehabt.

Zacharias benutzte den Weg, den die Schwarzen Reiter nahmen, um die Dracheneier zu bringen. Alle paar Meter war eine Markierung im Fels angebracht. Sie bestand aus einem langen

Stück Eisen, das in den Stein getrieben worden war. Das half, den Weg nicht zu verlieren – anders war ein Aufstieg bei diesen miserablen Sichtverhältnissen nicht möglich.

Es war beklemmend und unheimlich, nicht wirklich zu erkennen, wo sich die anderen befanden. Lediglich ihr schnelleres Atmen und das Scharren von Füßen auf dem vereisten Fels waren zu hören; manchmal wurden ein paar Eisklumpen losgetreten, die dann nach unten kullerten. Maya starrte in die undurchdringliche weiße Wand und hoffte inständig, dass sich nicht plötzlich irgendein Wesen daraus löste und einen von ihnen ansprang. Sie hatte jegliches Zeitgefühl verloren; es erschien ihr wie Stunden, dass sie sich den Berg hinauf kämpfte. Fast erstaunt nahm sie wahr, dass es endlich flacher wurde, und sie stieß mit Max zusammen, der neben Zacharias stehen geblieben war. Sie sammelten sich um ihn.

»Wir sind der Höhle nun ganz nahe und liegen gut in der Zeit. Denkt daran, dass wir das Elfenlicht nicht benutzen dürfen.« Zacharias' Stimme bebte kaum merklich, und sein eines Auge zuckte nervös. Maya warf einen schnellen Blick zu Fiona hinüber. Hoffentlich hatte sie seine Aufregung nicht bemerkt, sie war sowieso schon panisch genug. Zacharias war sonst immer die Ruhe selbst, seine Reaktion war irritierend. Wovor fürchtete er sich? Hatte er ihnen nicht alles erzählt?

Maya hatte das Gefühl, dass ihr irgendetwas die Kehle abdrückte. Sie schluckte zweimal. ›Das ist vollkommen abgefahren‹, dachte sie. ›Wir werden gleich eine Höhle durchqueren, in der mehr als zwei Dutzend Vampire schlafen. Es könnte sogar sein, dass sie uns erwarten.‹

Fiona schien Ähnliches durch den Kopf zu gehen. Sie zitterte und atmete sehr schnell und stand kurz vor einem hysterischen Anfall. Rote Flecken erschienen in ihrem Gesicht. Mitleidig nahm Maya ihre Freundin in den Arm. Sie fühlte sich selbst schrecklich hilflos und riss sich nur mühsam zusammen. Dennoch bemühte sie sich, ruhig und sicher zu wirken und ihrer

Stimme einen festen Klang zu verleihen. Sie wollte selbst so gerne an das glauben, was sie Fiona sagte. »Wir werden das schaffen, Fiona. Wir kommen heil da durch, ganz bestimmt.« Fiona nickte verstört.

›Es ist kein Wunder, dass sie so reagiert‹, dachte Maya. ›Keiner von uns kann sich vorstellen, wie es ist, von einem Vampir gebissen zu werden.‹

»Es tut weh«, flüsterte Fiona.

»Was?«

»Der Biss. Es tut scheußlich weh.«

»Oh.« Das hatte Fiona nie vorher erwähnt. Hilfesuchend sah Maya die anderen an.

»Kein Vampir wird dich jemals wieder anrühren.« Stelláris hörte sich sehr entschlossen an. Unterdrückte Wut schwang in seiner Stimme mit.

Überrascht sah Fiona zu ihm auf. Er hatte mit ihr nie über das Erlebte geredet, sie hatte den Eindruck gehabt, er wiche ihr aus, wenn sie dem Thema nur nahe kam.

Fiona wurde ein bisschen ruhiger.

Max ging es ebenfalls nicht besonders gut. Er sagte kein Wort, was für ihn ziemlich ungewöhnlich war, aber man konnte ihm die Angst vom Gesicht ablesen. Zacharias legte seine große Hand auf seine Schulter und zog ihn an sich. »Nur Mut, Kleiner. Das schaffen wir.«

»Du bist sehr mutig.« Larins leise Stimme dicht hinter Mayas Ohr ließ sie heftig zusammenfahren.

»Aber schreckhaft«, sagte sie.

Larins Grinsen wirkte etwas angespannt. »Es macht keinen Sinn, sich jetzt Gedanken zu machen. Gehen wir rein und bringen wir es hinter uns.«

Die Höhle im Berg

Mit wild klopfendem Herzen ging Maya neben Larin auf eine große schwarze Öffnung zu, die im Nebel allmählich deutlicher zu Tage trat. Wie ein aufgerissener Raubtierschlund lag der Eingang vor ihnen. Dicht hinter sich konnte Maya Fiona stoßweise atmen hören. Sie griff nach ihrem Zauberstab und straffte sich. Dann tauchte sie ein in die samtene Dunkelheit der Vampirhöhle.

Mayas Augen mussten sich erst an die Finsternis gewöhnen. Allmählich nahm die Höhle Konturen an. Sie war sehr hoch und breit, ähnlich einer großen Kathedrale. Die Wände glimmerten unheimlich, obwohl kein Licht einfiel. Ein schwacher Schein ging von ihnen aus. Maya wusste nicht, welcher Stein solche Glimmerteilchen enthielt, und vor allem nicht, warum sie leuchteten, ohne dass irgendein Licht darauf fiel. Vermutlich hatte der Schattenfürst Magie benutzt, um die Schwarzen Reiter mit den Dracheneiern durch die Höhle leiten zu können. Es sah seltsam und unwirklich aus, aber es half, sich in der düsteren Höhle besser zurechtzufinden. Wo waren die Vampire? Vorsichtig sah Maya sich um. Lauerten sie in irgendeiner Nische? Warum sah man sie nicht, sie mussten doch hier sein?

Ihr suchender Blick blieb an dunklen Schatten an der Decke hängen, und Maya unterdrückte ein entsetztes Keuchen. Da oben waren sie! Grausig sahen sie aus und bedrohlich. Die Vampire hingen kopfüber von der Decke herab. Sie hatten sich mit ihren Füßen am Fels festgekrallt und schienen zu schlafen. Wegen ihrer schwarzbraunen Färbung hoben sie sich kaum von der Umgebung ab. Fasziniert starrte Maya nach oben. Sie versuchte, Einzelheiten zu erkennen – da waren ledrige Flügel, die zusammengefaltet waren und den hässlichen Körper teilweise verbargen. Die Flügel mussten riesig sein, wenn die Vampire sie entfalteten, überlegte Maya. Der Anblick zog sie so sehr in ihren Bann, dass sie das Hindernis nicht bemerkte. Sie fühlte, wie jemand ihren Arm packte und festhielt. Erschrocken starrte sie Larin an. Einen Augenblick lang setzte ihr Herz aus, dann raste es umso schneller, denn sie hatte in letzter Sekunde die Steine bemerkt, die wohl irgendwann von der Decke gefallen waren und nun auf ihrem Weg lagen. Sicherlich wäre sie darüber gefallen, hätte Larin sie nicht darauf aufmerksam gemacht. Um ein Haar hätte sie einen beträchtlichen Lärm verursacht. Vorsichtig stieg sie darüber und mahnte sich beschämt, besser aufzupassen.

Die Höhlendecke wurde niedriger. Sie senkte sich allmählich ab, und Maya erkannte den Ausgang: Weiter vorne drang ein schwaches Leuchten durch eine schmale Öffnung in der Höhlenwand. Irgendetwas Dunkles versperrte den Blick auf die Höhle dahinter. Larin stoppte. Er hob die Hand zum Zeichen, dass sie stehen bleiben sollten. Maya verstand nicht, warum. Dann sah sie es.

Das Dunkle, das den Ausgang versperrte, waren fünf Vampire. Sie hingen wie die anderen kopfüber schlafend von der niedrigen Decke herab; der Mittlere von ihnen füllte die türbreite Öffnung fast vollständig aus. Normalerweise legten die widerlichen Kreaturen ihre Flügel beim Schlafen zusammengefaltet an den dunkelbraunen, dicht behaarten Körper. Um den Durchgang komplett zu versperren, hatte der Vampir in der Mitte jedoch seine Flügel nach unten hängen lassen, so dass sie ein Stück auf den Boden schleiften. Die scheußlichen Fratzen der Blutsauger waren der Höhle zugewandt und befanden sich etwa in Mayas Augenhöhe. Ihre Gesichter waren mit kurzen dunkelbraunen Haaren bewachsen. Sie sahen nur teilweise menschlich aus; statt einer Nase besaßen die Vampire eine kurze, abgeplattete Schnauze mit großen, geschlitzten Nasenlöchern. Das breite Maul schienen sie nie gänzlich zu schließen, denn man konnte zwischen den Kiefern ein kräftiges Gebiss mit verlängerten oberen Eckzähnen erkennen. Hände und Füße muteten absonderlich verdreht an und endeten in schmutziggelben, säbelförmigen Krallen. Die Wesen wirkten grotesk, und gleichzeitig war die tödliche Bedrohung, die von ihnen ausging, beinahe körperlich zu spüren. Mayas Herz machte einen Satz. Sie meinte, die Vampire müssten es schlagen hören, so wild klopfte es in ihrer Brust. Hinter sich vernahm Maya einen erstickten Aufschrei.

Einer der Vampire bewegte sich. Es gab ein schabendes Geräusch, als er die Flügel ein wenig entfaltete und mit seinen klauenartigen Füßen seine Position an der Decke leicht veränderte und erneut Halt suchte.

Schlafende Wächter! Warum sollten die Vampire sich die Mühe machen, wach zu bleiben, wenn sie ihren Opfern einfach den Durchgang versperren konnten? Damit hatte auch Zacharias nicht gerechnet. Entsetzt blickten sie sich an. Fiona hatte die Hände vor das Gesicht geschlagen und schlotterte vor Angst. Sie bemühte sich, keinen Laut von sich zu geben, aber sie atmete keuchend und viel zu schnell.

Maya trat auf ihre Freundin zu und zog sie mit zitternden Händen an sich. Sie lauschte mit zunehmender Panik auf Fionas immer hektischer werdendes Atmen. In ihrer Vorstellung wirbelten die schrecklichsten Möglichkeiten durcheinander. ›Sie ist zu laut … Bestimmt wachen die Biester jeden Moment auf‹, dachte sie, ›es dauert nicht mehr lange, und sie verliert restlos die Kontrolle … dann stürzen sich die Vampire auf uns.‹

Fiona schwankte und krallte sich an sie wie eine Ertrinkende. Beruhigend strich Maya ihr über den Rücken. Sie merkte selbst, wie tröstlich die Nähe des anderen wirkte. Fiona empfand es wohl genauso, denn nach einer Weile schien sie sich etwas zu entspannen. Sie atmete ruhiger und lockerte ihren Klammergriff.

Maya vermied es, die Vampire anzusehen und versuchte, sich selbst Mut zuzusprechen. Sie rief sich die Worte des Einhorns ins Gedächtnis und spürte Zuversicht in sich aufsteigen. Seit dem Wald von Amadur hatten sie einen weiten Weg zurückgelegt.

Nein, sie waren nicht hierher gekommen, um an dieser Tür zu scheitern. Maya wusste, dass es kein Zurück gab. Selbst wenn sie hätten umkehren wollen, die Zeit reichte nicht. Bis sie die Grenze des Vampirgebietes erreicht hätten, wäre die Nacht hereingebrochen, und das hätte den sicheren Tod bedeutet. Maya löste sich von Fiona und lächelte ihr aufmunternd zu. Sie drehte sich zu den anderen um – und hielt erschrocken den Atem an. Stelláris hatte sich in der Zwischenzeit den Vampiren genähert. Sie hingen so von der Decke, dass sie zwischen sich und der Wand mit dem Durchgang einen sehr geringen Abstand gelassen hatten. Es war nur eine äußerst schmale Lücke, aber Stelláris versuchte herauszufinden, ob es möglich war, sich an den Kreaturen vorbeizuschieben. Mit hart an die Felswand gepresstem Rücken bewegte er sich quälend langsam hinter den Vampiren entlang auf die Öffnung zu. Maya vergaß fast zu atmen. Eine falsche Bewegung, eine kurze Berührung könnte genügen, einen von ihnen zu wecken. Und damit alle anderen.

Er war nun fast vollständig von den Vampiren verdeckt. Endlich erreichte er den Durchgang. Stelláris hatte es geschafft. Aber anstatt dort auf sie zu warten, machte er sich auf den Rückweg. Maya war klar, dass er Fiona nicht allein lassen wollte. Trotzdem fand sie es gewagt von ihm, abermals dieses Risiko auf sich zu nehmen. Wieder dauerte es einige Minuten, bis er zurück in der Höhle war.

Ohne das geringste Geräusch zu verursachen, kam er auf die Wartenden zu. Vor Fiona blieb er stehen und streckte ihr die Hand hin. Zögernd und mit angstvoll geweiteten Augen legte sie ihre Hand in seine und ließ sich von ihm zu den Vampiren führen. Stelláris ließ Fiona nicht los. Er bedeutete ihr, sich neben ihn an die Felswand zu stellen und die Augen zu schließen. Zu Mayas großer Sorge hatte Fiona erneut zu zittern begonnen. Sie hielt Stelláris' Hand so fest umklammert, dass ihre Fingerknöchel weiß hervortraten. Maya hoffte inständig, Stelláris würde Fiona an den Vampiren vorbeibugsiert haben, bevor sie die Nerven verlor und aus Angst eine unbedachte Bewegung machte.

Maya beobachtete entsetzt, dass sich die schlitzförmigen Nasenlöcher des Ungeheuers, hinter dem sich Fiona befand, bewegten. Seine Nüstern begannen sich zu blähen, als nähmen sie die fremde Witterung auf. Er schien ihre Anwesenheit zu spüren, auch wenn er sie nicht riechen konnte. Vielleicht konnte er die Furcht seines Opfers fühlen. Unruhig raschelten seine riesigen Flügel. Maya starrte auf seine Augen. Sie erwartete jeden Moment, dass sie sich öffneten und rot glühend auf sie gerichtet waren.

Fionas Füße tasteten sich unsicher Schritt für Schritt vorwärts. Maya wusste, welche Überwindung es sie kosten musste. Obwohl sie fast zusammenbrach, kämpfte sie sich tapfer vorwärts. Endlich – sie hatten beide die rettende Öffnung erreicht und schlüpften hindurch.

Zacharias gab den Verbliebenen ein Zeichen, Max vorangehen zu lassen. Er war so klein, dass ein gutes Durchkommen bei ihm am einfachsten schien. Maya ließ Max vorangehen und nahm ihn an der Hand. Sie fühlte die kalten, rauen Steine in ihrem Rücken, lehnte sich dagegen und machte sich bereit. Bibbernd schob sich Max an der Felswand entlang, Maya folgte ihm vorsichtig. – Max hatte es eilig, er wollte es schnell hinter sich bringen – zu schnell. Maya drückte fest seine Hand, als Zeichen, er solle sich mehr Zeit lassen – doch es war bereits zu spät. Max blieb mit dem Fuß an einer Bodenunebenheit hängen und machte mit dem freien Arm eine rudernde Bewegung nach vorne, um das Gleichgewicht nicht zu verlieren. Dabei berührte er leicht den Flügel eines Vampirs. Maya schloss entsetzt die Augen und drückte sich noch fester gegen die Wand. Zum Rückzug war es zu spät. Sie hielt den Atem an und horchte. Was würde geschehen? Deutlich vernahm sie das Scharren von Klauen an der Decke und zwang sich hinzusehen. Der Vampir bewegte sich unruhig im Schlaf. Langsam rückte er ihr so nahe, dass sie nichts mehr erkennen konnte außer grober, lediger Haut. Er quetschte sie gegen die Wand. Sie war völlig bewegungsunfähig und musste sich beherrschen, nicht nach Luft zu japsen, so sehr presste er ihr den Brustkorb zusammen. Beißender Geruch nach fauligem Fleisch stieg ihr in die Nase, und ihr wurde übel. Die großen Flügel entfalteten sich ein Stück und schabten über Mayas Gesicht. Es brannte wie Feuer. Verzweifelt kniff Maya die Augen zusammen, um sie zu schützen. Tränen quollen aus ihren Augenwinkeln. Sie hatte die Empfindung, dass ihr Gesicht in Flammen stand. Der Schmerz war überwältigend, am liebsten hätte sie losgeschrien, aber sie biss sich auf die Lippen. Sie war gefangen, eingekeilt zwischen diesem stinkenden Vieh und der Felswand – und sie hatte keine Ahnung, ob es sich wieder von ihr fortbewegen würde. Maya konnte nicht sehen, dass der Vampir, der sie an die Wand drängte, eine Lücke zu seinem Schlafgenossen hinterlassen hatte, die groß genug war, um Max, Larin und sogar Zacharias ohne anzustoßen hindurchschlüpfen zu lassen. Nur sie selbst blieb eingekeilt zwischen Wand und Ungeheuer und wartete verzweifelt auf irgendeine Möglichkeit, entkommen zu können. Plötzlich hörte Maya ein Schnüffeln. Kein Zweifel – der Vampir sog unruhig die Luft ein. ›Er wacht bestimmt auf‹, dachte Maya, und ihr Magen sackte nach unten. ›Er kann mich fühlen.‹

Langsam, und stetig witternd, drehte sich der Vampir zur Seite. Maya spürte es mehr an seiner Bewegung, als sie es sehen konnte. Er bewegte seinen hässlichen Schädel mit den geblähten Nasenflügeln in ihre Richtung. Maya würgte ein Stöhnen hinunter und wusste, dass es nur noch Sekunden dauerte, bis sie entdeckt war. Auf einmal spürte sie die Flügel nicht mehr so rau und kratzig, und der Druck auf ihren Körper ließ nach. Das Monster hatte sein Gewicht für einen kurzen Moment auf den anderen klauenbewehrten Fuß an der Decke verlagert. Maya fühlte, wie jemand ihren Arm fasste und eisern umklammerte. Mit einem Ruck wurde ihr Körper auf die Seite gerissen, und sie wäre gefallen, hätte Larin sie nicht in letzter Sekunde aufgefangen und durch das schmale, steinerne Tor gezerrt. Geistesgegenwärtig hatte er die Gelegenheit genutzt, sie zu befreien.

Sofort war Zacharias an ihrer Seite und hob sie hoch. Maya

war zu benommen, um wirklich zu begreifen, was geschehen war. Die Tränen machten sie blind. Sie versuchte, sie wegzublinzeln, denn sie wagte nicht, mit der Hand ihr Gesicht zu berühren und sie fortzuwischen. Ihre Haut fühlte sich an wie eine klaffende Wunde. Sie durfte keine Fragen stellen, denn noch waren sie den Vampiren zu nahe, sie hätten sie hören können. Durch einen Tränenschleier erkannte Maya, dass Zacharias sie durch eine weitere Höhle trug, die der vorherigen in Höhe und Helligkeit ähnelte, allerdings war sie länger. Auch hier war der Fels mit glitzernden Partikeln durchsetzt, die ein schwaches Licht abgaben, so dass sie nicht in absoluter Dunkelheit dahineilten.

Seltsame helle steinerne Kegel ragten vom Boden auf oder hingen von der Decke. Maya hatte nie zuvor so große Tropfsteine gesehen. Sie waren teilweise höher als ein Mann, und es wurden immer mehr.

Als die Spalte im Fels aus der Entfernung nicht mehr zu sehen war, wagten sie stehenzubleiben. Vorsichtig setzte Zacharias Maya ab. Leicht verschwommen erkannte Maya Larins besorgtes Gesicht vor sich.

»Sehe ich so schlimm aus?« Maya versuchte ein Grinsen, das hoffnungslos misslang.

»Äh …«, etwas betreten sah Larin sie an, »nichts, was man nicht wieder hinkriegen könnte.«

»Du bist ziemlich verkratzt.« Fiona räusperte sich.

»Du siehst abartig aus«, erklärte Max ehrlich.

»Max, du bist ein Trampeltier«, schalt ihn Fiona. Es klang reichlich piepsig, weil sie ihre Stimme noch nicht wieder völlig in der Gewalt hatte.

»Hier!« Stelláris hatte eine winzige Dose aus einem Beutel gefischt, den er am Gürtel trug. Er schraubte sie auf. »Das ist eine Salbe gegen die aufgerissene Haut und die Schwellung. Vampire haben sehr raue Flügel mit winzigen Widerhaken. Er hat dir das Gesicht übel zerschunden.«

»War das giftig?« Das war Mayas größte Sorge.

»Nicht sehr. Es ist hauptsächlich schmerzhaft – das Mittel zieht es aus der Haut.«

»Komm, ich streiche dir die Salbe drauf.« Fiona hatte sich halbwegs gefangen. Ihre Finger zitterten kaum merklich, als sie Maya verarztete, und sie wirkte insgesamt erstaunlich gefasst.

»Dieses Elfenzeug ist Gold wert«, knurrte Zacharias anerkennend.

Maya kam sich vor wie ein radfahrender Zirkusbär. Alle hatten sie umringt und starrten sie an. Zumindest konnte sie inzwischen einigermaßen klar sehen, die Schwellung und das Brennen ließen allmählich nach.

»Es wird innerhalb der nächsten Stunde nichts mehr zu sehen sein«, tröstete Stelláris.

»Im Moment hast du noch ein bisschen Froschaugen, aber man erkennt dich wieder.« Max schielte vorsichtig zu Fiona hinüber. Er war nicht sicher, ob das eben Gesagte abermals ihr Missfallen erregen würde, aber sie schien sich nicht daran zu stören. Mutig fügte er hinzu: »Eigentlich schade, es war die beste Maskerade, die ich je gesehen habe. Du hättest damit auf jeder Horrorshow den ersten Preis für ›besonders hässlich‹ gekriegt. – Au! Was hab ich jetzt wieder Schlimmes gesagt?« Max rieb sich empört die Rippen, in die ihn diesmal Larin geboxt hatte.

»Wenn's recht ist, würde ich euch gerne etwas erzählen«, begann Zacharias. »Vielleicht suchen wir uns einen Platz ein wenig weiter weg von den Flattermännern.«

»Gute Idee«, stimmte Max zu. »Dann können wir auch gleich was essen.«

»Auf alle Fälle.« Zacharias lächelte verkrampft. Er sah auf einmal wieder sehr bedrückt und traurig aus und seufzte tief auf.

Maya beschlich ein eigenartiges Gefühl, ohne sich den Grund dafür erklären zu können. Es musste an Zacharias' Gesichtsausdruck liegen, dass in ihr längst verschüttete Erinnerungen an die Oberfläche stiegen. Sie erinnerte sich, Ähnliches empfunden zu haben, als ihre geliebte Genevra Silberstein, die alte Köchin aus dem Waisenhaus, ihr erzählte, in Rente gehen zu müssen. Dieses Gefühl hatte mit Angst und Verlust zu tun, und sie verstand nicht, warum diese Dinge ihr jetzt in den Sinn kamen. Genevra hatte ein Alter erreicht gehabt, das ihr verbot, weiter ihre Arbeit zu tun. Bald darauf starb sie. Maya konnte sich gut an den Schmerz erinnern, den sie damals empfunden hatte.

Sie suchten sich einen Platz zwischen einigen riesigen Stalagmiten, die alabasterweiß glänzten, setzten sich im Kreis herum und verspeisten die Elfenbrote. Die Tropfsteinhöhle war inzwischen immer heller geworden, je mehr sie sich auf ein eisblaues Licht zubewegt hatten, das in der Ferne leuchtete. Es schien vom Boden auszugehen und von den Wänden zurückgeworfen zu werden.

»Was ist das?«, wollte Max wissen.

»Das nächste Hindernis«, kam die knappe Antwort von Zacharias. »Aber ich habe euch gesagt, es wird nicht wirklich eines sein. – Ähem. Wo soll ich beginnen?« Er rieb sich müde die Schläfe. »Larin, als wir uns im Nebelwald trafen, hast du mich gefragt, wer ich bin. – Ich habe euch nicht alles erzählt … Nun, ich kenne dich schon sehr lange.«

Larin sah Zacharias erstaunt an.

»Ich habe dir mitgeteilt, dass du in Unduros von einem der Schwarzen Reiter erkannt wurdest. Das war nur die halbe Wahrheit. Nicht bloß mein Begleiter, auch ich hatte dich erkannt. Aber ich hätte das für mich behalten, ich hätte dich nicht verraten. Diesmal nicht.« Zacharias' Stimme wurde leise.

»Aber das ist doch gut, nicht wahr?«, mischte sich Max verunsichert ein.

»Gut?« Zacharias lachte sein schnarrendes Lachen. Er schien über sich selbst zu spotten. »Ihr wisst, dass ich ein Mörder bin. – Mein letzter Mord liegt noch gar nicht so lange zurück.« Zacharias schaute Larin ernst an. »Was meinst du, wie der zweite Entführer starb? Der, der dich in Unduros gefangen nehmen wollte?

Du glaubtest, er stürzte und schlug mit dem Kopf auf? Nein, so war es nicht. Ich konnte ihn nicht am Leben lassen, wenn ich deines retten wollte. Er hatte keine Chance, es kam für ihn gänzlich unerwartet. Ich will nicht sagen, dass er den Tod nicht verdient hatte, er war kein guter Mensch, sondern ein Verbrecher genau wie ich. Es war auch nicht so, dass uns so etwas wie Freundschaft verbunden hätte, … aber er hatte mir in gewisser Weise vertraut.« Zacharias lachte bitter. »Damit war er nicht der Einzige gewesen.«

Maya war entsetzt, wie kaltblütig Zacharias seinen Kumpan umgebracht hatte, gleichzeitig war sie dankbar, dass er dadurch Larin gerettet hatte. »In diesem Fall hattest du wahrscheinlich keine andere Wahl«, sagte sie schließlich zögernd.

»Du hast dich geändert«, sagte Larin. »Du hast deine Taten bereut, und außerdem hat der Feind dich erpresst, er würde deine Familie töten.«

»Auch das ist nur die halbe Wahrheit. Stimmt schon, später war es so. Aber damals, als ich jung war, da war es allein meine Entscheidung. – Ich war ein verdammter Narr. Ein hitzköpfiger Narr, der dachte, er könnte die Welt mit Gewalt verändern. Der Schattenfürst lockte junge Männer wie mich in seine Gefolgschaft. Er versprach uns Reichtum und Anteil an der Macht. Ich hatte nichts zu verlieren …, aber das ist es nicht, was ich erzählen will.«

Zacharias holte tief Atem. »Ja, Larin, ich kannte dich als kleines Kind. Ich kannte deinen Vater, deine Mutter und deine ganze Familie. Ich arbeitete im Palast als einer der Wachen. Ich war dabei, als die Feinde ins Schloss einfielen. Ich hatte kurz zuvor dem Schattenfürsten die Treue geschworen. Ich habe das Königreich Amadur verraten. Ich war derjenige, der die Feinde in den Palast einließ.«

Es herrschte entsetztes Schweigen. Damit hatte niemand gerechnet. Larin starrte Zacharias fassungslos an. Dieser sprach schleppend weiter.

»Es hilft nichts, wenn ich sage, dass ich niemals den Tod dieser vielen Menschen gewollt habe. Aber den Tod des Königs … den habe ich in Kauf genommen. Ich war dumm genug zu glauben, dass einzig der König von Amadur sterben sollte, damit der Schattenfürst den Thron an sich reißen könnte. Der Schattenfürst benutzte mich, um an Informationen heranzukommen und Zugang zu erhalten. Als ich erkannte, dass er mich betrogen hatte, war es zu spät.«

Larin hatte die Augen zusammengekniffen und die Fingerspitzen gegen die Stirn gepresst, als litte er körperliche Schmerzen. Er sah nicht auf.

Maya fühlte sich, als hätte ihr jemand den Boden unter den Füßen weggezogen. Sie konnte kaum glauben, was Zacharias sagte. Sicher, sie wussten, dass er einer der Schwarzen Reiter gewesen war. Aber dass ihr Freund mit den ruchlosen Mördern von Larins Eltern gemeinsame Sache gemacht hatte, das war schwer vorstellbar und noch schwerer zu ertragen.

Langsam hob Larin den Kopf und fasste in Worte, was alle dachten. »Warum sagst du uns das gerade jetzt?« Er klang nicht vorwurfsvoll, sondern einfach nur unglaublich traurig.

»Ihr sollt hinter die Dinge sehen, damit ihr versteht … Ich wollte schon lange nicht mehr mit dieser Sache leben. Du hast ein Recht, das über mich zu wissen. Ich … hatte einfach Angst, es euch zu erzählen … Ich habe zum ersten Mal wieder so etwas wie eine … Familie gefunden. Aber ich sollte dieses Wort nicht in deiner Gegenwart verwenden, nicht wahr?«

»Vielleicht nicht. Obwohl … du hast gesagt, dass du den Tod meiner Eltern nicht wolltest.«

»Nein, das wollte ich wirklich nicht, das musst du mir glauben. Aber ich wollte den Schattenfürsten auf dem Thron sitzen sehen. Ich war naiv, ich dachte tatsächlich, dass das ohne großes Blutvergießen abgehen könnte. Zumindest, ohne das Blut der Unschuldigen zu vergießen. So verriet ich dem Schattenfürsten alles, was er wissen musste.«

»Hättest du es nicht verraten, wäre es vermutlich ein anderer gewesen.« Larin klang resigniert. »Ich glaube dir, dass du meine Eltern nicht töten wolltest.«

»Als ich sah, was passierte, habe ich sie verteidigt.« Zacharias saß still in seine Erinnerung versunken.

»Hast du deshalb diese Narbe?« Es war eine plötzliche Eingebung Mayas gewesen, diese Frage zu stellen.

»Ja.« Der große Mann lächelte wehmütig. »Ich fürchte, ich bin nicht weit gekommen mit meinem Versuch, meine fürchterliche Dummheit ungeschehen zu machen. Sobald ich für Amadur eintrat, streckte mich einer der Schwarzen Reiter nieder. Mein Glück oder mein Pech war, dass dieser Mann selbst getötet wurde und meinen Verrat am Schattenfürsten nie ausplaudern konnte. So erwachte ich schwer verletzt, als alles vorbei war. Der König von Amadur war tot und mit ihm seine ganze Familie. Nur du konntest entkommen.«

Wieder schwiegen sie alle. Larin presste den Kiefer zusammen. Er saß vollkommen regungslos wie eine Statue. Max bebte vor unterdrücktem Schluchzen, und Maya und Fiona weinten. Stelláris' Miene war unbewegt wie die Oberfläche eines stillen Sees. Es war unmöglich zu erkennen, was er dachte.

Larin kämpfte eine Zeitlang mit sich. Er stand auf und tigerte angespannt mit in den Taschen vergrabenen Händen auf und ab. Mitunter kickte er gegen eine der kleineren Tropfsteinsäulen. Eine von ihnen zerbrach und polterte über den Boden, wo Larin ihr einen erneuten Tritt versetzte. Schließlich blieb er vor Zacharias stehen. Er atmete tief durch. »Ich vergebe dir«, sagte er und reichte Zacharias, der ihn verblüfft anstarrte, die Hand. »Meine Pflegeeltern haben mir beigebracht, wie wichtig Vergebung ist. Und dass man sogar seinen Feinden vergeben soll. Dabei bist du letzten Endes nicht mal unser Feind. Nicht mehr. Ehrlich gesagt, fühlt es sich grad ziemlich übel an. Aber ich glaube, ich will dich nicht hassen.«

Ein Muskel in Zacharias' zerstörtem Gesicht zuckte, während er Larins Hand ergriff. »Du beschämst mich«, sagte er leise mit heiserer Stimme.

Max schlang seine Arme um Zacharias' Hals und heulte hemmungslos.

»Schon gut, Kleiner«, murmelte Zacharias bewegt und tätschelte Max hilflos. »Ich bin das nicht wert.«

»B-bist d-du doch.«

»Ich danke dir.« Zacharias räusperte sich. »Es ist an der Zeit, den Weg weiterzugehen. Wir stehen hier an einem Punkt unserer Reise, an dem sich unser Schicksal entscheidet. Kommt.«

Stelláris warf ihm einen forschenden Blick zu.

Maya guckte überrascht. Was meinte Zacharias damit? Hatte er nicht gesagt, dieser Teil sei einfach zu bewältigen?

Sie erhoben sich und setzten sich in Bewegung. Max lief neben Zacharias her und hatte seine Hand in dessen schwielige Pranke gelegt.

Maya fühlte sich merkwürdig benommen. Ihr schwirrte der Kopf von dem, was sie eben gehört hatte. Das türkisblaue Licht in der Ferne wirkte seltsam beruhigend auf ihren aufgewühlten Geist. Sie stolperte neben den anderen her und hoffte, dort nicht wieder ein Ungeheuer vorzufinden – immerhin hatte Zacharias nur von einem Gewässer gesprochen, das es zu überqueren galt.

Die Tropfsteine schimmerten zartblau – je näher sie dem Licht kamen, desto intensiver wurde ihre Färbung. Sie erinnerten Maya an Eiszapfen im Gebirge, die das Blau des Winterhimmels eingefangen hatten. Die Höhle war erfüllt von einem magischen Leuchten. Sie waren nun so nah, dass sie das Wasser deutlich vor sich sahen. So stellte sie sich das kalte Eismeer im Norden vor, nur dass hier die Helligkeit vom Wasser ausging und die Höhlendecke mit Stalaktiten bedeckt war, die das glänzende nasse Element in eisigen Blautönen widerspiegelten.

Der See füllte die Höhle in ihrer gesamten Breite aus. Er war nicht so lang, dass man sein anderes Ufer nicht erkennen konnte, aber er wirkte ungemütlich kalt. An den senkrechten Höhlenwänden, die ihn seitlich begrenzten, schienen eingefrorene Wasserfälle mitten in der Bewegung erstarrt zu sein. Dabei waren die bizarren Gebilde unzählige filigrane Tropfsteine, die sich übereinander türmten.

Maya war erleichtert, dass nirgends ein Monster zu sehen war und auch Zacharias nicht den Eindruck machte, als müsse man hier besonders vorsichtig sein. Allerdings war die Bedrückung wieder da, die sie seit einigen Tagen an ihm bemerkt hatte.

»Es sieht richtig hübsch aus«, stellte Fiona zögernd fest. Sie besah misstrauisch das Wasser, als würde sie erwarten, dass es plötzlich ein Ungeheuer aus seiner Tiefe ausspie, das sich sofort auf alle stürzen würde.

»Ist es sehr kalt?« Maya hatte ziemliche Bedenken, schwimmend auf die andere Seite gelangen zu müssen. Wenn es annähernd so frostig war, wie es aussah, würden sie nicht weit kommen. Sie würden innerhalb kürzester Zeit erfrieren. Die Seitenwände sahen nicht so aus, als würde man an ihnen sicheren Halt finden können. Nein, der Weg musste über das Wasser führen.

»Ich glaub nicht, dass es kalt ist, ich habe … NICHT BERÜHREN!«

Max war an das Ufer getreten und hatte sich hinuntergebeugt, um die Wassertemperatur zu erfühlen. Erschrocken zuckte er zurück und bewegte sich verunsichert rückwärts.

»Ich habe nichts angefasst«, flüsterte er schuldbewusst, als die spiegelnde Oberfläche sich verwandelte.

»Nein, nein, das hier passiert immer, wenn man in die Nähe kommt«, beruhigte Zacharias. »Aber was auch immer geschieht – *berührt das Wasser nicht!*«

Die Oberfläche begann zu brodeln. Stinkende gelbliche Dämpfe stiegen nach oben, und Maya verzog angewidert das Gesicht. Sie starrte auf die blubbernden, schmutzigbraunen Blasen, die anschwollen und schließlich mit einem schmatzenden Geräusch zerplatzten. Allmählich beruhigte sich das Wasser. Es glättete sich und lag nun wieder klar und unschuldig in schimmerndem Türkis vor ihnen.

Nein, etwas war anders. Ganz deutlich hatte sich dicht unter der Oberfläche etwas gebildet. Was war das? Es sah menschlich aus. Maya fühlte sich von toten Augenpaaren angestarrt. Erschrocken wich sie einen Schritt zurück. Es sah aus, als trieben Wasserleichen in dem See. Die Gesichter waren milchig bleich mit langen weißen Haaren wie Spinnwebfäden.

»Urrgh, was ist denn das?« Max hatte es also ebenfalls bemerkt.

»Der See der Verlorenen. Hierhin bannte der Schattenfürst alle, die sein Geheimnis stehlen wollten, um es für sich zu verwenden, und die dabei scheiterten. Sie sind nicht wirklich tot, sie müssen in Dunkelheit und Fäulnis dahinsiechen, bis ihre Lebenszeit abgelaufen ist. Wer das Wasser berührt, wird von ihnen in die Tiefe gezogen und ertrinkt. Kommt ihnen nicht zu nahe.«

»Wie kommt man hinüber?« Larin hatte diese Worte kaum ausgesprochen, als sich eine Gestalt aus dem Wasser in der Nähe des Ufers erhob. Sie war nahezu durchsichtig wie weißer Rauch, fast schien sie sich aufzulösen, doch blieb sie als Ganzes sichtbar und sprach zu ihnen. »Du fragtest nach einer Überfahrt. Wie lautet die Losung?«

Maya bekam Gänsehaut. Die Stimme klang gruselig, es war ein leiser, hoher Singsang.

»Kennst du das Passwort?«, wandte sich Stelláris an Zacharias.

»Nein. Ich habe hier an dieser Stelle viel Zeit verbracht, ich konnte es nicht herausfinden, ich habe es immer wieder aufs Neue probiert. Der Einzige der Schwarzen Reiter, der es jemals wagte, über die Geheimnisse dieses Berges mit mir zu sprechen, weigerte sich, es auszuplaudern. Er verriet mir, dass das Losungswort mit einem Fluch belegt ist. Wer es preisgibt, verschluckt sich an seiner eigenen Zunge und erstickt.«

Die geisterhafte Gestalt blieb an gleicher Stelle über dem See schweben. Sie schien keine Eile zu haben, sie wartete einfach nur, ob die Reisenden ihr ein Losungswort nennen konnten.

»Wie kommen wir dann auf die andere Seite?«, fragte Larin.

»Du sagtest, du wüsstest, wie man hinüberkommt.« Max sah Zacharias erwartungsvoll an.

»Ja.« Zacharias seufzte. Er schien auf einmal viel älter auszusehen. »Es gibt nichts anderes als diesen Fährmann. Er ist die einzige Möglichkeit.«

»Ein Fährmann? Was …?«

»Er verlangt das Losungswort oder einen bestimmten Preis. – Aber ich denke, ich weiß, wie ich ihn bezahle.«

»Wie denn?«

»Alles zu seiner Zeit. – Kommt ein Stück hier hinüber.«

Zacharias führte sie ein paar Meter vom Ufer fort und forderte sie mit einer Handbewegung auf, sich zu setzen. Er selbst blieb stehen und zog etwas aus seiner Tasche.

»Maya, du warst nicht die Einzige, die im Wald von Amadur ihrem Schicksal gegenüberstand … Das fand ich dort bei den Felsen am See. Es lag an der Stelle, an der das Einhorn verschwunden war, nachdem es mit mir gesprochen hatte. Erst als ich euch traf, wurde mir klar, dass die Zeit gekommen ist, denn allein kann man nicht … nun, seht es euch an.«

Er drückte Maya einen kleinen Lederbeutel in die Hand. Sie löste die dünne Lederschnur, mit der er verschlossen war, und schüttete den Inhalt vorsichtig heraus auf ihre Handfläche. Die anderen beugten sich darüber. In Mayas Hand entstand dichter weißer Rauch, der sich nicht auflöste, sondern sich wallend zu farbigen Formen verdichtete. Er breitete sich aus zu einer eisblau schimmernden Fläche, die wie ein stilles Gewässer wirkte. Ein zart flirrendes, dunkles Rauchgebilde wandelte sich um in die Gestalt eines Menschen.

»Zacharias, wohin gehst du?«, rief ihm Maya hinterher. Sie saß so, dass sie dem See zugewandt war und Zacharias im Blick hatte, der bereits das Ufer erreicht hatte. Die anderen sahen erstaunt zu ihm hin.

»NEIN! WAS TUST DU?«, schrie Larin und sprang auf.

Es war zu spät. Zacharias hatte bereits die Wasseroberfläche berührt. Das Wasser veränderte sich. Es brodelte, und weißer Schaum brandete gierig an Zacharias empor wie Meeresgischt an einen Felsen. Fast schien es, als wäre es lebendig und streckte bleiche Arme nach ihm aus.

Entgeistert standen sie da. Warum tat er das? Er hatte doch eben davor gewarnt!

Stelláris hielt Max eisern fest, der sich in seinen Armen wand. »Bleib hier! Siehst du nicht? Es ist zu spät. Er ist schon im Wasser.«

»ZACHARIAS! Was tut er denn?«, heulte Max. »Haltet ihn doch auf! BITTE!«

»Das geht nicht.« Maya stöhnte. Sie hielt immer noch das seltsame Gebilde in ihrer Hand.

»Er bezahlt den Preis.« In Larins Augen schimmerten Tränen.

»Warum macht er das?«, schluchzte Fiona.

Sie starrten zu Tode entsetzt auf Zacharias, der entschlossen immer weiter in den See hineinging. Das Wasser reichte ihm bereits bis zur Brust.

Der Fährmann war verschwunden, ebenso wie die grausigen Gesichter im See. Das Wasser schäumte und brodelte, aber es behielt die eisblaue Farbe. Zacharias drehte sich ein letztes Mal zu ihnen um. Er lächelte. Dann tauchte er unter.

»NEIN!« Max strampelte und trat verzweifelt um sich. Stelláris ließ ihn nicht los, solange er so außer sich war. In Max' Geschrei mischte sich Fionas lautes Schluchzen. Von Weinkrämpfen geschüttelt brach sie am Ufer zusammen.

»Er hat es gewusst.« Mayas Stimme wollte ihr nicht gehorchen, aber sie würgte die einzelnen Worte heraus. »Seit er in Amadur war, wusste er, dass er das tun musste. Er wollte es so. Schaut …« Sie streckte ihre Hand aus. Das dunstige Abbild des Menschen näherte sich der eisblauen, wabernden Fläche; es schien sich in einem sonderbaren Tanz mit ihr zu verbinden und schließlich in ihr aufzulösen.

Der Rauch drehte sich immerwährend und veränderte sich. Er verwandelte sich. Kleine rote Flammen züngelten aus dem Blau hervor, jedoch spürte Maya keinen Schmerz auf ihrer Hand. Der nebelhafte Rauch verschwand, als das Feuer immer höher aufflackerte. Es gab eine Stichflamme, und dann war alles verschwunden. Mayas Hand war leer.

»Seht doch!« Larin deutete auf die Stelle, wo Zacharias untergegangen war. Eine Säule aus Feuer brach aus dem See hervor. Sie loderte hoch empor und brannte hell und knisternd. Funken sprühten weit über den See. Wo sie auf das Wasser fielen, entstanden kleine Fackeln, die auf dem Wasser tanzten und einen Weg über den See markierten. In einer bläulichen Stichflamme löste sich die Feuersäule auf. Eine Fähre ganz aus Feuer erschien stattdessen schwankend am Ufer.

»Ich will nicht, dass er bei diesen … Dingern da ist!«, brüllte Max verzweifelt.

»Da ist er nicht. Er ist nicht im See«, sagte Stelláris ruhig und bestimmt. »Er hat seinen Körper zurückgelassen, aber er selbst ist weitergegangen.«

Keiner sprach mehr ein Wort. Sie standen lange am Ufer und blickten auf das Wasser hinaus. Die Fackeln brannten, aber niemand machte sich Sorgen, dass sie erlöschen könnten. Sie empfanden die brennenden Lichter als Zacharias' letzten Gruß an sie. Stelláris hielt Max nicht mehr fest. Max kniete zusammengesunken am Ufer neben Fiona, die ab und zu leise schluchzte.

Maya hatte jegliches Zeitgefühl verloren. Sie war wie betäubt und fühlte sich, als sei sie auseinandergerissen und falsch zusammengesetzt worden.

»Wir sollten gehen.« Larins Stimme schreckte sie aus ihren Gedanken. Mühsam erinnerte sie sich daran, dass sie weitergehen mussten.

»Gehen – wohin? Wie sollen wir diese Fähre betreten … ich meine, sie *brennt* doch?« Während Maya verunsichert das sanft schwankende Fahrzeug betrachtete, erschien der Fährmann wieder und vollführte eine einladende Geste. »Der Preis ist bezahlt.« Er stieß ein hohes Kichern aus, das Maya zusammenfahren ließ. Verhöhnte er sie? Was nützte denn ein brennendes Fahrzeug?

»D-das kann nicht sein Ernst sein.« Fiona wischte sich über die Augen und begutachtete argwöhnisch das seltsame, lichterloh brennende Schiff.

»Der Kerl da hat Zacharias betrogen«, stieß Max wütend hervor. »Er ist umsonst gestorben, in das Ding hier kann doch keiner einsteigen!« Er ballte die Fäuste. Sicherheitshalber packte Larin ihn fest am Arm. Bei Max wusste man nie, was er als nächstes tun würde.

»Lass mich!«, knurrte Max grimmig.

»Das Feuer verändert sich nicht«, stellte Stelláris plötzlich fest, ohne dass Maya verstand, was er damit aussagen wollte. Gespannt sah sie ihn auf das Flammengefährt zutreten und nach kurzen Zögern die Hand ins Feuer halten. Ruhig zog er sie zurück und besah sie sich von beiden Seiten. »Sie ist unversehrt«, bemerkte er sachlich. Es klang nicht verwundert. Entschlossen betrat er als Erster die Fähre. Die Flammen reichten ihm bis zum Oberschenkel. Obwohl Maya sah, dass sie ihn nicht verbrannten, kostete es sie einige Überwindung, selbst das Schiff zu besteigen. Es war eine beängstigende Erfahrung. Ihr Verstand erzählte ihr, dass sie verbrennen würde, und sie spürte die Feuerzungen an ihren Händen lecken, aber es fühle sich eigenartig kalt an. »Vielleicht wird es heiß, wenn wir ein Stück auf den See hinausgefahren sind«, schoss es ihr durch den Kopf. »Dann können wir nicht fliehen und sind verloren.« Sie bemühte sich, nicht an das zu denken, was alles schief gehen konnte. Trotzdem ertappte sie sich bei der Überlegung, ob das unheimliche Wasser nicht über den Rand zu ihnen schwappen würde, sobald sich die Fähre in Bewegung setzte.

Diese Sorge erwies sich als unbegründet. Wie auf einem Kissen aus Luft glitt das Gefährt ruhig über den See, sowie alle an

Bord waren. Sie mussten sich eng zusammendrängen, um Platz zu finden.

Hinten am Heck schwebte der Fährmann. Maya erkannte nicht, wie er das Schiff lenkte, aber er steuerte es nah an den Fackeln vorbei. Sie tastete nach Larins Hand. Er umschloss sie und strich mit seinem Daumen beruhigend über ihren Handrücken. Maya fühlte, wie die Anspannung nachließ.

Lautlos näherte sich das Feuerschiff dem anderen Ufer. Kaum hatten sie es erreicht, löste sich der Fährmann in Luft auf. Larin sprang mit gezücktem Zauberstab von Bord. Die anderen folgten. Als Stelláris als Letzter die Fähre verlassen hatte, fielen die Flammen augenblicklich in sich zusammen. Das Wasser lag blank und unschuldig blau glitzernd vor ihnen. Maya wandte sich erschüttert ab.

»Ab jetzt müssen wir damit rechnen, auf Bergelfen zu treffen«, warnte Stelláris leise.

»Stimmt, … er hat gesagt, dass er einmal welche hier herumlaufen sah«, erinnerte sich Maya traurig. Sie vermied es, Zacharias' Namen auszusprechen. Es tat zu sehr weh. Sie fühlte sich immer noch wie betäubt. Stundenlang schlichen sie mit Hilfe des Elfenlichts durch etliche Höhlen, die ein wahrer Wald aus alabasterweiß schimmernden, hoch aufragenden dicken Tropfsteinen waren. Der Weg führte in einer sanften Steigung stetig bergauf. Sie sprachen nur das Nötigste.

Irgendwann wurde eine der Höhlen schmaler und die Tropfsteine kleiner, bis sie schließlich ganz verschwanden. Dennoch fiel von der Decke schwaches Licht ein; vielleicht befanden sie sich nicht weit von der Oberfläche entfernt, und es gab kleine Löcher in der Höhlendecke, durch die Tageslicht einfiel.

»Mist.« Maya blieb stehen und sah sich ratlos um. »Wie viele Abzweigungen gibt es hier bloß?«

Verdutzt erkannten sie, dass sie an einer Weggabelung angelangt waren, an der etliche Gänge in die unterschiedlichsten

Richtungen führten. Es gab keinen Hauptweg mehr.

Unentschlossen folgten sie probehalber zweien davon ein Stück weit, um ziemlich schnell festzustellen, dass diese sich erneut teilten.

Entmutigt kehrten sie an den Ausgangspunkt zurück.

»So wird das nichts.« Frustriert schlug Larin mit der Faust gegen die Felswand. »Wir können nicht sinnlos alle Gänge abklappern, wir … was war das?«

»Ich habe nichts gehört.« Maya klang verwundert.

»Still!« Stelláris lauschte angestrengt. Alle Blicke ruhten fragend auf ihm. Sein Gesichtsausdruck veränderte sich. Es war zu dunkel, um ihn genau zu deuten, aber Maya ahnte nichts Gutes.

»Drachen«, sagte er. »Oder mindestens einer. Es kam aus diesem Gang.« Er deutete auf einen der Gänge, denen sie vorher ein Stückchen gefolgt waren.

»Schön«, piepste Fiona. »Dann wissen wir, welchen Weg wir auf gar keinen Fall einschlagen.«

»Falsch.« Stelláris klang ruhig, aber bestimmt. »Wir wissen jetzt, welchen Weg wir nehmen. Genau diesen.«

»W-was?« Fionas Stimme rutschte noch eine Oktave höher. »I-ich will nicht zu den Drachen!«

»Es tut mir leid, aber wir müssen die Richtung wählen, die uns weiterbringen kann.«

»Mir ist es gleich. Meinetwegen Drachen.« Max hörte sich trotzig an. Seit Zacharias' Tod schien ihm alles egal zu sein.

»Was … versprichst du dir von den Drachen?«, fragte Maya.

»Wir könnten hier vermutlich tagelang sinnlos umherirren. Es scheint ein richtiges Labyrinth zu sein. Der Weg zu den Drachen führt immerhin nicht zu einem absolut unbenutzten Teil dieses Höhlensystems.«

»Ich fürchte mich so«, flüsterte Fiona. »Ich bin müde und … und … ich kann einfach nicht mehr.« Sie brach in Tränen aus.

Alle drei Jungs sahen betreten drein. Stelláris schluckte und blickte hilfesuchend zu Maya.

»Wir sollten uns alle ausruhen.« Maya strich der Freundin behutsam über den Rücken. »Es war ein verdammt langer Tag.«

»Das ist ... äh, ein guter Gedanke. Draußen wird es gerade dunkel«, bestätigte Stelláris erleichtert. »Das Licht, das durch die Decke eindringt, schwindet. Wir sollten wirklich einen Platz für uns suchen.«

Maya fand es erstaunlich, wie schnell sich Stelláris nervös machen ließ, sobald Fiona anfing zu weinen.

Glücklicherweise beruhigte sich Fiona rasch. Sie fanden zu ihrer aller Zufriedenheit einen niedrigen Gang, der schon bald in einer Sackgasse endete. Das machte eine Entdeckung unwahrscheinlich, denn wer hätte einen Grund gehabt, ihn zu betreten? So beschlossen sie, die Nacht hier zu verbringen. Erst als sie sich auf dem kalten Boden niedergelassen hatten, merkte Maya, wie müde und erschöpft sie war. Sie hatten kaum Gepäck mitgenommen, ihre Elfenmäntel mussten als Unterlage und Bettdecke genügen. Lustlos knabberte sie im schwachen Schein des blauen Kristalls an einem der Elfenbrote herum.

»Ich mag das nicht«, Max schob ihr seines hin, »du kannst es haben, ich hab keinen Hunger.«

»Max, du musst etwas essen«, entrüstete sich Maya. »Es nützt keinem, wenn du morgen vor Hunger nichts auf die Reihe kriegst.«

»Ich will aber nicht«, fauchte Max.

Eine Pause entstand.

»Glaubst du, du bist der Einzige, der ihn gemocht hat?«, fragte Larin plötzlich. Max klappte der Mund auf.

»Wir hatten viel zu wenig Zeit mit ihm«, fuhr Larin fort. »Ich glaube, er war gerne mit uns zusammen – besonders mit dir. Er hat in dir wohl so etwas wie seinen Sohn gesehen.«

Max' Unterlippe zuckte. »W-weiß nicht.«

»Doch, hat er. Und er wollte die Fehler von früher wiedergutmachen und sein Leben in Ordnung bringen. Er hat sich gewünscht, dass wir das aus der Welt schaffen, was ihm so viele

Jahre seines Lebens gekostet hat. Wir sind hier, um dem Schattenfürsten den Schutz durch das Drachenblut zu nehmen, und wir werden ihn daran hindern, unsterblich zu werden. Zacharias konnte es allein nicht tun. Und wir konnten es ohne ihn nicht tun. Wir werden morgen unsere ganze Kraft brauchen.«

Max schluckte. Er schniefte und wischte sich mit dem Ärmel die Nase. Zögernd griff er nach einem der kleinen Brote. Larin lächelte ihm aufmunternd zu.

›Das hat er echt gut hingekriegt‹, dachte Maya bewundernd. Sie hatte bei Max noch nie erlebt, dass er das Essen verweigerte, und sie fand das ziemlich beunruhigend.

›Larin hat recht‹, war ihr letzter Gedanke an diesem Abend, bevor ihr die Augen zufielen. ›Morgen wird es sich entscheiden, ob wir gewinnen oder ob alles umsonst war.‹

Es war ein sonderbares Erwachen. Nachts hatte Maya nicht richtig zur Ruhe gefunden, da ihr Rücken auf dem harten Boden schmerzte und ihr Kopf voll war mit allen möglichen Gedanken. Morgens war sie endlich fest eingeschlafen, und nun wurde sie von Larin geweckt, obwohl es mitten in der Nacht zu sein schien. Sie grummelte unwillig vor sich hin, und als er nicht locker ließ, wurde ihr langsam klar, dass es an diesem Ort nicht heller werden würde. Sie gähnte und streckte sich. Larin beobachtete sie interessiert.

»Du bist die Letzte heute, du Siebenschläfer.«

Entrüstet erhob sich Maya. »Von wegen. Ich hanuhoschlechteschlafen …«, verteidigte sie sich, neuerlich gähnend.

»Es wäre beeindruckender, wenn man dich verstehen würde, weißt du?«, lächelte Larin und duckte sich, weil Maya ihn mit ihrem Proviantbeutel bewarf.

»Wo sind denn die anderen?«

Larin seufzte. »Fiona war der Meinung, dass wir uns trotz der, hm, widrigen Umstände ordentlich waschen müssen und hat tatsächlich so etwas wie eine Pfütze Wasser da hinten gefunden. Ich glaube, sie denkt, wenn wir frisch riechen, sind wir für Drachen weniger appetitlich.« Maya machte ein entgeistertes Gesicht.

Fiona kam soeben zurück. Sie sah bemerkenswert gut aus, nur wenn man genau hinsah, erkannte man Schatten unter den Augen, die von den Strapazen und dem Kummer der letzten Tage erzählten.

»Guten Morgen! Maya, du musst noch ein bisschen warten, Stelláris und Max waschen sich gerade.«

Maya nahm eine von Fionas roten Locken in die Hand und zog sanft daran. »Wie hast du unseren wasserscheuen Max drangekriegt? Oder tut er nur so?«

Fiona zog eine Augenbraue hoch. »Stelláris achtet darauf, dass er sich *ordentlich* wäscht.«

Obwohl Maya nach dem gestrigen Tag gedacht hatte, nicht mehr fröhlich sein zu können, musste sie doch schmunzeln. »Okay, falsche Frage. Wie hast du *Stelláris* drangekriegt, Max zum Waschen zu bewegen?«

Larin lachte leise in sich hinein. Umso säuerlicher war die Miene von Max, als er mit Stelláris wieder auftauchte. Wütend funkelte der kleine Junge Fiona an und schüttelte sich die Wassertropfen aus den blonden Struppelhaaren.

»Bin gleich wieder da.« Maya beeilte sich, ihrerseits zu verschwinden und machte sich auf die Suche nach dem Rinnsal. Sie musste nur um die nächste Ecke biegen, da sickerte es auch schon dünn von der mit schleimigen Algen bewachsenen Wand herab, um sich in einem großen, ausgehöhlten Stein zu sammeln – auf alle Fälle keine reizvolle Waschgelegenheit. Rasch streifte sie ihre Kleider ab und beugte sich zu dem Wasser hinunter.

Keine Frage, der Tag hatte nicht so trübselig begonnen, wie sie es erwartet hatte. Dass Max sich seine schlechte Laune anmerken ließ, war ein gutes Zeichen. Gestern Abend hatte er einen teilnahmslosen Eindruck gemacht, und sie hatte sich um ihn gesorgt.

›Es wird lange dauern, bis er Zacharias' Tod überwunden hat‹, überlegte sie. Ihr selbst kamen ja auch immer aufs Neue die Tränen, wenn sie an ihn dachte. Aber sie hatten jetzt keine Zeit zum Trauern. Sie durften sich durch nichts von ihrer Aufgabe ablenken lassen. Maya bemühte sich, ihre Gedanken auf ein erfreuliches Thema zu richten. Es wollte ihr nicht so recht gelingen. Nachdenklich tauchte sie ihre Hände tief ins Wasser und ließ es durch ihre Finger rinnen. Grünliche Fäden blieben zwischen ihnen hängen. ›Urgh, Algen sollen ja gut für die Haut sein‹, dachte Maya angeekelt und schüttelte sie ab.

Vorsichtig setzte sie ihre Waschversuche fort. ›Das muss genügen.‹ Maya fischte sich eine lange Alge aus den Haaren und zog sich fröstelnd an. Sie war so vertieft, dass sie die leisen Schritte nicht bemerkte, die sich ihr näherten.

Der Fremde bewegte sich geschmeidig und doch kraftvoll. Noch hatte er Maya nicht entdeckt, denn er befand er sich hinter einer Biegung des düsteren Tunnels, aber das Plätschern von Wasser hatte ihn stutzen lassen, und er schlich näher heran.

»Fertig!« Maya bückte sich, um ihren Zauberstab aufzuheben, der ihr aus der Tasche gefallen war. Diese Bewegung rettete ihr das Leben. Ein Lichtblitz schoss über sie hinweg, und krachend zerbarst ein Stück der Höhlenwand hinter ihr. Steine lösten sich und polterten zu Boden. Ohne nachzudenken, fuhr Maya herum und richtete ihren Zauberstab auf den Angreifer. Der Bergelf wurde in die Luft geschleudert und landete mit einem lauten Aufprall auf dem harten Felsboden. Er schlitterte ein Stück rücklings darauf entlang und rührte sich nicht mehr.

Larin und Stelláris kamen um die Ecke gestürzt, gleich darauf erschienen Max und Fiona. Stelláris rannte leichtfüßig weiter den Gang entlang, aus dem der Bergelf gekommen war, um festzustellen, ob noch mehr Feinde zu erwarten waren.

»Geht es dir gut?«, fragte Larin die heftig atmende Maya und packte sie an den Armen. »Hat er dich verletzt?«

»Ja, … n-nein«, antwortete Maya verwirrt. »Es geht schon wieder, ich bin nur furchtbar erschrocken.«

Larin ließ sie los und beugte sich zu dem am Boden Liegenden hinab, um ihn zu untersuchen.

»Ist er … er ist doch nicht etwa …?«, stotterte Maya.

»Nein, er lebt. Aber du hast saubere Arbeit geleistet.« Larin nickte anerkennend. »Er wird noch eine Weile schlafen und danach ziemliche Kopfschmerzen haben.« Sein Mund verzog sich zu einem verschmitzten Grinsen. »Es hat was genützt, dass du an mir geübt hast.«

»Uuh«, Max schnitt eine Grimasse, »so was hast du Maya mit dir machen lassen?«

»Hmmm. Mehr als einmal.« Larins Zähne blitzten. »Sie war nicht zu bremsen.«

»D-der Boden war viel weicher«, verteidigte sich Maya bestürzt. In ihr regte sich das schlechte Gewissen, Larin womöglich ziemliche Schmerzen bereitet zu haben. Warum hatte er sich denn nicht beklagt? »Und bei dir war ich doch viel vorsichtiger! … H-hat es wirklich so weh getan?« Sie betrachtete verunsichert den ohnmächtigen Bergelfen und schaute dann entsetzt Larin an.

»Hör doch auf!«, beschwerte sich Fiona bei Larin. Sie war immer noch schreckensbleich und heilfroh, dass Maya nichts geschehen war, und sie verstand nicht, warum er alles so leicht nahm. »Du machst Maya völlig durcheinander!«

Larin sah sehr zufrieden mit sich aus.

Das Geräusch eiliger Schritte auf dem Boden ließen Larin und Maya erneut ihren Zauberstab heben, aber es war lediglich Stelláris, der zurückkam.

»Weit und breit ist niemand zu sehen«, versicherte er zu ihrer aller Erleichterung. »Der Bergelf scheint allein unterwegs gewesen zu sein.«

Er zog dünne Riemen aus Einhornhaar aus seinem Beutel, und zusammen mit Larin fesselte er den Unbekannten sorgfältig.

»Als handlich verschnürtes Paket ist er mir gleich viel lieber«, verkündete Max vorlaut. Nie hätte er zugegeben, dass ihn der Elf vorhin fast zu Tode erschreckt hatte.

»Ein Paket, das gehörig Ärger machen kann«, äußerte sich Larin nun doch ein wenig besorgt. »Was machen wir mit ihm? Wenn wir ihn in einer dunklen Ecke liegen lassen, wird er vielleicht niemals gefunden, und er kommt um. Wird er zu früh entdeckt, verrät er uns. Außerdem – was geschieht, wenn ihn jemand vermisst und sich auf die Suche nach ihm macht?«

Maya schwieg betreten. Das war wirklich eine unvorhersehbare Schwierigkeit. Noch mehr Sorgen bereitete ihr der Zustand ihres unfreiwilligen Opfers.

»Warum wacht er denn so lange nicht auf? Könnt ihr mal nachsehen? Was ist, wenn er doch schwer verletzt ist?«

Stelláris kniete sich vor dem Fremden nieder und prüfte dessen Herzschlag. Anschließend tastete er den Kopf ab. Gespannt verfolgte Maya sein Tun. Sie sorgte mit dem blauen Kristall für etwas mehr Licht. Jetzt erkannte sie, dass er noch recht jung war, Maya schätzte ihn auf höchstens siebzehn Jahre. Mit seinen spitzen Ohren und den ebenmäßigen Gesichtszügen glich er den Waldelfen, aber gleichzeitig wirkte er sonderbar fremd.

»Seine Haut ist so grau. Ich glaube, es geht ihm nicht gut«, flüsterte sie. Zu ihrer Überraschung gab Larin ein prustendes Geräusch von sich.

»Was ist daran komisch?«, empörte sich Maya. »Der arme Kerl ist …«

»Ist ein Bergelf«, nahm ihr Larin das Wort aus dem Mund. »Die sehen immer so aus.«

Maya kam sich ziemlich dämlich vor.

Larin bemühte sich sehr, sich das Lachen zu verbeißen. »Du konntest das nicht wissen, Entschuldigung!«, sagte er zerknirscht.

»Ich denke, er ist wach.« Stelláris hatte seine Untersuchung abgeschlossen. Verdutzt starrten sie den Jungen an. Er rührte sich immer noch nicht.

»Es hat keinen Sinn, sich ohnmächtig zu stellen«, erklärte ihm Stelláris mit ungewohnter Schärfe in der Stimme.

Der Elf schlug die Augen auf und sah sich langsam um. Sein Blick blieb an Maya hängen, die sich recht unwohl dabei fühlte.

›Seine Augen sind grau, nicht grün wie die der Waldelfen‹, dachte sie und versuchte, seinem Blick ohne zu blinzeln standzuhalten. Er sah als Erster weg und sagte etwas in einer Sprache, die Maya nicht verstand. Es klang nicht ganz so hübsch wie das Elfisch, das Maya kannte, aber es schien ihm sehr ähnlich zu sein. Es waren ein paar seltsame knackende Laute dabei, die hinten in der Kehle gebildet wurden.

»Nicht jeder hier spricht unsere gemeinsame Sprache«, sagte Stelláris zu dem Bergelf. »Wir sollten uns in der Sprache der Menschen unterhalten, die du sicherlich ebenfalls beherrschst.«

»Warum seid ihr in unser Gebiet eingedrungen?«, empörte sich der Bergelf. Er sprach mit einem eigenartig harten Akzent. »Ihr habt kein Recht dazu!«

»Vielleicht nicht, aber das ist kein Grund, jemanden fast zu töten«, gab Larin böse zurück.

»Unser Auftrag lautet, jeden Unbefugten sofort zu eliminieren.«

»Elimi – was?«, fragte Max.

»Umzubringen«, zischte ihm Fiona zu.

»Warum sagt er es dann nicht?«, zischte Max laut zurück.

Irritiert musterte der Elf Max. »Du bist viel zu jung, um dich hier herumzutreiben.«

Max streckte das Kinn vor und kniff die Augen zusammen. »Auf das Alter kommt es nicht an, ich bin hier …«

Larin versetzte ihm einen leichten Stoß. Max klappte den Mund zu. Fast hätte er zu viel ausgeplaudert.

Der Bergelf zog eine Augenbraue hoch. »Bemüht euch nicht. Ich kann mir schon denken, warum ihr hier seid. Aber ihr rennt in euer Verderben.«

»Quatsch«, sagte Max schlicht.

»Wie du meinst.« Der Elf entblößte eine Reihe ziemlich spitz aussehender Zähne.

»Wer gab dir den Auftrag, jeden Eindringling zu töten?«, fragte Stelláris, obwohl er die Antwort darauf wusste.

Der Bergelf grinste nur.

»Was machen wir jetzt mit ihm?«, flüsterte Maya Larin zu.

»Wir nehmen ihn mit.« Larin wandte sich drohend an den Gefangenen. »Du wirst uns folgen. Wir binden dir die Füße los. Wenn du versuchst abzuhauen, wirst du feststellen, dass das keine gute Idee war.«

»Warum lasst ihr mich nicht einfach liegen?«

»Du würdest hier verrotten. Wir sind keine Mörder!« Larin sah ihn finster an. »Im Gegensatz zu dir.«

»Ich bin auch kein Mörder!«, knurrte der Bergelf. »Ich handelte nur meinem Auftrag gemäß.«

»Ach, und dann darf man Mädchen umbringen?«, fauchte Max. Er verübelte ihm den Angriff auf Maya sehr. »Klar, wenn man den *Auftrag* dazu hat.« Wütend schnaubte er durch die Nase.

Larin löste dem Gefangenen die Fußfesseln und zog ihn auf die Beine. Der Elf verzog sein Gesicht, als hätte er Schmerzen. »Die Handfesseln schneiden ein«, beschwerte er sich. »Sie sind viel zu eng.«

»Hältst du uns für so dämlich?«, sagte Larin, ohne weiter darauf einzugehen. – »Wie sollen wir dich übrigens nennen?«

Der Fremde überlegte einen Moment lang. »Ronan.« Maya war sich sicher, dass er erst einen anderen Namen hatte angeben wollen, dann aber beschlossen hatte, seinen richtigen zu verraten.

»Und wie heißt ihr?«

Larin nannte Ronan ihre Namen.

»Eines würde ich gerne von dir wissen, Ronan.« Stelláris schaute den Bergelfen nachdenklich an. »Warum hat dein Volk seine Herkunft verraten und ist auf die Seite des Bösen übergewechselt?«

Ronans Augen funkelten wütend. Er bleckte die Zähne und zischte: »Wie leicht es für dich ist, uns zu verurteilen! Wo wart ihr denn, ihr Elfen aus den grünen Wäldern, als es darum ging, unser Volk zu schützen? Wo waren die Elfen, die die Seen und Flüsse bewohnen? Hat es jemanden interessiert, dass immer mehr von uns getötet wurden? Keiner meines Volkes wäre mehr am Leben, hätte sich der Schattenfürst nicht unseres Geschickes angenommen! Sprich nicht so hochmütig mit mir!«

Stelláris sah ihn verblüfft an. »Ich weiß nicht, wovon du redest. Was ist denn geschehen? Warum habt ihr nicht um Hilfe gebeten?«

»Du lügst!«, schleuderte ihm Ronan entgegen. »Wie kannst du nicht davon wissen? Mehr als einmal schickten wir Hilferufe aus – sie blieben allesamt unbeantwortet. Niemand kümmerte es, ob wir starben oder überlebten. Wer sind wir denn schon? Wir, die Ungebildeten aus den Bergen. Über die Jahrhunderte wurden wir belächelt und verspottet. Nicht offen natürlich, nein, hinter vorgehaltener Hand sprach man so über uns. Wir sind die armen Verwandten, deren sich jeder schämt.«

»Niemals habe ich auch nur einen aus Eldorin dergleichen über euch sagen hören«, empörte sich Stelláris.

»Egal.« Ronan sah auf einmal tieftraurig aus, so dass er Maya richtig leidtat. »Ich weiß, es ist so gewesen. Wir mussten uns entscheiden. Untergehen – oder überleben. Wir baten den Schattenfürsten um seine Hilfe. Das heißt, er bot sie uns von sich aus an.«

»Darauf hätte ich wetten können«, murmelte Larin.

»Wer hat euch denn umbringen wollen?«, fragte Maya.

Ronan seufzte. Sein Zorn war verraucht. »Du weißt es wirklich nicht, nicht wahr?«

»Ehrlich, ich habe keine Ahnung«, sagte Maya behutsam.

»Die Höhlentrolle. Wir lebten viele Jahre friedlich nebeneinander. Ich verstand nie, warum sie sich plötzlich gegen uns wendeten. Ich selbst war damals noch nicht geboren, aber es wurde mir davon berichtet. Jedenfalls zogen wir uns immer weiter in die Berge zurück, aber wir hatten keine Chance gegen sie. Wir waren einstmals ein großes Volk. Es gibt von uns nur noch wenige Überlebende. Der Schattenfürst rettete uns, und mein Volk ist ihm seitdem verpflichtet. Ein Teil von uns lebt seitdem in diesem Berg als Hüter der Drachen.«

Fiona stöhnte laut auf. Sie war schon blass geworden, als Ronan die Höhlentrolle erwähnt hatte.

Spöttisch sah der Bergelf in ihre Richtung.

»Gibt es hier irgendwo noch Höhlentrolle?«, wollte Max fasziniert wissen.

»Natürlich nicht. – Deine rothaarige Freundin scheint das zu freuen.« Ronan lächelte hochmütig, und Fiona schlug beschämt die Augen nieder.

Maya wusste, wie sehr Fiona darunter litt, dass man ihr die Angst so ansah. ›Wie unfair‹, ärgerte sie sich und suchte nach einer passenden Erwiderung. Sie wurde noch wütender, weil ihr nichts einfiel.

»Vor dir dagegen«, Ronan betrachtete Maya interessiert, »würde jeder Drache verängstigt weglaufen, sobald du ihn so ansiehst.«

»Es ist genug«, sagte Larin scharf. »Wir brechen auf. Vorher werden wir dich knebeln müssen. Nicht, dass du so mitteilungsbedürftig wirst, falls wir auf deine Freunde treffen.«

Er zog sein Messer und ging damit auf Ronan zu. Einen Augenblick lang fragte sich Maya erschrocken, was er wohl vorhatte – dann wurde ihr klar, dass sie keinen Stoff für einen Knebel dabei hatten. Mit einem Ruck schnitt Larin ein Stück von Ronans Ärmel ab, rollte es zusammen und steckte es ihm in den Mund. Er sicherte es zusätzlich mit einer Schnur, damit der Elf es nicht einfach ausspucken konnte. Seine Knöchel fesselte er mit einem Riemen, der gerade so lang war, dass dieser mit kleinen Schritten laufen, aber nicht wegrennen konnte.

»Was haltet ihr von der Geschichte?«, fragte Larin, als sie sich in Bewegung gesetzt hatten.

Für Stelláris war die Sache klar. »Ich bin mir absolut sicher, dass Eldorin niemals einen Hilferuf unbeantwortet gelassen hätte. Irgendjemand hat verhindert, dass wir benachrichtigt wurden. Es ist nicht schwer zu erraten, wer es war.«

»Der Schattenfürst«, sagte Maya.

Stelláris nickte. »Natürlich. Ich vermute, dass er die Bergelfen überhaupt erst in diese Notlage gebracht hat. Seit Jahrhunderten gab es keinen Streit zwischen ihnen und den Höhlentrollen.«

»Und auf einmal zettelten die Trolle einen Krieg an«, ergänzte Larin.

»Ihr meint, das war von Anfang an so geplant?« Fiona zog die Stirn in Falten. Sie versuchte, sich an ein Gespräch zu erinnern. »Wisst ihr noch, was Luna sagte? *Es ist das Volk unsrer Brüder und Schwestern, das sich gegen uns wendet. Nur wenn wir zusammenhalten, kann es uns gelingen, den Schattenfürsten zu besiegen.*«

»Es ist weit mehr als das«, sagte Stelláris. »Wenn wir Elfen uns gegenseitig bekämpfen, schwindet unsere Zauberkraft. Deswegen werden auch Eldorins Schutzzauber schwächer. Wir alle werden verletzlicher. Genau das will der Schattenfürst erreichen.«

»Ich glaube, der Schattenfürst hat die Trolle aufgehetzt«, überlegte Larin. »Das war vermutlich nicht allzu schwierig, die sind von Natur aus streitsüchtig. Aber sie hätten von sich aus bestimmt niemals angefangen, gegen die Bergelfen zu kämpfen. Dazu sind sie im Grunde nicht clever genug. Sie wären gar nicht in der Lage, sich einen vernünftigen Schlachtplan auszudenken. Jedenfalls hätten sie einen Krieg meiner Meinung nach gar nicht gewinnen können.«

»Er hat also etwas nachgeholfen, damit es schlecht für die Bergelfen stand«, sagte Maya.

»Jaaa, und dann …«, Max schlug mit der Faust gegen die Innenfläche der anderen Hand, »zack, stand er als der große Retter da.«

Larin grinste. »Das trifft es ziemlich genau.«

»Wir sollten nun besonders vorsichtig sein«, gab Stelláris zu bedenken, »denn wir sind nicht mehr allzu weit von der Stelle entfernt, an der wir gestern die Geräusche hörten. Redet leise! Max, du bleibst hinter mir.«

Schweigend liefen sie den Tunnel entlang. Sie hofften, niemandem zu begegnen, denn es gab keine Möglichkeit, sich zu verstecken. Der Gang wurde immer heller; in regelmäßigen Abständen spendeten an der Wand angebrachte seltsame Lampen gespenstisch wirkendes Licht.

»Die sehen echt gruselig aus.« Max beäugte die schwarzsilbernen Drachenköpfe an der Wand, aus deren Maul rötliches Licht gleich einer Dampfwolke quoll.

»Und sie führen uns direkt zu den Drachen, … hört mal!« Stelláris bedeutete ihnen mit einer Handbewegung, stehen zu bleiben. Maya lauschte. Tatsächlich war ein leises Schnaufen und Grunzen zu vernehmen.

»Was ist das?«, hauchte Fiona und sah Stelláris entsetzt an.

»Sie fressen.«

»Was meinst du, was die fressen?«, fragte Max wissbegierig mit aufgerissenen Augen.

»Nicht so laut, Max«, flüsterte Stelláris. »Ich nehme an, die Bergelfen jagen für sie am Morgen draußen Gämsen und Mufflons oder irgendein anderes Wild. – Wartet hier, ich sehe mich um.«

Lautlos schlich der Elf nahe der Wand durch den Tunnel. Maya sah, wie er kurz stehen blieb und lauschte; schließlich verschwand er hinter einer Biegung. Sie war immer wieder aufs Neue fasziniert von seinen eleganten Bewegungen. ›Wie macht er das bloß?‹, dachte sie. ›Ich könnte mich nie so schnell und gleichzeitig so leise bewegen, und es sieht obendrein so mühelos aus. Gegen ihn komme ich mir immer vor wie ein Nilpferd im Tüllröckchen.‹ Bei dieser Vorstellung musste sie grinsen. Dann drehte Maya sich zu den anderen um – und sah Ronans Blick auf sich gerichtet.

»Warum starrt er mich so an?«, fragte sich Maya unangenehm berührt. Ihr Lächeln verschwand. Rasch schaute sie weg, aber sie fühlte, dass er sie immer noch ansah.

Nach wenigen Minuten tauchte Stelláris wieder auf. »Es ist

niemand in der Nähe. Wir haben keine Wahl – wenn wir nicht den langen Gang zurücklaufen wollen, müssen wir an den Käfigen vorbei und einem der drei Tunnel folgen, die von dort abzweigen. Ich hoffe, dass das kein Fehler ist. – Kannst du uns verraten, wohin diese Gänge führen?«, wandte er sich an Ronan. Zu Mayas Überraschung nickte dieser.

»Ich nehme dir diesen Knebel aus dem Mund«, beschloss Larin, nachdem er mit einem Seitenblick auf Stelláris dessen Zustimmung eingeholt hatte. Er sah Ronan fest an. »Du kriegst Ärger, wenn du Lärm machst, hast du verstanden?«

Ronan nickte.

Larin befreite ihn von dem Stofffetzen.

»Habt ihr etwas zu trinken?«, krächzte Ronan. »Der Knebel trocknet den Mund aus.«

»Natürlich, hier«, sagte Fiona mitleidig und reichte ihm einen Trinkbehälter. Gierig nahm der Bergelf ein paar Schlucke.

»Danke.« Er gab Fiona das Trinkgefäß zurück. »Selbst wenn ich Lärm machen wollte, würde es mir nichts nützen. Es ist nicht wahrscheinlich, dass sich um diese Zeit ein Elf hier aufhält«, erklärte er schulterzuckend.

»Warum das?« Maya sah ihn mit schiefgelegtem Kopf prüfend an. Wieder bedachte Ronan sie mit einem langen, forschenden Blick.

»Sie frühstücken, nachdem sie sich um das Futter für die Drachen gekümmert haben. So besonders gut kenne ich mich in diesem Teil des Berges nicht aus, ich bin noch nicht lange hier und habe mich vorhin nur ein wenig umgesehen. Mein Onkel brachte mich mit. Er hilft ebenfalls, die Drachen aufzuziehen. Einer der Gänge, zu denen wir kommen werden, führt in unsere Quartiere. Ein anderer, nämlich der hell erleuchtete, ist uns verboten.«

»Das klingt recht vielversprechend«, meinte Stelláris. »In einem der Gänge brennen die gleichen Lampen wie hier, ich nehme an, das dürfte der verbotene sein. Sehen wir, was am Ende auf uns wartet.«

Im Herzen des Berges

Mit einem merkwürdigen Gefühl im Bauch folgte Maya dem Elfen. Max überholte alle. Er konnte es nicht erwarten, die Drachen zu sehen. Rötlicher Feuerschein erhellte die Höhle, die Maya nun atemlos betrat. Sie war nahezu kreisrund und groß wie eine Halle. An der Wand brannten Feuer in fünf riesigen offenen Kaminen. Zwischen den Kaminen befanden sich abwechselnd ebenso viele Gitterkäfige in der Größe eines doppelstöckigen Wohnzimmers. Drei davon waren leer, doch zwei davon waren mit den gewaltigsten Kreaturen bewohnt, die Maya jemals zu Gesicht bekommen hatte. Die beiden Drachen waren mindestens vier Meter hoch, Hals und Kopf nicht mitgerechnet. Der eine war schwarz mit grün schillernden Schuppen am ganzen Körper. Zackenförmige Schuppenplatten zogen sich von seinem echsenartigen Kopf bis zur Schwanzspitze. Aus den geblähten Nüstern drangen kleine Rauchwölkchen. Mit seinen gelbgrünen Augen verfolgte er jede Bewegung der Eindringlinge, jedoch war er viel zu sehr mit seiner Mahlzeit beschäftigt, um sich ernsthaft an ihnen zu stören. Fasziniert und mit einem leichten Schaudern sah Maya zu, wie er enorme Bissen Fleisch aus einer zerteilten Tierhälfte riss. Blutig troff es aus seinem Maul und rann in kleinen Bächen den Hals hinunter.

Der andere Drache war golden. Seine Schuppen glänzten rötlich im tanzenden Feuerschein. Nacken und Rückgrat waren mit langen Stacheln bespickt. Die goldfarbenen Augen wiesen kleine, dunkle Sprenkel auf, was eigentlich hübsch ausgesehen hätte, aber sie starrten böse und ohne zu blinzeln von einem zum anderen.

»Geh nicht so nahe heran!« Larin lief auf Max zu und zog ihn zurück, denn er hatte sich dem Käfig neugierig bis auf wenige Meter genähert. Der Goldene Drache brüllte wütend und richtete sich auf. Ein Feuerstoß schoss aus seinen Nüstern und fegte auf die beiden Jungen zu. Larin stieß Max zur Seite und hechtete im letzten Moment selbst aus der Flugbahn des Feuerballs.

Zurück blieb eine schwarze Rauchwolke, die sich langsam auflöste.

Maya stand schreckensstarr. »Max, pass doch auf«, stöhnte sie.

»Es ist ja gut gegangen.« Larin rappelte sich auf und klopfte sich ab.

»Sorry, Mann«, flüsterte Max kleinlaut.

»Mach das nie wieder!« Fiona war kreidebleich. »Du und deine verdammte Neugierde.«

Max öffnete den Mund zu einer Verteidigung, aber er kam nicht dazu, sie auszusprechen. Keiner hatte auf Ronan geachtet. Er war, so rasch er mit seinen Fußfesseln laufen konnte, zum Käfig des schwarzen Drachen geeilt und hatte den Türriegel aufgestemmt. Quietschend schwang die Tür auf. Der Schwarze hatte bis dahin mehr Interesse an seinem Frühstück gezeigt, als an dem, was sich vor seiner schuppigen Nase abspielte. Nun aber richtete er seine Aufmerksamkeit auf die offene Tür und den jungen Elfen davor. Falls Ronan davon ausgegangen war, dass der Drache sich damit begnügen würde, aus dem geöffneten Käfig in die Freiheit zu stürmen, hatte er sich verrechnet. Es war ebenfalls ein Irrtum, dass das Untier ihn nicht weiter beachten würde, sodass der Elf dann in dem angerichteten Durcheinander hätte fliehen können.

Mit einem furchteinflößenden Grollen ließ die gewaltige Echse ihre blutige Mahlzeit fallen und war mit einem Satz an der Tür. Durch seine Fußfesseln behindert, stolperte Ronan und stürzte zu Boden. Weil der Drache in diesem Käfig aufgewachsen war und ihn normalerweise erst dann verließ, wenn er für den Schattenfürsten sein Leben lassen musste, war die Tür nicht besonders groß gebaut. Das massige Ungeheuer hatte Mühe, sich durch die Öffnung zu zwängen. Für einige Augenblicke steckte es fest und schnappte ärgerlich fauchend nach seiner Beute. Die messerscharfen Fangzähne verfehlten den Bergelfen nur knapp. Ein Kringel Rauch drang dem zornigen Tier aus der Nase.

Stelláris zog sein Messer und rannte auf Ronan zu. Zwar hatte sich dieser sofort aufgerappelt, aber ein zweites Mal würde der Drache ihn nicht verfehlen. Stelláris musste ihn von den Fesseln befreit haben, bevor sich das Vieh frei bewegen konnte und erneut zustieß. Währenddessen schleuderten die anderen ihre Zauber auf den Drachen los. Zu Mayas Entsetzen zeigten sie nicht die Spur einer Wirkung. Ihr wurde schlagartig klar, dass wohl genau aus diesem Grund der Schattenfürst das Drachenblut als Schutz verwendete.

Stelláris hatte Ronan erreicht; mit einer flinken Bewegung zerschnitt er erst die Fußfesseln und anschließend rasch die Handfesseln des Bergelfs.

Mit einem Ruck sprengte das Ungetüm den Türrahmen seines Gefängnisses. Es war frei. Polternd stürzte die Eisentür zu Boden.

Der Drache reckte mit wütendem Gebrüll seinen Hals, bereit, sich aufs Neue auf sein Opfer zu stürzen. Diesmal hatte er es auf Stelláris abgesehen. Fiona schrie auf. Der schwarze Kopf hielt einen Moment lang inne und fixierte den Elf, um dann pfeilschnell hinabzustoßen und zuzuschnappen.

»KRRCK!« Seine mächtigen Kiefer krachten aufeinander. Doch keine Beute befand sich zwischen seinen spitzen Zähnen. Stelláris und auch Ronan waren bereits außer Reichweite.

Stelláris fuhr zu dem Drachen herum. Eine Wolke aus Sand und Staub wirbelte auf. Der Elf hatte sie mit einer Armbewegung auffliegen lassen. Sie stob dem Drachen direkt in die Augen. Aufs Äußerste gereizt brüllte er laut auf und schnappte blindwütig in die Richtung, in der er die Eindringlinge vermutete. Alle stoben auseinander und versuchten, sich vor den Zähnen und dem peitschenden Schwanz des erzürnten Kolosses in Sicherheit zu bringen. Der Drache blinzelte. Er konnte die Fremden nicht mehr erkennen, doch er hörte und witterte sie noch.

Sie liefen um ihr Leben. Immer wieder versuchten sie, den Drachen mit einem Zauber zu belegen, aber er schien dagegen vollkommen immun zu sein.

›Es hat keinen Sinn‹, dachte Maya verzweifelt, ›wir dringen kein bisschen durch diesen Schuppenpanzer durch!‹ Normalerweise hätte der Drache durch die Magie zumindest deutlich langsamer werden müssen. Es lag wohl daran, dass er einer uralten magischen Rasse entstammte, so dass die Zauber und Stelláris' Pfeile einfach an ihm abprallten, ohne etwas auszurichten.

Maya merkte, wie rasch sie ermüdete. Sie tat sich immer schwerer, den erbitterten Attacken auszuweichen. Der Drache verfolgte sie nicht nur unermüdlich vom Boden aus, ab und zu machte er auch einige kurze Flügelschläge, und es ließ sich kaum abschätzen, wo er gerade landen würde. Fieberhaft suchte sie nach einer Lösung. Wie groß standen die Chancen, in einen der Gänge zu entkommen? Vermutlich würden sich die meisten von ihnen retten können, wenn sie sich aufteilten. Aber mindestens einer wäre verloren. Das Biest war zu schnell. Der Käfig war kaputt, die Tür lag davor, zertrampelt von den klauenbewehrten Füßen.

Allerdings gab es noch andere Käfige. In einem davon tobte der goldene Drache; Feuerbälle schossen aus seinen Nüstern. Glücklicherweise war er so wütend, dass er wild umherflatterte und die Flammen nicht gezielt abfeuerte. Sie zischten meist hoch über die Köpfe derjenigen hinweg, die ihm versehentlich auf ihrer panischen Flucht vor dem schwarzen Drachen zu nahe kamen.

Maya rannte keuchend auf einen der leerstehenden Käfige zu. Mit zitternden Fingern versuchte sie, den großen eingerosteten Riegel zu lösen. Sie hörte Fiona in der Nähe schreien und sah aus den Augenwinkeln den Schwarzen auf sich zustampfen. Verzweifelt mühte sie sich mit dem störrischen Riegel ab. Plötzlich war

Larin an ihrer Seite. Sie machte ihm Platz, offensichtlich hatte er den gleichen Gedanken wie sie gehabt.

Unter seinen Händen gab der Eisengriff nach, die Tür flog auf, und Larin sprang in den Käfig hinein, um den Drachen hinterher zu locken. Würde er ihm folgen oder bemerken, dass er erneut eingesperrt werden sollte?

»Bleib draußen!«, schrie Larin Maya zu. »Du musst die Tür zuschlagen!«

Der Drache konnte nach wie vor nicht gut sehen. Er riss das Maul auf, und ein Feuerstoß schoss in Mayas Richtung. Sie duckte sich weg. Larin stand hinten im Käfig und brüllte aus Leibeskräften, um den Drachen dazu zu bringen, hinterdrein zu kommen. Maya hoffte inständig, dass die Türöffnung groß genug sein würde, um ihn ohne Widerstand durchschlüpfen zu lassen, sollte er überhaupt auf ihren Trick hereinfallen. Doch statt Larin in den Käfig zu folgen, wandte das Untier sich ab.

»Es ist zu laut!«, schrie Maya. »Er hört dich nicht!« Der Lärm um sie herum war ohrenbetäubend. Am meisten Krach machte der goldene Kollege nebenan.

Stelláris hatte sofort erfasst, was sie vorhatten. Maya stockte der Atem. War er denn wahnsinnig geworden? Anstatt auszuweichen und sich so weit wie möglich von dem Drachen zu entfernen, schlug er in rasantem Lauf einen Bogen um den Schwarzen herum und näherte sich ihm von hinten. Mit einem gewaltigen Satz hechtete der Elf auf den Rücken des Tieres. Leichtfüßig lief er nach vorne zum Kopf und stieß sich mit Schwung ab. Er landete direkt vor dem grässlichen Maul und rannte geradewegs auf die Tür zu. Im Laufen drehte er sich um und beschoss die Nase des Drachen mit einem Pfeil. Dieser prallte zwar am Schuppenpanzer ab, aber der Drache stieß einen markerschütternden Schrei aus und stampfte rasend vor Wut Stelláris nach. Aus seinen Nüstern quoll schwarzer Rauch. Maya sprang ein Stück von der Tür weg. Entsetzt wartete sie darauf, dass das Tier Feuer spucken würde. Der Drache würde Stelláris verbrennen, er befand sich direkt vor ihm.

Der Elf rannte durch die offene Tür zum hinteren Teil des Käfigs, wo immer noch Larin stand und so viel Lärm wie möglich machte. Der Drache kam ihnen nach. Einen Augenblick lang sah es so aus, als würde er abermals in der Türöffnung stecken bleiben, doch diese Tür war etwas breiter als die seines alten Käfigs. Begierig, die Störenfriede zu erwischen, trampelte er hindurch. Maya warf die Tür zu. Wieder wollte sich der riesige Riegel nicht richtig schieben lassen, doch diesmal waren es fremde Hände, die ihr halfen. Ronan stieß den Riegel in die Halterung. Im Käfig suchte der Drache vor Wut brüllend und tobend nach seinen Opfern. Aber Larin und Stelláris waren durch die Gitterstäbe bereits nach draußen geschlüpft.

»Weg hier!« Ronan schleifte Maya aus der Gefahrenzone. Sie war so damit beschäftigt gewesen, zu sehen, ob die beiden Jungen den Käfig rechtzeitig verlassen hatten, dass sie beinahe vergessen hätte, sich selbst außer Reichweite des feuerspeienden Ungeheuers zu bringen.

»War das knapp!« Stöhnend fiel Max in der Mitte der Höhle auf die Knie und streckte sich schnaufend der Länge nach aus.

»Ich kann nicht mehr!« Fiona japste nach Luft. Sie setzte sich zitternd daneben und hielt die Hand an ihre Seite gepresst.

Maya fühlte, dass ihre Beine ebenfalls weich wie Wackelpudding waren. Sie beugte stoßweise atmend den Oberkörper nach vorne und stützte die Hände auf die Knie.

»Wir dürfen nicht hier bleiben«, drängte Stelláris.

Maya warf ihm bittend einen Seitenblick zu. »Kurz … ausruhen«, war alles, was sie herausbrachte.

Ronan wirkte mitgenommen und sah so schuldbewusst aus, dass ihm keiner Vorwürfe machen wollte. (Abgesehen davon, dass außer Stelláris und Larin sowieso keiner einen zusammenhängenden Satz herausgebracht hätte.)

»Du kannst dich ausruhen, Maya.« Ronan war sichtlich zerknirscht. »Ihr müsst euch keine Sorgen machen, dass jemand den Lärm verdächtig findet und nachschaut. Die Drachen brüllen öfter.

Wenn einer früher mit dem Fressen fertig ist als der andere und noch Hunger hat, gibt es immer Ärger. Vor allem der Goldene regt sich auf und spuckt Feuer.«

»Ja, kann sein«, meinte Larin müde und betrachtete die zwei Drachen, die sich einigermaßen beruhigt hatten. Vereinzelt fauchten sie kurz und schlugen aufgebracht mit den Flügeln, aber sie brüllten nicht mehr. »Aber wir müssen trotzdem bald weiter. Wenn irgendwann einer von deinen Leuten vorbeikommt, wie soll er sich erklären, dass der Schwarze umgezogen ist? Spätestens da werden sie uns suchen. Lasst uns ein Stück in den verbotenen Gang hineingehen. – Maya, wie hast du bloß erkannt, dass diese Tür nicht noch kleiner ist als die andere? Ich hab echt nicht gewusst, für welchen Käfig ich mich entscheiden soll. Vielleicht hätten wir nur einen Versuch gehabt, Drachen sind nicht dumm.«

Stelláris nickte. »Ich war ebenfalls absolut unsicher, ob es reichen würde.«

Maya hatte sich soweit erholt, dass sie antworten konnte, wenn es auch recht gepresst klang. »Ich fürchte, ich wusste es gar nicht. Ich war schon froh, dass mir überhaupt was eingefallen ist. Ich hab zu spät daran gedacht, dass das Biest stecken bleiben könnte. Als es mir dann klar wurde, hab ich einfach gehofft, dass es reicht.«

Larin sah aus, als träfe ihn der Schlag.

Max, der immer noch völlig ausgepumpt am Boden lag, fing an, hysterisch zu kichern.

»Komm, ich zieh dich hoch.« Larin streckte Max die Hand entgegen, und Stelláris half Fiona auf die Beine. Maya stakste unsicher hinterdrein.

Sie verzichteten darauf, Ronan abermalig zu fesseln. Er machte nicht den Eindruck, als würde er noch einmal Ärger verursachen.

»Geht's?«, erkundigte Larin sich leise bei Maya. Sie nickte.

»Warum hat der schwarze Drache eigentlich nach uns geschnappt und nicht sofort Feuer gespuckt?«, überlegte sie. Darüber zerbrach sie sich bereits die ganze Zeit den Kopf.

»Ich nehme an, er wollte uns essen und nicht grillen«, sagte

Larin. »Drachen mögen ihr Steak lieber blutig und nicht durchgebraten.«

»Hör auf«, ächzte Maya.

»Ähem«, Max räusperte sich, »das erinnert mich daran, dass wir noch nicht gefrühstückt haben. Sollte etwas knurren, bitte nicht schießen oder so – das ist kein Drache, sondern nur mein Magen.«

»Schon gut.« Larin grinste matt. »Übrigens, falls du Ei zum Frühstück willst, bedien dich einfach.« Er deutete auf das prasselnde Kaminfeuer.

»Ups!« Max war entzückt. »Da liegen ja *Dracheneier!*«

»Natürlich«, sagte Ronan. »Wenn die älteren Drachen tot sind, muss es doch Nachwuchs geben. Das schwarze Ei hier stammt von einem Nachtschwarzen Bergdrachen, das wird mal so einer wie der dort, und das beige gefleckte gehört zu einem Schillernden Phantom. Die sind ein bisschen schwierig zu halten, weil sie nahezu vollständig unsichtbar werden können, wenn sie wütend sind, und …«

»Das hört sich interessant an, aber das kannst du uns auch unterwegs erzählen«, unterbrach Stelláris. »Nein, Max. *Versuch es erst gar nicht.*«

»Schade.« Bedauernd blickte Max auf das Ei des Schillernden Phantoms.

»Man darf sie sowieso nicht aus dem Feuer holen, sobald sie erst mal eine Weile angebrütet sind«, erläuterte Ronan, während sie in den verbotenen Gang einbogen.

»Zu welcher Sorte gehört der Goldene?«, wollte Max wissen.

»Das ist ein Brüllender Aureus. Der aggressivste, den wir je hatten, sagt mein Onkel. Er ist jetzt ungefähr fünf Jahre alt und kommt in die Pubertät. Das macht ihn ziemlich unausstehlich. Er stellt die ganze Zeit die Stacheln auf und faucht ohne bestimmten Grund. Nur wenn sein Essen kommt, gibt er Ruhe.«

»Schon mit fünf Jahren kommen Drachen in die Pubertät? Ist das nicht ein wenig … frühreif?«, überlegte Maya. »Sie werden doch sehr alt?«

»Etliche Tiere werden vergleichsweise früh erwachsen, das ist nicht ungewöhnlich. Drachen werden viele hundert Jahre alt und bis zu fünfmal so groß wie unsere Kleinen hier.«

»Boah! So einen würde ich gerne mal sehen!« Max' Begeisterung hatte in keiner Weise gelitten.

»Vielen Dank.« Fiona stieß einen gequälten Seufzer aus. »Mir haben die Rüpel hier gereicht. Ich brauch das nicht noch fünf Nummern größer.«

»Sie haben ein trauriges Leben«, stellte Maya mitleidig fest. »Sie kennen nichts anderes als diesen engen Käfig, und dann sterben sie viel zu früh.«

»Ich finde es auch schrecklich … aber es muss sein«, murmelte Ronan. »Länger als fünf Jahre kann man sie nicht in Gefangenschaft halten, das wäre viel zu gefährlich. Sie wachsen erstaunlich schnell und werden zu kräftig. So wie sie jetzt sind, haben sie genau die passende Größe für den … äh, also, nun, es geht eben nicht länger.«

»Wir wissen, warum sie umgebracht werden«, klärte Maya ihn auf. »Du verrätst uns nichts, was wir nicht schon wissen, keine Sorge.«

»Hör zu, Ronan.« Larin beschloss, die Wahrheit zu erzählen. Sie hatten nichts zu verlieren, und er hatte die Erfahrung gemacht, dass Ehrlichkeit oftmals Türen öffnete. »Wir sind nicht nur wegen des Drachenblutes gekommen, sondern wir wollen vor allem das Elixier finden, das dem Schattenfürsten Unsterblichkeit verleihen soll. Wir wollen es zerstören. Kannst du uns irgendetwas darüber sagen?«

»Ich darf nicht darüber reden. Ich habe es geschworen«, stieß Ronan erschrocken hervor.

Maya verstand ihn gut. Heute Morgen hatte er sie noch für Feinde gehalten, und nun plauderte er ganz freundlich mit ihnen. Das war mehr, als sie erwarten konnten.

»Es ist schon in Ordnung.« Sie lächelte ihn an und berührte sanft seinen Arm.

Fast schüchtern lächelte er zurück. »Es tut mir leid, dass ich vorhin den Drachen freigelassen habe. Und am meisten bereue ich, dass ich dich heute Vormittag …, also, dass ich dich beinahe …«

»Vergiss es einfach, ja?«, sagte Maya großzügig.

»Danke, … ich bin sehr froh, dass dir nichts passiert ist«, sagte Ronan verlegen.

Larin sah aus, als müsste er sich große Mühe geben, nicht die Augen zu verdrehen.

»Ich habe gehört, was ihr vorhin über die Waldelfen und die Trolle gesagt habt«, fuhr Ronan fort. »Es klang einleuchtend. Aber was wichtiger ist: Ihr hättet mich umbringen können, als ich dich um ein Haar getötet habe, Maya. Ihr habt es nicht getan. Vielmehr wart ihr um mein Wohlergehen besorgt. Und als ich den Drachen freiließ, habt ihr mir das Leben gerettet und dabei euer eigenes riskiert.« Er senkte die Stimme und sah sich vorsichtig um, als fürchte er einen versteckten Lauscher. »Etliche in meinem Volk mögen den Schattenfürsten nicht. Er ist grausam. Die Entscheidung, sich ihm anzuschließen, ist nicht unumstritten. Ich hoffe, dass es wahr wird, was diese Luna gesagt hat. Sie scheint eine kluge Frau zu sein. Wer ist sie?«

»Meine Mutter«, sagte Stelláris.

»Sie sollte zu meinem Volk kommen und mit ihm reden.«

»Wo seid ihr zu finden? Keiner weiß, wo ihr euch verbergt«, entgegnete Stelláris.

»Der Aufenthaltsort der Letzten der Bergelfen ist geheim. Etwa ein Dutzend unserer Männer befindet sich hier in diesem Berg. Mehr darf ich nicht preisgeben.«

»Wie können wir euch von unseren guten Absichten überzeugen, wenn wir nicht wissen, wo ihr zu finden seid?«, fragte Stelláris.

»Vielleicht finden wir eines Tages zu euch. – Ich bin übrigens schon einmal hier gewesen … hier in dem verbotenen Gang. Ich habe mich recht gründlich umgesehen, obwohl man hart bestraft wird, wenn man dabei erwischt wird. Lediglich zweien der

Dienstältesten ist der Aufenthalt hier gestattet. Sie halten alles in Ordnung. Ich kenne die Abzweigungen und weiß, welcher Tunnel in die Irre führt. Ich kann euch führen.«

»Oh ...« Maya strahlte. »Das ist wirklich nett von dir.«

»Oh, das ist wirklich nett von dir«, murmelte Larin so leise vor sich hin, dass ausschließlich Stelláris neben ihm es hören konnte. Kopfschüttelnd fasste er sich an die Stirn. »Wie macht sie das nur?«

Stelláris unterdrückte ein Kichern.

»Ähem, wie kommt ein Mädchen wie du an diesen Ort?«, fragte Ronan interessiert.

»Ooch, das ist eine sehr lange Geschichte.«

»Ich hätte Zeit, sie mir anzuhören.«

Larin sah ziemlich genervt aus.

Maya hatte gerade erst die Hälfte erzählt (vieles hatte sie abgekürzt oder weggelassen, denn nicht alles war für fremde Ohren bestimmt), als der von den seltsamen Drachenlampen beleuchtete Felsengang sich verbreiterte und vor einer großen Tür endete. Sie war froh, dass Ronan ihnen den Weg gewiesen hatte, denn sie waren an etlichen Abzweigungen vorbeigekommen und hätten viel Zeit mit sinnlosem Suchen verschwendet. Der Drache im falschen Käfig trieb sie zur Eile an.

»Ich sollte euch hier verlassen«, sagte Ronan bedauernd zu Maya. »Wenn ich mich nicht bald bei meinem Onkel melde, sucht er womöglich nach mir. Ich verspreche, dass ich euch nicht verrate.«

»Wir vertrauen dir«, sagte Stelláris.

»Hinter dieser Tür liegen die Privatgemächer des Schattenfürsten. Ich habe nicht gewagt, sie zu betreten. Aber wenn man die Tür öffnet, sieht man die große Wanne, in die das Blut der Drachen gefüllt wird.«

»In die das Blut ... wie war das?«, japste Maya. »Soll das heißen, er *badet* im Drachenblut?«

»Ja, ... wusstet ihr das nicht?«, wunderte sich Ronan.

»Igitt!«, ächzte Max zutiefst angeekelt. »Baden – und auch noch in Blut ... brrrr.«

»Wir wussten nicht, dass er darin badet, aber es macht Sinn«, sagte Stelláris. »Er verwendet also das Blut der Drachen, um so widerstandsfähig wie ein Drache zu werden, und das Elixier für die Unsterblichkeit – wobei Letzteres das Entscheidende ist. Weißt du, wie die Drachen getötet werden können? Der Schwarze schien ja recht unempfänglich für unsere Zauber zu sein, dabei wollten wir nicht einmal sein Blut von ihm.«

»Nein. Wir könnten die Drachen nicht töten. Der Schattenfürst erledigt das Töten selbst. Er besitzt ungeheure Fähigkeiten, für ihn ist das ein Kinderspiel. Meist genügen ein oder zwei Drachen für ein Bad. Er nimmt nur das Blut, das eben noch durch das Herz floss. Es wird sofort hierhergeschafft, denn es muss frisch sein. Natürlich gehört darüber hinaus irgendein geheimer Zauber dazu.«

»Sicher«, murmelte Larin, »sonst könnte sich ja jeder seinen Privatdrachen halten und alle paar Monate Badetag veranstalten.«

Stelláris versetzte ihm heimlich einen Rippenstoß.

Ronan schien mit sich zu ringen. Er hatte das Gefühl, seine Fehler wiedergutmachen zu müssen. »Nicht alle paar Monate. Etwa einmal im Jahr ... Es ist wieder so weit«, sagte er bedrückt. »Die Drachen müssen demnächst sterben, denn der Schattenfürst hat sein Kommen angekündigt.«

»WAS?« Maya war zutiefst geschockt. Damit hatte keiner gerechnet.

»Eigentlich hätte ich darüber Stillschweigen bewahren müssen ... Ich hoffe, dass euer Vorhaben gelingt. Passt auf euch auf.«

Unentschlossen stand er vor Maya.

»Vielen, vielen Dank«, sagte sie herzlich. »Du hast uns wirklich geholfen!«

Larin hoffte, dass Maya dem Elfen nicht dankbar um den Hals fiel. Zu seiner Erleichterung begnügte sie sich fürs Erste damit, Ronan herzlich beide Hände zu drücken. Unauffällig schob er sich ein Stückchen zwischen Maya und den Bergelfen und klopfte Ronan auf die Schulter. »Machs gut!«

»Wir werden uns wiedersehen«, erklärte Stelláris ernst. »Es wird Zeit, dass unser Volk sein altes Bündnis erneuert.«

»Hoffentlich bekommst du keinen Ärger«, sagte Fiona. »Lass dich nicht erwischen.«

»Falls wir erfolgreich waren«, meinte Max, »schmeißt die Dracheneier nicht weg! Ich hätte noch Bedarf.«

»Max!« Fiona war offensichtlich empfindlich, was die Wahl seines Haustiers betraf. Max zog eine Schnute.

»Ich würde ganz bestimmt keinen Drachen für so ein Bad haben wollen, du kennst mich doch!«, versuchte er Fiona zu beruhigen. »Ich hab da eher an einen als netten Kumpel gedacht ... Es dauert schließlich 'ne Zeit, bis die Viecher komisch werden und uns als Zwischenmahlzeit ansehen.«

Mit einem Lachen drehte sich Ronan um und lief den Gang zurück. Sie sahen ihm nach.

»Auf geht's!« Larin legte die Hand auf den Türknauf. Er atmete tief durch. »Gehen wir davon aus, dass der Schattenfürst noch nicht drinnen ist ... Ronan hat gesagt, er kommt erst, oder?«

»Uns bleibt nichts anderes übrig, als nachzusehen«, sagte Maya mit dünn klingender Stimme und zog ihren Zauberstab. Die riesige, mit geschnitzten Drachen verzierte, vergoldete Holztür knarzte schaurig, als Larin sie aufstieß.

Eine Höhle wie ein kleiner Saal lag vor ihnen. Die Wände und Decke waren schwarz und glatt. Die vielen in Metall gefassten Spiegel an den Wänden vermittelten die Illusion eines Raumes, der unendlich groß war. Dazwischen waren schwarzsilberne Drachenköpfe angebracht, die ihr unheimliches rotes Licht aus den Mäulern ausdampften. Die Raummitte nahm eine große, polierte silberne Badewanne ein, die auf silberglänzenden Drachenfüßen stand.

»Krass!« Max pfiff durch die Zähne und schlich vorsichtig mit den anderen durch die Tür. Ihre Schritte wurden von dicken, rot gemusterten Teppichen verschluckt, die kreuz und quer den Boden bedeckten.

»Widerlich!« Maya rümpfte die Nase angesichts der Wanne. Sie wollte sich besser nicht vorstellen, wie es war, in Blut zu baden.

Ein riesiger Kristalllüster mit weit über hundert schwarzen Kerzen und unzähligen, funkelnden schwarzen Glassteinen hing von der Decke hinab. Unter ihm befanden sich ein Sofa und mehrere Sessel, allesamt aus schwarz schillerndem Drachenleder gefertigt. Die zierlichen Beistelltischchen waren kunstvolle Silberarbeiten mit Beinen in Form von Tierfüßen. Eine Ecke des Zimmers nahm ein schwarzer geschnitzter Esstisch ein, auf dem schwere silberne Kerzenleuchter standen. Schwarz war die vorherrschende Farbe in diesem Raum, lediglich ein bestickter Wandteppich passte nicht so recht ins Bild. Maya warf einen flüchtigen Blick darauf und erkannte in der Mitte einen riesigen goldenen Drachen in einem Berg, außerdem ein Gewimmel von Menschen, Elfen, Nixen und Trollen.

»Dort hinten ist ein weiteres Zimmer.« Stelláris durchquerte entschlossen den geräumigen Spiegelsaal.

»Schaut doch nur!« Fiona blickte in einen der Spiegel, der alles vielfach zurückwarf. »Es sieht aus, als würden mehr als ein Dutzend von uns hier drin herumlaufen!«

»Hier macht der Schattenfürst wohl seine Experimente.« Stelláris hatte die Tür zu einem Laboratorium geöffnet. »Es wundert mich, dass er nicht abgeschlossen hat.«

»Vielleicht hat er nicht daran geglaubt, dass Unbefugte so weit vordringen können«, entgegnete Larin. »Schaut euch das an! Herr Frankenberg wäre begeistert. Hier gibt es absolut alles, was man sich vorstellen kann … und vermutlich noch ein bisschen mehr.«

Die kleine Höhle lag im Halbdunkel, doch als sie eintraten, flammte sofort ein helles Licht von der Decke auf.

»Sehr zuvorkommend«, stellte Larin fest. »Wenn jetzt noch

Feuer im Kamin angeht, wird es richtig kuschelig.«

Maya kicherte nervös.

»Ich möchte lieber wieder heraus.« Fiona sah sich verunsichert um. »Das hier ist so … beklemmend.«

Das Labor bot gewiss keinen freundlichen Anblick. Die Regale an den Wänden waren vollgestellt mit den üblichen Glaskolben, aber auch mit allerlei merkwürdigen Gerätschaften. In Aquarien dümpelten tote Drachenjunge in einer klaren Flüssigkeit vor sich hin. Es gab eklig aussehende, abgetrennte Körperteile und abstoßende Innereien von Lebewesen, die in riesigen Glasbehältern eingelegt waren. Das entsetzlichste war der Kopf einer Meernixe.

»Ist das ein Gehirn?« Max verzog angewidert das Gesicht. »Ach, vergesst es, ich will es eigentlich gar nicht wissen.«

»Ich sehe nichts, was aussieht wie ein Elixier«, stellte Larin fest und untersuchte eine Flasche, in deren Innerem goldene Lichtblitze hin und her schossen.

»Ich kann mir auch nicht vorstellen, dass er es einfach so herumstehen lässt«, erwiderte Maya und drehte sich so, dass sie den Behälter mit der armen Nixe auf gar keinen Fall noch einmal in ihr Gesichtsfeld bekam.

»Stimmt«, bestätigte Larin, »aber irgendwo muss man schließlich anfangen zu suchen. – Max, lass bloß nicht etwas von dem Zeug frei – oh, Mist!«

Die Flasche mit den goldenen Lichtblitzen war Larins Hand entglitten und knallte auf den Boden. Sie zerbarst in tausend Stücke. Alle wichen erschrocken zurück, denn die Lichtblitze surrten wild durch das Labor und wurden von den Wänden zurückgeworfen.

»Raus hier!«, rief Stelláris, aber es war unmöglich, rechtzeitig die Tür zu erreichen. Sie war zu weit weg. Maya riss die Arme vor ihr Gesicht und flüchtete unter einen nahen Tisch. Neben ihr kauerte Fiona. Ängstlich spähte Maya zwischen den Fingern hervor. Sie fühlte, dass sie bereits mehrmals getroffen worden war, aber sie verspürte zu ihrem Erstaunen keinen Schmerz. Es war eher ein feines Kribbeln. Plötzlich sah sie etliche hauchzarte Gestalten unmittelbar über Max auftauchen. Im gleichen Augenblick fasste dieser mit den Händen an seinen Kopf. Ein goldener Schimmer umgab ihn. Verblüfft sah Maya auf die Wesen. Sie schienen aus buntem Licht zu bestehen – und eines davon sah exakt so aus wie Max! Die anderen waren ihr völlig unbekannt. Die Blitze hatten Stelláris am Kopf getroffen, und neue Figuren aus Licht kamen hinzu. Mayas Kopf begann zu kribbeln, und sofort erschien sie selbst als durchscheinendes Wesen im Raum. Andere Figuren entstanden – darunter waren auch Personen, an die sie seit Langem nicht mehr gedacht hatte. Maya erkannte überrascht, dass es Abbildungen aus ihrem Gedächtnis waren, die wie zufällig erschienen und wieder verschwanden. Zacharias und Luna tauchten auf und wurden abermals verdeckt von neuen schemenhaften Gestalten. Sie stellte fest, dass inzwischen jeder von ihnen von den goldenen Blitzen am Kopf erwischt worden war. Als bei allen die Bilderfolgen abliefen, hörten die Lichter auf, im Raum umherzufliegen. Sie verharrten als Leuchtkugeln zusammengeballt leise vibrierend in der Luft. Maya kroch aus dem Versteck hervor, das ihr sowieso nichts genützt hatte. Stumm stand sie im Labor des Schattenfürsten und betrachtete das Durcheinander von verschiedenen Begebenheiten aus ihrer aller Leben.

»Meine Eltern«, flüsterte Max. »Ich sehe meine Eltern.« Eine Träne erschien in seinen Augenwinkeln. »Und das da bin ich … ich war noch ganz klein und hab Tantchen mit einem Bilderbuch versehentlich ein blaues Auge gehauen …«

»Oh nein«, stöhnte Fiona, »bitte nicht.« Wenn vorher niemand auf das zarte Abbild des rothaarigen Mädchens auf der Wiese geachtet hätte, nun sah unwillkürlich jeder hin. Fiona stand mit Shanouk in der Sonne, und er beugte sich zu ihr hinab, um sie auf den Hals zu küssen. Die echte Fiona sah aus, als würde sie in Ohnmacht fallen.

›Ooh‹, dachte Maya und spähte verstohlen zu einem sehr finster blickenden Stelláris hinüber. ›Das ist nun wirklich dumm gelaufen.‹ Sie selbst war von den meisten der erscheinenden Momente in ihrem Leben auch sehr betroffen. Allesamt waren es Dinge, die entweder besonders unangenehm, glücklich oder aufregend gewesen waren. Auffallend oft hatte sie Larin neben sich gesehen. Sie hoffte, dass das niemand wahrgenommen hatte.

Allmählich verblassten die Bilder, und betretenes Schweigen senkte sich über den Raum.

»Tut mir echt leid«, brachte Larin zerknirscht hervor.

»Macht nix«, meinte Max. »Endlich warst es mal du und nicht ich, der Scheiße gebaut hat.«

»Max, du bist mir wirklich ein Trost«, sagte Larin trocken.

»Gern geschehen«, erwiderte Max erfreut.

»Lasst uns weiter suchen.« Maya war bemüht, die Gedanken vor allem von Stelláris in eine andere Richtung zu lenken. »Vielleicht teilen wir uns auf? Ich geh zurück ins andere Zimmer. Wer …«

»Ich komme mit!« Fluchtartig schoss Fiona aus dem Labor und zog Maya mit sich.

»Ausgerechnet so was!«, klagte sie, sobald sie mit Maya in möglichst großer Entfernung zu den anderen stand. »Ich hatte so gehofft, dass er es vergisst, und dann das!«

»Vergessen wäre vielleicht ein bisschen viel verlangt«, sagte Maya zaghaft.

»Jaaa, aber musste genau das ablaufen, was ich wirklich niemandem zeigen wollte? Es war entsetzlich peinlich!«

Maya verkniff sich den Hinweis, dass es geschickter gewesen wäre, Fiona hätte nicht extra darauf aufmerksam gemacht. »Das ist vermutlich genau der Grund, wozu der Schattenfürst dieses Zeug benutzt. Die für ihn interessantesten Momente im Leben seines Opfers hervorholen – das ist unglaublich clever. Dinge, die er sonst nie zu Gesicht bekommen würde. Wahrscheinlich kann er sogar gezielt nach etwas fragen, was ihn gerade interessiert.«

»Grausam«, flüsterte Fiona.

»Aber ziemlich nützlich für ihn.«

Seufzend und reichlich planlos suchte Fiona die Wände nach verborgenen Mechanismen ab. Vielleicht gab es irgendwo einen Geheimgang. Maya erhoffte sich nicht allzu viel davon, dieses Zimmer einer genauen Durchsuchung zu unterziehen. Das Labor, das die anderen unterdessen inspizierten, bot um ein Vielfaches bessere Versteckmöglichkeiten. Sie hatte nur Fiona die Gelegenheit geben wollen, sich wieder zu sammeln. Die vielen Spiegel hier gingen Maya auf die Nerven. Ständig nahm man hinter sich eine Bewegung wahr, und wenn man sich erschrocken umdrehte, war es das eigene Spiegelbild, das einen verdattert anstarrte.

»Blöder Schrank«, murrte Fiona. »Das Biest klemmt.« Mühsam stemmte sie ihn auf – und stieß einen Schrei aus.

Maya fuhr zusammen. »Was ist los?« Sie stürzte zu Fiona, voller Angst, irgendetwas Schreckliches hätte sich in seinem Innern verborgen.

»Ach nein, Entschuldigung!«, flüsterte Fiona und hatte die Hand auf ihr Herz gepresst. »Maya, ich bin ein solches Schaf.«

Verdutzt besah sich Maya den Schrank. Was Fiona so erschreckt hatte, war nur ihr Spiegelbild gewesen. Der Schrank war leer, aber dunkel, und seine Rückwand war verspiegelt. Für den, der ihn öffnete, sah es im ersten Moment so aus, als würde eine fremde Person gleichzeitig eine geheime Tür in der Wand öffnen; dabei erblickte man sich selbst.

»Denk dir nichts dabei«, tröstete Maya. »Damit konntest du nun wirklich nicht rechnen. Ich kann mir vorstellen, dass das gruselig aussah – plötzlich öffnet sich sie Wand, und jemand steht vor einem.«

»Ja, nur dass ich selber vor mir stand.« Beschämt fuhr Fiona mit dem Abtasten der Wände fort. »Normalerweise erschrecke ich nicht vor mir selbst.« Eine ordentliche Portion Spott schwang in ihrer Stimme mit.

»Warte mal, ich leuchte in die hinteren Ecken, ob wirklich

nichts darin ist.« Maya fand einen leeren Schrank ziemlich verdächtig. Sie holte das Elfenlicht aus ihrer Tasche und rieb es. Sorgfältig untersuchte sie die hintersten Ritzen des Schrankes. »Nein. Absolut nichts.« Enttäuscht ließ sie den Kristall in ihre Tasche zurückgleiten. Nervös spielten ihre Finger damit herum. Maya wurde immer stärker bewusst, dass ihnen die Zeit davonlief.

»Maya?« Fiona trat ein paar Schritte zurück. »Ich bin gerade an diesem Spiegel hier vorbeigekommen ... und ich kann mich nicht darin sehen.«

»Was?«

»Mein Spiegelbild – es ist nicht da.«

»Wie im Roman bei den Vampiren? Oh, das war geschmacklos, Verzeihung!« Maya biss sich auf die Lippen.

»Schon gut.« Fiona lächelte leicht verkrampft.

»Das ist wirklich eigenartig, du hast recht. – Es scheint ein ganz normaler Spiegel zu sein, aber er gibt kein Bild von uns wieder.« Maya befühlte den mehr als mannshohen Spiegelrahmen. Nichts geschah. Sie klopfte daran. Wiederum tat sich nichts.

»Vielleicht klappt es mit dem Zauberstab?«, schlug Fiona vor.

»Hmmm. Ich hol mal die anderen.« Maya machte sich auf den Weg. Im Labor waren Larin und Max gerade dabei, das Skelett eines Fledermäusigen Rothalsduckers zu untersuchen.

Maya hüstelte. Ein wenig schuldbewusst sah Larin sie an. Sie musste grinsen. »Das fast perfekte Versteck, so ein Skelett«, meinte sie ironisch.

»Die sind selten«, erklärte Max munter.

»Ihr solltet mal zu uns gucken. Fiona hat einen Spiegel entdeckt, der nichts widerspiegelt.«

Sofort folgten die Jungen Maya hinüber in den Saal.

»Erstaunlich.« Stelláris betrachtete den seltsamen Spiegel. Er hob die Hand und murmelte etwas in der Elfensprache. Nichts geschah.

»Versuch's du mal!« Er stieß Larin an.

462

»Wenn es bei dir nicht klappt, funktioniert es bei mir ganz sicher nicht«, sagte Larin zweifelnd.

»Weiß man's?«, meinte Max.

Larin grinste. »Also, dann ...« Er vollführte ein paar komplizierte Bewegungen mit dem Zauberstab. Abermals passierte gar nichts.

»Kann man ihn von der Wand herunterholen?«, fragte Fiona schüchtern. Sie vermied es, Stelláris anzusehen, und stellte sich so weit weg von ihm wie möglich.

»Ich glaube, er lässt sich nicht ... Nicht schon wieder!« Larin hatte versucht, den Spiegel anzuheben, und dabei knackte es auf einmal. Ein Riss lief mitten durch das Glas. Erschrocken und verärgert trat Larin zurück. »Heute fasse ich bestimmt kein Glas mehr an.«

Viele kleine Risse entstanden um die Bruchstelle herum. Sie breiteten sich über die ganze Oberfläche aus, bis diese wie von einem Netz bedeckt war. Dann platzten die Bruchstücke auseinander. Klirrend rieselten die Scherben von der Wand.

Eine Tür lag vor ihnen. Sie bestand aus hellem Holz, war schlicht und ohne jegliche Verzierung und wirkte merkwürdig fehl am Platz zwischen all den phantastischen Gegenständen im Saal.

»Das war nicht schlecht«, sagte Max zu Larin. »Jetzt mach noch die hier auf.«

»Die hier dürfte nicht so leicht zu öffnen sein«, meinte Larin. »Die Klinke fehlt. Es gibt nicht einmal einen Riegel oder ein Schloss ... und sie ist nicht aus Glas. Ich kann sie also auch nicht versehentlich kaputt machen, leider. Vermutlich ist sie mit einem Zauber gesichert, der nicht ohne Weiteres zu durchbrechen ist.« Er hob seinen Zauberstab, aber die Tür ließ sich nicht öffnen. Keiner hatte wirklich erwartet, dass es so einfach sein würde.

»Jetzt bist du dran«, wandte sich Larin an Stelláris.

Wieder hob Stelláris die Hand und sprach etwas auf Elfisch. Maya ließ die Tür nicht aus den Augen. Doch es tat sich ebenfalls absolut nichts.

»Was ist das hier für eine seltsame Aussparung?« Maya fuhr mit dem Finger über die Türmitte, die eine kleine ovale Vertiefung in der Größe eines Eies aufwies.

Stelláris legte seine Hand auf die Vertiefung. Er konzentrierte sich. Die Worte, die er sprach, klangen anders als das, was Maya sonst von ihm gehört hatte. Fasziniert lauschte sie dem Klang. Es musste die uralte geheime Elfensprache sein, die er benutzte. Die Töne berührten ihr Herz. Eine unendliche Trauer lag in ihnen, aber auch unbändige Freude.

›Diesmal muss sich die Tür bewegen‹, dachte Maya mit vor Aufregung pochendem Herzen. Gespannt starrte sie auf die Tür. Sie schien geringfügig heller geworden zu sein, aber sie gewährte keinen Durchlass.

Grübelnd stand Maya davor und nagte an ihrer Unterlippe.

»So was Blödes«, meinte Max. »Wir sind so dicht davor. Die bescheuerte Tür muss doch irgendwie zu öffnen sein?«

»Was waren die genauen Worte des Einhorns?«, fragte Larin. »Maya, kannst du sie wiederholen?«

»Ja. Es sagte: *Du weißt weniger, als du zu wissen glaubst, und mehr, als du denkst. Aber deine Fragen werden in jüngster Zukunft beantwortet werden, und die Rätsel werden sich lösen. Begebt euch zum Nebelwald. Geht euren Weg bis zum Ende. Du hältst den Schlüssel bereits in der Hand. Ich gebe dir drei Namen mit. Sie lauten Smaragd, Rubin und Topas. Sie werden euch aus Todesgefahr retten.*«

»Der erste Satz ist mir immer noch nicht klar«, überlegte Larin. »Äh, der zweite eigentlich auch nicht. Was ist damit gemeint, dass du den Schlüssel bereits in der Hand hältst? Den Schlüssel zu dieser Tür? Sie hat nicht einmal ein Schlüsselloch.«

»Hmmm …« Maya runzelte nachdenklich die Stirn. Ihre Finger umschlossen den blauen Kristall in ihrer Hosentasche, mit dem sie nach der Untersuchung des Schrankes immer wieder herumgespielt hatte.

»Warte mal!« Sie streckte den Arm aus und hielt den Stein behutsam auf der flachen Hand. Unschuldig glänzend lag er da. »Den hab ich gerade in der Hand gehalten … meinst du …?« Mit großen Augen sah sie Larin an.

»Warum nicht?«, sagte er überrascht. »Er stammt aus dem Shimhog und ist ein sehr ungewöhnlicher Stein. Vielleicht gibt es zwei davon, und einer befindet sich im Besitz des Schattenfürsten.« Sein Blick wanderte von dem Stein zur Vertiefung in der Tür und zurück. »Er könnte passen.«

Zögernd trat Maya mit dem Kristall näher an die Tür heran. In Gedanken verglich sie bereits die Größe des Steins mit der Ausbuchtung im Holz.

Von irgendwoher hörten sie ein leises Poltern.

»Was ist das?«, fragte Fiona.

»Los, mach ihn rein!« Max zappelte vor Aufregung. »Habt ihr das auch gehört? Das klingt vielversprechend!«

»Nein«, Stelláris lauschte, »das kommt von jenseits der Eingangstür. – Irgendjemand nähert sich! – Beeil dich!«

Mit zitternden Fingern drückte Maya den Kristall in das Holz. Er fügte sich perfekt ein.

Reines weißes Licht strömte aus dem Kristall. Es tat in den Augen weh; Maya musste sich abwenden, so hell war es. Benommen stand sie vor der Türöffnung.

»Kommt!«, drängte Stelláris leise, »wir dürfen nicht verweilen.«

Maya fühlte sich von Stelláris weitergeschoben. Blinzelnd nahm sie wahr, dass die hölzerne Tür verschwunden war. Noch immer geblendet von dem gleißenden Licht stolperte sie mit den anderen durch den Durchgang. Als der Letzte eingetreten war, vernahm sie hinter sich ein Klirren. Die Glasbruchstücke flogen in ihre ursprüngliche Lage zurück – der Spiegel setzte sich wieder zusammen. Das strahlende Licht verschwand. Von der Zimmerseite her gesehen sah die Öffnung nun aus wie vorher, und sie standen in der Dunkelheit.

»Puh, das war knapp!«, stöhnte Max.

»Schscht!«, zischte Larin.

»Wer ist da drüben?«, wisperte Maya. Schreckensstarr standen sie hinter dem Durchlass. Sie versuchten, irgendwelche Gesprächsfetzen oder Geräusche aufzuschnappen, aber Maya konnte sich noch so sehr bemühen, keine Stimmen drangen aus dem Spiegelsaal an ihr Ohr. Irgendein gleichmäßiger Laut war zu vernehmen, aber sie konnte ihn nicht so recht einordnen.

Stelláris war der Einzige, dessen feines Gehör Töne jenseits der Wand wahrzunehmen vermochte.

»Bergelfen«, flüsterte er. »Vermutlich die beiden, von denen Ronan gesprochen hat. Sie scheinen uns nicht bemerkt zu haben, es hört sich an, als würden sie nur ihrer Arbeit nachgehen. – Sie besprechen etwas …« Angestrengt lauschte er. Beunruhigt hörte Maya, wie Stelláris plötzlich deutlich den Atem ausstieß – eine für den sonst so gelassenen Elfen äußerst ungewöhnliche Reaktion. Sie wagte nicht, ihn nach dem Grund zu fragen, um ihn nicht zu stören. Endlich drehte er sich zu ihnen um. Maya vernahm einen eigenartigen Unterton in seiner Stimme. »Was ich gehört habe, ist im Augenblick nicht von Bedeutung. Wir sollten uns erst umsehen. Wenn wir uns einigermaßen ruhig verhalten, werden die Bergelfen uns hoffentlich nicht bemerken.«

»Es ist grässlich dunkel hier«, sagte Maya leise. Ihr war sehr unbehaglich zumute – worauf mochten sie wohl stoßen? Zwar hatten sich ihre Augen allmählich an die Finsternis gewöhnt, dennoch fühlte sie sich beinahe wie eine Blinde.

»Wir lassen den Kristall besser, wo er ist«, meinte Larin. »Na ja, zumal sowieso keine Tür zu sehen ist. Nicht, dass wir uns irgendwie den Ausgang versperren.«

»Max, atmest du so laut?«, flüsterte Fiona plötzlich. »Lass doch den Quatsch, das ist nicht komisch. Ich bin eh schon ganz krank vor Angst.«

»Ich? Nö. Ich atme ganz normal.«

»Wenn du das nicht bist …, wer oder was ist es dann?«, hauchte Fiona schwach.

»Ich glaube, ihr wollt gar nicht wissen, was das ist«, sagte Stelláris. Er schaute angespannt in eine bestimmte Richtung. Maya versuchte, die Schwärze des Raumes zu durchdringen – aber sie stellte fest, das sie sich glücklich schätzen konnte, ihre Freunde schemenhaft zu erkennen, die direkt neben ihr standen. In der Ferne etwas zu sehen, war ihr unmöglich. Das Einzige, was sie wahrnahm, war ein starker, unangenehm modriger Geruch. Voll böser Vorahnungen geplagt hörte sie Larin aussprechen, was sie nicht zu fragen wagte.

»Und? Was siehst du?«

Atemlose Stille folgte. Nun hörte Maya das Geräusch sehr deutlich. Es drang aus einiger Entfernung an ihr Ohr. Irgendetwas atmete. Es musste etwas sehr Großes sein. Mayas Nackenhärchen stellten sich auf, und sie fröstelte. »Was in aller Welt ist das?«, murmelte sie.

»Fiona, bitte schrei nicht«, bat Stelláris. »Es ist ein schlafender Drache. Er liegt ein gutes Stück von uns entfernt.«

Fiona gab einen leisen, klagenden Laut von sich, aber sie schrie nicht.

Maya schluckte schwer. Sie hatte wieder dieses ekelhafte Puddinggefühl in den Beinen. Erschrocken zuckte sie zusammen, als etwas ihren Rücken streifte, aber es war nur Larin, der beschützend seinen Arm um sie legte. »Entschuldigung«, murmelte er irritiert und zog den Arm zurück.

Maya wurde rot und war froh, dass man es nicht sehen konnte. »Doch«, flüsterte sie ihm zu und berührte ihn an der Schulter. »Ich bin nur gerade ziemlich verwirrt.«

Maya war dankbar, dass er beide Arme um sie schlang. Larins Nähe half ihr über das Wissen hinweg, dass sie diesen Drachen dort wahrscheinlich nicht überleben würden. Dort lag kein Teenagerdrache – wie sich das anhörte, musste es ein wahres Ungetüm sein.

›Wenn wir jetzt getötet werden, sterben wir wenigstens nicht einsam und allein‹, dachte sie seufzend und lehnte sich an ihn. Es hatte etwas ungemein Tröstliches, Larin und ihre Freunde um sich zu wissen.

»I-ist er sehr groß?«, stammelte Fiona.

»Das kommt darauf an, was du unter sehr groß verstehst«, erwiderte Stelláris diplomatisch.

»Wo ist er denn?« Max streckte sich und riss angestrengt die Augen auf. Maya wunderte sich, wie ruhig er es aufnahm, schon wieder einem Drachen zu begegnen.

»Du schaust in die falsche Richtung«, erklärte Stelláris.

»Vielleicht sind wir hier falsch«, sagte Fiona flehend. »Vielleicht ist das Elixier woanders … Dann könnten wir einfach zurückgehen und …«

»Mach dir doch nichts vor«, sagte Maya. »Wir sind am richtigen Ort. – Wenn man nur besser sehen könnte!«

»Ich denke, ich könnte es wagen, ohne den Drachen zu wecken …« Stelláris sprach es mehr zu sich selbst, und schon erschien eine kleine blaue Flamme in seiner linken Hand. »Heller geht es leider nicht«, bedauerte er. »– Wartet hier auf mich. Ich sehe mich um. Es macht keinen Sinn, dass wir alle dort herumstolpern. Ich kann euch leider kein Feuer da lassen, es würde verlöschen.«

Maya fand, dass ›herumstolpern‹ das Wort war, das auf Stelláris am allerwenigsten zutraf.

»Ich komme mit!« Larin ließ Maya los. Er wollte seinen Freund keinesfalls allein in die Nähe des Drachen gelangen lassen.

»Bleib du hier«, sagte Stelláris nur. »Allein verursache ich einfach weniger Lärm.«

»Bitte pass auf dich auf«, bat Fiona schüchtern. Sie wagte immer noch nicht, Stelláris in die Augen zu sehen.

Ein feines Lächeln umspielte seinen Mund. »Ich werde ihm nicht zu nahe kommen.«

Gespannt sah Maya, wie sich Stelláris mit der kleinen blauen Flamme entfernte. Sie leuchtete bemerkenswert hell, aber die

Höhle war offensichtlich sehr groß, so dass es geraume Zeit in Anspruch nahm, sie zu umrunden.

Das Licht flackerte in Stelláris' Hand. Je weiter er es von ihnen forttrug, desto deutlicher konnte Maya einen kleinen Hügel ausmachen, der sich in einiger Entfernung von ihnen erhob. Von dort vernahm sie die rasselnden Atemzüge. Maya vermutete den Drachen irgendwo hinter dem Hügel verborgen. Stelláris wagte sich näher heran, und entsetzt erkannte Maya ihren Irrtum. Was sie für einen Hügel gehalten hatte, war ein riesiges Ungeheuer, das zusammengekringelt schlief. Seine Schuppenplatten schillerten rotgolden. Den Kopf hatte es unter einem Flügel vergraben. Die Flanken hoben und senkten sich rhythmisch im Takt, und ab und zu ertönte ein merkwürdiges Schnorcheln. Bevor Stelláris mit der Flamme weiterhuschte, nahm Maya ein weiteres Detail wahr, das sie beinahe übersehen hätte. Sie erstarrte. Der Drache hatte nicht *einen* Kopf seitlich unter seinen Körper geschoben, es waren *drei*!

»Hast du das auch gesehen?«, wisperte sie so leise wie möglich in Larins Ohr. Sie wollte Fiona nicht panisch machen.

»Hmmm. Hab ich.«

»Was tun wir denn jetzt?« Maya hatte Mühe, ihre Stimme einigermaßen normal klingen zu lassen.

»Ich weiß es nicht«, raunte Larin zurück. »Wir können unmöglich gegen dieses Monster kämpfen. Wir hätten nicht den Hauch einer Chance. – Oh, nein!«

Die kleine blaue Flamme war inzwischen fast nicht mehr zu sehen, Stelláris war nur noch ein schwach beleuchteter, schemenhafter Schatten in der Ferne. Er stand ein großes Stück rechts hinter dem Drachen und schien sich in einen besonders gesicherten Bereich vorgewagt zu haben. Rotes Licht flammte auf und erhellte diesen Teil der Höhle. Ganz deutlich erkannte man eine mannshohe schlanke Säule aus schwarzem Marmor. Zuoberst leuchtete eine Kristallflasche mit einer roten Flüssigkeit.

Stelláris sprang zurück. Das blaue Feuer in seiner Hand erlosch, doch im roten Lichtschein war er nun deutlich zu erkennen.

»Der Drache bewegt sich«, stöhnte Maya.

Der Elf hastete zu ihnen zurück. »Das ging schief«, stieß er hervor. »Wir müssen hier raus!«

Sie stürzten auf die Tür zu. ›Es ist falsch‹, dachte Maya. ›So kann es nicht enden. Irgendetwas muss geschehen, wir können jetzt nicht einfach davonlaufen.‹

»Sie lässt sich nicht öffnen.« Maya hörte Larin wie aus weiter Ferne sprechen. Ihr Gehirn versuchte verzweifelt, eine Lösung zu finden.

›Dictamnus‹, dachte sie. Sie hörte Fiona schreien.

»Er öffnet ein Auge!«, brüllte Max. »Nein, alle beide … oh, verdammt, noch eines, … was soll denn *das*?«

»Dictamnus!«, schrie Maya.

»Was?«, fragte Larin verdattert, während er sich mit der Tür abmühte, die sie nicht aus dieser Höhle hinauslassen wollte.

Stelláris sah Maya einen Augenblick lang verwirrt an. Dann riss er sich den Lederbeutel vom Gürtel, in dem er alle möglichen Heilkräuter und Tinkturen aufbewahrte. Seine bebenden Finger zogen eine kleine Flasche hervor. Sie enthielt das Öl des Dictamnus-Strauches.

»Zünde es an!« Maya versagte fast die Stimme. Stelláris entkorkte die Flasche, und die kleine blaue Flamme erschien auf seiner Hand. Sie sprang auf das Fläschchen über – das Öl brannte.

Ohne nachzudenken, entriss es ihm Maya und rannte auf den Drachen zu.

»Bist du wahnsinnig?« Larin folgte ihr.

Maya wusste, dass ihr nur wenig Zeit blieb. Sie hoffte, dass es Stelláris gelang, die Tür zum Spiegelsaal wieder zu öffnen, denn sie hatte keine Ahnung, ob das, was sie nun vorhatte, funktionieren würde. Der uralte mächtige Drache hatte seine Augen geöffnet. Aus einem seiner gewaltigen Mäuler drang ein aufgebrachtes, dumpfes Brüllen, das wie Donnergrollen klang und von den Wänden der Höhle widerhallte. Maya und Larin stoppten aus vollem Lauf direkt vor den Klauen des kolossalen Tieres. Sein stinkender Atem traf sie, als sich der mittlere Kopf mit geweiteten Nüstern langsam auf sie zubewegte. Schwarzer Rauch quoll hervor und reizte Maya zum Husten. Die hässlichen roten Augen waren starr auf die beiden gerichtet. Zaghaft hielt Maya die Flasche mit dem brennenden Dictamnus-Öl empor.

Ein weiterer der drei abscheulichen Köpfe schob sich zu ihnen hin. Die grünen Augen dieses Kopfes blickten böse.

»Um Himmels Willen, Maya, was tust du denn da?«, schrie Larin.

»Dictamnus – Hage-Beauté – Drachen schlafen!« Maya klang hysterisch. »*Warum funktioniert es nicht?*«

Der dritte Kopf mit den goldbraunen Augen richtete sich nun bedrohlich hoch über ihnen auf. Das grausige Maul öffnete sich.

›Gleich verbrennen wir‹, dachte Maya verängstigt und wartete auf den Feuerball, der jeden Augenblick herausschießen würde. Sie zitterte so sehr, dass sie das Fläschchen in ihrer Hand fast hätte fallen lassen. Der Drache stieß ein ohrenbetäubendes Brüllen aus. Hilflos starrte Maya auf die messerscharfen Zähne, größer als Schwertklingen, die keinen Meter von ihr entfernt in dem stinkenden Schlund aufblitzten. Sie konnte nicht mehr klar denken.

»Topas«, keuchte Larin völlig überrascht.

»Was?« Maya zweifelte an seinem Verstand.

»Die Augen! Sie sind topasfarben.«

Maya schaute verwirrt zu dem gewaltigen Kopf über ihr.

»Das Einhorn!«, schrie Larin. »Es verriet dir die Namen des Drachen! Er ist nach seiner Augenfarbe benannt!«

Maya hatte begriffen. Sie goss etwas von dem brennenden Öl heraus auf ihre Hand. Mit einer blitzschnellen Bewegung schleuderte sie es dem Drachen entgegen. Es landete genau auf seiner Nase. »Topas. Dein Name ist Topas«, sagte Maya mit klarer Stimme. Der Drache blickte sie an. Die goldbraunen Augen blinzelten. Maya wandte sich dem Drachenkopf neben ihr zu. Abermals ließ sie ein wenig Öl auf ihre Handfläche laufen und spritzte es zwischen die Nüstern des rotäugigen Kopfes. »Du heißt Rubin«, sagte sie.

Schließlich entleerte Maya das Fläschchen über dem letzten Kopf, der sie am Boden liegend mit grünen Augen anstarrte. Er war so riesig, dass er sich mit ihnen dennoch auf gleicher Augenhöhe befand. »Dein Name lautet Smaragd.«

Sie trat ein paar Schritte zurück. Der Drache brüllte nicht mehr. Er stieß ein Grunzen aus, wobei dicker Rauch aus allen drei Nasen drang und Maya und Larin einhüllte. Keuchend taumelten sie rückwärts und beobachteten, wie sich die Augen des Tieres allmählich schlossen. Die Köpfe senkten sich und schoben sich mit einem kratzenden Geräusch unter die ledrigen Flügel. Der Drache begann zu schnarchen.

Maya bemerkte verwirrt, dass sich der Raum zu drehen begann. Sie suchte nach Halt. Ihre Ohren hörten ein hohes Pfeifen, dann wurde es dunkel. ›Ich glaube, ich werde ohnmächtig‹, dachte sie verwundert.

»Maya, wach doch auf!«, hörte sie die erschrockene Stimme Larins wie durch Watte zu ihr sprechen. Sie spürte seine Arme um sich und war erleichtert. Langsam kam die Erinnerung zurück.

»Derdrahe?«, lallte sie, und sie hörte Larin leise lachen. »Er pennt. – Du bist weggekippt.«

»Nein … nicht schon wieder …«

»Doch. Und ich kann mich nicht erinnern, dass jemand deinen Namen gesagt und dabei Öl auf dich gegossen hätte.«

Maya blinzelte in die besorgten Gesichter ihrer Freunde über ihr. »Es hat mich umgehauen, so was …«, murmelte sie peinlich berührt und rappelte sich auf.

»Du warst der Hammer!« Max umarmte Maya begeistert.

»Vorsicht, du würgst sie«, protestierte Fiona, als Maya ein leichtes Röcheln von sich gab.

»Ich hatte solche Angst, ich dachte, du und Larin, ihr überlebt das nicht.« Fiona fiel Maya ebenfalls um den Hals, als Max gerade eine Pause machte.

»Wir verdanken dir alle unser Leben«, sagte Stelláris, und seine grünen Augen strahlten. »Du warst sehr mutig.«

»Es war Larins Idee, dass der Drache nach seiner Augenfarbe benannt ist. Darauf wäre ich nie gekommen«, erklärte Maya verlegen. Sie fand, dass er mindestens so viel Lob verdiente wie sie.

»Ich wäre ihm ohne dich nie so nah gekommen, um das feststellen zu können«, grinste Larin und sah ihr lange in die Augen.

›Dunkelbraun‹, dachte Maya und blinzelte verwirrt. Sofort fühlte sie wieder den Anflug eines leichten Schwindelgefühls. –

»W-wir sollten uns jetzt um das Dings, ... um das Elixier kümmern.« Maya hatte den Verdacht, immer noch ein bisschen neben sich zu stehen.

»Ups – nein, es geht schon.« Das Laufen fühlte sich an wie auf einem Schiff bei Windstärke 8. Maya schlingerte auf die schwarze Säule zu, auf der die Kristallflasche blutrot glänzte. Larin lief neben ihr her und beobachtete sie belustigt. Maya vermied es, ihn anzusehen und versuchte, sich auf ihren Weg zu konzentrieren, um nicht wieder aus der Fassung zu geraten. Mit jedem Schritt fühlte sie sich sicherer auf den Beinen, vorausgesetzt, sie dachte nicht an seine Augen. ›Reiß dich zusammen‹, befahl sie sich selbst und umrundete den laut schnarchenden Drachen.

»Der macht einen Höllenlärm«, stellte Max fest. »Vermutlich muss er deshalb hier drinnen allein leben – er schnarcht einfach zu laut. Was meint ihr, wie lange der nun schläft?«

»Lange«, sagte Stelláris mit Nachdruck. »Den könnte momentan nur ein Erdbeben wecken.«

»Er ist gigantisch«, sagte Fiona ehrfürchtig.

»Ich dachte, Drachen in der Größe kann man nicht in Gefangenschaft halten, weil sie zu gefährlich sind?« Maya waren Ronans Worte noch bestens in Erinnerung.

»Ich wette, Ronan hatte von diesem hier keine Ahnung«, vermutete Larin.

»Die Höhle ist riesig. Ich konnte vorhin überhaupt kein Ende erkennen. Es ist möglich, dass er sich teilweise selbst versorgt«, mutmaßte Stelláris. »Wir wissen nicht, wovon er sich ernährt, und ich will das auch nicht herausfinden.«

»Dann sollten wir uns so bald wie möglich vom Acker machen«, sagte Max überzeugt und blieb vor der schwarzen Säule stehen.

»Nimm du das Elixier.« Larin nickte Maya zu.

»Aber ich …«

»Ich finde, es steht dir zu.«

»Aber du …«

»Ihr zwei könnt gerne den ganzen Tag überlegen, wer wem den Vortritt lässt«, lächelte Stelláris. »Allerdings dürfen wir eines nicht außer Acht lassen: wir müssen bei der Vernichtung vorsichtig sein. Diese Kristallkaraffe wurde von dem Schattenfürsten erschaffen und ist ein Gegenstand voller schwarzer Magie. Ich denke, wir sollten versuchen sie zu zerstören, ohne sie dabei zu berühren.«

»Klingt logisch.« Larin war sofort dafür. »Hol deinen Pfeil heraus.«

»Bist du einverstanden, Maya?«

»Natürlich.« Maya fand Stelláris' Vorschlag sehr vernünftig. Sie betrachtete versunken die dunkelrote Flüssigkeit, die in dem glänzenden Glasgefäß eingesperrt war. Ein unerklärliches, nicht fassbares Gefühl von Gefahr ging davon aus.

»Unglaublich. Wir stehen wirklich davor«, staunte Maya.

»Ja. Das Gleiche habe ich auch gerade gedacht«, sagte Larin.

»Ich habe es zum Schluss nicht mehr geglaubt«, gestand Fiona.

»Zacharias hat bestimmt gewusst, dass wir es schaffen«, sagte Max und schnüffelte. »Es wäre so toll, wenn er jetzt da sein könnte.«

»Wir sollten seiner gedenken«, sagte Stelláris ernst. »Er war einer der Tapfersten, die ich je die Ehre hatte zu kennen. Ohne ihn stünden wir nicht hier. Er gab sein Leben dafür, dass andere leben können. Lasst uns an ihn als guten Freund zurückdenken. Er wohnt in unseren Herzen.« Max schluchzte leise und Maya fühlte, wie ihr die Tränen über das Gesicht liefen. Sie nahm Max' Hand in ihre und drückte sie.

»Treten wir ein Stück von der Säule zurück«, sagte der Elf. Ruhig legte er den Pfeil auf die Sehne, zielte und schoss. – TSCHAK! Der Pfeil traf die gläserne Flasche genau in der Mitte. Mit einem hohen Klirren prallte er an ihr ab und fiel zerbrochen zu Boden.

Rundum erklang ein entsetztes Aufstöhnen. Stelláris holte ungerührt einen zweiten Pfeil hervor. »Das ist kein Grund zur Sorge. Ich habe nicht wirklich damit gerechnet, dass ich derjenige sein würde, der das Elixier endgültig zerstört ... Maya, komm bitte her. Du hast die drei Namen des Drachen benutzt. Du wirst auch diejenige sein, die die Kristallflasche herunterschießt.«

»A-aber ich kann gar nicht Bogenschießen!«

»Ich helfe dir.« Stelláris zeigte Maya, wie sie den Bogen halten musste. »Leg den Pfeil so auf die Sehne, dass er nicht verrutscht. Halte ihn mit den Fingern fest ... so. Und nun spanne den Bogen.«

»Uups, das geht schwer!« Maya hatte nicht erwartet, dass man so viel Kraft benötigte, um einen Bogen zu spannen.

Stelláris stand hinter ihr. Er überprüfte genau die Flugrichtung. »Noch ein wenig mehr spannen – dann lass den Pfeil los – jetzt!«

TSCHAK.

Der Pfeil zischte durch die Luft. Er fegte die Kristallflasche vom Marmorsockel. Sie wurde mitgerissen und meterweit durch die Luft katapultiert, bis sie auf dem harten Steinboden in tausend Stücke zerbarst. Die unheilvolle, blutrote Flüssigkeit spritzte umher, große und kleine Tropfen flogen mit vielen glitzernden Glassplittern durch die Luft, fielen zu Boden und vermischten sich mit dem Staub.

»Es ist geschehen«, sagte Stelláris.

Einen Augenblick herrschte Stille. Dann brach der Jubel los.

Maya stand immer noch verdattert da und schaute auf die dunkle glänzende Flüssigkeit am Boden, die zischend und dampfend allmählich im Felsboden versickerte. Sie brauchte Zeit, um es zu fassen. Das Elixier, mit dem der Schattenfürst seine Unsterblichkeit sichern wollte, war vernichtet.

»Guter Schuss!« Larin nahm ihr strahlend den Bogen aus der Hand und reichte ihn an Stelláris weiter. Er packte sie unter den Armen, zog sie an sich und wirbelte sie im Kreis herum.

»Uh.« Maya kam schwankend auf ihre Füße zu stehen. Ihr war schon wieder schwindlig. Sicherheitshalber hielt sie sich an Larins Schultern fest. Irgendetwas rempelte sie an. Das war Max. Er sprang wie ein Gummiball durch die Gegend.

»Max«, quietschte Fiona. »Du hättest mich fast umgerissen!« Aber sie lachte dabei. »Maya, es ist unglaublich! Es ist tatsächlich zerstört!« Fiona kam, um die Freundin zu umarmen. Larin ließ Maya los. Sie fühlte sich ganz benommen.

»Wir können nun nach Hause«, lachte Fiona unter Tränen.

»Jaaa …« Maya seufzte. »Das hört sich gut an.« Sie sah die weißen Häuser von Eldorin im frischen, vom Morgentau benetzten Grün des Elfenwaldes vor sich. Fast meinte sie, den süßen Duft der Waldblumen riechen zu können und das zarte Flügelschlagen der Glimmerfeen zu vernehmen.

»Maya?« Larin berührte sie sanft am Arm. »Stelláris hat uns etwas zu sagen.«

»Ach ja … genau.« Maya erinnerte sich. Unbehagen stieg in ihr hoch. Stelláris hatte vorhin die Bergelfen belauscht, und irgendetwas hatte ihn sehr beunruhigt.

»Ich habe vorhin, als ich den Bergelfen zuhörte, etwas … Ungewöhnliches erfahren«, begann er zögernd. Maya fiel auf, dass er dabei Larin nicht aus den Augen ließ, und ihr Magen krampfte sich plötzlich zusammen. »Sie sprachen über einen … neuen Zusatz für das Elixier des Schattenfürsten. Ihr wisst, dass das Elixier noch nicht vollkommen war … Er war nach wie vor auf der Suche nach dem Bestandteil, der ihm wirklich die Unsterblichkeit

476

bringt.« Stelláris' Blick war weiterhin auf Larin geheftet. Er atmete tief durch. »Er hatte die Idee, königliches Blut hinzuzufügen. Er wollte *dich*. Du bist der Einzige noch Lebende aus dem alten Königsgeschlecht. *Darum* lockte er dich aus Eldorin fort – es gehörte zu seinem Plan. Wir wissen jetzt sicher, dass Caiman dich nicht einfach nur damit quälen wollte, als er dir den Hinweis gab, dass der Feind Eldorin einzunehmen drohte. Es steckte mehr dahinter. Der Schattenfürst selbst war die treibende Kraft, die dich aus Eldorin weglockte.«

»Er wollte *mein* Blut verwenden?«

»So sagten es die Bergelfen. Sie waren überzeugt, dass es ihrem Herrn mit Hilfe deines Blutes endlich gelingen würde, unsterblich zu werden. – Von deinem Tod versprach sich der Schattenfürst zweierlei Vorteile: Indem er dich umbringt, verhindert er, dass aus dem Königsgeschlecht von Amadur der Friedenskönig hervorgeht, den er so fürchtet. Außerdem wollte er mit deinem Blut das Elixier vollenden.«

»Uh.« Larin sah anwidert aus. Trotzdem huschte der Anflug eines Grinsens über sein Gesicht. »Als Mixgetränk für den Schattenfürsten zu enden ist kein schöner Tod.«

Maya fand das nicht komisch. Sie war kreidebleich, und ihre Kehle war wie zugeschnürt.

»Spiel das nicht runter«, stöhnte Fiona. »Es ist grauenvoll.«

»Wie auch immer, lasst uns von hier abhauen«, sagte Larin mit einem Seitenblick auf Maya, die aussah, als sei ihr schlecht. »Vorher sollten wir die Reste von dem Zeug verbrennen, bevor dieser Irre noch was davon zusammenkratzen kann.«

Sie näherten sich der Stelle, wo die Kristallsplitter im roten Licht der Höhle glitzerten. Von dem vergossenen Elixier war nicht mehr viel zu sehen, lediglich eine schwarzrote Verfärbung des Bodens war zurückgeblieben, und es hatten sich feine Risse im Gestein gebildet. Stelláris ließ die blaue Flamme auf seiner ausgestreckten Hand aufblitzen. Er drehte die Handinnenfläche nach unten, und das Feuer fiel zu Boden. Fauchend breitete es sich auf den Resten des Elixiers aus und leckte gierig an dem verfärbten Felsboden. Schwarzer, stinkender Qualm stieg auf.

»Puh«, Max hielt sich die Nase zu, »dasrüchtnüchtgud.«

Der Drache bewegte sich im Schlaf, und plötzlich nieste er. Das Geräusch war unbeschreiblich. Missmutig grunzend räkelte er sich.

»Dem stinkt's auch.« Max schielte verunsichert zu dem Ungeheuer. »Ich will hier raus!«

»Dann komm!« Entschlossen lief Larin zum Ausgang. »Zieht euren Zauberstab – für alle Fälle!«

»Wie kriegen wir die Tür auf?« Maya dachte daran, dass sie vorhin, als der Drache erwacht war, solche Mühe damit gehabt hatten.

»Mir ist etwas eingefallen. Es gibt da ein altes Kinderlied.«

»Du willst *singen*?« Max starrte Larin mit hochgezogenen Augenbrauen an, als wäre er nicht mehr ganz klar im Kopf.

»Quatsch. Natürlich nicht. Ähem, ich meine, ich hab mich an das Lied erinnert, weil da draußen dieser Wandteppich hängt. Da sind Szenen aus Märchen und Liedern abgebildet, und eben auch dieser goldene Drache im Berg. Na ja, man kommt nur wieder heraus, wenn man furchtlos ist und so … Kann sein, dass der Schattenfürst das Lied als Kind mochte, oder was weiß ich …«

»Ihr könnt ja zusammen singen«, gluckste Max. Ein breites Grinsen hatte sich auf seinem Gesicht ausgebreitet.

»Idiot«, knurrte Larin angesäuert. »Was ich sagen wollte ist, vielleicht hat ihn das Lied darauf gebracht, den Zauber für die Tür so zu erschaffen, wie es da beschrieben wird … Wenn es doch jemandem gelingt, in die Drachenhöhle einzudringen, kommt er auf gar keinen Fall rechtzeitig wieder heraus, weil er *Angst hat*. Es ist so eine Art magische Sperre.«

»Dann lass mal sehen«, sagte Max frech. Sie hatten den Eingang zum Spiegelsaal erreicht.

Larin funkelte ihn wütend an. »*Singen!*«, schnaubte er. »Also wirklich.«

»Entspann' dich«, Max klopfte ihm freundschaftlich auf die Schulter, »sonst klappt's vielleicht nicht, weil du so mies drauf bist.«

Maya versuchte verzweifelt, nicht loszulachen und verzog das Gesicht zu allen möglichen Grimassen.

»Geht's dir nicht gut?« Max musterte sie aufmerksam. »Der Rauch hier ist echt übel.«

»MAX! Nun halt endlich den Mund!«, fauchte Larin. Max hatte ihn mit seinem Gequatsche vom Singen ganz schön aus der Fassung gebracht. Er versuchte sich zu konzentrieren. Wo genau hatte er vorher den Spiegel angefasst, dass er zerbrach? Gab es irgendetwas, das man bedenken musste?

»Ach, Maya, mach du.«

Maya bekämpfte immer noch das in ihr aufsteigende Kichern. Sie war damit so beschäftigt, dass sie keinerlei Angst verspürte. Einen winzigen Moment lang sammelte sie sich. Dann trat sie mit dem Fuß gegen den Spiegel.

»Brutal«, stellte Max anerkennend fest.

Der Spiegel knackte. Unzählige Risse erschienen, und schließlich zerbarst er in viele kleine Stückchen. Die Scherben sprangen klirrend über den Boden.

»Na also«, murmelte sie und stieg als Erste hinaus.

Sofort sah sie ihr Spiegelbild vielfach aus der Öffnung steigen. Hinter ihr tauchten die anderen auf. Schwarzer Rauch drang mit ihnen heraus. Irgendwo im Hintergrund ertönte das tiefe Grunzen des Drachen.

Max wedelte hustend in der Luft herum. »Urrgh, was für ein Gestank.«

Als Stelláris als Letzter die Drachenhöhle verlassen hatte, erschien die hölzerne Tür und verschloss die Öffnung. Der blaue Kristall schimmerte in der Mitte. Maya nahm ihn rasch an sich und ließ ihn zurück in ihre Tasche gleiten. Sofort flogen die Glasscherben zurück an ihren Platz. Der Spiegel hing unversehrt an der Wand, niemand wäre auf die Idee gekommen, dass sich dahinter ein geheimer Zugang verbergen könnte.

»Was nun?« Jetzt, da sie draußen waren, fühlte Maya, wie ausgepumpt sie war. Erschöpft lehnte sie sich an die Spiegelwand.

»Müssen wir den ganzen Weg zurück? Durch die Vampirhöhle und so?« Fiona schluckte und strich sich mit zitternden Fingern eine widerspenstige Haarsträhne aus der Stirn.

»Ich fürchte, ja … Aber nicht mehr heute. Wir müssen uns ein Versteck für die Nacht suchen«, antwortete Stelláris.

Eine steile Falte erschien auf Larins Stirn. »Unternehmen wir etwas wegen der beiden Drachen? Meint ihr, wir haben eine Chance, die Bergelfen auf unsere Seite zu ziehen? Wenn sie die Biester freilassen, sodass der Schattenfürst nicht in ihrem Blut baden kann, gibt es für ihn so schnell keine Möglichkeit, an Drachenblut ranzukommen. Das bedeutet, er wäre verletzbar.«

»Weil es immer nur ungefähr ein Jahr anhält, nicht wahr?«, sagte Max. »Ziemlich unpraktisch.«

»Deshalb war er ja so scharf darauf, das Elixier fertigzustellen … mit meinem Blut. – Was war denn das?«

Ein tiefes Grollen war zu hören. Dann ertönte ein lautes Rumpeln. »Leide ich unter Einbildung, oder gab es eben eine Erschütterung?«, fragte Larin.

»Ich habe es auch gespürt«, bestätigte Maya. »Es hat sich angefühlt wie ein ganz leichtes Erdbeben, nicht wahr?«

»Das scheint von der Drachenhöhle zu kommen«, rief Stelláris. »Irgendetwas geschieht dort!«

Verdutzt standen sie und horchten. Plötzlich ertönte ein gewaltiger Donner, ähnlich dem bei einem Gewitter, allerdings um ein Vielfaches lauter. Er ließ sie erschrocken zusammenfahren. Fast gleichzeitig erzitterte der Boden unter ihren Füßen. Sie schwankten, doch es währte nur einen kurzen Moment. Fiona schrie auf und klammerte sich hilfesuchend an Stelláris. Einen Augenblick lang sahen sie einander an, und Fiona zuckte zurück, als hätte sie sich verbrannt.

»Wenn das der Drache war, bin ich aber froh, dass wir aus der Höhle draußen sind«, versuchte Maya die peinliche Situation zu überbrücken.

»Das kann er nicht gewesen sein«, meinte Larin überzeugt.

Von nebenan ertönte ein ohrenbetäubendes, wütendes Brüllen.

»*Das* war er«, erklärte er.

»Mich macht das Herumstehen ganz kribbelig.« Maya trat von einem Fuß auf den anderen. »Suchen wir Ronan. Wenn wir erreichen, dass die beiden Drachen freigelassen werden ...«

»Dazu ist es zu spät«, sagte Stelláris auf einmal. Auf seinem Gesicht erschien ein Ausdruck ungläubigen Entsetzens.

»Was?«, fragte Maya verwirrt und folgte seinem Blick. »Nein! Das gibt es nicht!« Ihr blieb der Mund offen stehen.

»Die Wanne!«, wimmerte Fiona. »Sie ist ... voller Blut!«

»Rasch!« Stelláris fing sich blitzschnell. »Wir müssen sofort verschwinden! – Nur der Schattenfürst konnte die Drachen töten! Er ist hier!«

Max sah sich panisch um, als erwarte er, dass der Schattenfürst hinter dem Sofa hervorspringen würde.

»Beeilt euch!«, drängte Stelláris. »Zur Tür! Die Bergelfen haben das Bad bereitet, der Schattenfürst kann jede Minute eintreffen – ich komme gleich nach!«

Sie stürzten los. Max riss eines der tierbeinigen Tischchen um, als er Richtung Ausgang hetzte.

»Lass es liegen«, keuchte Maya und zog ihn mit sich. Im Laufen schaute sie über die Schulter. Stelláris war flink zur Mitte des Saals geeilt und erreichte soeben die große silberne Wanne. Aus seiner erhobenen Hand fuhr ein feuriger Blitz und setzte das Drachenblut in Brand. Eine gewaltige grüne Stichflamme schoss bis unter die Decke. Dann rannte er ihnen nach. Larin erreichte als Erster die reich verzierte goldene Tür, die in den langen Gang führte. »Wir müssen uns in einer der Abzweigungen des Ganges verstecken.«

Vorsichtig öffnete er die Eingangstür und konnte doch nicht

verhindern, dass sie dabei laut knarrte – man meinte, es durch sämtliche Gänge hören zu können. Mayas Herz klopfte wie wild. Plötzlich prallte Larin zurück und schob die Tür wieder zu. »Was ist los?«, flüsterte Max so nahe an Mayas Ohr, dass sie heftig zusammenzuckte.

»Schritte. Am anderen Ende des Ganges. Irgendjemand kommt!«

»Dann müssen sie die Tür gehört haben!«, presste Maya hervor.

»Wenn es nun der Schattenfürst ist?« Fiona war leichenblass.

Wo konnten sie sich verstecken? Maya blickte sich hektisch um. Hier gab es nichts, wo sie sich verbergen konnten. Das Labor? Viel zu offensichtlich und überschaubar. Das Drachenblut brannte, er wusste, dass Eindringlinge hier waren.

Maya jagte auf den Spiegel zu, der den Eingang zur Drachenhöhle verbarg. Sie schlug ihn ein.

»Hast du noch nicht genug von den Drachen?« Larin stand heftig atmend neben ihr.

»Hoffentlich hat er sich nach weiter hinten verzogen …« Maya drückte mit zitternden Fingern den Kristall in die Vertiefung der hölzernen Tür. »… Wäre möglich, dass ihm das Erdbeben nicht gefallen hat … Lasst uns zumindest nachschauen …«

Der Eingang zur Drachenhöhle lag nun geöffnet vor ihnen. Maya spähte hinein. Das rote Licht erhellte nach wie vor einen Teil des riesigen Raumes. Von dem Drachen war nichts zu sehen.

»Nein!« Fiona weigerte sich, abermals in die Höhle zu steigen. »Wir haben kein Dictamnus-Öl mehr!«

Mit einem langgezogenen Knarren schwang die drachenverzierte goldene Tür zum Eingang des Spiegelsaales auf. Sie fuhren herum. Aller Blicke waren dorthin gerichtet. Mit gezückten Zauberstäben standen sie da.

Im flackernden Feuerschein sahen sie eine schwarze hohe Gestalt die Schwelle überschreiten. Sie war in einen mit silbernen Drachen bestickten schwarzen Kapuzenmantel gehüllt. Das

Zimmer schien dunkler und kälter zu werden. Eine böse, Unheil bringende Macht war eingetreten, und es roch nach Verderben und Tod. Instinktiv benutzte Maya die Schutzzauber, die sie so oft geübt hatte, aber sie war bereits unfähig, sich zu bewegen. Sie wusste, dass es den anderen ebenso erging. Ihre Augen wurden von der silbernen Maske angezogen und den schwarzen Schlitzen darin, hinter denen ein schauerliches rotes Augenpaar zu glühen schien. Gebannt verfolgte sie jede Bewegung des Schattenfürsten. Ihre Zähne schlugen aufeinander. Seine grässliche, verzerrte Stimme murmelte schreckliche Beschwörungen – hässliche Worte, die in den Ohren widerhallten und ihr das Blut erstarren ließen. Sie hörte ein grausames Lachen und sah, dass er einen langen, gebogenen Zauberstab auf Larin richtete. Langsam setzte Mayas Denken wieder ein.

»NEEEIN!«, brüllte sie. »In die Höhle! – Lauft! – LAAAUFT!«

Larin und Belláris gelang es, sich aus der Starre zu lösen. Geistesgegenwärtig duckte sich Larin, als ein roter Blitz über seinen Kopf zischte und einen Teil der Spiegelwand zersplitterte. Er zog mit einer Hand den neben ihm zusammengesackten Max hoch. Unsanft stieß er ihn durch den Eingang in die Drachenhöhle, wo dieser auf allen Vieren landete, während er selber mit seinem Zauberstab versuchte, die Flüche des Schattenfürsten abzuwehren. Fiona schwankte benommen zum Durchgang, konnte sich jedoch nicht völlig von der Lähmung befreien. Sie strauchelte unter der Wucht der Verwünschungen, die auf sie niederprasselten. Belláris riss Fiona hoch und sprang mit ihr durch die Tür zur Höhle, während der Spiegel zerbarst, vor dem sie sich eben noch befunden hatte. Ein Splitterregen ging auf Maya nieder. Obwohl sie dicht vor dem Durchgang stand, hatte sie nicht die Absicht gehabt, sich sofort in die Höhle zu retten, solange sie Larin in Gefahr wusste. Sie wollte ihm beistehen, weil sie angenommen hatte, dass der Schattenfürst sich auf ihn konzentrieren würde. Nun erkannte sie ihre Dummheit. Zwar stand Larin am heftigsten unter Beschuss, aber er konnte sich selber viel besser verteidigen als Maya. Sie bewegte sich wie in Trance, als würde sie gegen unsichtbare Seile ankämpfen, die sie banden und festhielten. Innerhalb von Sekunden fühlte sie ihre Kräfte dahinschwinden. Unerklärlicherweise hatte sie noch keiner der roten Blitze getroffen, die unvermindert heftig aus dem Zauberstab des Schattenfürsten hervorgeschleudert wurden, doch sie wusste, dass ihre Abwehr gleich zusammenbrechen würde. Sie war bereits zu schwach, um die wenigen Schritte durch die Öffnung zu schaffen. Regungslos starrte sie in die bösen roten Augen und wie durch dichten Nebel vernahm sie die finsteren Beschwörungen, die über sie und Larin ausgesprochen wurden. Ihre Hand, die den Zauberstab hielt, sank müde herab. Ein Lichtblitz schoss aus dem Stab des Schattenfürsten auf sie zu. Unfähig zu reagieren sah Maya ihn auf sich zufliegen. Sie war völlig schutzlos. Im nächsten Augenblick fühlte sie etwas Festes gegen sich schlagen, sie wurde durch die Luft geschleudert und landete hart auf dem Felsboden.

In diesem Moment wusste sie, dass sie sterben würde. Alles schien aus Schmerzen zu bestehen, und irgendjemand schrie. Sie fiel in einen dunklen Strudel, der sie in die Tiefe zog. Ihr Bewusstsein wollte nichts mehr wahrnehmen. Ihre Augen flackerten, und sie erkannte mehrere um sie kreisende, dunkle Sonnen. Der Schmerz ließ nach. Dann umgab sie nur noch Dunkelheit.

Auf einmal war da ein Gewirr von Stimmen. Sie konnte nicht verstehen, was sie sagten.

›Lasst mich in Ruhe‹, dachte Maya. ›Ich bin tot.‹

Die Stimmen waren sehr lästig. Sie wollten ihr keine Ruhe gönnen. Eine Stimme kam ihr bekannt vor. Sie rief immer wieder ihren Namen. Verärgert schwamm Maya wie durch zähfließendes Wasser an die Oberfläche zurück. Peinigender Schmerz durchfuhr sie, schlimmer als vorher. Er pochte und stach.

»Au!« Maya zuckte zusammen.

Die Stimmen lachten durcheinander.

»Schscht, halt still!«, sagte eine fürsorgliche Stimme zu ihr. Maya war empört. Es tat weh, und sie konnte sich nicht wehren. Sie schlug die Augen auf.

»Du hast es gleich geschafft.« Die zärtliche Stimme war dicht an ihrem Ohr.

»Larin?« Schlagartig setzte ihr Bewusstsein wieder ein. Sie hörte ein leises Lachen.

»Was ...? Au!«

»Ich hab dir doch gesagt, du sollst still halten. Du hattest einige Splitter abgekriegt, sie steckten hauptsächlich in Oberarm und Schulter. Ich habe gerade den letzten entfernt.« Er hielt ein blutverschmiertes Stückchen Glas hoch.

»Ja ja ..., aber ... ich dachte, er hat mich erwischt? Bin ich nicht tot?«

»Wie kommst du auf diese Idee?«

»Ich hab einen heftigen Schlag abbekommen, ich dachte, er ...«

»Das war ich«, gestand Larin. Maya guckte verwirrt. »Na, ich musste dich ja irgendwie aus dem Spiegelsaal heraus kriegen. Ich war vielleicht ein bisschen unsanft.«

»Er hat dich gepackt und ist mit dir in der Drachenhöhle gelandet. Es gab einen ziemlichen Schlag, als du auf dem Boden aufgeknallt bist«, platzte Max heraus.

»Dabei bist du auf die Schulter gefallen, die Splitter des zerbrochenen Spiegels haben sich da richtig schön durch die Haut gebohrt«, schilderte ihr Larin zerknirscht das Geschehen. »Eine der Schnittwunden musste Fiona nähen.«

»Fiona?« Maya war verblüfft. Ihre Freundin nickte. Sie sah grün im Gesicht aus.

»Von uns kann niemand nähen«, erklärte Larin entschuldigend.

Mayas Gehirn arbeitete noch immer recht langsam. »Aber ... der Dings?«

»Der Schattenfürst?« Larin grinste. »Sobald wir durch die Tür hindurch waren, schloss sich das Glas. Ein genialer Schutz gegen

Eindringlinge, die das Elixier stehlen wollen – diese magische Sperre. Du erinnerst dich? Der Schattenfürst hat die Tür mit einigen Zaubern so geschützt, dass sie verschlossen bleibt, wenn man sie aus dem Inneren der Drachenhöhle zu öffnen versucht und dabei Angst verspürt … und Angst hatten wir nun wirklich genügend. Das Ding geht ja nur dann auf, wenn man furchtlos ist … Na ja, wir wollten schließlich ganz dringend vermeiden, ihm nochmals gegenüberzustehen. Wir hatten ziemlich Schiss, dass er die Tür einfach mal locker von der anderen Seite öffnet. Also wendeten wir seine eigene Magie gegen ihn an. Deshalb mussten wir versuchen, die Tür zu öffnen, was wegen der Schutzzauber natürlich nicht ging. Ehrlich gesagt, fand ich das ziemlich pervers. Ich hatte echt Panik, dass sie doch aufgeht. Aber die Zauber waren so mächtig, dass nicht einmal der Schattenfürst sie auf die Schnelle aufheben konnte. Er hat sie immerhin selbst erschaffen. Vermutlich hat er dazu stundenlang komplizierte Beschwörungen gemurmelt. Das konnte er nicht so ratzfatz rückgängig machen. Er ist sozusagen an seiner eigenen Magie gescheitert.«

»Clever!« Maya hatte begriffen.

»Und der … äh … Drache?«

»Der ist ausgeflogen. Buchstäblich«, strahlte Max. »Schau, die Höhlendecke ist offen.«

Verblüfft sah Maya nach oben. Jetzt wurde ihr auch klar, warum es hell war und sie so fror. Die Höhle war teilweise eingestürzt, und sie sah den trüben Himmel über sich.

»Es muss an dem Elixier gelegen haben.« Während er erklärte, half Larin Maya auf die Beine. »Wir haben die Explosion ja gehört. – Wenn du wieder einigermaßen klar bist, müssen wir aufbrechen. Meinst du, du schaffst es?«

»E-es geht schon.« Maya fühlte sich noch sehr benommen, aber sie hätte es nicht zugegeben.

»Ich könnte dich tragen«, grinste Larin.

»Untersteh dich!« Mit unsicheren Schritten setzte sich Maya in Bewegung.

»Du hast einiges abgekriegt«, sagte Fiona mitleidig. »Dieser grässliche Kerl hat sich erst auf Larin und Stelláris konzentriert. Als du geschrien hast, hat er seine Zauber auf dich losgelassen. Er war furchtbar wütend. – Maya, du hast Glück, dass du noch lebst!«

Maya musste lächeln, weil Fiona den Schattenfürsten einen grässlichen Kerl genannt hatte.

»Wir müssen uns beeilen!« Stelláris kletterte geschickt über ein paar große Felsbrocken nach oben über die eingestürzte Höhlenwand. »Vor allem müssen wir schneller sein als der Schattenfürst. Zweifelsohne wird er uns verfolgen. Ich weiß nicht, wie lange er nach außen braucht, aber einer wie er wird sicherlich nicht stundenlang den ganzen Weg bis zur Vampirhöhle zurückgehen müssen, um aus dem Berg herauszugelangen.«

»Ja«, knurrte Larin. »Wenn wir oben ankommen, sind wir direkt im Vampirgebiet. Er wird die Vampire rufen. Vermutlich hat er sie bereits geweckt, sie können jeden Moment hier aufkreuzen.«

»Urgh.« Mehr hatte Maya nicht dazu zu sagen. Tapfer kroch sie hinterher. Stelláris hatte den Rand erreicht und half Maya das letzte Stück hinauf. Im Freien angekommen, sank sie sofort bis zur Hüfte in den Schnee ein.

Sie befanden sich knapp unterhalb des Berggipfels; man konnte seine Spitze nur als schattenhaften Umriss erahnen, weil es so neblig war. Unweit von ihnen ging es steil bergab. Der Wind pfiff schneidend über sie hinweg und wehte ihnen eisige Kristalle ins Gesicht.

»Ich hoffe«, Larin schlug Stelláris auf die Schulter, »du findest hier einen begehbaren Weg nach unten. Ich sehe im Moment nur Weiß in Weiß.«

Der Elf kniff die Augen zusammen und spähte prüfend durch den Nebel. »Wir versuchen es dort drüben. Da liegt nicht so viel Schnee, durch die Explosion scheinen Lawinen abgegangen zu sein. – Leise jetzt!«, gebot er. »Ich klettere voraus. Wenn ihr einen

Schatten über euch am Himmel seht, verhaltet euch absolut ruhig und presst euch an den Fels. Mit etwas Glück hält die Wirkung des Mispelkrauts noch an, und die Vampire riechen uns nicht.« Beherzt machte sich Stelláris an den steilen Abstieg. Larin bildete das Schlusslicht.

Sie waren noch nicht lange geklettert, als ein durchdringendes Kreischen dicht über ihr Maya zusammenfahren ließ. Sie drückte sich gegen die Felswand und wagte nicht, den Kopf zu drehen. Deutlich vernahm sie das Schlagen großer Flügel und spürte einen Luftzug. Ihr Herz pochte so laut, dass sie dachte, der Vampir müsse es hören können. Der Schrei erklang erneut, aber diesmal in größerer Entfernung. Maya zitterte so, dass sie nicht wusste, ob sie weiterklettern konnte.

»Komm«, flüsterte Larins Stimme neben ihr. »Du schaffst das. Er hat uns in dem Nebel nicht bemerkt, er kann uns tatsächlich nicht riechen.« Vorsichtig mit den Füßen nach Halt tastend, stieg Maya weiter ab.

Maya dachte voller Angst daran, dass der Schattenfürst sie nicht erst riechen musste, um sie aufzuspüren. Irgendwann würde er mit Sicherheit auftauchen. Und dann? Dass sie die Begegnung mit ihm überlebt hatten, lag daran, dass es nur wenige Sekunden gedauert hatte, bis sie sich in die Drachenhöhle hatten flüchten können. Hier in der Felswand konnte sie nichts vor ihm retten.

Plötzlich ertönte irgendwo oberhalb von ihnen ein markerschütterndes, wütendes Brüllen, ein schauerlicher Laut, der in ein immer schriller werdendes Kreischen überging.

Maya schloss für eine Sekunde die Augen. Der Schattenfürst war oben am Berg. Er hatte das zerstörte Elixier in der Drachenhöhle entdeckt.

›Wir sind verloren‹, war alles, was sie denken konnte. ›Gegen ihn haben wir nicht den Hauch einer Chance.‹

Sie hörte ein Geräusch, als ob gigantische Flügel die Luft

durchpflügen würden. Dann erschallte ein Gebrüll, noch lauter als das vorige. Es musste aus der Kehle eines riesigen Wesens gekommen sein. Fast gleichzeitig fegte eine Feuersbrunst über den Berggipfel hinweg. Maya konnte die verheerende Hitze trotz der Entfernung noch als unangenehmes Prickeln auf ihrer Haut spüren. Der Schnee um sie herum war wie weggefegt, und die Luft flirrte und fühlte sich so trocken an, dass sich Maya mit dem Atmen schwer tat.

›Der Drache!‹ Maya weinte fast vor Erleichterung. ›Der Schattenfürst ist auf den alten Drachen gestoßen. Oder umgekehrt. Das wird ihn eine Zeitlang beschäftigen.‹

Der Weg zurück

Maya hätte hinterher nicht sagen können, wie sie den Berg hinabgekommen waren. Sie konnte es immer noch nicht fassen, dass der Drache im richtigen Moment aufgetaucht war und den Schattenfürsten aufgehalten hatte. Vom Berggipfel waren längere Zeit die Geräusche eines schrecklichen Kampfes zu vernehmen. Solange er tobte, mussten sie den Schattenfürsten nicht fürchten. Von den Vampiren war nichts mehr zu sehen; entweder waren sie ebenfalls am Kampfgeschehen beteiligt oder sie suchten erfolglos nach ihnen.

Maya erinnerte sich mit Schaudern, dass sie mehr als einmal kurz davor gewesen waren, abzustürzen. Ohne Stelláris' ausgeprägte Wahrnehmung und seinen ausgezeichneten Orientierungssinn wären sie in dem steilen, nebelverhangenen Gelände verloren gewesen. An den schwierigen Stellen hatten sie sich mit den dünnen, aber haltbaren Seilen aus Einhornhaar gesichert. Vollständig durchnässt kamen sie nun am Fuß des Berges an, der gleichzeitig die Grenze zum Vampirgebiet darstellte. Es dämmerte. Die Nacht begann.

Mit vor Erschöpfung zitternden Knien wankte Maya hinter Stelláris her. Sie hatte keine Ahnung, wo sie sich befanden. Das Lager, von dem aus sie mit Zacharias aufgebrochen waren, musste sich weiter östlich befinden. Sie hatten dort einen großen Teil ihres Gepäcks gelassen, unter anderem frische Kleidung und wärmende Decken.

»Wir dürfen nicht an unseren Ausgangspunkt zurückkehren«, erklärte der Elf bedauernd. »Das ist zu gefährlich. Wir müssen versuchen, uns sofort zu den Pferden durchzuschlagen.«

»Es ist so entsetzlich k-kalt!« Fiona bibberte.

»Deshalb können wir keine Pause einlegen, es tut mir leid. Wir würden nicht mehr warm werden und erfrieren.«

»Ich bin müde«, jammerte Max. »Hunger hab ich auch. Mein Proviant ist aufgebraucht.«

»Nimm den Rest von meinem.« Maya kramte in ihrem Beutel nach Essbarem.

»Danke. Echt nett von dir, ... ef geht mir fon beffer«, schmatzte Max.

»Ich wollte, ich könnte das von mir sagen.« Fiona torkelte nur noch. »Wir müssen die ganze Nacht laufen, um zurückzukommen ... Was ist, wenn ER uns doch noch einholt?«

»Das glaube ich nicht.« Larin war zuversichtlich. »Er war zwar enorm sauer, weil wir ihm den Badetag versaut haben ...« Die Mädchen kicherten, obwohl ihnen alles wehtat, und Max verschluckte sich an seinem Elfenbrot. »... Aber nach dem Zusammenstoß mit dem riesigen Drachen ist er sicher nicht mehr taufrisch«, fuhr Larin respektlos fort, »möglicherweise holt er uns deshalb nicht so locker ein. Ich weiß nicht, wie dringend er in dem Drachenblut baden müsste, um den Schutz gegen Verletzungen zu erhalten. Es kann sein, dass er doch schon ein wenig anfällig war und bei dem Kampf irgendeine Verwundung abgekriegt hat.«

»Hoffentlich.« Maya seufzte. »Ich fasse es immer noch nicht, geht es euch auch so? Wir standen IHM gegenüber und haben überlebt.« Sie dachte an Zacharias, und es gab ihrem Herzen einen Stich.

»Er wollte Larin haben, um sein Blut in dieses Elixier zu mischen!« Max empörte sich so, dass er wild herumfuchtelte und dabei an einen schneebeladenen Ast stieß. Die Schneelast geriet ins Rutschen und entlud sich prompt über Fiona, die hinter ihm lief.

»Danke!«, sagte sie verärgert.

Max drehte sich um. »Uh! Was hast du denn gemacht? Du schaust ja aus wie ein Schneemann!«

Entrüstet klopfte Fiona sich ab »Witzig, Max. Iiih, ist das eisig! Jetzt hab ich massenweise Schnee im Nacken.«

»Nicht so laut!«, zischte Larin.

»Entschuldigung!«, murmelte Fiona und verrenkte sich, um den Schnee zu entfernen.

»Warte, ich helfe dir«, erbot sich Maya. »Erschrick nicht, meine Finger sind eiskalt.«

»Wir haben gleich die Schneegrenze erreicht«, tröstete Stelláris. »Danach wird es besser.«

»Zumindest kann sich Fiona dann nicht als Schneemann verkleiden und mir daran die Schuld geben«, betonte Max.

Tatsächlich wurde der Schnee bald weniger, das Laufen wurde leichter, aber dafür mussten sie sich nun erschöpft durch den nassen, tropfenden Nebelwald schleppen. Sie hatten im undurchdringlichen Nebel den Pfad nicht wiedergefunden, der sie bergauf geführt hatte, ein Umstand, der Maya eher erleichterte. Sie hatte Angst, dass der Schattenfürst sie dort womöglich leichter gefunden hätte. Allerdings mussten sie sich so durch dichtes Unterholz schlagen, und Maya schlief vor Müdigkeit fast im Laufen ein. Wie in Trance stolperte sie hinter Larin her, der sich mit Stelláris an der Spitze des Zuges abgewechselt hatte – und prallte mit ihm zusammen, als er stehen blieb.

»Versseihung.« Maya blinzelte zu ihm auf und gähnte.

»Lichter«, flüsterte Larin ihr zu.

Maya riss die Augen auf. »Was?«

»Lichter?« Stelláris war zu ihnen nach vorne gehuscht.

Maya blinzelte erneut. Irgendetwas schimmerte schwach zwischen den Bäumen. »Oh, Lichter«, stellte sie verblüfft fest.

Larin verbiss sich ein Lachen. »Ihr bewegt euch nicht vom Fleck«, wisperte er. »Ich sehe nach, was das ist.«

»Das sind Lichter«, sagte Max stirnrunzelnd. Larin war schon verschwunden.

Maya war wieder hellwach. Max holte Luft, um etwas zu sagen, doch Stelláris legte den Finger an die Lippen. Mayas Herz klopfte schneller. Sie fand keine rechte Erklärung für die sonderbaren Lichter. Erstaunlich, wie sie den dicken Nebel durchdrangen. Aufgeregt wartete sie und lauschte. Außer dem sanften Plopp des tropfenden Wassers von den Blättern hörte man keinen Laut. – Wo steckte Larin? Es dauerte viel zu lange, er hätte längst zurück sein müssen. Die Lichter schienen auf einmal heller zu werden. Jetzt zogen sie sich in einem Halbkreis um sie zusammen. Maya wurde immer unruhiger. Ihr Herz pochte zum Zerspringen. War Larin gefangen genommen worden? Waren das etwa die Bergelfen, die sie umzingelten? War der Schattenfürst etwa hier? Beklommen vernahm sie leise Stimmen in der Ferne. Ohne einen Laut von sich zu gehen, schlüpfte Stelláris aus seinem Versteck und verschwand im Nebel. Überrascht blickten sich die drei an. Es sah Stelláris so gar nicht ähnlich, ohne eine Erklärung davonzulaufen. Plötzlich hörte Maya unterdrücktes Gelächter. Die Lichter kamen näher, und es lösten sich mehrere Gestalten aus dem Nebel. Larin stand vor ihr. Dahinter erkannte sie Stelláris und eine schlanke dunkelhaarige Frau.

»Luna!«, schrie Maya und sprang aus dem feuchten Blätterdickicht hervor. Schluchzend warf sie sich ihr in die Arme. Benommen bahnten sich Fiona und Max einen Weg zwischen den Zweigen hindurch.

Maya trat einen Schritt zurück und wischte sich die Tränen fort. Verschwommen erkannte sie Anais und etwa 30 Elfen. Dazwischen entdeckte sie eine weitere vertraute Person, mit der sie so gar nicht gerechnet hatte. »Wilbur!«

Larins Pflegevater strahlte. »Schön, dass wir euch endlich gefunden haben! Waltraud war ganz verrückt vor Sorge. Ich konnte sie gerade noch abhalten, sich sofort Hals über Kopf auf die Suche zu machen. Dabei wäre sie den Strapazen eines so langen Rittes gar nicht gewachsen gewesen.«

»Geht es allen gut? Was ist mit Eldorin?«

»Sie sind alle wohlauf. Eldorin wurde nicht angegriffen«, antwortete Wilbur.

Luna hielt Fiona und Max im Arm. »Ihr seid müde wie die Glimmerfeen, wenn der Winter kommt. Leider ist es ein mehrstündiger Fußmarsch zurück zu unserem Lager. Es befindet sich an der Stelle, wo ihr eure Pferde zurückgelassen habt. Wir fanden sie dort und ließen die unsrigen bei ihnen. Ich mute euch die Strecke ungern zu, doch ist es für euch viel angenehmer, dort auszuruhen, als hier in diesem feuchten, dunstigen Wald zu nächtigen. Glaubt ihr, die Anstrengung durchzustehen?«

»Wir hätten sowieso dorthin gemusst«, gähnte Maya. Soeben war ihr wieder bewusst geworden, wie müde sie eigentlich war. Fiona murmelte etwas, das sich wie eine Zustimmung anhörte. Sie hatte ihren Kopf auf Lunas Schulter gelegt und war zu erledigt zum Sprechen. Max war fast im Stehen eingeschlafen. Luna tauschte mit Anais einen kurzen Blick. Der Elf nahm Max behutsam auf den Arm. Max merkte es nicht einmal mehr. Er schlief. Luna strich Fiona sanft über das flammend rote Haar. »Komm, mein Kind. Wir brechen auf.«

»Der Schattenfürst ... hat Larin euch alles erzählt?«, wollte Maya wissen. »Vielleicht können wir ihn ja erwischen, er ist im Moment angreifbarer als sonst ...«

»Nun«, lächelte Luna. »Larin berichtete das Wichtigste in kurzen Stichpunkten ... Ich denke, es hat keinen Sinn, nach dem Schattenfürsten zu suchen. Wir sahen vorhin am Himmel einen Schwarm Vampire. Sie führten einen Menschen in ihrer Mitte mit sich und kreisten über dem Berg, als suchten sie etwas.«

»Widerlich.« Maya schüttelte sich. »Meinst du, sie suchten nach uns?«

»Ich bin sicher, das taten sie. Als sie unsere Lichter erkannten, drehten sie ab und flogen nach Süden. Ich vermute, der Schattenfürst wollte es nicht mit einer Übermacht an Elfen aufnehmen, nicht, nachdem er gerade erst mit dem Drachen hatte kämpfen müssen. Er hat die Zauberbanne aufgehoben, die die Vampire an dieses Gebiet fesselten, und ist inzwischen vermutlich unterwegs zur Festung Hel al Sharak. Durch euch wissen wir nun, was ihn schützte. Selbst wenn es ihm rechtzeitig gelingt, den Schutz zu erneuern ...« Luna straffte sich. Ihre Augen funkelten. »Ich weiß, wie man einen Drachen tötet. Deswegen weiß ich jetzt auch endlich, wie wir IHN töten können.«

Maya kam der Rückweg vor, als liefe sie durch einen Traum. Ihr Verstand sagte ihr, dass ihre Aufgabe erfüllt war, aber dieses Wissen war noch nicht ganz in ihrem Herzen angekommen. Nicht einmal richtig freuen konnte sie sich darüber. Vor Übermüdung nahm sie ihre Umgebung lediglich recht verschwommen wahr, ihre Füße schienen sich ganz von selbst vorwärts zu bewegen. Nur dass Larin an ihrer Seite ging, blieb in ihrem Gedächtnis haften.

Als sie aus dem Wald auf die Wiese traten, auf der sie die Pferde zurückgelassen hatten, ging soeben die Sonne auf. Zu erschöpft, um sich für irgendetwas anderes als ihr Bett zu interessieren, verkroch sich Maya zusammen mit Fiona und den Jungs in der Höhle, in dem Bewusstsein, dass die Elfen sie beschützen würden.

Maya wurde von einem Knurren geweckt. Es dauerte eine Weile, bis sie begriff, dass das ihr Magen war, der sich gebärdete wie ein gefährliches Raubtier.

Stelláris war der Einzige, der bereits aufgestanden war. Das ständige Halbdunkel des hinteren Teils der Höhle war schuld, dass sie vermutlich den halben Tag verschlafen hatten. Maya robbte unter ihrer Decke hervor. Zwischen den Sachen, die sie vor ihrem Aufbruch zurückgelassen hatte, fischte sie etwas Frisches zum Anziehen heraus. »Au!« Maya zuckte zusammen und tastete mit schmerzverzerrtem Gesicht nach ihrer Schulter. An dieser Stelle war ihre Kleidung völlig zerfetzt. Die Wunde pochte, und es fühlte sich an, als hätte Fiona einen ziemlich langen

Schnitt nähen müssen – Maya hatte noch gar keine Zeit gehabt, dieses Werk zu begutachten. Vermutlich würde eine dicke Narbe zurückbleiben.

›Was soll's‹, dachte sie und bemühte sich, keine falsche Bewegung zu machen, um die Wundränder nicht zu dehnen.

Der Höhleneingang wurde von zwei Elfen bewacht, die Maya freundlich grüßten, als sie an ihnen vorbeilief. Einer davon kam Maya bekannt vor, sie vermutete in ihm den Vater von Ondil. Draußen auf der sonnenbeschienenen Wiese traf sie auf Luna. Die Elfe war mit ihrem Sohn in ein Gespräch vertieft, unterbrach aber sofort und wandte sich Maya zu. Sie trat dicht an sie heran und legte ihre Hände sanft um Mayas Gesicht.

»Wir haben dir so viel zu verdanken.« Dann beugte sie sich zu ihr und küsste sie auf die Stirn.

Ein bisschen verlegen sah Maya zu Luna auf.

»Ich bin glücklich, euch alle lebend wiederzusehen …« Lunas Augen blieben an Mayas Verletzung hängen. »Ich werde mit dir zur Quelle gehen, die Schulter muss gründlich gesäubert und versorgt werden.«

Maya war froh, sich endlich wieder richtig waschen zu können. Ein kleines Zelt aus luftigen seidenen Tüchern war um die Quelle herum errichtet worden, was ihnen die Möglichkeit bot, dabei ungestört zu sein. Das kalte Quellwasser vertrieb den letzten Rest Müdigkeit. Luna legte Maya die Hände auf die wunde Stelle und murmelte etwas in der alten Elfensprache. Fasziniert hörte Maya zu. Die Wunde begann zu kribbeln. Es begann in der Tiefe und setzte sich bis zu den oberen Hautschichten fort. Ein Gefühl von Wärme breitete sich aus. Als es nachließ, strich Luna behutsam mit einem Finger über die Schnittverletzungen.

»Es wird nun kaum mehr schmerzen. Einer der Schnitte war sehr tief, aber auch er wird schnell und ohne Probleme heilen. Ich habe die Fäden entfernt, sie sind nicht mehr notwendig.«

Maya staunte. Sie hatte nicht gewusst, dass Elfen die Fähigkeit besaßen, den Heilungsprozess zu beschleunigen. Luna lächelte über Mayas ungläubiges Gesicht. »Es erfordert Jahre des Lernens, diese Dinge zu beherrschen. Misslingt es, kann man ziemlichen Schaden anrichten. Stelláris handelte weise, Fiona nähen zu lassen. – Übrigens kann sie meisterhaft mit Nadel und Faden umgehen.«

Maya kicherte. »Sie hatte immer die besten Noten in Handarbeit. – Da kommt sie ja.«

»Guten Morgen«, sagte Fiona und hielt verwirrt inne. »Ach, nein, es ist doch schon Mittag ... oder Nachmittag?«

»Es ist früher Nachmittag.« Luna begrüßte Fiona liebevoll und sah sie dann prüfend an. »Du hattest eine schwere Zeit«, sagte sie. »Du warst so tapfer.«

Fionas Unterlippe zitterte. Luna zog das Mädchen an sich und strich ihm über das Haar.

»Ich ... Stelláris wäre meinetwegen fast gestorben!«, flüsterte Fiona und begann, leise und verzweifelt zu schluchzen.

»Aber er lebt«, warf Luna ein.

»Es war meine Schuld!«, brach es aus Fiona heraus.

»Das war es nicht. Er hat mir alles erzählt«, sagte Luna sanft. »Du solltest dich nicht dafür verurteilen, du konntest nicht wissen, was passieren würde. Stelláris gibt dir ebenfalls keine Schuld.«

»Er geht mir aus dem Weg.« Dicke Tränen liefen über ihr Gesicht und hinterließen helle Spuren.

»Dummer Junge. Ihr solltet euch aussprechen.«

Erschrocken sah Fiona Luna an. Luna musste lachen. »Ich weiß, es erscheint manchmal leichter mit einem Drachen zu kämpfen, als miteinander zu reden ... Aber nun wasch dir den Staub ab, ich werde die beiden Langschläfer wecken, damit ihr zusammen essen könnt. Ihr seid sicher halb verhungert.«

Es war Maya ein wenig peinlich, dieses Gespräch mitgehört zu haben. Als Luna ihren Sohn einen dummen Jungen genannt hatte, hatte Maya sich auf die Lippe beißen müssen, um nicht loszulachen. Die Bezeichnung ›dumm‹ wirkte bei einem Elfen seltsam unpassend; genauso hätte Luna Stelláris als lahm wie eine Schnecke bezeichnen können. Andererseits schienen Elfen, wenn es um Herzensangelegenheiten ging, sich bisweilen ähnlich unzurechnungsfähig wie Menschen zu benehmen.

Maya wartete auf ihre Freundin, die sich in beachtlicher Geschwindigkeit gewaschen hatte. Sauber und mit tropfenden Haaren tauchte sie zwischen den Seidenvorhängen auf. »Maya, was soll ich ihm nur sagen?«

»Äh, was *willst* du ihm denn sagen?« Maya verwirrten Fionas Gefühle immer mehr. Erst rettete Stelláris Fiona das Leben, und Fiona war untröstlich, dass er dabei fast umgekommen wäre, dann verhielten sie sich beinahe wie zwei Fremde.

Fiona seufzte tief auf und rubbelte sich gedankenverloren die rote Mähne trocken.

»Ich fand Stelláris schon von Anfang an toll. Aber dann kam Shanouk, und es hat mich einfach umgehauen. Er wusste genau, wie er einen ansehen muss. Damals in der Schule hatte ich von seinem Blick richtig Bauchkribbeln bekommen.« Fiona lächelte traurig. »Wahrscheinlich war ich einfach auch beeindruckt, weil er ein ganzes Stück älter war als ich und so erfahren wirkte.«

Maya schnaubte.

Fiona gab ihr einen Schubs. »Lach mich nicht aus, ich find's ja auch blöd von mir im Nachhinein … das heißt, ich hab ihn wirklich gerne gehabt, ich m-mag ihn eigentlich immer noch.« Fiona schlenderte neben Maya her.

Maya zog nachdenklich die Stirn kraus. »Du … magst ihn immer noch? Aber er ist …«

»Ich weiß, was er ist«, sagte Fiona scharf. »Er kann doch nichts dafür. – Es ist so: Ich war mir wegen Shanouk nie wirklich sicher, aber er hat sich unglaublich um mich bemüht. Irgendwie hatte ich dauernd das Gefühl, dass es letztendlich nicht passt. Aber ich wollte unbedingt, dass es passt, ich konnte ihn doch nicht enttäuschen. Stellenweise bin ich mir bei ihm ganz klein und bescheuert vorgekommen. Das ist mir bei Stelláris nie passiert. Ich fand es schrecklich, dass ich mit dir nicht darüber reden konnte, weil du total gegen Shanouk warst … da hatte ich ständig das Gefühl, ich müsste ihn verteidigen.«

»Tut mir leid«, murmelte Maya betreten.

»Schon gut. Am schlimmsten war, dass mich Stelláris manchmal ganz finster angesehen hat. Ich dachte wirklich, er kann mich nicht mehr leiden. Inzwischen weiß ich, dass er sich einfach bloß fürchterliche Sorgen gemacht hat. – Maya, ich war so dumm.« Sie senkte die Stimme und wurde knallrot. »Mir ist klar geworden, dass ich Stelláris lieber mag. Ich hatte nur keine Zeit, das zu kapieren, weil alles so schnell ging. Selbst wenn Shanouk der geblieben wäre, für den ich ihn gehalten hatte, wäre es mir wohl irgendwann aufgefallen. Ich fürchte nur, dass es zu spät ist. Ich hab's vermasselt.« Fiona ließ den Kopf hängen.

»Das glaube ich einfach nicht«, sagte Maya.

»Ich platze!« Max hielt sich den Bauch und ließ sich mit einem zufriedenen Seufzen rückwärts sinken. Sie saßen mit Luna und Anais vor deren Zelt auf einer Decke im Gras. Anais hatte ihnen mitgeteilt, dass einige Elfen sich auf die Suche nach den Bergelfen gemacht hatten. Da die Drachenhöhle zerstört war, hofften sie, einen anderen Zugang in den Berg zu finden als über den See der Verlorenen.

»Ich dachte schon, wir kriegen dich nie satt«, stichelte Larin. »Bist du sicher, dass du nicht irgendwo einen zweiten Magen versteckt hast?«

»Ungemein komisch.« Max warf Larin einen vernichtenden Blick zu. »Ich sage doch, ich wachse zurzeit enorm.«

»Am allermeisten hier in der Mitte …« Larin klopfte auf Max' Bauch. Max japste und fuhr hoch.

»Lass den Blödsinn«, sagte Fiona und hielt Max fest, der sich gerade in gespielter Entrüstung auf Larin stürzen wollte. »Du könntest deine überschüssige Energie darauf verwenden, beim Abräumen zu helfen.«

»Was? Wir wollten doch zu den Pferden!« Max hielt erschrocken inne.

Luna lächelte. »Lasst gut sein, das ist gleich erledigt. Lauft nur.«

»Schau, sie freut sich«, rief Maya freudestrahlend, als Hyadee mit einem fröhlichen Wiehern angetrabt kam.

»Was dachtest du denn?« Larin kraulte Antares, der mit seinem weichen Maul vorsichtig das Ohr seines Herrn beknabberte. »Lass das, du kitzelst ... Natürlich freut sie sich, sie hat dich bestimmt vermisst.«

»Aber ich dachte, sie kennt mich noch gar nicht so lange.«

»Man muss dich nicht lange kennen, um dich zu mögen«, rutschte es Larin heraus.

Maya wusste nicht, was sie darauf antworten sollte. Verstohlen sah sie zu ihm hinüber.

Er gab sich Mühe, betont lässig zu wirken, aber seine Stimme klang ein bisschen unsicher, als er sagte: »Ehrlich gesagt, ist mir das schon am ersten Tag klargeworden, gleich, als ich zum allerersten Mal mit dir gesprochen habe.«

Maya räusperte sich und war sehr erleichtert, überhaupt einen Ton herauszubekommen. »Ging mir genauso«, piepste sie. ›Warum muss ich ausgerechnet jetzt wie eine Maus klingen?‹, schoss es ihr durch den Kopf. Larin war es offensichtlich egal, wie sie sich anhörte. Er ging auf sie zu und legte ihr schüchtern die Hände um die Taille. Vorsichtig zog er sie ein bisschen näher heran. Überrascht stellte Maya fest, dass er ein ziemliches Stück größer war als sie, denn sie musste sich auf die Zehenspitzen stellen, um ihn küssen zu können. Antares kam interessiert näher und stupste Larin mit der Nase an. »Verdammt, Antares, du dummes Pferd«, murmelte Larin.

»Jetzt erzähl doch mal der Reihe nach!«, sagte Fiona aufgeregt. »Wenn du so wirr durcheinander quasselst, kann ich dir echt nicht folgen. Was ist mit der Maus?«

»Nichts. Ich habe mich so angehört«, sagte Maya ungeduldig.

»Maya. Du hast eben gesagt, ihr habt euch geküsst, und du hast dich angehört wie eine Maus. Das kann so nicht stimmen. – Oder doch?« Fiona gab vor, sich sehr über die Freundin zu wundern und begutachtete Maya mit hochgezogenen Augenbrauen.

»Ach so, oh!« Maya prustete los. »Neiiiin. Das war *vorher*. Ich habe mich doch nicht beim Küssen so angehört! Aber egal.«

Fiona gluckste. Plötzlich wieder ernst, fügte sie hinzu »Ich freu mich so für euch.«

Im Gedanken versunken schlenderten sie über die Wiese.

»Kann das sein?«, fragte Maya überrascht. »Ist wohl schon Abendessenszeit?«

Einige Elfen begannen, vor ihren Zelten die leichten Decken auszubreiten, auf denen man so weich und bequem saß, dass man Tisch und Stühle gar nicht vermisste.

»Ich habe jegliches Zeitgefühl verloren. Na ja, kein Wunder, wir haben ja am Nachmittag gefrühstückt.«

»Max wird begeistert sein«, meinte Fiona. »Komm.«

Tatsächlich war Max neben Wilbur der Erste, der sich zum Essen einfand. Sie befanden sich miteinander im angeregten Gespräch. Max schilderte Larins Pflegevater gerade eifrig die verschiedenen Drachenarten und deren Eier, die er sich detailgenau eingeprägt hatte.

»Schlag dir das aus dem Kopf!«, warnte Wilbur in einer kurzen Atemholpause. »Drachen sind nicht zähmbar. Ich habe es in meiner Jugend selbst einmal ausprobiert. Damals waren sie nicht allzu schwer zu bekommen. Ein Freund von mir hatte das Ei eines Leviathans, und ich habe es ihm abgekauft. Ich hätte Spiegelei damit machen sollen, das wäre sinnvoller gewesen.«

Atemlos hing Max an seinen Lippen.

»Das kleine Biest hat sogar als Babydrache mein Elternhaus fast in Schutt und Asche gelegt. Es hatte eine Erkältung, ständig musste es niesen und hat dabei Feuer gespuckt.«

Maya hörte nicht so richtig hin. Sie war von Larin abgelenkt, der neben ihr saß und ihre Hand hielt. Wie sie wusste, hatte er sich vorhin mit Stelláris unterhalten, und Maya interessierte es brennend, wie sein bester Freund wohl auf die Neuigkeiten reagiert hatte. Sie war sicher, er würde sich freuen – aber Maya entsann sich noch gut, was für ein eigenartiges Gefühl es damals für sie gewesen war, Fiona mit jemandem teilen zu müssen.

Außerdem fragte sie sich, wie viel Luna bereits wusste – vermutlich hatte sie es gewusst, bevor man es ihr sagte. Maya lächelte in sich hinein. Sie fing Lunas Blick auf und fühlte sich in dieser Annahme bestätigt. Luna sah sie auf eine Art an, dass es Maya ganz merkwürdig zumute wurde. Unwillkürlich setzte sie sich kerzengerade hin.

Nach dem Essen (es hatte außer den viereckigen kleinen Elfenbroten getrocknete Früchte und Feentau gegeben) griff Luna hinter sich und holte ein kleines Päckchen hervor. Sie legte es behutsam in ihren Schoß.

Wieder fühlte Maya Lunas schöne dunkle Augen auf sich gerichtet und rutschte ein wenig nervös auf ihrem Platz umher. Luna lächelte Maya aufmunternd zu.

»Wie ihr wisst«, begann die Elfe in ihrer wohlklingenden klaren Stimme, »verreiste ich für einige Tage, bevor ihr Eldorin so überstürzt verließet. – Das Ziel meiner Reise behielt ich für mich – aus gutem Grund. Ich wusste weder, ob die Vermutung, die ich hegte, berechtigt war, noch ob ich Erfolg haben würde. Es lag mir fern, falsche Hoffnungen zu schüren. – Nun, ich fand, wonach ich suchte. Ich habe den Beweis mitgebracht.«

Luna löste das Band aus perlweiß glänzendem Einhornhaar, das das Päckchen zusammenhielt. Das Seidenpapier raschelte, als sie es entfernte. Luna hielt ein kostbares, silberdurchwirktes Tuch in den Händen. Die Elfen waren Meister darin, diese hauchzarten und doch mit erstaunlichen Eigenschaften ausgestatteten Stoffe herzustellen. Dieses Stück Stoff war nicht größer als ein kleines Tischtuch, aber sehr fein gewebt. Es schien nicht mehr ganz neu zu sein.

»Als ich deine Geschichte hörte, Maya, wurde ich nachdenklich. Du bist in einem Waisenhaus aufgewachsen, in das du wenige Wochen nach deiner Geburt gebracht wurdest. An deine Eltern hattest du keinerlei Erinnerung. Du sprachst davon, dass du in einer kalten Nacht in nichts als in ein silbrig glänzendes Tuch gewickelt vor der Türschwelle gefunden wurdest. Dieses Tuch weckte mein Interesse. Ich habe es gefunden. Es lag auf dem Dachboden des Waisenhauses in einer Kiste. Sieh her, es gehört dir.« Luna beugte sich zu ihr hinüber und reichte es ihr. Verdattert nahm Maya es entgegen.

»Du warst … im Waisenhaus?« Mayas Augen wurden groß.

Luna nickte. »Schau es dir genau an. An der einen Ecke ist ein kleines Wappen mit Silberfäden eingestickt. Es ist das Familienwappen der Könige von Amadur.«

Mit zitternden Fingern drehte Maya das Tuch so, dass sie die Stickerei fand. Sie zeigte ein Einhorn vor einem Baum.

»Ich sehe es«, flüsterte Maya. »Und eine Ecke ist voll rotbrauner Farbe. Jemand hat etwas draufgemalt … nein, es sind große Buchstaben. Es ist schwer zu lesen … oh.«

Larin hatte sich mit ihr über den Stoff gebeugt. »Es heißt MAYA«, sagte er erstaunt.

»Ja«, erwiderte Luna. »Es ist keine Farbe, es ist Blut. Jemand schrieb diesen Namen mit seinem Blut. – Ihr kennt die Geschichte, als der Schattenfürst die Königsfamilie von Amadur und ihre Diener umbringen ließ. Bis vor kurzem hielt ich Larin für den einzigen Überlebenden. Ich hatte mich geirrt. Maya, du bist die Tochter von Cyril, dem Cousin des Königs von Amadur. Du hast überlebt.«

Es herrschte eine Stille, dass man sogar den leisen Flügelschlag einer Glimmerfee hätte vernehmen können.

Maya bewegte sich nicht. Sie hielt das silberne Tuch an sich gepresst und starrte Luna an.

»An diesem Tag waren Gäste im Schloss«, fuhr Luna fort.

»Das erklärt, warum niemand feststellen konnte, dass du entkamst. Die Anzahl der anwesenden Menschen stimmte sowieso nicht mit der an anderen Tagen überein.«

Larin fand als Erster seine Stimme wieder. »Maya war damals ein Baby. Wie konnte sie entkommen?«

»Es muss die Köchin gewesen sein, die sie rettete. – Im Waisenhaus fand eine Frau eine Anstellung als Köchin, die im Dorf wohnte und als ein wenig sonderbar galt, aber Kinder liebte und für dich fast wie eine Mutter war.« Luna blickte Maya versonnen an. »Ihr Name war Genevra Silberstein. Das war nicht ihr richtiger Name. Ihren eigenen Namen vergaß sie, als sie das Tor der Wächter mit dir durchquerte. Unser Land blieb für sie eine flüchtige Erinnerung. Wunderschön, doch undeutlich wie ein Traum in der Nacht, der schwindet, sobald der Tag anbricht.

Ich weiß nicht, warum sie uns Elfen nicht um Hilfe bat. Vielleicht hatte sie es vor, aber sie verirrte sich und sah in dem Durchschreiten des Tores eine sichere Möglichkeit, dich zu retten. Es könnte sein, dass sie verfolgt wurde und deshalb keine Zeit verlieren wollte, uns zu suchen. Sie wusste im Voraus, dass ihre Erinnerung schwinden würde. Darum brachte sie sich eine leichte Verletzung bei und schrieb deinen Namen mit ihrem Blut auf das Tuch. Dein Name sollte nicht in Vergessenheit geraten.

Ich kann nur Vermutungen anstellen, wie es weiterging. Sie wird wohl verwirrt und verzweifelt durch das Gebirge auf der anderen Seite geirrt sein. Sie wusste ja nicht mehr, wer sie war und wer du warst. Als sie das Waisenhaus fand, war es für sie die einzige Möglichkeit, dich gut versorgt zu sehen.«

»Wie furchtbar!« Maya war sehr betroffen. »Was für eine tapfere Frau – wie war ihr richtiger Name?«

»Tabitha.«

»Wie lautete der Name meiner Mutter?«, fragte sie zögernd. Es war für sie merkwürdig, das Wort Mutter auszusprechen. Auf einmal hatte sie eine Familie, wenngleich sie sich an niemanden erinnern konnte.

»Sie hieß Helena. Du hattest auch eine Schwester. Sie war zwei Jahre älter als du ... Es tut mir leid, Maya, aber Minora lebt nicht mehr.«

›Eine Schwester‹, dachte Maya, ›ich hatte eine Schwester.‹ Sie saß da mit dem Tuch an ihre Brust gepresst und weinte leise.

Luna wartete. Schließlich, als Maya sich beruhigt hatte, sprach sie weiter. »Ich bin noch nicht am Ende der Geschichte angelangt. Ich suchte gründlich nach Hinweisen in eurer Welt. Als das Durchsuchen des Dachbodens und der alten Aktenordner über die Kinder, die in diesem Jahr ins Heim kamen, nichts mehr ergab, fragte ich in der näheren Umgebung nach. Eine alte Bäuerin erinnerte sich an ein Findelkind in einer finsteren, bitterkalten Nacht. Ich folgte dieser Spur, und letzten Endes fand ich das hier ...« Erneut griff Luna hinter sich und legte ein ebenso verpacktes Päckchen auf ihren Schoß.

Unter den gebannten Blicken der Anwesenden löste sie das perlweiße Band und das seidene Papier. Zum Vorschein kam ein Kinderjäckchen. Es war ebenfalls aus dem unverkennbaren besonderen Material hergestellt, aus dem die Elfen ihre Kleidung fertigten. Die einstmals blaue Farbe war verblasst, und auf der Rückseite fanden sich die gleichen rostbraunen verschmierten Linien. Diese hier waren jedoch nicht mehr zu entziffern – sie waren fast gänzlich herausgewaschen worden. Die prächtigen Silberstickereien hatten sich aufgelöst, etliche lose Fäden hingen aus dem Stoff heraus.

»Das ist keine Babyjacke ...« Wilbur strich sich ratlos über das Kinn. »Aber auf das Alter des Kindes, dem diese Jacke passt, kann ich mich nicht festlegen – da ist Waltraud der Spezialist. Du kannst das sicher besser schätzen als ich, Luna.«

»Ich muss das gar nicht schätzen. Ich entsinne mich sehr gut an diese Kleidung. Meine Freundin Kira bekam sie für ihren Sohn Leon anlässlich einer Feier von mir geschenkt. Zum Zeitpunkt des Überfalls war mein Patenkind noch keine zwei Jahre alt.«

Maya schwirrte der Kopf. »Die Königin? Dann gehörte die Jacke … dem Kronprinzen.«

»Dann lebt auch er?« Larin sprang auf. »Wir müssen ihn finden!«

»Aber nicht sofort«, lächelte Anais. »Wir wissen nicht, ob Leon noch lebt. Luna fand nur diese Jacke von ihm, ein Zeichen, dass er vermutlich ebenfalls in Sicherheit gebracht wurde. Danach verlor sich seine Spur. Er wurde offensichtlich nicht im Waisenhaus abgegeben wie du, Maya.«

Maya blinzelte. Sie brauchte Zeit, um das alles zu verdauen. Sehr blass und in sich gekehrt saß sie still auf ihrem Platz. Sie bemerkte kaum, dass Larin sich wieder neben sie setzte. Max hatte vor lauter Aufregung angefangen, auf seinen Fingernägeln herumzubeißen. Fiona schob ihm einen getrockneten Apfelschnitz zu. »Bitteschön, das schmeckt deutlich besser«, flüsterte sie lächelnd. Max benagte geistesabwesend das Apfelstück. Er schien den Unterschied gar nicht zu bemerken. »Wo hast du die Jacke gefunden?«, fragte er Luna.

»In einem Dorf in der Nähe. Der Frau des Pfarrers fiel ein, dass ein Kinderjäckchen aus einem außergewöhnlichen Stoff immer mal wieder bei den Theateraufführungen der Schauspielgruppe verwendet wird. Sie erinnerte sich gut daran, weil sie versuchte, die rote Farbe auszuwaschen. Leider konnte sie mir nichts weiter Wichtiges erzählen. Sie hatte es von einer Frau für einen Kirchenbasar gespendet bekommen, wo es wegen der Flecken nicht verkauft wurde.«

»Bist du sicher, dass ich diese Maya bin?«, fragte Maya. Sie fürchtete sich davor, dass sie sich daran gewöhnen könnte, ihre Herkunft zu kennen, um dann feststellen zu müssen, dass alles bloß ein dummer Zufall war.

»Du trägst den gleichen Namen, und es ist zweifellos eine gewisse Ähnlichkeit vorhanden …«, Luna betrachtete Maya liebevoll, »… du bist in vielerlei Hinsicht wie deine Mutter. Nicht nur im Aussehen, auch deine warmherzige und manchmal stürmische Art erinnert mich an sie. Aber was viel entscheidender ist: Ihr erzähltet mir von dem Einhorn, das im Wald von Amadur lebt. Es kannte dich, Maya. Es wusste genau, wer du bist. Seit Jahrhunderten lebt es dort, und äußerst selten bekommt jemand es zu Gesicht. Noch seltener offenbart es sich einem Menschen. Es hütet seine Geheimnisse gut. Saba, so ist sein Name, hätte nur einem Mitglied der königlichen Familie die drei Namen des Drachen verraten. – So, für heute habe ich genug erzählt. Ihr braucht Zeit für euch, um eure Gedanken zu ordnen.«

Mit diesen Worten beendete Luna ihre Rede. Der Nebel senkte sich herab über die Wiese, und es wurde bald zu ungemütlich, um draußen zu sitzen. Die fünf zogen sich in ihre Höhle zurück, und die Elfen und Wilbur begaben sich in ihre Zelte.

»Das ist unsere letzte Nacht hier im Nebelwald«, sagte Stelláris.

»Ich werde den Nebel bestimmt nicht vermissen.« Sehnsüchtig dachte Maya an die lieblichen, sonnendurchfluteten Wälder von Eldorin.

»Ich ganz sicher auch nicht.« Fiona zog fröstelnd die Schultern nach oben.

»Würde es dir etwas ausmachen, wenn wir uns unterhalten?« Den ganzen Nachmittag über hatte Stelláris auf eine Möglichkeit gewartet, mit Fiona zu reden, aber es hatte sich einfach nichts ergeben. Es lag nun eine volle Woche Nachhauseweg vor ihnen, und er fand die Aussicht, dass Fiona ihm ständig aus dem Weg gehen wollte und nicht konnte, nicht sehr verlockend.

Fiona sah ihn bestürzt an.

»Du musst nicht, wenn du nicht möchtest«, beeilte sich Stelláris zu versichern.

»Doch, doch.« Fiona nahm ihren Mut zusammen. Sie konnte sich nicht dafür begeistern, draußen im Nebel herumzulaufen; unangenehme Erinnerungen waren damit verknüpft. Außerdem graute ihr vor einer Unterhaltung mit Stelláris. Es würde sicherlich peinlich werden. Er hatte ihr deutlich genug gezeigt, dass er nicht viel von ihr hielt, und sie konnte es ihm nicht verübeln.

Wenn sich die beiden Elfen, die zu ihrer Sicherheit die Höhle bewachten, wunderten, dass jemand bei diesem Nebel Lust auf einen Spaziergang haben könnte, verbargen sie es geschickt. Nervös ging Fiona mit Stelláris durch das Stückchen Wald vor der Höhle, und sie betraten die Wiese. In unmittelbarer Nähe standen die Pferde und dösten. Fiona war dankbar für deren Anwesenheit, denn so hatte sie einen Grund, Stelláris nicht ansehen zu müssen. Wehmütig kraulte sie das seidige Fell ihrer schwarzen Stute, das feucht vom Nebel war. Gleich daneben stand das hübsche cremefarbene Pferd, das Shanouk geritten hatte.

»Du vermisst ihn, nicht wahr?« Stelláris trat leise an ihre Seite.

Fionas Hände hielten inne. Mit solch einer direkten Frage hatte sie nicht gerechnet. Sie spürte, wie sie vor Verlegenheit rot wurde und hoffte, dass Stelláris es im Dämmerlicht nicht erkennen würde.

»Schon gut.« Er klang enttäuscht.

Tausend Gedanken schossen durch Fionas Kopf. Kein einziger konnte annähernd die Wahrheit erklären.

Eine Sekunde lang dachte Fiona, Stelláris würde sich abwenden und gehen.

»Ich … würde gerne etwas klären. Du hast etwas zu mir gesagt, als ich dieses Vampirgift in mir hatte und fast gestorben wäre. Wahrscheinlich erinnerst du dich gar nicht mehr an deine Worte?« Er beobachtete sie gespannt.

»Oh.« Fiona entsann sich nur allzu gut. Die Erinnerung daran quälte sie. Wie hatte sie bloß so etwas unglaublich Dummes tun können!

»Du hast es nicht ernst gemeint, nehme ich an.« Wieder schwang Enttäuschung in seiner Stimme mit. Dabei war sich Fiona eigentlich sicher gewesen, dass er sie deshalb verachten würde. Er hatte sich nie anmerken lassen, dass es ihm wichtig gewesen war.

»Ich, äh, dachte, du hörst es gar nicht«, sagte sie zaghaft und ließ den Kopf hängen.

»Dann war es doch nicht ernst gemeint.« Das klang entmutigt, was Fiona irritierte.

»Doch.«

»Doch? Bist du sicher? Weißt du noch, was du gesagt hast?« Seine grünen Augen hatten einen seltsamen Glanz bekommen.

»Jedes Wort«, flüsterte Fiona beschämt. Warum sah er sie bloß so merkwürdig an? Wollte er sich über sie lustig machen?

»Ich fasse noch einmal zusammen«, sagte Stelláris ungewöhnlich hartnäckig. »Du hast jedes Wort so gemeint und weißt noch genau, was du gesagt hast? Könntest du es vielleicht noch einmal aussprechen?«

»Lieber nicht.« Fiona redete so leise, dass es allmählich im Ultraschallbereich lag.

»Bitte.« Er hörte sich gar nicht sauer an. Im Gegenteil. Leise Hoffnung keimte in ihr auf.

Fiona schluckte. »Also gut. Ich sagte: Du weißt überhaupt nicht, wie sehr ich dich mag. Wenn du es selbst herausfinden willst, musst du aufwachen.« Diesmal hätte jede Fledermaus Mühe gehabt, Fiona zu verstehen. Stelláris war ein Elf. Offensichtlich konnten Elfen noch besser hören als Fledermäuse. Er sah ausgesprochen zufrieden aus, und seine Augen funkelten.

»Da war noch etwas. Eine ungemein wichtige Kleinigkeit.«

»Ich w-weiß nicht«, log Fiona.

»Du hast mich geküsst.« Stelláris sah aus, als würde er sich gerne daran erinnern.

»T-tatsächlich?«, sagte Fiona schwach.

»Hmmm.«

»Aber nur auf die Stirn. Ich dachte doch, du kriegst nichts mit. Himmel, es tut mir leid.«

Er zog die Augenbrauen nach oben.

Fiona begann zu stottern. »N-nein, es tut mir nicht leid, ich meine … ach Quatsch, ich …«

Stelláris zog Fiona an sich. »Du redest Unsinn.«

»Ich dachte, du hast mir übelgenommen, was ich damals sagte«, erklärte Fiona einige Zeit später.

»Und ich nahm an, du hast es nicht so gemeint und nur gesagt, weil du mich bemitleidet hast oder dich schuldig fühltest oder irgendetwas in der Richtung.«

»Es ist unglaublich, wie viel Blödsinn du denken konntest«, kicherte Fiona. »Ich dachte immer, Elfen seien intelligent.«

»Da mache ich wohl die unrühmliche Ausnahme.«

»Ich bin irre müde.« Max gähnte. Mit glasigem Blick starrte er Fiona und Stelláris an, die soeben zurückkamen. Er verdrehte die Augen. »Nebelspaziergänge sind ja sowas von spannend.«

»Das sind sie«, sagte Fiona. »Du solltest es irgendwann unbedingt auch einmal ausprobieren.« Und sie zwinkerte Maya zu.

Die aufgehende Sonne färbte die Nebelschwaden rosarot. Ihre Strahlen blitzten im nassen Gras. Das Frühstück war bereits eingenommen, die Zelte abgebrochen und das Gepäck verstaut. Alles war bereit zum Aufbruch. Die Pferde stampften und schnaubten aufgeregt, als wüssten sie, dass sie bald wieder über grüne, fette Weiden galoppieren durften.

»Es ist vollkommen verrückt«, sagte Larin zu seinen Freunden, als sie aufgesessen waren und die Pferde sich in Bewegung setzten. »Die ganze Zeit über machte ich mir Gedanken, weil ich annahm, der letzte Nachkomme der Herrscher von Amadur zu sein – und dann bin ich's gar nicht.«

»Was ist dein Problem?«, fragte Max verwundert.

»Ehrlich gesagt, fand ich die Vorstellung, König zu werden, schon immer gruselig.«

»Ups«, sagte Maya einigermaßen erschrocken. »Daran hab ich in meinem Fall noch gar nicht gedacht.«

»König könntest du nicht werden. Du bist schließlich kein Kerl.« Larins Mund verzog sich zu dem typischen Grinsen, das Maya so mochte. Unter seinen schwarzen Wimpern blitzte es amüsiert auf. »Aber ich stell mir dich grad mit Krönchen und langem Kleid vor … und einer Horde Diener.«

Maya stöhnte und fasste sich in einer unbewussten Geste auf den Kopf. »Das ist jetzt nicht dein Ernst.« Misstrauisch spähte sie zu ihm hinüber.

»Na ja.« Larin setzte sich bequem im Sattel zurecht. »Sieh es mal so. Falls es einen von uns trifft, können wir uns den Stress teilen. Aber wenn wir ein bisschen Glück haben, gibt es irgendwo in der Welt den wahren Erben der Könige von Amadur. Entweder in der einen oder in der anderen Welt.«

»Ja«, sagte Maya mit einer wegwerfenden Handbewegung, »klingt ja ganz einfach. Wir müssen ihn also nur noch finden.«

Ende erster Teil

511

Über die Aussprache von Namen:

Der zu betonende (lang gesprochene) Buchstabe
ist besonders hervorgehoben.

Larin - Lar**i**n

Stelláris - Stell**a**ris

Eldorin - Eldor**i**n

Altera - Alt**e**ra

Shanouk - Shan**u**k

Hage-Beauté - Hagebut**e**

Danksagung

Mein besonderer Dank gilt Ulrike Englmann, Hiltrud Wagner, Ulrike Bergmann und Helga Wiedenmann für eure unglaubliche Unterstützung. Danke auch an Oya Dinç für dein offenes Ohr Tag und Nacht, und dafür, dass du meine Familie das eine oder andere Mal mit deinem hervorragenden türkischen Essen versorgt hast, wenn ich wieder mal zum Schreiben pausenlos vor dem Computer saß und nicht ansprechbar war.

Danke an Sabine Schlegl, Jeromin Rothemund und Karl Wiedenmann für die Beratung im Grafik- und Druckbereich, Danke an Ulli Haberzettel für die Unterstützung im Bereich Buchhandel und an Ulla Seefried für das Erläutern des Lebenszyklus der Glimmerfee.

Danke an Regina Herrmann, dass du immer für mich da bist.

Es ist ein Geschenk, so gute Freunde zu haben.

Danke an meine Familie, die mich ertragen hat, wenn ich in meine eigene Welt abgetaucht bin. Ihr habt mir die monatelange Vernachlässigung nicht verübelt und es hingenommen, dass ich manchmal überrascht aussah, in meiner Umgebung normale Menschen herumlaufen zu sehen und keinen einzigen mit spitzen Ohren.

Danke an alle, die mir in schwierigen Zeiten beigestanden haben.

Danke an Mona und Nina, die sich unzählige Male zur Beurteilung diverser Coverentwürfe oder Texte vor den Computer schleppen ließen, und Danke an Norbert, Mona, Katharina, Selin, Bernhard, Eva und etliche andere, die dieses Buch im Voraus gelesen und mich sehr ermutigt haben!